DARKISS

Alle Rechte, einschließlich das des vollständigen oder auszugsweisen
Nachdrucks in jeglicher Form, sind vorbehalten.

Der Preis dieses Bandes versteht sich einschließlich der gesetzlichen
Mehrwertsteuer.

Umwelthinweis:
Dieses Buch wurde auf chlor- und säurefreiem Papier gedruckt.

Melissa Darnell

Herzblut – Stärker als der Tod
Roman

Aus dem Amerikanischen von
Peer Mavek

DARKISS

darkiss®
Band 65080
1. Auflage: September 2013

darkiss® BÜCHER
erscheinen in der Harlequin Enterprises GmbH,
Valentinskamp 24, 20354 Hamburg
im Vertrieb von MIRA® Taschenbuch
Geschäftsführer: Thomas Beckmann

Copyright © 2013 für die deutsche Erstausgabe bei darkiss®
in der Harlequin Enterprises GmbH

Titel der nordamerikanischen Originalausgabe:
Covet
Copyright © 2012 by Melissa Darnell
erschienen bei: Harlequin Teen, Toronto

Published by arrangement with
HARLEQUIN ENTERPRISES II B.V./S.àr.l

Konzeption/Reihengestaltung: fredebold&partner gmbh, Köln
Umschlaggestaltung: pecher und soiron, Köln
Redaktion: Daniela Peter
Titelabbildung: Harlequin Enterprises S.A., Schweiz
Autorenfoto: © Harlequin Enterprises S.A., Schweiz
Satz, Druck und Bindearbeiten: GGP Media GmbH, Pößneck
Printed in Germany
Dieses Buch wurde auf FSC®-zertifiziertem Papier gedruckt.
ISBN 978-3-86278-756-2

www.mira-taschenbuch.de

Werden Sie Fan von darkiss auf Facebook!

1. KAPITEL

Savannah

Der Privatjet des Vampirrates, ein riesiger Kokon aus weißem Leder und exotischen Hölzern, wollte mich mit seinem Brummen in den Schlaf wiegen. Ich lag warm und sicher in den Armen des einzigen Jungen, den ich je geliebt hatte, aber ich konnte meiner Erschöpfung nicht nachgeben. Noch nicht. Uns blieb so wenig Zeit, diese Illusion von Frieden und perfektem Glück zu genießen. Ich musste gegen den Schlaf ankämpfen, solange ich konnte.

Tristan Coleman hatte neben mir schon den Kampf verloren. Er lag wie hingegossen am einen Ende des Sofas, das wir uns in der hinteren Kabine teilten. Obwohl ihm das Kinn mit dem Dreitagebart auf die Brust gesackt war, was eigentlich nicht angenehm sein konnte, umspielte ein leises Lächeln seine Lippen. Seine Arme hielten mich fest umschlungen. Selbst im Traum wollte er mich beschützen.

Dabei hätte ich ihn beschützen müssen.

Wir saßen zwar auf einem weichen Ledersofa, trotzdem musste diese Haltung für Tristan unbequem sein. Immerhin war er, im Gegensatz zu mir, ein Mensch, und sein Körper konnte nicht so viel vertragen. Als ihm vor ein paar Stunden langsam die Augen zugefallen waren, hatte ich ihm gut zugeredet, er solle doch einen Liegestuhl oder zumindest das Sofa für sich allein nehmen und sich richtig ausstrecken. Aber Tristan hatte sich geweigert. Er wollte unbedingt im Sitzen schlafen, damit ich in seiner Nähe bleiben konnte.

Weil ich wusste, was uns erwartete, hatte ich nachgegeben. Es war egoistisch, aber auch ich wollte ihn noch nicht loslassen.

Eine blonde Locke fiel ihm in die Stirn, genauso eigensinnig wie Tristan selbst. Ich strich sie sanft zurück und versuchte den Kontrast zwischen meiner blassen und seiner gebräunten Haut zu ignorieren.

In wenigen Stunden würde ich mir nicht mal mehr diese kleine Berührung erlauben können.

Ich versuchte mir sein Gesicht in allen Einzelheiten einzuprägen. Meist wirkte es fest entschlossen oder blendete alle mit seinem berüchtigten Grinsen. Jetzt erschien es sanft vom Schlaf und dem falschen Glauben daran, dass alles gut sei. Er ahnte ja nicht, welches Opfer ich gebracht hatte, damit der Vampirrat ihn freiließ. Die Vampire hatten meine Selbstbeherrschung mit Tristans mächtigem Clann-Blut voller Magie auf die Probe gestellt. Tristan war in einem Nebenraum mit Handschellen an einen Stuhl gekettet gewesen. Er hatte nicht gehört, welch schreckliches Versprechen ich diesen kalten Wesen geben musste. Und bald würde ich so sein wie sie.

Nachdem wir den Pariser Hauptsitz des Rates verlassen hatten, hätte ich Tristan die Wahrheit sagen können. Aber ich hatte es nicht getan. Zum Teil aus Angst vor seiner Reaktion, aber vor allem, weil ich jeden Moment auskosten wollte, der uns noch zusammen blieb.

Mein Brustkorb verkrampfte sich so, dass ich nicht richtig atmen konnte, und wieder rann eine Träne an meiner Nase herab. Blöde Tränen. Seit wir das Tunnellabyrinth vor dem Sitz des Rates verlassen hatten, musste ich immer wieder weinen.

Und wenn ich daran dachte, was ich zu Hause im texanischen Jacksonville tun musste, damit Tristan in Sicherheit war, bekam ich Angst, dass die Tränen nie versiegen würden.

Eine ganze Reihe absolut logischer und guter Gründe sprach dafür, dass ich für Tristan die Falsche war, dass ich mich einfach an mein Versprechen halten musste, mich nicht mehr mit ihm zu treffen. Vom Kopf her verstand ich das. Warum nur wollte mein Herz es nicht begreifen?

Tristan ließ den Kopf nach hinten sacken und zog mich seufzend näher. Ich hätte mich, zu seiner Sicherheit, losmachen und von ihm abrücken sollen. Aber ein letztes Mal gab ich meinem Herzen nach. Mit geschlossenen Augen schmiegte ich den Kopf an die warme starke Stelle zwischen seinem Hals und der Schulter, die wie für mich geschaffen schien. Als ich tief die Luft einsog, nahm ich noch einen Hauch seines Aftershaves von Freitagmorgen wahr, als er sich zum letzten Mal hatte rasieren können. Darunter witterte ich ganz vage das köstliche und absolut verbotene Clann-Blut, das er für meine Prüfung hatte vergießen müssen. Eine Prüfung, die ich um ein Haar nicht bestanden hätte. Und die ihn beinahe das Leben gekostet hätte.

Ich schluckte schwer und versuchte die gefährliche Erinnerung zu verdrängen.

Bald. Bald würde ich mich an mein Versprechen dem Rat gegenüber halten. Aber ... jetzt noch nicht. Ein paar Stunden waren wir in diesem Flugzeug vor den Gesetzen des Clanns und des Vampirrates noch sicher. Einige kostbare Erinnerungen konnten wir noch schaffen, bevor wir auf dem Boden der Tatsachen landeten. So würde ich das Gefühl nicht vergessen, von ihm gehalten und geliebt zu werden. Würde seine Arme um meine Taille nicht vergessen, seine starke Brust unter meiner Wange, das Schlagen seines Herzens. Die Illusion, in seinen Armen sicher zu sein, oder wie er mich mit seinen starken Händen festhielt, als wäre ich ein kostbarer Schatz statt eines Ungeheuers ...

„Savannah", säuselte eine vertraute Stimme wie ein lästiges Moskito an mein Ohr.

„Mmm", grummelte ich. Ich wünschte, die Stimme würde verschwinden. Im Moment wollte ich nur eine hören, aber nicht diese.

„Savannah, wach auf", flüsterte Dad etwas lauter, aber immer noch viel zu leise für Tristans menschliche Ohren.

Ich öffnete ein Auge und sah ihn finster an.

„In einer Stunde erreichen wir den Flughafen, und der Pilot hat mich gewarnt, dass wir bei schlechtem Wetter landen müssen. Du solltest deine Großmutter und deine Mutter anrufen." Dad streckte mir ein schwarzes Telefon entgegen, auf dem in Goldschrift stand: *Nur während des Flugs verwenden.*

Nachdem ich das Smartphone angenommen hatte, kehrte Dad zu seinem Liegesitz im vorderen Teil der Kabine zurück.

Um Tristan nicht zu wecken, wollte ich mich aus seinen Armen winden und zum Telefonieren nach vorne zu Dad gehen. Aber bei der ersten Bewegung wachte er auf.

„Tut mir leid", flüsterte ich. „Ich muss telefonieren. Schlaf weiter."

„Ist schon gut." Er zog mich wieder auf seinen Schoß und streifte meine Nase sanft mit seiner, damit ich ihn küsste. Im letzten Moment wandte ich den Kopf ab, und seine Lippen trafen nur meine Wange. Er lehnte den Kopf zurück und sah mich aus verschlafenen Augen verletzt und verwirrt an.

„Lieber nicht, nicht bevor wir gelandet sind und du Energie tanken konntest." Dank der Dämonin Lilith, von der die Vampirart meines Vaters abstammte, konnte ich Menschen durch Bisse und Küsse Energie entziehen. Erst vor Kurzem hatte ich einen eindrucksvollen Beweis dafür bekommen. Hier oben in der Luft hätte ich Tristan mit einem Kuss töten können, obwohl er aus der mächtigsten Hexenfamilie des Clanns stammte. Durch direkten Kontakt mit der Erde konnte er Energie aufnehmen. Nur das hatte ihn vor ein paar Tagen gerettet, nachdem er mich zu lange geküsst und sich danach mit Dylan Williams, einem anderen Jungen aus dem Clann, geprügelt hatte. Hätte ich Tristan nicht ein Stück weiter bis zum Rasen gezogen, wo er Energie aufgenommen hatte, wäre er an jenem Abend vielleicht gestorben.

Er runzelte die Stirn, nickte aber und ließ mich los. Ich setzte mich ans andere Ende des schmalen Sofas und zog die Beine hoch. Sofort legte er seine Hand auf meinen Knöchel. Ich wunderte mich schon, weil er mich seit Stunden kaum loslassen konnte. Ahnte er irgendwie, was der Rat von mir verlangt hatte? Oder war er nach der Prüfung durch den Rat nur nervös und machte sich Sorgen um mich?

Ich legte eine Hand auf seine und tippte mit dem Daumen der freien Hand die Nummer in das Handy ein.

Zu Hause klingelte es viermal, bevor der Anrufbeantworter ansprang. Ich sah auf meine Uhr, die noch auf unsere Zeitzone eingestellt war. Es war zehn Uhr am Sonntagmorgen. Nanna, bei der meine Mutter und ich kurz nach meiner Geburt eingezogen waren, sollte zu Hause sein und sich für die Kirche zurechtmachen. Sie spielte im Gottesdienst Klavier und verpasste keinen Sonntag. Warum ging sie nicht ans Telefon?

Vielleicht war sie gerade in ihrem Zimmer und zog sich an. Ich versuchte es noch einmal. Wieder meldete sich der Anrufbeantworter. Mit einem unguten Gefühl hinterließ ich eine Nachricht.

Als Nächstes rief ich meine Mutter auf dem Handy an. Zumindest musste ich bei ihr nicht überlegen, wo sie war. Wahrscheinlich drehte sie noch ihre Verkaufsrunde als Vertreterin.

Ich erschrak, als Mom sich beim ersten Klingeln meldete. Sie hatte oft kein Netz, wenn sie weit draußen Arbeitsschutzprodukte und Chemikalien an ihre Kunden in der Forstwirtschaft auslieferte.

„Oh! Hallo, Mom. Ich wollte nur sagen, dass es mir gut geht und …"

„Savannah! Gott sei Dank. Ich, wir, deine Großmutter …" Sie kreischte beinahe. Ihre sonst eher tiefe Stimme ertönte so schrill, dass es mir in den Ohren wehtat. „Ich bin auf dem Heimweg. Aber bis Jacksonville brauche ich noch ein paar Stunden und …"

Meine Hände krallten sich um das Smartphone und um Tristans Hand. „He, Mom, langsam. Was ist los?" Tristan runzelte besorgt die Stirn und verschränkte seine Finger mit meinen. Dankbar für seine Stärke, drückte ich seine Hand.

„Sav, sie haben Nanna! Sie haben mich angerufen und …"

„Was? Wer hat Nanna?" Das bisschen Wärme, das Tristan mir gespendet hatte, wich aus meinem Körper. Hatte der Vampirrat sich jetzt meine Großmutter geholt?

„Der Clann. Sie haben mich angerufen und gefragt, wo der Sohn der Colemans ist. Als würde ich das wissen. Aus irgendeinem Grund glauben sie, ihr wärt zusammen. Ich wollte ihnen klarmachen, dass sie sich irren, dass du niemals etwas so Verbotenes tun würdest. Aber sie haben mir nicht geglaubt."

Mein Gott. Der Clann wusste Bescheid. Bestimmt hatte Dylan erzählt, dass er Tristan und mich Freitagabend nach dem Tanztraining beim Knutschen erwischt hatte.

Ich zog meine Hand auf meinen Schoß zurück. Tristan rutschte stirnrunzelnd vor bis an die Sofakante, stützte die Ellbogen auf die Knie und beobachtete mich.

„Sie haben steif und fest behauptet, er wäre bei dir", erzählte Mom weiter. „Ich habe gesagt, das könne nicht sein, du seiest mit deinem Vater verreist. Und da sind sie ausgeflippt! Sie haben gesagt, dass sie Nanna haben und sie erst freilassen, wenn wir ihnen den Jungen bringen. Ich wollte sie anrufen, aber sie meldet sich nicht."

Ach du Scheiße. „Mom, bleib mal dran. Ich gebe dir Dad."

Dad musste uns von vorne aus zugehört haben, denn er kam sofort nach hinten und ließ sich das Smartphone geben. Während Mom ihm alles erzählte, erwiderte ich Tristans Blick und versuchte die Neuigkeiten zu verdauen.

„Der Clann … hat meine Großmutter entführt", flüsterte ich. Ich konnte selbst kaum glauben, was ich da sagte.

„Das würden sie nicht tun", widersprach Tristan. „Das muss ein Irrtum sein."

Ich wiederholte Wort für Wort, was meine Mutter gesagt hatte. Am Ende war er blass geworden, und sein Knie wippte so schnell auf und ab, dass höchstens ein Kolibri hätte mithalten können.

„Ich bringe das in Ordnung", versprach er. „Gib mir das Telefon, dann rufe ich meine Eltern an."

„Joan, wir landen in einer halben Stunde", sagte mein Vater. „Ich kläre das und melde mich wieder, wenn es Neuigkeiten gibt." Nachdem er das Gespräch beendet hatte, gab er Tristan das Smartphone.

Tristan versuchte es zuerst bei seinem Vater, danach bei seiner Mutter und sogar bei seiner Schwester Emily. Mit finsterem Blick probierte er die Festnetz- und Handynummern weiterer Nachfahren durch. Niemand meldete sich.

„Das verstehe ich nicht. Müssten sie nicht auf deinen Anruf warten?", fragte ich.

„Ja, eigentlich schon. Es sei denn …" Er wandte kurz den Blick ab, bevor er mich zähneknirschend ansah. „Es sei denn, sie haben sich schon versammelt und setzen Magie ein. Wenn sie zusammen genug Energie freisetzen, legen sie damit manchmal Radios und Handys lahm."

„Wieso sollten sie so viel Energie einsetzen?" Ich hoffte, der Clann würde das bei jedem Treffen machen, vielleicht als eine Art Ritual.

Als Tristan nur stumm meinen Blick erwiderte, drehte sich mir der Magen um.

Es war also nicht normal für den Clann. Was bedeutete, dass sie irgendwas mit Nanna machten …

Beißende Galle stieg mir die Kehle hinauf. Ich konnte Tristan nicht mehr ansehen. Wenn Nanna etwas zustieß, wenn die anderen Nachfahren ihr etwas antaten, um Tristan zu finden, wären wir schuld. Wir hatten die Regeln gebrochen, um zusammen zu sein. Ich hatte gedacht, der Vampirrat sei unsere einzige große Sorge und der Clann könne meiner Familie nicht weiter schaden. Er hatte uns schon ausgestoßen, nachdem meine Mutter vor meiner Geburt meinen Vater, einen Vampir, geheiratet hatte.

Ich hatte mich geirrt. Und jetzt musste Nanna dafür bezahlen.

„Kommt auf eure Plätze und schnallt euch an", brach mein Vater leise das Schweigen. „Wir landen jetzt."

Als wir zu unseren Sitzen gingen und uns anschnallten, sah ich weder ihn noch Tristan an. Mit hämmerndem Herzen klammerte ich mich an die Armlehnen.

Bitte lass es nicht zu spät sein, betete ich.

Sobald der Jet gelandet und ein kurzes Stück über die Rollbahn gefahren war, löste ich meinen Gurt und sprang auf. Aber Dad war schneller, er stand schon im gleichen Augenblick neben der Tür. Nachdem er sie geöffnet hatte, klappte die Treppe aus, und wir liefen zu dem Mietwagen hinunter, den er bestellt hatte. Der Himmel war nicht strahlend blau, wie es zum Frühling gepasst hätte, sondern unheilvoll grau verhangen. Sturmwolken verfinsterten die Sonne, fast als ob es schon dämmern würde. Meine roten Haare wurden vom Wind aufgewirbelt, die Strähnen klatschten mir ins Gesicht.

Im Mietwagen setzte ich mich auf den Rücksitz, Tristan folgte mir. Als ich nach seiner Hand greifen wollte, hielt ich inne. Jacksonville lag knapp zehn Kilometer entfernt. Ich hatte dem Rat versprochen, mit Tristan Schluss zu machen, sobald wir zu Hause waren.

Aber noch nicht jetzt. Nicht bevor die Sache mit Nanna und dem Clann geklärt war.

Als ich zögerte, sah Tristan mich stirnrunzelnd an. „Wir bringen das in Ordnung, Sav." Er drückte meine Hand.

Ich nickte und versuchte den Kloß in meiner Kehle herunterzuschlucken. Während ich aus dem Fenster sah, raste Dad so schnell Richtung Norden nach Jacksonville, dass mir die Fahrt durch die hügeligen Kiefernwälder vorkam wie ein Trip in der Achterbahn.

Die ganze Fahrt über rang ich stumm mit den Schuldgefühlen, die mich fest im Griff hatten.

Was hatte ich nur getan?

Ich hätte mich nie von Tristan überreden lassen dürfen, mit ihm die Regeln zu brechen. Dann wäre Nanna nicht in Gefahr.

Dabei konnte ich mir nicht einmal vorstellen, wie es wäre, wenn ich Tristans Liebe nie gespürt hätte. Alles, was ich mit ihm erlebt hatte, gehörte jetzt zu mir. Es hatte alles verändert – meinen Blick auf die Welt und die Zukunft, meine Gefühle mir und anderen gegenüber. Mit Tristan fühlte ich mich authentisch, bodenständig und ... gut. Als wäre die Tatsache, dass ich zur Hälfte von Vampiren und zur Hälfte vom Clann abstammte, nur eine Äußerlichkeit. Als würde das nichts über mein Wesen sagen und als könnte ich meinen Weg selbst bestimmen, statt andere für mich wählen zu lassen.

Nur stimmte das nicht, denn ich konnte weder ändern noch mir aussuchen, was ich war. Hätte ich etwas anderes geglaubt, hätte ich mich belogen, so wie ich in den letzten sechs Monaten meine Familie belogen hatte, um mit Tristan zusammen zu sein. Deshalb war unsere Beziehung auch falsch, egal, wie sehr wir uns liebten. Unsere Liebe war egoistisch. Sie hatte Tristan fast das Leben gekostet, und jetzt, in diesem Moment, verletzte sie vielleicht Nanna.

Wie hatte es so weit kommen können?

Ich hatte mich immer für einen guten Menschen gehalten, aber in Wirklichkeit war ich durch und durch ein Ungeheuer. Und das nicht nur, weil meine Vampirhälfte die Oberhand gewann. Wie vielen Menschen hatte ich wehgetan? Letztes Jahr hatte ich diese Jungs aus dem Algebra-Kurs und sogar Greg Stanwick, meinen ersten Freund, mit meinem Tranceblick verwirrt. Das ließ sich noch als Unfall entschuldigen. Damals hatte ich noch nicht verstanden, was ich war. Aber die Beziehung zu Tristan war falsch. Das hatte ich immer gewusst, und trotzdem hatte ich mich monatelang mit ihm getroffen. Egal, wie schön es mit ihm war – dafür gab es keine Entschuldigung.

Ich konnte nur hoffen, dass ich genug Kraft und Zeit hatte, um meine Fehler in Ordnung zu bringen.

In Jacksonville angekommen, dirigierte Tristan uns nach rechts auf die Canada Street und an der Highschool vorbei bis zu seinem Haus außerhalb der Stadt. Anscheinend befand sich dort der Zirkel, der geheime Treffpunkt des Clanns, von dem ich heute zum ersten Mal hörte.

Die Grenze zum Grundstück der Colemans konnte ich daran erkennen, dass auf der rechten Straßenseite keine Häuser mehr standen. Wenig später bremste Dad und bog in eine kiesbestreute Einfahrt. Der Weg zum Haus war von einem mächtigen schmiedeeisernen Tor versperrt. Tristan fuhr sein Fenster auf der Fahrerseite herunter, beugte sich hinaus und tippte einen Code in eine kleine Tastatur ein. Langsam glitt das Tor zur Seite.

Am liebsten wäre ich aus dem Auto gesprungen, um das Tor schneller aufzuschieben.

Die lange Auffahrt wand sich zwischen Laubbäumen hindurch, die ich im Dämmerlicht nicht erkennen konnte. Ihre Zweige peitschten im Wind. Regentropfen trafen unsere Windschutzscheibe und das Dach, aber so vereinzelt, dass Dad die Scheibenwischer nicht einschaltete. Hinter den letzten Bäumen beschrieb die Auffahrt einen Kreis vor einer dreistöckigen Villa, in der alle Lichter brannten. Kein Vergleich zu Nannas einstöckigem Haus mit drei Zimmern und einem einzigen Bad.

Mindestens dreißig Autos säumten die Auffahrt vor dem Haus. Wir stellten unseres noch dazu, stiegen aus und folgten Tristan um das Haus herum. Es regnete heftiger; bei dem schwülen Wetter fühlten sich die Tropfen auf meiner Haut erstaunlich kühl an. Als wir den dunklen Garten erreichten, liefen wir los. Es war genau der Garten, in dem Tristan und ich uns in den letzten Monaten so oft in unseren Träumen getroffen hatten. Dann tauchten wir in den noch dunkleren Wald am Ende des Gartens ein. Sofort spürte ich es – dieses vertraute Prickeln wie von tausend Nadelstichen auf Hals und Armen. Autsch. Ein sicheres Zeichen dafür, dass in der Nähe Nachfahren Magie benutzten.

Auch der Wald kam mir sehr vertraut vor. Als würde ich jede Kiefernnadel kennen und wissen, wie sich das federnde grüne

Moos unter meinen nackten Füßen anfühlte. Es wuchs überall, bedeckte den Waldboden und zog sich an den Baumstämmen empor. Als ich die Lichtung vor uns sah, wurde mir klar, wo wir waren.

Das konnte doch nicht der Zirkel sein!

Wir waren im Wald aus den Träumen, die ich mit Tristan geteilt hatte. Hier hatten wir uns getroffen, wenn sich unsere Gedanken im Schlaf verbunden hatten. Sogar die Lichtung war fast genau wie im Traum. Der runde, moosbedeckte Platz wurde von dem Bach durchschnitten, neben dem wir getanzt und stundenlang geredet hatten. Aber wo war der kleine Wasserfall, der über Steine geplätschert war und aus dem sich der Bach gespeist hatte? Hatte Tristan ihn dazugedichtet?

An den Bachufern hatten sich unzählige Nachfahren versammelt. Wie riesige Krähen bei der Ernte drängten sie sich zusammen, die Gesichter in den Schatten ihrer blauen und schwarzen Regenschirme verborgen. Hatte meine Mutter Nanna mit ihrem dunklen Regenschirm zu diesen Clann-Treffen begleitet, als sie noch jünger gewesen war? Das hätte erklärt, warum Mom gern in der Forstwirtschaft arbeitete – sie wäre als Kind bei Wind und Wetter durch den Wald zu solchen Treffen gelaufen.

Am Ufer gegenüber hatten Tristan und ich in unseren Träumen auf einer Picknickdecke gesessen und uns unterhalten. Jetzt saß dort Sam Coleman, Tristans Vater und der Anführer des Clanns, auf einem steinernen Thron. Hinter ihm standen Tristans Mutter Nancy und seine Schwester Emily.

Ja, das war auf jeden Fall der Zirkel. Und wir steckten echt in Schwierigkeiten.

Dann sah ich nach oben und schnappte nach Luft. Ein gutes Stück über dem Bach hing Nanna, wie an unsichtbaren Seilen aufgehängt, in der Luft.

2. KAPITEL

Tristan

Savannahs Großmutter Mrs Evans schien bei Bewusstsein zu sein, konnte sich aber nicht bewegen. Der Clann hatte sie erwischt, bevor sie sich anziehen konnte. Ihr langes Baumwollnachthemd umflatterte in Zeitlupe ihre Beine und die nackten Füße wie bei einem Geist. Als Savannah einen Schritt in ihre Richtung machte, ging ein Raunen durch die Reihen der Nachfahren. Savannah blieb stehen und kniff die Augen zusammen, die sich moosgrün färbten. Ein sicheres Zeichen, dass sie richtig sauer wurde.

„Mom, Dad, was macht ihr da?", rief ich, um den Wind zu übertönen. Ich musste das hier beenden, bevor jemand verletzt wurde.

„Tristan!", schrie meine Mutter und stürzte hinter Dads Thron hervor. Nach zwei Schritten blieb sie stehen. Während sie Savannah anstarrte, wich ihr freudiges Strahlen Überraschung, Angst und schließlich Entsetzen. „Nein, das kann nicht wahr sein. Tristan, wie konntest du nur? Ich habe ihnen gesagt, du würdest niemals ..."

„Weißt du nicht, was sie ist, Junge? Was ihr Vater ist?" Dads Stimme hallte über die Lichtung. „Sie sind ..."

„Ich weiß", unterbrach ich ihn. „Aber ihr seht doch, dass es mir gut geht. Das hier ist nicht nötig. Lasst ihre Großmutter frei."

Savannah sah wieder zu ihrer gefangenen Großmutter hinauf. Mrs Evans hatte das Gesicht schmerzverzerrt verzogen, wie zu einem stummen Schrei. Mit Tränen in den Augen streckte Savannah eine Hand nach ihrer Großmutter aus, aber sie konnte nicht mal ihre Füße erreichen.

Das war doch Wahnsinn. Was dachte sich der Clann dabei, eine alte Dame aus ihrem Haus zu zerren und im Nachthemd in den Wald zu schleppen? Mrs Evans hätte uns mit Fug und Recht allesamt verfluchen können, sobald wir sie freiließen.

„Lasst sie runter", schrie ich wütend.

Der Wind legte sich, aber ein scharfer Ozongeruch versprach Regen.

Dad durchbrach die Stille, die folgte. „So einfach ist das nicht."
Was?
Verdutzt musterte ich ihn. Dabei versuchte ich herauszubekommen, was in seinem Kopf vorging. So übertrieben formell, wie sein Ton war, sprach er noch als Anführer des Clanns, wahrscheinlich wegen unserer Zuschauer. Aber er lag falsch. Es ging hier nicht um den Clann oder um Vampire. Egal, was passierte, egal, wie mächtig der Clann war, so etwas taten wir einfach nicht.

„Doch, ist es", widersprach ich. „Diese Frau hat nichts damit zu tun, dass ich verschwunden bin."

„Wir wissen, wo du warst", sagte Dad. „Du bist von Vampiren – vom Vater dieses ... Mädchens – entführt worden. Und jetzt sag uns die Wahrheit, Junge. Geht es dir gut? Haben sie dir etwas angetan? Was haben sie dich gefragt? Wollen sie unsere Schwachstellen herausfinden?"

Savannah kam einen Schritt näher. „Mr Coleman, die Vampire wollen keinen neuen Krieg anfangen. Sie haben Tristan nur geholt, um mich zu testen. Sie wollten sehen, ob ich gefährlich bin. Und mein Vater hat ihn nicht entführt. Niemand in meiner Familie hatte mit Tristans Verschwinden zu tun."

„Sie haben mich nicht entführt. Ich bin freiwillig mitgegangen, um Savannah zu helfen." Inzwischen war ich verzweifelt genug, um zu lügen.

„Tristan, nicht", zischte Savannah.

Statt sie anzusehen, blickte ich unverwandt den einzigen Menschen an, der etwas entscheiden konnte: meinen Vater.

Dads Miene verfinsterte sich. „Also hatte Dylan recht. Du bist wirklich mit ihr zusammen."

Ich antwortete, ohne zu zögern. „Ja. Ich liebe sie."

Die Nachfahren schnappten nach Luft. Savannah erstarrte. Mir fiel eine Last von den Schultern, von der ich nichts geahnt hatte, und ich musste ein Lächeln unterdrücken. Auf diesen Augenblick hatte ich gewartet. Jetzt musste uns der Clann endlich unsere Freiheit lassen.

Neben unserem Vater schüttelte Emily langsam den Kopf. Dabei verzog sie den Mund, als wollte sie sagen: Ach, kleiner Bruder, jetzt hast du's aber verbockt.

Ich baute mich breitbeinig auf, verschränkte die Arme und erwiderte ihren Blick. Auch wenn Emily die Ältere war und sich für oberschlau hielt, hatte sie keine Ahnung, wie es war, jemanden so zu lieben und zu brauchen, wie ich Savannah brauchte. Meine Schwester war auf ihre Art in Beziehungen noch schwankender als ich früher. Beim kleinsten Anlass schoss sie Jungs ab. Sie war nie länger als ein paar Monate mit jemandem zusammen gewesen und hatte dafür nie eine Regel gebrochen, weder vom Clann noch überhaupt. Und sie wäre ganz sicher nicht bereit gewesen, sogar den Clann zu verlassen, um bei ihrer großen Liebe zu sein.

Ich war bereit dazu. Und das sollte der Clann jetzt erfahren.

„Wir müssen die Vergangenheit endlich hinter uns lassen", sagte ich so laut, dass mich alle hörten, nicht nur meine Eltern. „Seit Jahrzehnten herrscht zwischen uns und den Vampiren Frieden. Wie lange muss er noch halten, bis wir unsere alten Vorurteile und Ängste überwinden? Ich liebe Savannah, und sie liebt mich. Und ich würde alles tun, damit ihr begreift, dass wir füreinander bestimmt sind. Wenn es sein muss, verlasse ich sogar den Clann."

„Tristan!", rief Mom entsetzt. Dad schoss vor und krallte sich mit seinen Pranken an den verzierten Armlehnen fest.

In der Ferne zuckte ein Blitz. Wenige Sekunden später kündigte Donnergrollen den nahenden Sturm an.

„Er glaubt, dass er mich liebt", sagte Savannah. „Aber in Wirklichkeit ist alles meine Schuld."

„Was zum ..." Ich wandte mich zu ihr um. Das hatte ich doch nicht wirklich gehört.

„Sprich weiter", befahl Dad.

Savannah schluckte schwer und wich meinem Blick aus. „Ich bin zur Hälfte Vampirin. Ihr Sohn hat die ganze Zeit geglaubt, er wäre in mich verliebt, weil meine Vampirseite ... na ja, weil ich ihn verhext habe. Ich habe ihn mit meinem Tranceblick angesehen. Er konnte gar nicht anders."

Sie war verrückt geworden. Erst dem Vampirrat und jetzt dem Clann gegenüberzustehen, hatte sie um den Verstand gebracht. Sie wusste doch, dass der Tranceblick bei mir nicht funktionierte!

„Wusste ich's doch!", jubelte eine der Zickenzwillinge. Ich konnte nicht erkennen, ob es Vanessa oder Hope war. „War doch klar, mit ihren komischen Augen." Ihre Mutter zischte ihr zu, sie solle still sein.

„Savannah, hör auf", knurrte ich. Ich ballte die Fäuste, damit ich sie nicht schüttelte, bis sie wieder zu Verstand kam. „Du weißt doch, dass dein Blick bei mir nicht wirkt."

„Offenbar doch." Sie sprach laut weiter, damit alle hörten, was eigentlich nur uns etwas anging. „Warum hast du dich sonst in diesem Jahr plötzlich mit mir verabredet, obwohl der Clann es verboten hat?"

Auch wenn sie zur Hälfte Vampirin war, hatte sie das schlechteste Pokerface aller Zeiten. Sie log uns ganz bewusst an. Aber warum? Nachdem endlich alles herausgekommen war, musste sie sich doch nicht zum Opferlamm machen. Wir hatten es fast geschafft. Wenn wir jetzt zusammenhielten und stark blieben, musste der Clann ein Einsehen haben.

„Du weißt, warum", sagte ich leise. Ich ging einen Schritt auf sie zu, aber sie wich zurück. „Sav, tu das nicht. Sag ihnen einfach die Wahrheit."

Sie schüttelte den Kopf. Vor Traurigkeit färbten sich ihre Augen schiefergrau. „Das ist nur der Tranceblick. Du würdest jetzt alles sagen, um mit mir zusammen zu sein."

„Seht ihr?", zischte Mom in die Runde, während sie Savannah anfunkelte. „Ich habe euch doch gesagt, dass Tristan nicht freiwillig die Regeln bricht. Sie hat ihn dazu gebracht."

Savannah nickte. „Ja, habe ich. Und es tut mir sehr leid. Ich konnte meine Vampirfähigkeiten noch nicht einschätzen. Aber nachdem ich weiß, was ich bin und was ich kann, verspreche ich Ihnen …" Sie musste schwer schlucken.

„Sav, nicht", bat ich mit zusammengebissenen Zähnen.

Sie richtete sich auf und reckte das Kinn. „Ich verspreche Ihnen, dass ich jeden Kontakt zu Ihrem Sohn abbreche. Wenn Sie versprechen, Nanna und Tristan nicht zu bestrafen. Nanna wusste nicht mal etwas von uns, und Tristan …"

„Nein!", rief ich. Ihre Worte zerrissen mich innerlich. „Ich wusste, was ich tue. Hört nicht auf sie. Sie lügt, um ..."

„Woher sollen wir wissen, dass du dein Versprechen hältst?", fragte Dad, ohne mich zu beachten.

„Weil ..." Savannahs Stimme kippte. Sie räusperte sich und setzte noch einmal an. „Weil ich dem Vampirrat schon das gleiche Versprechen gegeben habe. Und er wird überprüfen, ob ich mich daran halte. Und Sie sicher auch."

Sie log. Das konnte nicht wahr sein.

Ich musterte ihr Gesicht. Aber dieses Mal sagte sie die Wahrheit. Ihr zitterndes Kinn, die Tränen in ihren Augen und ihre hängenden Schultern verrieten es deutlich.

Sie hatte Fremden versprochen, dass sie mit mir Schluss machen würde. Schon vor Stunden. Lange bevor wir in Paris in das Flugzeug gestiegen waren. Bevor sie sich an mich gekuschelt, sich in meine Arme geschmiegt und mir sogar dabei zugesehen hatte, wie ich einschlief. Bevor sie so getan hatte, als würde sich endlich alles zum Guten wenden.

Die ganze Zeit hatte sie vorgehabt, mit mir Schluss zu machen. Mich abzuschießen. Und ich hatte es nicht einmal geahnt.

Der Wind kehrte zurück und wirbelte Savannahs lange rote Locken hoch, bis ich ihr Gesicht nicht mehr sehen konnte. Die Böen wollten mich umwerfen, aber ich spürte sie nicht einmal.

„Wir stimmen deinem Vorschlag zu", sagte Dad.

Als er nickte, schwebte Savs Großmutter langsam zu Boden.

Savannah erwartete sie. Ich hätte ihr helfen sollen, Mrs Evans aufzufangen, aber ich konnte mich nicht rühren. Ich war starr wie eine Statue, die nur darauf wartete, zu fallen und in tausend Teile zu zerbersten.

Das konnte gerade nicht passieren. Sav und ich waren füreinander bestimmt, für immer. Das wusste sie. Sie liebte mich. Daran hatte ich keinen Zweifel. Sie wählte nur den einfachen Weg und gab dem Druck nach, weil sie nicht erkannte, wie nah wir unserer Freiheit schon waren.

Ich musste das irgendwie verhindern. Ich musste die richtigen Worte finden, um das ungeschehen zu machen.

Mit Mühe schaffte ich einen Schritt, dann einen zweiten und erreichte sie schließlich. „Savannah, tu das nicht. Wir sind doch füreinander bestimmt." Ich streckte eine Hand aus und berührte ihren Arm, damit sie mich ansah. „Gib uns nicht auf."

Sie sah mich immer noch nicht an.

„Savannah", keuchte Mrs Evans, als die Magie der Ältesten sie freigab. Sie fiel nach vorn, und Savannah und ich fingen sie auf.

Dann packten mich zwei Paar Hände und zerrten mich zurück. Auf Savannah lastete plötzlich das ganze Gewicht ihrer Großmutter, sie fielen zusammen zu Boden.

Sobald ich wieder richtig stand, drehte ich den Kopf und knurrte die beiden, die mich zurückgerissen hatten, an.

Dylan Williams und ein weiterer Nachfahre, der zwei Jahre jünger war als wir. Das hätte ich mir denken können.

„Alter, ich hab dich gewarnt", raunte Dylan. Unter seinen zu langen blonden Haaren grinste er höhnisch.

Ich fluchte und versuchte mich loszureißen, aber es gelang mir nicht. Offenbar hatten die Ältesten den Jungen mehr Kraft verliehen. Ihre Hände hielten mich fest wie Schraubstöcke.

Ein frischer Windstoß, begleitet von erschrockenen Schreien der Nachfahren, fegte über die Lichtung. Savannahs Vater war aus dem Wald gestürmt und kniete neben seiner Tochter und seiner früheren Schwiegermutter auf dem feuchten Boden.

Um uns herum wurden, wie eine stumme Warnung, Hände gehoben. Ich suchte nach einem Zauber, um Angriffe abzuwehren, aber Savannah war schneller.

Sie streckte die Arme aus. „Nein! Wartet, er ist mein Vater. Er will nur helfen."

Sie und ihr Vater knieten zu beiden Seiten von Mrs Evans und musterten die angespannten Nachfahren aus grauen Augen.

„Lasst ihn", sagte Dad. Daraufhin ließen alle die Hände sinken.

Savannah blickte auf ihre Großmutter hinunter. „Nanna, geht es dir gut?"

Zittrig hob Mrs Evans eine knorrige Hand, die Savannah festhielt. In diesem Moment öffnete der Himmel seine Schleusen. Strömender Regen ergoss sich über den ganzen Zirkel.

Savannah

Nannas Puls raste und holperte unter ihrer pergamentartigen Haut am Handgelenk. Trotz ihres Alters war sie immer die Stärkste in unserer Familie gewesen. Wann war sie so zerbrechlich geworden?

Ich beugte mich über sie, um sie vor dem Regen zu schützen, der wie eine Strafe der Wolken auf uns niederprasselte. Trotzdem waren wir innerhalb von Sekunden beide durchnässt.

Dad legte kurz den Kopf auf ihre Brust. Dann richtete er sich auf und beugte sich zu mir herüber.

„Ihr Herz ist geschädigt", raunte er mir ins Ohr. Der Wind versuchte die Worte fortzureißen, bevor sie mich erreichten.

„Ich habe mich zu sehr gewehrt", flüsterte Nanna so matt, dass ich mich trotz meines Vampirgehörs dicht über ihren Mund beugen musste. „Ich war eine dumme alte Frau. Ich hätte nicht gegen sie ankämpfen dürfen."

„Jetzt wird alles gut. Dad und ich bringen dich nach Hause." Ich wischte ihr den Regen von den Wangen.

Aber Nanna schüttelte den Kopf. „Zu ... müde." Ihr Griff lockerte sich.

„Jemand muss ihr helfen", schrie ich den entsetzten Gestalten um uns herum zu. Waren sie so kalt und gefühllos, dass sie eine unschuldige alte Frau einfach so sterben ließen? Sie hatte doch mal zu ihnen gehört!

Der Wind wurde stürmischer und wehte den Nachfahren fast die Schirme aus den Händen. Stolpernd suchten sie zwischen den Bäumen Schutz.

Sie würden nicht helfen.

Dann trat ein Mann in den strömenden Regen. Als er näher kam, erkannte ich Dr. Faulkner, Vater der Zickenzwillinge und Chirurg im örtlichen Krankenhaus.

„Ich bin Arzt. Ich kann helfen." Dad machte ihm Platz, und Dr. Faulkner kniete neben Nanna nieder, ohne darauf zu achten, dass seine Hose auf dem Moos nass und schmutzig wurde. Er drückte zwei Finger gegen Nannas Hals und blickte auf seine Uhr.

Der Puls unter seinen Fingerspitzen stoppte.

„Nanna?" Meine Schreie übertönten den grollenden Donner. Immer wieder schlug ich sanft auf ihren Handrücken. „Nanna!"
Die Zeit blieb fast stehen, und der brüllende Wind schluckte alle anderen Geräusche. Er entriss die Szene der Realität, als würde ich einen Film sehen, statt das hier selbst zu erleben. Mit beiden Händen an Nannas Brustkorb, versetzte Dr. Faulkner ihr einen Energiestoß, dass ihr lebloser Körper zuckte. Tristans Dad sprang von seinem Thron auf, lief wie in Zeitlupe zu uns und versuchte Dr. Faulkner zu helfen. Bei jedem Energiestoß der beiden hob sich Nannas Oberkörper vom Boden und landete mit einem leisen Klatschen auf dem nassen Moos. Ich überlegte fieberhaft, was ich tun konnte, aber der Clann hatte meiner Familie verboten, mir das Zaubern beizubringen. Und weil ich noch keine echte Vampirin war, konnte ich auch nicht Nanna in eine Unsterbliche verwandeln. Nachdem sich der Vampirrat und der Clann solche Sorgen gemacht hatten, was aus mir werden könnte, stand es am Ende nicht mal in meiner Macht, meine Großmutter zu retten. Alles, was ich offensichtlich konnte, war, Zerstörung und die Bedrohung eines neuen Krieges zwischen den Arten auszulösen.
Und dumme Entscheidungen zu treffen, die dazu führten, dass meine Großmutter im Wald lag und um ihr Leben rang, während ein Sturm toste.
Mr Coleman und Dr. Faulkner arbeiteten im Team. Abwechselnd versetzten sie ihr Stromstöße, fühlten nach ihrem Puls und beatmeten sie. Mir ging jegliches Zeitgefühl verloren. Minuten kamen mir vor wie Stunden, während die Männer um sie kämpften, Kleidung und Haare so nass, dass der Regen in kleinen Bächen ihre Arme hinabrann.
Nanna kam nicht wieder zu Bewusstsein.
Irgendwann lösten die beiden ihre Hände von Nannas reglosem Körper. Dr. Faulkner sagte etwas zu mir, aber ich verstand ihn nicht.
„Was?" Als der traumähnliche Zustand, in den mich der Schock versetzt hatte, nachließ, fühlte ich mich nur noch nass und kalt bis auf die Knochen. Erst jetzt merkte ich, dass sich der Wind gelegt hatte. Das Rauschen in meinen Ohren war nur mein Blut. „Geht es ihr gut?"

Ich beugte mich an Mr Coleman vorbei und tätschelte Nannas kalte Wange, damit sie aufwachte. „Nanna? Hörst du mich? Komm schon, Nanna, du musst aufwachen. Ich muss dich nach Hause bringen und in trockene Sachen stecken. Wach auf, Nanna. Komm schon, wach auf!"

Ihre Augen blieben geschlossen.

Ich kniete mich hinter Nanna, damit ich ihren Kopf und ihre Schultern auf meinen Schoß betten konnte. Noch schlief sie, aber bald würde sie aufwachen. Ich musste nur ihren Kopf anheben, damit sie leichter atmen konnte. Sie brauchte nur noch einen Moment, um zu sich zu kommen.

Ich blickte in den Himmel hinauf, ohne auf die Schar Krähen zu achten, die mit ihren Regenschirmen dastanden. Sie drängten sich immer noch am Rand der Lichtung zusammen. Wenigstens zog der Sturm langsam weiter. Donner und Blitze hatten nachgelassen, und der Regen war kein Wasserfall mehr, sondern fiel nun in einzelnen Tropfen. Das war gut. Jetzt konnte Dad Nanna zum Auto tragen. Wir würden sie nach Hause bringen, unter einer heißen Dusche aufwärmen und in trockene Kleider stecken. Sie würde mir sagen, wie ich ihr den Tee so kochen konnte, wie sie ihn mochte, mit Blättern ihrer selbst gezogener Minze ...

Eine schwere Pranke legte sich auf meine Schulter.

Ich sah zu Mr Coleman auf, aber er war so verschwommen, dass ich ihn nicht richtig sehen konnte, obwohl ich oft blinzelte. Nur seinen buschigen weißen Bart erkannte ich.

„Es tut mir so leid, Savannah. Wir haben alles versucht. Aber ... sie ist tot."

„Nein." Sie war nicht tot. Sie schlief nur. Wieder fiel Regen auf Nannas Wangen. Die Tropfen sammelten sich in den tiefen Falten neben ihrem Mund, und ich wischte sie fort.

„Savannah, es ist vorbei." Dad stellte sich auf die andere Seite von mir. „Wir können nichts mehr tun."

„Nein." Kopfschüttelnd starrte ich Mr Coleman an. Er musste mir doch helfen können. „Mit Ihren Kräften ..."

„Wir haben es versucht", sagte Mr Coleman.

„Dann versuchen Sie etwas anderes!" Ich wandte mich an Dr.

Faulkner. Warum hatten sie alle Nanna aufgegeben? Er heilte täglich Menschen, und er war ein Nachfahre. Er musste ihr doch helfen können. „Sie sind Arzt. Können Sie ihr Herz nicht gesund zaubern?"

Er schüttelte den Kopf. „Ich habe es versucht. Aber es war zu spät. Das Gewebe war schon lange geschädigt. Offenbar hatte sie schon seit Jahren Herzprobleme. Hat sie dir etwas gesagt?"

Ich starrte auf Nannas Gesicht, auf ihre Brust, die sich einfach nicht heben und senken wollte. Sie hatte so viele Geheimnisse für sich behalten. Sogar meine Familiengeschichte hatte sie mir verschwiegen, bis ich fünfzehn war.

Aber warum hatte sie das geheim gehalten? Wenn sie es uns gesagt hätte, hätten wir ihr helfen können. Wir hätten ihr das fettige frittierte Essen ausreden oder sie zum Sport animieren können. Für solche Fälle gab es doch Operationen und Transplantationen.

Noch einmal flehte ich Mr Coleman und Dr. Faulkner an. „Aber Sie können sie noch retten. Mit einem Zauber oder …"

Dr. Faulkner schüttelte wieder den Kopf. „Wir können keine Wunder vollbringen. Wir können die Toten nicht zum Leben erwecken. Zumindest nicht mit einer Seele …"

„Dann bringen Sie sie ohne zurück!" Mir juckte es in den Händen, ihn zu schlagen. Er wollte nur nicht helfen, weil der Clann uns ausgestoßen hatte, weil ich ein Mischling war. „Sie ist meine Großmutter! Sie haben sie umgebracht! Machen Sie schon. Bringen Sie sie zurück!"

„Nein", sagte Mr Coleman fest. „Das werden wir nicht tun. Die Clann-Gesetze verbieten es, Zombies zu erschaffen. Und mehr wäre sie nicht, nur ein Zombie, ohne Persönlichkeit oder echtes Leben. Nicht mehr als eine lebende Leiche. Willst du das? Würde deine Großmutter das wollen?"

Beinahe hätte ich Ja gesagt, aber das Wort blieb mir im Hals stecken. Nanna wäre entsetzt und wütend gewesen, wenn sie uns gehört hätte. Sie hatte Filme über Zombies scheußlich gefunden und auch keine Bücher über sie gelesen. Selbst wenn der Clann ihren Körper zum Leben erweckt hätte, wäre es nicht wirklich Nanna gewesen.

„Bitte, es muss doch etwas …", flüsterte ich. Ich starrte auf die winzigen Fältchen in Nannas Lidern und streichelte ihre weichen Wangen. Bis ich merkte, dass sie schon kalt und grau wurde.

Nein. Das durfte nicht passieren. Sie konnte nicht tot sein.

„Es tut mir leid, aber wir können nichts mehr tun", sagte Mr Coleman leise. „Wenn ich sie dir zurückbringen oder ungeschehen machen könnte, was heute passiert ist, würde ich es tun, das schwöre ich. Aber selbst Nachfahren können nicht alles."

Also war es vorbei. Mit seiner ganzen angeblichen Macht war der Clann nicht besser als ich. Er konnte Nanna das Leben nehmen, aber sie nicht zurückbringen. Sie war wirklich tot. Ich war zu spät gekommen, um sie zu retten.

Und jetzt musste ich mich verabschieden.

„Nanna", flüsterte ich. Der Schmerz breitete sich wie bleierne Schwere in mir aus. Ich konnte mich kaum noch rühren. Er stieg in mir auf, erfüllte meine Kehle und brannte in den Augen, bis ich dachte, gleich würde mein Schädel platzen. Hätte ich gestanden, hätte er mich wie eine Flutwelle umgerissen. Aber ich kniete schon, und so krümmte ich mich über meiner toten Großmutter zusammen und rang nach Luft.

Als ich sie in die Arme nahm und an mich drückte, dachte ich daran, wie oft sie mich als Kind auf den Schoß genommen und uns auf ihrem Schaukelstuhl gewiegt hatte. Und wie sie jeden Tag, trotz ihrer knirschenden, altersschwachen Gelenke, genau so im Garten gekniet hatte, um den Kräutern und Gemüsepflanzen gut zuzureden. Nie wieder würde ich meine Großmutter in den Armen halten. Sie hatte mich mit großgezogen und war manchmal eher für mich da gewesen als meine Mutter.

Und jetzt war sie gestorben. Wegen mir.

„Nanna, es tut mir so leid." Ich konnte es nicht oft genug sagen. Und wenn ich mich mein ganzes Leben entschuldigen würde, es würde nicht genügen.

„Savannah", sagte Mr Coleman. „Dein Verlust tut mir schrecklich leid. Mein tiefstes Beileid auch für Jo… deine Mutter. Keiner von uns wollte das. Ich wollte nur meinen Sohn zurückhaben, und wir dachten, deine Großmutter wüsste … Ich hätte nie gedacht …"

Diesem Hünen von einem Mann fehlten die Worte. Als ich den Blick hob, sah ich Tränen in seinen Augen, die Tristans so ähnlich sahen. Sie gaben mir einen flüchtigen Eindruck davon, wie Tristan später werden würde. Aber dann würde ich nicht mehr zu seinem Leben gehören.

Jemand legte seine Hände auf meine und versuchte sanft, meine Finger aufzubiegen. Verwirrt sah ich, dass Dr. Faulkner meine Hände von Nanna lösen wollte.

Von Nannas Leiche. Denn Nanna war nicht mehr hier.

Ich ließ sie aus meiner Umarmung gleiten, und er legte sie auf den Boden. Ich konnte mich nicht bewegen, spürte meine Arme und Beine nicht mehr, nicht mal meine Kleidung und Haare, die klatschnass an mir klebten.

Was sollte ich jetzt tun? Was taten normale Menschen, wenn jemand, den sie liebten, mitten im Wald in ihren Armen starb? Es musste doch einen bestimmten Ablauf geben, Dinge, die jemand erledigen musste. Aber mein Verstand wollte sich mit dieser Frage einfach nicht beschäftigen. Ich wackelte mit den Fingern und merkte, dass ich die Hände in die Erde gedrückt hatte. Als ich sie herauszog, klebten Moos und Matsch an ihnen. Der gleiche Matsch, der an Nannas Rücken klebte.

Nanna hätte das nicht gefallen. Sie hätte nicht gewollt, dass ich schluchzend im Dreck neben ihrer Leiche sitze, vor allem nicht vor den Nachfahren, die sie ausgestoßen und alleingelassen hatten. Sie hätte gesagt, ich solle aufstehen, tapfer sein und meinen Schmerz verbergen. Ihnen zeigen, wie stark wir Evans-Frauen sein konnten. Tun, was getan werden musste, und später allein meinen Gefühlen nachgeben.

Um ihretwillen holte ich tief Luft und versuchte meine Hände an meiner Hose abzuwischen. Allerdings war meine Kleidung auch schon vom Matsch verschmiert. Ich würde meine Hände erst zu Hause richtig säubern können.

Zu Hause. Wo Mom auf eine Erklärung warten würde. Mein Gott. Sie wusste es noch gar nicht …

„Wir helfen dir, alles zu regeln", versprach Mr Coleman leise, und Dr. Faulkner nickte zustimmend.

Was hätte Nanna jetzt von mir erwartet?

„Ich glaube ... sie hätte sich gewünscht, zu Hause im Schlaf zu sterben", sagte ich zu Dr. Faulkner. „Sie hätte nicht gewollt, dass jeder weiß ..." Ich brachte den Satz nicht zu Ende. Mit einer Geste deutete ich auf den Schlamm, den Regen und die Grasflecken auf Nannas Nachthemd, das bei ihr immer sorgfältig blütenweiß gehalten wurde.

„Dann schreibe ich es so in die Sterbeurkunde", antwortete Dr. Faulkner. Er, Dad und Mr Coleman standen auf.

Erst jetzt ließ ich meinen Blick über die Lichtung schweifen und bemerkte das entsetzte Publikum, das jede meiner Bewegungen beobachtete. Viele starrten mich an und tuschelten, als würden sie ein Theaterstück sehen, in dem sie keine Rolle spielten. Empfanden sie wenigstens einen Hauch von Schuld wegen Nannas Tod? Oder war ich hier die einzige Mörderin?

Mr Coleman drehte sich langsam im Kreis, bis alle verstummten. „Wir werden niemals über heute sprechen. Verstanden?"

Die Nachfahren nickten zögerlich. Während sie in kleinen Grüppchen im Wald verschwanden, spürte ich, welchen Widerwillen viele von ihnen verströmten.

„Savannah ...", rief Tristan mit erstickter Stimme. Er wollte zu mir kommen, aber Dylan und ein anderer Junge hielten ihn fest. Fluchend versuchte Tristan, sich loszureißen.

Ein Prickeln auf meiner Haut verriet mir, dass sein Energielevel stieg. Gleich würde Tristan mit Magie gegen die beiden Jungen kämpfen.

„Tristan, hör auf!" Ich sah seinen Vater an. „Darf ich ..."

Nach einem kurzen Blick auf Nanna nickte Mr Coleman.

Wieder durchströmten mich Schmerzen. Fast nahmen sie mir die Luft zum Atmen. In mir schrie eine Stimme, ich hätte schon genug verloren. Ich solle das Stückchen Glück, das mir noch blieb, festhalten. Ich würde es nicht überleben, noch etwas zu verlieren.

Aber ich musste es tun. Ich hatte zwei Versprechen gegeben. Und es war zu seiner eigenen Sicherheit.

Widerstrebend ging ich auf tauben Beinen zu Tristan. Bei jedem Schritt patschte das Moos unter meinen Schuhen. Nachdem der Sturm weitergezogen war, war das Geräusch deutlich zu hören. Viel zu schnell erreichte ich das Ende meiner einzigen wahren Liebe.

Ich wollte mir Tristans Gesicht genau einprägen, jede Linie auf seiner Stirn, die vollen geschwungenen Lippen, die er jetzt vor Wut, Schuldbewusstsein und Angst zusammenpresste, die vom Regen tropfnassen dunkelgoldenen Locken, die sein Gesicht einrahmten. Unsere Umgebung, die ich nur aus den Augenwinkeln wahrnahm, erinnerte mich an alles, was wir in unseren Träumen hier zusammen erlebt hatten. An die vielen Küsse, während wir auf der Picknickdecke gelegen und stundenlang geredet hatten. Die schweren Äste der Kiefern wiegten sich in den letzten Ausläufern des Sturms. Genau so hatte es ausgesehen, als ich mit Tristan barfuß auf dem Moos getanzt hatte. Bei meinem Geburtstag im letzten November hatten in diesen Bäumen tausend Lämpchen gefunkelt. Und ich hatte den erträumten Samtkuchen von Tristans Lippen geküsst.

Jetzt waren wir hier. Wir standen tatsächlich im Wald auf der echten Lichtung und schufen eine neue Erinnerung. Eine, die ich nie loswerden würde, und wenn ich es noch so sehr versuchte.

Als ich den letzten Schritt auf ihn zuging, war er wie erstarrt. „Sav, es tut mir so leid. Ich wollte nicht …"

„Ich weiß", unterbrach ich ihn. „Mir tut es auch leid. Aber der Rat und der Clann haben recht: Wir sollten uns wirklich nicht mehr sehen. So ist es besser. Sicherer."

„Nein, Sav …"

Ich drückte meine kalten Fingerspitzen auf seine warmen Lippen. Der Regen rann über sein Gesicht und um meine Finger, wie winzige Bäche Steine umspülten. Ich schloss die Augen. Bei dem, was ich jetzt sagen würde, wollte ich sein Gesicht nicht sehen. Sonst würde ich es vielleicht nicht schaffen, und es musste sein.

Auf Zehenspitzen drückte ich ihm einen Kuss auf die Wange. Ich schmeckte den Regen auf seiner Haut. Und ich ließ mir Zeit, damit ich neben dem Ozon in der Luft Tristans schwaches Eau de Cologne riechen und ein letztes Mal seine Wärme spüren konnte. Dann wich ich zurück, die Augen immer noch geschlossen. Mit ganzer Macht klammerte ich mich an alldem fest, während ich mich gleich-

zeitig zwang, ihn gehen zu lassen.
„Wir dürfen uns nicht mehr sehen. Versuch es bitte gar nicht erst. Es ist die richtige Entscheidung. Irgendwann wirst du es verstehen."
Ich drehte mich um und ging, bevor er mich umstimmen konnte. Irgendwie schaffte ich es, nicht zurückzusehen, als ich ein letztes Mal unseren Wald verließ.
Dabei wusste ich genau, dass ich mein Leben lang an diesen Tag zurückdenken würde, an die letzten Monate und an jede einzelne Entscheidung, die ich getroffen hatte. Und mich fragen würde: Was wäre passiert, wenn ich stärker gewesen wäre? Wenn ich meinen Gefühlen für ihn widerstanden hätte? Wenn ich mich doch nur an die Regeln gehalten hätte …
Dann hätte Nanna jetzt noch gelebt.

3. KAPITEL

Die nächsten Minuten rauschten an mir vorbei. Ich hockte in Dads Mietwagen, und langsam fraß sich der Schmerz in mich hinein. Irgendwann kam ein Krankenwagen. Er wendete in der Einfahrt und fuhr rückwärts auf das Grundstück der Colemans. Zwei Sanitäter sprangen heraus, luden eine Transportliege aus und trugen sie in den Wald. Nach einer Weile kamen sie zurück, dieses Mal langsamer. Auf der Liege zwischen ihnen bauschte sich ein unförmiger schwarzer Sack auf.

Ich wandte den Blick ab, legte den Arm auf das Armaturenbrett und lehnte den Kopf an.

Irgendwann kam Dad zum Auto zurück und stieg ein. Einen Moment lang saß er stumm da, dann tätschelte er mir unbeholfen den Rücken. Es war so ungewohnt, von ihm getröstet zu werden, dass es mich wachrüttelte. Aber noch musste ich mich zusammenreißen. Erst mussten wir Mom erzählen, was passiert war.

Dad ließ den Motor an, fuhr über die kreisförmige Auffahrt und zu mir nach Hause.

Zu Nanna nach Hause.

„Hast du Mom angerufen?", fragte ich. Meine Stimme klang belegt, ich musste mich räuspern.

„Nein."

„Dann warte noch damit. Sie soll es nicht hören, solange sie im Auto unterwegs ist."

Er sah auf die Uhr. „In einer halben Stunde müsste sie zu Hause sein."

Schweigend fuhren wir heim.

Als wir in die kurze Einfahrt einbogen, die mit Kiefernnadeln bedeckt war, waren alle Fenster im Haus dunkel. Als die Nachfahren Nanna entführt hatten, hatten sie die Haustür zugezogen, aber nicht abgeschlossen. Ich betrat das Haus mit einem flauen Gefühl im Magen, weil ich Angst hatte, dass es von einem magischen Kampf verwüstet sein könnte. Aber entweder hatten die Nachfahren sich angeschlichen, oder sie hatten Nanna bewusstlos geschlagen, bevor sie reagieren konnte. Jedenfalls sah alles noch genauso aus wie beim letzten Mal, als ich es gesehen hatte.

Ich schaltete das Licht im Wohnzimmer ein, holte Handtücher aus dem Wäscheschrank im Flur und gab auch Dad welche, damit wir uns abtrocknen konnten. Umziehen konnte ich mich später noch, wenn Mom zu Hause war. Ich wagte nicht, vorher in mein Zimmer zu gehen, weil ich dann vielleicht wirklich zusammenklappen würde.

Ich ließ mich auf die Klavierbank sinken, die einzige Sitzgelegenheit im Zimmer, die nicht gepolstert war und nicht unter meiner nassen Kleidung leiden würde. Dann zog ich die triefnassen Turnschuhe aus und schälte mir die Socken von den Füßen. Jede kleine Ablenkung war mir recht.

Kein Laut war im Haus zu hören. So leise war es hier sonst nie. Bei Nanna wäre jetzt der Fernseher im Esszimmer gelaufen, damit sie in der Küche beim Kochen oder beim Häkeln in ihrem Schaukelstuhl zuhören konnte. Oder sie hätte im Wohnzimmer am Klavier gesessen und Kirchenlieder durch das Haus klingen lassen, um für den Gottesdienst zu üben.

Ich drehte mich zu dem Klavier um und legte die Hände auf die Tasten. Sie waren kalt und glatt, genau wie meine Haut. Zum ersten Mal fiel mir auf, dass die Tasten der Oktaven neben dem eingestrichenen C rauer waren, weil sie öfter gespielt worden waren als die ganz hohen und tiefen Töne. Ich strich über die Oberflächen, die Nannas Fingerspitzen abgerieben hatten. Sie hatte versucht, mir das Spielen beizubringen, aber ich konnte nicht gut Noten lesen.

Auf der Notenablage war immer noch ein ledergebundenes Gesangsbuch aufgeschlagen. Das letzte Lied, das Nanna gespielt hatte, war „Amazing Grace". Eine Zeile sprang mich förmlich an:

I was blind, but now I see.

Ich musste aufstehen, weg vom Klavier.

Ein Auto näherte sich rumpelnd dem Haus, der Motor wurde ausgestellt, kurz darauf schlug eine Tür zu. Dad und ich sahen uns an.

Mom war nach Hause gekommen.

Ich hätte mir mehr Zeit gewünscht.

Immer wieder verschlang ich die Finger ineinander, bis sie die Tür öffnete.

Mom stürmte wie ein Wirbelwind herein. „Savannah! Mein Gott, du bist ja klatschnass. Hast du etwa in deinen Sachen geduscht?" Sie schloss ihren knallpink-braun getupften Regenschirm, schüttelte ihn über der Schwelle aus und lehnte ihn gegen die Wand.

Dann streckte sie mir die Arme entgegen, um mich zu begrüßen wie immer. Aber ich konnte mich nicht rühren. Ich war wie angewurzelt. Als sie nach rechts sah, verschwand ihr Lächeln. Mit einer sonnengebräunten Hand strich sie sich über die fein gelockten blonden Haare. „Oh. Hallo, Michael. Ich dachte, du setzt Savannah nur hier ab."

Er begrüßte sie mit einem Nicken.

Stirnrunzelnd schloss Mom die schwere Eichentür hinter sich. „Wo ist Nanna? Du hast nicht angerufen, deshalb dachte ich …"

„Mom, setz dich lieber", unterbrach ich sie. Ich hatte Angst davor, wie sie reagieren würde, aber ich musste es hinter mich bringen.

Sie blinzelte ein paarmal, bevor sie sich auf den Schaukelstuhl sinken ließ. Die Polsterfedern protestierten quietschend. Ich kniete mich auf den abgewetzten grüngoldenen Teppich, den wir Nanna nicht hatten ausreden können, nahm Moms Hand und versuchte ihr zu sagen, dass ihre Mutter wegen mir gestorben war.

„Mom, Nanna ist …"

„Oh nein", flüsterte Mom mit aufgerissenen Augen. „Sie haben sie getötet, oder? Ist sie tot?" Ihre Stimme steigerte sich zu einem Kreischen. „Ich wusste es! Ich wusste, dass sie Nanna irgendwann umbringen. Diese bösartigen, hasserfüllten … Mein Gott, ich hätte hier sein müssen und sie beschützen. Aber ich war ständig unterwegs, da konnten sie ganz leicht …"

„Nein, Mom. Es ist meine Schuld", platzte es aus mir heraus.

„W…was?", fragte sie tonlos.

Ich konnte sie nicht ansehen. Mit gesenktem Blick gestand ich alles – die Verabredungen mit Tristan, die Heimlichkeiten, die Prügelei zwischen Dylan und Tristan am Freitagabend, die Beobachter des Vampirrates an meiner Schule. Ich erzählte von der Prüfung durch den Rat in Paris und dass wir Tristan nach Hause gebracht hatten, es aber schon zu spät war. Nur im Flüsterton konnte ich berichten, wie Nanna in meinen Armen gestorben war, obwohl Mr Coleman und Dr. Faulkner alles versucht hatten, und dass Dr. Faulkner meinte, Nanna müsse schon lange unter Herzproblemen gelitten haben. Zuletzt erzählte ich von meinem Versprechen an den Rat und den Clann, mich nicht mehr mit Tristan zu treffen, und dass ich mit ihm Schluss gemacht hatte.

Im Zimmer war es totenstill, während Mom versuchte, das alles zu begreifen. Dann sprang sie auf und stellte sich vor das Bücherregal, Dad und mir den Rücken zugewandt. Lange waren das Ticken der verzierten Silberuhr auf dem Klavier und Moms raue, rasche Atemzüge die einzigen Geräusche.

„Mom?" Ich fühlte mich wieder wie ein Kind, ganz klein und verängstigt. Noch nie war sie auf mich so böse gewesen, dass sie mich nicht einmal ansehen wollte. Ich hatte mich immer an die Regeln gehalten und mich bemüht, brav zu sein. Bis Tristan gekommen war. Und jetzt hatte ich unsere Familie zerstört.

Als ich aufstand, klebten mir meine Sachen am Körper. Ich ging zwei Schritte auf sie zu, näher wagte ich mich nicht. „Mom, es tut mir so leid. Ich kann gar nicht sagen, wie leid es mir tut. Ich wusste nicht ... Ich hätte nie gedacht, dass der Clann so etwas tun würde. Bei der Sache mit dir und Dad haben sie Nanna und dich nur aus dem Clann geworfen. Und der Rat ... dass er Tristan einfach entführt ..." Wie sollte ich ihr erklären, dass ich es für halb so wild gehalten hatte, bis alles außer Kontrolle geraten war?

„Du bist wirklich die Tochter deiner Mutter, was?", murmelte sie und ließ die Schultern hängen. Die Enttäuschung und Verzweiflung, die aus ihrer Haltung sprachen, waren schlimmer als ein Schlag ins Gesicht.

Als sie sich zu mir umdrehte, sah ich, wie die Tränen über ihre Wangen strömten. Da konnte ich mein Weinen und Schluchzen auch nicht mehr zurückhalten.

„Komm her", sagte sie und streckte die Arme aus. Sofort war ich wieder das kleine Mädchen, das zu seiner Mutter lief, um sich trösten zu lassen. Nur ging es nicht um ein aufgeschlagenes Knie oder ein paar blaue Flecken vom Fahrradfahren. Es war so viel schlimmer, und nie würde ich meine Fehler von diesem Jahr wiedergutmachen können.

Ich sagte ihr immer wieder, wie leid es mir täte, obwohl ich wusste, dass alle Entschuldigungen der Welt Nanna nicht zurückbringen würden.

„Schscht", machte sie. Sie strich mir über das Haar wie damals, als ich klein war, aber das machte es nur noch schlimmer. Ich hatte es nicht verdient, dass sie mich tröstete oder mir verzieh.

Sie schüttelte den Kopf, dass mir ihr Lieblingsparfum in die Nase stieg, und seufzte. „Du wusstest nicht, wozu der Clann fähig ist, weil ich es nicht wollte. Vor dieser hässlichen Seite wollte ich dich schützen, genau wie Nanna uns offenbar nicht mit ihrem kranken Herzen belasten wollte." Sie lehnte sich zurück, nahm mein Gesicht zwischen ihre rauen Hände und lächelte mich traurig an. „Ich hatte so gehofft, dass du nicht die gleichen Probleme bekommst wie dein Vater und ich. Aber irgendwie wiederholt sich die Geschichte doch."

Als sie ihn über meine Schulter hinweg ansah, blickte sie noch trauriger drein. Ich hätte nicht gedacht, dass das möglich war.

Sie seufzte aus tiefster Seele. „Wo ist Nanna?"

„Wir haben uns schon um alles gekümmert, Joan", sagte Dad überraschend sanft. „Aber wenn du so weit bist, müssen wir noch über andere Dinge reden."

Sie nickte. „Savannah, zieh dir doch erst mal trockene Sachen an. Ruh dich aus, wenn du willst, und wir reden morgen weiter, ja?"

Ich nickte. Ausgelaugt und müde, wie ich war, schaffte ich es gerade noch, mich in mein Zimmer zu schleppen und ein übergroßes T-Shirt zum Schlafen anzuziehen. Als ich unter die Decke schlüpfte, stieß ich mit den Füßen gegen einen Stapel frischer Wäsche, den Nanna offenbar noch auf mein Bett gelegt hatte.

Beim Einschlafen strich ich mit den Fingerspitzen über die weichen Noppen der lavendelfarbenen Decke, die Nanna für mich zum sechsten Geburtstag gehäkelt hatte.

Tristan

Ich tigerte in meinem Zimmer auf und ab und ballte immer wieder die Fäuste. Der Vormittag hatte in einer echten Katastrophe geendet. Dabei hatte ich gerade gedacht, mit Savannah und mir würde alles laufen.

Als ich den Knauf meiner Zimmertür drehen wollte, bekam ich einen elektrischen Schlag ab. Fluchend zog ich die Hand zurück.

Meine Eltern hatten meine Tür mit einem heftigen Zauber belegt, damit ich in meinem Zimmer blieb. Bestimmt hatten sie auch das Fenster gesichert.

Ob sie mich zum Abendessen rauslassen würden? Oder morgen für die Schule?

Seufzend setzte ich mich auf die Bettkante und stützte den Kopf in die Hände.

Ich musste hier raus und zu Savannah. Musste für sie in dieser schlimmen Zeit da sein. Sie hatte so oft von Mrs Evans erzählt. Ihre Großmutter war wie eine zweite Mutter für sie gewesen, zumal ihre echte Mutter ständig unterwegs war. Sie zu verlieren musste Savannah schrecklich getroffen haben. Sie brauchte jemanden an ihrer Seite.

Ich hätte bei ihr sein sollen. Stattdessen war ich in meinem Zimmer eingesperrt. Und weil meine Mutter mein Zimmer schon vor Jahren mit einem anderen Zauber belegt hatte, konnte ich Savannah nicht einmal im Traum besuchen, solange ich hier festsaß. Unsere Gedanken hatten nur zueinandergefunden, wenn ich im Garten geschlafen hatte.

Könnte ich den Zauber auf dem Fenster lösen, wenn ich es mit meinem Stuhl einwarf?

Als es laut klopfte, sprang ich auf.

„Was ist?", fragte ich.

Die Tür wurde geöffnet, und Emily streckte den Kopf herein. „Hey. Ich wollte mal nach dir sehen."

Ich runzelte die Stirn. „Wieso bekommst du von der Tür keinen gewischt?"

„Ein gezielter Zauber. Mom hat ihn so hinbekommen, dass er nur bei dir funktioniert. Du kannst trotzdem nicht rauskommen, auch wenn ich die Tür aufgemacht habe. Wenn du die Schwelle erreichst, fliegst du zurück und landest auf dem Hintern. Und davon hast du lange was, glaub mir." Als ich die Augenbrauen hochzog, fuhr sie fort: „Glaubst du etwa, ich hätte noch nie Hausarrest bekommen?"

Leise grummelnd ließ ich mich wieder auf die Bettkante sacken, den Rücken zur Tür. Das war echt mies. Wieso konnte meine Familie nicht normal sein?

„Was zum Teufel hörst du da? Ist das … Phil Collins?"

Ja, war er. Auch wenn es sie nichts anging. Ich verdrehte die Augen und regelte die Lautstärke herunter. Dann ließ ich mich aufs Bett fallen.

„Hast du wieder in Dads Musiksammlung gestöbert?" Grinsend kam sie ganz herein.

Ich starrte seufzend an die Decke. „Willst du mir nur unter die Nase reiben, dass du wieder das Lieblingskind bist?"

„Na ja, im Moment machst du es mir nicht gerade schwer." Sie setzte sich auf eine Ecke des Bettes. „Aber mal ernsthaft, kleiner Bruder. Was hast du dir bei der Nummer vorhin nur gedacht? Hast du geglaubt, der Clann würde einfach kuschen und dir erlauben, was du willst, weil du ihm ein Ultimatum stellst?"

„Nein." Gehofft hatte ich es schon.

„Was hast du dann erwartet?"

Ich zuckte mit den Schultern. „Ich dachte, entweder akzeptieren sie Sav und mich, oder ich verlasse den Clann. Dass ich ein Coleman bin, bedeutet ja nicht, dass ich keine Wahl hätte."

Sie schnaubte. „Ja, klar. Als würde Mom zulassen, dass du alles hinwirfst und ihre Pläne zunichtemachst."

Ehrlich gesagt war es mir inzwischen egal, was meine Mutter wollte. Es ging um mein Leben, nicht um ihres. „Was meinst du, wann sie mich hier rauslassen?"

„Ich habe Mom am Telefon gehört. Sie hat wohl mit der Schule gesprochen. Du bist mindestens eine Woche lang wegen Grippe entschuldigt."

Eine ganze Woche lang?

Als ich sie ungläubig anstarrte, erklärte sie: „Sie wollen, dass du dich mit der Zeit beruhigst und Vernunft annimmst. Und dass sich der Klatsch legt."

Unglaublich. Sie hatten es immer noch nicht verstanden.

Ich hämmerte mit der Faust auf die Matratze. „Ich muss sofort hier raus. Savannah hat gerade ihre Großmutter verloren. Und wer weiß, welchen Druck ihre Eltern machen. Sie braucht mich jetzt."

„Das muss sie wohl erst mal allein aushalten, du kommst hier nämlich nicht so schnell raus."

Ich fluchte laut, aber Emily zuckte nicht mal mit der Wimper.

„Allerdings könntest du die Sache beschleunigen."

Jetzt spitzte ich die Ohren. „Wie denn?"

„Sag Mom einfach, was sie hören will. Sag ihr, dass es dir leidtut, dass du einen Fehler gemacht hast und immer noch der nächste Anführer des Clanns werden willst."

„Und dass ich mich nie wieder mit Savannah treffe?" Den höhnischen Unterton konnte ich mir nicht verkneifen.

Als Antwort zog sie spöttisch eine Augenbraue hoch.

Ich starrte wieder an die Decke. „Das mache ich nicht. Was ich im Wald gesagt habe, war mein Ernst. Sie können mich nicht zwingen, im Clann zu bleiben. Und wenn ich nicht mehr dazugehöre, kann mir der Clann nichts mehr vorschreiben."

„Der Clann vielleicht nicht, aber unsere Eltern."

Ich biss die Zähne zusammen und konzentrierte mich darauf, nichts kaputt zu schlagen.

Emily seufzte lang und lautstark. „Mein Gott, bist du ein Dickkopf. Ich weiß ja, dass du Savannah magst und so, aber das ist sie doch nicht wert."

„Doch, ist sie. Und ich mag sie nicht nur. Ich liebe sie. So habe ich noch nie für jemanden empfunden. Noch nie. Ich gebe sie nicht auf, nur weil unsere Eltern so fanatisch sind."

„Hast du lieber lebenslang Hausarrest?"

„Sie können mich nicht ewig einsperren. Irgendwann müssen sie mich zur Schule rauslassen."

„Nicht, wenn sie dich zu Hause unterrichten."

Ich stützte mich auf einen Ellbogen. „Das würden sie nicht machen."

Sie zuckte mit den Schultern. „Wenn du es weit genug treibst, vielleicht doch." Als ich nichts sagte, funkelte sie mich böse an. „Kennst du die beiden überhaupt nicht? Sie werden alles tun, bis du

39

endlich begreifst, dass Savannah für dich tabu ist. Vergiss sie einfach, Tristan."

„Niemals. Nicht, solange wir uns lieben. Außerdem können unsere Eltern nur über mich bestimmen, bis ich achtzehn bin. Dann haue ich ab, und sie können es nicht verhindern."

„Ach so ist das. Du verlässt dich wohl auf deinen Treuhandfonds."

„Genau."

„Und wer bestimmt wohl darüber?"

Ich fluche innerlich. Daran hatte ich blöderweise nicht gedacht. Deshalb waren die meisten Dummheiten, die wir als Kinder angestellt hatten, auch auf Emilys Mist gewachsen. „Na gut, dann suche ich mir eben Arbeit."

„Als was denn, du Genie? Als Burgerbrater? Willst du damit euren Lebensunterhalt verdienen? Ihre Eltern zählen in nächster Zeit nämlich bestimmt nicht zu deinen größten Fans. Im Zirkel hat ihr Vater ausgesehen, als würde er dich am liebsten umbringen. Und nachdem ihre Großmutter im Grunde euretwegen gestorben ist, wird dich ihre Mutter auch nicht ins Herz schließen. Ihr könnt höchstens zusammen sein, wenn ihr abhaut."

„Der Clann hat Mrs Evans auf dem Gewissen, nicht Sav und ich."

Langes Schweigen. „Offenbar sieht Savannah das anders."

„Es tut mir so leid, Nanna", hatte Savannah immer wieder ihrer toten Großmutter zugeflüstert.

Als würde Savannah sich für ihren Tod verantwortlich machen. „Ich werde ihr erklären, dass der Clann schuld ist."

„Viel Glück damit, wenn du bis zu deinem achtzehnten Geburtstag Hausarrest hast."

Mom hatte mir mein Handy, das Festnetztelefon und den Computer weggenommen. Mein linker Fuß fing an zu zucken. „Leih mir mal dein Handy."

„Vergiss es! Dann nimmt Mom mir meins auch weg. Und bevor du fragst: Meinen Laptop leihe ich dir auch nicht. Ich lasse doch nicht alle Kontakte flötengehen, weil du nach einem der wenigen Mädchen verrückt bist, die du nicht haben kannst." Sie sprang auf. „Sieh es ein, kleiner Bruder. Du hattest deinen Spaß, aber die Nummer mit Savannah ist gelaufen. Je eher du sie vergisst und dir eine andere suchst, desto besser. Für euch beide."

Als sie gehen wollte, stockte sie. „Ach ja. Ich soll dir das hier von Mom geben." Mit dem Fuß schob sie ein Holztablett mit einer Limodose und einem Sandwich über die Schwelle. „Erdnussbutter und Erdbeermarmelade. Deine Lieblingssorte."

Als würde ich das essen. Wahrscheinlich hatte Mom es mit noch mehr Zaubern belegt, damit ich Savannah vergessen würde oder so was. „Ich esse erst wieder, wenn sie mich hier rauslassen."

Ein Grinsen breitete sich auf ihrem Gesicht aus. „Dumm, aber bewundernswert. Ich schmuggle dir was rein."

Konnte ich ihr vertrauen, dass sie mir nichts unterjubelte?

Ihr Grinsen wurde zu einem Lachen. „Alles koscher, versprochen."

„Danke, Schwesterherz."

Jetzt hätte sie mir nur noch einen starken Zauber besorgen müssen, mit dem ich hier herauskam.

Savannah

Als ich am nächsten Morgen aus meinem Bett stolperte, kam ich mir vor wie eine meiner gläsernen Ballerinas: kalt und spröde und sehr zerbrechlich. Meine Lider kratzten und waren so verschwollen, dass ich die Augen kaum öffnen konnte.

Ich brauchte dringend Koffein.

Ich schleppte mich den Flur hinunter, wollte zum Esstisch und freute mich schon auf eine Tasse von Nannas selbst gezogenem, altmodischem Tee, den sie mir jeden Morgen machte. Aus zwei Gründen blieb ich plötzlich wie angewurzelt stehen.

Mein Vater saß mit meiner Mutter am Esstisch. Soweit ich mich erinnerte, hatte ich die beiden noch nie zusammen an einem Tisch gesehen. Sie hatten sich scheiden lassen, als ich zwei war. Seitdem bekamen sie gerade mal ein höfliches Telefonat hin. Von einem netten gemeinsamen Essen hätte ich bisher nicht mal zu träumen gewagt.

Und ich erstarrte, weil mir klar wurde, dass ich nie wieder Nannas selbst gemachten Tee trinken würde. Zumindest nicht von ihr sorgfältig abgemessen und aufgebrüht.

„Hallo, Liebes, wie fühlst du dich?" Mom stand von ihrem Stammplatz auf und ging in die Küche. Sie wollte mir etwas zu essen machen, das ich sowieso nicht herunterkriegen würde.

Wie ich mich fühlte? Wie eine verräterische, egoistische, verlogene Mörderin. „Ganz gut", murmelte ich und setzte mich neben meine Mutter und gegenüber von Dad.

Ich ertappte mich dabei, wie ich ihn anstarrte. Es war einfach total seltsam, ihn an Nannas Esstisch zu sehen.

Mom stellte mir einen Teller mit Waffeln aus der Mikrowelle vor die Nase. Mein Magen drohte zu rebellieren. Ich versuchte Zeit zu schinden, indem ich die klebrigen Waffeln, die vor Sirup nur so trieften, in winzige Stückchen schnitt.

Mom setzte sich, faltete die Hände auf dem Tisch und wechselte einen Blick mit Dad.

Sofort schrillten bei mir die Alarmglocken.

„Savannah, wir müssen über etwas reden", fing sie an.

Mein Blick huschte von ihr zu Dad. „Okay."

„Dein Vater und ich haben uns unterhalten", fuhr Mom fort. „Und wir finden, dass du für eine Weile bei ihm wohnen solltest. Zumindest bis zum Ende der Highschool."

Während mein Hirn versuchte, die Information zu verarbeiten, starrte ich sie an. Das hätte ich nicht erwartet.

„Wenn sich deine Vampirfähigkeiten im kommenden Jahr weiterentwickeln, muss ich in deiner Nähe sein und dir beibringen, wie du sie erkennen und kontrollieren kannst", sagte Dad.

„Kann ich dich nicht einfach anrufen?"

„Es geht nicht nur darum, was deine Mutter und ich möchten. Der Rat hat auch … darum gebeten, dass ich in dieser wichtigen Phase in deiner Nähe bin." Keine große Überraschung. Der Rat hatte mich schon immer zwingen wollen, zu meinem Vater zu ziehen, damit er die „Auswirkungen" meiner Kindheit unter ehemaligen Clann-Mitgliedern ausgleichen konnte. „Wenn der Blutdurst stärker wird, kann ich über das Telefon kaum helfen, dich unter Kontrolle zu halten."

„Mich unter Kontrolle zu halten? Glaubst du wirklich, ich könnte eine echte Gefahr werden?"

„Möglicherweise. Es sei denn, wir beugen vor. Wir müssen lernen, die Anzeichen für kritische Situationen zu erkennen und schnell zu handeln."

Ich versuchte mir vorzustellen, wie es bei ihm sein würde, aber es fiel mir schwer. Bis zu diesem Wochenende hatte ich ihn nur zweimal im Jahr eine Stunde lang gesehen. Wir waren in ein Restaurant gegangen und hatten so getan, als würden wir essen und uns füreinander interessieren. Meine Vorstellungskraft konnte also nicht gerade auf persönliche Erfahrung zurückgreifen.

„Und du willst das auch?", fragte ich Mom. Ich wünschte mir von Herzen, sie würde sagen: Nein, ich möchte, dass du bei mir bleibst. Mein ganzes Leben lang hatte meine Familie aus Mom, Nanna und mir bestanden. Jetzt war Nanna nicht mehr da, und sie wollten mich auch noch von Mom wegholen.

„Schatz, das ist die beste Lösung. Für alle", antwortete sie.

„Ich kaufe natürlich ein Haus hier in der Stadt", fügte Dad hinzu. „Also keine Sorge, du musst weder die Schule wechseln noch deine Freundinnen oder die Tanzgruppe verlassen."

„Wieso das denn?", platzte es aus mir heraus. Wenn er mich damit beruhigen wollte, lag er wirklich total daneben. Es gab zwar überall auf der Welt Nachfahren, aber Jacksonville war ihre Heimat. An keinem anderen Ort wohnten so viele von ihnen. Es würde eine unerträgliche Versuchung für Dad sein, unter Hunderten von Nachfahren mit ihrem mächtigen Blut voller Magie zu leben. Und es hätte nur einen Vorteil gehabt, bei meinem Vater zu wohnen: Ich wäre von dem Clann in Jacksonville weggekommen.

Und nicht in Versuchung geraten, wieder mit Tristan zusammen zu sein.

„Der Rat will es so", sagte er nur.

Wollte der Rat mich etwa weiter auf die Probe stellen, indem ich noch zwei weitere Jahre hier verbringen sollte?

„Aber ich kann dich doch wenigstens noch an den Wochenenden besuchen, oder?", fragte ich Mom.

„Hör zu, Schatz, wir sind schon mit Nannas Rente kaum über

die Runden gekommen. Ohne sie kann ich das Haus nicht weiter abzahlen."

Als Dad die Stirn runzelte, verdrehte sie die Augen. „Ja, Michael, ich weiß, dass du deine Hilfe angeboten hast. Aber wir sind nicht mehr verheiratet, und es wäre nicht richtig. Du bist nicht mehr für mich verantwortlich, das weißt du doch."

Sie wandte sich wieder mir zu. „Außerdem ist das Haus viel zu groß für mich allein. Dann müsste ich mir zur Gesellschaft schon ein paar Hundert Katzen zulegen."

Ein zögerliches Lächeln vertrieb die Tränen aus meinen Augen. Schniefend wischte ich mir mit den Handrücken die Wangen ab. „Das wäre ja hübsch."

Sie lächelte. „Eben." Nachdem sie tief Luft geholt hatte, ließ sie die größte Bombe platzen. „Aber der wichtigste Grund ist, dass nach dem Tod deiner Großmutter auch ihre Magie vergeht. In ein paar Tagen verlieren alle Zauber nach und nach ihre Wirkung, je nachdem, wie stark sie waren und wann Nanna sie zuletzt erneuert hat. Auch der Dämmzauber." Bei dem letzten Satz konnte sie mir nicht mehr richtig in die Augen sehen.

Oh. Damit meinte sie den Zauber, der Blutdurst dämpfte. Niemand außer Nanna kannte diesen Zauber, weil niemand sonst je den Blutdurst eines Vampirs – in diesem Fall meinen – hatte eindämmen wollen, ohne den ganzen Vampir zu vertreiben.

Als Teenagerin hatte Mom sich dafür entschieden, ihre Fähigkeiten verkümmern zu lassen wie einen ungenutzten Muskel. Das hatte aber nichts an ihrer Abstammung geändert. Sie war immer noch eine Nachfahrin, durch deren Adern das mächtige Blut des Clanns floss, und das wirkte auf Vampire nahezu unwiderstehlich.

Ohne die Dämmzauber auf unserem Haus hätte ich es vielleicht auf das Blut meiner eigenen Mutter abgesehen. Und genau diese Zauber verblassten jetzt.

Ich schauderte. Auch wenn ich es ätzend fand, blieb mir wohl nichts anderes übrig. „Dann gehe ich mal lieber packen."

4. KAPITEL

Ich hätte versuchen sollen, meine letzte Woche in dem Haus, in dem ich aufgewachsen war, zu genießen. Wahrscheinlich hätte ich auch meine Freundinnen anrufen und ihnen erzählen sollen, dass ich bald zu meinem Vater ziehen würde. Aber Mom hatte schon ihre Eltern wegen Nannas Begräbnis angerufen, und den Rest würden sie spätestens mitbekommen, wenn ich nächste Woche wieder zur Schule ging.

Im Moment wollte ich mit niemandem reden. Ich hätte meinen Freundinnen Lügen darüber erzählen müssen, wie meine Großmutter gestorben war oder warum ich zu meinem Vater zog. Nein, danke. Ich schleppte schon so genug Schuldgefühle mit mir herum. Meine beste Freundin Anne Albright wusste ein bisschen etwas über die Fähigkeiten der Clann-Mitglieder. Letztes Jahr hatte sie Tristan geholfen, die drei Jungs aus dem Algebra-Kurs von mir fernzuhalten, nachdem ich sie aus Versehen mit meinem Tranceblick verhext hatte. Aber sie hatte keine Ahnung, dass ich eine Dhampirin war oder dass es überhaupt Vampire gab. Außerdem wusste Anne als Einzige von den dreien, dass ich mit Tristan zusammen gewesen war. Bei Carrie hätte sich das Risiko, es ihr zu erzählen, nicht gelohnt, weil ihr Beziehungsgeschichten sowieso egal waren. Und Michelle hätte zwar nie absichtlich ein Geheimnis verraten, aber bei ihrem Hang zum Tratsch war mir die Gefahr zu groß, dass ihr etwas herausrutschte und schließlich beim Clann landete.

Sie hätten es natürlich anders gesehen, aber je weniger meine Freundinnen über die Vampire und den Clann wussten, desto sicherer war es für sie.

Und so verging die Woche ruhig und viel zu schnell. Mom und ich packten unsere Sachen ein und boten das Haus zum Verkauf an. Von dem Geld wollte Mom meinen Collegebesuch bezahlen und sich ein Wohnmobil kaufen, damit sie auf ihren Vertreterrunden ein größeres Gebiet abdecken konnte. Wir dachten, der Verkauf würde sich wegen der Wirtschaftskrise ein paar Monate hinziehen. Aber zur Überraschung von Mom, mir und sogar der Maklerin fand sich schon nach wenigen Tagen ein Käufer. Offenbar hatten an dem Tag, an dem die Maklerin es ins Netz gestellt hatte, gleich zwei Firmen das Haus entdeckt und sich gegenseitig überboten, bis sie den geforderten Preis weit übertrafen. Der Gewinner hatte dazu noch komplett in bar bezahlt und auf die übliche Hausbesichtigung verzichtet. So dauerte der Verkauf statt einem Monat nur ein paar Tage. Die einzige Bedingung war, dass wir so schnell wie möglich ausziehen sollten, weil der Käufer das Haus sofort zur Miete anbieten wollte.

Schon bald würde also ein Fremder in dem Haus wohnen, in dem wir unsere Kindheit verbracht hatten.

Ein paar Tage später fuhren wir in Moms Wagen nach Tyler, um uns Wohnmobile anzusehen. Dad war dagegen, dass ich mitfuhr. Mom widersprach ihm: Wenn man mir zutraute, zusammen mit Clann-Mitgliedern die Schule zu besuchen, müsste es ja wohl auch möglich sein, dass ich mit meiner Mutter einkaufen fuhr. Allerdings würde ich da mit den anderen Nachfahren nicht im winzigen Fahrerhaus eines Pick-ups sitzen, sondern in einem großen Klassenzimmer, meinte Dad. Mom winkte ab: Das sei lächerlich. Damit war die Diskussion beendet.

Trotzdem nahm sie zur Sicherheit eines der Amulette mit, die Nanna zuletzt mit einem Dämmzauber belegt hatte. Außerdem öffnete ich mein Fenster. Nur für den Fall.

Auf halber Strecke nach Tyler gab ich schließlich der Neugier nach, die mich schon seit Tagen plagte.

„Mom, bist du auch mal zum Zirkel gegangen, als du noch im Clann gewesen bist?"

Sie verzog das Gesicht, als hätte sie ein Stinktier gerochen. „Da habe ich meine halbe Kindheit verbracht, leider. Im Zirkel finden nicht nur die großen Clann-Treffen statt. Dort können die Ältesten auch gefahrlos die anderen Nachfahren unterrichten, vor allem die Kinder, die ihre Fähigkeiten nicht gut unter Kontrolle haben. Es gibt eine ganze Reihe von Schutzvorrichtungen, die V…" Sie warf mir einen Blick zu. „Die Außenseiter fernhalten und dafür sorgen, dass niemand aus Versehen die Bäume abfackelt oder etwas außerhalb der Lichtung in die Luft jagt. Und glaub mir, ich habe diesen Schutz stärker strapaziert als alle anderen Nachfahren zusammen."

„Und wie sind Dad und ich an den Schutzzaubern vorbeigekommen?"

„Du kannst den Zirkel immer betreten, weil Clann-Blut in dir fließt. Und wenn du schon auf der Lichtung warst und auch nur daran gedacht hast, dass du dir wünschst, dein Vater dürfe nachkommen, konnte ihn der Schutzzauber auch nicht aufhalten. Er wurde extra so eingerichtet, dass man bei Gefahr seine Verbündeten in den Zirkel lassen kann."

„Also musste ich nur denken ‚Lass Dad rein', und der Zauber hat gehorcht? Braucht man nicht noch irgendein Zauberwort oder so was?"

„Nein, normalerweise nicht. Die Clann-Magie funktioniert nicht mit schicken Formeln oder magischen Kerzen und Kräutern, sondern über Willen und Entschlossenheit." Sie prustete laut wie ein Pferd, um mir ein Lächeln zu entlocken. „In deinem Alter hätte ich alles dafür gegeben, wenn man für unsere Zauber Krötenaugen und Spinnenbeine gebraucht hätte. Dann hätte ich nicht so große Probleme gehabt, meine Fähigkeiten unter Kontrolle zu halten."

„Warum zauberst du dir deine Fähigkeiten nicht einfach weg?" Diese Lösung war so offensichtlich, dass sie einen Haken haben musste, das war mir klar.

Mom lachte laut. „Ach Schatz, glaubst du, darauf wäre ich nicht auch schon gekommen? Das habe ich als Mädchen tausendmal versucht. Aber manche Dinge gehören so sehr zu uns, dass wir sie mit bloßem Willen nicht ändern können. Nanna hat dir doch jeden Tag ihren Spezialtee gekocht, damit wir deine Pubertät und damit deine Vampirseite so lange wie möglich unterdrücken konnten. Weißt du noch, wie toll das funktioniert hat?"

Allerdings. Am Ende hatte sich mein Körper letztes Jahr selbst bekämpft, und ich wäre fast gestorben, bis ich Nannas magischen Tee ausgeschwemmt hatte.

„Und was ist mit Nannas Dämmzauber gegen meinen Blutdurst? Er zielt doch auch auf etwas, das fest zu Vampiren gehört."

„In gewisser Weise ja. Weißt du, die Schutzamulette wirken auf dein Gehirn. Sie bauen eine Art gezieltes Energiefeld auf, das bestimmte Gedanken beeinflusst. Das ist so ähnlich wie ein Ton, den dein Gehör nicht wahrnehmen kann. Aber auf zellulärer Ebene verändern die Amulette nichts.

Nur geht es beim Blutdurst nicht um deine Gedanken und Gefühle. Das Verlangen nach Blut liegt Vampiren in den Genen. Auf dieser Ebene muss auch der Dämmzauber ansetzen. Und dafür braucht man wirklich mächtige Magie. So etwas wird den Nachfahren heutzutage nicht mehr beigebracht. Deshalb musste Nanna für den Dämmzauber auf die alten Methoden unserer irischen Vorfahren zurückgreifen. Sie hat gesagt, der Clann würde diese Methoden nicht mehr benutzen, weil sie zu gefährlich sind. Und sie hat angedeutet, dass sie jedes Mal selbst ein Opfer bringen musste, damit der Zauber funktioniert. Deswegen wollte sie den Ablauf auch nicht aufschreiben oder ihn jemandem beibringen. Sie hatte Angst, dass auch andere Clann-Mitglieder den Zauber trotz seiner Folgen ausprobieren könnten, wenn sie verzweifelt genug sind.«

Ich starrte auf die Straße. Mein Herz raste, und meine Gedanken überschlugen sich. Dr. Faulkner hatte gesagt, Nannas Herz habe versagt, seit Jahren habe sich Narbengewebe darauf gebildet. Aber uns hatte sie nie etwas von ihren Problemen mit dem Herzen erzählt. Warum? Wovor wollte sie uns schützen?

Kam ihr krankes Herz etwa von den Dämmzaubern, die sie jahrelang für meine Eltern und später in unserem Haus gewirkt hatte, damit ich gefahrlos bei ihr und Mom wohnen konnte?

Nein. Nein, ich war schon schuld daran, dass der Clann Nanna zum Zirkel verschleppt hatte. Da konnte meine Vampirseite nicht auch noch der Grund für ihr Herzversagen sein. Sie war gestorben, weil sie sich an diesem Tag zu stark gegen den Clann gewehrt hatte, weil sie fett gegessen und nie Sport getrieben hatte und ihre Gene sie anfällig für Herzkrankheiten gemacht hatten.

Trotzdem hätte es gepasst, oder? Wenn sie einen Teil ihres Lebens oder ihrer Gesundheit geopfert hätte, um Dads Verlangen nach dem mächtigen Clann-Blut zu unterdrücken, hätte sie Mom nichts davon erzählt. Und ganz sicher hätte sie nicht mit ihrer Enkelin darüber geredet, die eine halbe Vampirin war.

Mein Gott. *Nanna, was hast du dir nur angetan?*

Ich unterdrückte ein Schluchzen, starrte aus dem offenen Fenster und biss mir auf die geballte Faust, damit ich nicht laut schrie. Tränen liefen mir über die Wangen. Das schlechte Gewissen, das immer in mir rumorte, schlug seine Krallen in meine Lungen, bis ich kaum atmen konnte. Ich durfte nicht zusammenbrechen. Nicht hier. Nicht jetzt, wo sich Mom so auf das Wohnmobil freute, das sie sich schon immer gewünscht hatte. Nachdem ich ihr schon so viel genommen hatte, durfte ich ihr nicht auch noch diesen Tag verderben.

„Alles in Ordnung, Schatz?", fragte Mom. „Du bist plötzlich so still."

Zum Glück hatte der Wind meine Tränen sofort getrocknet. Ich räusperte mich und versuchte möglichst unbeschwert zu antworten. „Klar. Ich bin nur schon gespannt, welches Wohnmobil du dir aussuchst."

„Wieso willst du heute so viel über den Clann wissen?"

Ich zuckte mit den Schultern. „Ach, ich denke nur nach."

„Fehlt dir Nanna?" Ihre Stimme war so leise und voller Mitgefühl, dass mir fast wieder die Tränen kamen.

Ich nickte und schloss die Augen.

Ich versuchte an nichts zu denken, aber immer wieder blitzten Erinnerungen an den Zirkel auf. An die vielen Nachfahren, die gesehen hatten, wie Nanna starb, wie ich zusammengebrochen war und Mr Coleman mir sein Beileid ausgesprochen hatte.

In Mr Colemans Stimme hatte ein seltsamer Unterton mitgeschwungen, als er fast Moms Vornamen ausgesprochen hätte.

Ich wechselte das Thema. „Hast du Sam Coleman gut gekannt?", fragte ich unvermittelt.

„Klar kannte ich ihn. Schon als ich jung war, stand fest, dass er später der Anführer des Clanns werden sollte."

Das war keine richtige Antwort auf meine Frage. Als ich sicher war, dass ich nicht mehr weinen musste, riskierte ich einen Blick. Sie hielt das Lenkrad so fest gepackt, dass ihre Knöchel trotz der gebräunten Haut kalkweiß waren.

„Er hat von dir gesprochen", sagte ich. „Du weißt schon, als Dad und ich im Zirkel waren."

Sie sah mich nicht an.

Nach langem Schweigen fragte ich: „Mom?"

Sie seufzte. „In der Highschool war ich mit Sam Coleman befreundet."

Wow, damit hatte ich nicht gerechnet. „War es was Ernstes?"

„Zumindest so ernst, dass er mich am Anfang des letzten Schuljahrs heiraten wollte."

„Aber du hast ihn nicht geheiratet, weil du ... Dad kennengelernt hast?"

Sie schüttelte den Kopf. „Als ich Sam gesagt habe, dass ich ihn nicht heiraten kann, kannte ich deinen Vater noch nicht. Ich wollte ja nicht mal zum Clann gehören. Da wollte ich ganz sicher nicht den zukünftigen Anführer heiraten, auch wenn ich Sam sehr mochte. Also haben wir Schluss gemacht."

„Und dann hast du Dad getroffen und bist mit ihm durchgebrannt."

Sie nickte.

„Hast du Dad wirklich geliebt? Oder hast du es nur gemacht, weil er ein Vampir ist?"

Jetzt sah sie mich doch an. „Ach Savannah, so einfach ist das nicht. Wenn ich jetzt zurückdenke, hat wahrscheinlich alles zusammengespielt. Michael sah umwerfend aus, er war gefährlich und gleichzeitig höflich und hat für mich den Beschützer gespielt. Es war nicht schwer, sich in ihn zu verlieben. Dass er die perfekte Möglichkeit war, den Clann zu verlassen, hat ihn für mich noch attraktiver gemacht."

„Ich dachte, man könne jederzeit gehen, wenn man will." Bei ihr hörte es sich fast an, als wäre der Clann eine Gang.

„Kann man auch, wenn man nicht so eine Mutter hat wie ich. Mom wollte mich unbedingt so lange wie möglich im Clann halten. Sie dachte immer, ich würde unsere Fähigkeiten irgendwann mit anderen Augen sehen, ich würde es mir schon noch überlegen und weiterlernen."

„Aber dann hat der Clann rausgefunden, was zwischen dir und Dad lief, und hat euch rausgeworfen."

„Ja. Dummerweise ist mein Plan ein bisschen nach hinten losgegangen. Ich hätte nie gedacht, dass sie Mom die Schuld an meinem Verhalten geben und sie auch rauswerfen würden."

Langsam verstand ich, warum sie mit Dad weggelaufen und erst Jahre später wegen mir zurückgekommen war. Und warum sie die Stelle als Vertreterin angenommen hatte, bei der sie so häufig unterwegs war.

Sie lief nicht nur vor Jacksonville oder dem Clann davon oder weil sie nicht meinen Blutdurst wecken wollte. Sie wollte auch Sam Coleman und ihrer Vergangenheit entkommen.

Das konnte ich ihr nicht mal verübeln. Wenn ich glauben würde, dass ich irgendwo anders meine ganzen Fehler vergessen könnte, würde ich sofort die Koffer packen. Was der Vampirrat wollte, wäre mir dann vollkommen egal.

Leider war ich nicht so gut im Verdrängen wie Mom. Nicht mal am anderen Ende der Welt könnte ich meinem Spiegelbild oder der Erinnerung an meine Entscheidungen entkommen.

Aber wenn es Mom besser ging, solange sie weglief, sollte sie es ruhig tun. Zumindest wäre es für sie sicherer, weit weg vom Stammsitz des Clanns zu sein. Und von Dad und mir.

Ich war froh, als wir beim Wohnmobilhändler ankamen. Normalerweise war es wirklich nervig, mit Mom einkaufen zu gehen, weil sie alles ganz toll fand und sich nicht entscheiden konnte. Aber dieses Mal hatte sie sich vorher informiert und war sich erstaunlich sicher, was sie von ihrem neuen Zuhause auf Rädern erwartete. Sie fuhr nur mit zwei Modellen Probe, bevor sie sich für einen schicken Wohnwagen entschied, den sie an ihren Pick-up hängen konnte. So konnte sie den Anhänger auf Campingplätzen stehen lassen, während sie durch Wälder und Felder fuhr und Chemikalien und Arbeitsschutzprodukte an ihre Kunden auslieferte.

Sie unterschrieb die Papiere mit einem zufriedenen Lächeln und zog den Wohnwagen nach Hause. Als sie Dad ganz stolz und aufgekratzt die modernisierte Inneneinrichtung zeigte, war ich fast ein bisschen neidisch auf sie.

Wenigstens konnte eine von uns ihre Freiheit genießen.

Die Beerdigung am Samstag war noch furchtbarer, als ich gedacht hatte. Ich konnte einfach nicht Nanna in ihrem offenen Sarg in der Kirche ansehen, in der sie jeden Sonntag Klavier gespielt hatte. Über ihren Tod und darüber, was die Gründe dafür waren, durfte ich erst recht nicht nachdenken. Und schon gar nicht schaffte ich es, Mom anzusehen. Klar, sie freute sich wahnsinnig über ihr neues Zuhause. Aber hier stand sie und weinte sich die Seele aus dem Leib. Es brach ihr offensichtlich fast das Herz, sich ein letztes Mal von ihrer Mutter zu verabschieden. Als die neue Pianistin Nannas Lieblingslied *In the Garden* spielte, konnte ich meine Tränen kaum zurückhalten.

Die Worte des Pfarrers rauschten in der Kirche und am Grab auf dem Larissa-Friedhof vor der Stadt, auf dem unsere ganze Familie lag, an mir vorbei. Obwohl es erst April war, schwitzten alle unter der brennenden Sonne. Die Hitze knallte auf die Nelkengestecke auf dem Sarg und ließ süßlichen Blumenduft aufsteigen. Obwohl ich nur flach atmete, stieg mir der Duft dieser Friedhofsblumen unangenehm in die Nase und legte sich auf meine Lungen.

Egal, wie alt ich werden würden: Diesen Geruch würde ich mein Leben lang hassen.

Nachdem der Pfarrer die letzten Worte gesprochen hatte, redete Mom mit Nannas zahlreichen Freundinnen. Ich bedankte mich bei Anne, Carrie und Michelle mit einer kurzen Umarmung dafür, dass sie gekommen waren. Jetzt, wo ich meine Freundinnen sah, wurde mir klar, wie sehr ich sie vermisst hatte. Und wie viel Angst ich andererseits vor dem nächsten Treffen mit ihnen hatte. Zum Glück erwarteten sie wenigstens heute keine Erklärung von mir. Danach fuhr ich mit meinen Eltern zu Nannas Haus. Wir mussten uns umziehen und die letzten Sachen packen.

Dad hatte schon ein neues Zuhause in der Stadt gefunden. Das zweistöckige baufällige Haus im viktorianischen Stil sah aus, als hätte die Addams Family darin gewohnt. Schlimmer als das Aussehen war allerdings die Lage. Es stand gegenüber der Tomato Bowl, direkt auf der anderen Seite der Bahngleise. In dem Stadion fanden die Football- und Fußballspiele unserer Highschool und Junior Highschool statt. Das einzige Trostpflaster war, dass ich es im nächsten Jahr nach den Heimspielen der Footballmannschaft nicht weit nach Hause haben würde.

Dad sagte, das Haus sei das perfekte Demonstrationsobjekt für seine Firma. Er renovierte mit seinen Leuten historische Bauten und wollte hier sein Können beweisen. Ich konnte nur hoffen, dass sie schnell arbeiteten. Richtig schnell. Immerhin spielte Geld keine Rolle. Dad meinte, es habe schon Vorteile, als Vampir Gedanken lesen zu können und jahrhundertelang zu leben. Dabei habe er ein wirklich gutes Händchen für Aktien entwickelt.

Am Sonntag verabschiedeten Mom und ich uns lange, stumm und tränenreich von unserem alten Zuhause und voneinander. Dann zogen Dad und ich in unsere Baustelle, und Mom fuhr mit ihrem Wohnwagen los. Die Möbelpacker hatten mein Bett in mein neues Zimmer gestellt, wie Dad es versprochen hatte. Wenigstens würde ich mich nicht komisch fühlen, weil ich in einem fremden Bett schlafen musste. Nur das Zimmer war ungewohnt und staubig, und alles stand voll mit Kartons, in denen meine Sachen lagerten. Vor dem Packen hatte ich meine Kleidung gewaschen, damit ich saubere Sachen hatte, bis nächste Woche Waschmaschine und Trockner geliefert und angeschlossen würden.

Jetzt musste ich mich nur noch daran gewöhnen, dass es in meinem neuen Zuhause ständig knarrte und ächzte.

Am schlimmsten war es abends, wenn ich auf den Schlaf wartete und keine Ablenkung hatte. Schon als Kinder hatten Tristan und ich unsere angeborenen Fähigkeiten genutzt und unsere Gedanken im Traum verwoben. Wir hatten so oft gemeinsam geträumt, vor allem in den letzten Monaten, als wir zusammen waren, dass es seltsam war, jetzt nicht von ihm zu träumen. Noch eine Gewohnheit, die ich mir mühsam abtrainieren musste.

Es wäre so einfach gewesen, die Augen zu schließen und meinen Geist zu öffnen. Ihn zu treffen wie schon ein paar Hundert Mal, immer im Mondschein, meistens in einer Fantasieversion seines Gartens oder des Zirkels im Wald hinter dem Haus der Colemans. Ihn lächeln zu sehen, seine Hand zu halten, seine Lippen auf meinen zu spüren ...

Ich lag in meinem alten Bett in meinem neuen Zimmer und sah im Dunkeln zu, wie sich die großen Kiefern im Garten im Wind wiegten, als würden sie tanzen. So wie Tristan und ich getanzt hatten, eng umschlungen wie zwei Bäume, deren Äste ineinandergewachsen waren und sich nie trennen würden. Ich war so dumm und naiv gewesen, dass ich dachte, wir hätten eine Chance, obwohl so viele Menschen, ihr Glaube und ihre Ängste gegen uns standen.

Ich unterdrückte ein Stöhnen, rollte mich zusammen, drückte mir das Kissen auf den Kopf und wünschte, ich könnte die Erinnerungen vertreiben.

Am nächsten Morgen klingelte der Wecker viel zu früh. Ich hatte kaum geschlafen, weil ich gegen die Albträume von Nanna und die Erinnerungen an Tristan angekämpft hatte. Ich stöhnte und schlug auf den Schalter des Weckers. Ich musste mich für das Charmers-Training vor dem Unterricht fertig machen.

Bei dem Gedanken erstarrte ich. Würde Tristan auch dort sein?

Gestern hatte ich Mrs Daniels angerufen und ihr gesagt, dass ich heute wieder zum Training kommen würde. Ich hätte fragen sollen, ob Tristan auch kommen würde. Sicher nicht. Seine Eltern würden ihn, so gut es ging, von mir fernhalten. Wenn ich richtig Glück hatte, hätten sie ihn auch aus dem Geschichtskurs genommen, den wir jeden zweiten Tag zusammen besuchten.

Während ich mich für die Schule zurechtmachte, versuchte ich mich zu beruhigen. Ich wollte mir ein Schälchen Haferflocken in die Mikrowelle stellen, sozusagen eine Art Sparversion von Nannas Frühstück. Aber nach einem Blick in das schmuddelige Kabuff, das unsere Küche darstellen sollte, überlegte ich es mir anders. Vampire vertrugen kein normales Essen, also würde Dad dieses Zimmer wahrscheinlich erst später renovieren. Aber wenn ich hier auch nur einen Bissen herunterbringen wollte, musste ich dieses scheußliche Loch voller Spinnweben erst mal ordentlich putzen. Und bei dem Glück, das ich in letzter Zeit hatte, würde die Mikrowelle wahrscheinlich einen Kurzschluss in die alten Stromleitungen hauen und das Haus abfackeln.

Ich müsste Dad sagen, dass ich ging. Aber wo war er? Aus dem Wohnzimmer drang lautes Hämmern. Ich folgte dem Geräusch. In der Tür blieb ich wie angewurzelt stehen. Mein Vater stand im Kamin, sein ganzer Oberkörper war im breiten, tiefschwarzen Abzug verschwunden. Bei jedem Schlag seiner Werkzeuge quollen Rußwolken hervor.

Er trug ... Jeans? Ich hatte ihn noch nie ohne Anzug gesehen. „Äh, Dad?"

Er duckte sich unter dem Kamin hervor. „Guten Morgen, Savannah. Hast du gut geschlafen?"

Ja klar, wie ein Stein. „Reparierst du den Kamin selbst?"

„Ja. Ich muss ihn nur ein bisschen säubern und die Nester entfernen. Dann sollte er wieder einwandfrei funktionieren."

Plötzlich sah ich vor meinem inneren Auge, wie er ein Feuer anzünden wollte und damit das Haus in die Luft jagte. Ich zuckte zusammen. „Solltest du nicht lieber einen Profi rufen?"

„Ich bin durchaus in der Lage, einen Kamin zu reinigen, Savannah."

Bestimmt hatte er recht. So alt, wie er war, hatte er womöglich sogar mitbekommen, wie Kamine erfunden wurden. „Ich muss los zu den Charmers." Ich warf einen Blick auf die Uhr. „Wenn ich mich nicht beeile, komme ich noch zu spät."

Er nickte. „Wann kommst du heute Abend nach Hause?"

„Keine Ahnung. Nach der Schule haben wir wieder Training."

Er zog die dunklen Augenbrauen hoch, sodass sie unter seinen schwarzen Locken verschwanden. Normalerweise war er immer ordentlich gekämmt, jetzt hingen ihm die Haare in die Stirn. „Und du weißt nicht, wie lange das Training nach dem Unterricht dauert?" Ich war mir nicht sicher, ob sein Unterton eher misstrauisch oder vorwurfsvoll klang.

Ich sah ihn nur an. Jahrelang hatte er in meinem Leben so gut wie keine Rolle gespielt. Und jetzt wollte er mich plötzlich kontrollieren, nur weil ich bei ihm einziehen musste?

„Savannah, ich bin nicht so indifferent wie deine Mutter oder deine Großmutter. Ich muss deinen Stundenplan kennen und genau wissen, wann ich dich jeden Tag zu Hause erwarten kann."

Indifferent? Benutzte irgendwer noch dieses Wort? Außerdem hatten mich meine Mutter und Großmutter ordentlich erzogen.

Nur weil ich einen Fehler gemacht hatte, der katastrophale Folgen hatte ...

Na schön. Vielleicht hatte er recht. „Normalerweise weiß ich, wann das Training zu Ende ist. Aber im Moment laufen die Vorbereitungen für die jährliche Frühlingsschau in einer Woche. Deshalb trainieren wir jeden Morgen vor dem Unterricht um Viertel vor sieben und danach bis mindestens sieben oder acht Uhr. Beim Training abends weiß ich nie, wie lange es dauert, weil es davon abhängt, wie lange die einzelnen Gruppen trainieren. Ich muss dableiben, bis die Letzte gegangen ist, damit ich abschließen kann. Genauer kann ich es also nicht sagen. Soll ich abends anrufen, wenn wir fertig sind?"

„Ja, bitte. Ich habe meine Nummer auf deinem Handy gespeichert." Er zog mein Handy aus seiner Hosentasche und warf mir die digitale Hundeleine zu.

Nachdem ich das Handy in meine blaue Sporttasche gepackt hatte, wollte ich zur Tür und raus in die Freiheit.

„Ach, Savannah?"

Ich wandte nur den Kopf und schaffte es gerade noch, einen ungeduldigen Seufzer zu unterdrücken. Wenn er so weitermachte, kam ich bestimmt nicht pünktlich zum Training.

„Wenn du dich in irgendeiner Hinsicht seltsam fühlst, ruf mich sofort an." Das war keine Bitte, sondern eine strenge Warnung.

Weil ich sonst Amok laufen würde, bevor er mich aufhalten konnte? Pfff. „Ja, Dad", grummelte ich und machte, dass ich rauskam.

Noch auf der kurzen Fahrt bis zum Parkplatz vor der Schule grummelte mein Magen vor Ärger.

Als ich über das dunkle Schulgelände lief, musste ich daran denken, wie viel Angst ich vor den Beobachtern gehabt hatte. Jetzt verwandelte ich mich in eine richtige Vampirin und war selbst das Furchteinflößendste, was man sich hier vorstellen konnte.

Kopfschüttelnd lief ich die Betonrampe zum Sport- und Kunstgebäude hinauf. Vor den blauen Türen durchfuhr mich ein stechender Schmerz, und ich blieb stehen.

Zum ersten Mal seit Monaten wartete Tristan nicht hier auf mich.

Ich zwang mich, weiterzugehen. Meine Schritte waren unsicher. Ich schluckte schwer und kramte in der Tasche nach dem richtigen Schlüssel.

Eigentlich sollte es anders sein, klagte eine Stimme in meinem Unterbewusstsein. Er sollte hier an der Tür lehnen, so perfekt wie ein Model, und schon darauf warten, dass er mir meinen Thermosbecher mit Nannas frisch gebrühtem Tee abnehmen konnte, während ich kaum klar denken konnte.

Aber ich hatte Nannas Tee nicht dabei. Und ich war allein.

Im Eingangsbereich blieb ich stehen. Ich spürte richtig, dass ich der einzige Mensch in diesem dunklen großen Gebäude war. Ich runzelte die Stirn. Bevor Tristan aufgetaucht war, hatte mir das nichts ausgemacht. Ich war hier öfter gewesen, als ich zählen konnte, und war nie einsam gewesen.

Nun musste ich mich wieder daran gewöhnen, allein zu sein.

Ich trottete durch die Eingangshalle, legte alle vier Lichtschalter mit einer Handbewegung um und ging die Stufen hinauf. Im dämmrigen Treppenhaus hallten meine Schritte wider, und die Echos flüsterten mir zu: „Allein. Allein. Allein."

Ich biss die Zähne zusammen, öffnete die Tür zum Flur und betrat die stockdunkle dritte Etage. Hinter mir knallte die Tür zu, und ich spannte die Schultern an.

Als ich weiterging, gewöhnten sich meine Augen schnell an die Dunkelheit. Ich schloss die Türen zum Tanzraum auf und schaltete das Licht an. Vor mir lag der nächste Tatort. Hier drüben bei der Stereoanlage hatten Tristan und ich bei unserer ersten Verabredung auf dem Boden gesessen und uns eine Pizza geteilt. Danach hatten wir getanzt. Erst einen albernen Walzer, mit dem er mich zum Lachen brachte, dann ganz langsam, bis ich dahinschmolz und wir uns zum ersten Mal seit der vierten Klasse küssten.

Und hier hatte ich ihm auch zum ersten Mal Energie entzogen, ohne es zu wissen.

Schluss jetzt. Ich schüttelte die lähmenden Erinnerungen und Schuldgefühle ab. Ich hatte zu tun.

Ein vertrauter Schmerz breitete sich in Bauch und Brust aus, und dieses Mal wurde er nicht von Erinnerungen ausgelöst. Oh nein.

Nur ein einziger Mensch weckte dieses Gefühl in mir.

Ich war nicht mehr allein.

Erschrocken drehte ich mich um. „Tristan!"

Er hatte sich im Flur mit einer Schulter gegen die Wand gelehnt und die Arme verschränkt. Seine Augen schimmerten dunkelgrün wie ein tiefer Kiefernwald. „Guten Morgen, Savannah."

Ich schluckte. Eigentlich dürfte mein Herz nicht einen solchen Satz machen, wenn ich hörte, wie diese tiefe, klangvolle Stimme meinen Namen sagte. Und ich dürfte mich nicht so danach sehnen, sofort zu ihm zu laufen.

„Wir müssen reden." Seine sanfte Stimme fühlte sich an, als würde er mir mit den Fingerspitzen über die Wangen streichen.

Es kostete mich Mühe, zur Bürotür der Charmers-Direktorin zu gehen. *Deine Arbeit. Konzentrier dich auf deine Arbeit.*

Möglichst gelassen fragte ich: „Wieso bist du hier? Haben dich deine Eltern nicht ..."

„Auch wenn es Gerüchte gibt, die in die Richtung gehen: Meine Eltern regieren nicht die Welt."

Stirnrunzelnd schloss ich die Bürotür auf. Ich schaltete das Licht an und ging mit zittrigen Knien zum Schrank. „Der Clann dürfte das anders sehen."

Ich schloss den Schrank auf und wollte den CD-Player und den Lautsprecherkoffer herausholen. Als Tristan mich berührte, sog ich scharf die Luft ein. Seine großen warmen Hände umschlossen sanft meine nackten Oberarme. Fast hätte ich gestöhnt.

„Sav, lass das doch mal und hör mir zu."

Großer Gott. Wie sollte ich denn widerstehen, wenn er mich mit dieser sanften, tiefen Stimme um etwas bat? Ich schloss die Augen und betete, dass ich stark bleiben würde, obwohl ich mich eigentlich nur umdrehen und ihn umarmen wollte.

„Es tut mir leid, dass du deine Großmutter verloren hast."

Seine Worte trafen mich wie dumpfe Magenschwinger. Ich bekam keine Luft mehr.

„Ich hätte nie gedacht, dass so etwas passieren könnte."

„Ist es aber", sagte ich heiser, ohne mich umzudrehen. „Wegen uns." *Wegen mir.*

Er legte die Stirn gegen meinen Kopf, sein warmes Seufzen strich über mein Haar. „Wir haben das nicht gemacht. Das war der Clann. Ich weiß, wie lieb du sie hattest. Wir haben versucht, sie zu retten. Du, ich, dein Vater und meiner, sogar Dr. Faulkner. Sie wusste, dass du sie liebst und ihr helfen wolltest."

Bittere Galle stieg mir die Kehle hinauf. „Sie hätte überhaupt nicht dort sein sollen. Und sie wäre nicht da gewesen, wenn wir uns an die Regeln gehalten hätten. Wir hätten nie was miteinander anfangen dürfen."

„Nein, der Clann und der Vampirrat hätten uns nicht verbieten dürfen, uns zu sehen."

Langsam kehrte meine Kraft zurück. „Uns voneinander fernzuhalten war eins der wenigen Dinge, die sie richtig gemacht haben."

„Savannah, ich liebe dich", flüsterte er rau. „Und ich weiß, dass du mich auch liebst."

Ich konnte ihn nicht anlügen. Ich nickte.

„Warum verstehst du dann nicht, dass es nicht um die Regeln geht? Die Regeln sind falsch. Wir sind ganz einfach füreinander bestimmt. Wir müssen ihnen nicht die Kontrolle über unser Leben überlassen. Wir bestimmen unsere Zukunft, du und ich, nicht sie."

Ich wandte mich zu ihm um, um zu sehen, ob er wirklich so weltfremd war. Hatte er es nicht begriffen? Es ging nicht mehr darum, was ich wollte oder was er wollte.

„Ich verlasse den Clann." Die Worte strömten nur so aus ihm heraus. „Ich habe sowieso nie gerne dazugehört. Dann können sie uns nicht mehr aufhalten. Ihre Regeln gelten für uns nicht mehr."

„Willst du deinen Eltern das Herz brechen?" Mein Gott, wie gern wäre ich mit ihm allein gewesen, ohne Regeln, nur wir beide. Aber damit wäre es uns wie meinen Eltern gegangen: Wir hätten ständig weglaufen und uns verstecken müssen. Selbst ohne den Clann wäre er immer noch ein Nachfahre. Und ich immer noch eine Vampirin.

Er presste die Lippen zusammen. „Glaub mir, die verkraften das schon."

„Und der Vampirrat?"

„Wir reden mit ihm und überzeugen ihn davon, dass unsere Beziehung keine Gefahr für seinen Friedensvertrag ist."

„Tristan, du verstehst es einfach nicht. Wir sind nicht Romeo und Julia. Der Clann und der Vampirrat hassen sich nicht umsonst. Sie machen sich gegenseitig Angst. Und wir sind eine Gefahr füreinander, ob du im Clann bist oder nicht. Du könntest mich mit einem Fingerschnipsen verbrennen. Und ich könnte dich genauso leicht töten. Solange Vampire und Nachfahren eine Bedrohung für den anderen sind, werden sie immer Feinde bleiben. Sie werden uns nie erlauben, zusammen zu sein."

„Sie müssen sich doch nicht gegenseitig umbringen, nur weil sie es können. Das können wir ihnen beweisen. Wir zeigen ihnen, dass sie friedlich miteinander leben können. Begreifst du nicht? Du und ich zusammen – wir sind der Beweis, den sie brauchen."

„Solche Entscheidungen sind nicht so einfach."

„Doch, natürlich. Du hättest mich schon tausendmal beißen können, aber du hast es nicht getan. Oder?"

„Und unsere Küsse?"

Er zögerte. „Na gut, du hast mir ein bisschen Energie genommen. Das war es wert."

„Es war gefährlich für dich. *Ich* bin gefährlich für dich. Mit jedem Kuss habe ich dir etwas von deinem *Leben* genommen. Und ich kann das nicht beeinflussen. Es passiert einfach. Ich kann es nicht abstellen."

Er sah mich finster an. „Wir finden schon einen Weg. Du bist keine Gefahr für mich."

Er war so dumm. Oder lebensmüde. Wieso erkannte er die Wahrheit nicht? Wieso begriff er nicht, wie unmöglich die ganze Situation war? Wir konnten uns noch so sehr lieben oder wünschen, es wäre anders: Sobald wir allein waren, war ich eine Bedrohung für ihn. Sogar jetzt, in diesem Moment, befand er sich in Gefahr. Und er wollte es einfach nicht einsehen.

Ich würde ihn vor sich selbst retten und es ihm beweisen.

Ich trat näher an ihn heran, stellte mich auf Zehenspitzen und schmiegte mich an ihn, wie ich es schon die ganze Zeit gewollt hatte. Stöhnend nahm er mich in die Arme und senkte den Kopf.

Ich küsste ihn, schob seine Lippen auseinander und vertiefte den sanften Kuss, bis wir die Kontrolle verloren. Seine Energie strömte in mich, die berauschende Kraft sirrte wie flüssige Blitze durch meine Adern.

Als er stöhnte, war selbst sein Atem in meinem Mund Nahrung. Ich musste gar nichts dafür tun. Um ihm Energie zu entziehen, brauchte ich ihn nur zu küssen. Es gab keinen Schalter, den ich umlegen konnte. Ich konnte den Energiestrom nicht kontrollieren. Ich war ein Fass ohne Boden, das ihm jedes Tröpfchen Lebenskraft aussaugen würde, bis nichts von ihm übrig war. Und ich konnte es nicht abstellen.

Er taumelte rückwärts gegen die Wand und zog mich mit sich. Und wir küssten uns immer noch. Er drückte die gespreizten Hände gegen meinen Rücken, während ich die weichen, widerspenstigen Locken in seinem Nacken kraulte. An der Brust spürte ich das Pochen seines Herzens, das allmählich schwächer wurde.

Ich brachte ihn um. Und ein Teil von mir wollte nicht aufhören.

Irgendwann fingen seine Knie an zu zittern. Schließlich sackten sie weg. Er rutschte an der Wand nach unten.

Erst jetzt löste ich mich keuchend von ihm und wich zurück. Es trieb mir die Tränen in die Augen, zu sehen, wie er auf dem grauen Teppichboden saß und nach Luft rang.

„Wie fühlst du dich?", flüsterte ich.

„Wow", hauchte er mit benommenem Blick.

Es kribbelte mir in den Fingern, ihn hochzuziehen und weiterzuküssen. „Kannst du aufstehen?"

Er lachte. Er hatte keine Ahnung, dass etwas in mir zerbrach. „Gib mir noch ein paar Minuten."

Damit hatte er bewiesen, dass ich recht hatte. Und meine größte Angst bestätigt.

„Wieso willst du einfach nicht begreifen, wie gefährlich ich für dich bin? Wie gefährlich jeder Vampir für jeden Nachfahren ist? Du kannst nach einem einfachen Kuss nicht mal mehr aufstehen. Könntest du dich verteidigen, wenn noch ein anderer Vampir hier wäre?"

Er runzelte die Stirn und blinzelte schnell, als könnte er nicht klar sehen. Was für ein Dickkopf. Aber ich würde alles tun, um ihn zu retten. Ich musste es schaffen, auch wenn wir nicht zusammen sein konnten. In einer Welt ohne ihn würde ich nicht leben können.

Ich beugte mich über ihn, bis meine Lippen fast die Stelle an seinem Hals berührten, an der sein Puls träge pochte. Sein schwacher, langsamer Herzschlag klang für mich wie ein leiser Ton, der immer wieder angeschlagen wurde. Er würde nie wissen, wie kostbar diese Musik immer für mich sein würde.

In mir stieg schmerzlich die Erinnerung auf, wie süß und gut sein Blut geschmeckt hatte, und für einen Moment war ich wie erstarrt.

Ich schob die Erinnerung beiseite. Sie war nur ein weiterer Beweis dafür, wie gefährlich ich in jeder Sekunde für ihn war.

Stattdessen küsste ich ihn zitternd auf die Wange, sog seinen frischen Duft ein und spürte ein paar kratzige Stoppeln, die er beim Rasieren übersehen hatte.

„Ich liebe dich, und ich wünschte, ich könnte ändern, was ich bin, aber das kann ich nicht. Und du auch nicht. Manchmal überwindet die Liebe nicht alle Hindernisse. Manchmal müssen wir einfach loslassen. Der Clann und der Rat wollen uns nur voreinander beschützen. Hör auf sie. Hilf mir, mein Versprechen ihnen gegenüber zu halten. Lass los."

Lass mich gehen.
Hilf mir, dich gehen zu lassen.

Genauso gut hätte ich sagen können: Hilf mir, mir selbst das Herz herauszureißen.

5. KAPITEL

Tristan

Ihr rotes Haar kitzelte mich an den Wangen, sein Lavendelduft stieg mir in die Nase und verwirrte mich noch mehr. Hatte sie überhaupt eine Ahnung, wie weit sie mich um den Verstand und die Kontrolle brachte? Wie sehr ich in der letzten Woche schon den Geruch ihres Parfums vermisst hatte? Und dass ich völlig entkräftet und wehrlos war und trotzdem glücklicher als je zuvor?

In ihrer Nähe ergab die Welt für mich einen Sinn. Ich wusste, wer ich war. Bevor ich sie getroffen hatte, war mir nicht klar gewesen, was ich im Leben erreichen wollte, außer, Profi-Footballer zu werden. Ich hatte mich treiben lassen und getan, was meine Eltern von mir erwarteten. Ich hatte mich mit anderen Mädchen getroffen. Mit vielen Mädchen. Blonden, brünetten und rothaarigen Mädchen, für die ich alle das Gleiche empfunden hatte – oberflächliche Freundschaft, mehr nicht. Man konnte nett Zeit mit ihnen verbringen, aber bei keiner hatte ich überlegt, was sie wohl dachte oder tat, wenn wir nicht zusammen waren. Ich hatte keinen Gedanken daran verschwendet, ob sie sich mit ihren Eltern gut verstanden. Mir war auch egal, ob andere sahen, wie wunderbar meine Freundinnen waren. Es fehlte mir nicht, wenn ich nicht mit ihnen reden konnte, und ich war auch nicht am Boden zerstört, wenn es vorbei war.

Ich hatte noch nie jemanden so sehr *gebraucht* wie Savannah.

Mein Verstand funktionierte nur träge. Trotzdem hörte ich den Abschied in ihrer Stimme und ihren Worten und sah die Tränen in ihren Augen. Sie verließ mich.

Ich musste sie aufhalten.

Sie wandte sich ab und wischte sich mit einem Ärmel die Wangen ab, während sie das Büro verließ und auf die Treppe hinter der Bühne zulief.

Mühsam kämpfte ich mich hoch. Meine Beine wollten mir nicht gehorchen, aber ich zwang sie dazu. In der Mitte des Flurs holte ich sie ein. „Verwandle mich."

Sie blieb so abrupt stehen, dass ich mich an der Wand abstützen musste, um sie nicht umzuwerfen. Über die Schulter hinweg sah sie mich an, die Augen blass silbern und vor Schreck weit aufgerissen. Dann ging sie weiter. „Das kann ich nicht."

„Überleg doch mal, Sav. Wenn ich ein Vampir wäre, hätten wir keine Probleme, oder? Du könntest mich nicht aussaugen, und die Vampire und der Clann müssten keine Angst mehr um ihren Friedensvertrag haben." Außerdem hätten meine Eltern keinen Grund mehr, mich von ihr fernzuhalten.

„Ich bin nicht umsonst die erste Dhampirin, von der man weiß, Tristan. Nachfahren vertragen Vampirblut nicht. Jeder Nachfahre, der sich verwandeln wollte, ist gestorben."

„Das behaupten sie. Wann hat es denn das letzte Mal jemand versucht? Ich würde es riskieren. Es gibt bestimmt einen Zauber, der helfen kann, oder …"

„Auf keinen Fall. Ich setze doch nicht dein Leben aufs Spiel." Es dröhnte, als sie die Musikanlage in den stockdunklen Kulissen absetzte. Und es klirrte metallisch, als sie den Sicherungskasten an der Wand öffnete. Wahrscheinlich konnte sie mit ihren Vampirkräften im Dunkeln sehen. Das Bühnenlicht ging an.

„Ich könnte mir einen anderen Vampir suchen, der mir hilft."

„Nein, könntest du nicht. Jeder kennt dich. Kein Vampir würde sich so dem Rat widersetzen." Sie knallte die Tür des Sicherungskastens so laut zu, dass das Geräusch durch die leeren Kulissen hallte. Dann trug sie die Anlage an eine Seite des Bühnenrands, hockte sich dort in den Schatten und schloss den CD-Player an.

Ich ging neben ihr in die Hocke, wie immer, wenn sie die Anlage aufbaute. Unsere Knie berührten sich, beim Arbeiten streifte sie mich mit ihrem Arm. Als im letzten Herbst alles angefangen hatte, hatte ich das gemacht, um ihr meine Gefühle zu beweisen. Damals hatte sie noch nicht gewusst, dass schon ein Kuss von ihr gefährlich sein konnte. Und ich wollte einfach nur, dass sie zugab, dass sie in mich verliebt war.

Jetzt wussten wir, was wir fühlten, und es reichte immer noch nicht. Nicht, solange meine Eltern, der Clann und der Vampirrat uns trennen wollten.

„Und wenn ich alle dazu bringe, ihre Meinung über uns zu ändern?" Ich hatte keine Ahnung, wie ich das schaffen sollte, aber irgendwie musste es gehen.

Sie sah mich an, und in ihren tränennassen Augen blitzte Hoffnung auf, die mich umfasste und festhielt, dass es schmerzte. „Wie?"

Darauf wusste ich noch keine Antwort. Aber ich würde es schaffen, egal, was es kostete. „Ich finde einen Weg."

„Mr Coleman, wieso sind Sie hier?", rief Mrs Daniels, als sie die Aula durch den Zuschauereingang betrat. „Sie sollten uns doch gar nicht mehr helfen."

Na klasse. Das hatte mir gerade noch gefehlt. „Das haben Sie falsch verstanden …"

„Das glaube ich nicht. Ich habe letzte Woche mit Ihren Eltern gesprochen. Sie haben sich sehr deutlich ausgedrückt." Mrs Daniels setzte sich auf ihren Stammplatz in der letzten Reihe.

Nachdem Savannah sich schnell über das Gesicht gewischt hatte, kümmerte sie sich wieder um die Musikanlage. Offenbar war von ihr keine Hilfe zu erwarten.

Ich sprang von der Bühne und ging zu Mrs Daniels' Sitzreihe. Ihr Blick war genauso kühl wie der von Savannah, wenn sie jemanden auf Abstand halten wollte.

„Ich würde immer noch gerne mitmachen, Mrs Daniels", versuchte ich es mit meinem charmantesten Lächeln. Bei den Lehrerinnen und den Damen aus dem Sekretariat funktionierte das immer.

Sie zog eine blonde Augenbraue hoch. „Ohne die Einwilligung der Eltern kann niemand beim Team mitmachen, nicht mal freiwillig als Bühnenarbeiter. Das schreibt die Schule vor. Wenn Sie uns weiter helfen wollen, müssen Sie das mit Ihren Eltern klären. Bis dahin gehen Sie bitte ins Sekretariat. Sie sind von jetzt an für die erste Unterrichtsstunde als Bürohilfe eingeteilt." Sie schlug ein Blatt auf ihrem Klemmbrett um, und ohne ein weiteres Wort entließ sie mich.

Toll. Wie sollte ich jetzt mit Savannah reden oder überhaupt mit ihr zusammen sein, ohne dass der Clann es mitbekam? Unser einziges gemeinsames Fach war Geschichte, jeden zweiten Tag bei Mr Smythe, zusammen mit Dylan Williams und den Zickenzwillingen – vier Nachfahren, die uns mit Adleraugen überwachen würden.

Ich sah mich nach Savannah um. Sie zog die Schultern hoch, ohne aufzublicken.

Na schön. Savannah hatte sich klar ausgedrückt. Bis ich die Regeln irgendwie geändert hatte, wollte sie sich nicht mehr mit mir treffen. Also hatte es gar keinen Sinn, mit Mrs Daniels zu diskutieren.

Aber wenn Savannah dachte, ich hätte unsere Beziehung aufgegeben, täuschte sie sich. Ich würde wirklich eine Möglichkeit finden, die Regeln zu ändern. Irgendwie.

Savannah

Als ich an meinem ersten Tag in der Schule an unseren angestammten Tisch kam, verstummten meine Freundinnen. Ich hatte keinen Hunger, aber weil ich nicht gefrühstückt hatte, hatte ich mir eine Tüte Chips und eine Cola geholt. Und ich versuchte den Schmerz zu ignorieren, den ich immer in Tristans Nähe spürte. Normalerweise setzte sich Tristan in der Mittagspause draußen unter einen Baum. Heute saß er bei seiner Schwester am Clann-Tisch und starrte mich an.

Als ich die Chipstüte aufriss, hallte das Geräusch wie ein Gewehrschuss durch die Stille. Aber ich hatte zu fest gezogen. Die Tüte riss halb auf, und es verstreuten sich Chips mit Cheddargeschmack auf meinem Schoß und auf dem Tisch.

Ich seufzte. „Wie gut, dass ich sowieso keinen Hunger hatte."

„Sav ...", setzte Anne an. Ihr zaghaftes Mitgefühl ließ mich zusammenzucken. Ich wusste, was gleich kommen würde. Die meisten Charmers und Mrs Daniels hatten mir heute Morgen im gleichen Tonfall ihr Beileid ausgesprochen.

Als ich aufsah, starrten mich meine Freundinnen angespannt und mitleidig an. Ich hob eine Hand. „Ich weiß, ihr macht euch Sorgen um mich. Und ich weiß das echt zu schätzen. Aber es geht mir gut. Ehrlich."

Sie nickten zu schnell und zu heftig.

Um das Thema zu wechseln, setzte ich ein Lächeln auf und fragte Michelle: „Was gibt es für neuen Klatsch? Habe ich letzte Woche was Spannendes verpasst?"

Michelle setzte zu einer Antwort an, biss sich aber erst auf die Unterlippe. „Na ja, der spannendste Klatsch ging um Tristan und … dich."

Oh nein, davon würden wir gar nicht erst anfangen. „Okay, dann erzähle ich was Neues. Ich bin letzte Woche zu meinem Vater gezogen."

„Was soll das denn?", meinte Anne. „Aber wie … Ich meine, wohnt er nicht weit weg? Musst du die Schule wechseln?"

„Nein", beruhigte ich sie. „Er hat dieses alte viktorianische Haus neben den Bahngleisen gekauft. Ihr wisst schon, gegenüber von der Tomato Bowl. Das will er als Vorzeigeprojekt für seine Firma renovieren."

Alle drei rissen die Augen auf.

„Ach Sav, das ist ja schrecklich", flüsterte Michelle, als hätte ich gerade erzählt, dass ich an einer unheilbaren Krankheit litt. „In dem Haus spukt es, das weiß doch jeder."

„Und es ist nicht sicher", pflichtete Carrie ihr bei. „In dem Haus hat seit Jahrzehnten niemand mehr gewohnt. Bestimmt ist es noch in einem schrecklichen Zustand. Wahrscheinlich voll mit Bleirohren und Asbest."

„Na ja, es muss schon eine Menge gemacht werden", gab ich zu. „Aber das ist ja genau Dads Fachgebiet. Seine Firma hat sich darauf spezialisiert, historische Gebäude zu renovieren und ihnen zu ihrem alten Glanz zu verhelfen. Wahrscheinlich hat er das Haus im Handumdrehen fertig." Hoffentlich.

„Hast du schon Geister gesehen?", fragte Anne. Dann trank sie einen großen Schluck Limo.

„Nein." Ich lachte. „Aber es ist wirklich ein bisschen gruselig. Dad meint, es wäre nachts so laut, weil sich das Holz und die Rohre weiten oder zusammenziehen oder so was, weil sich die Temperatur verändert. Dafür habe ich eine tolle Aussicht aus meinem Zimmer, und es ist ungefähr viermal so groß wie mein altes. Jetzt haben wir endlich genug Platz, wenn ihr bei mir übernachten wollt."

Lächelnd sah ich sie an. Ich dachte, wenigstens darüber würden sie sich freuen. Stattdessen beschäftigten sie sich plötzlich intensiv mit ihrem Essen oder räumten ihren Müll zusammen.

Mein neues Zuhause machte ihnen Angst, obwohl sie es noch nicht mal betreten hatten.

Ich dachte daran, wo sie wohnten, an Carries Backsteinhaus am See und Annes tadelloses modernes Stadthaus am Buckner Park. Sogar Michelles Haus war wegen ihrer vielen kleinen Brüder und Schwestern nicht immer aufgeräumt, aber ziemlich neu.

Und jetzt glaubten sie, sie würden sich eine Bleivergiftung holen, wenn sie mich mal besuchten.

Ich klaubte einen Chip von meinem Schoß auf und kaute stumm darauf herum. Dann spürte ich es – meine Nackenhärchen sträubten sich, als würde mich jemand anstarren.

Langsam wandte ich den Kopf.

Tristan.

Mein Magen zog sich zusammen. Würde er herüberkommen und wieder mit mir über Dinge streiten, die ich nicht ändern konnte? Würde er mir vor den Clann-Leuten eine Szene machen?

Aber er saß nur da und starrte verkniffen herüber. Seine Augen schimmerten dunkelgrün, wie immer, wenn er wütend oder aufgebracht war.

Vielleicht begriff er endlich, in welcher Lage wir uns befanden.

Vom Kopf her wusste ich, dass ich erleichtert sein sollte.

Trotzdem wollte ich so sehr weinen, dass es wehtat.

Tristan

Ich kämpfte um mein altes Selbstbewusstsein, das mir sagte, ich hätte recht, ich würde den Vampirrat und meine Eltern schon irgendwie umstimmen. Aber meine Eltern wollten nicht mal darüber reden mit mir. Meine Mutter hatte sogar gedroht, mir die Autoschlüssel wegzunehmen und mir Hausarrest zu geben, wenn ich auch nur ein Mal Savannahs Namen in ihrer Gegenwart aussprach.

Und an den Vampirrat kam ich nicht heran.

Als ich am Freitagabend in der Aula der Highschool saß, um mir die Frühlingsshow der Charmers anzusehen, war mir klar, dass es nur eine Lösung gab.

Ich musste ein Vampir werden.

Ich konnte weder den Clann noch den Rat dazu bringen, die Regeln zu ändern. Aber wenn ich ein Vampir wurde, wäre Savannah keine Gefahr mehr für mich. Dann würden sie uns in Ruhe lassen.

Savannah würde mich auf keinen Fall selbst verwandeln, nicht mal, wenn ich sie dazu bringen würde, die Kontrolle über ihren Blutdurst zu verlieren. Sie glaubte an das Märchen, dass Vampirblut uns Nachfahren umbrachte. Also musste ich einen Vampir dazu überreden. Aber wen? Ich kannte nur einen Vampir: ihren Vater. Und wie sollte ich Mr Colbert davon überzeugen, dass er mich verwandeln sollte? Ich wusste nicht mal, wo sie wohnten.

Allerdings kannte ich jemanden, der vielleicht ihre neue Adresse hatte. Und dieser Jemand stand im Telefonbuch. Ich stahl mich aus der Aula, um sie anzurufen. Zum Glück meldete sie sich.

„Hallo, Michelle, hier ist Tristan Coleman ..."

Als Antwort kam ein lautes Quietschen, und ich riss mir das Handy vom Ohr. Was war das denn?

„Michelle? Bist du noch dran?", fragte ich. Vielleicht hatte ihr Telefon den Geist aufgegeben.

„Ja! Ich bin hier", hauchte sie.

Okay. „Ich weiß, normalerweise würde ich dich nicht einfach anrufen, aber könntest du mir einen riesigen Gefallen tun? Hast du Savannahs neue Adresse? Ich muss mit ihrem Vater reden."

„Ist schon gut." Ihre Stimme wurde mit jedem Wort höher. „Ich fand schon immer, dass ihr ein perfektes Paar wärt."

Da waren wir uns einig.

„Sie haben das alte Spukhaus an den Bahngleisen gekauft, gegenüber von der Tomato Bowl. Das grün-weiße viktorianische Haus, kennst du das?"

„Ja. Ich weiß, welches du meinst." Inzwischen war ich schon an der Rampe angekommen und lief zum Parkplatz hinunter. „Danke, Michelle."

„Weißt du, Savannah war diese Woche echt traurig. Alle sagen, es wäre, weil ihr heimlich zusammen wart und euch getrennt habt, aber sie will nicht darüber reden. Hast du mit ihr Schluss gemacht?"

„Nein. Genau genommen war es umgekehrt."

Schweigen. Schließlich sagte sie: „Tja, ich hoffe, ihr vertragt euch wieder."

„Ich arbeite jedenfalls daran."

„Viel Glück!"

Nachdem ich mich bedankt hatte, beendete ich das Gespräch und stieg in meinen Pick-up. Auf dem Weg durch die Stadt überlegte ich, wie ich wohl ihren Vater dazu überreden konnte, mich zu verwandeln, wenn ich es nicht einmal bei seiner Tochter schaffte.

Ich hielt auf der Straße vor dem Haus, stellte den Wagen aus und blieb noch sitzen. Der Motor tickte vor sich hin, während er abkühlte.

Tat ich das Richtige? Oder sollte ich auf die anderen hören und Savannah gehen lassen?

Als ich die Augen schloss, sah ich, wie immer, Savannahs Gesicht vor mir. Ich hatte tausend Erinnerungen an sie. Daran, wie sie mir auf dem Spielplatz als kleines Mädchen mit Blumen im Haar einen hauchzarten Kuss gegeben hatte. Wie sie dieses Jahr beim Maskenball draußen mit mir getanzt hatte, als barfüßiger, atemberaubender Engel. Sie hatte Angst davor, dass sie die Beherrschung verlieren und mich töten könnte. Aber ich kannte sie nur unschuldig und liebevoll. Alle wollten mich davon überzeugen, dass sie eine Art Ungeheuer war. Aber so konnte ich sie einfach nicht sehen.

Ich würde sie nicht aufgeben. Noch nicht. Nicht, solange es noch eine Möglichkeit gab, alles in Ordnung zu bringen.

Ich stieg aus und ging auf das Haus zu. Dabei hatte ich immer noch keinen Schimmer, was ich ihrem Vater sagen sollte. Die Veranda knarrte unter meinen Füßen. Mit hämmerndem Herz blieb ich stehen. Machte mich das unheimliche Haus nervös oder die Aussicht, mit ihrem Vater zu reden?

Beides, beschloss ich, aber ich ging weiter. Irgendwo im Haus heulte eine Säge auf. Wie erstarrt blieb ich vor der Tür stehen. Eine Kettensäge? Mein Gott, das war ja wie einem Horrorfilm, der

Wirklichkeit wurde. Trotzdem klopfte ich. Ein Vampir würde mich trotz der Säge hören können.

Der Lärm verstummte. Kurz danach wurde die Tür geöffnet.

Bisher hatte ich Savannahs Vater nur ein Mal gesehen, auf dem Heimweg vom Hauptsitz des Vampirrates in Paris. Mit seinem tadellosen Anzug und dem reglosen Gesicht einer Marmorstatue hatte Mr Colbert wie der Inbegriff eines Vampirs gewirkt.

Heute Abend trug er ein Hemd mit hochgekrempelten Ärmeln und Jeans, beide dreckig und voller Sägemehl. Er sah aus wie ein ganz normaler Mann, der in seinem Haus schwer arbeitete.

Und ich wollte ihn bitten, mich in einen Vampir zu verwandeln.

Mr Colbert sah nicht so aus, als ob er überrascht wäre, mich zu sehen. Aber er bat mich auch nicht herein. „Guten Abend, Tristan. Was kann ich für dich tun? Savannah ist nicht zu Hause."

„Ich weiß, Sir. Deshalb bin ich hier. Ich brauche Ihre Hilfe."

Reglos starrte er mich an. Ich hatte gehofft, wir könnten im Haus reden, aber da wäre es nicht einfacher gewesen.

Ich räusperte mich. „Ich liebe Savannah. Und dabei geht es nicht um die hormonelle Verirrung eines Teenagers. Ich habe sie schon geliebt, als wir noch Kinder waren. Noch nie habe ich so etwas für ein Mädchen empfunden, nicht mal ansatzweise. Und sie liebt mich auch, das weiß ich."

Mein Herz hämmerte noch stärker. Die Tatsache, dass Mr Colbert es wahrscheinlich hören konnte, machte es nicht gerade besser. Meine Hände wurden heiß und feucht. Ich steckte sie in die Hosentaschen.

„Du weißt, was sie versprochen hat." Das war keine Frage.

Trotzdem nickte ich. „Der Rat und der Clann haben Angst, sie könnte mich töten und den Vertrag brechen. Savannah hat auch Angst davor. Aber ich glaube, es gibt noch eine andere Lösung."

Fragend zog er eine schwarze Augenbraue hoch. Es brachte mich ziemlich aus dem Konzept, wie still er dastand.

Würde ich so reglos sein können, wenn ich heute Erfolg hatte?

„Sie könnten mich zu einem Vampir machen."

Sekunden verstrichen. Eine frische Brise kam auf und fuhr durch die Bäume hinter mir. Aber sie war nicht stark genug, um den

Schweiß zu trocknen, der mir über den Rücken lief.

Schließlich wich Mr Colbert von der Tür zurück. „Komm herein."

Hieß das, er würde es tun?

Als ich das Haus betrat, knarrten und ächzten die Holzdielen bei jedem Schritt. Er schloss die Tür hinter mir, dann brachte er mich nach rechts in ein Zimmer zu einem dunkelbraunen Ledersofa. Der Boden war rutschig vom Sägemehl, es roch nach Kiefernholz, und überall lag Werkzeug herum.

Er deutete auf das Sofa, und wir setzten uns seitlich auf die Enden, damit wir uns ansehen konnten.

Sobald ich saß, fragte er: „Bist du bereit, deine Menschlichkeit für meine Tochter aufzugeben?"

Ich antwortete, ohne zu zögern. Wenigstens darin war ich mir sicher. „Ja, Sir."

Er musterte mich. „Du wirkst überzeugt davon. Aber vielleicht nur, weil du nicht weißt, was es wirklich bedeutet, ein Vampir zu sein. Soll ich es dir sagen?"

Ich nickte, obwohl ich mir da nicht so sicher war. Ich sollte mir ruhig die unschönen Einzelheiten anhören, um zu wissen, worauf ich mich einließ. Auch wenn ein Teil von mir lieber warten wollte, bis ich verwandelt war und nicht mehr kneifen konnte.

„Wir Vampire haben uns als Art weiterentwickelt", erklärte er. „Was uns früher große Probleme bereitet hat, etwa Sonnenlicht, ist jetzt keine Gefahr mehr für uns. Nach außen wirken wir vielleicht perfekt. Wir können uns unter Menschen bewegen, wirken relativ normal und müssen uns nur vor Feuer, Pflöcken oder Enthauptung in Acht nehmen. Wir sind unsterblich. Krankheiten können uns nichts anhaben, und wir werden niemals älter, als wir es bei unserer Verwandlung waren. Wir können die Gedanken von anderen Vampiren und von Menschen lesen, aber nicht von Nachfahren. Außerdem sind wir sehr schnell, stark und beweglich."

Er schwieg so lange, dass ich das Schweigen im Zimmer unterbrechen musste. „Bis jetzt klingt ein Leben als Vampir nicht schlecht."

Er sah mich aus silbernen Augen, die Savannahs ähnelten, durchdringend an. „Ja, das könnte man meinen. Aber wenn man als Vampir erwacht, verspürt man schon nach wenigen Stunden einen Durst, den du dir nicht einmal vorstellen kannst. Der Blutdurst zerfetzt dich innerlich. Du gierst nach menschlichem Blut, egal, von wem. In den ersten Wochen töten viele Vampire aus blindwütigem Durst sogar ihre Familien, ohne es zu wollen."

Na gut, am Anfang war es als Vampir also nicht so toll. „Aber er geht weg, oder?"

„Nach einiger Zeit lässt der Blutdurst nach. Aber er verschwindet niemals ganz. Und jemandem wie dir, der so mächtiges Blut voller Magie in den Adern hat, nahe zu kommen, ist eine besondere Herausforderung. Diese Macht lockt sogar die ältesten Vampire so sehr, als wären sie gerade erst verwandelt worden. Ich bin über dreihundert Jahre alt, und sogar mir fällt es schwer, lange in der Nähe von Nachfahren zu sein."

Irgendwie war es unbequem auf dem Sofa. Es quietschte, als ich versuchte, eine angenehmere Position einzunehmen. „Aber Sie können es. Sie haben doch Savs Mutter geheiratet. Und vor ein paar Wochen waren Sie mit einem ganzen Haufen Nachfahren im Wald, ohne dass man Ihnen etwas angemerkt hat."

Er lächelte kühl. „Bei Savannahs Mutter hat mir ein Amulett geholfen, das ihre Großmutter für mich angefertigt hatte. Es war mit einem Zauber belegt, den außer ihr niemand kannte. Er hat den Blutdurst gedämpft und erträglich gemacht. Und es stimmt, im Wald habe ich es geschafft, niemanden anzugreifen. Aber es hat mich einiges gekostet. Wäre ich jünger gewesen, hätte ich mich vielleicht nicht zurückhalten können."

Ich wandte den Kopf ab und starrte in den leeren schwarzen Kamin. „Das heißt, ich könnte meine Familie eine Weile nicht sehen."

„Wenn es überhaupt funktionieren würde. Leider kann man Nachfahren nicht erfolgreich verwandeln."

Ich sah ihn an. „Ich kenne die Geschichten. Und ich glaube nicht an sie. Das sind nur Lügen, damit sich Nachfahren nicht verwandeln lassen."

Er war so schnell verschwunden und wieder zurückgekommen, dass ich nur einen Lufthauch spürte. Mit einem Messer und zwei

Untertassen stand er vor dem Sofatisch. „Ich beweise dir, dass es wahr ist. Schneid dich, bitte nur leicht, und lass das Blut auf die Untertasse tropfen. Dann füge mein Blut dazu und pass auf, was passiert." Er schnitt sich in einen Finger und ließ sein Blut auf einer Untertasse zu einer dunkelroten Pfütze zusammenlaufen. Als er mir das Messer gab, war der Schnitt schon verheilt, als hätte es ihn nie gegeben. „Wenn du fertig bist, reden wir draußen weiter."

Er ging hinaus und ließ die Haustür offen stehen. Offenbar wollte er nicht ausprobieren, wie gut er sich neben einem blutenden Nachfahren im Griff hatte. War es wirklich so schlimm?

Auch ich schnitt mir in den Finger und ließ das Blut auf die saubere Untertasse tropfen. Als die Lache knappe zwei Zentimeter maß, nahm ich mit dem Messer ein paar Tropfen von der anderen Untertasse und ließ sie in mein Blut fallen.

Ich hatte gedacht, er und alle anderen hätten gelogen. Aber als ich sah, wie die beiden Blutsorten zu einer dicken, klebrigen schwarzen Pampe stockten, die stank wie ein halb verwestes Tier in der prallen Sonne, zischte und kleine Rauchfähnchen aufsteigen ließ, wusste ich, dass es kein Märchen war. Und ich hatte nur ein paar Tropfen genommen. Was würde mehr Vampirblut im Körper eines Nachfahren anrichten?

Ich konnte mich nicht in einen Vampir verwandeln lassen.

Unter der Untertasse ragte ein Stückchen Papier heraus. Ein Pflaster. Ich riss die dünne Hülle mit den Zähnen auf, verarztete den Schnitt und ging auf zittrigen Beinen auf die Veranda.

„Wieso haben Sie mir erzählt, wie es ist, ein Vampir zu sein, wenn Sie das wussten?" Seit ich angekommen war, hatte er mit mir gespielt. Er hatte mich glauben lassen, ich hätte eine Chance, zum Vampir zu werden und die Ewigkeit mit Savannah zu verbringen. Wäre er nicht ihr Vater gewesen, hätte ich ihm gern eine reingehauen.

„Damit du weißt, warum ihr auf keinen Fall zusammen sein könnt."

Ich starrte auf die Straßenlaterne, die lange Schatten auf den Vorgarten warf.

Aus reiner Verzweiflung sagte ich: „Es muss doch eine Möglichkeit geben. Wenn Sie Savannah lieben, sagen Sie mir, was ich tun kann, wie ich die Regeln ändern kann. Es geht, das wissen Sie. Sie haben es selbst gemacht. Sie haben ihre Mutter geheiratet. Geben Sie uns eine Chance, das auch zu haben."

„Aber es hat nicht funktioniert. Unsere Verbindung hat den Friedensvertrag gefährdet, sogar nachdem Savannahs Mutter aus dem Clann geworfen worden war. Wegen dem, was daraus hervorgegangen ist."

„Wegen Savannah, meinen Sie."

Er nickte. „Ihr könntet einen weiteren Dhampir zeugen, wenn sie sich vorher nicht vollständig verwandelt. Und das würden der Rat und der Clann auf keinen Fall dulden."

Vor meinem inneren Auge blitzte das Bild von einem kleinen Mädchen auf, das die roten Locken ihrer Mutter hatte. Und vielleicht die grünen Augen von ihrem Dad. Ich hatte nie darüber nachgedacht, irgendwann Vater zu werden. Trotzdem schnürte sich mir die Brust zusammen.

Mr Colbert schien nichts zu merken. „Dieses Kind wäre eine Gefahr, für Vampire genauso wie für Nachfahren, noch mehr als Savannah. Es könnte wie seine Mutter ein echter unsterblicher Vampir werden, mit der legendären Zauberkraft der Colemans, oder eine Coleman-Hexe mit der Schnelligkeit, Stärke und Gewandtheit eines Vampirs. So oder so würde es ein enormes Risiko darstellen. Ein Risiko, das der Rat – und sicher auch der Clann – nicht akzeptieren würde."

Ich konnte mich nicht in einen Vampir verwandeln lassen. Und solange ich noch ein Mensch war und Savannah Kinder bekommen konnte, würden der Clann und der Rat uns nicht erlauben, zusammen zu sein. „Und wenn sie sich ganz verwandelt hat?"

„Dann bleibt immer noch die Gefahr, dass sie dich töten könnte. Deinen Eltern geht es nicht darum, ob du zum Clann gehörst. Du wirst immer ihr Kind bleiben, und sie werden alles tun, um dich zu beschützen." Er wandte sich zu mir um und legte mir eine Hand auf die Schulter. „Wenn es für euch eine Möglichkeit gäbe, zusammen glücklich zu werden, würde ich euch helfen, so gut ich kann. Aber wegen euch werden die Regeln nicht geändert. Und ich kann dir aus Erfahrung sagen, dass nicht mal die größte Liebe lange überdauert, wenn man ständig auf der Flucht lebt oder die eine oder die andere Seite versucht, einen aus seinem Versteck zu locken." Er ließ die Hand sinken. „Für Savannahs Mutter war schon das ständige Verstecken Grund genug, sich von mir zu trennen."

Ich hätte gern geglaubt, dass er sich irrte, dass es bei Savannah und mir anders sein würde. Dass unsere Beziehung alles überstehen würde, auch ein Leben auf der Flucht vor dem Rat und dem Clann.

Aber was, wenn er recht hatte? Der Clann hatte Sav schon die Großmutter genommen. Wären meine Eltern verzweifelt genug, um sich als Nächstes Savs Mutter vorzunehmen? Oder ihren Vater? Würden die Vampire sich Emily holen, um mich zu treffen?

Savannah und ich könnten es nicht ertragen, wenn so etwas passieren würde. Schon so kam Sav kaum mit dem Tod ihrer Großmutter zurecht.

Schlagartig wurde es mir klar: Ich konnte nichts mehr tun. Der Clann und der Rat würden ihren Willen bekommen, egal, wie sehr Savannah und ich uns etwas anderes wünschten.

Nicht mal tausend verlorene Footballspiele hätten mich auf diese bittere Niederlage vorbereiten können. So etwas hatte ich noch nie erlebt. Am Ende hatte ich immer bekommen, was ich wollte. Nicht, weil ich verwöhnt war, wie Emily mich gerne aufzog. Sondern weil Dad immer sagte, man könne alles erreichen, wenn man es sich nur genug wünschte und sich ins Zeug legte.

Er irrte sich. Ich wünschte mir nichts mehr, als mit Savannah zusammen zu sein. Aber ich konnte es nicht. Wenn man ihrem Vater glaubte, weder jetzt noch später. Nicht, solange der Clann und der Rat sich hassten und fürchteten.

Wie betäubt ging ich die Verandastufen hinunter, stieg in mein Auto und fuhr zurück in das Gefängnis, zu dem mein Zuhause geworden war.

6. KAPITEL

Savannah

Tristan hatte aufgegeben.
Bis jetzt war mir gar nicht klar gewesen, wie sehr ich mich insgeheim auf ihn verlassen hatte. Im Grunde seines Herzens war Tristan ein Kämpfer, und er bekam immer, was er wollte. Er wollte mit mir zusammen sein, und wenn das irgendwie möglich war, würde er eine Lösung finden.

Nur dieses Mal hatte es anscheinend nicht geklappt.

Er musste mir gar nicht sagen, dass es wirklich vorbei war. Wenn wir uns in der Pause im Flur über den Weg liefen, spürte ich, wie enttäuscht und verzweifelt er war. Sein trostloser Blick, seine hängenden Schultern – es war offensichtlich. Und vor allem konnte er mir nicht mehr in die Augen sehen.

Es war vorbei.

Ich versuchte mir einzureden, dass das kein Weltuntergang sei. Irgendwann würde der Herzschmerz nachlassen, und ich würde jemand anderen kennenlernen.

Als ich es aufgegeben hatte, mich selbst zu belügen, stürzte ich mich auf die Schule und die Charmers. Vielleicht würde ich ja nach einer Weile wieder frei durchatmen können, ohne dass ich weinen musste, wenn ich genug um die Ohren hatte, hoffte ich.

In den nächsten Wochen verlor ich jedes Zeitgefühl. Ich wartete einfach nur auf das Ende des Schuljahres. Zu Hause half ich in jeder freien Sekunde Dad dabei, die alten Tapeten abzukratzen und neuen Fußboden zu verlegen. Nachdem wir die Frühjahrsshow der Charmers und das Vortanzen hinter uns hatten, hatte ich leider trotzdem noch zu viel freie Zeit. Nur beim Vortanzen war ich einmal vier wunderbare Stunden lang durchgehend beschäftigt gewesen, denn ich hatte die ganze Betreuungsarbeit allein zu stemmen. Die beiden anderen Betreuerinnen hatten noch einmal vorgetanzt und es dieses Mal in die Gruppe geschafft. Ich versuchte mich für sie zu freuen. Immerhin war ich dadurch die einzige Kandidatin für den Posten als Chefbetreuerin fürs nächste Jahr. Vor allem versuchte ich, nicht traurig zu sein, dass der Vampirrat mir verboten hatte, je wieder öffentlich zu tanzen. Er hatte Angst, ich könne mich aus Versehen als Vampir outen. Wahrscheinlich hatte ich das Tanzen inzwischen sowieso verlernt.

Im März konnten sich die Mädchen aus der Gruppe auch als Officer bewerben. Mrs Daniels bat mich, nach der Schule zu bleiben und mich um die Musik zu kümmern, während sie und zwei weitere Juroren die Einzel- und Gruppenauftritte der Bewerberinnen bewerteten. Bethany Brookes wurde einer der Junior Lieutenants, was niemanden überraschte. Sie war ein gutes Zugpferd für das Team, immer bereit, anderen zu helfen, fröhlich, lieb und offen. Sie wirkte, als würde für sie immer ihre ganz persönliche Sonne scheinen. Deshalb hatte sie im Team auch den Spitznamen Sonnenscheinchen weg.

Ich wäre auch gern so gewesen. Aber mein Leben war das genaue Gegenteil von ihrem. Während Bethany durch das Rampenlicht wirbelte, kauerte ich in den dunklen Kulissen und wusste nicht, wie ich wieder ins Licht kommen sollte. Ich wollte wieder so sein wie vor einem Jahr, bevor ich krank wurde und unsere Familiengeheimnisse erfuhr, bevor ich mich in einen Jungen verliebte, den ich nie haben konnte. Bevor Nanna gestorben und Mom nur noch unterwegs war.

Aber ich konnte nicht zurück, und ich konnte nicht ändern, was ich getan hatte, oder aufhalten, was ich wurde. Ich konnte nur jeden Tag beim Mittagessen ein falsches Lächeln für meine Freundinnen aufsetzen und so tun, als wäre alles in Ordnung.

Und darauf achten, dass ich mich auf keinen Fall umsah, denn hinter mir waren der Clann-Tisch und der Junge, mit dem ich nie wieder zusammen sein würde.

„Savannah?", fragte Anne laut in der Cafeteria.

Ich zuckte zusammen und warf mein Getränk um. Schnell griffen wir uns alle Servietten, um den kleinen See aufzuwischen, während ich eine Entschuldigung murmelte. Damit hatte sich mein flüssiges Mittagessen erledigt. Feste Nahrung war für mich in letzter Zeit nicht essbar: Sie roch einfach zu eklig.

„Kommst du mit?", wiederholte Anne, nachdem wir die Überschwemmung auf dem Tisch beseitigt hatten.

„Wohin?" Verwirrt sah ich sie an. Ich musste mir wirklich abgewöhnen, so wegzudriften, wenn ich nicht allein war.

„Zum Shoppen. Am Wochenende", sagte Michelle. Als ich nicht antwortete, fuhr sie fort: „Wir wollen Kleider für den Frühlingsball suchen. Samstag fahren wir zu der Shoppingmall in Tyler." Die zierliche Michelle hüpfte auf ihrem Stuhl auf und ab.

Ein Ball? Wieso sollte ich zu einem Ball gehen wollen?

Carrie musterte mich, als wäre ich eine neuartige Bazille unter einem Mikroskop.

Anne verdrehte nur die Augen. „Erde an Savannah: Der Ball ist in zwei Wochen. Wir gehen alle hin. Du auch."

Ich wollte gerade widersprechen, als Anne den Kopf schüttelte, dass ihr kastanienbrauner Pferdeschwanz durch die Luft wirbelte. „Vergiss es, du wirst mir jetzt nicht kneifen. Die beiden haben Verabredungen. Ich nicht. Also kommst du auf jeden Fall mit. Ich stehe nicht den ganzen Abend allein am Rand und sehe zu."

„Wieso willst du überhaupt ...", setzte ich an.

„Natürlich wegen der Kleider." Anne grinste. „He, schau mich nicht so an. Auch halbe Jungs wie ich spielen ab und zu gern Prinzessin."

Carrie kicherte.

Anne achtete gar nicht auf sie. „Komm schon, Sav. Nie unternimmst du was mit uns. Nur weil wir nicht so cool sind wie deine tollen Charmers ..."

Jetzt musste auch ich die Augen verdrehen. „Fang nicht wieder damit an."

Anne bleckte die Zähne. Das sollte wohl ein Lächeln sein. „Dann bring mich nicht dazu! Komm mit zum Einkaufen. Und zum Ball. Versuch zur Abwechslung mal wieder, dich wie ein richtiger Mensch zu benehmen."

Ich erstarrte. Wussten sie ...

Nein. Sie konnten meine Geheimnisse nicht erraten haben. Ich war nur paranoid.

Vielleicht sollte ich mich sicherheitshalber trotzdem mehr anstrengen, um dazuzugehören und normal zu wirken. „Na gut." Ich seufzte, weil es mir jetzt schon leidtat. „Gehen wir am Wochenende shoppen."

Michelle jubelte. Und erzählte, sie habe ein paar Teenie-Zeitschriften gekauft, damit wir uns auf den Anlass richtig vorbereiten konnten. Ich nickte und versuchte interessiert zu wirken.

Plötzlich wurde mir klar, was Anne da gesagt hatte.

„Moment mal." Ich sah sie an. „Wieso gehst du nicht mit Ron zum Ball?" Sie und Ron Abernathy waren seit Monaten zusammen gewesen, genau wie Tristan und ich. Der Maskenball der Charmers im letzten Oktober war sogar ihre erste Verabredung gewesen.

An dem Abend hatte ich mit Tristan draußen zwischen dem Herbstlaub getanzt, und der Mond hatte seine falsche Ritterrüstung glänzen lassen, als wäre sie aus echtem Silber.

„... und deshalb haben wir Schluss gemacht", endete Anne grummelnd.

Ich war wieder abgedriftet und hatte ihre Antwort verpasst. In letzter Zeit war ich echt eine miese Freundin. „Tut mir leid, es war gerade so laut. Was hast du gesagt?"

Anne sah mich an und zuckte mit den Schultern. „Ich habe gesagt, dass wir uns gestritten haben. Ich habe Schluss gemacht."

„Worüber habt ihr euch gestritten?"

Anne sammelte ihre Sachen ein. „Über ... Familienangelegenheiten. Ich will nicht darüber reden. Außerdem klingelt es gleich. Kommt, wir gehen."

Als ich nachhaken wollte, klingelte es tatsächlich. Und ich sah, wie entschlossen Anne das Kinn gereckt hatte. Stur, wie sie war, würde ich heute sowieso nichts mehr aus ihr herausbekommen.

Offenbar hatte es richtig geknallt. Und ich hatte es nicht mitbekommen, weil ich nicht aufmerksam genug war. Oder sie hatte es mir nicht erzählen wollen. Wann hatte sie die Beziehung mit Ron beendet? War sie traurig gewesen, und ich hatte es nicht einmal mitbekommen? Hatte sie versucht anzurufen, um darüber zu reden?

Bei den Mülleimern holte ich sie ein. „Anne, warte. Sag mir wenigstens, wann du mit ihm Schluss gemacht hast."

Gemächlich goss sie ihre Limo in den Müll. „In der Woche, nachdem deine Großmutter …"

Oh. Deshalb hatte ich nichts davon mitbekommen. „Tut mir leid, dass ich nicht für dich da war. Diese Woche war …"

Sie schüttelte kurz den Kopf. „Keine Sorge. Ich wäre an deiner Stelle auch nicht ganz in dieser Welt gewesen. Bereit für die dritte Stunde?"

Eigentlich hätte ich gerne weitergebohrt und herausgefunden, was passiert war. Sie hatte immer total glücklich gewirkt, wenn sie mit Ron zusammen war. Was war jetzt anders?

Andererseits hatte ich nicht das Recht, ihr neugierig die Einzelheiten über eine schmerzliche Trennung aus der Nase zu ziehen. Ich hatte ihr auch nicht erzählt, warum ich nicht mehr mit Tristan zusammen war. Oder wie Nanna wirklich gestorben war oder welche Geheimnisse meine Familie hütete …

Da durfte ich wirklich nicht neugierig sein.

Aber das war ein weiterer Keil, der unsere Freundschaft auseinandertrieb, und ich wusste einfach nicht, wie wir wieder zusammenkommen sollten.

Trotzdem musste ich es versuchen.

Als wir am Samstag in Tyler nach Kleidern suchten, strengte ich mich richtig an, auch geistig dabeizubleiben. Nachdem wir die Läden in der Shoppingmall abgeklappert hatten, stöberten wir in mehreren Boutiquen, die Michelle rausgesucht hatte. Ich versuchte das alles wichtig zu nehmen, die Kleider und Frisuren und die Vorzüge von Goldschmuck gegenüber Silber und von Strass gegenüber Perlen. Vielleicht könnte ich mein verrücktes, verkorkstes Leben vergessen und normal sein, wenn ich so tat, als ob mir das wichtig wäre. Wenigstens für eine Weile. Und vielleicht würde sich der wachsende Graben zwischen mir und meinen Freundinnen wieder schließen.

Ich tat ganz aufgekratzt, als Michelle mir das komplette Outfit für den Ball zusammenstellte. Dabei machte sie es mir nicht leicht. Sie suchte für mich ein langes schwarzes Satinkleid mit tiefem Ausschnitt und Strass an den Trägern aus. Schwarz. An einer Vampirin.

So klischeehaft, dass es schon lächerlich wirkte. Aber sie wusste ja nicht, dass ich mich veränderte, und behauptete standhaft, das Kleid würde meine blasse Haut und die roten Haare strahlen lassen. Wohl eher im Dunkeln leuchten. Eigentlich war es mir egal, wie ich aussah. Ich würde den Ball nicht mit Tristan besuchen, und alle anderen interessierten mich nicht. Wenn es Michelle freute, sollte mir das Kleid recht sein.

„He, Sav, alles in Ordnung?" Michelle schreckte mich aus meinen Gedanken auf. Es war der nächste Samstag, und ich saß auf Annes Schreibtischstuhl. Ich hatte nicht mal gemerkt, dass sie rübergekommen war.

Anne zog Carrie damit auf, dass sie sich nicht von Michelle die Wimperntusche auftragen lassen wollte. Carrie saß auf ihrer Schlafcouch, ignorierte Anne einfach und tuschte sich die Wimpern selbst vor einem kleinen Taschenspiegel.

„Mir geht's gut", log ich Michelle an. Dabei musste ich schwer schlucken, damit ich überhaupt etwas sagen konnte.

Plötzlich zog Carrie das Bürstchen der Wimperntusche über Annes Nasenspitze und verpasste ihr einen dicken schwarzen Fleck. Anne kreischte, schnappte sich den Spiegel und leckte sich den Finger ab, um den Fleck wegzureiben. Sie warf Carrie ein Schimpfwort an den Kopf, dann steckte sie ihr den nassen Finger ins Ohr. Die Blondine hielt dagegen: Sie schimpfte wie ein Rohrspatz über Anne und ihre Bazillen.

„Ich muss doch sehr bitten, Fräulein!", rief ihre Mutter aus dem Wohnzimmer. Dort warteten die Eltern meiner Freundinnen, garantiert mit Fotoapparaten und Videokameras bewaffnet.

Meine Mutter war heute irgendwo in Arkansas unterwegs und wusste nicht mal, dass ich auf einen Ball ging. Ich hatte ihr nichts davon erzählt, und Dad offenbar auch nicht. Und mein Vater war gar nicht erst auf die Idee gekommen, heute Abend Fotos für ein Album zu machen.

Hatten Vampire überhaupt Fotoalben?

Wahrscheinlich nicht. Sicher wollten sie sich nicht ansehen, wie lange sie schon lebten.

„Aber Mom …", wollte sich Carrie beschweren.

„Carrie Lynn, pass auf, was du sagst, sonst gehst du heute Abend mit dem Mund voll Seife zu dem Ball."

Zum ersten Mal heute musste ich ehrlich lächeln.

Michelle kicherte. Dann kniete sie sich neben mich auf den dicken Teppich. „Schön, dich mal wieder lächeln zu sehen."

Ich blinzelte, weil ich nicht wusste, was ich antworten sollte. „Tut mir leid. In letzter Zeit habe ich wohl nicht gerade Partystimmung verbreitet."

Sie zuckte mit den Schultern. „Hätte ich auch nicht, wenn ich so einen scharfen Typen verloren hätte und er sich einfach Bethany Brookes schnappt, als wäre nichts gewesen." Sie blickte finster drein, als sie sich auf die Hacken setzte. „Ich dachte, ihr vertragt euch wieder. Vor allem, nachdem er mich von der Frühlingsshow der Charmers aus angerufen hat."

Was? Mir sprangen fast die Augen aus dem Kopf, während ich überlegte, was ich sie zuerst fragen sollte. Woher wusste sie überhaupt von Tristan und mir? Ich hatte nur Anne davon erzählt, weil es Carrie nicht interessierte, mit wem wir uns trafen, und es Michelle zu sehr interessierte. Sie hätte es vielleicht aus Versehen weitererzählt, und es wäre beim Clann gelandet.

Irgendjemand anders musste getratscht haben. Vielleicht jemand aus dem Clann, zum Beispiel die Zickenzwillinge. Oder eine von den Charmers … Eine der Tänzerinnen oder Betreuerinnen könnte zwei und zwei zusammengezählt haben, nachdem Tristan und ich gleichzeitig in der Schule und beim Training gefehlt hatten und er danach aus dem Team ausgestiegen war.

Das würde erklären, warum Michelle über die Beziehung Bescheid wusste, aber nicht über den Rest.

Ich holte tief Luft und fing mit der ersten Frage an. „Er ist mit Bethany zusammen?"

Sie nickte. Ihre haselnussbraunen Augen waren groß und ernst. „Angeblich gehen sie heute Abend zusammen zum Ball."

Wow! Er hatte ja wirklich lange gebraucht, um über mich hinwegzukommen.

Wieder mal kämpften mein Kopf und mein Herz miteinander. Mein Verstand sagte mir, dass ich mich für ihn freuen sollte. Bethany würde ihn zum Lachen bringen, mit ihm auf Partys gehen, mit ihm und den anderen Nachfahren mittags in der Cafeteria essen. Seine Eltern fänden sie wahrscheinlich auch wunderbar. Wenn ich ihn wirklich liebte, müsste ich ihm doch das Beste wünschen, oder?

Mein Herz wollte eindeutig lieber, dass es ihm den Rest seines Lebens genauso miserabel ging wie mir.

Seufzend stellte ich die nächste Frage. „Warum hat er dich von der Frühlingsshow aus angerufen?"

„Er hat nach deiner neuen Adresse gefragt. Um mit deinem Vater zu reden, glaube ich. Es klang, als wollte er deinen Dad um Erlaubnis bitten, offiziell mit dir zusammen zu sein."

Mir stockte der Atem. Es gab für Tristan nur einen Grund, mit meinem Vater zu sprechen. Und zwar nicht, um wegen unserer Beziehung um Erlaubnis zu bitten. So viel Einfluss hatte Dad auf den Vampirrat nicht. Dafür konnte er Menschen in Vampire verwandeln.

Wieso überraschte es mich eigentlich, dass Tristan meinen Vater darum gebeten hatte? Natürlich hätte er alles versucht, damit wir wieder zusammen sein konnten.

Nach einem Blick über die Schulter sprang Michelle auf. „Anne, hör sofort damit auf! Du machst noch mein Kunstwerk kaputt."

Ich war noch so erschrocken, dass ich kaum die Füße wegziehen konnte, bevor Michelle durch das Zimmer gesprungen war und Anne die Bürste abnahm.

„Aber das hängt hier alles noch runter", beschwerte sich Anne. Sie hatte sich vor ihren Schminkspiegel gebeugt und versuchte die Haare im Nacken hochzustecken.

„Die Locken hinten sollen auch runterhängen", erklärte Michelle und schubste Annes Hände weg. „Dann wirkt es noch stufiger."

„Eher schlampiger", grummelte Anne. „Das sieht aus, als hätte ich nicht genug Haarspray genommen oder so was."

Ich klammerte mich mit den Händen an den Stuhl und starrte auf den schimmernden schwarzen Satin über meinen Knien. Tristan hatte meinen Vater gebeten, ihn zu verwandeln.

Und trotzdem war er jetzt mit einer anderen zusammen.

Womit hatte Dad ihn so überzeugt, dass er uns endgültig aufgegeben hatte?

Es klingelte an der Tür, Carries und Michelles Begleiter waren gekommen. Ich spielte mit, als wir im Wohnzimmer für Fotos posierten, ihre Eltern um uns herumschwirrten und mich mit den Blitzlichtern fast blendeten, während sich meine Gedanken verwirrt im Kreis drehten. Ich verstand nicht, wie Tristan sich benommen hatte. Erst tat er so, als würde er mir nie glauben, wie es mit uns aussah. Dann wollte er sich von meinem Vater verwandeln lassen, obwohl das reiner Selbstmord war und er damit einen neuen Krieg zwischen den Vampiren und den Hexen angezettelt hätte. Und jetzt, nur ein paar Wochen später, war er mit Bethany Brookes zusammen.

Die Knipserei war vorbei, aber meine Gedanken überschlugen sich immer noch, und ich hatte einen Kloß im Hals.

Michelle und Carrie fuhren mit ihren Freunden in Carries Auto zur Jacksonville Highschool, ich folgte mit Anne in ihrem Pickup. Der Ball fand in der Cafeteria statt. Auf dem Parkplatz war ich erst mal damit beschäftigt, aus dem Auto zu steigen, ohne allen meine Unterwäsche zu zeigen. Schlitze in Kleidern sind gleichzeitig Fluch und Segen: Man kann mit ihnen besser laufen, aber das Aussteigen ist echt schwierig. Dann waren wir alle wieder vereint und stolperten auf unseren hochhackigen Schuhen über den Parkplatz zur Cafeteria.

Für diesen Abend hatte sich der runde Raum verwandelt. Das Ballkomitee unter der Leitung der Cheerleader hatte als Motto die Welt des Kinos ausgesucht. Wir bahnten uns einen Weg vorbei an vier Meter großen Filmrollen aus Pappe und genauso riesigen Eimern voll gelber und weißer Luftballons, die zusammengebunden wie gigantisches Popcorn aussehen sollten. Um unsere Knöchel waberten weiße Schwaden aus einer versteckten Nebelmaschine. Weil die meisten Tische und Stühle zur Seite geräumt waren, um eine größere Tanzfläche zu schaffen, gingen wir direkt nach hinten durch.

Anne führte uns eine Treppe hinauf, die mir noch nie aufgefallen war. Sie war mit Teppich ausgelegt und endete an einer Empore über der Küche und Essensausgabe. Der zweite Stock war heute Abend mit schimmernden Seidenvorhängen dekoriert, vor denen ein Paar Filmrollen als Requisiten für professionelle Fotos warteten. Anne bestand darauf, dass wir uns sofort zusammen fotografieren ließen, bevor sich eine Schlange bilden würde.

Moment mal. Fotos. Würden Fotos ein Problem werden, wenn ich mich in eine echte Vampirin verwandelte? Früher hatte ich mich natürlich oft fotografieren lassen. Und vorhin bei Anne war ich wegen Tristan zu überrascht gewesen, um mir Sorgen wegen der Knipserei ihrer Eltern zu machen.

Aber jetzt hatte ich Zeit, um nachzudenken. Und Panik zu bekommen. Hieß es nicht, dass man Vampire auf Fotos nicht sehen konnte? Was sollte ich dann machen? Danach hatte ich Dad noch nie gefragt. Wir hatten über alles andere gesprochen: über den Blutdurst, über Küsse, die Energie entziehen konnten, über Pflöcke, Enthauptungen und Weihwasser, Knoblauch, Kreuze und Kirchen, Bibeln und geweihte Erde und Feuer. Sogar darüber, dass unsere Mischlingsart von Vampiren angeblich von der Dämonin Lilith erschaffen worden war, die in der jüdischen Mythologie als erste Frau Adams galt. Aber Vampire und Fotos? Nein, das hatten wir ausgelassen. Hatte sich meine Vampirseite schon so weit entwickelt, dass diese Regel auch für mich gelten würde? Würde ich auf den Fotos nicht zu sehen sein und damit später alle erschrecken?

Ein kurzer Anruf bei Dad würde die Frage klären. Ich kramte in meiner Handtasche nach meinem Handy.

„Savannah, du bist dran." Anne zupfte an meinem Handgelenk.

„Gleich, ich muss nur schnell …"

„Das kannst du nachher", sagte sie und zog mich vor den silbernen Vorhang, wo sich die anderen schon nach den Anweisungen des Fotografen aufgestellt hatten.

Ich rief Dads Nummer über die Kurzwahl auf. „Ist gut. Ich will nur kurz meinen Vater anrufen."

Als ich gerade auf Wählen drückte, schnappte sich Anne das Handy. „Früher konntest du diese Dinger nicht ausstehen. Fünf Sekunden, Prinzessin, dann kannst du telefonieren, wenn es so wichtig ist."

„Gib es mir zurück!" Ich griff nach dem Handy, aber sie war schneller und ließ es sich in den Ausschnitt fallen.

„Anne!", sagte ich entrüstet.

„Da holst du es dir nicht, oder?" Sie kicherte. „Jetzt dreh dich um und lächle schön."

Ich wandte mich dem Fotografen zu und rang mir entsetzt etwas ab, das im besten Fall einem Lächeln ähnelte.

Dann hörte ich, wie Dads Stimme aus dem Ausschnitt meiner besten Freundin kam.

Einen langen Moment herrschte Schweigen, während Dad laut meinen Namen rief.

Dann lachten alle laut los. Sogar ich. Oh Mann, tat es gut, mal wieder so zu lachen, als würde ich den ersten tiefen Atemzug machen, nachdem ich monatelang beinahe ertrunken wäre.

Anne errötete, beugte sich vor und griff sich in den Ausschnitt. Dann ruckte ihr Kopf hoch, und sie stöhnte: „Oh nein."

„Savannah? Savannah! Geht es dir gut?", ertönte Dads Stimme irgendwo unterhalb von Annes Busen. Nach der rechteckigen Beule auf ihrem Bauch zu schließen, war das Handy an ihrem BH vorbeigerutscht.

Inzwischen bekamen wir uns kaum noch ein vor Lachen. Mir kamen die Tränen, als Anne sich wand und drehte, um das Handy aus ihrem Kleid zu befördern.

„Oh nein, eure Schminke!", jammerte Michelle, die uns zurechtgemacht hatte, als auch Carrie und Anne Tränen lachten. „Kommt mit."

Immer noch kichernd, ließen wir uns von Michelle die Treppe hinunter zur Toilette scheuchen.

„Schubs mich nicht, sonst fällt es auf die Treppe und geht kaputt", zischte Anne, eine Hand auf das Handy vor ihrem Bauch gedrückt, als uns ein paar Leute entgegenkamen. Sie blieben stehen und starrten uns entgeistert nach.

„Alles okay, Dad", rief ich in Richtung von Annes Bauch. „Ich ..." Vor lauter Lachen bekam ich keine Luft mehr. „Leg auf. Ich rufe gleich zurück und erkläre alles, versprochen."

Im Waschraum rollten wir ein paar Handvoll Toilettenpapier ab und versuchten unser Augen-Make-up zu retten, so gut es ging. Zum Glück war ich sowieso nicht stark geschminkt, aber Carrie sah aus wie ein Waschbär, und darüber musste ich noch mehr lachen.

Anne verschwand mit finsterem Blick in einer der beiden Kabinen. „Ich sollte das verdammte Ding ins Klo werfen."

„Ich bin immer noch dran und warte auf eine Erklärung." Dad klang ziemlich gereizt.

Ich kicherte und hielt mir eine Hand vor den Mund. So was hatte er garantiert noch nicht erlebt.

„Äh, ach, tut mir leid, Mr Colbert", sagte Anne. „Ich muss Sie nur kurz unter meinem Kleid vorholen..."

„Ich kann dir versichern, dass ich mich momentan weder in der Nähe von dir noch von deinem Kleid befinde", widersprach Dad verärgert. „Seid ihr Mädchen etwa high?"

Carrie, Michelle und ich grölten wieder los.

Knallrot kam Anne endlich aus der Kabine und gab mir das Handy.

„Iiih! Das wischst du ja wohl ab, oder?" Carrie zog angewidert die Nase kraus.

„Es war nicht... Ich habe geduscht, bevor... Von mir aus." Anne gab auf, wischte mit einem Papierhandtuch über das Handy und drückte dabei das Gespräch weg.

Oh, jetzt war er sicher richtig sauer. „Ich rufe ihn lieber gleich an", sagte ich, während ich Anne lächelnd das Handy abnahm. Ich rief die Nummer auf, wählte, hielt das Handy ans Ohr und tat so, als würde ich daran schnuppern. „He, Anne, trägst du heute ein neues Parfum?"

Das brachte Carrie und Michelle wieder zum Kichern.

Dad meldete sich beim ersten Klingeln. „Was ist denn..."

„Tut mir leid, Dad", unterbrach ich, bevor er mit der Gardinenpredigt anfangen konnte. „Ich wollte dich anrufen und fragen, ob ich mich hier auf dem Ball fotografieren lassen darf. Aber Anne hat mir das Handy weggenommen und in der einzigen, äh, Tasche versteckt, die ihr Kleid hat. Und dann hatte sie ein kleines... modisches Missgeschick und kam nicht so einfach an das Handy." Ich

musste kichern. „Tut mir leid, wenn du dir Sorgen gemacht hast."
Nach einer langen Pause räusperte er sich. „Na ja, wenigstens amüsierst du dich anscheinend zur Abwechslung mal. Ruf mich an, bevor du gehst."
Seine Antwort überraschte mich. Er hatte recht. Ich amüsierte mich wirklich. Sogar königlich.
Jetzt musste ich es nur noch hinbekommen, dass ich den ganzen Abend nicht Tristan mit Bethany beim Tanzen sah …

7. KAPITEL

Tristan

Es war behämmert von mir, zur Drip Rock Road zu fahren. Ich war schon eine Viertelstunde zu spät dran, um Bethany abzuholen, und mein Lieblingsplatz lag auf einem Hügel in der entgegengesetzten Richtung.

Trotzdem fuhr ich dorthin. Ich brauchte ... frische Luft. Ruhe. Ein paar Minuten Freiheit.

Meine Eltern sperrten mich jede Sekunde ein, wenn ich nicht in der Schule war. Heute hatten sie mich aus dem Haus gelassen, weil ich Bethany zu dem Ball eingeladen hatte, nachdem meine Mutter mich mehrfach und ziemlich unsubtil dazu gedrängt hatte. Auch wenn mich die Ersatzfreundin, die meine Mutter ausgesucht hatte, eigentlich nicht interessierte. Aber ich musste Savannah einfach noch einmal außerhalb der Schule sehen, bevor das Schuljahr zu Ende ging.

Deshalb hatte ich, wie gewünscht, letzte Woche Bethany angerufen, heute den Smoking angezogen, den Mom ausgeliehen hatte, und mich mit einem Anstecksträußchen, das sie auch ausgesucht hatte, auf den Weg zu Bethany gemacht. Aber unten an der Ausfahrt hatte ich nicht die Straße zu der Country-Club-Siedlung überquert, in der Bethany wohnte, sondern war in die entgegengesetzte Richtung abgebogen und hierhergefahren.

Obwohl die Sonne schon unterging, war es noch warm; nicht mal eine kühle Brise wehte. Am dämmrigen Himmel über den Kiefern im Tal waberte die Hitze. Und das war erst der Anfang. Wenn es in den nächsten Wochen richtig Sommer wurde, war es nach elf Uhr morgens draußen eine Qual. Ich fühlte mich schon jetzt wie in einem Sumpf. Die pure Luft schnürte mir die Kehle zu.

Auf dem Armaturenbrett wartete das Anstecksträußchen wie ein stummer Befehl meiner Mutter. Sie wäre ausgerastet, wenn sie gewusst hätte, dass ich die Blumen verwelken ließ, statt wie der brave kleine Junge, den Mom sich wünschte, direkt zu Bethany zu fahren.

Ich betrachtete die Hügel um mich herum und den Himmel. Im Osten funkelten die ersten Sterne. Und ich überlegte zum tausendsten Mal, wo Savannah jetzt wohl war. War sie mit ihren Freundinnen bei Anne, um sich zurechtzumachen, lächelte sich im Spiegel zu und kämmte und schminke sich mit ihren langen Fingern?

Dachte sie überhaupt an mich?

Ich wusste schon, dass sie bei dem Ball noch schöner aussehen würde als je zuvor. Anfang der Woche hatte ich im Sekretariat Michelles Gedanken aufgeschnappt. Ein Bild von Savannah in einem langen schwarzen Satinkleid war aufgeblitzt. Michelle war richtig stolz gewesen, dass sie dieses Kleid für Savannah gefunden hatte. Wenn man nach ihrer Erinnerung gehen konnte, durfte sie auch stolz sein. Savannah würde noch umwerfender aussehen als sonst.

Savannah heute Abend zu sehen, ohne sie in die Arme zu nehmen oder mit ihr zu tanzen, würde mit Sicherheit eine Qual werden. Vor allem mit einem anderen Mädchen an meiner Seite.

Es wäre schlauer gewesen, zu Hause zu bleiben.

Aber das konnte ich nicht. Genauso wenig, wie ich unsere Beziehung einfach aufgeben konnte. Ich hatte es versucht. Ich hatte mir immer wieder gesagt, dass wir nichts tun konnten. Zu viele mächtige Leute waren gegen uns. Aber wenn ich versuchte, sie zu vergessen, lief alles in mir Sturm. Ich konnte mir einfach keine Zukunft ohne Savannah vorstellen.

Wie war es möglich, dass zwei Menschen füreinander geschaffen und glücklich miteinander waren und so viele andere ihre Beziehung für falsch hielten?

Irgendeine Möglichkeit musste es geben. Vielleicht übersah ich sie, weil mir die Sache zu nah ging. Oder ich wusste nicht genug über den Rat. Meine Eltern verstand ich, sie wollten mich nur beschützen. Sie begriffen nicht, dass Savannah mir nie etwas tun würde. Aber wenn ich den Rat dazu bringen könnte, seine Meinung über Savannah und mich zu ändern, und wenn ich einen Dämmzauber gegen den Blutdurst finden würde, könnte ich bestimmt auch meine Eltern überzeugen. Ihre Angst vor Vampiren würde auf keinen Fall stärker sein als ihre Liebe für mich. Im Grunde wollten sie, dass ich glücklich wurde, das wusste ich. Ich musste nur irgendwie ihre Ängste ausräumen.

Ich hatte gedacht, Savannah und ich würden genügen, unsere

Liebe würde beide Seiten überzeugen, ihre Ängste und ihren Hass zu begraben. Aber wie es aussah, mussten wir erst die Vorurteile überwinden, bevor wir zusammen sein konnten. Nur, wie?

Savannah wusste mehr über den Rat als ich. Wenn ich sie überreden könnte, mit mir zu sprechen, würde uns schon was einfallen, um den Rat zu beruhigen. Aber sie wollte nicht mit mir reden, weil sie auf die anderen hörte, die sie mit ihren Ängsten runterzogen und Sav den Mut nahmen, für uns zu kämpfen. Dabei wusste ich, dass sie mich liebte. Daran hatte ich keinen Zweifel. Sicher, wir hatten uns gegenseitig verheimlicht, dass sie eine Vampirin war, aber unsere Gefühle waren keine Lüge. Wie wir uns unterhalten hatten, uns geküsst, uns umarmt, wie sie mir so oft in die Augen gesehen hatte … Nichts auf der Welt war echter, kein Zauber war stärker.

So würde ich nie wieder fühlen.

Aber ich konnte diesen Kampf nicht alleine gewinnen. Ich brauchte Savannahs Hilfe. Wie sollte ich sie überzeugen, dass wir es schaffen konnten, wenn sie nicht mal mit mir reden wollte?

Mit Magie. Ich konnte sie durch einen Zauber spüren lassen, was ich spürte. Ich würde ihr meine Zuversicht und meinen festen Glauben an unsere Beziehung weitergeben. Dann wäre sie auch zuversichtlich genug, um wieder für uns zu kämpfen.

Beim Ball würde es in der Cafeteria dunkel sein. Bestimmt konnte ich Savannah irgendwann unbemerkt beiseiteziehen. Wenn der Zauber funktionierte, würde sie sich heute Nacht mit mir im Traum treffen. Und dann konnten wir zusammen einen neuen Plan schmieden.

Welchen Zauber sollte ich nehmen? Dad hatte mir nie beigebracht, wie man jemandem Mut machte. Er hatte nur gesagt, dass es bei Magie um Selbstvertrauen ging.

Brauchte ich überhaupt einen bestimmten Zauber? Ich musste ja keine genaue Formel aufsagen. Ich musste mir nur etwas wünschen, meinen Willen auf das richten, was ich erreichen wollte, und den Zauber auslösen.

Als ich in meinen Pick-up stieg, konnte ich zum ersten Mal seit Wochen wieder frei atmen. In Gedanken schuf ich den Zauber.

„Du sollst fühlen, was ich fühle, Savannah", murmelte ich, als ich den Motor anließ. „Du musst Vertrauen in uns haben, genau wie ich. Du musst es weiter versuchen und mit mir zusammen kämpfen, damit wir sie umstimmen können." Ich stellte mir vor, wie sich diese Gedanken mit Energie aufluden, und schickte sie dorthin, wo Sav jetzt sein würde – auf den Ball.

Vorsichtig wendete ich und fuhr den Hügel hinunter. In einer Viertelstunde konnte ich Bethany abgeholt haben und auf dem Ball sein. Wahrscheinlich würde der Zauber sofort wirken. Hoffentlich hielt er lange genug an. In der Cafeteria würde ich ein paar Minuten brauchen, um Sav zu finden, und vielleicht ein, zwei Minuten mehr, um sie zu überreden, sich heute Nacht mit mir im Traum zu treffen.

Schnell fuhr ich die steile Straße zur Stadt hinunter. Nach einer langen geraden Strecke tauchte vor mir eine scharfe Kurve auf. Ich tippte auf die Bremse.

Nichts passierte.

Ich trat das Pedal bis zum Bodenblech durch. Die Bremsen reagierten nicht. Das Auto wurde immer schneller, während die Kurve immer näher kam.

Fluchend schaltete ich runter, um mit der Gangschaltung abzubremsen. Aber es war zu spät.

Ich biss die Zähne zusammen, packte das Lenkrad, so fest ich konnte, und versuchte das Auto um die Kurve zu reißen, aber ich war zu schnell. Das Auto stellte sich auf die linken Räder und kippte weiter. Die Welt überschlug sich, die Scheiben barsten, Splitter flogen umher. Mein Sicherheitsgurt straffte sich mit einem Ruck und presste mir die Luft aus den Lungen.

Vielleicht hätte ich beim Autofahren nicht zaubern sollen, schoss mir als Letztes durch den Kopf.

Savannah

Gerade als ich das Gespräch weggedrückt hatte, hörte ich ihn. Es klang, als würde Tristan direkt hinter mir stehen und mir ins Ohr flüstern.

„Du sollst fühlen, was ich fühle, Savannah", raunte er. „Du musst

Vertrauen in uns haben, genau wie ich. Du musst es weiter versuchen und mit mir zusammen kämpfen, damit wir sie umstimmen können."

Ich hörte seine Stimme in meinem Kopf so deutlich, dass ich mich tatsächlich umdrehte und dachte, er hätte sich hinter uns auf die Toilette geschlichen.

Aber er war nicht da.

Ich streckte den Kopf durch die Tür. Tristan war nirgends zu sehen, weder in dem kurzen Gang vor den Toiletten noch in der Cafeteria selbst.

„Savannah?", fragte Carrie, die gerade ihre Wimpern tuschte, und hielt inne. „Was ist?"

„Nichts." Ich rang mir ein Lächeln ab. „Ich dachte nur, jemand hätte uns gerufen."

Ich schloss die Tür wieder und tat so, als würde ich im Spiegel mein Make-up überprüfen.

Und dann traf es mich – Schmerzen brandeten durch meinen ganzen Körper. So schreckliche Schmerzen, wie ich sie noch nie erlebt hatte, nicht mal in der Woche während meines ersten Highschooljahres, als die Pubertät einsetzte und meine beiden genetischen Hälften einen Kampf in mir ausfochten, der mich fast umgebracht hätte.

Großer Gott im Himmel. Dieses Mal starb ich wirklich.

Ich hielt mich mit beiden Händen am kalten Waschtisch fest. Meine Beine zitterten so heftig, dass ich Angst hatte, ich könnte ohne den Halt umfallen. Was war nur mit mir los?

„Sav? Sav! Was hast du?"

Die Stimmen meiner Freundinnen klangen gedämpft und wie aus weiter Ferne. Ich schüttelte den Kopf und richtete den Blick nach innen. Was geschah mit meinem Körper? Wollte der Blutdurst etwa die Kontrolle übernehmen? Nein, das konnte nicht sein. Den Blutdurst kannte ich. Das hier war etwas ganz anderes.

„Was ist mit ihr los?", fragte Michelle schrill.

„Ich weiß es nicht. Hol eine Lehrerin", befahl Carrie.

Als Anne zur Tür gehen wollte, hielt ich sie am Arm fest. „Nein, warte. Es ist nicht …" Ich schloss die Augen und suchte nach dem

Ursprung der Schmerzen. „Das bin ich nicht. Ich meine, ich habe nichts."

„Was ist denn dann los?", fragte Anne und hockte sich vor mich. Wieder schüttelte ich den Kopf. „Ich kann nicht ..."

Plötzlich wusste ich es. Und in diesem Moment wünschte ich, es wäre doch der Blutdurst oder irgendein anderes Problem durch meine Vampirseite. Egal, was, nur nicht das, was mein Herz, mein Instinkt, sogar meine Seele mir sagten.

„Mein Gott, Tristan", flüsterte ich. Keine Ahnung, woher ich es wusste. Aber ich wusste es: Etwas war passiert. Er war schwer verletzt. Und ich musste es jemandem sagen.

„Was?", fragte Anne.

Ich riss die Augen auf, stieß Anne zur Seite und fummelte am Türgriff herum, aber die Tür war verriegelt.

„Ist Emily Coleman hier?", fragte ich, während ich versuchte, den Knauf zu drehen.

„Wer?", fragte Michelle.

„Tristans Schwester!" Mit meinen zittrigen Fingern konnte ich das Schloss nicht öffnen. Vor lauter Angst und Verzweiflung wurde ich fast zum Tier. Ich packte den Knauf mit beiden Händen. Das Holz knackte. Metall ächzte. Welche Befreiung. Als Nächstes hielt ich den Knauf in den Händen. Ich warf ihn auf den Boden. Laut scheppernd prallte er auf.

„Savannah!", rief Carrie atemlos.

Aber ich war schon durch die Tür und lief den kurzen Gang auf das flackernde Licht und den Teppich aus Luftballons mitten in der Cafeteria zu. Ich suchte nach einem bestimmten blonden Mädchen, das sicher hier war. Der Ball wurde immer von den ältesten Cheerleadern organisiert, die so Geld für ihre Gruppen auftreiben wollten. Emily musste irgendwo hier sein.

Volltreffer. Der Punschtisch.

„Bleibt hier", rief ich meinen Freundinnen zu. Meine Miene oder vielleicht mein Tonfall brachten sie dazu, ausnahmsweise auf mich zu hören.

Ich wäre gern gerannt, aber ich zwang mich dazu, nur zu gehen und so große Schritte zu machen, wie es diese blöden Absätze auf dem rutschigen Boden zuließen.

Emilys Kopf schnellte hoch, als ich noch mitten auf der Tanzfläche war. Offenbar sah sie mir an, dass etwas nicht stimmte, denn sie starrte mich an.

„Tristan", keuchte ich, als ich endlich ihren Tisch erreicht hatte und mich über ihn beugte. „Etwas ist passiert. Du musst ihn anrufen."

Besorgt oder vielleicht verwirrt runzelte sie die Stirn. Aber immerhin holte sie ihr Handy raus und versuchte es.

„Er meldet sich nicht", rief sie, um die Musik zu übertönen.

„Er liegt irgendwo und ist verletzt. Wir müssen ihn finden", sagte ich. Sie kam um den Tisch herum.

„Woher ..."

„Keine Ahnung, woher ich das weiß. Vielleicht hat er einen Verbindungszauber ausprobiert. Ich dachte, ich hätte ihn reden hören, und plötzlich habe ich seine Schmerzen gespürt." Noch auf dem Weg durch die Cafeteria pulsierten unbeschreibliche Schmerzen durch meinen Körper.

Ich stieß die Türen zu fest auf; sie krachten in die gemauerten Außenwände. Emily riss die Augen auf.

Aber das war egal. Alles war egal. Wir mussten nur Tristan rechtzeitig finden.

„Wo steht dein Auto?", fragte ich sie.

Sie wandte sich nach rechts, wo ich ihr berüchtigtes rosa Cabrio in der ersten Parkreihe entdeckte.

„Was machst du da?", fragte sie, als ich die Beifahrertür öffnen wollte.

„Ich komme mit", antwortete ich.

„Das geht nicht. Ihr beiden sollt nicht ..."

„Ich fühle immer noch seine Schmerzen." Sie waren sogar noch stärker geworden. „Ich glaube, damit können wir ihn finden."

„Das ist doch nicht dein Ernst."

Ich öffnete die Tür und stieg ein.

Emily setzte sich mit einem lauten Seufzer hinter das Lenkrad, ließ den Motor an und fuhr vom Parkplatz. An einem Stoppschild fragte sie: „Welche Richtung?"

Ich drehte mich nach links, und die Schmerzen ließen etwas nach.
„Nach rechts."

Wir kamen viel zu langsam voran, weil wir das an jeder Kreuzung wiederholen mussten. Aber ich spürte, dass wir weitermachen mussten. Emily hatte ihre Eltern angerufen, aber sie wussten nicht, wo Tristan sein konnte. Anscheinend hätte er vor einer halben Stunde Bethany abholen sollen, war aber nicht bei ihr aufgetaucht. Emily beendete das Gespräch, ohne zu sagen, warum sie sich Sorgen machte oder dass ich bei ihr war.

Zehn Minuten später fanden wir uns an der Stadtgrenze zum Three Mile Drive wieder.

„Was sollte er hier draußen zu suchen haben?", murmelte Emily.

Das fragte ich mich auch. Bethanys Haus lag in der entgegengesetzten Richtung.

Aber darüber konnte ich mir jetzt keine Sorgen machen. Die Schmerzen waren so schlimm, dass ich kaum noch atmen konnte. „Er ist in der Nähe. Fahr langsamer", bat ich.

Zum Glück bremste sie ab, sonst hätten wir uns in einer Kurve platte Reifen geholt. Auf der Straße lagen Glassplitter, denen Emily gerade noch ausweichen konnte.

Tristans Pick-up hatte ein breites Stück Holzzaun mit Stacheldraht mitgerissen, war hinter einem Graben auf einem Feld gelandet und mehrere Meter neben der Straße aufrecht zum Stehen gekommen. Ich wusste nachher nicht mehr, wie ich aus dem Auto gekommen war oder dass wir angehalten hatten. Ich rannte nur über das Feld zu diesem zerbeulten Metallhaufen und betete, dass es ihm gut ging.

Als ich zur Fahrerseite lief, verschwanden die Schmerzen, als hätte jemand einen Schalter umgelegt.

„Tristan!", schrie ich und packte den Türgriff. Aber die Tür war verzogen und ließ sich nicht öffnen. „Emily, ich kann ihn nicht mehr spüren. Hol Hilfe!"

Ich streckte eine Hand durch die zerbrochene Seitenscheibe und tastete vorsichtig nach Tristans Puls. Er war noch spürbar, aber nur schwach.

„Tristan, bitte", flüsterte ich. „Bitte verlass mich nicht."

8. KAPITEL

Emily beendete einen Anruf, griff an mir vorbei und berührte ihren Bruder an der Schulter.

„Scheiße", keuchte sie. „Wag es ja nicht, mir wegzusterben, Tristan!" Sie riss an dem Türgriff, dass ihre sorgsam hochgesteckten Haare in alle Richtungen flogen.

„Zusammen bei drei", schrie ich. Ich packte den Türrahmen, ohne auf die Glasscherben zu achten, die mir die Hände zerschnitten. „Eins, zwei, drei."

Wir zogen mit ganzer Kraft, und die Tür gab so plötzlich nach, dass wir rückwärts im Gras landeten. Ich rappelte mich mühsam auf, weil meine blöden Absätze in der weichen Erde versanken. Offenbar war Emily mit ihren Schuhen geübter. Sie stand schon wieder neben Tristan und hatte ihm eine Hand auf die Schulter gelegt.

„Wir müssen ihn da rausholen, damit ich ihm besser helfen kann", sagte sie.

„Weißt du denn, was du da machst?", fragte ich. Konnten wir ihm nicht noch mehr schaden, wenn wir ihn bewegten?

„Wir müssen es versuchen. Der Krankenwagen braucht noch mindestens fünf Minuten. Und sein Puls …"

„Ich weiß." Ich wollte von ihr nicht hören, was ich schon wusste. Sein Herz schlug viel zu schwach. Wir waren kurz davor, ihn zu verlieren.

Und wir durften ihn nicht verlieren. Ich konnte ihn nicht verlieren. Ganz egal, ob ich mit ihm zusammen sein durfte. Ich musste wissen, dass es ihn irgendwo noch gab, sonst würde ich verrückt werden.

„Also gut, nimm seine Füße", sagte ich und zog ihn an den Schultern zu mir. Emily quetschte sich zwischen mich und die Tür und befreite seine Füße aus dem zusammengedrückten Fußraum.

Irgendwie schafften wir Tristan aus dem Auto und legten ihn auf den Boden. Ich bettete seinen Kopf auf meinen Schoß und wischte ihm das Blut von der Stirn, während Emily sich neben ihn kniete.

„Er hat so viele Knochen gebrochen", flüsterte sie.

„Bitte", flehte ich sie leise an, flehte Gott an und das Universum, das bisher nur grausam zu mir gewesen war, damit es mir hoffentlich diesen einen Wunsch erfüllte.

Emily schloss die Augen und drückte beide Hände auf Tristans Brust wie zu einer Herzmassage. Aber sie drückte nicht zu. Sie saß nur ganz still da, die Hände flach auf das rot befleckte Hemd gelegt. Über meine Arme und den Nacken lief ein schmerzhaftes Prickeln. So stark hatte ich dieses Gefühl noch nie erlebt, nicht mal, als Tristan mit Magie gegen Dylan gekämpft hatte. Damals hatte sich das Prickeln angefühlt wie ein Schwarm Feuerameisen. Jetzt kam ich mir vor wie mitten in einem Schwarm richtig wütender Wespen. Als Hexe war sie wirklich mächtig. Aber war sie mächtig genug?

Hätte ich doch nur lernen dürfen, wie man Magie einsetzte …

Als ich mich über ihn beugte, krümmte ich mich vor Schmerzen zusammen. Dieses Mal stammten sie von mir selbst. Aus einer Platzwunde an Tristans linker Schläfe strömte Blut, und im Hintergrund meldete sich meine Vampirhälfte. Aber nichts konnte die nackte Angst übertönen, die mich durchströmte, nicht einmal der Blutdurst.

„Bitte, Tristan, bleib bei mir", flüsterte ich. Meine Lippen streiften die einzige blutfreie Stelle auf seiner Stirn, seine Haare berührten mich an Nase und Wange.

Und dann hörte ich es. Ein einzelnes starkes, kräftiges Pochen, dem schnelle, kaum wahrnehmbare Schläge folgten.

„Noch mal, Emily", drängte ich leise.

Neue Stiche überzogen meine Arme und den Hals, als sie noch mehr Energie einsetzte.

Ein zweiter kräftiger Herzschlag unter meinen Fingerspitzen. Noch einer. Und noch einer. Mit jedem Schlag wurde der Puls gleichmäßiger.

Tränen strömten mir über das Gesicht. Ich sah Emily an, weil ich wissen musste, dass ich es mir nicht nur einbildete.

„Er kommt zurück!", rief sie strahlend.

„Gut so, Tristan." Ich strich ihm Glassplitter aus dem Haar. „Kämpf weiter. Komm zu uns zurück." *Komm zu mir zurück.*

In der Nähe heulten Sirenen auf. Der Rettungswagen war hier. Er hielt auf der Straße, zwei Sanitäter sprangen heraus und luden eine Transportliege aus.

„Ich glaube, er wird wieder gesund", sagte Emily. „Hier und da ein paar Stiche, ein paar gebrochene Knochen, die gerichtet werden müssen, und bei der Heilung kann der Clann sicher helfen. Aber er wird wieder gesund."

Ich hielt Tristans rechte Hand fest, während die Sanitäter ihm eine Halskrause anlegten und eine Trage unter ihn schoben, mit der sie ihn auf die Krankenliege heben konnten. Auch als sie ihn zum Rettungswagen brachten, ließ ich nicht los. Ich ging einfach mit. Tristan war immer noch nicht aufgewacht. Erst wenn er mich aus seinen grünen Augen ansah, könnte ich sicher sein, dass er wieder gesund wurde.

„Miss", sprach mich einer der Sanitäter an. „Sie müssen loslassen, damit wir ihn einladen können."

„Ich will mitfahren."

Emily legte mir eine Hand auf den Arm. „Das geht nicht. Ich habe meine Eltern angerufen. Sie sind schon auf dem Weg zum Krankenhaus. Sie werden auf ihn warten."

„Das ist mir egal. Ich muss mitfahren."

„Das geht nicht", wiederholte Emily bestimmter. „Du weißt, was passieren würde."

„Bitte", flehte ich sie an. „Ich muss wissen, dass es ihm gut geht."

„Er wird schon wieder. Aber du musst ihn jetzt loslassen." Sie beugte sich zu mir und flüsterte: „Bitte zwing mich nicht, Magie zu benutzen, um dich zu retten. Ich weiß, dass du ihn liebst. Und ich verspreche dir, dass ich dir Bescheid sage, wenn es etwas Neues gibt."

In diesem Moment hasste ich sie fast. Aber die Vernunft brachte mich dazu, Tristans Hand loszulassen und zurückzuweichen.

„Wie ist die Handynummer von deiner Freundin?", fragte Emily, während die Sanitäter Tristan in den Rettungswagen schoben.

„Was? Wieso?"

„Weil ich zum Krankenhaus hinterherfahre. Irgendwer muss dich abholen."

Ich nannte ihr Annes Nummer, und sie rief sofort an. Anne willigte schnell ein, mich abzuholen.

„Sie will in zehn Minuten hier sein", berichtete Emily, nachdem sie das Gespräch beendet hatte. „Und wie ist deine Nummer?"

Verwirrt sah ich sie an. Ich hatte so vertieft zugesehen, wie die Türen des Rettungswagens geschlossen wurden, dass ich ihre Frage nicht verstand.

Sie berührte mich an der Schulter. „Savannah, ich brauche deine Nummer, damit ich dich anrufen kann, wenn es was Neues gibt."

„Willst du mich wirklich anrufen?", fragte ich.

Sie lächelte still. „Das habe ich doch gesagt, oder? Hat Tristan nicht erwähnt, dass ich meine Versprechen immer halte?"

Also gab ich ihr meine Nummer. Wo war überhaupt mein Handy? Vielleicht hatte Anne es.

Emily speicherte meine Nummer in ihrem Handy. „Kommst du zurecht, bis sie hier ist? Soll ich solange bei dir bleiben?"

„Nein!" Ich schrie beinahe vor Panik. Der Fahrer des Rettungswagens warf uns einen kurzen Blick zu, als er einstieg. „Nein, fahr ihnen nach. Bitte." Sie würde meine einzige Verbindung zum Krankenhaus sein. Nur über sie würde ich etwas erfahren, falls es Tristan schlechter ging.

Nach einem Moment drückte sie mich kurz und fest an sich. „Kopf hoch. Er wird schon wieder. Ruck, zuck ist er wieder der alte verwöhnte Tristan. Und, Savannah?"

Der Rettungswagen war losgefahren. Seine Rücklichter verblassten auf der Straße zur Stadt hinunter. „Hm?"

„Danke."

Ich sah sie an. „Dank mir, indem du mich auf dem Laufenden hältst."

„Das mache ich. Versprochen."

Damit verschwand auch sie. Sie folgte dem Rettungswagen.

Plötzlich stand ich ganz allein im Dunkeln, nur mit Tristans demoliertem Auto neben mir, mitten auf einem Feld. Trotzdem hatte ich kein bisschen Angst. Solange Tristan wieder gesund wurde, war alles andere ziemlich egal.

Eine Bewegung am Waldrand ließ mich aufblicken. Im Mondlicht sah es aus, als würde jemand in den Wald gehen. Die Gestalt war zu weit entfernt, als dass ich Einzelheiten hätte erkennen können, bevor sie vom Wald und der Dunkelheit verschluckt wurde. Ein Nachbar, der sich das Drama ansehen wollte? Wahrscheinlich.

Mein Blick fiel auf den Schrotthaufen zwischen dem Waldrand und mir. Schwankend ging ich zu dem demolierten Auto und blieb vor der offenen Fahrertür stehen. Ich sah Tristan noch vor mir, wie er bewusstlos und blutüberströmt in sich zusammengesackt war. Wie von selbst glitten meine Finger über das aufgeplatzte Leder der Kopfstütze. Ich schauderte.

Heute hätte ich ihn fast verloren.

Wenig später fand mich Anne. Sie berührte meinen Arm und schnappte nach Luft. „Sav, du bist ja eiskalt! Ist alles in Ordnung? Was ist passiert?"

„Tristan hat sein Auto zu Schrott gefahren. Emily sagt, er würde wieder gesund werden."

„Na komm, wir bringen dich erst mal ins Warme."

Ich folgte ihr zur Straße, wo ihr Auto mit laufendem Motor wartete. Wir stiegen ein, und sie stellte die Heizung an. Dann fuhr sie zurück in die Stadt.

„Hast du mein Handy?", fragte ich. Mein ganzer Körper war taub. Ich spürte nicht mal die warme Luft, die ich aus dem Armaturenbrett rauschen hörte. „Emily hat versprochen, dass sie mich auf dem Laufenden hält."

„Klar." Erst wollte sie es mir zuwerfen, aber dann legte sie es auf die Sitzbank zwischen uns. Ich hob es sofort auf und drückte es mit beiden Händen an mich. Notfalls würde ich mit diesem Ding, das ich eigentlich nicht leiden konnte, schlafen, bis ich wusste, dass es Tristan gut ging.

„Ich habe den Mädels gesagt, dass wir uns, wie verabredet, am Sonic treffen", erzählte Anne, als sie auf die Hauptstraße abbog.

Erschrocken sah ich auf der Radiouhr, dass der Ball beinahe zu Ende sein musste. Wie lange hatten Emily und ich versucht, Tristan zu retten?

Während der Fahrt spürte ich Annes Neugier wie ein ständiges Summen. Aber sie hielt sich mit ihren Fragen zurück, bis wir vor dem Sonic parkten und sie so viel Essen bestellt hatte, dass es für ein ganzes Footballteam gereicht hätte.

„Willst du auch was?", fragte sie.

„Ein Coke Float wäre nicht schlecht." Mein Magen rumorte so, dass ich kaum mehr als eine Cola mit Vanilleeis bei mir behalten konnte. Mom behauptete, die Mischung aus Säure und Milch in einem Coke Float könnte jeden verstimmten Magen beruhigen. Jetzt wollte ich ihre Theorie mal testen.

Anne ließ die Heizung laufen, bis das Essen kam. Danach stellte sie das Gebläse ab. „Tut mir leid, aber ich gehe echt ein. Frierst du immer noch?"

Ich hätte es wirklich nicht sagen können. In letzter Zeit war mir immer kalt. „Ist schon gut, danke. Und danke, dass du mich abgeholt hast."

„Kein Problem. Aber du könntest mir wenigstens sagen, was los ist, verdammt. Du bist mit Emily losgerannt wie von der Tarantel gestochen. Dann ruft sie mich plötzlich an, dass ich dich irgendwo in der Pampa bei Tristans demoliertem Auto abholen soll. Ich wusste gar nicht, dass ihr befreundet seid."

„Sind wir auch nicht. Nicht so richtig. Ich habe nur ..." Mein Gott. Ich konnte nicht mal anständig lügen, wenn ich gut drauf war. Wie sollte ich mir dann unter den gegebenen Umständen eine Geschichte ausdenken, um zu erklären, was heute Abend passiert war?

Ich lehnte den Kopf zurück und schloss die Augen. Sofort kam die Erschöpfung mit voller Wucht zurück. Ich hatte das alles so satt: die Geheimnistuerei, die Einsamkeit, das schlechte Gewissen. Ich ertrug es einfach nicht mehr. Vielleicht mussten Carrie und Michelle nichts erfahren. Carrie hätte mir sowieso nicht geglaubt, und Michelle würde sich irgendwann verplappern. Aber Anne war verschwiegen wie ein Grab, wenn es darauf ankam. Niemals würde sie irgendetwas über jemanden verraten, und wenn sie noch so sauer auf ihn war.

Also sagte ich ihr die Wahrheit. „Ich bin zur Hälfte eine Vampirin und zur anderen Hälfte eine Hexe."

9. KAPITEL

Anne wollte gerade ein Tütchen Salz aufreißen, zog zu fest und verteilte das Salz in der ganzen Gegend. Ich öffnete ein Auge und sah gerade noch, wie die kleinen weißen Kristalle auf das Lenkrad und die Sitzbank zwischen uns fielen. Vielleicht sollte ich die Augen zur Sicherheit lieber geschlossen halten. Dann konnte sie Grimassen schneiden, wie sie wollte, ohne mich zu kränken.

„Noch mal zum Mitschreiben, ja?", bat Anne.

Ich erzählte von Anfang an, von den Vampiren und dem Clann, von der verbotenen Beziehung zwischen Dad und Mom und davon, dass Dad deswegen aus dem Rat und Mom und Nanna aus dem Clann geworfen worden waren. Auch von Nannas Tod und wie sie wirklich gestorben war, von meinen wachsenden Fähigkeiten und meiner Trennung von Tristan. Ich erzählte ihr alles, am Ende sogar mit offenen Augen, und ließ nichts aus. Zum ersten Mal erlebte ich, dass Anne einem Cheeseburger keine Beachtung schenkte. Dafür verkraftete sie alles viel besser, als ich erwartet hätte. Zumindest bisher.

Danach fühlte ich mich … leichter. Zum ersten Mal hatte ich einem normalen Menschen die Wahrheit über mich erzählt, jemandem, der nichts mit dem Irrsinn des Clanns und der Vampire zu tun hatte.

Ich musterte sie genau. Würde sie jetzt Panik bekommen? Würde sie Angst haben, ich könnte sie irgendwann beißen oder verhexen?

Sie schwieg lange. Schließlich trank sie einen großen Schluck Limo, blinzelte zweimal und sagte: „Wow. Und ich dachte, meine Familie wäre schwierig."

Ich musste lachen. „Du hast ja keine Ahnung."

„Meine Mutter würde Zustände kriegen, wenn sie das alles wüsste."

Oh nein. War sie etwa doch nicht so verschwiegen, wie ich dachte? „Du darfst ihr das nicht erzählen, Anne. Auch nicht Carrie oder Michelle oder sonst wem. Du musst das absolut geheim halten."

Sie schnaubte. „Ach bitte, du kennst mich doch. Habe ich je was verraten?"

„Soweit ich weiß, nicht. Deshalb bist du auch der einzige normale Mensch, dem ich das erzählt habe."

Jetzt musste sie grinsen. „Du hältst mich für normal? Dann muss deine Familie echt ein paar Leichen im Keller haben."

„Ha, ha", machte ich. „Aber ernsthaft, Anne, das ist wirklich wichtig. Und es ist noch nicht alles." Ich verzog das Gesicht, als ich erklärte: „Du darfst es nicht nur niemandem erzählen, du darfst auch nicht groß darüber nachdenken. Die Nachfahren und die Vampire können die Gedanken von Menschen lesen."

Dabei verging ihr das Grinsen.

„Genau", sagte ich. „Verstehst du jetzt, warum ich so lange nichts davon erzählt habe?"

„Ja. Allerdings hätte ich dir eine bessere Freundin sein können, wenn du es mir gesagt hättest. Du weißt schon, ich hätte dich bei dem ganzen Mist, den du durchgemacht hast, besser unterstützen können." Ihre Stimme klang sanft, fast entschuldigend. Und Anne war nie sanft.

Ich wusste gar nicht, wie ich reagieren sollte. „Tut mir leid. Ich wollte dich nur schützen. Und ich hätte nicht gedacht, dass du es so locker nimmst." Ich starrte sie an. „Sag mal, wieso reagierst du überhaupt so cool?" Die meisten Leute hätten mich entweder ausgelacht, mich für verrückt gehalten oder wären total ausgeflippt.

Sie wollte gerade eine Pommes nehmen und hielt inne. „Sagen wir einfach ... das ist nicht das Seltsamste, was ich in letzter Zeit gehört habe."

„Ernsthaft? Was ist denn seltsamer, als herauszufinden, dass Jacksonville insgeheim von einer Bande machtgeiler Zauberer regiert wird und deine beste Freundin jeweils zur Hälfte zum Clann und zu den Vampiren gehört?"

Sie holte tief Luft. „Das ... kann ich dir nicht sagen."

Jetzt musste ich blinzeln. „Warum nicht?"

„Weil es ein Geheimnis von jemand anderem ist und ich geschworen habe, es nicht zu verraten."

„Wessen Geheimnis?"

„Auch das kann ich dir nicht sagen." Sie stopfte sich eine kleine Handvoll Pommes in den Mund und kaute darauf herum, als wollte sie Zeit schinden, bevor ich sie noch etwas fragen konnte. Dabei wusste ich genau, wie oft sie mit vollem Mund sprach.

„Anne, was ist los?"

„Das kann ich dir nicht sagen!", nuschelte sie. Sie wollte sich noch mehr Pommes in den Mund stecken, ließ es aber. „He, du kannst meine Gedanken nicht lesen, oder?" Der Anflug von Sorge, der bei ihr aufblitzte, rieb wie Sandpapier über meine Nerven, die sowieso schon blank lagen.

„Nein." Zumindest noch nicht.

Sie kaute langsam und schluckte. Dabei glätteten sich die Falten auf ihrer Stirn.

Plötzlich flog meine Tür auf. Zum Glück hatte ich den Sicherheitsgurt noch angelegt, sonst wäre ich aus dem Auto gefallen.

„He, Freak. Bist du losgerannt, um deinen Freund zu retten?", fragte Dylan Williams.

Als ich mich hochzog, schnitt mir der Sicherheitsgurt in die Hände. „Woher weißt du …"

„Das weiß jeder", unterbrach er mich. Er verströmte Finsternis wie ein billiges, abstoßendes Parfum. Irgendwie schaffte ich es, nicht mit der Wimper zu zucken. „Angeblich wollte sich Romeo heute Abend mit seinem Auto aus dem Leben verabschieden."

„Das würde er nie tun." Ich bemühte mich, überzeugt zu klingen.

Dylan zuckte mit den Schultern. „Angeblich haben seine Bremsen versagt."

Ich erstarrte innerlich. „Woher hast du das?"

„Ach, nur so gehört." Er lächelte.

Mir kam ein schrecklicher Gedanke. „Hast du was mit seinem Auto angestellt?" Ich beugte mich zu ihm. Wenn er es zugegeben hätte, wäre ich ihm an die Kehle gesprungen.

Er zog die Augenbrauen hoch und fragte lässig: „Warum sollte ich das tun?"

„Ach, keine Ahnung, vielleicht, weil du böse bist", sagte Anne.

Er funkelte sie an. „Pass auf! Sonst merkst du noch, wie böse ich wirklich werden kann, Albright."

Wollte er etwa meiner besten Freundin drohen?
Ich würde ihn umbringen.
Ich wollte mich abschnallen, aber vor Wut konnte ich das blöde Schloss nicht öffnen. „Wenn du auch nur …"
Er lachte. „Genau, Colbert. Langsam kapierst du's." Er kam näher und flüsterte: „Also, warum verziehst du dich nicht aus Jacksonville, bevor noch einem Freund von dir was passiert?"
„Ach bitte", sagte Anne. „Glaubst du echt, du könntest irgendwem Angst machen?"
Er sah sie an und verzog die Lippen träge zu einem Lächeln. „Weißt du was? Ich freue mich schon richtig auf das nächste Schuljahr. Das wird ein Spaß, dir Respekt vor dem Clann beizubringen."
Unwillkürlich streckte ich eine Hand aus. Ich wollte ihn packen, ihm eine knallen, irgendwas. Ich war so wütend, dass ich nicht mal richtig sehen konnte.
Lachend wich er meiner Hand aus. Dann drehte er sich um und schlenderte zurück zu seinem Auto.
Ich würde ihn umbringen. Irgendwie würde ich es schaffen. Ich würde ihm die Kehle rausreißen. Wenn er Tristan heute etwas angetan hatte … Und gerade hatte er gedroht, als Nächstes Anne zu verletzen.
Irgendwo weit weg bekam ich mit, dass jemand meinen Namen sagte und mein Handgelenk umschloss.
„Savannah! Du machst noch den Gurt kaputt!"
Blinzelnd wandte ich mich der Stimme zu. Anne saß neben mir, biss sich auf die Unterlippe und versuchte, meine Hände vom Schloss des Sicherheitsgurtes wegzuziehen.
„Holla! Seit wann kannst du denn so wütend werden? Ich dachte immer, ich wäre diejenige von uns, die ein Antiaggressionstraining brauchen könnte", meinte sie grinsend.
Ich starrte sie an. „Hat er gerade gesagt, dass er Tristans Unfall verursacht hat, oder habe ich mir das eingebildet?"
Ihr Lächeln verschwand. „Ich glaube, er hat dich nur verarscht. Der ist doch einfach ein Großmaul. Er ist so blöd, dass er sich bei einem Mordversuch eher selbst umbringen würde. Meinst du, der weiß überhaupt, wo bei einem Auto die Bremsleitungen sind?

Wahrscheinlich würde er es schaffen, sich bei der Suche selbst zu überfahren."

„Aber er hat dir gedroht", widersprach ich. „Wenigstens das hast du doch auch gehört, oder?"

Sie verdrehte die Augen. „Ach bitte. Große Klappe, nichts dahinter. Und wenn er doch was versuchen will, schieß ich ihn einfach mit meinem neuen Bogen ab."

Hatte ich richtig gehört? „Mit deinem neuen Bogen?"

„Ja. Mein Opa hat mir für die Truthahnsaison den neuesten Firestorm-Compound-Bogen geschickt. Ich kann's kaum erwarten, ihn auszuprobieren."

„Seit wann kennst du dich denn mit Bogenschießen aus?"

„Seit ich fünf bin. Liegt in der Familie. Mein Opa hat eine Bogenfabrik. Weißt du nicht mehr? Das habe ich doch schon tausendmal erzählt."

Ich erinnerte mich verschwommen daran, dass sie in der Mittagspause gern eklige Geschichten davon erzählt hatte, wie sie jedes Jahr im November mit ihrem Onkel auf die Hirschjagd ging. Und dass man sich dabei mit Hirschurin einsprühen musste. Aber ich konnte mich nicht erinnern, dass sie mal gesagt hätte, welche Waffe sie benutzte. „Ich wusste, dass du gern jagen gehst, aber nicht, dass du Pfeil und Bogen benutzt. Ist das nicht ziemlich ... altmodisch? Wieso nimmst du nicht einfach eine Pistole?"

Sie holte ganz tief Luft. „Mein Gott. Versprich mir, dass du nie wieder so was sagst. Erstens geht niemand mit einer Pistole jagen. Mit Pistolen jagt man höchstens Menschen. Tiere jagt man mit Gewehren. Und zweitens würde mir mein Opa das Fell über die Ohren ziehen, wenn ich mit etwas anderem als einem Compound-Bogen aus seiner Fabrik jagen würde. Außerdem machen Bogen viel mehr Spaß als Gewehre, und es ist damit sehr viel schwerer, sich selbst zu treffen." Sie runzelte die Stirn. „Wobei sich ein echter Volltrottel wahrscheinlich sogar in den Fuß schießen könnte. Oder wenn man richtig Pech hat, könnte ein Pfeil zersplittern und einem die Hand durchbohren. Und natürlich braucht man die richtige Technik, damit die Sehne nicht abspringt und man sich nicht am Arm verletzt oder ein Auge ausschlägt oder so was ..."

Bevor sie sich richtig in Fahrt reden konnte, warf ich ein: „Stellt dein Großvater schon lange Bogen her?"

„Ja, seit fast vierzig Jahren. Willst du Fotos sehen?" Ohne auf eine Antwort zu warten, beugte sie sich vor, öffnete das Handschuhfach und kramte einen Katalog hervor. Sie tippte mit dem Finger auf eine Seite. „Das ist mein neuer Firestorm. Klasse, oder? Aber meiner ist schwarz. Ich werde ihn die Schwarze Witwe nennen. Ich kann es kaum erwarten, damit nachts Wildschweine zu jagen."

Das war doch nicht ihr Ernst. „Äh ... Wildschweine?"

Sie riss die Augen auf und nickte hektisch. „Diese Viecher verbreiten sich wie die Pest. Sie sind echt gefährlich, deshalb darf man sie das ganze Jahr über ohne Jagdschein jagen. Onkel Danny und ich waren dieses Jahr schon ein paarmal unterwegs, vor allem, um den Bestand abzuschätzen. Beim ersten Mal wären wir fast draufgegangen. Wildschweine sind tierisch aggressiv."

Ich betrachtete den Bogen im Katalog, ein wirklich kompliziertes Ding. Compound-Bogen sahen ganz anders aus, als ich mir Bogen vorgestellt hatte, sehr futuristisch mit einer Menge Löcher. An den beiden Enden waren seltsame Flaschenzüge, zwischen denen sich gleich drei Sehnen spannten. Das Teil hätte in die *Alien*-Filme gepasst. Wie schoss man überhaupt mit so was?

Ich blätterte ein paar Seiten weiter, bis mich die Farbe eines Modells regelrecht ansprang. „Es gibt Bogen in rosa Flecktarn?"

Sie grinste. „Ja, das ist ein Anfängermodell. Mein erster Bogen sah so ähnlich aus."

Ich versuchte mir Anne im Kindergartenalter vorzustellen, wie sie mit einem riesigen knallrosa Bogen durch ein Feld lief und Pfeile verschoss, während Dylan kreischend wie ein kleines Mädchen weglief. Ein zögerliches, mattes Lächeln lockerte die Muskeln um meinen Mund. Das hätte ich wirklich gern gesehen. Leider wäre Dylan im wahren Leben nie weggelaufen. Er wäre einfach stehen geblieben und hätte sie mit einem magischen Feuerball beschossen.

Als ich ihr den Katalog zurückgab, verblasste mein Lächeln. „Hör mal, Anne, du musst wirklich vorsichtig sein. Du glaubst, du könntest mit Dylan fertigwerden, egal, was er macht. Aber der

Clann ... Die Nachfahren sind viel mächtiger, als du denkst. Sogar Dylan hat ein paar Tricks drauf, gegen die man nicht mit einem Bogen ankommt."

„Pff. Lass ihn. Soll er's ruhig versuchen. Er würde mich nicht mal sehen oder hören, bevor es zu spät ist."

Sie tat so, als würde sie mit der linken Hand einen Bogen halten und mit der rechten die Sehne mit einem imaginären Pfeil spannen. Mit einem *Wuuusch* schoss sie. Dann pfiff sie leise und grinste.

Seufzend schüttelte ich den Kopf. Anne wusste doch, dass die Clann-Mitglieder zaubern konnten. Genau wie alle anderen in Jacksonville hatte sie die Gerüchte gehört. Und sie hatte kleinere Zauber selbst erlebt – als ich letztes Jahr aus Versehen ein paar Jungs mit meinem Tranceblick zu Stalkern gemacht hatte, hatte sie für Tristan Dämmzauber in meine Sporttasche geschmuggelt. Aber sie hatte noch nicht erlebt, wie schnell ein Nachfahre Energie auf jemanden schleudern und ihn umwerfen oder sogar fast töten konnte.

Wäre sie an dem Abend dabei gewesen, als Tristan und Dylan mit Magie gegeneinander gekämpft hatten, hätte sie meine Warnung nicht einfach so abgetan.

Wenige Minuten später hielten Michelle und Carrie mit ihren Freunden neben uns. Das Fenster auf der Fahrerseite stand offen, und ich hörte, wie sie meinen Namen sagten und etwas über Tristan und Emily und einen Autounfall. Spannende Neuigkeiten machten in Jacksonville schnell die Runde, und nichts war spannender als Tristan.

Carrie blickte auf, sah mich und drückte Michelles Hand. Daraufhin erröteten beide.

„He, Leute, was wollt ihr essen?", fragte Carrie ihre Mitfahrer.

Während sie bestellten, sah ich auf meinem Handy nach, ob ich Anrufe oder SMS verpasst hatte. Es war nichts gekommen. Zur Sicherheit überprüfte ich das Netz. Vielleicht hatte Emily noch keine Gelegenheit gefunden, mich ungestört anzurufen.

Als Carrie und Michelle ihre Bestellung erhielten, stieg Anne aus, ging zur Beifahrerseite und nervte die beiden beim Essen. Ich saß vor Sorge wie angewurzelt im Auto.

Emily hätte sich längst melden sollen. Was passierte im Krankenhaus mit Tristan? Würde er gesund werden? Vielleicht hatte sie nicht Bescheid gesagt, weil er noch geröntgt oder anders untersucht wurde. Oder ...

Nein, daran wollte ich nicht mal denken. Er würde gesund werden. Er musste einfach. Emily hatte ihn am Leben erhalten, bis er ins Krankenhaus kam und der Clann übernehmen konnte. Und die Nachfahren würden ihren zukünftigen Anführer auf keinen Fall sterben lassen.

Andererseits wollten vielleicht ein paar von ihnen Tristan aus dem Weg räumen. Und wenn irgendjemand ein Motiv hatte, Tristan zu schaden, war es Dylan. Was hatte er an dem Abend gesagt, an dem er Tristan und mich nach dem Charmers-Training beim Küssen erwischt hatte? Er wollte mit den Fotos von uns dafür sorgen, dass der Clann Tristans Vater als Anführer absägte.

Für mich klang das nach einem Motiv.

Zum Teil musste ich Anne recht geben. Dylan wirkte viel zu dämlich, um die Bremsleitungen eines Autos zu manipulieren. Andererseits könnte er es endlich geschafft haben, das Internet zu nutzen oder ein Buch zu lesen. Wunder gab es immer wieder, vor allem, wenn jemand so besessen war wie Dylan. Er wollte Tristans Familie unbedingt von der Clann-Spitze verdrängen. So sehr, dass er auf dem Schulgelände mit Magie gegen Tristan gekämpft und ihn fast umgebracht hätte. Von dort war es nicht mehr weit bis zu dem Punkt, wo er an Tristans Auto hätte herumpfuschen können.

Und wenn er dazu fähig war, würde er nicht davor zurückschrecken, jemand anderem zu schaden. Jemandem außerhalb des Clanns, der keine besonderen Kräfte besaß. Jemandem wie Anne, deren Eltern beide arbeiteten und in dieser Gegend keinen Einfluss hatten.

Was, wenn seine leere Drohung in Wirklichkeit ein Versprechen gewesen war, Anne im nächsten Schuljahr etwas anzutun?

Irgendwie musste ich Tristan und Anne beschützen.

Hätte ich doch nur, wie die anderen Nachfahren, von klein auf den Umgang mit Magie gelernt, dann hätte ich jetzt Schutzzauber für sie machen können. Ich hätte auch Tristan helfen können, gesund zu werden, und sei es aus der Ferne.

Aber ich konnte sie weder beschützen noch ihnen helfen, weil meine Mutter und meine Großmutter dem Clann versprochen hatten, mir keine Magie beizubringen.

Das war so was von ungerecht. Warum durfte ich nicht die Fähigkeiten einsetzen, die mir wahrscheinlich in die Wiege gelegt wurden? Wenn in meinen Adern wirklich die Magie der Evans floss, gehörte sie genauso zu mir wie meine Hände und Füße!

Dylan und die Zickenzwillinge hatten mich und meine Freundinnen nur schikaniert, weil sie wussten, dass mir meine Familie nicht beibringen durfte, wie ich mich verteidigen konnte.

Allerdings hatten das nur Mom und Nanna versprochen. Ich nicht.

Wenn ich doch nur ein paar Zauberbücher in die Finger bekommen könnte ...

„Na endlich!", rief Anne, als sie mit Carrie, Michelle und deren Freunden ihren Müll wegbrachte. Danach stieg sie wieder ein und ließ den Motor an. „Jetzt wird gefeiert!"

Eine halbe Stunde später und ohne die beiden Jungs saßen wir im Schlafanzug in Annes Zimmer und machten es uns gemütlich, um einen Film zu gucken. Zum Glück suchten sich die Mädels statt der üblichen Liebesschnulze eine Komödie aus. Und sie taten so, als würden sie nicht mitbekommen, dass ich mein Handy nicht aus der Hand legte.

Um elf schrieb Emily in einer SMS, dass es Tristan gut ging und er ruhig schlief. Endlich bekam ich wieder richtig Luft. Alles würde in Ordnung kommen. Ich wusste immer noch nicht, wie ich ihn und Anne vor Dylan beschützen sollte. Aber Tristan lebte und erholte sich. Fürs Erste genügte das.

Während meine Freundinnen abwechselnd über den Film lachten und schockiert nach Luft schnappten, beruhigte ihre Fröhlichkeit meine angespannten Nerven. Zum ersten Mal brachte es mir etwas, dass ich die Gefühle anderer spüren konnte. Langsam, aber sicher ließ die Anspannung in meinem Nacken und den Schultern nach, und ich konnte sogar wieder richtig lächeln.

Als ich dem Rettungswagen nachgesehen hatte, der Tristan fortbrachte, hatte ich gedacht, ich würde diesen Abend nicht überleben. Ich hatte mir vorgestellt, wie ich stundenlang allein in meinem Zimmer auf und ab laufen würde, halb wahnsinnig vor Angst und Sorgen. Nie hätte ich gedacht, dass ich den restlichen Abend in meinem gemütlichen Schlafanzug mit meinen besten Freundinnen vor Annes Fernseher verbringen würde, während sie abwechselnd stöhnend und grinsend einen Film über aufgetakelte, verrückte Vampire auf Segways sahen. Aber genau so ging einer der schrecklichsten Abende meines Lebens zu Ende.

Heute hatte ich mich meinen beiden größten Ängsten gestellt. Als ich Tristan fast verloren hätte, hatte ich erkannt, dass ich fast alles ertragen konnte, solange es ihn irgendwo noch gab. Dadurch hatte ich mich getraut, meine zweitgrößte Angst zu überwinden und meiner besten Freundin die Wahrheit zu sagen. Mehr als ein Jahr lang hatte ich es aus lauter Angst nicht mal versucht. Und Anne hatte sich als viel bessere Freundin erwiesen, als ich gedacht hätte.

Ich war so erleichtert, dass ich nicht wie üblich am längsten durchhielt. Ich schlief als Erste ein, das Handy unter meinem Kissen immer noch wie einen magischen Talisman umklammert. Irgendwann bekam ich vage mit, dass Anne mich zudeckte, und lächelte. Wer hätte gedacht, dass sie auch fürsorglich sein konnte? Dann schlief ich tief und fest.

Am nächsten Morgen um halb neun weckte mich ein Brummen in der Hand. Emily hatte eine SMS geschickt:

24 Stiche am Kopf, 26 Klammern im lkn Arm, 2 gebr Rippen, lks Bein 2x gebrochen & in Gips, lks Handgelenk gebr. & in Gips. T hübsch wie immer. Sagt, Bremsen hätten versagt???

10. KAPITEL

Ich musste die SMS dreimal lesen. Zweimal, um die vielen Verletzungen zu verkraften, und ein drittes Mal, um sicher zu sein, dass ich den letzten Teil richtig verstanden hatte. Das Plastikgehäuse des Handys knarrte gefährlich, als ich es zu fest packte.

Die Bremsen hatten versagt. Genau wie Dylan es wie nebenbei angedeutet hatte.

Steckte er etwa wirklich dahinter?

Vielleicht hatte er es auch von einem anderen Clann-Mitglied oder sogar aus dem Sheriffsbüro gehört und wollte mich mit dem Gerücht nur verunsichern. Das hatte ja Anne gemeint.

Aber warum hatten Tristans Bremsen versagt, wenn Dylan nicht an ihnen herumgepfuscht hatte?

Ich sah wieder die dunkle Gestalt vor mir, die nach Tristans Unfall in den Wald eingetaucht war. Konnte das Dylan gewesen sein?

Aber woher hätte er wissen sollen, wann und wo die Bremsen versagen würden?

Anne hatte recht. So klug war Dylan wahrscheinlich nicht.

Es sei denn, er war so clever, dass er sich nur dumm stellte.

Okay, langsam wurde es lächerlich. Davon bekam man ja Kopfschmerzen. Ich wurde schon paranoid. Bremsen versagten immer wieder mal, oder?

Bei einem relativ neuen, tadellos instand gehaltenen Pick-up? Na klar.

Nachdem ich mich im Badezimmer auf der anderen Flurseite angezogen hatte, sammelte ich so leise wie möglich meine Sachen ein. Die Mädels mussten noch lange aufgeblieben sein, nachdem ich weggeratzt war. Michelle und Anne schnarchten immer, aber Carrie schnarchte eigentlich nur, wenn sie richtig müde war. An diesem Morgen sägten alle drei wie die Holzfäller.

Ich kletterte vorsichtig über Michelle und Carrie, die auf dem Boden schliefen, und tippte Anne auf die kitzlige Nasenspitze.

„Hmpf?", machte sie. Sie rieb sich mit einer Hand über die Nase und öffnete ein Auge halb.

„Ich muss los. Die Familie."

„Ss gut", nuschelte sie.

Als ich schon gehen wollte, fiel mir noch etwas ein. „Ach, kannst du mir einen großen Gefallen tun? Kannst du bitte mein Kleid verbrennen?"

Jetzt riss sie die Augen auf. „Was?"

Ich sah nach, ob Michelle und Carrie noch schnarchten, bevor ich flüsterte: „Es ist voller Blut von du weißt schon, wem." Weil es schwarz war, konnte man die Blutflecken kaum sehen. Aber wenn ich es mit nach Hause nehmen würde, würde Dad das Blut auf jeden Fall riechen und sofort wissen, dass ich Tristan direkt nach dem Unfall gesehen hatte.

Anne zog die Nase kraus. „Mach ich. Jetzt geh schon. Leg 'nen Zahn zu."

Als ich antworten wollte, bemerkte ich, dass sie grinste. Vampirhumor. „Ha, ha. Findest du dich witzig?" Ich zog ihr das Kissen mit einem Ruck unter dem Kopf weg und ließ es auf ihr Gesicht fallen.

Danach klangen ihr Kichern und das Versprechen, die Beweise wirklich zu beseitigen, etwas gedämpft.

Als ich mich aus der Tür stahl und zu meinem Auto ging, klammerte ich mich fest an die Erleichterung und Dankbarkeit dafür, dass es Tristan gut ging. Aber die Fragezeichen, mit denen Emily ihre SMS beendet hatte, ließen mir keine Ruhe.

Tristan wäre gestern Abend fast gestorben. Wären Emily und ich nicht rechtzeitig bei ihm gewesen oder hätte Emily nicht gewusst, wie sie ihn heilen konnte, wäre er jetzt tot.

Hatte ihn wirklich jemand umbringen wollen? Und wenn ja, würde er es noch einmal versuchen?

Zu Hause wartete Dad in der Küche mit einem heißen Kakao auf mich. Bestimmt hatte er ihn in der Mikrowelle warm gemacht, als er mein Auto in der Auffahrt gehört hatte.

„Danke", sagte ich und nippte an dem Kakao. Die Wärme tat gut. Ich sah Dad über den Tassenrand hinweg an. „Hast du von dem Unfall gehört?"

Er nickte. „Ich habe Verbindungen zum Krankenhaus."

Ich wollte gar nicht wissen, weswegen. Lieber konzentrierte ich mich darauf, ruhig und gelassen zu klingen. „Emily hat mir heute

Morgen eine SMS geschickt. Abgesehen von ein paar Stichen und ein paar gebrochenen Knochen, bei denen der Clann helfen kann, geht es ihm wohl ganz gut. Aber er hat gesagt, seine Bremsen hätten versagt und deshalb sei er in der Kurve so schnell gewesen. Und womöglich hat jemand aus einiger Entfernung zugesehen."

Das war nicht gelogen. Ich hatte nicht gesagt, wer den Beobachter gesehen hatte. Was Dad wusste, würde auch der Vampirrat erfahren, wenn Dad das nächste Mal in Paris berichten musste. Der Rat würde seine Gedanken lesen und alles herausfinden, ob Dad es wollte oder nicht.

Vielleicht vermutete Dad sogar, dass ich ihm nicht alles erzählte, jedenfalls fragte er nicht nach.

„Das sind beunruhigende Neuigkeiten", sagte er. „Spricht etwas dafür, dass das Bremsversagen ein Unfall war?"

„Emily glaubt es nicht. Tristans Auto war neu, und er hat sich gut darum gekümmert." Er hatte mich sogar ein paarmal genervt, ich solle bei meinem Wagen einen Ölwechsel für den Winter machen lassen. „Wenn die Bremsen versagt haben, war es entweder ein Herstellungsfehler oder ..."

„Oder jemand will einen neuen Krieg anzetteln", beendete Dad den Satz so reglos, wie es nur ältere Vampire konnten. „Ich werde es dem Rat melden."

Er ging ins Wohnzimmer. Ich blieb an dem kleinen Küchentisch sitzen und wärmte mir die Hände an der heißen Tasse. Dieses ständige Frieren ging mir wirklich auf die Nerven.

Als er zurückkam, sah er, wie mich ein Schauer überlief. „Frierst du?"

Ich nickte. „Ich habe schon überlegt, ob ich mir ein kleines Heizgerät für mein Zimmer hole."

„Du bist anämisch. Das ist eines der Anzeichen für die Verwandlung. Ich muss dir bald beibringen, wie du jagen und dich sättigen kannst."

Der kleine Schluck Kakao in meinem Magen machte Anstalten, wieder hochzukommen. „Das ist ja eklig, Dad. Vergiss es. Ich werde mich nie ... sättigen." Ich fand schon das Wort scheußlich.

„Savannah, das liegt in deiner Natur."

Und das hatte ich ihm und Mom zu verdanken, die was miteinander angefangen hatten, obwohl es verboten war.

Er seufzte. Das war eine der wenigen menschlichen Angewohnheiten, die er beibehalten hatte. „Es wäre dumm und eine unnötige Gefahr für jeden Menschen in deiner Nähe, wenn du dich gegen deine Natur stellen würdest."

„Gefährlich ist es nur, wenn ich meiner Vampirseite nachgebe", widersprach ich. „Ich brauche kein Blut zum Leben. Ich bin immer noch ein halber Mensch." Bis jetzt.

„Und trotzdem nimmst du weiter ab", sagte er.

„Na gut, meine Jeans sitzt ein bisschen locker. Aber das ist nur der Stress. Ich nehme bald wieder zu."

„Nicht, wenn du deinem Körper die Nahrung verweigerst, die er durch deine Veränderung braucht."

„Mein Körper braucht sonst nichts. Ich komme immer noch mit normalem Essen aus." Ich versuchte mein Pokergesicht aufzusetzen. Dabei hatte ich gar keins.

„Was isst du denn? Und versuch nicht mehr, mich anzulügen. Ich habe unsere Vorräte in der Küche gesehen und auch, wie wenig du jeden Mittag für das Essen ausgibst. Was glaubst du, warum ich dir gesagt habe, dass du selbst einkaufen sollst? Du kannst alles kaufen, was du essen möchtest, und isst trotzdem nichts."

Blöde Kreditkartenbelege. Ich hätte wissen müssen, dass er mich mit allen Mitteln überwachte.

Ich atmete tief durch die Nase ein, hielt die Luft einen Moment an und ließ sie langsam entweichen, damit ich keinen Trotzanfall bekam. Dafür war ich einfach entschieden zu alt. „Wenn du mir ständig nachspionierst, kannst du die Kreditkarte zurückhaben."

„Es ist zu deiner eigenen Sicherheit. Und nicht nur zu deiner. Oder soll eine deiner Freundinnen dein erstes Opfer werden?"

„Natürlich nicht!"

„Aber so wird es kommen, wenn du nicht besser auf dich achtgibst. Früher oder später zwingt dich dein Körper dazu, Nahrung zu suchen. Entweder entscheidest du, welche Nahrung es sein soll, oder dein Körper nimmt dir die Entscheidung ab."

„Na schön", gab ich eingeschnappt zurück. „Ich versuche mehr zu essen, in Ordnung? Aber nur menschliche Nahrung."

„Warum musst du es versuchen? Fällt es dir schwer?"

Ich starrte auf die Tasse, die noch fast voll war. Vor ein paar Monaten hätte der Kakao nur ein paar Sekunden überlebt. „In letzter Zeit riecht alles eklig."

„Auch das ist ein Symptom. Bald wird dein Blutdurst nicht nur von Nachfahren, sondern auch normalen Menschen geweckt werden."

Das wollte ich echt nicht hören. „Müssen wir jetzt darüber reden?"

„Du kannst nicht vor dem weglaufen, was du bist, Savannah."

„Ich kann es versuchen", grummelte ich.

„Aber es wird dir nicht gelingen. Und dann werden Unschuldige zu Schaden kommen, und du wirst dir das ewig vorwerfen."

Ich blickte zu ihm auf. „Klingt, als würdest du das kennen."

Er antwortete nicht, was hieß, dass ich recht hatte.

Also hatte mein scheinbar perfekter Vater auch ein- oder zweimal Mist gebaut. Komisch, aber irgendwie war das gleichzeitig verstörend und beruhigend. Wenn er nicht immer perfekt gewesen war, konnte er das auch nicht von mir erwarten.

„Du musst dich den Tatsachen stellen. Du bist einzigartig und hast einzigartige Bedürfnisse."

„Das kann ich wohl kaum vergessen, wenn du, Mom und der Clann mich ständig daran erinnern." Mein Kakao war kalt geworden. Ich stand auf, um ihn in der Mikrowelle zu erhitzen.

„Wie denn erinnern?"

„Savannah, wie fühlst du dich?" Mit gesenkter Stimme ahmte ich ihn nach. „Savannah, wie war dein Tag? Ist heute etwas Außergewöhnliches passiert, Savannah?" Die Mikrowelle machte ping. Ich holte meine Tasse raus und stellte sie auf die Anrichte. Als ich einen Löffel aus dem Besteckkasten nehmen wollte, hatte ich plötzlich den Schubladengriff in der Hand.

Grummelnd streckte ich meinem Vater das abgerissene Ding entgegen. Er war nicht mal überrascht, als er ihn annahm.

„Blöder Griff. Das ist schon das zweite Mal seit gestern!", schimpfte ich leise, während ich einen Löffel aus der Schublade nahm und sie mit der Hüfte zustieß.

„Deine Kräfte wachsen. Du musst lernen, das in der Öffentlichkeit zu verbergen."

„Entschuldige bitte, wenn ich nicht mit Begeisterung Vampirin spiele." Vielleicht würde der Kakao mit Marshmallows besser schmecken. Ich stöberte in der Vorratskammer nach einer Packung.

Plötzlich stand Dad neben mir und starrte mich mit seinen silberweißen Augen durchdringend an. „Du kannst nicht *spielen*, was du bist. Deine Vampirseite wird stärker, ob es dir gefällt oder nicht. Du bist meine Tochter, und ich bin für dich verantwortlich. Und ich werde dir beibringen, in dieser Welt zu überleben, mit der wir uns arrangieren müssen. Du wirst lernen, dich richtig und sicher zu ernähren. Und du wirst lernen, deine Fähigkeiten so weit zu kontrollieren, dass du unter Menschen nicht auffällst. Ich lasse nicht zu, dass der Rat dich tötet oder die Menschen dich als Versuchskaninchen einsperren, weil ich dir aus Liebe alles erlaubt und dir nicht beigebracht habe, dich unauffällig zu benehmen."

Herrje! So sauer hatte ich Dad noch nie erlebt. Das war ganz schön beeindruckend. Ich schluckte schwer. „Von mir aus. Was auch immer dir Freude macht, Sir." Ich salutierte ironisch.

„Es würde mir Freude machen, wenn du deine Ausbildung sofort aufnehmen würdest."

„Jetzt?", ächzte ich. Ich war nicht mal seit einer Stunde wach. Und es war Sonntag. Konnte ich vorher nicht noch ein bisschen in meinem Zimmer abhängen?

„Jetzt." Er zeigte mit ausgestrecktem Finger auf das Wohnzimmer.

Ich stapfte hinüber und schimpfte dabei leise über tyrannische Vampire mit Kontrollzwang. Im Wohnzimmer drehte ich mich um und verschränkte die Arme.

„Teenager", seufzte er. Dann machte er diesen nervigen Vampirtrick, bei dem er verschwamm und dicht vor mir wieder auftauchte.

„Bringst du mir das auch bei?", fragte ich, schon etwas weniger ironisch.

„Nicht ganz. Ich bringe dir bei, das nicht zu tun. Zumindest nicht unabsichtlich. Mit der Zeit und der richtigen Nahrung wirst du so schnell werden, dass das menschliche Auge deine Bewegungen nicht mehr wahrnehmen kann. Und dazu wirst du immer stärker, egal, ob du diese Fähigkeiten möchtest oder nicht. Durch die Ausbildung lernst du, deinen Körper so zu beherrschen, dass du vor Menschen nicht aus Versehen zeigst, wie schnell und stark du bist."

Ich stöhnte. Warum mussten meine Eltern alles Coole langweilig machen? Obwohl ich zur Hälfte eine Hexe war, brachte mir niemand das Zaubern bei. Und nicht mal als Vampirin gönnten sie mir Spaß!

„Na gut. Also übe ich einfach, langsam zu sein und mich schwach zu stellen, stimmt's?" Ich klimperte mit den Wimpern und flötete: „Oh nein, diese Tasche ist viel zu schwer. Hilft mir bitte jemand beim Tragen?" Grinsend sprach ich mit normaler Stimme weiter: „Kinderspiel. Schon geschafft. Ausbildung abgeschlossen."

Dad bedachte mich mit einem finsteren Blick. „Für deinen Vampirkörper werden diese neuen Fähigkeiten ganz natürlich sein, und du wirst sie nicht so einfach ignorieren können. Du musst ständig wachsam sein, um dich nicht zu verraten. Damit du es nicht vergisst, gewöhnst du dir am besten an, dich langsam zu bewegen. Anfangs wird es sich seltsam anfühlen. Deshalb musst du üben, damit sich dein Körper an das Gefühl gewöhnt. Außerdem werden wir dein Muskelgedächtnis trainieren."

Verdutzt sah ich ihn an. „Mein was?"

„Dein Muskelgedächtnis. Hast du noch nie davon gehört?" Er zog die Augenbrauen hoch. „Tänzer arbeiten ständig damit. Deine Muskeln haben ihre eigene Erinnerung. Wenn du die gleichen Bewegungen oft genug wiederholst, speichern sie den Ablauf ab. Das erspart deinem Kopf Arbeit, und es fühlt sich wieder natürlich an, dich so langsam wie ein Mensch zu bewegen."

Ich seufzte. „Wenn du meinst. Also soll ich mich wie eine Pantomimin in Zeitlupe bewegen?"

Einer seiner Mundwinkel zuckte leicht. „Ich dachte da eher an Tai-Chi."

Ich starrte ihn an. „Ist das nicht das, was die alten Leute im Park machen?"

„Menschen in jedem Alter machen Tai-Chi, um sich zu konzentrieren, ihren Geist zu beruhigen und Kontrolle über ihren Körper zu erlangen." Er klang ein bisschen beleidigt. War Vampiren ihr wirkliches Alter etwa peinlich?

Ich dachte darüber nach, was er gesagt hatte. Kontrolle über meinen Körper. Das wäre doch mal was. „Na gut. Was muss ich machen?"

In den nächsten zwei Stunden gingen wir langsam mehrere Bewegungsabläufe aus dem Tai-Chi durch, die fast zu einer Choreografie verschmolzen. Na ja, vielleicht zu einer ziemlich plattfüßigen Choreografie. Trotzdem wirkte Tai-Chi irgendwie beruhigend, auch wenn es mir am Anfang etwas seltsam vorkam.

Es erinnerte mich an meinen Tanzunterricht in der neunten Klasse, bevor sich meine Vampirfähigkeiten entwickelten und der Vampirrat mir verbot, vor anderen zu tanzen. Natürlich war ich jetzt viel anmutiger. Trotzdem war es neu und nicht ganz einfach, die genauen Bewegungen für jede Form zu lernen. Ich musste meinem Körper beibringen, sich viel langsamer zu bewegen, als er wollte. Immerhin hatte diese Aufgabe den angenehmen Nebeneffekt, dass sie mich von anderen Dingen ablenkte.

Und Ablenkung konnte ich wirklich gut gebrauchen.

Mittags machten wir eine Pause. Ich hätte das Essen gern ausfallen lassen, aber Dad bestand darauf, dass wir mit Obst und gedämpftem Gemüse experimentierten. Normalerweise hätte ich davon nicht viel gegessen. Weil ich kein Blut trinken wollte, war Dad offenbar fest entschlossen, das gesündeste menschliche Essen zu finden, das ich ertragen konnte, und mich mit einer ganzen Wochenportion vollzustopfen.

Dabei war nicht alles schlecht. Als neues Lieblingsessen entdeckte ich Birnen aus der Dose und gedämpfte Möhren. Sie waren so weich, dass sie meinen überempfindlichen Zähnen nicht schadeten, die in letzter Zeit ständig schmerzten, und vom Geschmack her so unaufdringlich, dass sich mir nicht gleich der Magen umdrehte. Und ich fand heraus, dass ich Gemüsesaft ertrug. Allerdings musste ich ihn mit Wasser strecken, damit meine Geschmacksknospen nicht vor Schmerzen explodierten.

Offenbar besaßen Vampire einen extrem empfindlichen Gaumen.

Nach dem Essen brachte er mir weiter Tai-Chi bei. Wir konzentrierten uns auf die Atmung, und irgendwie vergingen die Stunden wie im Flug.

„Danke, Dad", sagte ich, als sich das Licht, das durch die Jalousien vor dem Wohnzimmerfenster fiel, rötlich färbte und verblasste. „Das habe ich wirklich gebraucht."

Als er mein Lächeln sanft erwiderte, sah er einen kurzen Moment lang wie ein ganz normaler menschlicher Vater aus. „Es war mir eine Freude. Tai-Chi hat mir immer großen Frieden beschert, wenn ich ihn am meisten brauchte. Ich hoffe nur, dass es dir das Gleiche geben kann." Er warf einen Blick nach draußen, wo es dunkel wurde. „Leider müssen wir unser Training für heute beenden. Es wird langsam spät, und ich habe seit einer Woche nicht mehr getrunken. Ich muss dich für eine Weile allein lassen."

Das war's dann also für heute mit der friedlichen Stimmung.

Er redete so beiläufig darüber, irgendeinem armen Menschen Blut auszusaugen, also wollte er noch schnell in den Supermarkt. Auch wenn dieser Mensch ein Übeltäter war, wie Dad sie nannte, war es falsch, sich einfach so einen Blutspender zu suchen.

Ich ging in mein Zimmer, setzte meine Kopfhörer auf und drehte die Musik laut auf. Ich versuchte, nicht an meinen Dad und seine „Besorgungen" zu denken. Oder daran, dass es mir bald vielleicht genauso gehen würde.

11. KAPITEL

Tristan

„Hör auf mit dem Quatsch. Ich weiß, dass du wach bist", grummelte Emily irgendwo rechts neben mir.

Ich öffnete ein Auge einen kleinen Spaltbreit. Die Luft war rein, weder unsere Eltern noch andere Nachfahren waren zu sehen. „He. Woher weißt du das?"

Sie zuckte mit den Schultern und verschränkte die Arme.

„Wo sind Dad und Mom?"

„Ich hab gesagt, sie sollen mal eine Pause machen und was essen. Also echt, ich wusste ja immer, dass du ein verzogener Kerl bist, aber das ist so was von egoistisch. Wenn mich die Krankenschwestern nicht rausschmeißen würden, würde ich dir eine verpassen."

„Was? Was habe ich denn gemacht? Du solltest lieber Mitleid haben, als mich anzukeifen. Ich bin verletzt!"

Sie verdrehte die Augen. „Ach bitte. Die Nummer mit den kaputten Bremsen von gestern Abend kaufe ich dir nicht ab. Jeder weiß doch, dass du da oben nichts zu suchen hattest. Sie glauben, dass du dich mit deinem Auto umbringen wolltest."

„Jetzt hör aber auf. Ich wollte nur ein bisschen frische Luft schnappen, mehr nicht. Mom und Dad haben mich in letzter Zeit behandelt, als säße ich im Knast. Kann man nicht mal zwei Minuten für sich haben, ohne dass einen gleich alle für einen Selbstmörder halten?"

Emily senkte den Blick. Sie sah aus, als wollte sie mir gleich einen mit dem Baseballschläger überbraten.

Dann bemerkte ich die Tränen in ihren Augen. „Ach Schwesterherz, wein doch nicht. Es geht mir wieder gut."

„Nein, geht es nicht, du Schwachkopf. Du hast dir fast die komplette linke Seite zermatscht! Es wird Monate dauern, bis du wieder gesund bist."

Ich blickte an mir hinab. War das ihr Ernst?

„Und du wärst fast gestorben. Wusstest du, dass dein Herz fast stehen geblieben wäre? Hätte Savannah nicht ..."

„Was? Was hat Sav damit zu tun?" Die Sache mit meinem Herz glaubte ich ihr nicht. Sie übertrieb mal wieder. Aber normalerweise redete sie nicht von Savannah. Das wäre schon ein großer Zufall gewesen.

Hatte ich mein Auto zerlegt, weil ich den Zauber für Savannah beim Fahren ausgesprochen hatte? Vielleicht hatte die Energie die Bremsanlage lahmgelegt.

„Sie wusste als Erste, dass du verletzt bist. Beim Ball ist sie durch die Cafeteria gerannt, um mir zu sagen, dass sie deine Schmerzen richtig spüren kann. Sie wusste nicht, wo du bist, aber durch die Verbindung konnten wir testen, ob wir dir näher kommen oder nicht. Wir haben dich gefunden, haben zusammen die Tür aufgestemmt und dich aus dem Auto gezogen. Und dann ..." Zittrig holte sie Luft. „Dann musste ich einen Heilzauber anwenden, damit dein Herz nicht stehen bleibt."

„Hm." Also hatte der Verbindungszauber funktioniert. Wenn auch anders als geplant. Sav hatte meine Gefühle spüren sollen, nicht meine körperlichen Schmerzen.

Emily kniff misstrauisch die Augen zusammen. „Was hast du gemacht? Du hast da draußen gezaubert, oder?"

Zeit, das Thema zu wechseln. „Geht es ihr gut?"

„Sie ist ... Du wärst fast gestorben, du Idiot! Hast du mich nicht gehört? Dein Herz wäre fast stehen geblieben. Sogar Dad hast du zum Weinen gebracht."

Ich zog den Kopf ein. Vielleicht hatte sie doch nicht übertrieben damit, dass es ernst war. „Okay, okay! Schrei nicht so, ich höre dich doch. Ich weiß nur nicht, was ich sagen soll. Danke, dass du mich gerettet hast."

Sie sah mich finster an. „Gern geschehen. Und ja, es geht ihr gut. Als dein Herz schwächer geworden ist, hat auch dein Zauber aufgehört zu wirken." Sie beugte sich näher und zischte: „Du weißt ja wohl hoffentlich, dass unsere Eltern ausflippen würden, wenn sie das wüssten."

Ich lächelte matt. „Dann sag es ihnen nicht."

Emily seufzte laut. „Welchen Zauber hast du überhaupt benutzt?"

Ohne an meinen verletzten Arm zu denken, zuckte ich mit den Schultern. Es tat so weh, dass ich in der Bewegung innehielt und scharf die Luft einsog. Als ich wieder klar denken konnte, antwortete ich: „Sie sollte nur fühlen, was ich fühle."

„Ein Liebeszauber?" Sie schnitt eine Grimasse, als sei ich ein absolut hoffnungsloser Fall. Vielleicht war ich das auch.

„Nein, eigentlich nicht. Sie liebt mich schon. Ich wollte nur, dass sie wieder an uns glaubt."

Sie sah mich an und schüttelte langsam den Kopf. „Meine Güte. Du bist echt nicht mehr zu retten, was? Wie oft musst du noch von allen Seiten hören, dass es zwischen euch aus ist und sowieso nie funktioniert hätte? Sie ist der Feind, Tristan, ganz einfach. Vergiss sie endlich."

Jetzt machte mich Emily wirklich sauer. „Ich dachte, du wärst die Klügere von uns beiden. Ja, gut, vielleicht hätte ich diesen Verbindungszauber nicht ausprobieren sollen. Das war nicht besonders clever, das sehe ich jetzt ein." Wenigstens hätte ich es vorher besser planen sollen. „Aber wieso siehst du nicht ein, dass sie uns eine Gehirnwäsche verpasst haben? Uns allen, auf beiden Seiten! Wir sollten überhaupt keine Feinde sein. Wir sollten zusammenarbeiten …"

Die Zimmertür ging auf, und Dad und Mom kamen herein. Ich musste lange, tränenreiche und schmerzhafte Umarmungen von Mom über mich ergehen lassen, bevor sie von mir abließ und ich wieder Luft zum Atmen bekam. Emily machte ihnen Platz. Ich dachte, sie würde gehen, aber sie blieb in der Tür stehen und lehnte sich an.

Dad stellte sich ans Fußende des Bettes und betrachtete mich mit angespanntem Gesichtsausdruck. So besorgt hatte ich ihn noch nie gesehen. Er tätschelte meinen rechten Fuß unter der Bettdecke. „Gut, dass du wieder bei uns bist, Junge. Wir haben uns ganz schöne Sorgen um dich gemacht."

Emily warf mir einen Blick zu, der heißen sollte: Ich hab's dir doch gesagt.

„Äh, tut mir leid. Es war wirklich ein Unfall, ich schwöre." Wie oft würde ich das wiederholen müssen, bis es alle verstanden hatten? „Ich wollte rechtzeitig vor der Kurve abbremsen, aber die Bremse hat nicht reagiert. Als ich runterschalten wollte, war es zu spät, und die Kurve konnte ich so schnell nicht nehmen."

Mom zog ein Papiertuch aus einer Schachtel auf dem Nachttisch und tupfte sich die Augen ab.

„Ich schätze, mein Auto …", setzte ich an.

„… hat einen Totalschaden", beendete Emily den Satz ohne einen Hauch von Mitgefühl. „Nur noch ein Schrotthaufen."

Oh Mann! Dieses Auto hatte ich wirklich geliebt. Der Platz hinter dem Lenkrad war der einzige Ort, der nur mir gehört hatte.

Ganz zu schweigen davon, dass Sav dort einmal bei einer Verabredung neben mir gesessen hatte.

„Weißt du, was?", meinte Dad. „Du konzentrierst dich in den nächsten Monaten darauf, gesund zu werden, und deine Mutter und ich schauen, wie es mit einem neuen fahrbaren Untersatz für dich aussieht."

„Danke, Dad", sagte ich.

Verwöhnter Kerl! formte Emily tonlos mit den Lippen.

Als Mom zu ihr hinsah, setzte Emily ein liebliches Lächeln auf.

„Ich rufe alle an und sage ihnen Bescheid", sagte Mom und ging hinaus. Emily folgte ihr kopfschüttelnd und ließ mich mit unserem Vater allein.

Er ließ sich auf den einzigen Stuhl im Zimmer sacken.

„Du siehst müde aus", sagte ich. Er hatte Krähenfüße und tiefe Ringe unter den Augen.

„Wegen dir habe ich richtig graue Haare bekommen."

Ich grinste. „Geht gar nicht. Sie waren schon vorher grau."

Dad schnaubte, aber immerhin lächelte er. Allerdings verblasste sein Lächeln schnell. Er beugte sich vor und stützte die Ellbogen auf die Knie.

„Hör mal, Junge, du kannst mir die Wahrheit sagen, und ich schwöre dir, dass es zwischen uns bleibt. War es wirklich …"

„Dad, ich habe nicht gelogen. Die Bremsen haben nicht funktioniert. Kannst du nicht die Polizei oder einen Mechaniker oder so nachsehen lassen?"

Er sah mich durchdringend an. „Bist du dir da sicher?"

„Ja, bin ich."

„Na gut, ich lasse jemanden nachsehen." Er zog die buschigen Augenbrauen zusammen. „Ist in der Schule etwas passiert, das ich wissen sollte? Gibt es jemanden, der an deinem Auto herumpfuschen würde?"

„Abgesehen von den Williams, meinst du?"

Wir sahen uns an.

„Nein, sonst niemanden", sagte ich.

Er musterte mein Gesicht, als würde er nach einer anderen Antwort suchen. Schließlich lehnte er sich seufzend zurück. „Wenigstens ein Gutes hat die Sache: Deine Mutter will dich nächstes Jahr wieder Football spielen lassen. Falls du bis dahin wieder körperlich fit genug bist."

Als ich das hörte, schlug mein Herz schneller. „Echt?"

Er nickte. „Wir dachten ... Na ja, vielleicht waren wir dieses Jahr etwas streng mit dir. Solange du Football gespielt hast, hast du wenigstens keinen Unsinn gemacht. Und deine Strafe dafür, dass du im letzten Herbst öffentlich gegen Dylan Magie eingesetzt hast, hat lange genug gedauert. Alle wichtigen Nachfahren dürften jetzt damit zufrieden sein."

„Glaubst du, dass Coach Parker mich nach der langen Zeit wieder aufnimmt?"

Dad grinste. „Das überlass mal mir. Konzentriere dich darauf, schnell gesund zu werden, und wir bringen dich im Herbst so oft aufs Spielfeld, wie du willst."

„Danke, Dad."

Meine Familie fuhr nach Hause, um sich auszuruhen, und kam später mit ein paar Sachen wieder, mit denen ich mich möglichst menschlich herrichtete. Als Mom auf ihrem Handy angerufen wurde, beugte Dad sich vor und raunte mir zu, ein Mechaniker habe sich das Auto angesehen. Die Bremsleitungen waren abgerissen, aber man konnte nicht feststellen, ob das beim Unfall oder davor passiert war.

Nachmittags schaute auch Dr. Faulkner vorbei, zeigte mir meine Röntgenaufnahmen und besprach den Behandlungsplan mit mir.

Als ich die Röntgenaufnahmen sah, verstand ich, warum sich alle so aufgeregt hatten. Ich hatte mir nicht nur ein, zwei Knochen gebrochen. Die eingedrückte Fahrerseite meines Autos hatte mir das linke Handgelenk und das linke Bein unterhalb des Knies regelrecht zerschmettert. Außerdem hatte ich mehrere tiefe Schnittwunden durch Glassplitter, eine Platzwunde an der Stirn und mehrere Verletzungen an der linken Schulter und dem Unterarm. Offenbar hatte ich versucht, das Lenkrad festzuhalten, während ich herumgeschleudert wurde wie eine Socke im Trockner.

Meine Familie und die anderen Nachfahren in der Stadt versorgten mich aus der Ferne mit Heilzaubern. Trotzdem würden meine Knochen frühestens in einer Woche so weit zusammengewachsen sein, dass ich das Krankenhaus verlassen konnte, und ich würde einen Monat mit Gips und Krücken zubringen müssen. Ich würde garantiert nie wieder beim Autofahren zaubern. Vielleicht hatte mir das ja die Bremsleitungen zerlegt.

Montagnachmittag war ich mir sicher, dass die längste Woche meines Lebens vor mir lag. Ich hatte gar nicht gewusst, wie sehr ich meine beiden Hände brauchte, bis ich eine davon vorübergehend nicht benutzen konnte. Videospiele gingen nicht mehr. Das Rasieren war ein Witz, obwohl mir eine Krankenschwester den Spiegel hielt, und am Ende hatte ich auf der linken Seite überall Schnitte, weil ich den Rasierer nicht richtig ansetzen konnte. Im Fernsehen lief nichts Anständiges; die Filme, die man sich bei den Schwestern ausleihen konnte, kannte ich schon.

Und mein letzter Plan, eine Lösung für Savannah und mich zu finden, war fehlgeschlagen. Aber so richtig.

Deshalb freute ich mich, als plötzlich ein bekanntes Gesicht in der Tür auftauchte. Es war zwar nicht dieses gewisse rothaarige Mädchen, sondern ein blondes, aber wenigstens konnte ich mit Bethany reden. Sie lenkte mich von den finsteren Gedanken ab, die sich in meinem Kopf wie ein Unwetter zusammenbrauten.

Lächelnd kam sie herein. „Hi, Tristan. Wie geht's dir?"

„Wenn ich dich sehe, schon besser. Hier ist es unglaublich ätzend."

Sie setzte sich auf den Stuhl und öffnete ihre Charmers-Tasche. „Ich habe dir die Hausaufgaben für diese Woche mitgebracht. Das war doch okay, oder? Deine Mom hat mich gebeten, sie aus dem Sekretariat mitzubringen."

„Sie hat dich angerufen?" Mom wollte mich wohl wirklich verkuppeln. Entweder mochte sie Bethany sehr, oder sie machte sich Sorgen um mich.

„Äh, nein. Ich habe sie angerufen, um zu hören, wie es dir geht, und gefragt, ob ich dich besuchen kann." Sie zog mehrere Bücher aus der Tasche, in denen lose Seiten steckten.

Ich zog ein Blatt raus, überflog die Notizen darauf und stöhnte. „Oh Mann, so ein Mist."

„Hast du Probleme in Geschichte?", zog Bethany mich auf, nachdem sie einen Blick auf Mr Smythes Anmerkungen geworfen hatte.

Ich dachte an Savannah und wie sie ihre langen Beine unter den Schreibtisch neben meinem streckte. „Immer."

„Wenn du diese Woche Hilfe brauchst, springe ich gerne ein."

Ich überlegte kurz, bis mir einfiel, wie sauer Emily im Moment auf mich war. Bestimmt zu sauer, um mir groß bei den Hausaufgaben zu helfen.

„Klar, das wäre toll. Danke."

Grinsend errötete sie. „Kein Problem. Diese und nächste Woche fällt bei den Charmers das Training aus, damit wir mehr für die Abschlussprüfungen lernen können. Ich könnte direkt nach der Schule vorbeikommen. Sollen wir schon mal mit dem Stoff von heute anfangen?"

Ich seufzte. „Ja, warum nicht? Ich habe ja sonst nichts vor."

Lachend zog sie ein Lehrbuch aus dem Stapel, und wir machten uns an die Arbeit.

Wie sich zeigte, war Bethany eine bessere Nachhilfelehrerin als meine Schwester. Zum einen brachte sie deutlich mehr Geduld auf, wenn mir die Feinheiten unserer Lektüre für den Englischunterricht entgingen. Und sie gab mir keinen Klaps auf den Hinterkopf, wenn ich ab und zu an ein bestimmtes rothaariges Mädchen dachte und anfing zu träumen.

Als um sechs Uhr jemand Essen brachte und danach meine Mutter reinkam, waren wir alle überrascht, am meisten wahrscheinlich ich. Die Zeit war wie im Flug vergangen.

Ich tat so, als würde ich mir das mistige Essen schmecken lassen, bis meine Mutter rausging, um sich einen Löffel für ihr mitgebrachtes Essen zu holen.

Sobald sie draußen war, zischte ich Bethany zu: „Schnell, rette mich! Iss das, bevor sie zurückkommt."

Bethany betrachtete stirnrunzelnd das Tablett. „Wieso das denn?"

„Weil es wie Hundesch… äh, Kacke schmeckt und ich mir das Gemecker nicht anhören will, wenn ich es nicht esse."

Sie lachte laut. „Ach, aber mich willst du mit dem Fraß quälen? Vergiss es."

„Och, komm schon, Bethany! Hast du denn kein Mitleid?" Mit meinem treuesten Hundeblick legte ich meine gesunde Hand auf meinen Gips.

Sie ignorierte mein Flehen einfach und packte ihre Sachen. „Tut mir leid, aber ich muss nach Hause, sonst macht sich meine Mutter Sorgen. Sie wusste, dass ich dich besuchen wollte, aber sie hat sicher nicht gedacht, dass es so lange dauert."

Mom hatte die Tür offen stehen lassen. Als sie zurückkam, hallte das energische Klackern ihrer Absätze vom Flur herein.

„Bethany, bitte!" Ich streckte ihr die Schüssel mit dem Sahnemais entgegen. „Wirf das Zeug wenigstens weg."

Erst biss sie sich auf die Unterlippe, dann nahm sie mir schließlich die Schüssel ab und kippte das Zeug in den Mülleimer unter der Spüle. Gerade stellte sie die Schüssel wieder auf das Essenstablett, als Mom hereinkam.

„Hier, bitte, schön mit Salz und Pfeffer, wie du es wolltest", sagte Bethany mit strahlendem Lächeln.

„Wenn Männer krank oder verletzt sind, benehmen sie sich wirklich wie kleine Kinder", meinte Mom.

„Na, ich geh jetzt lieber. Sehen wir uns morgen?", fragte Bethany mich.

Ich nickte und strich die wabbelige Soße vom Truthahnfleisch, während Mom mir die Kissen aufschütteln wollte.

„Lieb, dass du gekommen bist", bedankte sich Mom bei Bethany. Dann versuchte sie weiter, es mir bequemer zu machen, obwohl es hoffnungslos war.

Hinter Moms Rücken formte Bethany lautlos mit den Lippen: „McDonald's?" und malte mit einem Finger zwei Bögen in die Luft. Ich nickte hektisch.

Als ich mich vorbeugen musste, damit Mom mir noch ein Kissen in den Rücken stopfen konnte, reckte ich den Kopf an ihr vorbei und antwortete auf die gleiche Art: „Big Mac!"

Bethany reckte beide Daumen in die Höhe. Dann schlüpfte sie hinaus.

Als Bethany am nächsten Tag zurückkam, wusste ich nicht, ob ich mich mehr über sie oder über die Tüte von McDonald's freute, die sie aus ihrer Sporttasche zog.

„Oh Mann, du bist ein Engel", nuschelte ich mit einem Riesenbissen Burger im Mund.

Sie lachte, als mir Salat auf das Krankenhaushemd fiel.

Ich schlang das Essen hinunter und versprach danach, es zu bezahlen, sobald meine Knastwärter mir mein Portemonnaie zurückgegeben hatten. Sie versteckte den Müll in ihrer Sporttasche, und wir fingen mit den Hausaufgaben von heute an.

Als Mom mich später besuchen kam, schnupperte sie stirnrunzelnd. „Rieche ich da etwa Fast Food?"

Bethany hielt sich mit einem verlegenen Lächeln eine Hand vor den Mund. „Oh, tut mir leid, Mrs Coleman. Das war ich. Ich musste aufstoßen."

Ich tat, als müsse ich niesen, um mein Lachen zu überspielen.

„Hier, Schatz." Mom griff nach den Papiertüchern auf dem Nachttisch. „Unterdrück das Niesen nicht, sonst bekommst du eine Nebenhöhlenentzündung."

Mom hielt mir ein Papiertuch vor die Nase. Als ich es anstarrte, schüttelte sie es. „Schnaub."

„Mutter", grummelte ich mit zusammengebissenen Zähnen. Meine Wangen wurden heiß.

„Ich gehe mal lieber", sagte Bethany atemlos. Sie wurde rot. Fast

wäre sie vor Lachen geplatzt. „Bis morgen, Tristan."
Während ich mir von Mami die Nase putzen ließ, hallte Bethanys Kichern über den Flur.

Die nächsten Tage liefen genauso ab, aber zum Glück spielte meine Mutter nicht noch mal die Glucke. Bethanys Besuche mauserten sich schnell zum Höhepunkt des Tages. Vor allem, weil sie für mich Essen hereinschmuggelte, aber auch, weil sie nett war. Früher hatte ich mich nie richtig mit ihr unterhalten; wenn sie beim Training der Charmers rübergekommen war, hatte ich die Gespräche kurz gehalten, weil ich Savannah nicht eifersüchtig machen wollte. Und in der Schule mussten wir immer zusehen, dass wir in den nächsten Kurs kamen.

Manchmal zog sie mich damit auf, dass ich ein Muttersöhnchen sei, aber abgesehen davon war Bethany wirklich witzig. Sie traute sich auch, mir einen Tritt zu geben, wenn ich beim Lernen faul wurde und lieber fernsehen wollte.

Bis Freitag hatte Emily sich endlich beruhigt und schaute vorbei, um mich zu nerven. Bethany war noch da, als meine Schwester hereinkam. Emily zog kurz die Augenbrauen hoch, war aber so nett, keinen großen Aufstand wegen Bethanys Besuch zu veranstalten. Wenigstens noch nicht.

„Und, Schwesterherz, fährst du mich nächste Woche zur Physiotherapie her? Die Ärzte sagen, dass ich zwei-, dreimal die Woche kommen soll, etwa für eine Stunde. Wahrscheinlich könnte ich nachmittags Termine bekommen, wenn du willst." In der nächsten Woche hatten wir nachmittags frei, vormittags fanden jeweils zwei Klausuren statt. Ich sollte am Samstag entlassen werden, damit ich mitschreiben konnte.

„Geht nicht", sagte Emily und biss genüsslich in einen Royal mit Käse. Aber ihre Foltermethode zog nicht; dank Bethany hatte ich vor einer Stunde schon einen Dreifachburger von Dairy Queen verdrückt.

„Wieso geht das nicht?" Schließlich konnte sie nächste Woche sowieso nicht ausschlafen. Auch sie musste Klausuren schreiben und sie bestehen, um ihren Abschluss zu bekommen. Und weil ich erst in ein paar Wochen selbst fahren durfte, würde mich Emily sowieso morgens zur Schule mitnehmen.

„Weil ich nach den Klausuren zum Cheerleadertraining mit den Maidens muss. Danach fahre ich nach Tyler und trainiere auf dem Campus mit dem Team dort."

„Das ist doch gelogen", grummelte ich. „Das Schuljahr ist zu Ende. Wofür willst du jetzt noch trainieren?"

„Für eine Menge", antwortete sie eingeschnappt. „Das Cheerleaderteam der Uni nimmt im Sommerlager immer an Wettbewerben teil, deswegen müssen wir so bald wie möglich mit dem Training anfangen. Die Gruppe ist gemischt, und weil ich null Erfahrung mit Stunts bei gemischten Gruppen habe, muss ich so oft wie möglich mitmachen. Und mit den Maidens muss ich diesen Monat noch trainieren, um den neuen Teamcaptain für das nächste Jahr anzulernen. Die Maidens haben sich Sally Parker ausgesucht."

Ich schnaubte. „Damit ist das nächste Jahr für die Cheerleader wohl gelaufen."

Jetzt musste sogar Bethany kichern, auch wenn sie sich eine Hand vor den Mund hielt.

Emily seufzte. „Ja. Ich weiß, was du meinst. Die Maidens wollten lieber süß und dumm als teuflisch und genial. Ich kann ihnen das nicht mal verübeln. Sie hatten die Wahl zwischen Sally und Vanessa Faulkner. Sonst wollte niemand."

Ich schauderte. „Gute Wahl." Vanessa war so gemein, dass sie als Captain in kürzester Zeit das ganze Team vergrault hätte.

Bethany räusperte sich, um ein Kichern zu überspielen, und packte ihre Sachen ein. „Ich muss los. Viel Glück nächste Woche."

„Danke", antworteten Emily und ich.

„He, danke für die Nachhilfe und für ... na ja, du weißt schon", fügte ich matt hinzu. Das mitgebrachte Essen wollte ich nicht erwähnen. Emily sollte nicht noch mehr in der Hand haben, womit sie mich erpressen konnte.

Wieder zog Emily die Augenbrauen hoch.

„Gern geschehen", winkte Bethany ab. In der Tür blieb sie stehen und drehte sich um. „He, ich könnte dich nächste Woche zur Therapie fahren. Wenn du Termine nach dem Mittagessen bekommst, könnten wir uns was zu essen holen und direkt nach der Schule herfahren."

„Okay. Aber das Essen geht auf mich", sagte ich. „Das ist der Deal."

„Du verhandelst ja ganz schön hart. Also bis Montag nach der Schule." Bethany winkte zum Abschied und ging zum Fahrstuhl raus.

Emily räusperte sich laut.

„Was?"

„Sie macht einen netten Eindruck."

„Ja, sie ist ganz in Ordnung."

Emily warf eine zusammengeknüllte Serviette nach mir. Gelangweilt benutzte ich etwas Energie, um sie im Flug aufzuhalten und auf Emily zusausen zu lassen. Lachend machte sie es mir nach und hob eine Hand, um die Serviette zu stoppen.

„Ich glaube, sie mag dich." Auf eine Geste von ihr flog die Serviette wieder in meine Richtung.

Ich fing sie auf, ohne sie zu berühren, und ließ sie mit meiner Energie ein paarmal hüpfen. Als Antwort auf diesen Kommentar gab ich der Serviette einen kleinen Schubs, damit sie eine Runde um Emilys Kopf drehte.

Emily duckte sich und fing die Serviette zwischen ihren Händen ab. „Pass lieber auf, wenn du sie nicht auch magst."

Eine Weile spielten wir mit der Serviette wie mit einem Basketball, ließen sie von der Decke, den Wänden und dem Fernseher abprallen und versuchten uns gegenseitig zu übertrumpfen.

„Kann ich nicht einfach mit ihr befreundet sein?", überlegte ich.

„Du mit einem Mädchen nur befreundet? Ich wusste nicht, dass du das kannst."

„Vielleicht sollte ich es lernen. Viele Jungs sind mit Mädchen nur befreundet, oder?"

„Hmm." Sie fing die Serviette auf, die gerade von der Badezimmertür abgeprallt war, und ließ sie mit Schwung über die Jalousie rutschen. „Du könntest es auf jeden Fall versuchen und sehen, wie es läuft."

„Wow, du traust mir ja viel zu." Stirnrunzelnd schnappte ich mir die Serviette und versuchte, mit ihr Muster in der Luft zu zeichnen, als wäre sie die Spitze einer unsichtbaren Wunderkerze.

Emily klaute mir das Papierknäuel. „Aber ich glaube, bei ihr könnte das schwierig werden." Sie malte mit der Serviette ein riesiges Herz in die Luft.

„Und wenn ich offen mit ihr bin? Ich kann ihr gleich sagen, dass ich keine Freundin will." Außer Savannah. „Dann erwartet sie auch nicht mehr."

Emily seufzte. „Viel Glück damit."

Die Tür flog auf, und Mom stürzte herein wie die Vorhut eines Einsatzkommandos. „Was macht ihr denn hier? Ich konnte eure Energie schon auf dem Parkplatz spüren!"

Als Emily die Hand sinken ließ, fiel die Serviette auf den Boden und rollte unter den Schaukelstuhl, wo sie nicht mehr zu sehen war. „Nichts. Wir haben uns nur unterhalten."

„Genau. Nur unterhalten." Ich setzte ein strahlendes Lächeln auf.

Mom bedachte uns mit einem finsteren Blick, dann seufzte sie. „Ich schaue mal, ob ich ein paar DVDs oder so was finde, damit ihr keinen Unsinn macht. Benehmt euch, bis ich wieder hier bin!" Sie grummelte leise, sie sollte ihre ungeratenen Kinder über den Sommer zu ihren Cousins nach Irland verfrachten, und rauschte hinaus.

„Das ist doch nicht ihr Ernst, oder?", fragte ich erschrocken. „Sie weiß doch noch, dass ich wieder Football spielen darf und nach der Physiotherapie mit dem Training anfangen muss, oder?"

Emily kicherte. „Das kannst du nur hoffen."

Wie aus dem Nichts knallte mir die Serviette gegen die Schläfe, und das Spiel ging weiter.

In der folgenden Woche wollte ich mit Bethany darüber reden, dass wir nur Freunde waren. Als wir Montag nach den Klausuren bei Taco Bell anhielten, setzte ich sogar dazu an. Die Worte lagen mir schon auf der Zunge.

Aber sie sprang auf, um Soße zu holen, milde für sie, mittelscharfe für mich, und brachte einen Stapel Servietten mit.

„Falls du wieder sabberst", zog sie mich auf und legte die Servietten zwischen uns auf den Tisch.

Und ich stichelte zurück und vergaß darüber ganz, worüber ich mit Bethany hatte reden wollen.

Savannah kamen fast die Tränen, als ich Freitag vor der Geschichtsklausur die Stufen zu Mr Smythes Containergebäude hinaufhumpelte. So langsam hatte ich den Dreh mit der Krücke raus, nur die Achsel auf der gesunden Seite brachte mich fast um. Der Gips am Bein war so schwer, dass ich eine Weile brauchte, um ihn richtig unter meinen Schreibtisch zu bugsieren. Als ich endlich neben ihr saß und wir hätten reden können, teilte Mr Smythe die Klausuren aus und drohte jedem mit einer Sechs, der nur noch einen Ton sagte.

Nach der Klausur nutzte Savannah meine Langsamkeit aus und schoss wie der Blitz aus dem Gebäude.

So viel zu einem letzten Gespräch vor den Sommerferien.

12. KAPITEL

Savannah

Ich konnte die Sommerferien kaum erwarten. Ich wollte mich nur noch in meinem Zimmer verkriechen und den Gefühlen entkommen, die von allen Seiten auf mich einprasselten, sobald ich das Haus verließ. Ich hatte gedacht, dass sich diese Fähigkeit verflüchtigt hätte. Aber seit meine Gefühle ständig Achterbahn fuhren, konnte ich fremde Gefühle nicht mehr so gut ausblenden. Gott sei Dank lagen ein paar herrliche Wochen Einsamkeit vor mir. Meine Freundinnen waren wie üblich von ihren Familien verplant. Michelle würde auf ihre Geschwister aufpassen, Carrie freiwillig in einem Krankenhaus und einem Altenheim aushelfen, und auf Anne warteten eine Kirchenfreizeit und die Heuernte auf der Farm ihres Onkels. Sogar die Charmers würden mich in den nächsten Monaten nicht brauchen. Nach einer Woche Trainingslager für die ganze Gruppe fuhren die Officers zum eigenen Sommerlager, und im Juli hatten alle frei. Danach würden wir uns erst wieder im August, kurz vor dem neuen Schuljahr, zum jährlichen Intensivtraining und der Pyjamaparty treffen.

Vor den Ferien musste ich nur noch die Sommerparty am ersten Samstag nach Unterrichtsende überstehen.

Allerdings wurde die schlichte Party am See schwieriger, als ich erwartet hatte. Auf den Ansturm von Gefühlen hatte ich mich schon vorher gefasst gemacht. Ich betrat das Haus von Bethanys Familie und stellte die beiden mitgebrachten Flaschen Sprite ab. Aber als ich nach unten und auf den privaten Anlegesteg ging, erzählte Bethany gerade allen, sie sei jetzt mit Tristan zusammen.

Tristan hatte schon eine neue Freundin? Er war doch gerade erst aus dem Krankenhaus gekommen! Wie konnte man sich denn mit zwei Gipsverbänden und lauter geklammerten und genähten Wunden verabreden?

Im ersten Moment konnte ich mich nicht mal rühren, ich blieb einfach wie angewurzelt in der Tür stehen. Die Wellen, die träge an den Steg schwappten, konnten mich weder beruhigen noch Bethanys Stimme übertönen. Sie plapperte vor sich hin, sie würde ihn dreimal die Woche zur Physiotherapie und an den anderen Tagen nach Hause fahren. Sie erzählte, wo sie gegessen hatten und wie tapfer er sich durch die Therapie kämpfte, weil er zur Footballsaison wieder fit sein wollte.

Hätte ich mittags etwas gegessen, hätte ich es mitten auf den Steg gespuckt.

Tristan war mit Bethany zusammen. Er hatte sich mit ihr nicht nur zu einem Ball verabredet, sondern traf sich ständig mit ihr.

Einige Köpfe drehten sich in meine Richtung, und jemand stupste Bethany an der Schulter an. Als sie aufblickte und mich sah, errötete sie und sprach nicht weiter.

Die vielen Blicke waren mir unangenehm. Ich setzte ein Lächeln auf, winkte allen zur Begrüßung zu und setzte mich zu zwei anderen Mädchen auf den Steg. Sie hatten dieses Jahr mit mir als Betreuerinnen gearbeitet, bis sie ein zweites Mal vorgetanzt und es in die Gruppe geschafft hatten. Ich tat, als würde ich ihnen zuhören. Dabei bekam ich nicht mal mit, wovon sie redeten.

Bethany erzählte weiter von ihren Verabredungen mit Tristan, wenn auch im Flüsterton. Nur konnte ich leider mit meinen blöden Vampirohren jedes Wort verstehen.

Ich hatte gedacht, ich würde Tristan kennen, aber in letzter Zeit verstand ich ihn nicht mehr. Schon vor dem Unfall hatte ich nicht begriffen, wie er Bethany zu dem Ball einladen konnte. Erst versprach er, dass er eine Lösung für uns finden würde, und wollte sich sogar von meinem Vater verwandeln lassen. Eine Woche später lud er ein anderes Mädchen zu einem Ball ein. Beim Ball hatte ich gedacht, ich hätte seine Stimme gehört. Er hatte mir gesagt, ich solle an uns glauben, wir würden eine Möglichkeit finden. Ich hatte seiner Schwester geholfen, ihm das Leben zu retten. Und dann, kaum war er aus dem Krankenhaus raus, traf er sich wieder mit einer anderen. Um mich eifersüchtig zu machen? Als Ablenkungsmanöver, damit seine Eltern glaubten, er würde etwas Neues anfangen?

Oder er hatte unsere Beziehung wirklich aufgegeben und sich auf was Neues eingelassen.

Ich schaffte es etwa eine Stunde lang, mit einem gequälten Lächeln am See zu sitzen, bevor ich mir eine Ausrede einfallen ließ. Ich erzählte, mein Dad sei krank und ich müsse nach Hause fahren und nach ihm sehen. Am liebsten wäre ich zu meinem Auto gerannt und den ganzen Weg nach Hause gerast.

Als ich in unserer Einfahrt geparkt hatte, atmete ich ein paarmal tief durch und versuchte nachzudenken.

Okay. Er traf sich also mit einem anderen Mädchen.

Es war doch klar, dass das passieren konnte. Dass es sogar wahrscheinlich war, dachte ich. Ich lehnte die Stirn gegen das Lenkrad, während die heiße Luft im Wagen endlich meine klamme Haut wärmte. Vielleicht hatte ich mir beim Ball seine Stimme eingebildet, weil ich instinktiv geahnt hatte, dass er in Gefahr war. Einen Moment lang war alles verzerrt und verrückt gewesen, bis meine Fähigkeiten wieder im Gleichgewicht waren und ich seine körperlichen Schmerzen gespürt hatte.

Wenn das stimmte, hatte er gar keinen Zauber ausgesprochen und mir nicht gesagt, ich solle an unsere Beziehung glauben. Dann hatte er sich wirklich auf etwas Neues eingelassen.

Ich hatte gar kein Recht, mich so verraten zu fühlen. Ich hatte mit ihm Schluss gemacht, nicht nur ein-, sondern zweimal. Jetzt hatte er begriffen, dass es wirklich vorbei war, und wollte mit einer neuen Freundin ein wenig Glück finden.

Und ich würde mich für ihn freuen. Bestimmt. Es hätte doch viel schlimmer kommen können, oder? Sollte er lieber tot sein oder leben und mit einer anderen glücklich werden?

Annes Reaktion, als ich ihr in ihrer Kirchenfreizeit simste, was passiert war, war weniger freundlich. Genauer gesagt war die Antwort mit Schimpfwörtern gespickt, die ihre Betreuer bestimmt nicht gern auf ihrem Handy gelesen hätten.

Für sie war ganz klar, dass er nie eine andere Freundin haben sollte. Er sollte mir sein Leben lang nachtrauern und als unglücklicher, einsamer alter Mann sterben.

Es tat mir gut, dass sie so zu mir hielt, ich musste sogar lächeln. Ein winziger Teil von mir gab ihr recht, aber im Grunde war mir klar, dass es Unsinn war.

Zum Glück hatte ich zweieinhalb Monate Zeit, um auch mein

Herz davon zu überzeugen, bevor ich ihn in der Schule wiedersehen musste.

Dann warf ein seltsamer Anruf meine Pläne für den Sommer völlig über den Haufen.

„Wie sind deine Klausuren und die Charmers-Party gelaufen?", fragte Mom, als sie in der ersten Ferienwoche anrief.

„Ach, ganz gut, glaube ich."

Ehrlich gesagt fiel mir dieses „Entscheide dich für das Glück" fiel schwerer, als die ganzen Selbsthilfebücher versprochen hatten. Mom hatte mich mit reichlich Lektüre versorgt, als wir Nannas Hausstand aufgelöst hatten.

Schweigen in der Leitung. Schließlich fragte Mom: „Sag mal, erinnerst du dich noch an den Karton mit Büchern, den ich dir gegeben habe?"

„Ja. Ich arbeite mich gerade durch. Im Moment bin ich mitten in *Lieb dich selbst und ändere dein Leben*." Auch wenn es kein bisschen half.

Sie räusperte sich. „Na ja, sieh doch mal ganz unten im Karton nach. Am besten, wenn dein Vater nicht in der Nähe ist."

Hm-hm. „Warum?"

„Unten liegen ein paar Bücher von deiner Nanna."

Nannas Bücher? Nanna hatte ständig gelesen, am liebsten Biografien von Prominenten. Sie hatte oft gesagt, das Leben der Stars sei viel verrückter als alles, was sie selbst je durchgemacht hatte, und sie würde sich im Vergleich richtig normal vorkommen. Allerdings war keiner dieser Promis gestorben, nachdem eine Bande durchgeknallter Nachfahren sie mithilfe von Magie entführt und in einem Wald festgehalten hatte.

Wieder schwieg Mom.

„Okay, Mom, was willst du mir sagen?"

„Das sind keine ... normalen Bücher."

Langsam bekam ich ein mulmiges Gefühl. „Meinst du etwa ..."

„Am Telefon sollten wir nicht darüber reden. Und dein Dad sollte sie nicht sehen. In Ordnung?"

Ich kramte in dem Karton herum, der mir fast bis zur Taille reichte. Ganz unten fand ich alte, in Leder gebundene Bücher, von Hand geschrieben und voller Zeichnungen. Zauberbücher. Ich schnappte nach Luft.

„Mom! Was zum Teufel hast du ..."

„Ich musste ihr versprechen, dass ich dir die Bücher gebe, wenn ihr irgendwas passiert. Sie wusste, dass ich diese Fähigkeiten nie wollte. Es ist schon richtig, wenn du sie jetzt bekommst. Was nicht heißt, dass ich es gut finde. Ich will nicht mal wissen, was du damit anstellst. Ich halte nur mein Versprechen. Ach, und ich soll dir unbedingt noch sagen, dass sie und ich dem Clann etwas versprochen haben, aber du nicht."

Bei ihren Worten überlief mich eine Gänsehaut. Vor zwei Wochen, nach Tristans Unfall und der kleinen Unterhaltung mit Dylan am Sonic, hatte ich genau das Gleiche gedacht.

Sie seufzte. „Jetzt taucht sie vielleicht nicht mehr jede Nacht in meinen Träumen auf und nervt mich deswegen."

„Was, Nanna spukt bei dir?"

„Na ja, vielleicht ist es nicht wirklich ihr Geist. Keine Ahnung. Die Träume wirken so real, dass ich das Gefühl habe, ich wäre wach. Aber egal, was es ist, vielleicht hört es jetzt auf, wenn ich den Befehl der Zauberkönigin ausgeführt habe." Sie klang ganz schön verschnupft.

Jetzt wurde es aber wirklich unheimlich.

Nach dem Gespräch mit Mom wollte ich Nannas Zauberbücher in einen kleineren Karton räumen. Aber wo wollte ich sie verstecken? Unter meinem Bett? Nein, da könnte Dad sie finden, wenn er doch irgendwann dazu kam, das Parkett zu renovieren.

Heute war Dad nicht zu Hause. Er war nach Tyler gefahren, um Kristalltropfen für einen Kronleuchter zu holen.

Bevor ich es mir anders überlegen oder kneifen konnte, schrieb ich ihm schnell eine SMS, ich müsse noch was für eine Spendenaktion der Charmers erledigen und käme abends wieder nach Hause.

Dann schnappte ich mir den Karton mit Nannas heißer Ware und trug ihn zu meinem Auto.

Als ich in die Einfahrt vor Nannas altem Haus einbog, stiegen so viele Gefühle in mir auf ... Ich war überrascht, dass vor dem Haus kein Schild von einem Makler stand, erleichtert, dass das

Haus noch unberührt wirkte, war traurig, hatte Heimweh und vor allem Schuldgefühle. Hier zu sein war schlimmer als jeder Besuch an Nannas Grab. Die Erinnerungen an sie warteten nicht auf irgendeinem toten Friedhof. Sie war hier und goss ihre Blumen, die in Ampeln an den Enden der Veranda hingen und jetzt verdorrten. Mit einer Harke bewaffnet, führte sie im Vorgarten ihren endlosen Kampf gegen die Nadeln, die von den hohen Kiefern rieselten. Die schiefen Stämme und Äste spendeten dem Haus Schatten. Gleichzeitig sahen die Bäume aus, als könnten sie jeden Moment umkippen. Wohin ich auch sah, überall in meinem alten Zuhause stürmten Erinnerungen auf mich ein.

Ich holte tief Luft, packte die Bücherkiste und trug sie am Carport vorbei in den Garten hinter dem Haus. Ich stellte sie unter den alten Pekannussbaum auf den Metallschemel, auf dem ich als Kind stundenlang gesessen und mich im Kreis gedreht hatte.

Der Garten verwilderte schon. Nanna hatte hier jeden Tag gearbeitet, um ihn hübsch und ordentlich zu halten.

Sie hätte jetzt hier sein müssen und unter der heißen Sonne von Osttexas schwitzen, während Mom und ich sie baten, sie solle doch reinkommen und sich ausruhen. Sie hätte auf dem weichen grünen Kissen knien müssen, das ihre Knie schonen sollte, und mit den Pflanzen reden wie mit ihren Kindern. Sie hatte dieses Stückchen Erde mit seinen Kräutern und Erdbeeren, Pekannüssen und Pfirsichen für andere schön und nützlich und hilfreich gemacht.

Ohne den Clann wäre sie noch hier gewesen.

Ich fuhr mit einer Hand über den Deckel des Kartons und stellte mir seinen kostbaren Inhalt vor. Nanna hatte ihn geschaffen, ihn mit ihren Gedanken und vielleicht auch den Gedanken ihrer Vorfahren angefüllt.

Wenn ich mich konzentrierte, konnte ich Nanna fast hören.

Also gut, Savannah. Du hattest Zeit, um darüber nachzudenken, und du weißt, dass du nicht einfach weiter zusehen kannst. Die Nachfahren haben es sich auf ihrem hohen Ross viel zu bequem gemacht. Was willst du dagegen unternehmen? Wir Evans sitzen nicht einfach hilflos herum und jammern, wenn es gefährlich oder schwierig wird, oder? Vor allem nicht, wenn Menschen, die wir lie-

ben, in Gefahr sind.
Ich hob den Deckel einen Fingerbreit an.
Der Clann hatte mich viel gekostet – Nanna, Mom, Tristan, mein Zuhause. Und jetzt hatte Dylan es vielleicht nächstes Jahr auf Anne abgesehen. Es sei denn, ich hielt ihn auf.
Ich hatte zweieinhalb Monate Zeit, um es zu lernen. Die Frage war nur: Konnte ich es schaffen? Ich hatte niemanden, der es mir beibrachte, nur diesen Karton voller Bücher. Ich konnte mich an niemanden wenden, wenn ich verwirrt oder gefrustet war oder Mist baute. Soweit ich wusste, konnte es sogar gefährlich sein, zaubern zu lernen.
Aber wenn ich dadurch Dylan, den Zickenzwillingen und dem restlichen Clann die Stirn bieten und die Menschen, die mir wichtig waren, beschützen konnte, war es das Risiko wert.
Vielleicht ging meine Fantasie mit mir durch, aber als ich den Karton öffnete und das erste Buch rausnahm, hätte ich schwören können, dass Nanna mir tröstend einen Arm um die Schultern legte.

Ich machte unglaublich langsam Fortschritte. Kein Wunder, dass die Nachfahren früh mit dem Lernen anfingen und jahrelang übten.
Ich hatte gedacht, ich würde an diesem ersten Tag wenigstens irgendetwas hinbekommen. Aber egal, wie sehr ich mich auch anstrengte, es passierte nichts. Vielleicht, weil ich mit der ersten Lektion im Buch angefangen hatte, der Anfängerübung für das Erden. Ich musste keine überschüssige Energie loswerden. Offenbar im Gegensatz zu den meisten Nachfahren war ich auch so ständig müde. Ich musste Energie aufnehmen, nicht abgeben.
Der erste Tag war ein ziemlicher Reinfall. Aber aufgeben kam nicht infrage. Also erzählte ich Dad am nächsten Tag, ich müsse in nächster Zeit jeden Tag etwas für die Charmers erledigen. Ich fürchtete mich zu Tode davor, dass er mir die Wahrheit vom Gesicht ablesen könnte, aber er war viel zu sehr in die Farbmuster für die oberen Badezimmer vertieft. Ich musste ihm nur versprechen, mein Handy immer bei mir zu haben und ihn anzurufen, wenn ich mich komisch fühlte.
Und so verbrachte ich den Sommer tagsüber in Nannas Haus.

Meine Schlüssel funktionierten noch bei allen Schlössern, und das Haus blieb leer. Die Gesellschaft, die das Haus gekauft hatte, hatte es offenbar nicht eilig, zu vermieten. Sie stellte nicht mal ein Schild auf den Rasen, um zu zeigen, dass man das Haus mieten konnte. Trotzdem waren Strom und Wasser nicht abgestellt. Ich konnte also ins Haus gehen und an der Spüle Wasser trinken oder im Bad die Toilette benutzen, wenn es sein musste. Die Klimaanlage schaltete ich nicht ein, damit ich nicht die Stromrechnung in die Höhe trieb und den neuen Besitzern verriet, dass jemand im Haus war. Außerdem genoss ich die angestaute Wärme, in der ich meine Muskeln auftauen konnte.

Ich kam mir fast vor, als würde ich campen gehen, als ich Toilettenpapier und eine Decke aus dem Haus schmuggelte. Mit der Decke machte ich es mir im leer geräumten Esszimmer gemütlich und las. So viel Spaß hatte ich seit Monaten nicht mehr gehabt.

Außerdem blickte ich von meinem neuen Zuhause aus direkt auf die Tomato Bowl, in der ich Tristan beim Footballspielen zugesehen hatte. In Nannas Haus erinnerte mich nichts an ihn, und das war eine echte Erleichterung.

Aber nachdem ich einen Monat lang Zauberbücher gelesen und die vorgeschlagenen Übungen ausprobiert hatte, ging es nicht mehr um Spaß. Ich wollte zaubern. Sofort.

Hatte ich zu spät damit angefangen, meine Fähigkeiten als Nachfahrin zu trainieren? Mom hatte gesagt, die Magie sei wie ein Muskel – wenn man sie nicht benutzte, verkümmerte sie. Sie hatte ihre Fähigkeiten absichtlich geschwächt, indem sie einfach nicht gezaubert hatte.

Oder waren meine Vampirgene vielleicht zu stark?

Draußen schlug eine Tür zu. Ich kreischte auf. Gerade hatte ich die Decke über den Bücherstapel auf dem Boden neben mir geworfen, als Dad im Garten hinter dem Haus auftauchte. Er drehte sich um und spähte durch die gläserne Terrassentür herein.

„Savannah? Was machst du denn hier? Ich dachte, du bist für die Charmers unterwegs."

Ich sprang auf, öffnete die Tür und ging hinaus. „Oh. Äh, ich habe nur … ich habe hier nur so rumgehangen. Wieso bist du hier?"

„Ich wollte nach dem Rechten sehen."

„Warum?"

„Weil man seinen Besitz immer im Auge behalten sollte."

„Nannas Haus gehört jetzt dir?" Hatte er es den neuen Besitzern abgekauft? Das hätte erklärt, warum draußen kein Maklerschild stand.

„Mir gehört das Unternehmen, das es deiner Mutter abgekauft hat. Ich wusste, dass du oder deine Mutter irgendwann Heimweh bekommt und das Haus besuchen wollt. Weißt du, auch deine Mutter ist hier aufgewachsen."

Ja, das wusste ich. „Du hast doch viel zu viel dafür bezahlt. Wenn du uns einfach gesagt hättest, dass du es kaufen willst, hätten wir die Bieterschlacht gestoppt, und du hättest es billiger haben können."

„Mir gehören beide Firmen, die auf das Haus geboten haben. Und wissentlich hätte mir deine Mutter ihr altes Zuhause niemals verkauft."

Das war doch ein Witz. „Wieso hast du den Preis so in die Höhe getrieben?"

„Deine Mutter hat mir oft erzählt, wie gerne sie in einem Wohnwagen herumgereist wäre, ganz ungebunden, mit der Möglichkeit, so weit zu fahren, wie sie wollte. Und für dich sollte genug Geld vorhanden sein, damit du dir jedes Studium aussuchen kannst. Aber deine Mutter ist so stolz, dass sie mir nicht erlaubt hätte, das direkt zu finanzieren."

„Und deshalb hast du absichtlich zu viel für das Haus gezahlt."

„Ja."

„Und du hast Mom darüber belogen, woher das Geld tatsächlich kommt."

„Genau genommen hat sie nie danach gefragt, wem die Unternehmen gehören, die auf das Haus geboten haben. Im Grunde musste ich gar nicht lügen, was meine Beteiligung am Verkauf angeht."

Verdammt, war er gerissen. Ich wusste gar nicht, ob das romantisch oder eher hinterhältig war.

„Du solltest wissen, dass das Haus dir zufällt, wenn du achtzehn wirst", fuhr er fort. „Dann kannst du damit tun, was du möchtest – es verkaufen, als Anlageobjekt vermieten oder selbst hier wohnen, wenn du das willst. Bis dahin bleibt es unbewohnt und steht dir zur Verfügung, wenn du es brauchst."

Wow. Ich wusste gar nicht, was ich dazu sagen sollte. „Danke."

„Es ist mir eine Freude."

„Also ist es in Ordnung, wenn ich ab und zu herkomme?"

Er warf einen Blick auf die Decke, die hinter mir auf dem Linoleumboden lag. „So ganz ohne Möbel ist es zum Schlafen sicher nicht sehr bequem. Mir wäre es lieber, wenn du abends zum Schlafen nach Hause kämst. Und du solltest nur allein herkommen. Das wäre sicherer."

Was hieß, dass ich mich nicht heimlich mit Tristan treffen oder mit meinen Freundinnen wilde Partys ohne Aufsicht schmeißen sollte. „Klar." Als hätte ich das gemacht.

Ich wollte nur herkommen, um zaubern zu lernen.

„Es scheint ja alles in Ordnung zu sein, also mache ich mich wieder an die Renovierungsarbeiten. Sehen wir uns zum Abendessen? Um acht Uhr?"

Vor lauter schlechtem Gewissen presste ich nur die Lippen zusammen und nickte. Ich hatte Angst, wenn ich den Mund aufmachte, könnte ich damit herausplatzen, weshalb ich wirklich hier war.

Als Dad um das Haus herum zu seinem Auto gegangen und losgefahren war, konnte ich wieder normal atmen.

Ich musste das machen, sagte ich mir. Dylan und die Zickenzwillinge und der ganze Clann zwangen mich mit ihrem Hass, mich und meine Freunde zu beschützen. Sogar Nannas Geist, falls er Mom wirklich heimgesucht hatte, wollte, dass ich zaubern lernte.

Wenn ich die Magie nur zum Schutz einsetzte, konnten sich der Clann und der Vampirrat doch nicht beschweren.

Seufzend ging ich mit dem Zauberbuch für Anfänger nach draußen und setzte mich mitten im Garten auf die kühle Erde unter einen alten Baum. „Also gut, Nanna. Du wolltest, dass ich das lerne. Wie wäre es mit ein bisschen Hilfe?"

Ich musste etwas in dem Buch übersehen haben. Tristan hatte

einmal erzählt, dass die Nachfahren mit ihrer Ausbildung anfingen, sobald die Pubertät einsetzte, also war ich auf jeden Fall alt genug. Wenn ein Zwölfjähriger einfache Zauber hinbekam, würde ich das wohl auch schaffen.

Ich blätterte zur allerersten Lektion über das Erden zurück. Das war zwar nichts, was ich lernen wollte, aber vielleicht musste ich die Übungen der Reihe nach durchgehen. Lektionen zu überspringen hatte jedenfalls nicht geholfen.

Wie im Buch beschrieben, schloss ich die Augen, drückte die Handflächen auf das Gras und stellte mir vor, wie ich Energie durch meine Hände hervorströmen ließ.

Meine Handflächen kribbelten leicht. Weil der Zauber endlich funktionierte, oder kitzelten mich nur die Grashalme?

Ich versuchte es noch einmal. Ich würde diesen Garten nicht verlassen, bevor ich es geschafft hatte.

Ein stechendes Kribbeln überlief meine Handflächen, breitete sich in den Fingern aus und ließ mich nach Luft schnappen.

Wo ich den Boden berührt hatte, zeichneten sich im Gras zwei dunkle Handabdrücke ab.

„Es funktioniert!", jubelte ich. Sofort schlug ich mir eine Hand vor den Mund. Im Garten nebenan war niemand zu sehen, aber wenn ich zu laut wurde und die Nachbarn zu Hause waren, kamen sie vielleicht nachsehen.

Okay, ganz ruhig, Sav, befahl ich mir. Das Erden funktioniert schon mal. Jetzt kommt der nächste Schritt.

Ich blätterte eine Seite weiter und las als nächste Lektion, wie man der Erde Energie entzog. Also musste ich das Gleiche nur umgekehrt machen, oder?

Mit geschlossenen Augen drückte ich die Handflächen wieder auf den Boden und stellte mir vor, wie ich die Energie der Erde durch meine Hände aufnahm.

Nichts. Kein Kribbeln, keine Wärme.

Ich las die Anweisungen noch einmal durch, fand aber nichts, was ich übersehen hätte. Mein Rücken und mein Kopf schmerzten schon, wahrscheinlich, weil ich so lange vornübergebeugt auf dem Boden gesessen hatte. Grummelnd legte ich mich auf das ausgedörrte Gras und versuchte es noch einmal.

Komm schon, dachte ich und presste die Hände auf den Boden. Gib mir endlich Energie!

Als meine Hände wärmer wurden und kribbelten, seufzte ich erleichtert. Endlich funktionierte es. Aber als ich mich aufsetzen wollte, konnte ich mich nicht rühren. Ich fühlte mich, als hätte jemand ein Auto auf mir geparkt.

Oh Mist. Was hatte ich denn jetzt angerichtet?

Anscheinend hatte ich aus Versehen noch mehr Energie abgegeben, statt sie aufzunehmen.

Panisch riss ich die Augen auf und wollte um Hilfe rufen. Aber ich bekam nur ein leises Piepsen heraus. Und mein Handy lag in unerreichbarer Ferne im Haus.

Schon gut, beruhig dich. Du schaffst das. Du hast herausgefunden, wie du Energie abgibst. Vielleicht sogar zu gut. Jetzt bleib ganz locker und mach einfach das Gegenteil!

Dieses Mal erwärmten sich meine Hände nur ganz leicht, und meine Gedanken wurden wirr.

Im Garten schien es dunkel zu werden. War es schon so spät, dass die Sonne unterging?

Eigentlich hätte ich auch frieren müssen, aber mir war nicht kalt. Außer einer bleiernen Müdigkeit fühlte ich kaum etwas. Aber eine Stimme in meinem Unterbewusstsein sagte mir, es sei gar keine gute Idee, jetzt einzuschlafen. Lieber solle ich jemanden rufen.

Ich versuchte mich in Richtung Terrassentür zu rollen, doch ich konnte nicht mal den kleinen Finger bewegen. Sogar das Atmen fiel mir schwer.

Im Garten war es so still, dass ich sogar den Wind hören konnte, der durch die Pflanzen säuselte.

Wenn ich doch nur die Energie dieser Pflanzen anzapfen könnte ...

Ich sollte hier mal gießen. Nanna hätte sich das gewünscht.

Das war mein letzter Gedanke, während die Äste über mir verblassten.

Und plötzlich war ich frei. Ich schwebte im Garten über meinem Körper, nur eine winzige silberne Schnur verband mich noch mit meinem Nabel.

„Savannah, was machst du denn hier?", fragte Nanna. Ihre Füße berührten nicht ganz den Boden, als sie näher kam.

„Nanna! Wie ..."

„Kind, du bist in der Zwischenwelt. Also hast du wohl eine ziemliche Dummheit angestellt. Sie haben mich hergeschickt, damit ich dich dahin zurückbringe, wo du hingehörst."

Als ich verwirrt die Stirn runzelte, erklärte sie: „Du stirbst, Liebes."

13. KAPITEL

Tristan

Nachdem wir nachmittags drei Viertel des Trainings geschafft hatten, fühlte ich mich, als hätte mich ein Mähdrescher überfahren, aber nicht wegen der Anstrengung oder der heißen Julisonne auf meiner Haut. Es war, als hätte mir etwas jeden Funken Energie ausgesaugt, bis ich kaum noch atmen konnte. Coach Parker schickte mich auf die Bank, damit ich mich ausruhen konnte, weil er dachte, es sei zu heiß für mich. Aber ich wusste, dass es etwas Ernsteres war.

Als ich zu Atem gekommen war, merkte ich, dass dieses Gefühl der Erschöpfung nicht von mir stammte. Es kam von Savannah.

Savannah war in Gefahr. Keine Ahnung, woher ich das wusste, vielleicht funktioniert der Verbindungszauber noch, aber ich wusste es. Ich spürte sie. Ich fühlte, wie sie entglitt.

Aber ich hatte keinen Schimmer, wo sie war, was mit ihr los war oder wie ich sie finden sollte.

Ich musste eine halbe Stunde warten, bis das Training beendet war. Dann holte ich mein Handy aus meinem Spind im Duschhaus und schrieb ihr eine SMS.

Sav, ich weiß, dass du nicht mit mir reden willst, aber ich habe das Gefühl, dass bei dir was nicht stimmt. Alles in Ordnung? Sag mir wenigstens Bescheid.

Savannah

„Verdammter Mist", grummelte ich. Diese Zauberstunde war aber gründlich danebengegangen. „Ich wollte mir beibringen, Energie aufzunehmen. Stattdessen habe ich mich nur weiter geerdet."

„Na ja, wenn du das noch mal machst, landest du noch unter der Erde", warnte Nanna.

„Wahrscheinlich sollte ich die Zauberei einfach lassen", sagte ich. „Wenn der Clann oder der Rat das rausfindet, flippen sie aus."

„Pfff." Stirnrunzelnd winkte sie ab. „Die haben nur Angst, dass du sie mit ihren eigenen Waffen schlägst. Aber wenn wir dich nicht bald wieder in deinen Körper schaffen, musst du dir darüber keine Sorgen mehr machen."

Das klang eigentlich gar nicht so schlecht. „So ist es netter. Hier, mit dir."

„Ich kann nicht hierbleiben, Kleines. Und du auch nicht." Ihre Stimme klang so zärtlich, als hätte sie mir sanft mit der Hand über das Haar gestrichen.

„Warum nicht?" Hier gab es keine Schmerzen, keinen unendlichen Liebeskummer oder Wut, keine Einsamkeit, keine Schuldgefühle. Nur Frieden. Ich sah sie an und erinnerte mich an die vielen Fältchen, die ihre Wangen durchzogen, weil sie so oft gelächelt und in die Sonne geblinzelt hatte. „Du fehlst mir, Nanna."

„Du fehlst mir auch, Schätzchen. Aber du musst zurückgehen. Für dich ist es noch nicht Zeit, herüberzukommen. Gott hat noch Großes mit dir vor."

„Mit dem größten Freak auf Erden? Warum?"

Sie stieß zischend die Luft aus. „Du gehörst genauso zu seiner Schöpfung wie jedes andere Lebewesen. Es steht dir und auch mir nicht zu, zu fragen, warum er jemanden für etwas auserwählt. Es ist, wie es ist. Du musst nur lernen, nicht immer gegen alles anzukämpfen."

„Wogegen kämpfe ich denn an? Ich muss mir doch ständig irgendwelchen Mist gefallen lassen!"

„Du kämpfst gegen das an, was du bist. Sogar jetzt – du willst nachgeben und deine Fähigkeiten akzeptieren, und dein Körper wehrt sich immer noch dagegen. Sieh ihn dir doch an, er liegt sterbend auf der Erde. Weil du dich der Energie verschließt."

„Ich habe doch versucht, sie aus dem Boden zu ziehen …"

„Du hast noch nicht verstanden, dass Energie ein Geben und Nehmen ist. Du willst die Hand ausstrecken und die Energie nehmen, als wäre sie etwas Festes, wie ein Stein oder ein Blatt. Aber so funktioniert das nicht."

Ihr Seufzen klang wie der Wind in den Bäumen. „Man kann der Erde ihre Energie nicht entziehen. Man kann sie nicht nehmen. Nur empfangen und akzeptieren, mehr musst du nicht tun. Wenn du ihr nachjagst, kommt sie nicht zu dir. Du musst in den Fluss waten und ihn über dich und in dich hineinfließen lassen."

Sie kam näher und ergriff meine Hand, und ich staunte, wie fest und real sie sich anfühlte. „Spürst du nicht die Energie unter deinem Körper? Sie pulsiert in der Erde, im Gras und in den Pflanzen um dich herum."

„Wie soll das gehen? Im Moment spürt mein Körper gar nichts."

„Dickkopf. Geh zurück in deinen Körper. Dann entspann dich und öffne deine Sinne. Die Erde ist deine Batterie, Kleines. Du musst nur zulassen, dass dich die Energie durchströmt."

Ich wusste zwar nicht, wie ich mich noch mehr entspannen sollte, wenn ich angeblich im Sterben lag, aber grummelnd kehrte ich wieder in meinen Körper zurück. Es verschlug mir den Atem.

Es fühlte sich an, als läge ich auf einer Wolldecke, die sich statisch aufgeladen hatte.

„Ich kann es fühlen!", sagte ich, und dieses Mal kamen die Worte aus meinem echten Mund.

„Gut! Jetzt entspann dich. Stell dir vor, du würdest in einem flachen Bach liegen, und lass den Strom über deine Haut fließen."

An meinen Händen, den Unterarmen und dem linken Knöchel, wo sich die Jeans nach oben geschoben hatte und meine Haut den Boden berührte, kribbelte es.

„So ist es gut, Kleines." Nannas Stimme wurde schwächer.

„Warte! Was ist mit dem Rest? Mit welchem Buch soll ich weitermachen?" Ich wollte sie noch so viel fragen. Aber vor allem wollte ich nicht, dass sie ging.

„Das hat dir deine Mutter schon gesagt. Für die meisten Clann-Zauber braucht man nur Willen und Konzentration. Die Bücher sollen dir nur einen Eindruck davon geben, was möglich ist."

„Aber was ist mit dem Dämmzauber gegen den Blutdurst?"

„Ah, von dieser alten Magie lässt man lieber die Finger, Schätzchen. Sie verlangt zu große Opfer. Sie ist gefährlich."

Ich zögerte, aber ich musste es wissen. „Nanna, hast du ... dein Leben dafür geopfert?"

„Ja, das könnte man so sagen. Und deshalb wird diese Magie nicht mehr gelehrt. Aber du brauchst sie sowieso nicht. Die neuen, sicheren Methoden geben dir fast alles, was du brauchst."

Bis auf Tristan.

Mit den alten Zaubern könnte ich so viel mehr erreichen. Ich könnte den Dämmzauber lernen, damit ich gefahrlos anderen Nachfahren nahe kommen konnte, etwa Mom und Tristan. Vielleicht konnte ich meine Vampirhälfte ganz ausschalten.

Ihn wieder küssen zu können, ohne ihm Energie zu rauben ... Wieder vor anderen tanzen zu können, ohne die Angst, dass ich meine Stärke und Schnelligkeit verraten könnte ...

„Du kannst den Blutdurst ganz allein beherrschen, Savannah." Ihre Stimme war nur noch ein Flüstern. „Und egal, welches Opfer du zahlst: Kein Zauber der Welt könnte verhindern, dass du Tristan Energie entziehst, wenn ihr euch küsst. Es tut mir leid, aber sogar Magie hat ihre Grenzen. Sie kann nicht ändern, was du bist, auch wenn du es dir von Herzen wünschst."

Sie klang wie Sam Coleman im Zirkel, als ich Nanna ohne Seele zum Leben erwecken wollte. Verärgert stützte ich mich auf einen Ellbogen. Ich wollte den Dämmzauber unbedingt lernen, und wenn es mich umbrachte.

Aber ich lag allein in der hellen Nachmittagssonne.

Als ein Luftzug mir eine Haarsträhne aufwirbelte, hätte ich schwören können, dass Nanna sie glatt strich. *Ich habe dir und deiner Mutter gegeben, was ich geben musste, und ich bereue es nicht*, wisperte der Wind. *Aber für nichts in der Welt würde es sich lohnen, dass du dein Leben opferst. Zumindest noch nicht. Du hast noch so viele wunderbare Dinge vor dir. Also hör auf deine Großmutter, halt dich an die sichere Magie und mach mich stolz. Ich habe dich lieb.*

„Ich habe dich auch lieb, Nanna", flüsterte ich. Mir hatte sich die Kehle so zugezogen, dass ich kaum schlucken konnte.

Eine Träne rann mir über eine Wange. Ich ließ sie laufen. Durch sie wirkte dieser Moment realer, weniger wie der Traum, an den sich mein Verstand klammern wollte.

Ich wollte glauben können, dass ich Nanna wirklich gesehen und mit ihr geredet hatte. Dass mein gestresstes, übermüdetes Hirn sich das Gespräch nicht nur eingebildet hatte. Dass sie wirklich irgendwo da draußen wartete, bis sie mich eines Tages auf die andere Seite begleiten würde, und mich bis dahin behütete.

Ich war zu erschöpft, um aufzustehen, und ließ mich nach hinten fallen. Über mir strahlte die Sonne durch die fast kahlen Äste des alten Pekannussbaumes. Feine Wolkenstreifen zogen hauchzart über einen vollkommenen blauen Himmel.

Konnte Nanna dort, wo sie war, auch diesen Himmel sehen, diese Wolken, den Garten mit ihren Pflanzen?

Ich schloss die Augen, entspannte mich und stellte mir vor, ein silbriger Strom würde mich umfließen. Und wieder sandte diese leichte elektrische Spannung dort, wo sie die Erde berührte, ein Kribbeln über meine Haut.

Innerer Frieden erfüllte mich, und ich lächelte. Ich wusste gar nicht, wann ich mich zuletzt so gefühlt hatte. Das Gespräch mit Nanna konnte kein Traum gewesen sein. Ich konnte endlich Energie aufnehmen, das war Beweis genug.

Als ich mich nicht mehr wie ein Zombie fühlte, stand ich auf, räumte die Zauberbücher wieder in ihren Karton und verstaute sie in einer Ecke von Nannas Kleiderschrank. Als Mom und ich das Haus ausgeräumt hatten, hatte ich Nannas Zimmer nicht betreten können. Es war mir vorgekommen wie ihr privates Reich, in dem ich nichts zu suchen hatte. Jetzt trug ich nicht mehr so schwere Schuldgefühle mit mir herum, und es war einfach nur ein leeres Zimmer.

Nanna hatte gesagt, für die neue Magie bräuchte ich keine Zauberbücher. Also vertraute ich ihr und wollte die Bücher hierlassen. Es wäre zu gefährlich gewesen, sie nach Hause mitzunehmen oder im Auto mit mir spazieren zu fahren, jemand hätte sie finden können. Hier würden sie einigermaßen sicher sein, vor allem, wenn das Haus unbewohnt bleiben sollte, bis es mir gehörte.

Es war zu schade, dass ich die Bücher später nicht meinem eigenen Kind hinterlassen konnte. Dad hatte gesagt, ich würde wahrscheinlich unfruchtbar werden, genau wie alle Vampirinnen, weil meine Vampirseite stärker wurde. Ich würde die letzte Evans sein.

Ich schüttelte die vertraute Last ab, die sich wieder auf meine

Schultern legen wollte. Die Entscheidungen meiner Eltern konnte ich nicht ändern, genauso wenig wie das, was aus mir wurde. Ich konnte nur versuchen, das Beste daraus zu machen. Und mir mit Nannas Hilfe zurückzuholen, was der Clann mir hatte nehmen wollen – mein Erbe als Evans-Hexe.

Auf dem abgenutzten Linoleumboden brummte mein Handy. Ich hob es auf und las die eingegangenen Nachrichten.

Tristan hatte mir geschrieben. Erst ließ mich seine SMS stutzen, dann bekam ich Angst. Wie konnte er nur gespürt haben, dass ich fast gestorben wäre? Sein Verbindungszauber war gebrochen, als sein Herz nach dem Unfall fast stehen geblieben war. Oder funktionierte der Zauber wieder, seit Emily ihn gerettet hatte?

Ich schluckte schwer und antwortete: *Mir geht's gut. Schreib mir nicht mehr. Das ist verboten. Schreib lieber Deiner neuen Freundin.*

Sekunden später kam eine neue SMS. *Freundin?*

Oh bitte. Glaubte er etwa, irgendwer in Jacksonville hätte noch nicht von ihm und Bethany gehört?

Ich war so sauer, dass ich nicht mal zurückschrieb. Wenn er lügen und so tun wollte, als sei er nicht mit jemandem zusammen, dann bitte. Aber ich würde meine Zeit nicht damit verschwenden, über etwas zu streiten, das längst jeder wusste. Da hatte ich Besseres zu tun. Zum Beispiel meine neu gefundenen Kräfte zu trainieren.

Ich brauchte in diesem Sommer jede freie Stunde, um mich auf das kommende Schuljahr vorzubereiten. Nachdem ich endlich angefangen hatte, zaubern zu lernen, hatte ich eine Menge aufzuholen.

Dylan und die Zickenzwillinge konnten sich auf eine echte Überraschung gefasst machen, wenn sie sich mit mir oder meinen Freundinnen anlegen wollten.

Durch das Zaubern bekam ich das Selbstbewusstsein, das mir viel zu lange gefehlt hatte. Ich fühlte mich nicht mehr wie der Fußabtreter des Clanns, der nur darauf wartete, dass alle auf ihm herumtrampelten.

Jetzt würde ich richtig losrocken. Angefangen bei Annes Geburtstagsfeier im August, zwei Wochen vor Schulbeginn. Das war die perfekte Möglichkeit, um schon mal mit meiner magischen Aufgabenliste anzufangen.

Dieses Jahr feierte Anne ihre jährliche Pyjamaparty in der kleinen Jagdhütte ihrer Familie, auf ihrem abgelegenen Stückchen Land zwischen Jacksonville und Rusk. Dorthin fuhren sie im Herbst immer zur Rotwildjagd. Sie hatte mir eine Wegbeschreibung gemailt, der ich leicht folgen konnte. Nach einer kurzen Fahrt zog ich mit meinem Pick-up eine riesige Staubwolke über eine lange unbefestigte Straße. Durch umzäunte Felder ging es zu einer winzigen Blockhütte in der Mitte des Grundstücks.

Ich hatte mich absichtlich verspätet. Weil ich als Letzte ankam, standen alle anderen Autos schon vor der Hütte. Das war die beste Gelegenheit, um einen Schutzzauber auf die Stoßstangen zu bringen.

Autos meiner Freundinnen schützen? Erledigt.

Nachdem ich Teil eins meiner Mission für heute Abend erfüllt hatte, stieg ich die wenigen Stufen zur Tür der Blockhütte hinauf und klopfte. Anne öffnete, und als ich das Häuschen betrat, sprang mich als Erstes der Geruch an. Es kostete mich Überwindung, nicht zurückzuweichen und mir die Nase zuzuhalten.

„Savannah", flüsterte Anne, als sie mich an der Tür kurz umarmte. „Hast du in den Ferien überhaupt was gegessen? Du bist ja spindeldürr!"

„Danke", grummelte ich und gab ihr das Geschenk. „Ich freue mich auch, dich zu sehen, Geburtstagskind."

„Sav! He, du siehst toll aus!", rief Michelle. Sie lag im Wohnzimmer bäuchlings auf dem Boden. „Neue Diät?"

Ich überhörte die Frage einfach, rang mir ein Lächeln ab und setzte mich neben sie und Carrie. Ich versuchte, nicht zu tief einzuatmen. Irgendwas im Haus stank entsetzlich. Bei jedem Atemzug drehte sich mir fast der Magen um.

Michelle hob ihr Handgelenk. „Riech mal, ich habe ein neues Parfum. Das habe ich mir geholt, als wir neue Badeanzüge kaufen waren. Du warst ja nicht mit."

Ich schnupperte ganz kurz. Ein extrem starker Geruch nach Blumen und vor allem Alkohol. Er kribbelte etwas in der Nase, verursachte aber nicht diesen Gestank im Haus.

Ich konzentrierte mich auf das, was sie gesagt hatte. „Ach kommt schon, Mädels. Ihr wollt mich nicht wirklich im Badeanzug sehen. Da werdet ihr noch blind."

Carrie schnaubte. „Wo du schon davon anfängst – was hast du den ganzen Sommer über gemacht, außer uns aus dem Weg zu gehen? So wie du aussiehst, hast du dich zumindest nicht in die Sonne gelegt. Klar soll man sich eincremen, damit man keinen Sonnenbrand bekommt, aber deswegen muss man doch nicht sein ganzes Leben in einer Höhle verbringen. Komm ab und zu mal aus diesem Addams-Family-Haus raus. Etwas Sonne würde dir guttun. Davon bekommst du mehr Vitamin C und D."

Ich lachte. „Danke. Ich werde versuchen, mir das zu merken." Mir fiel ein, dass ich etwas in meiner Tasche hatte. „Ach, ich habe euch übrigens etwas mitgebracht." Ich kramte das kleine Bündel hervor, entwirrte es und hielt vier Armbänder hoch. Ich hatte mir dafür ein Buch aus der Bücherei ausgeliehen und stundenlang an ihnen gearbeitet.

„Freundschaftsarmbänder!", kreischte Michelle und riss mir eins aus der Hand. „Geil!"

Anne kam aus der Küche zu uns.

Grinsend nahm Carrie sich auch ein Armband. „Hübsch. Danke. Hatten wir vier so was schon mal?"

„Nein", antwortete Anne, beugte sich über meine Schulter und schnappte sich auch ein Armband. „Wurde aber auch Zeit. Gute Idee, Sav. Hier, knote meins mal zu."

Während ich ihr das Bändchen um das Handgelenk knotete, verscheuchte ich mein schlechtes Gewissen, weil es eigentlich magische Geschenke waren. Trotzdem hatte ich sie aus Freundschaft gemacht. Nur dass ich meine Freundinnen schützen wollte. Und diesen Teil mussten sie nicht unbedingt wissen.

Als alle ihre Armbänder trugen, fragte Anne: „Alles fertig zum Feiern? Fangen wir mit dem Kuchen an, damit ich bald die anderen Geschenke aufmachen kann."

„Nicht so schnell", bremste Mrs Albright sie. Sie hatte eine riesige selbst gemachte Pizza aus dem Ofen geholt und stellte sie auf dem kleinen Tisch ab, der gerade genug Platz für unsere vier Gedecke bot. „Du kennst doch den Ablauf, Anne. Erst Pizza, dann Kuchen und Geschenke."

Mein Magen verkrampfte sich, und es fühlte sich an, als würde sich meine Speiseröhre komplett zuziehen. Mist. Ich hatte noch nicht überlegt, wie ich mich heute Abend vor dem Essen drücken konnte.

„Das ist ja ein richtiges Kunstwerk, Mrs Albright", hauchte Michelle, als wir uns an den Tisch setzten.

Und das war nicht übertrieben. Jeder einzelne Pilz, jedes Salamischeibchen und jedes Stückchen Peperoniwurst war perfekt kreisförmig angeordnet, als hätte ein Roboter die Pizza belegt.

Aber der Geruch – mein Gott, ich musste mich fast übergeben.

Wir setzten uns an den Tisch, während Annes Eltern hinter ihrer Tochter stehen blieben, weil wir nicht genügend Stühle hatten.

„Kopf runter", befahl Mrs Albright.

Alle neigten die Köpfe zum Gebet, sogar Michelle, obwohl ihre Familie nicht in die Kirche ging. Ich fügte meinem Gebet stumm die Bitte hinzu, dass ich dieses Essen irgendwie hinter mich brachte, ohne den ganzen Tisch vollzuspucken.

Dann fing die Quälerei an. Unter Mrs Albrights Adleraugen knabberte ich an winzigen Stückchen und riss die Pizza mit den Fingern auseinander, damit es aussah, als hätte ich etwas gegessen.

Als ich aufsah, beobachtete sie mich stirnrunzelnd. „Schmeckt es?"

„Oh, ja, klar! Ganz toll!" Ich rang mir ein Lächeln ab und zwang mich, ein kräftiges Stück abzubeißen, zu kauen und herunterzuschlucken.

Mein Gebet wurde erhört ... so halbwegs. Ich spuckte nicht den Tisch voll, aber ich hätte darum bitten sollen, dass mir überhaupt nicht schlecht wurde. Solange ich konnte, behielt ich das Essen bei mir. Dann nuschelte ich, ich müsse etwas aus meinem Auto holen, und rannte fast schon zur Tür. Anne fand mich bei einem herrlichen Sonnenuntergang am Heck meines Autos, wo ich mir mit einer Hand den Pferdeschwanz hochhielt, mit der anderen die Nase zudrückte und dabei versuchte, mich so leise wie möglich zu übergeben.

„Tut mir echt leid", keuchte ich, als ich gerade mal nicht würgen musste. „Sag deiner Mutter bitte, dass mit ihrem Essen alles in Ordnung ist. Es ist nicht …"

„Wow. Du verträgst normales Essen nicht mehr, oder?"

Niedergeschlagen schüttelte ich den Kopf. „Das ist so ätzend. Früher hätte ich mich in Pizza reinsetzen können."

„Warum hältst du dir eigentlich die Nase zu?"

„Damit es mir nicht aus der Nase rauskommt."

„Iiih, eklig." Sie tätschelte mir verlegen den Rücken. „Keine Sorge, ich decke dich. Ich erzähle ihnen, du hättest mir nur mit den Quads geholfen."

„Quads?" Ich nahm die Wasserflasche, die sie mir anbot, und spülte mir den Mund aus. Mein Magen beruhigte sich allmählich wieder.

„Ja. Wirst du gleich sehen. Ich komme sofort mit den Mädels zurück." Anne schlüpfte in die Hütte. Ich schaffte es, ein paar Meter weiterzugehen und ein Lächeln aufzusetzen, bevor sie, mit Carrie und Michelle im Schlepptau, wieder herauskam.

„Wolltest du nicht den Kuchen und deine Geschenke haben?", beschwerte sich ihre Mutter lautstark.

„Später, Mom!", rief Anne zurück und zog die Tür hinter sich zu.

Na toll. Ich versaute ihr den Geburtstag. „Tut mir leid", sagte ich leise zu ihr. Wir folgten Carrie und Michelle zu den vier Quads am anderen Ende der Hütte.

Anne winkte ab. „Ach, mach dir deswegen keine Sorgen. Der Kuchen und die anderen Sachen laufen nicht weg. Erst mal amüsieren wir uns ein bisschen. Das heißt, falls dein Magen das mitmacht."

„Dem geht es gut." Diese blöde Vampirsache würde ihre Party nicht noch mehr verderben.

Michelle trödelte, bis sie neben uns ging, und rempelte mich zum Spaß an. „Neue Diät, oder?"

Bevor ich mir eine Ausrede einfallen lassen konnte, sagte sie: „Weißt du, man sollte nie abnehmen, nur um einen Typen zurückzubekommen. Nicht mal für *ihn*."

„Ich habe nicht ... Ich meine, ich mache keine Diät ..."

Michelle redete weiter, als hätte ich nichts gesagt. „Allerdings hast du ziemlich harte Konkurrenz. Bethany ist total dünn, und die beiden sind im Sommer ständig zusammen gesehen worden. Und alle sagen, dass sie nächstes Jahr wahrscheinlich auch noch Captain der Charmers wird."

Er traf sich immer noch mit Bethany? Ich ließ die Schultern hängen. Vor mir hatte seine längste Beziehung gerade mal zwei Monate gehalten.

„Aber mach dir keine Sorgen deswegen. Sie ist nämlich viel zu klein für ihn." Michelle machte eine wegwerfende Handbewegung und schwang sich wie ein Profi auf ihr Quad. „Wenn er sich ständig zu ihr runterbeugen muss, um sie zu küssen, bekommt er nur Rückenschmerzen. Bestimmt hat er bald genug von ihr und merkt, dass ihr ein perfektes Paar seid."

Wenn ich mir vorstellte, wie Tristan Bethany küsste, drehte sich mir fast wieder der Magen um.

Anne, die Carrie gerade das Quad erklärte, unterbrach sich. „Sei nicht albern, Michelle. Sie macht keine Diät. Schon gar nicht für Tristan Coleman!"

Es war erstaunlich, wie weh es tat, seinen Namen zu hören. Aber daran würde ich mich gewöhnen müssen. Wenn die Schule wieder anfing, würde ich ihn ständig hören.

Anne zeigte mir, wie man das Quad anließ, Gas gab und bremste. Durch das Automatikgetriebe war alles ganz einfach. Ich brauchte keine Kupplung und keine Gangschaltung, sondern musste nur mit dem Daumen eine Art Kippschalter drücken, um zu starten.

„Fahrt nicht direkt hinter jemandem her", warnte Anne uns grinsend, während sie auf ihr Quad stieg. „Auf den Feldern liegen überall Kuhfladen."

Anfangs fuhr ich langsam, um mich an das Gefühl zu gewöhnen, auf einem Fahrzeug ohne schützende Frontscheibe, Gurt oder Türen durch holpriges Gelände zu fahren. Das Grundstück war größer, als ich zuerst gedacht hatte. Wir hatten jede Menge Platz, um uns zu jagen und große Kreise in die Felder zu malen. Irgendwann landeten wir auf einem grasbewachsenen Feld mit weiten

terrassenförmigen Stufen.
Da ging der Spaß erst richtig los.
Anne fing damit an. Sie forderte uns heraus, die Stufen jedes Mal ein bisschen schneller runterzufahren. Bevor ich recht wusste, wie mir geschah, sauste ich mit meinem Quad durch die Luft, der Wind peitschte durch meine Haare, und ich kreischte und lachte laut.
Je schneller ich fuhr, desto mehr Spaß machte es. In der Dämmerung, die langsam hereinbrach, rauschte der Wind. Die kühle reine Luft füllte meine Lungen, Adrenalin strömte durch meinen Körper. Genau das hatte ich gebraucht – mich zu entspannen, mal rauszukommen, irgendwo zu sein, wo mich nicht ständig jemand heimlich beobachtete, um zu sehen, ob es mir gut ging. Dad machte das zu Hause ständig, wenn er dachte, ich würde es nicht bemerken. Mal keine Anrufe oder SMS zu bekommen, nur „um zu sehen, ob alles in Ordnung ist", wie zweimal täglich von Mom. Keine Geheimnisse mehr zu haben, wenigstens nicht vor Anne.
Ich wünschte, dieser Moment hätte ewig gedauert.
Leider hatte Anne ihren Eltern versprechen müssen, dass wir nicht im Dunkeln mit den Quads herumfuhren. Also war der Spaß vorbei, als es richtig dunkel wurde. Ich folgte Anne als Letzte zurück zur Hütte und stellte das Quad ab.
„Sav, kommst du?", rief Anne von der obersten Stufe aus. Carrie und Michelle waren schon in der Hütte verschwunden.
Widerstrebend riss ich mich los und ging zu den anderen.
In der Blockhütte zündete Mrs Albright gerade die letzte Kerze auf dem Kuchen an. Kurz sah sie mich stirnrunzelnd an, dann lächelte sie etwas gezwungen, während wir „Happy Birthday" sangen und Anne die Kerzen auspustete.
Danach gab mir Mrs Albright einen Pappteller voller Kuchen.
„Geht es dir besser?" Es klang so, als sei das eher eine Drohung als eine mitfühlende Frage.
„Ach, Mom, Sav muss sich gezielt ernähren", warf Anne ein. „Tut mir leid, ich habe ganz vergessen, dir das zu sagen. Sie kann keinen Kuchen essen, sonst wird ihr vielleicht schlecht."
Dankbar sah ich sie an.
Mrs Albright schnappte nach Luft und wich zurück, als hätte ich

die Pest. „Bist du krank, Savannah?"

„Nein, Mom", antwortete Anne schnell. „Das ist keine Grippe oder so, nichts Ansteckendes. Ihr wird nur von Kuchen übel. Sie isst nur noch gesunde Sachen."

Langsam beruhigte sich Mrs Albright wieder. „Ach so. Na ja, das ist verständlich. Dazu will ich Tom und Anne auch ständig überreden. Aber Anne will immer nur Junkfood haben." Als Beweis deutete sie auf das leere Pizzablech in der Spüle. Dabei war die Pizza so wenig fettig gewesen, als hätte Mrs Albright sie nach dem Backen abgetupft.

„Soll ich schon mal die Erdbeeren holen?", schlug Mr Albright vor. Er sprach so sanft und freundlich, dass ich gut verstehen konnte, warum Anne sich stolz als Papakind bezeichnete.

Mrs Albright holte eine Schale mit geschnittenen Erdbeeren aus dem Kühlschrank. Weil mich wieder alle ansahen, nahm ich sofort ein Stück und steckte es mir in den Mund. Vielleicht vertrug ich wenigstens rohe Erdbeeren.

Ich erstickte fast. Offenbar waren die Erdbeeren gezuckert. Das Mistding war so süß, dass mein Mund richtig schmerzte.

„Sie sind ... lecker", brachte ich mühsam heraus, während sich mein Kiefer verkrampfte. Ich kaute ein-, zweimal, schluckte und rang mir ein Lächeln ab. „Schmecken toll. Danke."

Mrs Albright lächelte und machte es sich auf dem Stuhl gemütlich, auf dem ich gerade gesessen hatte. „Iss so viel, wie du möchtest."

Carrie schüttelte den Kopf und stürzte sich auf ihren Kuchen. Sie beobachtete mich skeptisch, während ich nach einer Ausrede suchte, um nicht noch mehr von dem übersüßten Obst essen zu müssen.

Nachdem Anne ihre Geschenke geöffnet hatte, gingen ihre Eltern in das einzige Schlafzimmer der Hütte, und wir machten es uns auf Schlafsäcken vor einem kleinen Fernseher gemütlich. Dass wir bei Geburtstagsfeiern die Lieblingsfilme des Geburtstagskindes sahen, hatte bei uns schon Tradition. Im Stapel für heute Abend warteten Filme mit Johnny Depp, neben der kompletten Reihe *Fluch der Karibik* ein alter Film mit dem Titel *Cry-Baby*.

Sie legte den ersten Piratenfilm ein, aber ich sah kaum hin. Die penetranten Gerüche, die mir von der nahen Kochecke quälend in die Nase stiegen, lenkten mich zu sehr ab. Noch schlimmer waren die anderen Gerüche, die ich nicht zuordnen konnte. Nicht, dass es schlecht gerochen hätte. Es roch … verlockend.

Hätte ich heute Abend nicht essen können, wonach es da roch? Hatte Mrs Albright schon vorher etwas gekocht? Vielleicht würde Anne mir die Reste geben, wenn noch etwas übrig war.

Außerdem lenkten mich Geräusche im Hintergrund ab. Von einem Film, den Mr und Mrs Albright nebenan sahen? Es klang nach einem leisen Wummern. Als hätte jemand draußen in seinem Auto die Stereoanlage laut aufgedreht. Allerdings war der Rhythmus nicht gleichmäßig. Es hörte sich an, als würden mehrere Trommeln gleichzeitig versetzt gespielt.

Dann schnappte ich Gesprächsfetzen auf, die durch die Schlafzimmertür drangen.

„Savannah war schon immer komisch", sagte Mrs Albright. „Was will man bei der Familie auch erwarten? Joan war auch schon in der Schule immer ganz seltsam."

Erschrocken sah ich zu meinen Freundinnen rüber. Sie starrten gebannt auf den Fernseher. Offenbar hörte niemand außer mir das Gespräch.

„Ich habe gehört, dass Joan nach dem Tod ihrer Mutter abgehauen ist und Savannah alleingelassen hat", erwiderte Mr Albright. „Savannahs Vater musste herziehen und sich um sie kümmern. Eigentlich müsste sie uns leidtun."

„Das nennst du kümmern?", sagte Mrs Albright bissig. „Welcher Vater kauft denn einen gesundheitsgefährdenden alten Kasten und lässt sein Kind da wohnen? Und anscheinend jagt er lieber die Ratten in seinem neuen Haus, als seiner Tochter mal ein paar neue Socken zu kaufen. Hast du gesehen, wie große Löcher ihre Socken haben? Sie sieht aus wie ein armes Waisenkind."

Bäuchlings auf meinem Schlafsack, wandte ich den Kopf und musterte meine Füße. Tatsache, mein linker großer Zeh lugte aus einem ausgefransten Loch im Baumwollstoff. Das war mir gar nicht aufgefallen, als ich sie angezogen hatte. Ich hatte nur darauf geachtet, dass sie sauber waren.

„Hm, ich weiß, was du meinst", stimmte Mr Albright zu. „Kein Wunder, dass das arme Mädchen eine Essstörung entwickelt hat. Sie muss mit einem Vater, den sie kaum kennt, in einer Bruchbude wohnen. Als Michael wegen einer Versicherung für das Haus angerufen hat, habe ich alles versucht, um ihm den Kauf auszureden. Aber er wollte nichts davon hören. Er hat gesagt, das Haus sei ein ‚unschätzbares Stück Geschichte'." Er schnaubte abfällig. „Wahrscheinlich hat er sein ganzes Geld ausgegeben, um den Kasten einigermaßen bewohnbar zu machen, und hatte nichts mehr für neue Socken übrig."

Auf einen Schlag wurde mir richtig übel, und ich musste mich aufsetzen. Anne sah mich an.

„Ich brauche mal frische Luft", murmelte ich, zog mir Turnschuhe über die löchrigen Socken und ging zur Tür.

„Du kannst doch nicht rausgehen!", rief Michelle. „Da draußen gibt es Kojoten."

Ich lächelte matt. „Keine Sorge, mir passiert schon nichts."

Sobald ich draußen stand und die Tür hinter mir geschlossen hatte, veränderten sich die Gerüche. Am stärksten roch das Traubenkraut, in dem noch die Wärme der Sonne steckte. Plötzlich hörte ich etwas im hohen gelben Gras rascheln, und der Wind trug mir einen neuen Geruch zu. Etwas Warmes und Wildes war hier draußen.

Dann öffnete sich hinter mir die Tür, und Anne kam heraus. Ich rührte mich nicht, als sie zu mir kam und neben mir stehen blieb. Sie hatte diesen köstlichen Duft aus der Blockhütte mit rausgebracht.

Eigentlich hätte der Geruch verfliegen müssen. Das tat er aber nicht. Er war ...

Oh nein. Das durfte nicht passieren. Nicht hier. Nicht jetzt, bei meinen Freundinnen ...

Der Blutdurst ... nach normalem menschlichem Blut ohne Magie. Dad hatte mich davor gewarnt, aber ich hatte ihm nicht geglaubt. Weil ich es nicht gewollt hatte. Ich hatte mich an die Vorstellung geklammert, ich könnte immer noch mit Menschen befreundet sein und alles würde gut werden.

Aber es war nicht gut, überhaupt nicht. Der Drang, meine Zähne irgendwo hineinzuschlagen, war so stark, dass sie schmerzten.

Ich schlug mir eine Hand vor den Mund. Mein Herz raste so schnell wie noch nie. Ich musste hier weg. Sofort. Ich wollte zu meinem Auto laufen.

„Was ist los, Sav?", fragte Anne. Sie hielt mich an der Schulter fest, beugte sich zu mir und musterte mein Gesicht.

Während ich mich wegdrehte, verfluchte ich stumm den hellen Mond. Sie würde meine Zähne sehen können.

Meine Fangzähne.

Oh Gott. Sie wusste, was ich war. Aber es zu sehen war noch mal was ganz anderes. Nicht mal ich selbst wollte wissen, wie ich jetzt aussah.

„Ich muss weg", sagte ich und ging die letzten Schritte zu meinem Auto.

Ich öffnete die Fahrertür, glitt hinter das Lenkrad und blickte auf, um sicherzugehen, dass sie meinem Pick-up nicht zu nah kam.

Anne sog hörbar die Luft ein. „Deine Augen – sie sind silbern …" Sofort wich sie einen Schritt zurück und ließ die Hände sinken.

Ich erstarrte, eine Hand auf dem Lenkrad, die andere noch auf dem Griff der offenen Tür. Ich hörte die Angst in ihrer Stimme und konnte sie in der Luft spüren.

Meine beste Freundin hatte Angst vor mir.

Ich knallte die Tür zu, dass der ganze Pick-up schaukelte.

Wie konnte alles so in die Brüche gehen? Im letzten Monat hatte ich mich zum ersten Mal seit einer Ewigkeit wieder gut gefühlt. Als hätte mir die Magie die Kontrolle über meinen Körper und mein Leben wiedergegeben.

Und jetzt das.

„Tut mir leid", sagte ich durch das offene Fenster. Hoffentlich konnte sie mir ansehen, wie sehr ich mir wünschte, das hier würde gerade nicht passieren.

Ihr schweres Schlucken drang laut durch die dunkle Stille. „Ist schon gut. Es ist ja nur ein Geburtstag. Ich habe doch jedes Jahr einen."

Meine Augen brannten. Ich schloss sie, holte tief Luft, um mich in den Griff zu bekommen, und ... roch wieder diesen köstlichen Duft. Das war ein Fehler gewesen. Ich würde mich nicht in den Griff bekommen. Nicht hier, nicht jetzt.

Als beste Freundin war ich echt mies. „Wir ... wir sehen uns in der Schule, ja?"

Ich fuhr los, die Reifen wirbelten auf der unbefestigten Straße Staub auf. Irgendwie musste ich diesen Kloß im Hals loswerden.

Vielleicht war ich als Freundin ja doch kein totaler Reinfall. Immerhin hatte ich heute Abend alle Schutzzauber verteilen können.

Nur wusste Anne nichts davon. Also konnte ich damit nicht ausbügeln, dass ich mich bei ihrer Geburtstagsfeier vom Acker gemacht hatte.

Andererseits hätte ich ein viel schlechteres Gewissen gehabt, wenn ich geblieben wäre und nachher noch eine meiner Freundinnen angefallen hätte.

Meine Augen brannten jetzt noch stärker. Sie fühlten sich an, als würden sie in Säure schwimmen.

Nein, ich konnte nicht mal mir selbst etwas vorlügen. Ich war wirklich eine miese Freundin.

Vielleicht hätte ich die Armbänder lieber mit einem Schutzzauber vor Vampiren belegen sollen.

14. KAPITEL

ass ich weinte, merkte ich erst, als ich zwanzig Minuten später zur Haustür reinkam, Dad aufsprang und sofort neben mir im Flur stand.
„Was ist passiert?", wollte er wissen.
„Wieso?" Ich sah mich im Spiegel über dem Beistelltisch an. Meine Wangen glitzerten. Ich trocknete sie mit meinen Ärmeln ab. „Von der Pizza musste ich brechen, und danach hat sich der Blutdurst gemeldet. Du hattest recht. Zufrieden?"
„Warum sollte es mich zufrieden machen, wenn du unglücklich bist?" Er runzelte die Stirn. „Komm mit. Du musst jetzt lernen, wie du dich ernähren kannst."
„Nie im Leben. Ich sauge doch nicht irgendwem Blut aus wie ein ..."
Er wandte sich zu mir um, und mir blieb das Wort „Monster" im Halse stecken.
„Willst du lieber zurück zu deiner Party fahren?", fragte er. „Deine Freundinnen würden sich bestimmt sehr freuen."
Als ich mir vorstellte, ich wäre wieder in dieser winzigen Jagdhütte, zusammen mit diesen vielen schlagenden Herzen, lief mir das Wasser im Mund zusammen.
Mir wurde fast übel. Ich schloss die Augen. „Ich will kein ..." Ich suchte nach einer Beschreibung, die ihn nicht verletzen würde. Ich wollte kein Blutsauger sein. Kein Egel. Keine Gefahr für meine Freundinnen und meine Mutter und jeden anderen Menschen in meiner Nähe. „Ich will nicht *das hier* sein!"
„Wir sind, was wir sind, Savannah. Du kannst die Veränderungen nicht aufhalten. Du kannst dich nur entscheiden, ob du über dein neues Leben bestimmst oder ob du dich von ihm bestimmen lässt."
Ich und über etwas bestimmen. Davon war ich im Moment meilenweit entfernt. „Ich will niemanden umbringen. Oder jemandem wehtun."
„Ich würde nie zulassen, dass du jemanden tötest. Und ich habe mir sagen lassen, dass manche Menschen es sogar mögen, wenn man von ihnen trinkt, solange man es richtig macht."

Glaubte er etwa, dadurch wurde es besser? „Es muss doch eine andere Möglichkeit geben."

Schweigen. Schließlich seufzte er. „Ich kann ein bisschen rumtelefonieren. Vielleicht finden wir eine andere Lösung."

„Danke." Mir fiel ein Stein vom Herzen, so erleichtert war ich. Vielleicht würde ich doch nicht losziehen müssen, um jemanden zum Beißen zu suchen. „Kann ich jetzt ins Bett gehen?"

Als er nickte, schlich ich nach oben in mein Zimmer.

Am nächsten Morgen erreichte uns eine Eilzustellung.

Es klingelte um kurz nach acht, also ungefähr um die Zeit, zu der normalerweise unsere Post kam. Wahrscheinlich wurden wieder originalgetreue Türknäufe geliefert oder so was.

„Savannah, kannst du mal an die Tür gehen?", rief Dad aus einem der Gästezimmer, um den ohrenbetäubenden Lärm seiner Schleifmaschine zu übertönen.

Ich ging nach unten, öffnete die Haustür und stockte. Der Bote sah klasse aus. Er war Anfang zwanzig und hatte dunkelblondes Haar, das hinten kurz geschnitten und vorn so lang war, dass er es sich aus den Augen streichen musste. Einfach zum Anbeißen, wie Michelle gesagt hätte.

Dann fiel mir seine Augenfarbe auf – sie war silberweiß, wie bei mir und Dad und jedem anderen Vampir, den ich je getroffen hatte. Er trug auch keine Uniform von der Post oder einem Paketdienst.

Lächelnd hielt er eine kleine Kühlbox hoch. „Hat hier jemand Blut bestellt?"

Wo wir schon von Blut sprachen – meins wurde schlagartig eiskalt.

„Äh, warte mal einen Moment", nuschelte ich. Mein Herz hämmerte so laut, dass er es bestimmt hörte. Ohne ihn aus den Augen zu lassen, brüllte ich: „Dad!"

Eine Sekunde später stand Dad neben mir. Einen Moment lang schwieg er reglos, dann lächelte er strahlend. „Gowin! Du hast gar nicht erwähnt, dass du mich in nächster Zeit besuchen wolltest. Wie schön! Was bringt ein Ratsmitglied zu uns?"

Ach, deswegen war er mir bekannt vorgekommen. Er war bei

meiner „Prüfung" im Frühjahr in Paris dabei gewesen.

„Dem Rat ist das Gerücht zu Ohren gekommen, dass unsere Savannah hier Probleme mit ihrer neuen Lebensweise hat." Gowin lächelte. „Und weil ich meinen eigenen Schützling schon lange nicht mehr gesehen habe und in der Nähe war, wollte ich die Lieferung übernehmen und mal sehen, wie es euch geht."

Ich fühlte mich, als würden wir in der Schule unangekündigt einen Test schreiben. Nur schlimmer. Viel schlimmer.

Moment mal. Schützling? „Sie sind der Macher von meinem Dad?"

„Die richtige Bezeichnung lautet *Schöpfer*", korrigierte Dad. „Und ja, das ist er."

Ich starrte Gowin an. Wie konnte jemand so jung aussehen und älter sein als mein Dad?

Als ich ihn anblickte, wurde sein Grinsen noch breiter. Seufzend deutete er auf Dad. „Kinder. Kaum sind sie ausgezogen, melden sie sich nicht mehr."

Unwillkürlich musste ich lächeln.

Dad zögerte nur den Bruchteil einer Sekunde, bevor er Platz machte und Gowin hereinbat. „Ich freue mich immer, dich zu sehen. Möchtest du reinkommen und dir mein neuestes Projekt ansehen?"

Meinte er damit das Haus oder mich?

Nachdem Dad die Handwerker für heute nach Hause geschickt hatte, setzten wir Vampire uns an den Küchentisch.

Ich konnte den Blick nicht von unserem Gast losreißen. Nicht weil er so umwerfend aussah. Nur Tristan verschlug mir mit seinem Aussehen den Atem. Aber es war komisch, einen Vampir zu sehen, der so jung wirkte, obwohl er mindestens so viele Jahrhunderte gelebt hatte wie mein Dad. Vor Gowin hatte ich noch nie einen Vampir gesehen, der nicht viel älter aussah als ich.

Aber der Schein konnte trügen. Ich versuchte das nicht zu vergessen, während sich Gowin und Dad unterhielten. Gowin war ganz anders als mein Vater. Dad wirkte immer etwas förmlich und altmodisch, Gowin dagegen redete und kleidete sich völlig locker. Heute trug er ein enges T-Shirt, das seine kräftigen Bizepse und die schmale Taille betonte, dazu eine ausgewaschene Jeans und Turnschuhe.

Er hätte auf jeden College-Campus gepasst. Aber als er und Dad von den guten alten Zeiten sprachen, musste ich mich daran erinnern, dass sie wahrscheinlich die Zeiten vor dem amerikanischen Unabhängigkeitskrieg meinten. Gowin war alles andere als der harmlose Student, als der er sich gab.

Doch das konnte man leicht vergessen, vor allem, wenn er Witze erzählte.

„He, wisst ihr, wie schnell die alten Römer laufen konnten?"

Ich schreckte aus meinen Gedanken hoch und schüttelte den Kopf, genau wie Dad.

„Nicht so schnell wie die jungen."

Dad und ich stöhnten.

„Fehlt dir deine Toga, alter Mann?", neckte Dad ihn.

„Ach ja, das waren noch Zeiten." Gowin lehnte sich seufzend zurück. „Und die perfekte Mode, um meine Beine zu zeigen." Er streckte ein Bein in meine Richtung. „Heutzutage muss ich auf die Bademode im Sommer warten. Und jede Menge Selbstbräuner benutzen, damit mich die Damen im Pool nicht auslachen."

Mir fiel die Kinnlade runter. „Du warst ein Römer?" Das hätte bedeutet, dass er ein paar Tausend Jahre alt war.

Er grinste. „Vor dir sitzt einer der jüngsten Senatoren, die Rom je hatte. Ich war gerade mal fünfundzwanzig, als ich in den Senat aufgenommen wurde."

„Gowin ist der drittälteste lebende Vampir", warf Dad ein.

„Und wer sind die beiden ältesten?", fragte ich.

„Caravass ist der zweitälteste", antwortete Dad. „Der älteste ist Lilith."

Gowin erstarrte, seine ganze Haltung änderte sich auf einen Schlag. Plötzlich wirkte er nicht mehr wie ein menschlicher Student, sondern wie ein starres, absolut fremdes Wesen. „Sprich ihren Namen nicht aus, alter Freund. Das könnte für dich unerfreuliche Konsequenzen haben."

Schweigen erfüllte die Küche. Dann sagte Dad: „Entschuldige. Ich habe nicht an deinen Glauben gedacht."

„Es ist mehr als mein Glaube", widersprach Gowin. „Wer sie kennt, weiß, dass man ihre Aufmerksamkeit erregt, wenn man ihren Namen ausspricht. Und glaub mir, das willst du nicht."

„Ich dachte, sie schläft irgendwo unter der Wüste." Hätte ich lieber flüstern sollen? Ich war zwar eine halbe Vampirin, aber langsam wurde mir das unheimlich. Was war mit Lilith los, dass nicht mal die ältesten und mächtigsten Vampire es wagten, ihren Namen auszusprechen?

„Auch wenn ihr Körper schläft, hört sie alles", erklärte Gowin. „Wenn man ihren Namen sagt, sogar hier, ist es das Gleiche, als würde man bei jemandem vor der Tür stehen und ihn laut rufen. Durch das Blut sind wir alle ihre Kinder, deshalb hat sie immer eine Verbindung zu uns. Wenn sie will, kann sie jederzeit aufwachen und in jeder beliebigen Form im nächsten Moment hier sein."

Schweigen machte sich breit.

Gowin räusperte sich, warf einen Blick aus dem Küchenfenster und lächelte. „Aber reden wir nicht mehr über sie. Wann geht hier die Sonne unter?"

„Im Sommer zwischen acht und neun", antwortete Dad.

Gowin sah auf seine schwarze Sportuhr. „Dann haben wir ja jede Menge Zeit für eine kleine Stadtrundfahrt, bevor unsere Kleine zum ersten Mal etwas trinkt. Ich bin direkt hergefahren und habe nicht viel gesehen. Aber dem ersten Eindruck nach hast du dir eine hübsche kleine Stadt ausgesucht." Er lächelte uns an. „Ich nehme nicht an, dass Savannah mir die Stadt zeigen könnte, oder? Und wir uns mal die Läden ansehen, wenn wir schon dabei sind? Ich suche noch ein ganz bestimmtes kleines Queen-Anne-Tischchen."

Als ich verwirrt dreinschaute, erklärte Dad: „Gowin besorgt antike Möbel für einen kleinen erlauchten Kreis."

Gowins Lächeln wurde noch breiter. Plötzlich erinnerte er mich an die Grinsekatze aus Alice im Wunderland. Es lief mir kalt den Rücken hinunter. Als wollte mein Körper mich daran erinnern, dass in Gowin mehr steckte, als man ihm ansah.

Was auch bedeutete, dass es ihm eigentlich nicht um Jacksonville ging, wenn ich mit ihm eine kleine Stadtrundfahrt machen sollte.

Er gehörte dem Rat an. Und er war offensichtlich hier, um mich zu überprüfen, vielleicht sogar, um mich auszufragen, ohne dass mein Dad mich beschützen konnte.

Nach einer unbehaglichen Pause sagte Dad schließlich: „Sicher, warum nicht? Savannah, würdest du ihm die Stadt zeigen?"

„Äh, ja klar." Ich spannte meine Wangenmuskeln an, um meine Mundwinkel zu einer Art Lächeln zu verziehen.

Ich hätte mich sowieso nicht davor drücken können. Wenn ich mich geweigert hätte, hätte Gowin seine Macht als älterer Vampir einfach ausspielen und Dad wegschicken können.

Da konnte ich genauso gut bei dem höflichen Getue mitspielen, solange es dauerte.

Wir standen auf, um zu gehen.

Im Flur ließ ich mein Handy in meine Tasche gleiten und achtete darauf, dass Dad es bemerkte.

„Und fahr besonders vorsichtig. Schließlich sitzt neben dir ein Mitglied des Rates", bat Dad mit einem verkniffenen Lächeln.

Er wusste, dass ich immer vorsichtig fuhr. Also wollte er mich im Grunde warnen, dass ich auf jedes Wort achten und nicht vergessen sollte, wer mein Begleiter war. Als ich ihm mit einem Nicken zeigte, dass ich ihn verstanden hatte, wirkte sein Lächeln um einiges weniger gezwungen.

Gowin lachte und öffnete die Tür. „Ach, Michael, du machst dir zu viele Sorgen. Wir sind unsterblich. Da erholen wir uns auch von einem kleinen Unfall – früher oder später."

Kichernd ging Gowin voraus zu meinem Auto. Nachdem ich eingestiegen war und den Motor angelassen hatte, warf ich einen Blick zurück zum Haus. Dad stand noch auf der Veranda. Er hatte sich gegen einen der geschnitzten Pfeiler gelehnt, aber diese lockere Pose konnte nicht verbergen, wie angespannt er war.

„Wo soll es denn hingehen?", fragte ich.

„Ach, keine Ahnung. Sollen wir mit den Läden in der Innenstadt anfangen?"

„Warum nicht." Wir überquerten die Bahngleise, die zehn Meter neben unserem Haus verliefen, und parkten fünfzehn Sekunden später vor dem Jaycee Community Center gegenüber der Tomato Bowl.

Gowin schnaubte. „Das ist doch ein Witz."

„Nein. Wollen wir aussteigen und laufen?" Ich saß nicht gern so eingepfercht mit ihm in einem Auto, wenn ich mich auch noch aufs Fahren konzentrieren musste. Dabei fiel es mir schwerer, mich auf unser Gespräch zu konzentrieren und meine Antworten sorgfältig zu überlegen.

Er stieg zuerst aus, und ich ging zu ihm auf den Bürgersteig.

Er deutete auf die Tomato Bowl, ein Freilichtstadion aus Sandstein mit hübschen Bögen am Eingang, das auf einem Hügel thronte. „Warum heißt das Stadion Tomato Bowl?"

Seine Frage überraschte mich. Ich hätte gewettet, dass er mich sofort aushorchen würde. Oder zögerte er das hinaus, weil wir noch in Dads Hörweite waren?

„Ähm, Jacksonville hat früher die meisten Tomaten in der ganzen Gegend angebaut." Natürlich hatte ich das meiste vergessen, was wir in der Schule über Stadtgeschichte gelernt hatten, aber ich spielte bei dieser albernen Nummer mit der Stadtführung mit, so gut es ging. Wenn ich konnte, beantwortete ich seine Fragen, wenn nicht, gab ich zu, dass ich keine Ahnung hatte. Ich folgte ihm, vorbei an Banken und Geschäften und unter einer Überführung hindurch, über die Autos donnerten. Danach kamen Boutiquen und Läden für Kunsthandwerk. In einigen von ihnen hatte Nanna ihre gehäkelten Namensdeckchen und Decken verkauft.

Was mich noch mehr überraschte, waren die Gefühle, die Gowin unterwegs ausströmte. Er wirkte tatsächlich interessiert. Außerdem spürte ich eine gewisse Wärme bei ihm. Nicht in romantischer Hinsicht. Eher als würde er mich einfach mögen wollen. Es war … komisch. Bei meiner Prüfung hatte der Rat solche Angst vor mir gehabt, und jetzt spazierte einer von ihnen neben mir her und plauderte mit mir, als wäre er mein Cousin und wir würden uns nach ewigen Zeiten mal wieder sehen.

Wir blieben vor einem Geschäft stehen, und er spähte durch das Schaufenster. „Du fragst dich bestimmt, warum ich dich um diese Stadtführung gebeten habe."

„Ja, schon", gab ich zu. „Ich dachte, du willst mich vielleicht einlullen, bevor du mich ausfragst."

Er lachte und zog eine Augenbraue hoch. „Dich ausfragen? Wohl kaum. Obwohl ich zugeben muss, dass ich dich faszinierend finde, genau wie die anderen Ratsmitglieder. Für unsere Art bist du wirklich etwas Besonderes. Ein echtes Wunder, könnte man sagen. Ich würde dich gern mit tausend Fragen löchern, über dein Leben, deine Fähigkeiten, über deine ersten langsamen Schritte in unsere Welt. Sie waren wohl nicht ganz einfach."

Ich zuckte leicht mit einer Schulter, wagte aber noch nicht, etwas zu sagen. Bis jetzt war es viel zu glatt gelaufen. Das machte mich noch nervöser. „Vielleicht habe ich auch ein paar Fragen."

„Etwas, das du deinen Vater nicht fragen willst?", wollte er wissen. „Schieß los. Das ist einer der Gründe, warum der Rat eingewilligt hat, dass ich herkomme."

„Na gut. Wie ist es, wenn man verwandelt wird? Auf die übliche Art, meine ich."

„Na ja, es ist wohl bei jedem etwas anders. Aber normalerweise trinkt der Vampir dein Blut, gibt dir sein Blut zu trinken, und dann geht es ganz schnell, und es ist erschreckend und aufregend. Gerade bist du noch ein Mensch, und im nächsten Moment wachst du auf und erinnerst dich an nichts. Die Erinnerungen kommen zurück, aber langsam, meist Tage oder sogar Wochen später. Deine Sinne werden schärfer, und du gewinnst so viele neue Eindrücke, dass du sie erst mal verarbeiten musst."

„Also kommt einem plötzlich alles anders vor?"

„Ja. Es ist eine große Umstellung. Wenigstens für uns. Als wäre man halb blind durchs Leben gegangen und würde plötzlich eine perfekte Brille aufsetzen. Die Welt wirkt lebendiger, schöner und klarer und kräftiger. Nach einer Weile gewöhnt man sich daran, sogar die neuen Sinne werden normal. Manche von uns vergessen, wie langweilig die Welt durch die Augen von Menschen aussieht. Und man ist schneller und stärker und hat bessere Reflexe – daran muss man sich wirklich erst mal gewöhnen, weil der Körper sich buchstäblich schneller bewegt, als der Kopf es anfangs verarbeiten kann. Das ist die eigentliche Gefahr für Zöglinge." Den letzten Satz murmelte er so leise, als wollte er mir ein Geheimnis anvertrauen.

„Und der Blutdurst macht es nicht gerade besser", sagte ich.

Gowin nickte. Er schob die Hände in die Gesäßtaschen seiner Jeans und ging weiter. „In den ersten Stunden nach der Verwandlung kann der Drang, jeden Menschen in der Nähe zu jagen, überwältigend sein. Und weil sie plötzlich so schnell sind, können sie nicht einmal nachdenken, bevor ihre Körper auf diesen Drang reagieren."

Wow. Kein Wunder, dass Dad fast zwanghaft darauf bestand, dass ich jeden Morgen Tai-Chi übte. „Deshalb müssen wir wohl auch lernen, langsamer zu werden, oder?"

„Bringt dein Vater dir Tai-Chi bei?"

Ich nickte.

Er grinste. „Das habe ich bei ihm auch gemacht. Und es funktioniert sogar." Er seufzte tief. „Du hast unheimliches Glück, weißt du das? Dein Vater auch. Ihr habt so viel Zeit, dich langsam darauf vorzubereiten und dich zu unterrichten, bevor es sich zu einem echten Problem auswächst."

Ich dachte an den Türknauf, den ich beim Frühlingsball aus der Toilettentür gerissen hatte, und schluckte schwer. „Was passiert, wenn man mit der Ausbildung für einen …"

„Zögling", sprang Gowin ein.

„Genau, für einen Zögling zu lange wartet?"

„Na ja, meistens laufen sie Amok und bringen wahllos Menschen um, bis wir sie schnappen und unschädlich machen."

Sie unschädlich machen?

Als ich ihn verdutzt ansah, erklärte er: „Wir pfählen sie."

Oh.

Wir kehrten um und gingen etwas schneller zurück, jetzt, wo er schon alles gesehen hatte. „Hat der Rat dich geschickt, damit du … tja, was? Damit du siehst, ob Dad mir alles richtig beibringt?"

Er nickte. „Wir wollen sichergehen, dass er sich nicht davon irritieren lässt, dass er dein biologischer Vater ist. Als dein Schöpfer darf er seine Pflichten, was deine Ausbildung angeht, nicht schleifen lassen."

„Hat dich der Rat nur deswegen geschickt?"

Er sah sich um, als wollte er sicher sein, dass uns niemand belauschte. „In einigen Städten, in denen Vampire und der Clann zusammenleben, gab es … leichte Unruhen. Der Rat wollte sich davon überzeugen, dass sich diese Unruhen nicht bis zum Hauptsitz des Clanns ausbreiten."

Ich runzelte die Stirn. „Was meinst du mit Unruhen? Ich dachte, wir hätten einen Friedensvertrag."

„Jeden Tag werden Verträge gebrochen, Savannah." Er klang freundlich, wie ein Geschichtslehrer, der einen Schüler korrigiert. „Der Rat muss wissen, ob das auch hier passiert."

„Und wie willst du das heute herausfinden?"

„Oh, ich bleibe nicht nur heute. Dein Vater sucht eine ganze Reihe zeitgenössischer Gegenstände für sein aktuelles Renovierungsprojekt. Wer sollte ihm besser helfen können als ich? Ich liefere sogar alles bis an die Haustür."

„Und bei den Lieferungen kannst du gleich die Lage sondieren." Na toll. Ratsmitglieder, die regelmäßig in Jacksonville vorbeischneiten, hatten uns gerade noch gefehlt. Der Clann würde begeistert sein. „Dir ist schon klar, dass die Nachfahren einen Anfall kriegen, wenn sie dich sehen und rausfinden, dass du zum Rat gehörst."

Er grinste. „Dann sollten du und dein Dad ihnen lieber nicht erzählen, wer ich bin, was?"

Ich sah ihn finster an. „Das würde mir das Leben hier erst mal richtig vermiesen, das kannst du mir glauben."

„Ach ja? Die Nachfahren sind wohl nicht gerade erfreut darüber, dass du mit Tristan zusammen warst, oder?"

„Ja, das kannst du laut sagen. Allerdings mochten sie mich auch schon vorher nicht besonders."

„Und jetzt, nachdem ihr euch getrennt habt?"

Ich zuckte mit den Schultern. „Wenigstens lassen sie mich in Ruhe."

„Und vorher haben sie dir Probleme gemacht." Das war keine Frage, sondern eine Feststellung.

Oh, oh. Vielleicht hatte ich schon zu viel gesagt. „Nicht alle, und es war auch nichts Ernstes. Größtenteils nur dumme Sprüche."

Gowin brummelte: „Klingt, als sollte man dem Clann hier wirklich mal auf die Finger sehen. Auch wenn ich zugeben muss, dass es mich etwas überrascht. Ich hätte gedacht, dass sie sich mehr anstrengen, um dich auf ihre Seite zu ziehen."

„Sie haben meine Familie aus dem Clann geworfen, bevor ich überhaupt geboren wurde. Ich glaube kaum, dass sie mich jetzt unbedingt in ihre Reihen aufnehmen wollen." Wir hatten mein Auto erreicht, und ich öffnete die Fahrertür.

„Kann sein." Er öffnete die Tür auf der Beifahrerseite und stieg ein. „Trotzdem findet der Rat, dass er sie besser im Auge behalten sollte. Dein Vater liefert uns nicht die Informationen, die wir brauchen."

Gerade wollte ich den Schlüssel ins Zündschloss stecken. Ich stockte. „Soll das heißen, dass wir hier sind, um für euch den Clann auszuspionieren?"

Als Antwort zuckte er mit den Schultern. „Ausspionieren. Sie im Auge behalten. Das kann man so oder so sagen. Aber wie du es auch nennen willst, es ist höchste Zeit, dass der Rat sie genauer beobachtet."

Stirnrunzelnd ließ ich den Motor an. „Na ja, du und Dad müsst wohl tun, was nötig ist, um den Rat bei Laune zu halten. Aber mir wäre es lieber, wenn ihr mich da raushalten könntet, in Ordnung? Ich habe mein Versprechen an den Rat gehalten. Ich habe mit Tristan Schluss gemacht. Von jetzt an habe ich nichts mehr mit dem Clann zu tun. Dieser ganze politische Kram bringt doch nur Ärger."

Gowin streckte sich auf seinem Sitz, so weit es seine langen Beine erlaubten. „Politik gehört für Vampire zum Leben. Wir haben jahrhundertelang mit dem Clann Krieg geführt. Es ist nur eine Frage der Zeit, bis der jetzige Frieden endet. Aber mit einem Supervampir wie dir auf unserer Seite dauert die nächste Runde vielleicht nicht so lange."

„Ich habe nie gesagt, dass ich mich auf irgendeine Seite stelle."

„Heißt das, du würdest neutral bleiben?", fragte er. „Obwohl deine Vampirseite jeden Tag stärker wird?"

„Ich verstehe nicht, warum man überhaupt kämpfen sollte. Vampire müssen sich genauso vor der Welt verstecken wie die Hexen. Das sollte doch ein guter Grund sein, zusammenzuarbeiten statt gegeneinander."

Gowin kicherte. „Was für eine ausgefallene Sichtweise. Nur weiß ich nicht, ob sie jemand teilt, egal, auf welcher Seite. Kennst du das Lied *Everybody wants to rule the world*? Und es stimmt: Jeder will über die Welt herrschen."

Ich presste die Lippen aufeinander. Je weniger ich diesem Ratsmitglied über den Clann erzählte, desto besser.

Eine halbe Minute später hatten wir die Bahngleise überquert und parkten wieder in unserer Auffahrt. Aber Gowin wollte gar nicht aussteigen. Vielleicht genoss er mit seinem kalten Blut, genau wie ich, die Hitze in der Fahrerkabine meines Pick-ups.

„Wie bist du eigentlich in den Rat gekommen?" Zu spät wurde mir klar, wie unhöflich diese Frage war. „Tut mir leid. Ich meine…"

Er winkte ab. „Wenn ein Sitz frei wird, wählen die aktuellen Ratsmitglieder meist jemanden, den sie kennen und dem sie vertrauen. Meist ältere Vampire, die sie selbst geschaffen haben."

„Du hast gesagt, dass Lil… dass du weißt schon wer und Caravass die beiden ältesten sind. Was ist mit den ganzen anderen Vampiren, die sie geschaffen hat?"

Gowins Lächeln war wie weggewischt. „Gott hat sie getötet."

„Nicht dein Ernst, oder?"

„Doch. Dem Glauben nach war sie Adams erste Frau, und als sie genug von seinem Benehmen hatte, hat sie ihn verlassen und sich stattdessen mit Dämonen herumgetrieben. Dadurch soll sie selbst zu einer Art Dämonin geworden sein, und eben zu der ersten Vampirin. Ich schätze, damit wäre Gott noch klargekommen. Bis sie ihrem Mutterinstinkt nachgegeben und noch mehrere von ihrer Art geschaffen hat. Da hat die sprichwörtliche Hand Gottes herabgelangt und jeden Tag einhundert ihrer Kinder, ihrer Zöglinge, getötet. Wahrscheinlich musste er das sogar machen, damit die Vampire nicht alle Menschen ausrotten konnten, die damals lebten. Es heißt, dass sie damals einen ziemlichen Lauf hatte und schneller Vampire geschaffen hat, als sich die Menschen fortpflanzen konnten."

„Das heißt, er hat alle bis auf Caravass getötet?"

„Na ja, nicht ganz. Im Laufe der Jahrhunderte wurden auch viele von Menschen geschnappt. Allein die spanische Inquisition hat Hunderte getötet, und die Hexenverfolgung war auch keine Hilfe."

Ich runzelte die Stirn. „Warum haben sie sich nicht einfach gewehrt und sind geflohen?"

„Unter uns gesagt, glaube ich, dass die Alten vom Leben genug hatten und sich haben fangen lassen. Vielleicht hatten sie Angst um ihre Seelen, falls sie sich selbst umbrachten, und haben sich von den Menschen töten lassen. Wenn man älter wird, können einem Depressionen zusetzen. Wenigstens war es früher so. Seit sich die Technik so schnell entwickelt, ist das Leben wieder interessanter geworden."

Als ich nach einem kurzen Schweigen gerade die Tür öffnen wollte, sagte er: „Weißt du, es tut mir echt leid, dass du dich von dem Coleman-Jungen trennen musstest. Nicht jeder im Rat hat das für nötig gehalten. Aber wir wurden überstimmt."

Ich stutzte. „Überstimmt?"

„Von Caravass. Der Rat war gespalten, und in diesen seltenen Fällen kann der oberste Ratsherr die Stimmengleichheit aufheben, wenn er es möchte."

Also hatte eine Stimme alles gekippt.

Mir schnürte sich die Kehle zu, sodass ich kaum Luft bekam. Ich musste mich räuspern, bevor ich sprechen konnte. „Wahrscheinlich war es sowieso die richtige Entscheidung. Ich bin gefährlich für ihn. Hätte ich mich daran erinnert, dass ich ihm mit einem Kuss Energie entziehen kann, hätte ich mich gar nicht erst mit ihm verabredet. Außerdem musste ich nicht nur euch versprechen, dass ich mit ihm Schluss mache. Wir hätten uns auf jeden Fall getrennt, auch wenn ihr anders abgestimmt hättet."

Gowin stützte einen Ellbogen auf die Türkante und rieb sich das Kinn. „Ja. Dein Dad hat mir erzählt, was der Clann im Wald mit deiner Großmutter gemacht hat. Das ist das Traurige bei jedem Krieg. Dabei sterben immer Unschuldige, egal, wie sehr alle Seiten versuchen, sie zu schützen. Aber das macht es denjenigen, die einen solchen Verlust verkraften müssten, auch nicht leichter." Er legte eine Hand auf meine, mit der ich mich auf dem Sitz zwischen uns abgestützt hatte. Wir hatten die gleiche Hauttemperatur, und das brachte mich wieder aus dem Konzept. „Das mit deiner Großmutter tut mir sehr leid. Nach allem, was ich höre, war sie eine wunderbare Frau."

Ich starrte auf die Windschutzscheibe, die mit Kiefernharz und toten Käfern überzogen war. „Danke." Meine Stimme klang rau. Ich räusperte mich und musste ein paarmal blinzeln, weil meine Augen plötzlich brannten.

„Dein Dad war beeindruckt von ihren magischen Fähigkeiten. Sie war wohl die einzige Hexe, die je einen Dämmzauber gegen unseren Blutdurst hinbekommen hat, ohne uns zu verletzen oder zu schwächen, und das sogar in der Nähe des Clanns."

„Dadurch konnten meine Mom und mein Dad überhaupt so lange zusammenbleiben."

Ich warf ihm einen Blick zu. Er starrte mich an, vollkommen reglos, so wie Dad manchmal.

In meinem Hinterkopf schrillten leise die Alarmglocken. „Schade nur, dass sie den Zauber nie aufgeschrieben oder ihn mir oder meiner Mom beigebracht hat."

„Deiner Mutter hat sie ihn auch nicht beigebracht?"

„Nein. Nanna hat gesagt, dass sie alte Zauber benutzen musste, die zu große Opfer fordern und für alle anderen zu gefährlich wären. Außerdem wollte Mom eh nie zum Clann gehören und hat ihre magischen Fähigkeiten nie trainiert. Wenn sie wütend war, hat sie Teller geschmissen, ohne sie zu berühren, aber mehr auch nicht. Und ich glaube, sie kann nicht mal mehr das."

Er grinste. „Sie hat deinem Vater nur mit der Kraft von Gedanken Teller an den Kopf geworfen?"

„Das haben sie wenigstens erzählt."

„Ach. Deshalb ist sie nicht mehr hier."

Ein Lächeln zupfte an meinen Mundwinkeln. „Nein, nicht deshalb. Wir wollten nur nicht riskieren, dass wir in ihrer Nähe Blutdurst entwickeln, nachdem Nannas Schutzzauber mit ihr gestorben sind. Es ist für Mom sicherer, wenn sie nicht hier ist."

Endlich öffnete Gowin seine Tür. Wir stiegen aus und gingen langsam auf das Haus zu.

„Es muss dich doch schrecklich belasten, dass du deine Großmutter, deine Mutter und deine große Liebe gleichzeitig verloren hast."

Ich blickte starr geradeaus. „Oder das Karma hat zugeschlagen, weil ich die Regeln gebrochen habe."

„Ich glaube nicht an Karma", sagte er, als er die Veranda betrat. „Nur an das Schicksal, das wir selbst für uns schaffen. Und ich glaube auf keinen Fall, dass du es in deinem Alter verdient hast, solches Leid zu ertragen."

Falls er Mitgefühl zeigen wollte, sollte er lieber damit aufhören. Denn jedes Wort glich einer Ohrfeige, jeder Satz hinterließ ein Mal auf meinem Körper.

„Karma, Zufall, was auch immer – du kannst dem Rat sagen, dass ich meine Lektion gründlich gelernt habe."

Bevor wir das Haus betraten, warf er mir einen letzten Blick zu, den ich nicht deuten konnte.

Am Ende war es gar nicht so schlimm, meine neue Nahrung zu trinken. Dad mischte das gespendete Blut, das Gowin mitgebracht hatte, mit einer Flasche Multivitaminsaft. Ich stürzte das Gemisch schnell runter, damit ich den Blutgeschmack nicht wahrnahm.

Plötzlich blitzte etwas vor meinen Augen auf, und ich stolperte. Was war das denn?

„Dad, ich ... ich sehe etwas", murmelte ich.

„Michael, hast du sie nicht vor den Bluterinnerungen gewarnt?" Gowin schnalzte mit der Zunge.

„Ich hätte nicht gedacht, dass sie es so schnell in sich hineinschüttet. Ich wollte es ihr erklären, während sie anständig langsam trinkt."

„Vergiss die Benimmstunde. Erklärt mir endlich, was hier los ist!" Es fühlte sich an, als hätte mir jemand eine Art Videobrille mit Panoramabildschirm aufgesetzt. Wohin ich auch den Kopf drehte, überall sah ich Menschen, die mich mit einem fremden Namen ansprachen, und Orte, an denen ich nie gewesen war. Trotzdem konnte ich im Hintergrund noch Dad und Gowin reden hören.

„Das Blut enthält Erinnerungsfetzen des Spenders", sagte Dad, während mich jemand beim Ellbogen nahm und führte. „Ich bringe dich in dein Zimmer. Geh vorwärts. Noch einen Schritt. Noch einen."

Wir schafften es die Treppe hinauf und in mein Zimmer. Ich fiel auf mein Bett, und Dad deckte mich zu.

„Wie lange dauert das?", fragte ich. Gerade wechselte die Szene vor meinen Augen zu einer Geburtstagsfeier, und die Geräusche wurden lauter.

„Ein paar Stunden. Es tut mir leid, dass ich es dir vorher nicht besser erklären konnte. Ruh dich aus und versuch, nicht gegen die Erinnerungen anzukämpfen. Mit der Zeit vergehen sie."

„Morgen früh muss ich zum Charmers-Training", murmelte ich. „Um sieben."

Links von mir piepste etwas. „Dein Wecker ist gestellt. Bis dahin sollten die Bluterinnerungen vergangen sein. Aber ich werde auch nachsehen, ob du wach wirst, nur für den Fall."

Für welchen Fall? Für den Fall, dass ich nie wieder Herrin meiner Sinne wurde?

Das war mein letzter eigener Gedanke. Danach entglitt ich der Realität und versank im Leben eines anderen.

15. KAPITEL

Als ich am nächsten Morgen aufwachte, sagte Dad, Gowin sei über Nacht geblieben. Er habe aufpassen wollen, ob ich das gespendete Blut gut vertrug. Heute Morgen sei er früh gegangen, er würde aber zurückkommen. Gowin hatte eine Wohnung in Tyler gemietet, damit er jederzeit vorbeischauen konnte, wenn der Rat es für angebracht hielt.

Ein Mitglied des Rates wollte nach Osttexas ziehen. Die Nachfahren würden vollkommen aus dem Häuschen sein.

Und ich hatte auch schon eine Ahnung, wem sie die Schuld daran geben würden, wenn sie es mitbekamen.

Die Bemerkung, dass die Bluterinnerungen so gar keine Freude waren, sparte ich mir. Mein Gesichtsausdruck dürfte alles gesagt haben. Dad versprach, ich müsse nur einmal in der Woche trinken, und das könne ich auf die Wochenenden legen, damit ich mich bis zum Montag von den Bluterinnerungen erholen konnte.

Es war schrecklich, wirre Erinnerungsfetzen von jemand anderem durchleben zu müssen. Solange dieser Zustand anhielt, hatte ich null Kontrolle über meinen Verstand. Wenigstens musste ich durch die Blutspende nicht durch die Gegend laufen und Leute beißen. Oder mich mit dem Blutdurst herumschlagen, als ich in der letzten Ferienwoche jeden Tag von sieben bis elf beim Intensivtraining der Charmers war. Diese Woche wurde genutzt, um die Indies, die Schülerinnen aus dem zweiten Highschooljahr, in die Gruppe einzubinden. Die Braves, die Mädchen aus dem dritten Jahr, genossen es immer sichtlich, nicht mehr die Neulinge im Team zu sein. Aber den meisten Spaß hatten eindeutig die Chiefs, die Mädels aus dem vierten und letzten Jahr, und der neue Captain und ihre Officers. Sie trieben die Neulinge die ganze Woche über an, ließen sie Runden um den Sportplatz drehen und Liegestütz und Sit-ups machen. Dazwischen wurden die ersten neuen Tänze einstudiert, die bei den Footballspielen im Herbst und zum Einheizen der Spieler aufgeführt werden sollten.

Wenn ich nicht auf dem Sportplatz die Musikanlage für das Team bediente, räumte ich mit den neuen Betreuerinnen aus dem zweiten

Jahr Mrs Daniels Büro auf. Dabei lernten wir uns auch gut kennen. Wenn sie über die Hitze im Büro jammerten, musste ich mir ein Lächeln verkneifen. Der Raum lag im dritten Stock, und die Klimaanlage würde erst nächste Woche, zu Beginn des neuen Schuljahres, eingeschaltet werden. Für mich war die Hitze eine Wohltat. Sie taute mich regelrecht auf, sodass sich meine ständig verspannte Muskulatur endlich lockern konnte.

Mittwoch wurden ein paar Kisten mit neuen Pompons geliefert, und wir brauchten den ganzen Vormittag, um jeden einzelnen Metallicstreifen von Hand zu zerknittern, damit sie beim Tanzen noch mehr Licht reflektierten. Ich versuchte mir nicht vorzustellen, wie es wäre, mit einem Paar Pompons bei einem Footballspiel zu tanzen. Diesen Traum sollte ich lieber vergessen.

Andere Träume hielten sich hartnäckiger, während ich ein Inventar von allen Requisiten und Kulissenteilen anfertigte. Ich ertappte mich mehr als einmal dabei, wie ich mir gedankenverloren die Fingerspitzen auf die Lippen presste. In ihrem Kribbeln konnte ich fast noch spüren, wie er mich immer wieder geküsst hatte. Bis Dylan uns erwischt und damit den Anfang vom Ende gebracht hatte.

Dass die Auswahlmannschaft der Indians zur gleichen Zeit wie die Charmers trainierte, um die heiße Nachmittagssonne zu vermeiden, machte es auch nicht gerade besser. Das bedeutete nämlich, dass Tristan mit dem restlichen Team jeden Morgen auf dem Schulgelände war, wahrscheinlich ganz heiß und verschwitzt in seinem durchsichtigen Trainingsshirt.

Nach dem Training der Charmers am Morgen und meinen Zauberübungen am Nachmittag musste ich immer noch die Abende rumkriegen. Deshalb gewöhnte ich mir an, abends in meinem Zimmer Tai-Chi zu machen. Ich musste etwas gegen die steigende Anspannung tun, die meine Muskeln verkrampfte.

Aber es wurde immer schwieriger, meinen Gefühlen zu entkommen. Vielleicht strengte ich mich nicht genug an oder konzentrierte mich nicht richtig. Oder es lag daran, dass in ein paar Tagen das neue Schuljahr anfangen würde und ich das Gefühl hatte, ich wäre noch nicht so weit.

Am Freitagabend vor dem letzten Ferienwochenende besuchte

mich Dad in meinem Zimmer, als ich gerade versuchte, nur noch an die nächste Tai-Chi-Bewegung zu denken.

Er klopfte, und ich rief: „Komm rein."

Er setzte an, etwas zu sagen, stockte aber und beobachtete mich nur stirnrunzelnd.

„Was ist? Mache ich was falsch?" Ich wedelte mit den Händen, als wären sie Wolken am Himmel, wie er es mir beigebracht hatte.

„Nein. Aber ..." Er musterte mich noch mal. „Du siehst dabei unglücklich aus."

„Nett, danke", grummelte ich.

„Es sollte dir Ruhe und inneren Frieden bringen."

„Ich weiß."

„Und, tut es das?"

Seufzend ging ich zum nächsten Bild über. „Bestimmt konzentriere ich mich nicht genug."

„Vielleicht solltest du lieber tanzen."

Ich erstarrte. Heiße Wut brodelte in mir hoch. „Wie bitte? Ich dachte, tanzen wäre verboten."

„In der Öffentlichkeit. Der Rat hat nichts davon gesagt, dass du nicht in den eigenen vier Wänden tanzen darfst."

Ich atmete tief durch, um nicht die Geduld zu verlieren. „Er hat aber auch nicht gesagt, dass ich es darf. Also halte ich mich vielleicht lieber an Tai-Chi." Wenigstens, bis sie mir auch das verboten.

Ich begann die Form noch einmal von vorn.

„Aber das Tanzen hat dir doch Freude gemacht, oder?"

Ich zuckte mit einer Schulter. „Es macht Probleme. Warum sollte ich es mir unnötig schwer machen?"

Außerdem war mir nicht nach Tanzen zumute. Nicht, seit Nanna gestorben war. Jedes Mal, wenn ich es versuchte, musste ich daran denken, wie stolz Nanna bei meinem ersten und letzten Auftritt in der College-Aula neben Mom und Dad gesessen hatte. Und wie sie mich in den zu kurzen und zu wenigen Wochen danach von ihrem Gartenstuhl aus angefeuert hatte, wenn ich für das Vortanzen bei den Charmers übte.

Auf jeden Fall würde ich mich beim Tai-Chi nicht entspannen, solange Dad danebenstand und mich kritisierte. Ich blieb stehen und stemmte die Hände in die Hüften. „Brauchst du irgendwas?"

Mit kritischem Blick ging er zu meinem Kleiderschrank und öffnete ihn. „Am Montag fängt die Schule an."

„Ich weiß." *Glaub mir, das weiß ich.*

Er hob den Ärmel einer Bluse an, die ich schon seit Jahren hatte. In mir blitzte die Erinnerung auf, wie Tristans Hände über meine nackten Arme geglitten waren ... „Ich dachte, dass du für das neue Schuljahr noch einkaufen willst oder musst."

„Das mache ich noch. Morgen Abend, wenn der Laden leerer ist, will ich zu Walmart fahren und die Schreibsachen kaufen."

„Was ist mit deinen Kleidern?"

„Was soll damit sein? Ich bin nicht gewachsen, also passt alles noch."

„In den Zeitschriften tragen die Mädchen aber andere Sachen."

„Niemand interessiert sich dafür, was ich anhabe, Dad."

Er wandte sich zu mir um und verschränkte die Arme. „Das ist keine gute Strategie, um nicht aufzufallen."

„Doch, sogar eine hervorragende. Auf das Mauerblümchen mit den drei Jahre alten Klamotten achtet kein Mensch. Glaub mir, ich werde so gut wie unsichtbar sein."

„Nein, das wirst du nicht. Du wirst ... wie würde deine Mutter sagen? Auffallen wie ..."

„... ein bunter Hund?", beendete ich den Satz für ihn.

„Genau."

Ich starrte ihn an, um ihm zu zeigen, wie sehr ich seine Meinung teilte.

„Möchtest du mit deiner Mutter darüber reden? Sie ist bei Skype online; wenn du willst, kannst du mit ihr per Video chatten."

Ha! Mom würde garantiert auf meiner Seite stehen. Sie konnte es nicht leiden, wenn Geld zum Fenster rausgeworfen wurde. „Na gut." Ich setzte mich an meinen Schreibtisch, fuhr mein Laptop hoch und loggte mich ein. Und tatsächlich rief Mom an, sobald ich online zu sehen war. Nur Sekunden später sahen wir uns auf dem Monitor.

Erschrocken holte sie Luft.

„Was ist los?", fragte ich. Automatisch sprang ich halb auf, als hätte ich ihr von hier aus helfen können.

Sie starrte mich an, beugte sich näher an ihr Laptop und verstellte offenbar den Bildschirm, weil sich ihr Kamerawinkel änderte.

„Habt ihr eine seltsame Beleuchtung im Zimmer oder …"

„Nein, haben wir nicht", antwortete Dad hinter mir. „Deshalb habe ich auch vorgeschlagen, dass ihr euch heute über die Webcam seht."

„Ich weiß, was du meinst", sagte Mom.

„Was denn?" Ich klammerte mich an der Schreibtischkante fest. „Was ist los?"

Mom verzog das Gesicht, wie immer, wenn sie nach den richtigen Worten suchte. „Na ja, Schatz, ich habe dich schon lange nicht mehr gesehen, und du siehst so … anders aus."

„Wie eine Vampirin", sagte Dad tonlos.

„Echt?" Ich legte beide Hände an die Wangen. Mein Gesicht fühlte sich an wie immer. Allerdings hatte ich mich auch wochenlang nicht mehr richtig im Spiegel angesehen. Genau genommen seit Annes Geburtstag. Ich hatte keinen Grund dazu gehabt, weil ich nur zu Hause geblieben war und niemanden außer Dad und Gowin gesehen hatte.

„Vielleicht liegt es an ihrer Ernährung", überlegt Dad leise.

Ich warf ihm einen verärgerten Blick zu. „Ich habe dir doch gesagt, dass das keine gute Idee war."

„Kleines, das musste sein", widersprach Mom. „Keiner von uns konnte die Veränderung aufhalten. Und du bist ja nicht hässlich geworden. Du bist jetzt richtig … schön."

Warum klang sie dann so entgeistert?

„Ich wollte deine Tochter davon überzeugen, dass sie sich für dieses Jahr neu einkleiden muss", sagte Dad. „Sie braucht modische Sachen, die etwas ablenken können."

„Das heißt, er will Geld für lächerlich teure Klamotten ausgeben", berichtigte ich. „Meine alten Sachen passen noch wunderbar. Ich muss nicht einen Haufen Geld für komplett neue Sachen ausgeben. Stimmt's, Mom?"

Sie wand sich ein bisschen. „Na ja, Schätzchen, dieses Mal könnte dein Vater glatt recht haben."

Was? Wurde ich etwa taub, statt immer besser zu hören? Meine sparsame, unglaublich genügsame Mutter hatte doch nicht gerade ihrem Exmann zugestimmt, dass man Geld für unnötige Klamotten verschwenden sollte.

„Sieh es als eine Art Tarnung", meinte Dad. „Wie bei Vögeln. Wenn du mit der gleichen Kleidung in die Schule gehst, die du immer getragen hast, fällt den Leuten unweigerlich jede Veränderung in deinem Aussehen auf. Aber wenn du nicht nur neue Sachen trägst, sondern die neueste Mode, die kaum ein anderes Mädchen tragen wird, achten sie eher darauf. Dann schieben sie deine äußerlichen Veränderungen einfach auf deinen neuen Stil."

„Das ist doch blöd." Grummelnd ließ ich mich zurückfallen und verschränkte die Arme. Ich fasste es nicht, dass Mom sich dieses Mal auf Dads Seite schlug. Sonst waren sie sich nie einig!

„Ach komm schon, Sav", neckte mich Mom. „Shoppen ist doch keine Qual. Das macht Spaß."

Ich wandte den Blick ab und beichtete die Wahrheit. „Aber ... ich lese keine Zeitschriften. Ich habe keine Ahnung, was jetzt angesagt ist." Ich wusste ja nicht mal, welche Modezeitschriften gerade in waren.

„Ah, aber ich", sagte Dad lächelnd.

Ich starrte ihn an und zog eine Augenbraue hoch. Das war doch bestimmt ein Scherz.

„Was denn?", fragte er. „Für Vampire ist es wichtig, nicht so altmodisch zu sein, dass sie auffallen."

Und das von einem Mann, der keine Ahnung von aktueller Umgangssprache hatte.

Ich musterte ihn mit zusammengekniffenen Augen und überlegte, ob ich ihn wohl mit einem Zauber umstimmen konnte. Aber bei meinem Glück würde nicht nur Dad merken, dass ich ihn verhext hatte, sondern auch Gowin, und dann würde der ganze Vampirrat deswegen ausflippen.

„Schätzchen, vertrau deinem Vater", riet Mom. „Wenn wir früher zusammen ausgegangen sind, ist den Kellnerinnen nie aufgefallen, wie blass er war oder wie wenig er gegessen hat. Sie haben nur seine schicken Anzüge und Schuhe gesehen."

„Danke", meinte Dad trocken.

„Er hat ein richtiges Händchen für Mode", fuhr Mom zögerlich fort. „Manchmal durfte er sogar Sachen für mich aussuchen."

„Nur wenn mir dein alternativer Secondhand-Flohmarkt-Look zu viel wurde", sagte Dad.

Bevor eine ihrer berüchtigten Diskussionen hochkochen konnte, setzte ich mich auf. „Na gut. Kauf von mir aus, was du meinst, Dad. Zufrieden?"

„Oh, und dann machen wir Sonntagabend eine Modenschau, damit ich mir die neue Savannah ansehen kann." Vor Aufregung klatschte Mom fast in die Hände.

„Klar, Mom. Bis später." *Und danke für die tolle Hilfe mit Dad.*

Sie warf mir eine Kusshand zu, und wir beendeten den Videochat.

Als ich mich auf meinem Stuhl umdrehte, dachte ich, Dad würde noch mit Siegergrinsen hinter mir stehen. Aber er war schon dabei, die Sachen in meinem Kleiderschrank zu durchwühlen.

„Entschuldige mal, was machst du denn da?" Vielleicht sollte ich hier mal Grenzen ziehen.

„Ich sehe nach, was sich hiervon noch retten lässt."

„Ich habe mich zwar zu neuen Sachen für die Schule breitschlagen lassen, aber deswegen werfen wir meine alten doch nicht weg. Zu Hause kann ich doch immer noch tragen, was ich will, oder?"

Er seufzte tief. „Meinetwegen. Morgen fahren wir früh los. Ich habe mich über die Geschäfte in der Nähe erkundigt, und in der Galleria in Houston müsste es die Marken geben, die du brauchst."

Ich mit meinem Dad in einem Einkaufszentrum? „Nein, danke."

Stirnrunzelnd sah er mich an. „Du hast doch gerade eingewilligt..."

„Zu tragen, was du aussuchst. Aber dafür muss ich nicht mitkommen und meinen Senf dazugeben. Nimm einfach die Größe von den Sachen, die ich schon habe und die mir noch perfekt passen." Egal, was er aussuchte, ich würde lächerlich aussehen. Alle wussten, dass ich keine Ahnung von Mode hatte. Null Stil *war* mein Stil. Er wollte mich zu einer Möchtegern-Fashionista umstylen, obwohl mich jeder sofort durchschauen und auslachen würde. Zu glauben, dass ich ihm dabei auch noch helfen würde, war vollkommen verrückt.

Wahrscheinlich würden sie auch noch glauben, meine neuen Klamotten seien ein armseliger Versuch, Tristan zurückzugewinnen. Ich konnte schon hören, wie mich die Zickenzwillinge deswegen aufzogen.

„Na gut", sagte er eingeschnappt. „Entschuldige, dass ich dachte, du würdest auch ein Wort dazu sagen wollen."

„Will ich aber nicht." Ich drehte mich mit dem Stuhl wieder zum Schreibtisch um.

„Schön!"

„Toll!", zickte ich zurück. „Und denk dran, dass ich morgen Nacht bei der Pyjamaparty von den Charmers bin." Den letzten Satz schickte ich ihm hinterher, als er schon durch die Tür ging.

Er wandte sich um. „Ich finde, du solltest lieber nicht daran teilnehmen."

„Das machen sie jedes Jahr. Ich muss dabei sein. Diese Partys sind mit das Schönste bei den Charmers!"

Mit strengem Blick warnte er: „Du bist dabei mit mehr als vierzig Menschen in einem Raum eingeschlossen. Was geschieht, wenn dazu der Blutdurst vorbeischneit, wie deine Mutter sagen würde?"

Ich verzog das Gesicht. „Es passiert schon nichts. Wir machen nur ein paar alberne Spiele und hören uns Musik an." Und wir würden unsere alten Teamarmbänder gegen neue tauschen, unser neues Motto erfahren und unser Lied für das kommende Jahr lernen. Und dieses Mal würde ich offiziell die Chefbetreuerin sein.

„Ich habe auch immer das Handy griffbereit", versprach ich. Ich versuchte, nicht weinerlich zu klingen.

Er starrte mich nur an.

„Bitte, Dad." Dieses Mal ließ ich den weinerlichen Unterton raus.

Vielleicht sollte ich doch versuchen, ihn mit einem Zauber umzustimmen.

„Versprichst du im Gegenzug, dieses Jahr in der Schule zu tragen, was ich aussuche? Inklusive Accessoires und Schuhe?"

So langsam witterte ich eine Falle. „Na ja, wenn es im Rahmen bleibt. Ich muss mich an die Kleiderordnung der Schule halten, sonst schicken sie mich nach Hause, um mich umzuziehen."

Er rümpfte die Nase. „Ich habe mich schon auf der Website der Schule über die Kleiderordnung informiert und werde daran denken, wenn ich deine neue Garderobe zusammenstelle."

„Na gut. Ich ziehe alles an, was du aussuchst." Hoffentlich ist es nicht zu scheußlich oder so albern, dass die Leute mich auslachen, betete ich stumm.

„Na gut. Du darfst morgen Abend die Pyjamaparty der Charmers besuchen. Wenn du heute Abend etwas trinkst."

Am liebsten hätte ich protestiert, aber ein Blick in seine Augen sagte mir, dass ich mir das sparen konnte. Außerdem war es vielleicht keine schlechte Idee. Vorsicht war besser als Nachsicht, und wenn ich jetzt etwas trank, hatten sich die Bluterinnerungen hoffentlich gelegt, bis morgen um sechs die Party stieg.

„Okay", grummelte ich.

Als er zufrieden abzog, hatte ich den leisen Verdacht, dass er mich irgendwie reingelegt hatte.

Aber egal. Wenigstens durfte ich die Party besuchen.

16. KAPITEL

Auf der Party wurde es viel schwieriger, als ich gedacht hätte. Dabei waren die Bluterinnerungen schon verblasst, als ich die Sporthalle erreichte.

Letztes Jahr war die Pyjamaparty der Hammer gewesen. Allerdings hatte ich da auch noch nicht wie eine Mischung aus Mensch und Schaufensterpuppe ausgesehen. Ich wusste gar nicht mehr, wie oft ich an diesem Abend erklären musste, warum ich so blass war und meine ganzen Sommersprossen verschwunden waren („Komisches Licht hier in der Halle") oder warum ich nichts aß („Habe vorher schon gegessen").

Dazu kam noch die Kleinigkeit, dass ich die Gedanken von jedem im Raum hören konnte.

Als ich die Sporthalle betrat, kam es mir so laut vor, als wären irgendwo mehrere Stereoanlagen aufgedreht und jede würde einen anderen Radiosender spielen. Es dauerte einen Moment, bis mir klar wurde, was ich wirklich hörte. Als ich es begriffen hatte, flüchtete ich auf die Mädchentoilette, um mich zu beruhigen. Das kam bestimmt davon, dass ich gestern trinken musste.

Wenigstens meldete sich nicht auch noch der Blutdurst.

„Wie ist es gelaufen?", rief Dad aus der Küche, als ich am nächsten Morgen nach Hause kam.

„Gut", seufzte ich. Ich wusste, dass er mich sogar hören würde, wenn ich flüsterte, egal, in welchem Zimmer er an diesem Tag arbeitete.

Mehr sagte ich nicht. Auf keinen Fall würde ich ihm von meinen übersinnlichen Wahrnehmungen erzählen. Sonst würde der Rat davon erfahren und versuchen, mich als jüngsten Spion anzuheuern.

Ich stapfte die Treppe zu meinem Zimmer hinauf, zog die Turnschuhe aus und wollte sie in meinen Kleiderschrank stellen. Und erstarrte.

Als ich Dad erlaubt hatte, mir neue Kleider zu kaufen, dachte ich, er würde ein paar Teile als Ergänzung für den Rest holen.

Wir mussten wirklich an unserer Kommunikation arbeiten.

„Ein Rock?" Ich hielt einen Bügel mit einem schwarzen Etwas aus Spitze in einer durchsichtigen Plastikhülle hoch. Daneben hing ein schwarz-weißes Kleid. Hatte er nicht gesehen, dass ich nur Jeans im Schrank hatte? Nicht umsonst besaß ich weder Kleider noch Röcke. Er konnte doch nicht ernsthaft erwarten, dass ich mit diesen Klamotten in die Schule ging. Vielleicht waren der Rock und das Kleid für besondere Gelegenheiten gedacht, auch wenn ich mir nicht vorstellen konnte, welche das sein sollten. Zu Weihnachten und beim Festessen der Charmers zum Jahresende konnte ich sie vielleicht anziehen.

Dann entdeckte ich die Schuhkartons. Mit angehaltenem Atem öffnete ich den ersten. Ich keuchte entsetzt.

Das Handy in meiner Tasche klingelte. Während ich immer noch die Schuhe anstarrte, zog ich es raus und meldete mich.

„Und, alles bereit für die Schule am Montag?", sagte Anne zur Begrüßung. Wenigstens konnte ich über das Handy nicht ihre Gedanken hören.

Dann begriff ich, was sie gesagt hatte. Ganz toll. Morgen musste ich mich mit der Schule herumschlagen, mit den Gerüchten über Tristan und mich, dem Klatsch über Tristan und Bethany, die immer noch zusammen waren, und auch noch den ganzen Tag fremde Gedanken hören.

„Ja, klar. Ich kann es kaum erwarten", grummelte ich. „Wie war's beim Shoppen?"

Die Mädels hatten sich gestern Abend getroffen und die Sonderangebote zum neuen Schuljahr in Tyler genutzt.

Anne legte richtig los. Sie erzählte haarklein, wo sie eingekauft hatten und zu welchem „Mist", wie sie es nannte, Michelle und Carrie sie überredet hatten.

„Du hättest mitkommen müssen, damit die beiden sich nicht gegen mich verbünden können!", beschwerte sie sich.

Als ich merkte, wie sehr mir meine Freundinnen fehlten, lächelte ich. Ein Gutes hatte es immerhin, dass ich morgen wieder zur Schule gehen musste – ich würde sie alle an einem netten, sicheren öffentlichen Ort wiedersehen.

„Klingt doch lustig." Ich ließ mich auf den Drehstuhl vor meinem

Schreibtisch fallen. „Mein Dad wollte mir für dieses Jahr unbedingt neue Klamotten kaufen. Warte ab, bis du siehst, was er ausgesucht hat. Du fällst vor Lachen glatt um."

„Hat er dich komplett umgestylt?"

„Aber so richtig. Er ist in die Galleria gefahren. Und was er da ausgesucht hat – Kleider. Und Röcke. Und Pumps!"

Anne prustete vor Lachen.

„Wie soll ich bitte schön beim Charmers-Training mit hohen Absätzen über den Sportplatz laufen oder die Metalltribünen hochgehen?"

Nachdem Anne sich beruhigt hatte, schlug sie vor: „Na ja, du könntest einfach jeden Tag normale Klamotten mitnehmen und dich in der Schule umziehen."

„Verlockende Idee. Nur habe ich versprochen, dass ich anziehe, was er aussucht."

„Warum das denn?"

„Weil er mir sonst nicht erlaubt hätte, gestern Abend zu der Pyjamaparty der Charmers zu gehen."

„Ach ja? Und, hat es sich gelohnt?"

„Schön wär's. Am Ende habe ich den ganzen Abend Lügen erzählt, warum ich nichts esse und so blass geworden bin."

„Du warst doch immer blass."

„Ja, aber Mom meint, ich hätte in letzter Zeit neue Rekorde aufgestellt." Seit ich dieses blöde Blut trank. Aber darüber würde ich auf keinen Fall mit Anne reden.

Ich seufzte. „He, halt mir einen Platz an unserem üblichen Tisch frei, wenn wir morgen vor dem Mittagessen keinen Unterricht zusammen haben, ja? Ich kann zwar nichts essen, aber wir können zusammen unsere Stundenpläne durchgehen. Und bevor du fragst: Ja, du darfst über die Schuhe so laut lachen, wie du willst."

Sie schnaubte. „Meine Großmutter will, dass ich zur Kirche hohe Schuhe anziehe. Ich kenne das zu gut, um zu lachen."

„Danke." Ich lächelte.

„Komm erst mal zur Schule, ohne dir die Knöchel zu brechen", erwiderte sie kichernd, bevor sie auflegte.

Ich warf das Handy aufs Bett und betrachtete die restlichen

Schuhkartons. Eigentlich wollte ich gar nicht wissen, was mich erwartete.

Andererseits musste ich es früher oder später sowieso rausfinden. Ich holte tief Luft, um all meinen Mut zusammenzunehmen, beugte mich schnell vor und schnippte die Deckel von den Kartons. Und seufzte.

Dad hatte mir Ballerinas gekauft. Jede Menge Ballerinas in verschiedenen Farben und aus verschiedenen Materialien. Sie sahen sogar süß aus.

Ich setzte mich, zog ein Paar an und musste mir auf die Unterlippe beißen, damit ich nicht loskreischte. Okay, diese Schuhe machten die restlichen neuen Sachen fast erträglich.

Als ich aufblickte, entdeckte ich eine ganze Reihe von Zetteln in Klarsichthüllen, die an einem Metallring am Türknauf meines Kleiderschranks hingen. Ich blätterte sie schnell durch. Sie zeigten zahllose Vorschläge für komplette Outfits, inklusive Schuhen und Schmuck, die mindestens für einen Monat reichen würden. Damit ich nicht durcheinanderkam, hatte Dad die Outfits sogar auf mein Bett gelegt und fotografiert.

„Herrje", murmelte ich. Ich wusste nicht, ob ich erschrocken oder dankbar sein sollte.

Würde ich auch so einen krankhaften Ordnungswahn entwickeln, wenn ich erst mal dreihundert Jahre alt war?

Als ich mich am nächsten Morgen für die Schule fertig machte, versuchte ich, nicht zu genau in den Spiegel zu sehen. Ich wollte nicht darüber nachdenken, wie sehr ich mich verändert hatte und ob es jemandem in der Schule komisch vorkommen würde. Ich war auch so schon nervös genug.

Hoffentlich laufe ich nicht Tristan über den Weg, betete ich mit jedem Atemzug.

Gleichzeitig sehnte sich ein Teil von mir danach, wenigstens einen kurzen Blick auf ihn zu erhaschen, nur noch einmal seine Stimme zu hören oder sein Lachen oder ihn lächeln zu sehen ...

Dad wartete an der Haustür, als ich die Treppe runterging.

„Du hast meine Anmerkungen also gefunden." Er nickte anerkennend, während er meinen Aufzug begutachtete.

Ich biss mir auf die Zungenspitze, damit ich ihm nicht sagte, was ich von seinen „Anmerkungen" hielt. Als ich mir eine diplomatischere Antwort zurechtgelegt hatte, sagte ich: „Danke für die Ballerinas. Die gefallen mir wirklich gut."

„Und die restlichen Sachen?"

Mir fielen drei, vier mögliche Reaktionen ein, von denen ich mir die netteste aussuchte. „An die werde ich mich schon noch gewöhnen." Dann bleckte ich die Zähne, was so was wie ein Lächeln darstellen sollte.

Immerhin waren die neuen Klamotten nicht zu abgedreht oder verrückt oder schlampig.

Seine Mundwinkel zuckten.

„Ich möchte, dass du das hier immer griffbereit hältst." Er streckte mir einen kurzen dicken Zylinder in Schwarz und Gold entgegen. „Wenn du hier oben drückst, kannst du es als Stift benutzen. Wenn du den Clip zur Seite drehst, hast du eine Notfallration Blut."

Ich grinste innerlich. „Als kleine Soforthilfe für den durstigen Vampir?"

„Genau. Es ist mit einem Gerinnungshemmer versetzt, damit es nicht klumpt, es könnte also seltsam schmecken. Aber wenn du einen Zustand erreichst, in dem du es brauchst, wird dir der Geschmack egal sein."

Mmh, lecker. „Danke." Ich steckte den Stift in meine neue Tasche von Coach. Dabei kam ich mir vor wie die Vampirversion von James Bond.

„Und ich habe natürlich immer mein Handy bei mir", fügte er hinzu.

Jetzt musste ich doch lächeln. „Keine Angst, Dad. Ein neues Schuljahr habe ich schon ein paarmal geschafft. Die gleiche Schule wie immer, die gleichen Leute, die gleiche Stadt."

„Aber du bist nicht mehr die Gleiche."

Stimmt. Da hatte er recht. „Wir sehen uns heute Abend nach dem Charmers-Training, so gegen fünf." Möglichst cool und selbstsicher winkte ich ihm zum Abschied zu.

Fünf Minuten später stellte ich mein Auto auf dem Parkplatz vor der Schule ab, an der gleichen Stelle wie immer. Dann stieg ich aus und spürte den Wind, der mir unter dem Rocksaum um die Beine strich.

Na gut, vielleicht fing dieses Schuljahr doch nicht genauso an wie die anderen.

Immerhin liefen die Vorbereitungen für die Charmers so ab wie immer. Das Morgentraining fing früh an und dauerte bis zum Ende der ersten Doppelstunde. Anders war nur, dass ich jetzt die Gedanken der Direktorin hörte, bevor Mrs Daniels sie aussprach. Es war nicht ganz einfach, mir nichts anmerken zu lassen. Ich musste ihre Lippen beobachten und warten, bis ihre Bewegungen zu den Worten in ihrem Kopf passten, bevor ich mitschreiben konnte.

Den Rest der ersten Stunde verbrachte ich damit, die Musikanlage zu bedienen und die neuen Betreuerinnen Eisbeutel holen zu lassen, weil zwei Tänzerinnen Probleme mit ihren Knien hatten. Als ich die Musikanlage zurück zu Mrs Daniels' Büro trug, hatte mich der alte Trott so eingelullt, dass ich die ganzen Veränderungen in meinem Leben fast vergessen hätte. Und weil ich mir zu dem Kleid schwarze Ballerinas ausgesucht hatte statt der hochhackigen Schuhe, die Dad vorgeschlagen hatte, hatte ich auch beim Laufen keine Probleme.

Im Moment war mein Leben so düster, dass ich für jeden Silberstreif am Horizont dankbar war.

Aber als ich vor der zweiten Stunde den Hauptflur der Schule betrat, stürzte alles wieder mit Wucht auf mich ein. Die Gedanken der Schüler und Lehrer erfüllten meinen Kopf mit einem leisen Dröhnen. Ich war angespannt und wollte nur noch weg von den vielen Menschen. Und dann rannte ich auch noch fast die Zickenzwillinge um.

Dabei fiel mir auf, dass Vanessa und ihre Schwester Hope genau die gleichen Handtaschen trugen wie ich. Nur die Farben waren anders. Vanessas Tasche war taubenblau, Hopes war knallrosa und meine schwarz, damit sie zu dem schwarz-weißen Wickelkleid passte, das Dad für heute vorgeschlagen hatte.

„Ist das ...", setzte Hope an und starrte auf meine Handtasche. Ich musste ihr von den Lippen lesen, um sie zu verstehen. Anders hätte ich sie zwischen den vielen fremden Gedanken nicht heraushören können.

„Das ist eine billige Kopie." Vanessa drehte meine Handtasche, die an meinem Unterarm baumelte, herum, bis sie das Metallschildchen lesen konnte. Als sie es sah, stockte sie. „Woher hast du die?" Sie spielte sich auf, als hätte ich die Tasche direkt aus ihrem Kleiderschrank gestohlen.

„Aus der Galleria", antwortete ich lächelnd. Fast hätte ich gelacht. Vielleicht hatte meine neue Garderobe ja doch ihre Vorteile.

Vanessa beäugte mein Kleid, meine Kette, meine Schuhe. Ich schnappte ihre flüchtigen Gedanken auf, als sie überlegte, ob sie mir das Handgelenk herumdrehen sollte, damit sie sich mein Armband besser ansehen konnte. Schließlich ließ sie es bleiben, weil sie mich nicht berühren wollte.

„Ist das ein …" Hope sog scharf die Luft ein und streckte tatsächlich eine Hand nach dem Armband aus.

Vanessa schlug ihre Hand weg. „Halt die Klappe, Hope. Los jetzt, sonst kommen wir zu spät zum Unterricht." Sie riss mir die Tasche vom Unterarm und wollte sie auf den Boden werfen.

Ich schnappte mir die Tasche, ehe sie auch nur eine Handbreit gefallen war. Mir war die Bewegung nicht anders vorgekommen als alles, was ich sonst tat, aber die Zwillinge kreischten auf und liefen davon. Dabei sahen sie sich immer wieder nach mir um.

Mist. Hatte ich eine von diesen superschnellen Vampirbewegungen gemacht?

Wenn ich in diesem Jahr nicht auffallen wollte, musste ich eindeutig mehr Tai-Chi üben.

Langsam schob ich mir die Tasche bis auf die Schulter. Dann hängte ich sie mir in die Ellenbeuge. So ein Dreck. Wie trug man denn so eine Designertasche? Dazu hatte Dad mir nichts aufgeschrieben, und ich hatte noch nie eine Handtasche getragen. Und schon gar keine, die chic genug war, um die Zickenzwillinge zu ärgern.

Ich gab auf und machte mich auf den Weg zu meinem Fach in der zweiten Stunde. Dabei versuchte ich den allzu vertrauten Schmerz in Brust und Bauch zu ignorieren, der mir anzeigte, dass ich Tristan näher kam. Er war so groß, dass er sogar in einer Menschenmenge auffiel. Im Flur war sein goldblonder Schopf nirgends zu sehen, also saß er wahrscheinlich schon irgendwo in diesem Gebäude in seinem Klassenzimmer. Gut. Wenn es sich vermeiden ließ, wollte ich ihm heute Vormittag lieber nicht über den Weg laufen.

Wenn andere mir Platz machten, schnappte ich manchmal Gedankensplitter auf, die aus dem allgemeinen Wust ragten und mir galten.

Ist das eine Tasche von Coach?
Sind das Schuhe von Jimmy Choo? Nein, das kann nicht sein. Die kann sie sich gar nicht leisten, das weiß doch jeder. Sind bestimmt billige Imitate.
Wieso kann die sich das leisten? Ach, ich weiß, ihr Vater. Der ist bestimmt Drogendealer. Oder bei der Mafia oder so was. Nur blöd, dass sie ihr ganzes Geld für Klamotten raushauen statt für diese Bruchbude, in der sie wohnen.

Ein Teil von mir wäre am liebsten den Flur runtergerannt und geflohen, so schnell ich konnte. Dad hatte zur Hälfte recht behalten. Alle sahen nur auf meine Kleidung und nicht auf mich. Aber offenbar hatte das ihre Meinung über mich nicht geändert.

Irgendwie widerstand ich dem Drang, einfach so schnell durch die Menge zu rasen, wie ich es nur als Vampirin konnte. Beherrschen. Ich musste mich beherrschen. Ich zwang mich, so langsam wie ein Mensch zu gehen, dann noch langsamer, bis ich gemächlich schlendernd den Klassenraum betrat, bevor es zum zweiten Mal schellte.

Auf diese Stunde hatte ich mich gefreut. Englisch war mein bestes Schulfach. Aber als ich reinkam und sah, dass alle noch mit ihren Büchern in der Hand dastanden, stieß ich einen tiefen Seufzer aus.

Es konnte nur einen Grund geben, warum meine Mitschüler noch nicht saßen: Die Lehrerin wollte uns die Plätze nach dem Alphabet zuweisen.

Als ich mich umsah, fing ich Tristans Blick auf. Ich erstarrte innerlich.

Im gleichen Moment wurde mir klar, dass ich umsonst gehofft hatte, meine Gefühle für ihn seien im Sommer verblasst. Es traf mich wie ein Hammer, als die Erinnerungen an unsere gemeinsame Zeit auf mich einstürzten, und ich bekam keine Luft mehr. Ich musste mir eingestehen, wie sehr er mir gefehlt hatte.

Ich liebte ihn noch genauso wie früher, wenn nicht noch mehr. Nur war er jetzt mit Bethany zusammen.

Und ich würde wieder neben ihm sitzen. Bei unseren Nachnamen Coleman und Colbert und einer alphabetischen Sitzordnung ging es gar nicht anders. Zum ersten Mal wünschte ich mir, die Macht des Clanns würde wirklich bis zum Stundenplanprogramm der Jacksonville Highschool reichen, damit wir nie wieder im gleichen Kurs wären.

Ich wollte den Blick von ihm losreißen, ich versuchte es wirklich. Immerhin hatte ich Schluss gemacht, und es war einfach unhöflich, ihn jetzt so anzustarren. Aber ich konnte nicht anders, obwohl sich der tiefe Schmerz in seinen Augen in mein Innerstes brannte.

Die Lehrerin Mrs Knowles deutete auf den Tisch in der ersten Reihe, der am nächsten bei der Tür stand, und jemand setzte sich dorthin. Anschließend wiederholte sie die Prozedur für den Tisch daneben. Offenbar wollte sie quer durch die Reihen gehen, statt jeweils von vorn nach hinten. Genauso wie Mr Smythe es in seinem Geschichtsunterricht machte. Was hieß, dass Tristan in diesem Jahr nicht hinter mir sitzen würde, sondern neben mir. Toll. Ich würde ihn ständig aus den Augenwinkeln sehen.

Vielleicht sollte ich die Haare offen tragen statt als Pferdeschwanz, damit sie mir die Sicht versperrten.

Angestrengt versuchte ich mich auf Mrs Knowles zu konzentrieren. Aber die Gedanken meiner Mitschüler steigerten sich zu einem Brüllen, als hätte jemand einen iPod voll aufgedreht, und ich konnte sie nicht verstehen.

Sie ging weiter und deutete auf den dritten Tisch in der ersten Reihe. Als Tristan sich auf diesen Platz setzte, war ich endlich von seinem Blick erlöst. Leider half das nicht gegen das laute Stimmengewirr in meinem Kopf oder meinen rasenden Herzschlag.

Das konnte ich nicht! Ich würde es nicht überstehen, noch ein Jahr jeden zweiten Tag so dicht neben Tristan zu sitzen. Jedes Mal, wenn ich dieses Klassenzimmer betrat, würde ich anderthalb Stunden lang nur eine Handbreit von ihm entfernt sein. Schon die letzten Wochen des vorigen Jahrs waren eine Qual gewesen. Aber danach hatte ich den ganzen Sommer ohne ihn verbracht. Er hatte mir gefehlt, doch es war eine Erleichterung gewesen, nicht ständig diesen körperlichen Schmerz in seiner Nähe zu spüren.

Diesen Kampf wollte ich nicht noch einmal führen müssen. Nicht dieses Jahr. Nicht nach allem, was wir durchgemacht hatten, nach unseren gemeinsamen Erinnerungen, nachdem ich mich in ihn verliebt hatte ...

Und nicht mit dem Blutdurst.

Ich sah nur noch Mrs Knowles' Helmfrisur vor mir. Blinzelnd schaute ich mich um. Alle saßen schon, nur ein Platz in der ersten Reihe war noch frei – der neben Tristan.

Mrs Knowles sagte etwas zu mir, aber ich konnte sie nicht verstehen. Ich versuchte ihr von den Lippen zu lesen. Wahrscheinlich wollte sie, dass ich mich setzte.

Weil ich durch den Lärm in meinem Kopf nicht wusste, wie laut ich war, versuchte ich zu flüstern: „Ähm, können wir uns bitte die Plätze selbst aussuchen?"

Sie sah mich finster an, das Gesicht so verkniffen, als hätte sie gerade in etwas reingebissen und ein Haar darin gefunden. Ihre Antwort war ein einziges Wort, das für mich aussah wie: „Was?"

Ich wiederholte die Frage etwas lauter, damit sie mich hörte. Aber sie redete so schnell, dass ich sie nicht verstand. Panisch versuchte ich es noch einmal und sagte laut: „Ich möchte mir bitte selbst einen Platz aussuchen."

Sie wurde blass, und aus den entsetzten Gedanken der anderen Schüler konnte ich mir zusammenreimen, dass ich sie gerade angeschrien hatte. So ein Dreck.

17. KAPITEL

Ich flüsternd hektisch: „Entschuldigung, tut mir leid. Ich bin im Moment ein bisschen taub, weil ich ... weil ich mich in der letzten Stunde um die Musik für die Charmers gekümmert habe."
Während sie mich musterte, bekam ihr Gesicht langsam wieder Farbe. Sie atmete lang und tief ein, zeigte auf den leeren Tisch und sagte: „Setzen. Sie. Sich. *Sofort!*"
Ohne meine Mitschüler anzusehen, setzte ich mich auf den gefürchteten Platz. Ich spürte Tristans Nähe richtig, sie ließ meine Haut kribbeln. Die Gedanken der anderen zeigten mit ganz klar, wie verrückt ich aussah. Meine Fingernägel gruben sich in meine Handflächen, und ich rutschte auf meinem Stuhl so weit von ihm weg, wie es nur ging.
In meinem Schädel wurden die Stimmen immer lauter.
O Mann, die beiden können sich nicht mal ansehen!
Holla. Die Adern an seinem Hals kommen richtig raus. Er sieht so wütend aus, als könnte er Savannah erwürgen. Was hat sie letztes Jahr mit ihm gemacht?
Perfekt getroffen! Die Fotos werden auf Facebook richtig reinhauen.
Als ich mich umdrehte, sah ich, wie ein Mädchen weiter hinten unter ihrem Tisch an ihrem Handy rumspielte.
Drogen. Bestimmt dealt sie mit Drogen, sonst hätte sie nicht plötzlich so viel Geld. Es sei denn, sie hat für ihre Großmutter einen Batzen von der Versicherung bekommen und alles für Klamotten ausgegeben. Typisch Assis. Das Geld hätte sie lieber fürs College aufheben sollen.
So langsam fehlten mir die täglichen Beleidigungen der Zickenzwillinge. Die sagten mir wenigstens alles ins Gesicht.
Ist sie nicht Annes beste Freundin? Ja, klar, sie hat doch jeden Tag an ihrem Tisch gesessen. Ob Anne sie schon gesehen hat?
Was für eine Erleichterung, dass ich wenigstens eine halbwegs nette Sache über mich hörte. Ich konzentrierte mich auf diesen Gedanken und überlegte, woher er wohl kam. Unauffällig sah ich kurz nach links, zu dem Tisch zwischen mir und der Tür. Ach, natürlich.

Ron Abernathy, Annes einziger Exfreund.

Ich hatte das Gefühl, ich würde Rons Privatsphäre verletzen, wenn ich seinen Gedanken zuhörte. Aber bis ich herausfand, wie ich das Gedankenlesen abschalten konnte, war keine Privatsphäre vor mir sicher. Und es war mir immer noch lieber, Rons Gedanken zu hören, als den Schmerz zu spüren, der in Tristan brodelte. Wenn ich mich immer nur auf einen Menschen konzentrierte, schaffte ich es vielleicht, heute nicht wahnsinnig zu werden.

Interessant war, dass die „Signalstärke" scheinbar davon abhing, wie wichtig einem das war, woran man dachte. Rons Gefühle blieben etwa gleich stark, wenn es um Anne ging, aber weil er nicht pausenlos an sie dachte, konnte ich vieles von ihm nicht hören. Nur seine Gedanken an Anne waren laut genug für mich.

Am Ende der Stunde fragte ich mich ernsthaft, welche Geheimnisse Anne hatte. Es war klar, dass Ron noch richtig verliebt in sie war und sie die Beziehung beendet hatte. Vielleicht weil Ron eine seltsame Vorliebe für schwarze Katzen hatte? An die dachte er fast genauso oft wie an Anne.

Als es zur Pause läutete, sprang ich als Erste auf. Ich wollte nicht im Pulk stecken bleiben. Auf dem Hauptflur konnte ich mich nicht zurückhalten und ging schnell, wenigstens für einen Menschen. Erst draußen auf der Verbindungsbrücke wurde ich langsamer. Die Betonbrücke mit Metalldach überspannte die Senke zwischen den beiden Hügeln, auf denen das Hauptgebäude und das Mathegebäude standen. Seitlich führte eine Rampe von der Brücke runter in die Senke und zur Cafeteria. Auf dem Weg hinunter schlenderte ich nur noch. Ohne die vielen fremden Gedanken war es hier nett und ruhig, und ich war versucht, einfach hierzubleiben. Aber meine Freundinnen warteten auf mich.

Als ich die Cafeteriatür öffnete, schlug mir die Woge aus Gedanken mit solcher Wucht entgegen, dass ich ein paar Schritte zurücktaumelte.

Wow. Wenn es mit diesen blöden ASWs so heftig weiterging, mussten die Klatschmäuler in meinem Englischkurs gar nicht mehr lügen, wenn sie sagten, ich sei verrückt. Das würde mich wirklich völlig irre machen.

Ich stolperte bis zu unserem üblichen Tisch. Ausnahmsweise war ich ganz dankbar dafür, dass wir in dem zylinderförmigen Backsteinbau direkt am Mittelgang saßen. Die Mädels mussten etwas früher aus der zweiten Stunde gekommen sein. Ihre Sachen lagen schon am Tisch, und sie hatten sich bei der Essensausgabe angestellt.

Ich hätte mir wie immer Chili-Cheese-Pommes und eine Limo oder wenigstens einen Salat holen und so tun sollen, als würde ich essen. Aber ich bekam schon zu viel, wenn ich mir das nur vorstellte. Ich vergrub den Kopf in den Händen, schloss die Augen und betete, alle sollten einfach aufhören zu denken.

Als ich im letzten Jahr plötzlich die Gefühle von Menschen in meiner Nähe spüren konnte, war es immer am heftigsten gewesen, wenn ich aufgeregt oder aufgewühlt war. Fremde Gedanken zu hören war viel schlimmer, als nur Gefühle wahrzunehmen, aber vielleicht funktionierten diese ASW-Geschichten genauso. Ich versuchte ruhiger zu werden und konzentrierte mich auf meine Atmung, als würde ich Tai-Chi machen. Langsam einatmen. Anhalten. Langsam ausatmen. Ich stellte mir vor, ich würde zu Hause in meinem Zimmer Tai-Chi üben, und dachte an die kontrollierten Bewegungen, die mich immer an Wasser in Zeitlupe erinnerten.

Da. Jetzt wurden die Stimmen leiser. Ich würde schon klarkommen. Ich musste nur ruhig bleiben.

„Hier ist ja unser *Vogue*-Girl", begrüßte mich Anne, als meine Freundinnen an unseren Tisch kamen.

Sie setzten sich, jede mit einem Tablett oder einer Plastikschale voll stinkendem Essen vor sich. Meine Augen sagten mir, dass mit ihrem Essen alles in Ordnung war und es eigentlich gut riechen sollte. Aber meine Nase und mein Magen hielten lautstark dagegen. Ich kam mir vor, als hätte mich jemand im Hochsommer mitten auf einer Müllhalde abgesetzt. Verwesungsgeruch stieg mir in die Nase, fast musste ich würgen.

Um ihretwillen rang ich mir ein Lächeln ab und versuchte, nicht durch die Nase zu atmen.

Michelle langte kreischend über den Tisch, um sich mein neues Armband anzusehen. „Mein Gott, hat dein Dad dir das gekauft?" Ihre großen Augen strahlten, als sie aufblickte. Dann entdeckte sie meine Handtasche neben mir auf dem Tisch. „Das gibt's ja nicht. Und eine Coach-Tasche? Lass mal sehen!"

Gehorsam reichte ich ihr die Handtasche rüber.

„Und die hohen Schuhe?", fragte Anne und zog eine Augenbraue hoch.

Endlich konnte ich ehrlich lächeln. „Als wir aufgelegt hatten, habe ich gesehen, dass Dad noch ein paar Überraschungen für mich hatte." Ich hob einen Fuß an, damit sie meine neuen Ballerinas sehen konnte.

Anne verzog das Gesicht. „Da wäre ich vielleicht lieber bei den Pumps geblieben. In solchen Schuhen käme ich mir vor wie mit fünf in meinem Prinzessinnenkostüm."

Michelle duckte sich kurz unter den Tisch, tauchte wieder auf und kreischte: „Jimmy Choo macht keine Kinderschuhe. Außerdem sind sie schwarz."

„Dann sind sie halt für eine Gothic-Prinzessin." Grinsend öffnete Anne ihre Limodose.

„Hör schon auf", sagte ich lachend. „Du bist doch nur neidisch, weil meine Füße es heute Vormittag total bequem hatten, während du mit deinen verschwitzten, zehn Kilo schweren Turnschuhen rumläufst."

Plastik schepperte. Ich blickte auf und sah gerade noch, wie Carrie abrauschte.

„Was ist denn mit der los?", fragte ich.

Michelle schnitt eine Grimasse. „Wahrscheinlich regt sie sich wegen den armen Kindern in Afrika auf. Dieses Mal ist es doch Afrika, oder? Sie wünscht sich bestimmt, dass alle so hübsche Schuhe hätten."

Anne beugte sich um den runden Tisch herum und flüsterte: „Es liegt wohl eher daran, dass Carries Familie Probleme hat, das Geld für ihr Medizinstudium aufzutreiben."

Carrie wollte Ärztin werden, seit ich sie kannte. Trotzdem hatte ich nie überlegt, wie teuer es sein würde oder ob ihre Eltern sich das Studium leisten konnten. Sie wohnten in einem hübschen Haus am See, und ich war immer davon ausgegangen, dass sie genug Geld hatten.

„Kann sie kein Stipendium beantragen?" Ich liess mir von Michelle meine Handtasche zurückgeben und legte sie mir unter dem Tisch auf den Schoss.

In meinem Kopf wurden die fremden Gedanken etwas lauter.

„Sie will es versuchen, aber da spielen auch ihre Noten von diesem und letzten Jahr mit rein", erklärte Anne mit vollem Mund. Sie schlürfte laut ihre Limo. „Und sie hatte wohl nicht überall eine Eins plus, wie sie wollte."

Und ich Volltrottel protzte hier mit Dads Geld. Es war einfach so seltsam, dass ich mir plötzlich was leisten konnte, nachdem ich mein Leben lang nicht genug Geld hatte. Trotzdem war das keine Entschuldigung.

„Wow. Das wusste ich nicht. Tut mir leid."

Die Stimmen in meinem Kopf schwollen weiter an.

„Wärst du ein bisschen länger bei meiner Party geblieben, hättest du es selbst gehört." Sie sprach so leise, dass es wahrscheinlich gar nicht für mich bestimmt war. Ich hörte es trotzdem, und es traf mich. Sie wusste doch, warum ich so früh hatte gehen müssen.

„Geht es dir jetzt besser?", fragte Michelle. „Anne hat schon erzählt, dass du krank warst, aber du hättest dich wenigstens verabschieden können."

Die Stimmen drehten noch mehr auf. Jetzt dröhnten sie fast auf voller Lautstärke. Ich musste mich beherrschen, um nicht zu schreien.

„Tut mir leid, dass ich so plötzlich abhauen musste. Ich ... ich habe in letzter Zeit ein paar gesundheitliche Probleme. Kopfschmerzen und so. Manchmal höre ich nicht gut. Und die Verdauung. Solche Sachen."

Michelle zog die Augenbrauen zusammen. „Warst du schon beim Arzt?"

„Keine Angst, es ist nichts Schlimmes." Ich versuchte wieder, bewusst langsam zu atmen. Ich konnte das schaffen. Ich musste mich nur beruhigen und erst mal an etwas anderes denken. „Ach, ratet mal, neben wem ich gerade in Englisch gesessen habe: Ron Abernathy."

Anne warf sich gegen ihre Rückenlehne, als hätte ich ihr eine

Ohrfeige verpasst. Sie blinzelte einmal, zweimal, dann zuckte sie mit den Schultern. „Und?"

Ich ahmte ihre Geste nach. „Und er wirkt irgendwie … traurig. Als wäre er noch nicht über dich hinweg." In diesem Moment hätte ich gern ihre Gedanken gelesen, aber Michelles Neugier übertönte Annes leise innere Stimme.

Anne starrte ins Nichts. Über ihr Gesicht huschten so viele verschiedene Gefühle, dass ich sie nicht deuten konnte.

„Tja, wenn es um die Trennung geht: Mit der muss er sich einfach abfinden." Anne schnappte sich eine von den Plastikgabeln, die Michelle mitgebracht hatte, und rammte sie in ihre Nachos, dass ich dachte, die Zinken würden abbrechen. „Ich bin nämlich nicht die Richtige für ihn." Sie stopfte sich einen riesigen Bissen in den Mund und sagte: „Ich will nicht mehr darüber reden, okay?"

Während sie kaute, stocherte sie weiter in ihren armen Nachos herum. Wenn sie so weitermachte, stach sie noch ein Loch in die Pappschale.

Seit wann aß Anne überhaupt Nachos mit einer Gabel?

Ich beugte mich zu ihr und flüsterte: „Anne, bist du dir ganz sicher, dass du nicht darüber reden willst?"

Sehnsucht blitzte in ihr auf und verglühte wieder. „Nein. Es ist aus und vorbei. Willst du über dich und Tri…"

„Nein, will ich nicht."

Ihr kleiner Sieg ließ sie matt lächeln, und ihr kastanienbrauner Pferdeschwanz wippte. „Siehst du."

Sie ist so ein Freak. Wann kapiert sie endlich, dass sie nicht hierhergehört?

Was soll ich am Freitag zu unserer ersten Verabredung anziehen?

Unglaublich! Wie kann sie denken, ich wüsste nicht, was sie hinter meinem Rücken über mich erzählt! Wenn ich Sally Parker das nächste Mal sehe, ich schwöre, dann …

Die tosenden Stimmen in meinem Kopf und meine Niedergeschlagenheit ließen mich sagen: „Aber Ron macht so einen netten Eindruck, Anne! Und er ist traurig ohne dich, und offenbar bist du ohne ihn auch nicht glücklich …"

Sie knallte ihre Gabel auf den Tisch und funkelte mich an. „Warum nimmst du ihn nicht, wenn er so toll ist?" Er ist nicht so, wie er scheint, dachte sie so deutlich, dass ich es hören konnte.

„Aber ich liebe doch ..." Im letzten Moment unterbrach ich mich. „Du weißt, warum nicht."

Michelle riss die großen Augen noch weiter auf, während ihr Blick zwischen mir und Anne hin und her pendelte.

Anne setzte ihre Limo an. Sie nahm einen so tiefen Schluck, als wollte sie die Dose auf einen Rutsch austrinken.

Ich presste mir zitternd eine Hand gegen die Stirn. Es funktionierte nicht. Überhaupt nicht. Die Stimmen wurden nicht leiser. Inzwischen schrien sie, und ich konnte nicht mehr klar denken.

Blöde ASW. Heute waren sie stärker als ich. Ich musste mir vor der dritten Stunde ein ruhiges Plätzchen suchen und etwas Ruhe bekommen, sonst platzte mir noch der Schädel. „Wisst ihr was? Ich glaube, ich bekomme Migräne."

„Willst du ein Aspirin haben?" Anne griff schon nach ihrem Rucksack.

„Nein, danke", nuschelte ich. „Das vertrage ich nicht. Ich brauche nur etwas Ruhe."

„Die Bücherei hat mittags geöffnet. Du könntest dich an der Bibliothekarin vorbeischleichen", schlug Michelle vor. „Oder frag die Schulschwester, ob du dich kurz hinlegen kannst."

„Danke, das mache ich." Ich war schon aufgestanden und griff nach meiner Handtasche und der Sporttasche. Sollte ich einen Abstecher auf die Toilette machen und die Notfallration Blut trinken? Allerdings glaubte ich nicht recht, dass es gegen das Gedankenlesen helfen würde. Vielleicht würde es nur noch schlimmer, weil es meine Vampirseite stärkte. Und ich müsste mich direkt danach mit den Bluterinnerungen herumschlagen.

Anne hielt mich am Handgelenk fest. In ihrem Kopf war der Gedanke an eine Entschuldigung so deutlich, dass ich sie endlich hören konnte. Sie wollte sich nicht mit mir streiten.

Ich vergaß zu warten, bis sie es ausgesprochen hatte. „Keine Sorge. Alles in Ordnung. Zwischen uns ist alles okay. Mach dir keinen Kopf deswegen. Ich hätte nicht noch mal nach ihm fragen sollen. Aber diese Kopfschmerzen machen mich ganz irre. Ich rufe dich heute Abend an, wenn ich nicht mehr das Gefühl habe, mir würde der Schädel platzen, ja?"

Erschöpft verabschiedete ich mich mit einem Winken, bevor ich mich aus der Cafeteria und auf die Verbindungsbrücke schleppte, wo das Metalldach die grelle Sonne abhielt.

Als es plötzlich so herrlich still wurde, sackten mir vor Erleichterung fast die Knie weg. Aber hier konnte ich nicht bis zum Ende der Pause bleiben, sonst würde irgendein Lehrer vorbeikommen und mich in ein Klassenzimmer schicken. In der Mittagspause durfte sich niemand hinter der Cafeteria aufhalten. Ich warf einen Blick auf meine Uhr und stöhnte. Die dritte Stunde fing erst in zwanzig Minuten an. Ich hätte zur Schulschwester gehen können, aber nur, wenn ich einen Haufen Fragen beantworten wollte. Und auf der Toilette wollte ich mich auf keinen Fall so lange verstecken.

Die besten Chancen hatte ich bei der Bücherei. Also betrat ich den Hauptflur, ging langsam am Sekretariat mit der Glaswand vorbei und lief, so schnell ich konnte, bis zu den blauen Doppeltüren der Bücherei.

Ich öffnete eine Tür gerade so weit, dass ich den Ausleihtresen sehen konnte. Keine Bibliothekarin in Sicht. Dem fauligen Geruch nach saß sie in ihrem Büro und aß ihr Mittagessen. Gut. Wenn sie mich ohne Erlaubniszettel erwischte, würde sie mich wieder rauswerfen.

Ich schlüpfte durch die Tür, sauste vampirschnell an den hohen hölzernen Bücherregalen vorbei und suchte einen Tisch, an dem mich niemand sehen und bei der Bibliothekarin verpfeifen konnte. Hinten rechts ragte eine Tischecke hervor, und ich lief hinüber.

Und kreischte fast laut auf, als ich sah, dass dort schon jemand saß.

18. KAPITEL

Im letzten Moment schluckte ich den Schrei herunter und flüsterte: „Tut mir leid, ich habe dich gar nicht gesehen."
Ron blickte von dem Buch auf, in dem er las. „Ach, hallo, Savannah." Er redete so laut, dass ich erschrak.
Dann fiel mir ein, wie taub ich im Englischunterricht gewirkt hatte. „Pst. Ich bin nicht mehr taub. Ich kann dich hören."
Er deutete lächelnd auf den Tisch. „Setz dich, wenn du willst."
Ich wollte schon „Nein, danke" sagen. Aber immerhin saß er an dem einzigen Tisch, den man von der Ausleihtheke aus nicht sehen konnte. Und wenn ich mich zu ihm setzte und seinen Gedanken lange genug zuhörte, würde ich vielleicht herausfinden, warum Anne wirklich Schluss gemacht hatte.
Ich zog den knarrenden Holzstuhl ihm gegenüber zurück und setzte mich.
„Und, was treibt dich hierher?", flüsterte er mit einem schiefen Grinsen. Aber drunter konnte ich ihn denken hören: Annes beste Freundin. Vielleicht kann sie mir sagen, wie ich die Sache mit Anne in Ordnung bringen kann. Es ist jetzt schon Monate her. Langsam wird es albern.
„Das Gleiche könnte ich dich fragen", flüsterte ich zurück. „Ich wusste gar nicht, dass Sportler lesen."
Er zuckte mit den Schultern und wurde ernst. „Immer noch besser, als in diesem Raubtierkäfig zu sitzen, der eine Cafeteria sein soll."
„Das kannst du laut sagen", stimmte ich zu, ohne nachzudenken. Als er mich überrascht ansah, fügte ich hinzu: „Da kann es ganz schön laut werden. Hier ist es viel ruhiger."
„Warst du nicht in der letzten Stunde noch taub?"
Jetzt zuckte ich mit den Schultern. „Jetzt nicht mehr. Ich höre fast schon zu gut. Sag mal, was ist denn mit dir und Anne los?"
Er erstarrte. „Wieso? Was hat sie dir gesagt?"
„Nichts. Deshalb wundere ich mich ja. Sie hat nur gesagt, sie wäre nicht die Richtige für dich. Und du wärst nicht das, was du scheinst." Oder hatte Anne den letzten Teil nur gedacht?

„Das ist hier doch keiner. Du und Tristan zum Beispiel. Was ist bei euch gelaufen? Monatelang wusste keiner, dass ihr überhaupt zusammen seid."

Darüber wollte ich echt nicht sprechen. „Erzähl mir lieber, was zwischen dir und meiner besten Freundin los ist. Hast du Anne wehgetan? Wenn ja, dann ..."

„Natürlich nicht!" Er krallte sich an der Tischkante fest. „Ich würde ihr nie wehtun."

Ich versuchte in seinen Kopf zu sehen. Er war so aufgewühlt, dass ich seine Gedanken nicht entwirren konnte, seine Gefühle wirbelten durcheinander. Aber er sagte die Wahrheit. „Du hattest sie echt gern."

Er blinzelte einmal, zweimal, dann nickte er knapp. „Aber jetzt will sie mich nicht mehr sehen und nicht mal mit mir reden. Ich weiß nicht, was ich machen soll. Ich wollte ja geduldig sein, aber sie macht mich wahnsinnig."

Ich verschränkte die Arme vor der Brust. „Vielleicht hat sie einen guten Grund dafür."

„Oder sie ist einfach stur."

„Könnte auch sein. Das wäre bei Anne nichts Neues." Wir lächelten; das kannten wir beide ganz gut. „Du musst einfach warten, bis sie so weit ist. Falls sie es irgendwann ist. Oder du gibst auf und suchst dir eine Neue."

Er war ganz süß und wirkte wie ein netter, normaler Junge. Mit seinem offenen Lächeln, den blauen Augen und den glatten hellblonden Haaren würde er keine Probleme haben, eine Freundin zu finden. Bevor Anne ihn sich im letzten Jahr geschnappt hatte, war er kurz mit Vanessa Faulkner zusammen gewesen, und sie war bei ihren Vorzeigefreunden bekanntermaßen wählerisch.

Er starrte mich an. „Du hörst dich an, als könnte man einfach so was Neues anfangen, wenn man abserviert wurde."

„Nach Vanessa hast du jedenfalls nicht lange gebraucht."

Er verdrehte die Augen und lehnte sich zurück. „Das war doch keine richtige Beziehung. Ich war für sie so was wie eine große Ken-Puppe, die sie ständig ummodeln konnte. Außerdem habe ich Schluss gemacht, nicht sie." Als ich ihn erstaunt ansah, erklärte er:

„Anne hat mir erzählt, was Vanessa in Geschichte zu ihrer Schwester gesagt hat. Habt ihr gedacht, ich drehe Däumchen, bis Vanessa mit mir Schluss macht?"

Interessant. Damit legte er glatt ein paar Respektpunkte zu.

„Wo wir schon beim Thema sind", fuhr er fort. „Ich habe gehört, was du mit Tristan gemacht hast. Das soll ja richtig brutal gewesen sein, sogar für Highschool-Verhältnisse. Hast du ihn wirklich vor seiner ganzen Familie abgeschossen?"

Ich zuckte zusammen. Ich hatte keine Ahnung, welche Version der Geschichte er gehört hatte.

Ich lehnte mich zurück und verschränkte die Arme. „Ich habe ihn nicht *abgeschossen*."

„Echt nicht? Habe ich aber gehört. Ich kann wohl von Glück sagen, dass Anne nicht so heftig drauf war. Sie hat mir nur eine SMS geschickt."

„Bei Tristan und mir ist es ganz anders als bei dir und Anne, das kannst du mir glauben." Wieso verglich er die beiden Trennungen überhaupt miteinander?

„Ach ja? Woher willst du das wissen?"

Ich schnaubte. Wenn er nicht zur Hälfte Nachfahre und zur Hälfte Vampir war und Anne nicht plötzlich dem Clann beigetreten war, ohne mir etwas zu sagen, konnte man das nicht mal ansatzweise vergleichen. „Weißt du was? Du hast keine Ahnung von uns oder von dem, was passiert ist."

„Und du hast keine Ahnung von mir und Anne."

Nur weil sie mir nicht erzählen wollte, was passiert war. Zähneknirschend suchte ich nach einer passenden Antwort.

Es klingelte, und er sprang auf. „Bis zur nächsten Englischstunde." Mit hängenden Schultern, die Hände tief in den Taschen seiner Jeans vergraben, zog er ab. Sein Heft und das Arbeitsbuch hatte er sich zwischen den linken Unterarm und seinen Körper geklemmt, und irgendwie hielt es. Vielleicht vom vielen Footballtraining, bei dem er als bester Receiver unserer Auswahlmannschaft den Ball zum Touchdown trug.

Als ich mich bückte, um meine Sachen aufzuheben, fiel mir sein Buch auf, das noch aufgeschlagen mit dem Rücken nach oben auf dem Tisch lag. *Legenden und Sagengestalten von Osttexas*, stand da. Was sollte das? Ich drehte das Buch um. Die halbe linke Seite wurde von einer fauchenden schwarzen Katze eingenommen, die fast so groß wie ein Tiger war. Sie streckte die Krallen aus, als wollte sie einen Dorfbewohner vor sich angreifen.

Jungs. Die beschäftigten sich schon mit seltsamen Sachen.

Am nächsten Tag entdeckte ich, dass Ron und ich auch in der zweiten Stunde zusammen Chemie hatten.

„He, arbeiten wir zusammen?", fragte er, als Mr Knouse uns sagte, wir sollten Zweiergruppen bilden und uns Tische suchen.

Erst wollte ich zustimmen, aber als ich an unser Gespräch von gestern dachte, zögerte ich. Wollte ich mir auch noch den Stress antun?

Seufzend hielt ich mich an meinen ersten Impuls. „Klar, warum nicht. Aber ich muss dich warnen: Wenn es um Zahlen geht, bin ich eine totale Niete. Auch bei Naturwissenschaften."

Er lächelte schief. „Dann hast du Glück. Naturwissenschaften sind mein Spezialgebiet. Na ja, und Football."

Grinsend folgte ich ihm zu einem Tisch. „Das werden wir ja beim Spiel diese Woche sehen. Ist die Texas High nicht unser stärkster Gegner? Wenn ich mich richtig erinnere, haben die euch letztes Jahr weggepustet wie nichts."

„Ach bitte. Das war nur Pech. Glaub mal, dieses Jahr sind die Tigers nur noch handzahme Kätzchen, wenn wir mit ihnen fertig sind."

Ich ließ meine Tasche auf den Boden plumpsen und setzte mich auf einen der Hocker an unserem Tisch. Als ich mich aufstützte, wirkten meine Unterarme und Hände im Vergleich zu der schwarzen Arbeitsfläche kalkweiß.

Sofort ließ ich die Hände in den Schoß sinken. „Wenn du wirklich so gut bist, ich meine, in Chemie, dann könnten wir einen Tauschhandel machen: Du hilfst mir hier bei den Hausaufgaben, und ich gebe dir Nachhilfe in Englisch. Du bist nicht der Einzige, der manchmal Klatsch hört, und angeblich ist Englisch so gar nicht dein Fachgebiet."

„Hat Anne das erzählt?" Der arme Junge sah richtig hoffnungsvoll aus. Seine Sehnsucht schrammte wie Splitter über meine Nervenfasern, und in mir stieg ein fast schmerzhaftes Mitgefühl auf.

Ich lachte, um es zu überspielen. „Ich glaube, sie hat erzählt, dass sie dir letztes Jahr ein bisschen geholfen hat. Und das will was heißen, weil ich sie überhaupt erst von ihrer Drei minus auf eine Zwei plus gebracht habe."

Ron grinste. „So was hätte ich mir denken können. Manchmal klangen die Erklärungen aus ihrem Mund ziemlich seltsam. So lange Wörter hat sie sonst nie benutzt."

„Tja, so ist sie halt."

Während der Lehrer uns das erste Experiment erklärte, das wir durchführen sollten, musterte ich Ron verstohlen von der Seite. Genau wie Annes Augen hatten seine früher geglänzt. Jetzt wirkten sie irgendwie matt, und die ganze Augenpartie war so angespannt, als würde er jeden Moment zusammenzucken.

Als hätte er körperliche Schmerzen.

Ich musste daran denken, wie Anne gestern beim Mittagessen reagiert hatte und welche Sehnsucht in ihr aufgeblitzt war. Egal, warum sie sich von ihm getrennt hatte, sie empfand noch etwas für ihn.

Die beiden waren so dumm! Wieso wollten zwei Menschen, die so verliebt ineinander waren, nicht zusammen sein? Ich hatte wenigstens einen guten Grund gehabt, um mich von Tristan zu trennen. Aber zwischen Anne und Ron konnte gar nichts so Schlimmes stehen. Vielleicht war es einfach nur ein Missverständnis. Und Anne hatte das schon begriffen und wollte deswegen nicht darüber reden. Sie wusste, dass sie einen Fehler gemacht hatte, war aber zu stolz, um es zuzugeben. Lieber war sie unglücklich, als jeden wissen zu lassen, dass sie etwas falsch gemacht hatte.

Doch ich würde nicht zulassen, dass sie ihr Liebesleben noch weiter an die Wand fuhr.

Die Sache zwischen Tristan und mir konnte ich nicht in Ordnung bringen. Aber ich konnte Anne helfen.

Bei unseren gemeinsamen Mittagspausen letztes Jahr hatte Ron nicht viel gesagt, deshalb kannte ich ihn kaum. Wenn ich ihn dieses Jahr besser kennenlernte, vor allem durch das Gedankenlesen, müsste ich ihnen doch irgendwie mit ihren Problemen helfen können. Selbst wenn sie nicht wieder zusammenkommen sollten. Immerhin war Anne mit Abstand der größte Dickkopf, den ich kannte, und ich konnte keine Wunder vollbringen. Aber wenn ich sie wenigstens dazu bringen konnte, wieder Freunde zu sein, wäre das besser, als dauerhaft dieses Elend mitanzusehen. Es wäre ihre Entscheidung, ob sie wieder eine Beziehung anfangen wollten. Und ich wüsste immerhin, dass ich ihnen geholfen hatte, so gut ich konnte.

Mit diesem neuen Ziel vor Augen konzentrierte ich mich wieder auf Mr Knouse, der gerade seine Erklärungen abschloss. Dann fingen Ron und ich mit unserem ersten Laborversuch an.

Ich beobachtete Ron, der mit einer großen Pipette eine blaue Flüssigkeit aus einem Becherglas in ein anderes träufelte. Ich wollte seine Gedanken hören und hoffte auf ein paar neue Informationen. Schade nur, dass er im Moment nichts als Chemie im Kopf hatte.

Er merkte, dass ich ihn anstarrte. „Was ist? Mache ich was falsch?"

„Sag du es mir. Du bist doch hier der Experte." Ich lächelte. „Eigentlich überlege ich, warum Anne mit dir Schluss gemacht hat."

Er runzelte konzentriert die Stirn und gab noch etwas blaue Flüssigkeit in das Becherglas. „Ich habe ihr ... etwas erzählt. Etwas über meine Familie." In seinen Gedanken tauchten schwarze Katzen auf, die durch den Wald streiften. „Sie hat gesagt, das würde ihr nichts ausmachen, sie hätte damit kein Problem. Aber dann wurde sie ganz still, und plötzlich hat sie sich nicht mehr gemeldet, wenn ich sie auf dem Handy angerufen habe. Und wenn ich es auf dem Festnetz versucht habe, hat ihre Mutter behauptet, sie wäre entweder nicht zu Hause oder unter der Dusche. Und am nächsten Montag hat sie mir in einer SMS geschrieben, dass sie mich nicht mehr sehen will und es mit uns nicht funktioniert. Seitdem redet sie nicht mal mehr mit mir."

Das passte überhaupt nicht zu Anne. Normalerweise war sie geradeheraus, ohne Rücksicht auf Verluste. „Was hast du ihr denn erzählt, das sie so verschreckt hat?"

Ich konnte nur einen Gedanken aufschnappen. *Hüter. Aber Mom hat gesagt, dass Savannah nichts davon weiß, also ...* Er schüttelte den Kopf. „Ich kann nicht darüber reden. Das ist eine Familienangelegenheit. Aber es würde Anne nicht schaden oder so."

Stumm begann er in seinem Kopf ein Lied zu summen. Das schirmte seine Gedanke vor mir ab.

Er hatte gesagt, die Hüter, wer immer das war, seien keine Gefahr für Anne. Wieso sollte sie also deswegen mit ihm Schluss machen, wenn das stimmte?

Und warum hatte er mit seiner Mom über die Hüter und mich gesprochen?

Sollte ich etwa wissen, was Hüter waren?

Am Ende der zweiten Stunde hatte Ron dieses verdammte Lied in Gedanken so oft gesummt, dass ich seinen Ohrwurm übernommen hatte. Und über die Trennung von Anne wusste ich immer noch nicht mehr.

Welches Geheimnis konnte seine Familie hüten, dass Anne so heftig reagiert hatte? Ich kannte kaum jemanden, der so unerschütterlich und mutig war wie sie. Man musste sich nur ansehen, wie sie darauf reagiert hatte, dass ich zur Hälfte Vampirin und zur Hälfte Hexe war. Sie hatte überhaupt keine Angst gehabt. Erst abends an ihrem Geburtstag, als mich der Blutdurst aus der Bahn geworfen und mich richtig zur Vampirin gemacht hatte. Was konnte noch schlimmer sein?

Vielleicht hatte es mit den schwarzen Katzen zu tun, über die er gestern etwas in der Bücherei gelesen hatte.

Waren Rons Eltern etwa Dompteure oder so was? Züchteten sie Großkatzen und verkauften sie über das Internet?

Oder hingen die Abernathys einem seltsamen Glauben an und verehrten schwarze Katzen?

Nein, das konnte es nicht sein. Es musste einen anderen Grund geben, einen wichtigen, sonst wäre Anne nicht so vor ihrer Beziehung davongelaufen. Aber sosehr ich auch überlegte, mir fiel nichts ein.

Es klingelte zum Ende der Stunde, wir nahmen unsere Bücher und gingen zur Tür. Ron war direkt hinter mir. Als mich auf dem Flur der chaotische Lärm wie ein Hammer traf und ich überrascht stehen blieb, trat er mir in die Hacken.

Mir war gar nicht aufgefallen, wie friedlich es in der Chemiestunde gewesen war.

„Tut mir leid. Gehst du in den Raubtierkäfig?" Ron musste fast schreien, um das Getrampel zu übertönen.

„Ach, ich weiß nicht." Seit ich kein menschliches Essen mehr vertrug, war es ziemlich witzlos, in die Cafeteria zu gehen. Ich konnte mich dort höchstens noch mit meinen Freundinnen treffen, weil wir in diesem Jahr keine Kurse zusammen hatten.

Andererseits hatte ich gestern durch das Chaos in meinem Kopf so zielgenau die Fettnäpfchen getroffen, dass Carrie und Anne vielleicht ganz froh sein würden, wenn ich nicht käme.

„Gehst du wieder in die Bücherei?", fragte ich zurück.

Er nickte. „Ich dachte, ich fange schon mal mit meinen Hausaufgaben an. Nach dem Footballtraining bin ich immer ziemlich müde, und meine Mom macht das Abendessen früh fertig. Danach könnte ich glatt umkippen."

Das konnte ich gut nachvollziehen. Ich trank jede Woche so wenig Blut wie möglich, damit die Bluterinnerungen nicht zu schlimm wurden. Dadurch war ich in letzter Zeit ständig müde.

Und fast jede Nacht hatte ich Albträume von Tristan und Nanna.

Als hätten meine Gedanken ihn herbeigezaubert, spürte ich die Schmerzen in Bauch und Brust und das Kribbeln auf Armen und Hals. Beides Zeichen dafür, dass Tristan in der Nähe und außerdem sauer war. Ich blickte nach links den Flur hinunter, und da war er.

Bevor er mich erreichte, wechselte er auf die andere Flurseite. Er lief vorbei, ohne mich anzusehen.

Ich biss die Zähne zusammen und ging die wenigen Meter zu meinem Schließfach. Ron begleitete mich, und ich sah, wie sich seine Lippen bewegten, während er etwas erzählte. Aber in meinem Kopf brüllten so viele fremde Gedanken, dass ich ihn nicht hören konnte. Vor meinem Schließfach nickte ich, als hätte ich jedes Wort verstanden. Ich stellte die Zahlenkombination ein und zog am Riegel, um die Tür zu öffnen.

Etwas Klebriges bedeckte den Riegel und jetzt auch meine Hand.

„Äh, igitt!" Ich zog die Nase kraus und betrachtete meine Hand.

Mir stockte der Atem. Das klebrige Zeug war dunkelrot und sah verdächtig aus wie ...

Blut.

„He, alles in Ordnung?" Ron nahm meine Hand. „Du blutest ja!"

„Nein, das ist nicht mein Blut. Es war an meinem Schließfach."

Ich konnte den Blick nicht von meiner Hand losreißen. Mir lief das Wasser im Mund zusammen, und ich musste ein paarmal schlucken.

Ron sah sich den Riegel genauer an. „Oh, das ist ja ekelhaft. Wer würde denn ..." Seine Verwirrung wich Ärger. „Der Clann."

Der Flur leerte sich, weil alle in die Klassenzimmer oder die Cafeteria strömten. Nur ich konnte mich nicht rühren.

„Pass auf: Du gehst dir die Hände waschen, und ich suche etwas, um das hier sauber zu machen." Ron nahm mich fest bei den Schultern und schob mich auf die nächste Mädchentoilette zu.

Ich stolperte durch die Tür und zum Waschbecken. Meine Arme und Beine wollten meinem Kopf nicht gehorchen, sie bewegten sich langsam und ruckartig. Mit der sauberen Hand stellte ich das Wasser an und wollte die andere unter den Hahn halten, als ich zögerte.

Das Blut – ich konnte es riechen. Früher hatte Blut für mich stechend und metallisch gerochen. Aber nur vor meinem Blutdurst.

Jetzt sah es anders aus.

Ich hob die roten Finger an die Nase, atmete tief ein und schloss die Augen. Hundert verschiedene Gerüche erfüllten mich.

Etwas an dem Blut kam mir vertraut vor. Als Ganzes war es neu und einzigartig. Aber darunter lag ein Hauch von ...

Versuchung. Perfektion. Wie Schokolade, essbar und absolut göttlich.

Dann machte es Klick, und ich wusste, wo ich diese unterschwellige Note schon einmal gerochen hatte.

Das war Clann-Blut.

19. KAPITEL

Das Blut stammte nicht von Tristan, sonst hätte ich es sofort erkannt. Aber es hatte ganz sicher starke Gemeinsamkeiten. Es musste von einem Nachfahren stammen. Das gespendete Blut hatte nie so unwiderstehlich geduftet.

Schmerzen durchzuckten meinen Mund. Wimmernd zog ich die Lippen zurück und musterte mich im Spiegel.

Meine Eckzähne waren länger und schärfer geworden.

Ach du Scheiße. Fangzähne.

Ich musste das Clann-Blut loswerden.

Ich versuchte es abzuwaschen. Die Seifenspender waren leer, also musste ich es mit bloßem Wasser versuchen. Dabei kam ich mir vor wie Lady Macbeth in Shakespeares *Macbeth*, das wir letztes Jahr in Englisch durchgenommen hatten. Fort, verdammter Fleck. Fort, sag ich! Das Blut war hartnäckig, es wollte sich nicht abwaschen lassen. Hatten Dylan oder die Zickenzwillinge es mit einem Zauber belegt, damit es an meinen Händen kleben blieb?

Bis meine Haut endlich sauber war, ging mein Atem schnell, und ich war fast panisch. Der Clann hatte verdammtes Glück, dass es zwischen ihnen und den Vampiren einen Friedensvertrag gab, sonst hätte ich mir die drei geschnappt.

Wenn sie so weitermachten, musste ich noch meine ganze Umgebung mit Schutzzaubern vollpflastern.

Und wenn ich schon dabei war, konnte ich ihnen vielleicht Warzen oder Pickel anhexen.

Ron wartete vor meinem Schließfach auf mich. „Hey. Ich habe einen Hausmeister gefunden, der mir geholfen hat, alles wegzuwischen. Es war nicht ganz einfach, aber ich glaube, wir haben es geschafft."

Ich atmete aus; ich hatte gar nicht gemerkt, dass ich die Luft angehalten hatte. „Danke, Ron."

Er zuckte mit einer Schulter. „Irgendwer sollte den Nachfahren mal einen Dämpfer verpassen."

Ganz meine Meinung.

Ich nickte gedankenverloren und ging Richtung Bücherei. „Blöd nur, dass sie über die halbe Welt herrschen."

„Und über ganz Osttexas", fügte er hinzu.

Ich grinste zurück. „Genau."

In der Bücherei suchten wir uns den gleichen versteckten Tisch wie beim letzten Mal und setzten uns einander gegenüber. Was mich daran erinnerte …

„Übrigens hast du gestern dein Buch hier liegen lassen. Du weißt schon, das über Mythen und Legenden aus Osttexas."

Er zuckte mit den Schultern. „Das habe ich so oft gelesen, dass ich es bald auswendig kann."

„Interessiert dich so was?"

„Klar. Ein paar Sachen sind sogar wahr. Wenigstens fast."

Ich schnaubte. „Ach ja, was denn?"

Als er sich zurücklehnte, schnappte ich einen Gedanken auf: Vielleicht hat Mom unrecht, und sie weiß es doch. Ihre Mutter könnte es ihr trotzdem erzählt haben. „Na ja, zum Beispiel stimmt die Geschichte über die riesigen schwarzen Katzen im Wald bei Palestine."

„Riesige schwarze Katzen. Hier in Osttexas? Ja, klar. Panther leben doch im Dschungel, oder?"

„Diese nicht. Sie sind vor ein paar Hundert Jahren mit den irischen und schottischen Siedlern rübergekommen."

Okay, jetzt war ich mir sicher, dass er es nicht ernst meinte. „Warum sollten die Siedler denn große Raubkatzen als Haustiere mitbringen?"

„Nicht als Haustiere. Zu ihrem Schutz. Ursprünglich haben schottische und irische Adlige sie gehalten, um ihre Burgen vor Angriffen zu schützen und mit ihnen gegen die Engländer und andere Feinde zu kämpfen. Als sie nach Amerika gekommen sind, um neues Land zu besiedeln, haben sie die Katzen natürlich mitgebracht, um sich vor Bären und anderen Raubtieren in dieser Gegend zu schützen."

„Und jetzt laufen sie frei durch den Wald." Ich konnte mir den skeptischen Unterton nicht verkneifen.

Er hielt meinem Blick stand und nickte. „Seit dem letzten Jahrhundert nutzen die Siedler eher Technik und Waffen zu ihrem Schutz."

Ich schwieg lange, bevor ich den Kopf schüttelte. „Ich habe schon immer hier gelebt und noch nie von diesen Riesenkatzen gehört. Warum haben wir in Geschichte nie darüber geredet?" In der Grundschule hatten wir nicht nur ein-, sondern zweimal die Geschichte von Texas durchgenommen. Die Lehrer hatten uns vom Fort Alamo erzählt, von Davy Crockett und Sam Houston, von Lupinen und Spottdrosseln, den Blumen und Vögeln unseres Staates, und der Yellow Rose of Texas. Wir mussten sogar das Lied *The Yellow Rose of Texas* und den Treueeid auf die texanische Flagge auswendig lernen. Aber über sagenhafte schwarze Katzen war kein Wort gefallen.

Nein, Mom hatte recht, dachte er. *Sie weiß nichts.*

Fast hätte ich genervt geknurrt. *Wovon* wusste ich nichts?

„Sie sind nicht allgemein bekannt. Die Katzen verstecken sich gern tief im Wald. Aber einige Leute haben sie schon beim Jagen gesehen. Ich auch."

„Echt?"

Er grinste. „Ja. Am helllichten Tag, nicht mal zwanzig Meter von mir entfernt. Sie war riesig, mindestens eins achtzig von Kopf bis Hintern und richtig massig."

Ich beugte mich vor. „Was hast du gemacht?"

„Nichts. Sie hat mich nicht angegriffen oder so. Eigentlich sah sie ganz lieb aus."

„Hast du da gerade Hirsche gejagt?"

„Ja, wieso?"

„Wenn du dich mit dem Hirschurin eingesprüht hast, den die Jäger hier gerne nehmen, hast du wahrscheinlich so gestunken, dass sie dich nicht fressen wollte."

Ron warf den Kopf in den Nacken und lachte. „Woher kennst du denn Hirschurin? Gehst du auch jagen?" Er zog ungläubig die Augenbrauen hoch und ließ den Blick nach unten zu meinen hochhackigen Schuhen wandern, zu denen Dad mich heute endlich überredet hatte.

„Nein. Anne hat mir das erzählt. Sie geht jedes Jahr mit ihrem Onkel Danny jagen …"

Als er das Gesicht verzog, hätte ich mir die Zunge abbeißen können.

„Tut mir leid", murmelte ich.

Er starrte auf den Tisch. „Wir sollten lieber anfangen. Die Mittagspause ist gleich zu Ende."

„Stimmt." Ich räusperte mich und griff nach meiner Tasche.

Jemand kam zu unserem Tisch herüber. Es war die Bibliothekarin. Mist.

Ron reagierte zuerst. „Ach! Hallo, Mom."

Die Bibliothekarin war Rons Mutter? Kein Wunder, dass er jeden Tag ohne Erlaubnis von einem Lehrer hier sitzen durfte.

„Hallo, mein Sohn. Machst du deine Hausaufgaben?" Als sie ihn fragend ansah, fiel mir auf, wie ähnlich die beiden sich waren. Ron hatte ihre Augen und ihre Haarfarbe.

„Ja." Er wurde rot. „Ach, tut mir leid, das ist ..."

„Savannah Colbert. Ja, ich weiß", unterbrach ihn Mrs Abernathy ernst.

Komisch, dass sie mich kannte. Ich musterte ihr Gesicht, aber ich konnte ihre Gedanken nicht lesen. Ich hörte nur, wie sie in ihrem Kopf eine Melodie summte, die ich nicht kannte.

Hatte der Clann in der Stadt über mich getratscht? Oder hatte sie die Gerüchte über Tristan und mich gehört, die noch durch die Schule wehten wie Müll im Wind?

„Schön, dich endlich mal kennenzulernen", sagte sie. „Du kannst jederzeit in der Mittagspause herkommen." Lächelnd zerzauste sie Ron die Haare, bevor sie wieder ging.

Sobald sie außer Hörweite war, beugte ich mich über den Tisch und flüsterte: „Woher weiß sie, wer ich bin?"

„Mom leitet die Gesellschaft für Familienforschung in Jacksonville. Sie kennt alle Nachfahren."

Mein Herz raste. Ich saß wie erstarrt da. Die hölzerne Stuhlkante drückte in meine Oberschenkel. *Nachfahren.* Diesen Begriff hatte er schon auf dem Flur vor meinem Schließfach benutzt. Nur hatte mich das Blut so aus der Bahn geworfen, dass ich nicht aufgepasst hatte.

„Woher weißt du, dass sie Nachfahren heißen? Gehört deine Familie zum Clann?" Nur die Nachfahren selbst kannten diesen Namen. Wenn Ron auch ein Nachfahre war, würde der Clann mir

sicher verbieten, mit ihm allein zu sein.
„Nein. Aber meine Familie hat viel über sie gehört."
Warum hat ihre Familie ihr nichts von den Hütern erzählt? dachte er.

Ich hätte ihn zu gern gefragt, wer die Hüter waren. Aber damit hätte ich zugegeben, dass ich manchmal seine Gedanken lesen konnte. Ich hatte einfach keine Idee, wie ich das Thema unauffällig anschneiden sollte.

„Fangen wir lieber an." Er nahm sein Chemiebuch und schlug es beim heutigen Thema auf. Als ich mich nicht rührte, blickte er auf. „Soll ich dir jetzt bei Chemie helfen oder nicht?"

Anscheinend war er nicht sauer. Seine Gedanken drehten sich nur noch um die Hausaufgaben. Aber er benahm sich eindeutig anders als sonst.

Seufzend gab ich auf und nahm mein Chemiebuch.

Am nächsten Tag hatte ich eigentlich vor, mir in der Pause beim Lernen was einfallen lassen, um die Hüter zu erwähnen, aber vor der zweiten Stunde lief ich Michelle über den Weg. Ich wollte gerade zu meinem Englischkurs, als sie aus dem Sekretariat kam.

„He, wir haben dich gestern Mittag vermisst", begrüßte sie mich. „Heute kommst du aber, oder?"

„Äh, klar. Sicher." Vielleicht sollte ich versuchen, wieder in der Cafeteria zu essen. Ich sollte mich meiner Angst vor überfüllten Räumen stellen, die immer größer wurde, und probieren, ob ich das Gedankenlesen kontrollieren konnte. Im Unterricht hatte ich es jedenfalls noch nicht geschafft. Ohne die Zusammenfassungen, die ich in jeder Stunde auf dem Overheadprojektor lesen konnte, die Lehrbücher und Rons Hilfe in Chemie hätte ich schon ein echtes Problem gehabt. Ich würde dem Unterricht erst wieder folgen können, wenn ich gelernt hatte, wie ich die Gedanken von allen anderen im Raum ausblenden konnte.

„Klasse! Dann bis nachher." Michelle winkte lächelnd. Dann bog sie in einen Seitenflur ein, um zu ihrem Kurs zu gehen.

Seufzend machte ich mich auf den Weg zum Englischunterricht.

Es fiel mir schwer, nicht auf meinem Stuhl herumzurutschen und Tristan heimlich zu beobachten, während die Lehrerin ihren Unterricht herunterleierte. Tristan hing auf seinem Stuhl, die Beine lang ausgestreckt und an den Knöcheln übereinandergeschlagen, die Arme vor der breiten Brust verschränkt. Ein reizendes Stirnrunzeln rundete das Bild ab.

Schon seit ich hereingekommen war, saß er so da. Als wäre es ihm völlig egal, ob ich da war oder nicht.

Im Gegensatz zu mir. Je mehr ich an ihn dachte, desto lauter wurden die fremden Gedanken in meinem Kopf. Ich musste ruhiger werden und an etwas anderes denken. Also schloss ich die Augen und stellte mir vor, ich würde auf einer sonnigen Anhöhe Tai-Chi machen, während mir eine kühle Brise über die Haut strich …

„Miss Colbert."

Ich riss die Augen auf. Mrs Knowles stand vor dem Whiteboard und funkelte mich an.

„Würden Sie bitte versuchen, in meinem Unterricht nicht einzuschlafen?"

Hinten kicherte jemand. Wenigstens hatten sich meine ASW so weit heruntergeschraubt, dass ich die Lehrerin verstehen konnte.

„Ja, Mrs Knowles. Tut mir leid", murmelte ich.

„Danke. Wie ich gerade schon sagte …" Mrs Knowles machte mit dem Unterricht weiter und schrieb etwas ans Board.

Die fremden Gedanken lärmten nicht mehr so in meinem Kopf, aber leider spürte ich dadurch Tristans Gefühle stärker. Und was er ausströmte, war alles andere als Sonnenschein und Regenbogen.

Seine Wut und sein Schmerz waren fast überwältigend, sie rollten in dunklen Wellen auf mich zu. Ich hätte sie fast sehen können, wenn ich mich getraut hätte, ihm einen Blick zuzuwerfen.

Vielleicht war er mit seinem verletzten Stolz doch nicht so gut über uns hinweggekommen, wie alle glaubten.

Als es zur Mittagspause klingelte, war ich überrascht. Weil Tristan sich Zeit ließ, schnappte ich mir schnell meine Bücher und floh, damit wir nicht zusammen zur Tür gehen mussten.

„Hey." Als mich direkt vor der Klassentür ein Junge ansprach, machte ich fast einen Satz.

Wie erstarrt blickte ich hoch. Es war Ron.

„Oh. Hallo, Ron." Wir gingen aus der Nische zwischen den beiden Englischräumen auf den Hauptflur und ließen uns im Strom treiben.

„Treffen wir uns heute Mittag wieder?", fragte er.

„Oh, äh, ich habe Michelle vorhin versprochen, dass ich heute mit den Mädels esse. Können wir es auf morgen verschieben?"

Leichte Enttäuschung flackerte in Ron auf, zusammen mit dem Refrain von Celine Dions *All by Myself*. Fast hätte ich gelacht. Ich verkniff es mir, indem ich mir auf die Unterlippe biss.

Trotzdem lächelte er schief und zuckte leicht mit den Schultern. „Klar, kein Problem. Dann bis morgen."

Er winkte mir zum Abschied zu und ging zur Bücherei.

Als ich ihm nachsah, musste ich doch lächeln. Ron oder jemand aus seiner Familie war ein echter Fan von Celine Dion. In dem überfüllten Flur konnte ich seine Gedanken nur schwer heraushören, aber ich bekam ganz leise mit, wie er das Lied weitersummte.

Er schien richtig nett zu sein. Warum hatte er keine Freunde? Müsste er nicht mit den anderen Footballspielern beim Mittagessen sitzen?

Als Tristan vorbeiging, überliefen schmerzhafte Stiche meine Arme und meinen Nacken. Mit seinen langen Beinen rauschte er schneller davon, als kleinere Leute es im Laufschritt konnten.

Mit dem stechenden Gefühl verschwand auch meine gute Laune. Tristan war sauer. Stinksauer. Das konnte ich nicht ignorieren. Und ich verstand einfach nicht, auf wen. Auf mich? Auf den Clann und den Rat?

Wahrscheinlich auf uns alle.

Mir stiegen brennende Tränen in die Augen, und ich musste schnell blinzeln, um nicht zu weinen. Er wusste, dass ich das alles nur gemacht hatte, um ihn zu schützen. Glaubte er etwa, es mache mir Spaß, ohne ihn unglücklich zu sein?

Außerdem konnte er sich jetzt von Bethany bespaßen lassen.

Er mischte sich unter die anderen, die am Ende des Hauptflurs nach draußen strömten, und ich konnte mich wieder rühren. Aber auf dem Weg zur Cafeteria ging ich absichtlich langsam.

Als ich die Tür öffnete, benahmen sich plötzlich alle so, als seien sie Zuschauer bei einem seltsamen Tennisturnier. Erst sahen sie

225

mich an, dann ruckten die Köpfe in Tristans Richtung, der neben Bethany am Tisch der Charmers saß.

Mir drehte sich fast der Magen um.

Ich setzte mich neben Anne und schlug ein Buch auf. Meine Freundinnen starrten mich an. Also guckte ich mit einem gezwungenen Lächeln über den Rand des Buches. „Was ist?"

„Willst du auch was essen?", fragte Carrie.

„Ach nein, nicht jetzt. Ich habe keinen Hunger."

„Hab ich doch gesagt", grummelte Carrie vor sich hin. Ne Essstörung, ganz eindeutig, fügte sie in Gedanken hinzu.

Michelle beugte sich vor. „Savannah, gibt es irgendwas, worüber du mit uns reden willst? Wir sind für dich da. Das weißt du doch, oder? Du hast eine schwere Zeit durchgemacht: Deine Oma ist gestorben, du bist mit deinem Dad in ein Geisterhaus gezogen, und die ganze Sache mit Tri..., die ganzen anderen Sachen, meine ich. Aber das hat nichts mit dir zu tun oder damit, wie du aussiehst oder so."

Völlig verdutzt starrte ich sie an. „Ja. Ich weiß, dass ihr für mich da seid. Danke."

„Weiß dein Dad, dass du magersüchtig bist?", platzte Carrie heraus, die Hände auf dem Tisch gefaltet.

Oh, wow. Darum ging es also. Seufzend stützte ich den Kopf in die Hand. „Leute, ihr könnt die Gruppentherapie einstellen. Ich bin nicht magersüchtig."

„Hab ich euch doch gesagt", meinte Anne genervt.

„Wahrscheinlich sorgt er sich nicht genug, um es zu merken", überlegte Carrie.

„Was?", fragte ich. „Mein Dad sorgt sich sehr wohl um mich." Manchmal zu sehr, wenn er mich ständig ermahnte und zu Hause alle zwei Minuten fragte, wie es mir ging.

Carrie tat so, als hätte ich gar nichts gesagt. „Dein Dad merkt vielleicht nicht, dass du dich langsam umbringst, oder es ist ihm egal, aber uns nicht. Und du musst mehr schlafen."

Ich lehnte mich zurück. Das würde eine lange Mittagspause werden. „Ich habe keine Essstörung. Ich mache nur eine neue ..."

„Eine neue Diät? Ach bitte, den Spruch kennen wir schon", unterbrach Carrie mich schroff. „Für wie dumm hältst du uns eigentlich? Es ist offensichtlich, dass du ein Problem hast. Warum wärst du sonst von Annes Geburtstagsfeier abgehauen? Gestern hast du das Mittagessen ausfallen lassen, und vorgestern hast du auch nichts gegessen. Und heute isst du schon wieder nicht."

Ich wusste nicht, ob ich gerührt sein sollte, weil sie sich solche Sorgen machten, sauer, weil sie mir nicht glauben wollten, oder beunruhigt, weil ich keine Ahnung hatte, wie ich sie überzeugen sollte. Wenn ich etwas gegessen hätte, wäre es mir nur wieder hochgekommen, und dann hätten sie sich noch mehr Sorgen gemacht.

Ich versuchte es noch einmal. „Leute, ich schwöre euch, dass ich nicht versuche, abzunehmen. Ich vertrage nur nicht mehr alles so wie früher."

„Wie ich gesagt habe." Anne wandte sich zu mir um. „Ich habe ihnen erklärt, dass du nur Probleme mit dem Magen hast. Aber unsere zukünftige Superärztin ist vom Gegenteil überzeugt."

Michelles Blick wanderte von links nach rechts, als würde sie einem Tennisspiel zusehen. „Ich dachte immer, du hättest einen richtigen Pferdemagen, Sav. Haben dir die ganzen Chili-Cheese-Pommes letztes Jahr nicht gutgetan?"

„Na ja, stimmt schon", fing Carrie recht zögerlich an. „Nach längeren Stressphasen kann man wirklich Verdauungsprobleme bekommen. Vielleicht hat sie ein Magengeschwür und kann nicht viel essen, bis die Magenschleimhaut geheilt ist."

„Und Stress hatte sie in letzter Zeit genug." Michelle lächelte mich mitfühlend an.

„Und warum warst du gestern Mittag nicht hier?", fragte Anne.

„Ach ja, das", druckste ich herum. „Das wollte ich euch noch erzählen – ihr erratet nie, mit wem ich Chemie und Englisch habe."

„Ron Abernathy?", meinte Anne trocken.

„Ja. Er braucht Hilfe in Englisch, und ich habe keinen Schimmer von Chemie. Deswegen wollen wir uns manchmal mittags in der Bücherei treffen und uns gegenseitig bei den Hausaufgaben helfen."

Anne starrte mich an. „In der Bücherei, was?"

„Weil es da leise ist", fügte ich hinzu. „Und weil seine Mom die

Bibliothekarin ist, brauchen wir keine Lehrererlaubnis, um da zu lernen."

„Klingt logisch", sagte Anne, als wäre das halb so wild.

Aber die Hitze, die sie ausströmte, sagte etwas anderes. Fast als wäre sie ...

Sie war eifersüchtig.

„Anne, so ist das überhaupt nicht." Ich kam mir vor, als würde ich plötzlich einem wilden Tier gegenüberstehen, das ich mit ruhiger Stimme besänftigen musste. „Ich würde nie was mit deinem Ex anfangen. Außerdem ist er nicht mein Typ."

„Echt nicht? Große blonde Footballspieler mit ernsten Augen sind nicht dein Typ?"

Wenn es nicht so beleidigend gewesen wäre, hätte ich darüber gelacht. „Ron ist ganz anders als ... ihr wisst schon."

Carrie sah mich finster an, während Anne sich auf einmal ungemein für ihre Limo interessierte.

Ich berührte Anne an der Schulter. „Komm schon, Anne. Du kennst mich doch. Ich würde mich nie an einen Jungen ranmachen, den du magst. Und ich weiß, dass du noch was für Ron empfindest. Und auch sonst würde ich mich nicht mit ihm verabreden." Nach den letzten beiden Beziehungsversuchen würde ich das bestimmt nicht noch mal probieren. Zwei komplette Katastrophen reichten mir fürs restliche Leben.

„Ich weiß", murmelte Anne, aber es klang nicht so, als würde sie es glauben. Sie sah mich an, seufzte und sagte mit mehr Nachdruck: „Ich weiß es wirklich. Ich weiß, dass du dich nie mit Ron verabreden würdest."

„Trotzdem hätte er jemand anderen um Hilfe bitten können", grummelte Carrie.

„Hat er überhaupt Freunde?" Ich war neugierig geworden.

Die allgemeine Antwort bestand aus Schulterzucken und Kopfschütteln.

Ich wandte mich wieder an Anne. „Gibt es irgendeinen Grund, warum ich nicht wenigstens nett sein und ihm in Englisch helfen sollte?"

„Du meinst, abgesehen davon, dass er der Ex deiner besten Freundin ist?", fragte Carrie.

„Anne hat mit ihm Schluss gemacht, nicht umgekehrt", wandte Michelle ein.

Anne schwieg.

„Es ist deine Entscheidung, Anne", sagte ich. „Ein Wort von dir, und ich suche mir einen anderen Versuchspartner für Chemie und sage Ron, er muss sich in Englisch allein durchschlagen."

Wenn ihr dabei so unwohl war, sollte ich vielleicht doch nicht versuchen, den beiden bei ihren Problemen zu helfen.

„Du musst mir nicht sagen, was zwischen euch los war", fügte ich hinzu. „Aber sag mir wenigstens … Soll ich ihn für dich fertigmachen? Mache ich gerne. Ich gehe sofort in die Bücherei und verarbeite ihn zu Kleinholz. Nur ein Wort von dir, und ich begrab ihn unter den schwersten Schinken, die ich in der Bibliothek finden kann."

Michelle kicherte, und sogar Carries Lippen zuckten.

Widerwillig lächelte Anne. „Nein, mach ihn nicht fertig. Sonst brichst du dir noch die dünnen Arme. Du hast recht. Ich habe mit ihm Schluss gemacht, nicht er mit mir. Und … eigentlich ist es nicht mal seine Schuld. Ich meine, er hat ja nichts gemacht. Ich konnte nur nicht anders."

Durch Annes Gedanken rasten schwarze Katzen. Was sollte das mit diesen Viechern?

„Also kann ich mich ruhig jeden zweiten Tag mit ihm mittags zum Lernen treffen?"

Sie verdrehte die Augen und seufzte laut. „Na ja, ich kann ihm ja nicht mehr helfen. Und in Englisch ist er echt eine Niete. Wenn du ihm keine Nachhilfe gibst, besteht er den Kurs am Ende nicht und darf nicht mehr Football spielen. Und das darf auf keinen Fall passieren."

Carrie schnaubte.

„Also meinetwegen, hilf dem alten Querkopf ruhig bei Englisch." Anne nahm ihre Limodose in die Hand und tat so, als habe unser ganzes Gespräch sie kaum gekratzt.

Doch ich durchschaute sie. Die Gefühle, die in ihr aufflackerten, erzählten die Wahrheit – sie war immer noch verrückt nach Ron und wünschte sich von ganzem Herzen, sie würde sich mittags mit ihm treffen, nicht ich.

Also gab es für die beiden noch Hoffnung.

Lächelnd stupste ich sie leicht mit der Schulter an. „Du bist doch ein alter Softie."

Sie verschluckte sich an ihrer Limo. „Wehe, du sagst das noch mal!" Offensichtlich entsetzt sah sie sich um. „Ich habe einen Ruf zu verlieren!"

Am nächsten Tag sagte ich im Chemieunterricht: „Ich habe Anne erzählt, dass wir uns gegenseitig Nachhilfe geben."

Ron wollte gerade nach einer Pipette greifen und stockte. „Was hat sie dazu gesagt?"

„Sie war nicht begeistert, aber sie meinte, es wäre in Ordnung."

„Aber toll fand sie es nicht?"

„Ich glaube, sie hat so ungefähr gesagt: ‚Na ja, ich helfe ihm nicht, und er ist in Englisch eine Niete. Also muss ihm wohl jemand helfen, damit er besteht.'"

Lächelnd beobachtete Ron das Becherglas, in dem eine grüne Flüssigkeit langsam aufkochte.

Ich schrieb die chemische Reaktion auf, wie der Lehrer gesagt hatte. „Mal ehrlich, Ron. Ich soll dir nicht nur bei den Hausaufgaben helfen, weil du Anne eifersüchtig machen willst, oder?"

Er runzelte die Stirn. „Was? So ein Quatsch. Außerdem war es deine Idee. Und wieso sollte ich versuchen, sie eifersüchtig zu machen? Sie weiß auch so, was ich für sie empfinde." Er maß zwei Tropfen Wasser ab und gab sie in das Becherglas, woraufhin sich der Inhalt blau färbte. „Sie weiß, dass sie nur ein Wort sagen muss, wenn sie es sich anders überlegt."

„Dann würdest du sie zurücknehmen? Einfach so? Obwohl sie mit dir Schluss gemacht hat?"

Er zuckte mit den Schultern. „Mit Stolz macht man sich nur das Leben schwer. Je weniger Stolz man hat, desto einfacher bekommt man das, was man will."

„Hm. Hast du das mal Anne gesagt?"

Mit finsterer Miene las er unsere Versuchsanleitung. „Ich hoffe, dass sie es irgendwann versteht."

„Du weißt schon noch, wie dickköpfig sie ist, oder?"

Er grinste. „Das vermisse ich mit am meisten." Nachdem er noch zwei Tropfen Wasser ins Becherglas gegeben hatte, sah er mich an und sagte: „Weißt du, ich könnte dich das Gleiche fragen. Arbeitest du mit mir zusammen, um jemand Bestimmten eifersüchtig zu machen?"

Jetzt runzelte ich die Stirn. „Nein. Wieso sollte ich? Ich habe doch mit ihm Schluss gemacht."

„Ich habe gehört, dass er mit einem Mädchen von den Charmers zusammen ist."

Ich schluckte schwer und konzentrierte mich darauf, Notizen zu machen. „Schön für ihn. Er hat es verdient, glücklich zu sein."

Er war in Sicherheit. Nur das zählte.

„Mit einer anderen?"

„Wenn sie ihn glücklich macht."

„Das ist echt groß von dir. Ich weiß nicht, ob ich das auch sagen könnte." Er lehnte sich auf seinem Hocker nach hinten, dass die Metallbeine quietschten.

Ich rang mir ein schiefes Lächeln ab. „Glaub mal, es kostet mich auch jeden Tag was."

In den nächsten Wochen schlich sich eine Routine ein, die mein Leben zwar nicht glücklich, aber wenigstens angenehm machte. Na ja, größtenteils. Außer im Englischunterricht schaffte ich es, mich auf andere Dinge zu konzentrieren. Ich half den Charmers beim Training, den Spielen und dem Anheizen der Spieler davor, half meinen Freundinnen bei den Hausaufgaben und hörte mir jeden zweiten Tag beim Mittagessen den neuesten Klatsch von Michelle an. In Chemie und beim Lernen mittags arbeitete ich mit Ron und alberte mit ihm herum, abends übte ich mit Dad und Gowin, wenn er uns besuchte, Tai-Chi, machte meine Hausaufgaben und fiel danach ins Bett. Und natürlich schlich ich mich in jedem freien Moment zu Nannas Haus, um zaubern zu üben. Das einzige Problem dabei war, dass ich meine Hexenkräfte in den ersten ein, zwei Tagen, wenn ich Blut getrunken hatte, nicht anzapfen konnte. Bisher hatte ich die Theorie, dass meine Vampirseite durch das Blut zu stark wurde und meine anderen Fähigkeiten unterdrückte. Entweder das, oder das Blut machte mich vorübergehend so menschlich, dass ich zu wenig Hexe war, um zu zaubern.

Schlimm waren der Englischunterricht und die Wochenenden, wenn ich getrunken hatte. Denn dann konnte ich mir nicht vormachen, es wäre alles in Ordnung.

Egal, wie spät es geworden war: Freitagabends nach dem Footballspiel saßen Dad und Gowin in der Küche und warteten mit einem Fläschchen Blut auf mich. Und ich musste es trinken. Ich hatte jede Ausrede versucht, um mich davor zu drücken. Aber ich hatte es nie geschafft.

„Nach einer Weile werden dir die Bluterinnerungen gefallen", versprach Gowin eines Abends, als er mich in meinem Zimmer fand. Ich saß schweißgebadet auf dem Boden und hatte die Hände an den Kopf gepresst, während Bilder durch meinen Schädel wirbelten.

„Wie kann das irgendwem gefallen?", brach es aus mir heraus.

„Sieh es einfach als eine Art Kurzurlaub von deinem Leben. Du kannst mal jemand anders sein."

„Aber was ich dabei sehe, ergibt keinen Sinn! Ich weiß nicht, wer diese Leute sind oder wer ich in den Erinnerungen sein soll."

„Dann stell dir vor, du würdest einen von diesen abgedrehten Kunstfilmen sehen, die man gar nicht verstehen soll. Ergibt dein Leben immer einen Sinn? Oder die ganze Welt? Natürlich nicht. Soll sie auch nicht. Das echte Leben ist Chaos, Herzchen, nicht Ordnung. Wir Vampire werden nur durch Menschen und den Rest Menschlichkeit in uns dazu getrieben, dass wir in allem einen Sinn erkennen wollen."

Aber ich konnte Chaos nicht ausstehen. Für mich war es schrecklich, so gar keine Kontrolle über meinen Verstand zu haben. Und noch weniger konnte ich es leiden, wenn mir etwas meine angeborenen Zauberkräfte nahm.

Der Englischunterricht war nicht viel besser. In den anderen Fächern beherrschte ich die ASW mittlerweile so weit, dass ich die fremden Gedanken nur noch leise hörte. Nur nahm ich Tristan dadurch umso deutlicher wahr. Und manchmal schnappte ich sogar seine Gedanken auf.

Tristans Gedanken zu hören war wunderbar und zugleich eine Qual. Wenn ich ihn in meinem Kopf ganz ungefiltert hören konnte, fühlte ich mich ihm näher als je zuvor.

Gleichzeitig fiel es mir noch schwerer, meine Gefühle für ihn im Zaum zu halten.

Besonders jetzt, während sich alle auf den jährlichen Maskenball der Charmers vorbereiteten, unsere größte Spendenaktion des Jahres. Beim Training musste ich mich ständig konzentrieren, um Bethanys aufgekratztes Geplapper auszublenden. Sie überlegte, welche Kostüme sie und Tristan zum Ball anziehen könnten, die zusammenpassten. Offenbar hatte er gesagt, er würde anziehen, was sie wollte.

Letztes Jahr hatte er darauf bestanden, dass wir uns als Paar verkleiden, er als Ritter und ich als Engel. Wie Leonardo DiCaprio und Claire Danes in der Verfilmung von *Romeo und Julia*. Und dann war Bethany abends als Guinevere aufgetaucht, und alle hatten geglaubt, Tristan hätte sich als ihr Ritter Lanzelot verkleidet.

Schon damals hatte Bethany es geschafft, wie die perfekte Freundin für Tristan auszusehen.

Dieses Jahr konnte sie ganz offen für sich und ihn passende Kostüme aussuchen. Sie würde den ganzen Abend über an seinem Arm hängen, genau wie beim Ball zum Schulbeginn im September.

Und natürlich konnte sie ihn küssen, so viel sie wollte, ohne ihn vielleicht aus Versehen umzubringen.

Beim Maskenball würden sie schön damit prunken können, was für ein perfektes Paar sie waren. Und ich dürfte wie üblich kochen und Essen und Getränke am Imbissstand servieren, der uns die halbe Kasse füllte.

Während sie den ganzen Abend in Tristans Armen tanzen würde, würde ich hinter einem großen Topf mit Käsesoße und einem Plastikglas voller Gurken versauern.

Ich würde echt drei Kreuze schlagen, wenn Halloween vorbei war. Zu blöd, dass es bis dahin noch Wochen dauerte.

20. KAPITEL

Tristan

In diesem Jahr verband mich eine echte Hassliebe mit dem Englischunterricht. Manchmal war ich dankbar, dass ich einfach neben Savannah sitzen und sie heimlich ansehen konnte, wenn sie etwas las oder aufschrieb.

Aber sie machte es mir nicht gerade leicht, sie zu vergessen, wenn sie in Röcken und hohen Schuhen ankam, die ihre umwerfenden langen Beine zur Geltung brachten.

Wollte sie mich jetzt quälen? So sadistisch kannte ich sie gar nicht. Vielleicht war das ein Zeichen dafür, dass ihre Vampirseite stärker wurde.

Sie hatte die Beine übereinandergeschlagen, stellte jetzt die Füße nebeneinander auf den Boden und zog sie unter ihren Stuhl. Dabei funkelten die kleinen Steinchen an ihrem Absatz.

Mist. Früher hatte ich doch nie auf Schuhe von Mädchen geachtet. Sav machte mich noch zu einem Schuhfetischisten.

Ihre Füße zuckten.

Bestimmt nur Zufall, dass ich gerade über sie nachgedacht hatte. Oder?

Ich warf ihr einen Blick zu, weil ich wissen wollte, ob sie mich ansah. Sie drehte sich zur anderen Richtung und bückte sich, um in ihrer Sporttasche rumzukramen. Weil sie meinem Blick ausweichen wollte? Wahrscheinlich.

Vielleicht sollte ich sie nach dem Unterricht mal ansprechen und sehen, wie sie reagierte.

Sie zuckte zusammen, verkrampfte die Schultern und saß da wie erstarrt. Fast als hätte sie mich gehört.

Nein, das konnte nicht sein. Jeder wusste doch, dass Vampire und Hexen nicht die Gedanken der jeweils anderen lesen konnten. Ein einfacher Überlebensmechanismus, den unsere beiden Arten im Laufe der Jahrhunderte entwickelt hatten, um sich voreinander zu schützen.

Wenn ich also mein Buch auf den Boden werfen würde …

Schon als ich nach dem Buch griff, schreckte sie zusammen, als hätte ich es fallen lassen.

Langsam lehnte sie sich zurück und schrieb weiter von der Tafel ab.

Konzentriert dachte ich: *Savannah. Kannst du mich hören?*

Ihre Schreibhand zuckte, ihr Stift zog einen blauen Strich quer über das Blatt.

Ich wartete darauf, dass sie mich ansah. Stattdessen presste sie die Lippen zusammen und schrieb weiter. Das war die erste Gefühlsregung, die ich seit unserem Streit beim Charmers-Training im letzten Schuljahr bei ihr sah. Ich hatte mich schon gefragt, ob ihr Gesicht in dieser Maske der Eisprinzessin festgefroren war, die ich langsam richtig hasste. Früher hatte ich ihre Stimmungen so leicht lesen können. Jedes Gefühl hatte sich klar auf ihrem Gesicht und in der Farbe ihrer Augen widergespiegelt.

Aber in letzter Zeit hatten ihre Iris nur noch eisig silbergrau geschimmert.

Gezielt dachte ich daran, wie ich sie im Flugzeug des Rates das letzte Mal in den Armen gehalten hatte, wie sie auf meinem Schoß gesessen hatte, den Kopf an meine Schulter gelehnt, beide Arme um mich geschlungen. An ihre Fingerspitzen, die auf meinem Rücken winzige Kreise beschrieben hatten. An ihre Haare unter meinem Kinn, die nach Lavendel dufteten. An das Gefühl, sie zu küssen …

Sie seufzte. Aber vielleicht auch nur zufällig.

Also versuchte ich es mit einer anderen Taktik, mit der ich hoffentlich eine deutlichere Reaktion ernten würde. Ich stellte mir vor, wie ich unter der Tribüne am Spielfeldrand Bethany küsste. Dabei hatten wir das noch nie getan. Ich hatte darauf geachtet, Bethany nichts vorzumachen, und sie höchstens mal zum Abschied auf die Wange geküsst. Wahrscheinlich verbrachten wir zu viel Zeit miteinander, aber Bethany war eine gute Freundin.

Allerdings dachte ich jetzt nicht an die Tatsachen. Ich stellte mir vor, ich würde Bethany in den Armen halten, ihren Rücken streicheln, die Hände in ihren Haaren vergraben …

Savannahs Stift zerbrach und bekleckerte ihre Hand und das

Blatt, auf dem sie schrieb. Zähneknirschend stand sie auf, um Stift und Blatt in den Mülleimer neben der Tür zu werfen. Dann bat sie die Lehrerin, sich auf der Toilette die Hände waschen zu dürfen.

Und ob Savannah meine Gedanken hören konnte.

Die einzige Frage war, ob ich auch ihre hören könnte, wenn ich es versuchte.

Ich lehnte mich zurück und tat so, als würde ich, wie alle anderen, mitschreiben. Als Savannah zurückkam, sah ich nicht auf. Ich wartete, bis sie wieder saß und mitschrieb, bevor ich versuchte, in sie hineinzuhören. Normalerweise reichte das. Es sei denn, der Belauschte war ein Nachfahre und hatte gelernt, seine Gedanken abzuschirmen.

Ich bekam nichts mit, nicht mal ein einzelnes Wort oder ein Bild. Auch kein Rauschen oder Musik oder einen anderen Hinweis darauf, dass sie mich absichtlich aussperrte.

Ich versuchte es intensiver, starrte sie direkt an und bündelte meine ganze Energie.

Sie atmete scharf durch die Nase ein und rieb sich die Unterarme, die von einer Gänsehaut überzogen waren.

Mist. Ich hatte nicht daran gedacht, mein Energielevel zu kontrollieren.

Tut mir leid, dachte ich und schraubte meinen Energieausstoß herunter.

„Schon gut", antwortete sie. Ihre Augen waren weit aufgerissen vor Schreck.

„Was ist schon gut?", fragte die Lehrerin, die zwei Meter entfernt hinter ihrem Tisch stand.

„Oh, ich, äh ...", druckste Savannah herum.

„Ich habe mich bei ihr entschuldigt, weil ich vergessen habe, dass wir zusammen lernen wollten", sprang Ron ein.

Was totaler Quatsch war. Savannah hatte nicht mal in seine Richtung gesehen.

Ron deckte sie. Aber warum?

In letzter Zeit ging sie mittags oft mit ihm in die Bücherei. Um zu lernen?

Warum lernten sie nicht in der Cafeteria, wo sie jeder sehen konnte?

Letztes Jahr waren Ron und Anne miteinander gegangen. War Sav jetzt mit ihm zusammen und wollte das vor Anne verheimlichen?

Nein, das würde Savannah nicht tun. Niemals würde sie ihrer besten Freundin wehtun und etwas mit Annes Ex anfangen.

Andererseits hatte Savannah unsere Beziehung letztes Jahr auch monatelang geheim gehalten. Vielleicht hatte sie sich daran gewöhnt.

Als es zur Mittagspause klingelte, ließ ich mir Zeit dabei, meine Sachen einzusammeln, damit Ron und Savannah zuerst gehen konnten. Ich folgte ihnen auf den Hauptflur. Vor meinem Schließfach blieb ich stehen und tat so, als müsste ich andere Bücher rausholen, während ich ihnen nachsah. Anscheinend hatte Ron etwas Witziges gesagt, denn Savannah lachte. Sie stieß ihn leicht mit der Schulter an. Vor der Bücherei blieb er stehen und hielt ihr die Tür auf, damit sie vorgehen konnte.

Ich stand wie angewurzelt da, während das einzige Mädchen, das ich je geliebt hatte, mit einem anderen Jungen in der Bücherei verschwand. Aber dieses Mal war es noch schlimmer, sie mit einem anderen zu sehen als beim letzten Mal mit dem Spinner Greg. Jetzt wusste ich nämlich, wie es sich anfühlte, sie in den Armen zu halten, sie zu küssen, ihre geröteten Wangen zu sehen und zu wissen, dass ich der Grund dafür war. Dieses Mal bedeutete ein anderer Junge an ihrer Seite, dass ich sie wirklich verloren hatte.

Savannah hatte einen neuen Anfang gemacht.

Nachmittags beim Footballtraining beobachtete ich Ron. Der Typ besaß doch tatsächlich die Frechheit, mir auf dem Weg zum Sportplatz zuzunicken.

Ich nickte nicht zurück.

Ron spielte als Running Back, ich als Offensive Lineman. Meine Aufgabe war es, ihm zu helfen, wenn er den Ball fangen oder zu einem Touchdown tragen wollte. Nachdem ich ein halbes Jahr verpasst hatte, hatte ich mich monatelang abgerackert, um meinen

Platz im Team zurückzugewinnen.

Auch wenn es dem Trainer nicht gefallen würde, versaute ich ein paar Spielzüge. Ich konnte nicht anders. Statt die gegnerischen Spieler zu blocken und Ron so den Weg freizuhalten, ließ ich sie durch, und Ron wurde umgerannt. Nach dem vierten Mal bekam er es endlich mit.

„Mann, was soll das?", knurrte er, während er Grasklumpen und Erde von seinem Gesichtsschutz klaubte.

„Hoppla. Ich vergesse immer die Regeln. Sollte ich nach links oder nach rechts?", fragte ich und grinste falsch.

Er starrte mich einfach nur an. Dann zog er wütend ab.

Als wir nach dem Training gleichzeitig das Duschhaus verließen, nickte er mir nicht mehr zu.

Ich war so damit beschäftigt, ihm nicht durch Magie eins überzubraten, dass ich fast Bethany umgerannt hätte. Sie hatte vor der Tür auf mich gewartet.

„Ach. Hallo." Verdutzt sah ich sie an. Waren wir verabredet, und ich hatte es vergessen? Es wäre nicht das erste Mal gewesen, dass ich etwas gesagt und es nachher verschwitzt hatte. Und mir war ein Rätsel, warum sie nie sauer wurde.

„Hallo." Lächelnd strich sie sich das Haar zurück. „Ähm, ich frage nicht gerne, aber könntest du mich nach Hause fahren? Mein Auto springt nicht an."

„Ja, klar." Das war das Mindeste, was ich tun konnte, nachdem sie mir den ganzen Sommer über geholfen hatte. Nach dem Unfall hatte sie mir die Hausaufgaben ins Krankenhaus gebracht und mir geholfen, mich auf die Klausuren vorzubereiten. Danach hatte sie mich wochenlang zur Physiotherapie gefahren. Ich konnte die Stunden gar nicht zählen, in denen sie mich bei der schmerzhaften Reha angefeuert hatte.

„Danke." Ihr verlegenes, zögerliches Lächeln wich Erleichterung.

Wir gingen zusammen über den Parkplatz für die Trainer zum Parkplatz vor dem Sport- und Kunstgebäude, auf dem ich mein Auto seit einer Weile abstellte.

„Sind alle anderen schon weg?", fragte ich, um überhaupt etwas zu sagen. Bethany schien es nicht stören, wenn wir oft einfach schwiegen. Mich aber schon. Savannah und ich hatten nie Schwierigkeiten gehabt, ein Thema zu finden. An der Stille zwischen Bethany und mir trug ich die Schuld. Ich ging nicht genug auf sie ein, um zu wissen, worüber ich mit ihr reden sollte.

„Ja. Nur Savannah müsste noch irgendwo sein. Wenn ich dich nicht mehr erwischt hätte, hätte ich sie gefragt."

Unwillkürlich ging ich langsamer. Ich sah zum vorderen Parkplatz hinüber, der zwischen der Cafeteria und dem Mathegebäude zum Teil zu sehen war. Und tatsächlich stand Savs kleiner grau grundierter Pick-up als einziges Auto noch auf der dämmrigen Fläche. Also war seine Besitzerin wahrscheinlich in der dritten Etage des Sport- und Kunstgebäudes und schloss die Tanzräume ab. Allein.

Wenn nicht Ron bei ihr war ...

Als ich mein Auto erreichte, schloss ich die Fahrertür auf. Ich wollte innen auf den Knopf am Griff drücken, um für Bethany die Beifahrerseite zu entriegeln. Aber dann fiel mir wieder ein, dass mein neuer Pick-up ein älteres Modell und nicht so luxuriös ausgestattet war wie mein altes Auto. Zum Beispiel hatte es keine Zentralverriegelung.

Seufzend beugte ich mich über die Sitzbank und zog am Türgriff. Während Bethany einstieg, sah ich mich um.

Rons blöder schwarzer Mustang war schon weg. Also lief Sav wirklich allein auf dem Schulgelände herum.

Eigentlich hätte es mir egal sein sollen. Sie hatte mich abserviert. Zwei Mal, obwohl ich sie fast angefleht hatte, es nicht zu tun. Und sie hatte einen neuen Freund. Sollte er sich doch Sorgen um sie machen. Sie hatte mehr als deutlich gezeigt, dass ich der Einzige war, der sich noch an die Vergangenheit klammerte.

Ganz zu schweigen davon, dass sie eine Vampirin war. Sie konnte selbst auf sich aufpassen. Angeblich. Verdammt, im Grunde war sie jetzt der Feind. Eines der wenigen Ungeheuer auf der Welt, vor denen ich Angst haben sollte.

Das summierte sich zu einer langen Liste von guten Gründen, warum ich wegfahren sollte, ohne mich noch mal umzusehen.

Aber das konnte ich nicht.
Leise fluchend stieß ich meine Tür auf.
„Tristan?"
Mist. Ich hatte gar nicht mehr an Bethany gedacht. „Ähm, ich habe etwas vergessen. Verriegle die Türen, ich bin gleich wieder da." Ich ließ den Motor an und schaltete die Heizung ein. Gemächlich schlenderte ich zurück zum Duschhaus. Dabei behielt ich die ganze Zeit den Eingang zum Sport- und Kunstgebäude im Auge. Dort müsste Savannah herauskommen, wenn sie ging.

Beim Duschhaus wurde mir klar, dass ich keinen Grund hatte, hier zu sein. Also tat ich so, als müsste ich etwas in meinem Schließfach suchen. Danach ging ich über den hinteren Parkplatz wieder genauso langsam Richtung Auto. An der Ecke zur Mädchensporthalle blieb ich stehen. Ich kam mir vor wie ein Idiot. Nachdem die Sonne untergegangen war, wurde es kühler, und ich vergrub die Hände in den Taschen meiner Collegejacke.

Zum Glück musste ich nicht lange warten. Sav kam wenig später aus dem Gebäude.

Während Savannah die Betonrampe vor den Eingangstüren herunterkam, schlenderte ich zu meinem Auto hinüber. Wir waren mindestens hundert Meter voneinander entfernt, und auf dem Parkplatz brannten nur ein paar funzelige Laternen. Trotzdem sah sie mich direkt an. Am Fuß der Rampe zögerte sie kurz, als wüsste sie nicht, was sie tun sollte. Und obwohl ich wusste, dass ich ihr nicht mehr wichtig war, raste mein Herz.

Sie krallte die Hände um den Schulterriemen ihrer Sporttasche, wandte sich ab und verschwand über den Rasen zwischen dem Mathegebäude und der Cafeteria.

Als ich mein Auto erreichte, beugte Bethany sich herüber und entriegelte die Tür für mich.

„Hast du es gefunden?", fragte sie, als ich mich hinter das Lenkrad setzte.

„Was?" Ich schnallte mich an und fummelte an der Heizung und dem Radio herum. Dann strahlten auf dem vorderen Parkplatz endlich Scheinwerfer auf und schwenkten zur Seite.

Ich legte den Gang ein und folgte mit einigem Abstand den Rücklichtern.

„Das, was du gesucht hast. Hast du es gefunden?", wiederholte Bethany geduldig.

„Nein, habe ich nicht."

21. KAPITEL

Savannah

Tristans Gesichtsausdruck hatte sich in mein Gedächtnis eingebrannt. Immer wieder, wenn ich am wenigsten damit rechnete, blitzte er in meiner Erinnerung auf. Er hatte so ... verletzt gewirkt. Und wütend.

Ich hatte gedacht, er hätte einen Neuanfang gemacht. Er traf sich schon seit Monaten mit Bethany. Wie konnte er mir da noch böse sein, weil ich das Richtige getan und für seine Sicherheit gesorgt hatte?

Vielleicht war das Problem, dass ich zu den wenigen Mädchen gehörte, die mit ihm Schluss gemacht hatten, nicht umgekehrt. Am Ende war nur sein Ego angekratzt und nicht sein Herz.

Warum auch immer, jedenfalls wollte er mich offenbar bei jeder Gelegenheit bestrafen, nachdem er herausgefunden hatte, dass ich seine Gedanken lesen konnte.

In der zweiten Woche, in der er mich mit endlosen Variationen von ihm und mir oder von ihm und Bethany quälte, hatte ich jedes Mitgefühl mit ihm verloren. Er benahm sich wie ein verwöhntes Balg. Wenn er mit diesem Mist weitermachte, würde ich Emily anrufen und sie bitten, mir einen Verwirrzauber anzufertigen oder was auch immer Tristan letztes Jahr benutzt hatte, um mir meine Stalker vom Hals zu halten.

Und wenn er deswegen in Englisch durchfallen würde und nicht mehr Football spielen dürfte, würde ihm das nur recht geschehen. Wie konnte man sich nur so bescheuert benehmen?

Außerdem war Bethanys Auto immer noch in der Werkstatt, und ich konnte Tristan nicht mal beim Charmers-Training entkommen. Jeden Morgen und jeden Nachmittag schwebte der goldene Prinz von Jacksonville ein und begleitete Bethany zuckersüß bis zur Laufbahn rund um den Sportplatz, auf dem die Tänzerinnen in der Footballsaison trainierten, wenn das Wetter es zuließ. Und wenn uns Regen in die Mädchenturnhalle trieb, die im Keller des Sport- und Kunstgebäudes lag, kam Tristan noch näher. Er brachte

Bethany bis zur Tür, während ich, ein paar Meter entfernt, die Musikanlage aufbaute.

Wenn er jedes Mal die gleiche Foltermethode angewandt hätte, hätte ich ihn vielleicht irgendwann ignorieren können. Aber Tristan war teuflisch einfallsreich. Natürlich half es ihm, dass er mich so gut kannte. Er wusste, dass er nur mit Bethany am Arm auftauchen musste, um mich zu treffen. Deshalb hob er sich die Bilder in seinen Erinnerungen für den Englischunterricht auf und ließ mich beim Charmers-Training „ganz zufällig" ihre Unterhaltungen mithören.

Die Tintenflecke auf meiner Schreibhand bekam ich nicht mehr weg, inzwischen versuchte ich es nicht mal mehr. Ich hatte in Englisch schon sechs Stifte zerbrochen. Zum Glück hatte ich durch meine Vampirgene auch Vorteile wie Schnelllesen und ein fast fotografisches Gedächtnis. So konnte ich im Lehrbuch nachlesen, was ich im Unterricht verpasste.

Meinem ständig steigenden Stresspegel tat das allerdings nicht gut.

In der Halloween-Woche wollte ich den Englischunterricht schlauer angehen. Ab Dienstag benutzte ich nur noch einen Bleistift zum Mitschreiben. Wenn Tristans Gedanken mir mal wieder Beinchen stellten und ich den Stift zerbrach, spitzte ich die Hälften einfach an und schrieb mit ihnen weiter.

Bis zum Ende der Stunde waren nur noch fünf Zentimeter Stift übrig. Was Tristan natürlich unglaublich witzig fand.

Junge, Junge, ihr Vampire habt echt Probleme bei der Aggressionsbewältigung, dachte er. Er lümmelte hinter seinem Schreibtisch, die Arme vor der Brust verschränkt, die langen Beine ausgestreckt.

Hätte die ASW doch nur in beide Richtungen funktioniert. Dann hätte ich ihm ordentlich die Meinung gegeigt.

Habt ihr dafür eine Selbsthilfegruppe? dachte er und verzog die vollen Lippen zu einem schiefen Grinsen. Ein Vampirtherapeut könnte damit richtig Kohle machen. Das heißt, wenn er die Sitzungen mit seinen Patienten überlebt.

Na gut, das entlockte mir doch ein kleines Lächeln. Daraus könnte ich glatt einen Beruf machen. Vampirtherapeutin mit

Schwerpunkt Aggressionsbewältigung. Aber nur, wenn ich vorher meine Aggressionen bewältigen konnte.

Wie würde eine Vampirtherapeutin Werbung für sich machen? Wahrscheinlich durch Mund-zu-Mund-Propaganda. Oder ich könnte mir Kunden vom Rat schicken lassen und durchgeknallte Vampire behandeln, die in der Öffentlichkeit die Beherrschung verloren.

Vielleicht sollte ich selbst mal ein paar Sitzungen buchen. Seine Worte klangen leise. Redete er immer noch mit mir? *Mann, als ich vor ein paar Tagen das mit dir und Ron mitbekommen habe, hätte ich am liebsten...* Die Worte verhallten und wurden von plastischen Bildern verdrängt, in denen Tristan Rons Gesicht zu Brei schlug.

Ich wusste gar nicht, was mich mehr erschreckte – dass er glaubte, Ron und ich wären zusammen, und deswegen sauer war oder dass ich selbst so schnell wütend wurde, dass ich mich nicht beherrschen konnte.

„Wenn du das machst, werde ich...", fauchte ich, beugte mich zu ihm und grub meine Fingernägel in die Tischplatte.

„Was wirst du?", murmelte Tristan. Er wandte den Kopf ein winziges Stück in meine Richtung und zog die Augenbrauen hoch. *Was würdest du tun, um deinen kleinen Liebling zu schützen?*

Jemand legte mir von hinten eine Hand auf die Schulter, aber ich konnte nicht sehen, wer. Ich sah nur, dass Tristans Augen blitzten wie zwei Smaragde vor einem lodernden Feuer. Am liebsten hätte ich sie ihm ausgestochen.

„Savannah, bleib locker", murmelte jemand nah an meinem Ohr. Ron hatte sich links neben mir über den Gang gebeugt. Aber was mich wieder runterbrachte, war nicht er. Auch nicht Mrs Knowles, die neben mir stand und ebenfalls meinte, ich solle mich beruhigen.

Sondern die beiden Fangzähne, die sich von innen gegen meine Oberlippe drückten. Kalte Angst breitete sich in mir aus und erstickte meine Wut. Dumme Tränen folgten ihr auf dem Fuß. Sie brannten in meinen Augen wie ein Gift, das mein Körper nicht verarbeiten konnte. Sie rannen mir schneller über die Wangen, als ich sie wegwischen konnte.

Ich schämte mich so, vor Tristan zu weinen, dass die Tränen nur noch stärker flossen.

„Wollen Sie nicht auf die Toilette gehen und sich beruhigen?" Mrs Knowles' Frage klang eher wie ein Befehl.

Meine Fangzähne hatten sich noch nicht zurückgezogen. Also nickte ich nur stumm und verschwand so schnell, wie ich es wagte. Ich wollte ja nicht als Vampirin auffallen.

Im Bad wischte ich mir mit Toilettenpapier die verlaufene Wimperntusche aus dem Gesicht. Danach stand ich nur da und klammerte mich an den Rand des Waschbeckens.

Wieso hatte Tristan so eine Wirkung auf mich? Niemand sonst konnte mich so leicht zum Lachen oder Weinen bringen wie er. Erst musste ich mich zusammenreißen, damit ich wegen ihm nicht laut im Unterricht lachte, und im nächsten Moment hätte ich ihn mit bloßen Händen erwürgen können! Nicht mal Dylan und die Zickenzwillinge konnten mich so auf die Palme bringen wie Tristan.

Ob das Terrortrio bald wieder mitmischen würde? Abgesehen von dem Blut an meinem Schließfach hatten sie schon länger nichts unternommen. Hatten sie genug davon, mich zu nerven? Oder hatten ihre Eltern ihnen gesagt, sie sollten mich in Ruhe lassen?

Vielleicht wussten sie auch, dass Tristan für sie weitermachte.

Wenn das der Grund war, hätten sie es sich nicht besser wünschen können. Egal, wie gut ich mich gegen ihn wappnete, Tristan fand immer wieder meine Schwachstellen.

Und was sollten die ganzen Bemerkungen über „mich und Ron" und über Ron als meinem „kleinen Liebling"? Er benahm sich, als dächte er tatsächlich, Ron und ich wären zusammen.

Und selbst wenn, wieso sollte das Tristan kümmern?

Er hatte jetzt Bethany, und jeder an der ganzen Schule konnte sehen, dass sie bis über beide Ohren in ihn verliebt war. Wieso konnte er nicht einfach mit ihr glücklich werden und aufhören, mich zu bestrafen? Unsere Trennung war schon Monate her. Und ganz offensichtlich liebte er mich nicht mehr. Sonst wäre er nicht so versessen darauf, mich unglücklich zu machen.

Das musste aufhören, egal, warum er sich so benahm. Der Vampirrat und der Clann würden sich nicht gerade freuen, wenn ich im

Unterricht meine Fangzähne bleckte. Wenn Tristan mir weiter so zusetzte, würde ich ihn verzaubern müssen oder mich zu Hause unterrichten lassen. Lange konnte ich das nicht mehr ertragen.

Ich ging erst zurück, als es zur Pause läutete. Ich dachte, der Klassenraum würde leer sein, aber das war er nicht. Sowohl Ron als auch Tristan warteten auf mich.

„Tut mir leid, Sav", murmelte Tristan. Er stand im Gang zwischen unseren Tischen, hatte sich vorgebeugt und mit den Händen an unseren Stuhllehnen abgestützt. Er konnte mich nicht ansehen. Und ich konnte ausnahmsweise nicht seine Gedanken hören.

Meine Fangzähne hatten sich auf der Toilette zurückgezogen. Trotzdem nickte ich lieber nur knapp, bevor ich meine Bücher nahm und mit Ron ging. Hätte ich etwas zu Tristan gesagt, wäre nichts Nettes dabei herausgekommen.

Zum Glück war heute ein Tag, an dem wir lernen wollten, und ich konnte mit Ron in die Bücherei flüchten. Meine Hände zitterten, als ich im Englischbuch blätterte. Vor meinen Augen verschwamm alles, ich konnte den Text nicht lesen.

Dieses Mal war Tristan echt zu weit gegangen. Für seine Prügeleien mit Dylan und Greg hatte es ja noch irgendwie einen Grund gegeben. Aber dass er Ron zusammenschlagen wollte, nur weil er dachte, wir wären zusammen?

Wie war er überhaupt darauf gekommen? Alle anderen wussten, dass Ron und ich nur Freunde waren, mehr nicht. Konnte Tristan nicht mal rumfragen, statt voreilige Schlüsse zu ziehen? Da konnte er genauso gut auf Anne, Carrie und Michelle eifersüchtig sein.

Das war doch alles albern. Tristan benahm sich völlig unvernünftig.

„Willst du darüber reden?" Rons Frage schreckte mich aus meinen Gedanken auf.

„Worüber?"

„Ach, keine Ahnung. Wie wäre es damit, was Tristan gedacht hat, um dich im Unterricht so aus der Fassung zu bringen?"

„Das ist ... Warte mal, was meinst du damit, was Tristan gedacht hat?"

„Nachfahren können doch angeblich die Gedanken von anderen

Nachfahren lesen. Weil er heute nichts laut gesagt hat, dachte ich, ihr hättet euch so unterhalten."

Ich kniff die Augen zusammen. „Woher weißt du so viel über die Nachfahren?"

Ron zuckte mit den Schultern. „Ich bin mit Geschichten über sie aufgewachsen. Wie alle in meiner Familie."

Worüber redete seine Mutter in ihrer Gesellschaft für Familienforschung eigentlich?

„Ich bin mir ziemlich sicher, dass ich nicht mit einem Außenstehenden darüber reden sollte, was der Clann kann", murmelte ich verlegen.

Er beugte sich vor und grinste. „Aber du kannst wirklich seine Gedanken lesen, oder?"

Im Hintergrund hörte ich seine Mutter, die am Ausleihtresen so laut wurde, dass ihre Stimme durch die ganze Bücherei schallte. Ihr Gesprächspartner am Telefon bekam ordentlich was zu hören.

„Was hat deine Mutter denn?"

„Ach, sie ist nur sauer, weil ein paar Spinner bei der Gesellschaft für Familienforschung eingebrochen sind und das Büro verwüstet haben."

„Oh nein. War es schlimm?"

„Sie haben die Aktenschränke aufgebrochen und Unterlagen durch die Gegend geworfen. Wahrscheinlich irgendwelche Hohlköpfe, denen einfach langweilig war und die nichts Besseres zu tun hatten. Keine Sorge, sie beruhigt sich schon wieder, wenn ihr die Polizei oft genug sagt, dass es keine Spuren gibt."

Jacksonville war zwar schön, aber außer einem Kino, ein paar Festen im Jahr und dem Rodeo war hier für Teenager kaum was los. Wenn keine lokalen Veranstaltungen anstanden, fuhren die meisten Leute am Wochenende die halbe Stunde nach Tyler oder noch weiter nach Dallas oder Houston.

Wer würde denn bei der Gesellschaft für Familienforschung einbrechen?

„Jetzt hör auf, um den heißen Brei herumzureden", sagte Ron. „Das war der Grund, warum du heute wirklich ausgerastet bist, oder? Weil du Tristans Gedanken lesen kannst. Er hat dich damit in den Wahnsinn getrieben, stimmt's?"

Mist. Rons Augen funkelten entschlossen. Er würde keine Ruhe geben.

Ich hatte es satt, so viele Geheimnisse für mich zu behalten, und seufzte. „Ja, kann ich. Und ja, er macht mich wahnsinnig. Wenn er nicht auf der Geschichte mit uns rumreitet, stellt er sich vor, er würde mit Bethany rummachen."

„Was für ein Arsch."

Rons Kommentar klang so mitfühlend, dass ich lächeln musste. „Ja, in letzter Zeit ist er das."

Ich merkte, dass ich das Lehrbuch beim falschen Kapitel aufgeschlagen hatte, und suchte die richtige Seite raus. „Was hast du vorhin zu ihm gesagt, als ich draußen war? Er hat sich ja sofort entschuldigt."

„Nichts", behauptete Ron mit Unschuldsmiene.

Ich grinste. „Ja, klar. Hast du ihm Prügel angedroht oder was?"

Diesen Kampf wollte ich mit Sicherheit nicht sehen. Beide waren etwa eins achtzig groß, hatten breite Schultern und waren durch das Footballtraining muskulös und schnell. Körperlich waren sie sich ebenbürtig. Wenn Tristan eine Prügelei mit Ron gewinnen wollte, müsste er schon auf Magie zurückgreifen.

Gestern hätte ich noch gewettet, dass Tristan nie zu so fiesen Mitteln greifen würde, wenn sein Gegner kein Nachfahre war. Heute war ich mir nicht mehr so sicher.

„Nein. Ich schwöre, wir haben kein Wort gesagt", sagte Ron. Ich starrte ihn durchdringend an, aber er zuckte nicht mal mit der Wimper. „Vielleicht hatte er nur ein schlechtes Gewissen, weil er dich zum Weinen gebracht hat."

Mir schnürte sich die Kehle zu, sodass ich heiser klang. „Das hat er schon lange nicht mehr geschafft."

Ron langte über den Tisch und tätschelte mir die Schulter. „Soll ich ihn für dich verprügeln?"

Ich musste laut lachen. „Das habe ich Anne mit dir auch angeboten."

Seine Augenbrauen schossen in die Höhe. „Und sie hat abgelehnt?"

Ich fing lächelnd an zu lesen, was ich im Unterricht verpasst hatte. „Vielleicht nicht. Vielleicht wollte sie, dass ich überraschend angreife."

Er schnaubte. „Das würde ich ihr glatt zutrauen. Wenn sie erst mal richtig sauer ist …"

„Ja, sie ist schon eine echte Kämpferin. Mit genug Wut im Bauch stürzt sie sich auf jeden, der in ihren Augen etwas falsch macht."

„Und deshalb würde sie dich auch nie bitten, mich für sie zu verprügeln."

Ich lachte. „Natürlich nicht. Das würde sie lieber selbst machen."

22. KAPITEL

Tristan

Heute hatte ich Savannah zum Weinen gebracht. Ich hatte sie schon früher erlebt, wenn sie den Tränen nah war, und einmal verschnieft und mit geröteten Augen vom Weinen, kurz bevor sie sich von Greg Stanwick getrennt hatte. Ich hatte gesehen, wie sie im Regen gekniet und ihre sterbende Großmutter in den Armen gehalten hatte, während sich wohl auch Tränen unter die Regentropfen auf ihren Wangen mischten.

Aber an dem, was heute in Englisch passiert war, war nichts zu deuteln: Savannah war in Tränen ausgebrochen. Wegen mir.

Damit war ich offiziell der größte Arsch in Osttexas.

Was stimmte nicht mit mir? In letzter Zeit war ich ständig stinksauer. Und es wurde einfach nicht besser, nicht mal durch Football.

„Tristan?"

„Hmm?" Ich reagierte rein aus Gewohnheit.

„Hast du überhaupt zugehört?" Bethanys Tonfall ließ mich endlich aufhorchen. Sie klang ein bisschen sauer.

„Oh. Tut mir leid. Was hast du gesagt?"

Sie erzählte irgendwas von Kostümen.

„Toll", nuschelte ich.

Ob Ron in der Bücherei Savannah gerade im Arm hielt und sie vielleicht sogar küsste, um sie zu trösten? Wahrscheinlich. Ich hätte das jedenfalls gemacht. Und sie war nicht in der Cafeteria. Wo hätte sie sein sollen, wenn nicht mit ihm in der Bücherei?

Bethany plapperte etwas über Kostüme für den Ball, zu dem ich sie begleiten wollte. Sie hatte sich beschwert, dass sie keine Verabredung dafür hatte, und um nett zu sein, hatte ich mich damit einverstanden erklärt, ihren Begleiter zu spielen.

Letztes Jahr hatten Savannah und ich tagelang überlegt, welche Kostüme zueinanderpassen würden, ohne dass andere es merkten, und uns dabei ständig aufgezogen. Als wir einmal Kostüme anprobierten, war mir zum ersten Mal „Ich liebe dich" herausgerutscht.

Ich war vor Nervosität fast gestorben, bis sie reagierte.

Und dann hatte sie mich mit ihrem süßen, wunderschönen Lächeln angesehen und diese drei kleinen Wörter erwidert ...

Stille. Ich sah Bethany an, die mich anfunkelte.

„Was ist?", fragte ich.

„Ich habe gerade gesagt, dass ich die Kostüme als Eilbestellung liefern lasse. Vergiss bitte nicht, es anzuprobieren und mir zu sagen, ob es passt, wenn deins heute oder morgen ankommt, ja?"

„Klar", stimmte ich zu und trank einen langen Schluck Limo.

Ich blickte quer durch die Cafeteria zu dem Platz, an dem Savannah normalerweise bei ihren Freundinnen gesessen hätte. Den leeren Platz neben Anne zu sehen war wie ein Schwinger in die Magengrube.

Anne lachte mit den anderen Mädchen am Tisch über etwas. Es musste schön sein, keine Ahnung zu haben.

Wie konnte Anne nicht wissen, was zwischen ihrer besten Freundin und ihrem Ex lief?

Bethany sagte etwas über ein Spiel.

„Was ist mit dem Spiel?", grummelte ich und starrte weiter auf den leeren Platz neben Anne.

Als Bethany empört schnaubte, schüttelte ich die Gedanken endlich ab. Ich lächelte sie verlegen an, und sie beruhigte sich.

„Ich habe gefragt, ob du mich immer noch Freitag nach dem Spiel nach Hause fahren willst", wiederholte sie.

„Ach so. Klar." Diese Woche spielten wir auswärts, gegen Pine Tree oder so. Egal, gegen wen, jedenfalls würden wir mit unseren Teams im Bus zurück zur Schule fahren. Doch von dort brauchte Bethany eine Mitfahrgelegenheit, und offenbar hatte ich irgendwann angeboten, sie nach Hause zu fahren.

Die Schulglocke klingelte. Bevor Bethany loslief, drückte sie mir lächelnd einen Kuss auf die Wange.

Ich machte mich langsamer auf den Weg. Ob es schlimm wäre, wenn ich Sav mit einem Entliebungszauber belegte, damit sie Ron vergaß? Ihre Beziehung zu ihm zeigte doch deutlich, dass sie den Verstand verloren hatte. Wenn ich die beiden auseinanderbrachte, bevor Anne etwas mitbekam, konnte ich vielleicht die Freundschaft zwischen Sav und Anne retten.

Als ich den Hauptflur betrat, seufzte ich tief. Nein, ich sollte mich lieber aus ihrem vermasselten Liebesleben heraushalten. Wenn sie ihre Freundschaften unbedingt kaputt machen wollte, konnte ich nichts dagegen tun.

Savannah

Normalerweise konnte ich das Gefühl, alle würden mich beobachten, als vampirtypischen Verfolgungswahn abtun. Aber Mittwoch früh beim Charmers-Training und danach in der zweiten Stunde in Chemie starrten mich wirklich alle an und tuschelten. Es hatte sich wohl rumgesprochen, dass ich gestern in Englisch ausgeflippt war. Also würde ich mich in den nächsten Tagen besonders anstrengen müssen, um die Gedanken der anderen auszublenden.

In Chemie beugte sich Ron zu mir und flüsterte: „Kommt es mir nur so vor, oder reden heute alle über uns?"

Ich schüttelte zähneknirschend den Kopf. „Das kommt dir nur so vor. Ich glaube, sie haben das von gestern gehört."

Er zog die Augenbrauen hoch. „Und das interessiert sie, weil ..."

„Weil sie alles spannend finden, was mit du weißt schon wem zu tun hat. Weil sie offenbar *sonst nichts zu tun haben.*" Vor Wut wurde ich am Ende etwas lauter als geplant.

Jemand kicherte, und als das Getuschel noch lauter wurde, hätte ich mir am liebsten die Ohren zugehalten. Aber das hätte dem Klatsch nur weiteres Futter gegeben.

Seufzend sagte ich: „Ignorier sie einfach. Was sollen wir denn heute nicht in die Luft jagen?"

Nach dem Charmers-Training war ich völlig fertig. Dank der kleinen Szene von Tristan und mir gestern hatte es mich heute viel Kraft gekostet, die fremden Gedanken auszusperren.

Ich schlurfte über den Parkplatz. Meine Sporttasche knallte mir bei jedem Schritt schmerzhaft gegen die Hüfte, und dann fand ich auch noch einen höchst unwillkommenen Besucher vor meinem Auto.

„Verzieh dich, Williams", fauchte ich, als ich die Fahrertür aufschloss und meine Sporttasche ins Auto warf, damit ich sie Dylan nicht noch über den Schädel zog. Heute war ich echt nicht in der Stimmung für ihn. Und es ging mir wirklich gegen den Strich, dass er sich gegen meinen Pick-up lehnte, als würde er ihm gehören.

„Ich habe von dir und Tristan gestern in Englisch gehört." Dylan stieß sich vom Auto ab, schleuderte sich den langen blonden Pony aus den Augen und kam näher.

Obwohl es mir zu nah war, wich ich nicht zurück. „Krieg dich ein, Dylan. Wir haben uns gestritten, nicht versöhnt."

„Ach, echt? Ich habe nämlich gehört, zwischen euch hätte es so gefunkt, dass es fast gebrannt hätte."

Mit meinem Seufzer schien der letzte Hauch Energie aus mir zu weichen. „Was willst du von mir? Ich habe schon vor Monaten mit ihm Schluss gemacht, und wir kommen nicht wieder zusammen."

Ich will dich.

Ich blinzelte. Diesen Gedanken hatte ich doch nicht wirklich gehört.

Zögerlich antwortete Dylan: „Ich will dich warnen. Glaub nicht, der Clann würde dich nicht mehr beobachten, das tun wir nämlich noch. Wir wissen, dass Tristan sich wieder bei den Charmers herumdrückt. Und wir wissen, dass du mit deinen irren Augen Opfer anlocken kannst."

Mir fiel auf, dass er peinlich darauf achtete, mir nicht direkt in die Augen zu sehen. Stattdessen hing sein Blick an meinen Lippen.

Wenn ich mich nicht so über seine Warnung geärgert hätte, hätte ich seine Angst vor meinem Tranceblick vielleicht amüsant gefunden. „Tja, wenn du als kleiner Spion für den Clann wirklich so gut wärst, müsstest du längst wissen, dass Tristan nur zum Charmers-Training kommt, um Bethany Brookes zu bringen und abzuholen."

„Kann sein. Oder es ist nur eine Ausrede, um dich zu sehen."

Die Tür zwischen uns ächzte, und ich merkte, dass ich sie zu fest gepackt hielt. „Oder du bist einfach paranoid und hast Wahnvor-

253

stellungen. Dank dir und deinem blöden Clann hasst Tristan mich jetzt."

Seine Mundwinkel zuckten. „Sollen wir euch die Szene gestern etwa abkaufen? Das war doch eindeutig gespielt."

Allmählich langweilte er mich. „Williams, du wiederholst dich. Ich fahre jetzt nach Hause. War wie immer schön, mit dir zu reden." Ich stieg ein.

Er blitzte mich unter seinem Pony hervor an und lächelte. „Komm gut nach Hause." Er zog ab und ging zum hinteren Parkplatz. Ich konnte nur hoffen, dass ihn jemand überfahren würde.

Sekunden später raste ein schwarzer Mustang vom hinteren Parkplatz rüber. Er bremste mit quietschenden Reifen, rutschte noch ein Stück über den Asphalt und kam neben mir zum Stehen. Durch das offene Fahrerfenster sah mich Ron erschrocken an.

„He, alles in Ordnung?" Er stellte den Wagen auf Parken und stieg aus.

„Äh, ja, wieso?" Ich konnte es nicht erwarten, nach Hause zu kommen. Nach der längsten, heißesten Dusche der Geschichte würde ich mein weichstes, bequemstes Nachthemd anziehen, vielleicht im Bett noch ein paar Hausaufgaben machen und dann schlafen wie ein Stein.

Ich steckte den Schlüssel ins Zündschloss.

„Ich habe gehört, dass Dylan dafür sorgen will, dass du dich auf keinen Fall mehr mit Tristan versöhnst."

Ich winkte ab. „Es ist alles in Ordnung."

Dann drehte ich den Schlüssel, um den Motor anzulassen.

Nichts. Nicht mal das Stottern einer leeren Batterie. Nachdem ich es noch einmal versucht hatte, lehnte ich den Kopf gegen das Lenkrad. „Na toll. Jetzt springt mein Auto nicht mehr an."

„Öffne mal die Motorhaube."

Ich zog am Hebel für die Motorhaube. Sie sprang ein Stück auf, und Ron löste die Verriegelung und öffnete sie ganz. Eigentlich wollte ich aussteigen und selbst nachsehen, aber ich war völlig fertig, und es hätte sowieso nichts gebracht. Ich hatte keine Ahnung von Motoren.

„Hm, ich glaube, ich habe das Problem erkannt", meinte Ron.

„Ja? Bekommst du es mit Gewebeband und Bindedraht wieder hin?" Anne riss gern Witze über die beiden beliebtesten Hilfsmittel der Südstaatler.

„Nicht mal ein Mechaniker mit einem kompletten Satz Werkzeuge würde dein Auto hinbekommen, wenigstens nicht ohne einen Haufen Ersatzteile. Komm mal her und sieh dir das an."

Seufzend stieg ich aus. Sogar ich erkannte das Problem auf den ersten Blick.

Der Motorraum war ein einziger geschmolzener Regenbogen aus Rot, Blau, Weiß und Grün. „Sag mal, ist das normal? Beim letzten Ölwechsel war es nämlich noch nicht so bunt."

„Nein, das ist ganz sicher nicht normal. Die ganze Verkabelung ist geschmolzen."

Was? Im Oktober? So heiß war es im Oktober nicht mal in Osttexas.

„Wie kann das nur ..." Oh. Natürlich. Ich bekam ein flaues Gefühl im Magen. „Dylan."

„Ja, wahrscheinlich. Sieht aus, als hätte er jedes einzelne Kabel im Auto geschmolzen."

Als ich schnupperte, bemerkte auch ich den Gestank. Vorhin war ich zu müde gewesen und hatte einfach nur Dylan loswerden wollen.

„Komm, ich bringe dich nach Hause." Ron klappte den Halter ein und schlug die Motorhaube zu. Es knallte so laut, dass ich zusammenzuckte. „Ich sag's nicht gerne, aber wahrscheinlich brauchst du ein neues Auto."

„Ernsthaft?", fragte ich. „Kann man keine neuen Kabel einziehen?"

„Doch, schon. Aber mein Onkel hat eine Werkstatt in Palestine, und ich helfe manchmal an den Wochenenden aus. Bei solchen Fällen sagt er meistens, dass eine neue Elektrik mehr kosten würde als ein ganzer Gebrauchtwagen. Vor allem bei so einem Auto." Er warf mir einen Blick zu. „Ist nicht böse gemeint."

„Schon gut. Meine Eltern haben ihn mir letztes Jahr zum sechzehnten Geburtstag geschenkt. Mom hatte nicht so viel Geld, und sie wollte auch nicht, dass Dad viel ausgibt."

Aber mein kleines Auto war immer brav und verlässlich gewesen und bei Wind und Wetter angesprungen. Es hatte mir kein einziges Mal Probleme gemacht. Bis Dylan es geschrottet hatte.

Zähneknirschend holte ich meine Tasche aus dem Auto und schlug die Fahrertür zu. Ich stieg neben Ron ein. Meinen kaputten Pick-up wollte ich nicht mal ansehen. Aber als wir losfuhren, starrte ich wie gebannt in den Seitenspiegel und sah zu, wie mein Auto immer kleiner wurde.

„Ich fasse es nicht, dass er das gemacht hat", sagte ich, während Ron durch das Viertel fuhr, das an das Schulgelände grenzte. „Woher wusstest du, was Dylan vorhat?"

„Ich wusste es gar nicht. Nicht genau, meine ich, nur dass er irgendwas geplant hat. Tut mir leid, dass ich nicht früh genug da war. Coach Parker hat mir ein paar Runden aufgebrummt, weil ich im Training nicht richtig aufgepasst habe. Sonst wäre ich früher gekommen, vielleicht hätte ich ihn aufhalten können. Hat er sonst noch was gemacht?" Er warf mir einen nervösen Blick zu.

„Nein, er hat mich nur mit seiner fixen Idee genervt, ich wollte wieder mit Tristan zusammen sein."

Und dass er gedacht hatte, er wollte mich, würde ich so schnell wie möglich vergessen. Schon bei der Vorstellung wurde mir ganz anders.

„Also, wohin soll's denn gehen?", fragte Ron einen Moment später.

„Nach Hause", antwortete ich seufzend.

Ich beschrieb ihm den Weg. Dann lehnte ich den Kopf zurück und schloss die Augen.

Ein paar Minuten später hielten wir mit einem Ruck an.

„Sieht aus, als würde jemand eine Party feiern", meinte Ron.

Ich hob den Kopf und öffnete die Augen. In unserer Auffahrt standen Autos, die mir bekannt vorkamen, und ein großer Wohnwagen. Es war das erste Mal, dass Mom mich besuchte, und offenbar hatten auch noch Anne, Carrie und Michelle beschlossen, heute vorbeizuschneien. Was, zum Teufel …

Dann fiel der Groschen. „Mein Gott. Ich habe doch glatt meinen eigenen Geburtstag vergessen!"

„Du hast heute Geburtstag?", fragte Ron überrascht.

Ich nickte. Bei dem ganzen Chaos im Moment hatte ich völlig vergessen, welchen Tag wir heute hatten. Seit 16.22 Uhr war ich siebzehn.

Und offenbar hatten alle eine Feier für mich geplant.

Mein erster Gedanke war: Oh, wie lieb! Für mich hatte noch nie jemand eine Überraschungsparty zum Geburtstag geschmissen.

Dann spürte ich, wie angespannt mein Nacken und meine Schultern waren. Ich war hundemüde. Nachdem ich den ganzen Tag mühsam den Tratsch über Tristan und mich abgeblockt und mein kaputtes Auto gefunden hatte, wollte ich nur noch nach oben kriechen und in mein Bett fallen. Jetzt ein Lächeln aufzusetzen und vor der ganzen Bande fröhlich zu tun war so ziemlich das Letzte, was ich wollte. Ich war den Menschen in diesem Haus wichtig. Sie wussten sofort, wenn mein Lächeln nur vorgetäuscht war. Da drin saßen alle, die ich lieb hatte und die mir am Herzen lagen, und ich wollte sie weder kränken noch verärgern.

Auch wenn ich müde war und keine Party wollte, wohnte ich hier. Ich konnte mich nicht vorzeitig entschuldigen und verschwinden, als säßen wir in einem Restaurant.

Noch dazu waren Mom und Dad im gleichen Raum. Das würde wie immer eine heikle Angelegenheit werden. Sie würde sich zwingen müssen, nett zu sein und sich ihrer Tochter zuliebe zu vertragen.

Und es würde mein erster Geburtstag ohne Nanna werden.

„Na dann herzlichen Glückwunsch!"

„Danke. Und danke, dass du mich nach Hause gefahren hast." Ich öffnete die Beifahrertür, zögerte aber noch, auszusteigen. Ron gehörte jetzt zu meinen Freunden. Er wäre gekränkt, wenn ich ihn nicht einladen würde.

Aber Anne war im Haus, und sie wäre sicher nicht begeistert davon, auf einer Party mit Ron festzusitzen.

Konnte mich mal bitte jemand pfählen?

„Willst du reinkommen? Wir haben bestimmt jede Menge Kuchen und Pizza." Ich sah mich kurz um.

Ron starrte zu Annes Auto hinüber. „Lieber nicht."

Ich holte tief Luft. „Doch, komm ruhig mit. Anne muss damit leben. Sie hat mir erzählt, dass sie sich trennen wollte und du eigentlich nichts falsch gemacht hast. Sie weiß, dass wir befreundet sind. Und es ist mein Geburtstag, nicht ihrer. Ich darf doch wohl alle meine Freunde zu meiner verdammten Party einladen."

Ron blinzelte ein paarmal erstaunt. „Na ja, wenn du es so sagst."

Also stiegen wir beide aus und gingen über den Rasen zur Veranda.

Vor der Tür blieb ich stehen. Ich atmete tief durch, um mich für die nächsten Stunden zu wappnen, und rang mir ein Lächeln ab. Im Buntglasfenster kontrollierte ich mein Spiegelbild. Partygesicht? Bereit.

„Dann mal los", murmelte ich. Als ich die Tür öffnete, wurde ich von lauten Glückwünschen und Getröte begrüßt.

Jemand schaltete mit der Fernbedienung die Stereoanlage im frisch renovierten Wohnzimmer ein, und die ersten Drumbeats von *We Are Young* ertönten.

„Wow, Leute!", rief ich, um den Lärm zu übertönen. Das Lächeln fiel mir schon etwas leichter. „Das wäre doch nicht nötig gewesen!"

Anne blies gerade in eine Tröte, als sie sah, wie Ron hinter mir reinkam. Sie starrte ihn an, und das Tröten verblasste zu einem matten Quäken, als hätte jemand einen aufgeblasenen Luftballon losgelassen.

„Ich hatte ein kleines Problem mit dem Auto", erklärte ich der Runde. „Ron war so nett, mich nach Hause zu fahren."

„Tut mir leid", flüsterte ich Anne tonlos zu, als sie mich endlich ansah.

Ihr Blick huschte wieder zu ihm, dann reckte sie das Kinn. „Na so ein Mist. Das mit deinem Auto, meine ich. Dafür haben wir Kuchen und Geschenke, also ist doch alles gut, oder?"

„Mein armer Schatz." Mom drängelte sich durch die volle Diele, bis sie mich umarmen konnte. „Ausgerechnet an deinem Geburtstag."

Als sie mich an meinen Freundinnen und Dad vorbei in die Küche schleppte, warf ich Anne ein lautloses Danke zu. Die Küche war mit riesigen Bahnen aus gewelltem Krepppapier geschmückt, mit Happy-Birthday-Bannern aus Glitzerfolie und Ballons, die an jeder senkrechten Fläche klebten, sogar an den nagelneuen Griffen der Schranktüren.

Mitten auf dem Esstisch, den Dad nach Maß für eine Ecke unserer riesigen Küche gebaut hatte, stand der seltsamste Geburtstagskuchen, den ich je gesehen hatte. Wenn man ihn überhaupt als Kuchen bezeichnen konnte.

Mom zündete mit einem langen Kaminfeuerzeug die Kerzen an. Sie bildeten eine Eins und eine Sieben und standen so wacklig, dass sie fast nach hinten wegrutschten.

„Das ist Götterspeise mit Obst!", erklärte Michelle grinsend. Sie deutete mit großer Geste auf die wacklige, mit Schlagsahne verzierte Masse und wackelte mit den Fingern, als würde sie einen Gewinn bei einer Gameshow präsentieren.

Ich starrte Michelle sprachlos an. Götterspeise mit Obst?

„Na, weil du bei Annes Geburtstag das Obst so gern gegessen hast." Michelle zog besorgt die Augenbrauen zusammen.

Hinter ihr zeigten Anne und Carrie stumm mit dem Finger auf sie. Anne formte mit den Lippen: „Tut mir leid, wir konnten sie nicht davon abbringen."

Ich musste die Lippen zusammenpressen, um nicht zu lachen, Michelle sollte ja nicht glauben, ich würde sie auslachen. Als ich mich beruhigt hatte, schenkte ich Michelle mein erstes echtes Lächeln an diesem Tag. „Vielen, vielen Dank. Das ist großartig!"

Ich konnte ihn zwar trotzdem nicht essen, aber dass Michelle sich die Mühe gemacht hatte, so einen besonderen Kuchen für mich zu machen, weil sie dachte, ich würde ihn mögen, trieb mir die Tränen in die Augen.

„Oh! Nicht weinen, Sav." Michelle kam um den Tisch herum und drückte mich kurz. „Ehrlich, ich habe gestern Abend nur eine Stunde dafür gebraucht. Aber wir sollten uns mit dem Singen beeilen, bevor die Kerzen die Götterspeise schmelzen."

Als wäre das das Signal gewesen, auf das alle gewartet hatten, sangen alle plötzlich lauthals los.

Dad stand hinten in der Ecke vor den Küchenschränken und beobachtete mich mit einem komischen Lächeln. Seine Mundwinkel zuckten, als würde er ein Lachen unterdrücken. Eigentlich wollte ich diese schräge Geburtstagsfeier für eine Halbvampirin, die wahrscheinlich nicht mal altern würde, überhaupt nicht witzig finden. Trotzdem perlte auch in mir auf einmal ein Lachen auf.

Vielleicht war eine Feier doch genau das, was ich brauchte.

Als sie mit dem Singen fertig waren, sagte Michelle: „Schnell, wünsch dir was!"

Und sofort landete ich nach diesem kurzen glücklichen Moment wieder auf dem Boden der Tatsachen.

Ich wusste genau, was ich wollte.

Ich wollte wieder mit Tristan zusammen sein, aber ohne Probleme. Ich wollte ganz offen seine Freundin sein, ohne Heimlichtuerei und ohne unsere Gefühle verstecken zu müssen. In den Pausen mit ihm durch die Schulflure gehen. Händchen halten. Ihn in der Öffentlichkeit küssen. Mit ihm essen gehen, ohne dass wir uns in einer Ecke verkriechen und die ganze Zeit beten mussten, dass uns niemand erkannte.

Und ich wollte, dass Nanna wieder lebte.

Nichts davon konnte ich haben. Wieso sollte ich es mir wünschen?

Ich schloss die Augen und pustete die Kerzen aus, ohne mir irgendetwas zu wünschen.

23. KAPITEL

Tom verteilte an alle Schälchen mit „Götterspeisekuchen". Mir gab sie nur eine halbe Portion. Als sie mir die Schale hinstellte, zwinkerte sie mir verständnisvoll zu.

„Und, Geburtstagskind, bist du bereit für deine Geschenke?", fragte sie.

Michelle und Carrie sprangen auf und reichten mir die Geschenke an. Normalerweise ließ ich mir beim Auspacken gern Zeit und genoss die Spannung. Aber dieses Mal öffnete ich eins nach dem anderen und tat so, als wäre ich so darin vertieft, dass ich gar nicht zum Essen kam. Vor mir wuchs ein Berg aus Geschenkpapier an, der das unberührte Schälchen überwucherte. Als Mom das Geschenkpapier später wegräumte, schmuggelte sie das Schälchen mit und leerte es über dem Mülleimer.

Dad behauptete, er habe schon gegessen und sei immer noch satt. Er machte die ganze Zeit Fotos mit Moms Kameras, und später ging mir auf, dass er sich damit problemlos davor gedrückt hatte, selbst auf den Fotos aufzutauchen.

Vielleicht hätte ich mitschreiben sollen. An diesem Abend lieferte er wirklich den perfekten Grundkurs für unauffällige Vampire.

In den Gedanken der anderen konnte ich lesen, dass Dad Mom und den Mädels das Haus schon gezeigt hatte, bevor ich gekommen war. Sie waren ganz baff, weil es viel schöner war, als sie erwartet hatten. Anne hatte Carrie und Michelle erzählt, dass sie sich mit ihrer Mutter fast richtig gestritten hätte, damit sie dieses „bleiverseuchte Rattenloch" überhaupt betreten durfte. Jetzt hatten sie ein ganz anderes Problem: Sie wollten sich nicht anmerken lassen, dass sie Dads neuestes Vorzeigeobjekt regelrecht einschüchterte, und sie hatten Angst, ich wäre jetzt so reich, dass ich mich nicht mehr mit ihnen abgeben wollte.

Ich musste mir ein Lachen verkneifen, und es fiel mir nicht leicht. Wenn sie gewusst hätten, welche Angst ich hatte, dass sie wegen meiner Familiengeheimnisse nicht mehr mit mir befreundet sein wollten ...

Damit sie nicht länger so nervös waren, überredete ich nach dem Geschenkeauspacken Michelle, Carrie und Mom, mit ins frisch renovierte Wohnzimmer zu kommen und zu singen. Ich hatte in Michelles Gedanken schon gelesen, dass sie eine Karaokemaschine mitgebracht hatte. Wir sangen unsere Lieblingssongs aus Filmen und Fernsehserien, und dann schmetterte ich völlig talentfrei aus voller Kehle mein Lieblingslied *Raise Your Glass*. Es tat richtig gut, mal loszulassen, genau wie beim Quadfahren an Annes Geburtstag, und alle wurden viel entspannter und lockerer.

Na ja, alle bis auf meinen Dad, Anne und Ron.

Mom ging irgendwann in die Küche, um Dad beim Aufräumen zu helfen, und mir fiel auf, dass Anne und Ron fehlten. Als sich vor den Fenstern etwas bewegte, sah ich zur Veranda. Die beiden unterhielten sich draußen, vor den Straßenlaternen erschienen sie als gesichtslose Silhouetten. Ron hatte sich mit beiden Händen auf das Geländer gestützt, Anne ging auf und ab. Leider waren die Fenster und die Haustür geschlossen, und ich konnte weder ihre Stimmen noch ihre Gedanken hören.

Was lief da? Lösten sie endlich ihre Probleme?

Ich wäre zu gern bei ihnen gewesen. Anne ging so schnell an die Decke, dass sie vielleicht einen Schiedsrichter brauchten.

„Oh, nehmen wir die!" Michelle tippte auf die Rückseite einer CD-Hülle, die Carrie in der Hand hielt.

„Wie sieht's aus?", fragte mich Carrie lächelnd. „Singen wir noch einen Song, bevor wir gehen müssen?"

„Gehen?", jammerte Michelle. „Aber ..."

Carrie hob eine Hand. „Sag jetzt nichts! Du weißt, dass ich noch für die Klausur lernen muss, und du hast versprochen, dass du mir mit den Lernkarten hilfst."

Michelle bückte sich grummelnd und legte den neuen Song ein.

Dieses Mal musste ich mich richtig überwinden, mitzusingen. Mitten im Lied verschwanden die Schatten vor dem Fenster. Im nächsten Moment kamen Anne und Ron herein und schlossen die Tür.

„Was ist los?", flüsterte ich ihr zu.

Sie schüttelte den Kopf, die Lippen zusammengepresst, die

Arme um sich geschlungen, um sich zu wärmen oder zu trösten. Statt mitzusingen, warf sie sich auf einen Sessel vor dem Fenster.

Ron blieb in der Bogentür zum Wohnzimmer stehen und lehnte sich gegen den glänzend weißen Türrahmen. Noch nie hatte ich ihn mit einer so finsteren Miene gesehen.

Ich konzentrierte mich auf Annes Gedanken. Sie spulte das Ende ihres Gesprächs noch einmal ab und bereute es schon jetzt.

Das ist doch nicht dein Ernst!, hatte sie ihn angeblafft und sich sofort gewünscht, sie hätte es etwas freundlicher gesagt. *Savannah muss das genauso wenig wissen wie ich.*

Tja, Fräulein Neunmalklug, meine Eltern und ich sehen das anders, hatte er widersprochen. *Sie haben mir erlaubt, es ihr zu sagen. Und ich glaube, sie würde sich dadurch echt besser fühlen.*

Und wann und wie willst du ihr mit diesem Mist kommen?

Keine Ahnung. Vielleicht morgen, da, wo ich immer hingehe. Warum?

Na, damit ich weiß, wann sie mich völlig aufgelöst anruft.

Anne... Er hatte die Hand ausgestreckt und sie am nackten Arm berührt, und sie hatte sich von seiner Berührung und der Sehnsucht in seiner Stimme abgewandt.

Hör einfach auf. Es würde mit uns nie klappen, und das weißt du. Ich war nie die Richtige für dich. Du solltest... du solltest mit einem Mädchen zusammen sein, das so ist wie du. Von der gleichen Art.

Und obwohl Anne es nicht laut ausgesprochen hatte, hatte sie gedacht: *Mit einem Mädchen, das nicht so farblos und langweilig und mit diesen Sachen so hoffnungslos überfordert ist. Und das interessant genug ist, damit sie dir nicht langweilig wird.*

Danach war sie hereingekommen, Ron auf den Fersen.

Ach Anne, dachte ich und schüttelte den Kopf. Ich wünschte, ich hätte zugeben können, dass ich ihre Gedanken gehört hatte, dann hätte ich jetzt zu ihr gehen und sie in den Arm nehmen können.

Warum mussten die beiden nur so stur sein?

Und was wollte Ron mir nur erzählen, das Anne solche Sorgen machte?

Ron verdrückte sich in die Küche. Ich hörte, wie er leise etwas zu meiner Mom sagte, aber sie waren zu weit weg, um ihre Gedanken zu lesen.

„Na gut, dann pack mal ein", befahl Carrie Michelle, als der Song einen Moment später ausklang. „Jetzt wird gelernt."

Michelle nahm grummelnd die CD aus der Karaokemaschine und legte sie in ihre Hülle.

Carrie wollte die Maschine am Griff hochheben, aber sie war so schwer, dass sie ächzte. Lächelnd bot ich an: „Hier, lass mich mal. Nehmt ihr die CDs und das Mikrofon."

Während Michelle die CDs einsammelte, wickelte Carrie das Mikrokabel auf, und als sie fertig waren, schleppten wir die Sachen in den Flur.

„Ich hoffe, es macht dir nichts, wenn wir die schweren Sachen tragen", rief Carrie Anne im Vorbeigehen zu.

Anne nuschelte gedankenverloren: „Ist schon gut."

Carrie, Michelle und ich sahen uns fragend an, dann trugen wir die Sachen zu Michelles Auto. Ich bedankte mich für alles, sah ihnen noch nach und ging wieder rein, als Ron gerade aus der Küche kam.

„Bis morgen", verabschiedete er sich, während er zu Anne ins Wohnzimmer sah. „Ach, und herzlichen Glückwunsch zum Geburtstag."

„Danke. Tschüss."

Als er ging, rieb er sich mit einer Hand über den Nacken.

Anne renkte sich auf dem Sessel fast den Hals aus, um ihm durch das Fenster nachzusehen. Ich wartete, bis das dumpfe Wummern seines Autos verklungen war. Dann sagte ich ihren Namen.

Sie drehte sich ruckartig um und sah mich finster an. „Scheiße. Du hast mir einen Scheißschrecken eingejagt!"

„Na Scheiße, tut mir leid", zog ich sie auf, die Hände in die Hüften gestemmt. „Tut mir auch leid, dass ich diesen Überraschungsgast mitgebracht habe."

Sie zuckte mit einer Schulter und trommelte mit den Fingern auf die Sessellehne. „Schon gut. Früher oder später wären wir sowieso mal im gleichen Zimmer gelandet."

„Geht es dir gut?", fragte ich leise.

„Klar", antwortete sie automatisch. „Warum auch nicht?"

Ich musste nicht erst ihre Gedanken lesen, um zu wissen, dass sie log. Aber ich ritt nicht darauf herum.

Nach kurzem Schweigen seufzte sie. Anscheinend nahm sie erst jetzt ihre Umgebung wahr. „He, wo sind Carrie und Michelle geblieben?"

„Sie sind gefahren, weil sie für Carries nächste wichtige Klausur lernen wollen."

Anne runzelte die Stirn. „Hm. Das habe ich gar nicht mitgekriegt." Sie wuchtete sich aus dem Sessel. „Noch mal alles Liebe zum Geburtstag."

„Danke."

Ich brachte sie zur Haustür. Auf der Schwelle drehte sie sich um und öffnete den Mund, als wollte sie etwas sagen.

„Ja?", ermunterte ich sie. Sie sah aus wie ein Roboter, dem der Saft ausgegangen war.

„Ach nichts. Gute Nacht. Bis morgen." Mit einem knappen Winken, das mich an Ron erinnerte, ging sie langsam zu ihrem Auto.

Erst ein paar Minuten nachdem Anne in die Fahrerkabine ihres Pick-ups gestiegen war, fuhr sie rückwärts aus der Einfahrt. Mit dem rechten Hinterreifen erwischte sie noch die Bordsteinkante, bevor sie sich auf den Heimweg machte.

Wow. So zerstreut hatte ich sie noch nie erlebt. Die Sache zwischen ihr und Ron setzte ihr wirklich zu.

Ich stieß einen langen, lauten Seufzer aus und ging ins Haus, um nachzusehen, welche emotionalen Gefechte sich meine Eltern wohl in der Küche lieferten.

Sie saßen einander gegenüber am Küchentisch. Und sie wirkten ... friedlich.

Hätte ich Mom dabei überrascht, wie sie Dad wieder mit Tellern bewarf, wäre ich weniger überrascht gewesen.

„Na, was gibt's?", fragte ich sie. Ich musterte erst Mom, dann Dad. Sollte ich einen Schritt weiter gehen und ihre Gedanken lesen? Ich war mir nicht sicher. Vielleicht würde mir nicht gefallen, was ich da fand.

„Hmm?", machte Mom. „Ach nichts, Liebes. Wir reden nur über

den Tag, an dem du geboren wurdest."

Dad grinste. „Du warst so schön, so ..."

„... wunderbar", sagten beide wie aus einem Mund und lächelten sich an.

Okay. „Das ist ja ... nett. Mom, solltest du nicht ..." Ich deutete mit dem Kopf in die Richtung, in der ihr Wohnwagen stand.

„Ach! Genau. Da fällt mir ein, dass wir noch ein Geschenk für dich haben."

Unsere einzige Vorwarnung war das Quietschen der Haustür. Dann rief Gowin aus der Diele: „He, hab ich die Party verpasst?"

Dad und ich sahen uns entsetzt an.

„Mom, geh jetzt lieber", zischte ich. „Hinten raus. Schnell!"

Zu spät. Schon hatte Gowin die Küche erreicht. Ich drehte mich zu ihm um. Mein Herz raste wie wahnsinnig.

Zwei Vampire, eine Halbvampirin und eine Nachfahrin im gleichen Zimmer, das auf einmal viel zu klein wirkte. Das klang wie der Anfang von einem schlechten Witz. Leider war die Situation gar nicht zum Lachen.

„Oh, ich habe die Familienidylle zerstört!" Gowin fuchtelte überrascht mit einem Geschenk in rosa-silbernem Geschenkpapier herum. „Entschuldigung. Ich wollte Savannah nur das hier geben."

Er blieb auf der Schwelle stehen und streckte mir das Geschenk entgegen.

Lächelnd ging ich zu ihm. „Danke. Das wäre doch nicht nötig gewesen."

Er schenkte mir ein kurzes Grinsen. „Das ist das neueste Tablet. Ich dachte, du könntest es für die Hausaufgaben brauchen oder zum Twittern oder so."

„Wow, klasse! Danke!" Ich hörte mich an wie ein Schwachkopf. Oder wie ein Cheerleader-Roboter. Dabei wollte ich mich eigentlich nur vor meine Mutter werfen, um sie zu beschützen. Nicht dass ihr das helfen würde, falls Gowin die Kontrolle verlor.

Mom stand auf. „Das ist aber sehr großzügig von Ihnen." Sie ging auf ihn zu und streckte ihm die Hand entgegen. „Ich bin Joan Evans, Savannahs Mutter. Und Sie sind ..."

Mein Gott, musste sie unbedingt jetzt ihre gute Kinderstube unter Beweis stellen?

Ich stellte mir vor, wie sich Gowin auf Moms Kehle stürzte und Dad entweder versuchte, ihn zurückzureißen, oder sich mit in das Blutbad stürzte. Ich bekam keine Luft mehr. Mom konnte nicht zaubern, sie wäre völlig hilflos. Und wenn Dad ihr wirklich helfen wollte, konnte Gowin ihm einfach befehlen, sich rauszuhalten, und Dad müsste dem älteren Vampir gehorchen. Damit wäre Moms einziger Schutz eine kümmerliche Halbvampirin mit mageren Zauberkenntnissen.

Als Gowin ihre Rechte zwischen beide Hände nahm, stand Dad sofort neben ihr. „Das ist Gowin. Mein Schöpfer und zurzeit ein Mitglied des Rates."

Mom erstarrte. „Oh! Ähm ... freut mich, Sie kennenzulernen, Gowin."

„Ich habe schon viel von Ihnen gehört", entgegnete Gowin mit sanfter, leiser Stimme.

Lag in seinen Augen ein leichtes wölfisches Funkeln, oder bildete ich mir das nur ein?

Gowin wandte sich an mich, ohne Moms Hand loszulassen. „Ich dachte, ich käme sogar zu früh zu der Party, weil dein Pick-up nicht vor dem Haus steht. Hat dir dein Vater ein neues Auto geschenkt?"

„Nicht ganz", sagte ich. „Mein Auto ist Schrott. Ein Freund von mir hat sich den Motorraum angesehen und gesagt, dass die Elektrik durchgeschmort ist. Er musste mich nach Hause fahren."

Gowin verzog das Gesicht. „Das ist ja mies. Noch dazu an deinem Geburtstag."

Mom lächelte, aber längst nicht mehr so herzlich wie eben noch. „Das habe ich vorhin auch gesagt. Aber mach dir keine Sorgen. Dein Vater kann den Wagen morgen bestimmt zur Werkstatt schleppen lassen."

„Oder zum Schrottplatz", grummelte Dad.

Mom sah ihn böse an. „Fang nicht damit an, Michael. Für einen Teenager ist das Auto völlig in Ordnung."

„Man hätte diese Rostkarre längst ausmustern sollen", antwortete Dad. „Ich bin jedenfalls froh, dass es seine letzte Meile gefahren ist. Das ist die perfekte Gelegenheit, ihr ein anständiges Auto zu kaufen. Vielleicht darf sie es dieses Mal sogar selbst aussuchen."

„Das ist so typisch für dich", schimpfte Mom. „Warum sollte man etwas Gutes noch reparieren, wenn man es einfach wegwerfen kann?"

Dad starrte sie an. „Eigentlich ist das eher deine Methode."

Schweigen erfüllte die Küche, während Mom knallrot anlief und ihn anfunkelte. Ich gar mir alle Mühe, die Gedanken der drei abzublocken.

Nach einem langen Augenblick sagte sie: „Na schön. Du bestimmst jetzt. Mach, was du willst. Aber kein Motorrad. So weit musst du mir entgegenkommen. Dafür hat sie keinen Führerschein. Und sie ist erst siebzehn."

Dad nickte so förmlich, als würden sie einen wichtigen Vertrag zwischen den Vampiren und dem Clann aushandeln. „Einverstanden. Kein Motorrad."

Ich holte tief Luft und stieß den Atem langsam wieder aus. Und da wunderten sich meine Freundinnen, wenn ich mir nicht wünschte, dass sich meine Eltern wieder versöhnten. Wenn ich diesen Mist jeden Tag erleben müsste, würde ich abhauen!

Ich räusperte mich. „Ähm, danke für das Geschenk, Gowin. Mom wollte gerade gehen. Sie hat morgen früh ein Verkaufsgespräch und muss los. Stimmt's, Mom?"

Ihr Blick wanderte von mir zu Gowin und schließlich zu Dad. „Stimmt. Sav, kommst du mal mit? Ich habe dir doch noch ein Geschenk versprochen. Es liegt im Wohnwagen."

„Klar!" Meine Antwort klang so übertrieben fröhlich, dass es fast wehtat.

„Es hat mich gefreut, Sie kennenzulernen." Gowin drückte die Hand meiner Mutter kurz und ließ sie los. Endlich! Ich hatte schon gedacht, er wolle sie abhacken und als Andenken behalten.

„Mich auch", erwiderte sie. Sie sah Dad mit einer Mischung aus Traurigkeit und Bedauern an, die sich wie eine Last auf mich legte. „Und es war schön, dich zu sehen, Michael."

„Finde ich auch", erwiderte Dad mit sanftem Blick. Dann machte er Platz, damit wir zwischen ihm und Gowin durchgehen konnten.

Als ich mit Mom in die Diele ging, sah ich mich kurz um. Die beiden Vampire standen sich immer noch in der Tür gegenüber. Wollten sie sich gleich aufeinanderstürzen wie Tiere, die um ihr Revier kämpften?

Meine Panik wuchs, und dadurch drangen die Gedanken der Vampire zu mir durch.

Bist du immer noch verliebt in das, was du nicht haben kannst, alter Freund?, dachte Gowin und schüttelte lächelnd den Kopf. *Du warst schon immer ein Masochist.*

Dad seufzte. *Keine Sorge, ich habe meine Lektion gründlich gelernt. Ich werde nicht riskieren, in Joans Nähe dem Blutdurst nachzugeben. Und nachdem ihre Mutter gestorben ist und mit ihr jede Spur der Dämmzauber ...*

Mmm, brummte Gowin mitfühlend. *Ihr Tod war wirklich ein Verlust.* --

Ich scheuchte Mom auf die Veranda und die Stufen hinunter.

Beim ersten Schritt auf den Rasen zögerte sie, und ich schnappte ihre Gedanken auf. *Ich bin im Dunkeln allein mit einer jungen Vampirin und habe keinen Dämmzauber bei mir.*

Ich erstarrte. Ihre Angst verletzte mich so tief, dass ich froh war, dass sie meine Gedanken nicht lesen und mein Gesicht nicht sehen konnte.

Nein, beschloss sie im nächsten Moment. *Sie ist meine Tochter, Michael hat gesagt, dass sie sich gut im Griff hat, und ich werde den beiden vertrauen.*

Sie ging weiter, stieg die Stufen zu ihrem Wohnwagen hinauf und blieb in der Tür verblüfft stehen. „Kommst du nicht, Kleines?"

Als ich lächelnd zu ihr ging, bewegte ich mich absichtlich so langsam wie ein Mensch, um sie nicht noch nervöser zu machen.

Im Wohnwagen hörte ich sofort ein leises Bellen. „Ist das ... ein Hund?"

Mom lächelte mich spitzbübisch an. „Das, mein Schatz, ist die Überraschung." Sie lief an dem elektrischen Ofen und dem Flachbildfernseher vorbei zum Schlafzimmer und schnappte sich die pelzige braunschwarze Minirakete, die auf mich zusausen wollte. „Das ist Lucy, dein Geburtstagsgeschenk!"

Der Hund hörte gar nicht auf zu bellen. Ich bekam Angst um Moms Arme, aber vorerst wollte das Ding offenbar nur mich fressen. „Wow. Das, äh, wäre doch nicht nötig gewesen."

Mom strahlte den Hund an und streichelte sein langes glänzendes Kopffell. Damit das Ding süß wirkte, trug es zwischen den spitzen Ohren eine rosa-braun getupfte Schleife im Fell. Der Hund kläffte so aufgeregt, dass die Schleife fast herunterrutschte.

„Sie muss sich erst an dich gewöhnen." Mom musste laut sprechen, um das Bellen zu übertönen. „Normalerweise ist sie zuckersüß! Dein Dad und ich haben sie zusammen gekauft, aber ich habe sie beim Züchter ausgesucht. Sie ist ein reinrassiger Yorkie."

Eher eine reinrassige Ausgeburt der Hölle. „Das ist ja toll."

„Willst du sie mal halten?"

Genauso gut hätte sie fragen können: Willst du dir die Finger abknabbern lassen?

„Ach, vielleicht sollte sie sich erst mal beruhigen."

„Na gut." Mom setzte sich auf das Sofa. Sie drückte den Hund mit einem Arm an sich und klopfte mit der freien Hand auf den Sitz neben sich. „Komm her und erzähl mir alles. Es kommt mir vor, als hätte ich dich eine Ewigkeit nicht gesehen!"

Ich ließ den Hund nicht aus den Augen, als ich mich Mom gegenüber hinsetzte. Seine schwarzen Knopfaugen verfolgten jede Bewegung von mir.

Der Teufelshund verlegte sich vom Kläffen aufs Knurren. „Sie ist wirklich süß."

„Du bist die Beste, oder?" Strahlend hob Mom den Hund dicht vor ihr Gesicht. Mein Herz blieb fast stehen, als ich mir ausmalte, wie das Ding ihr die Nase abbiss. Aber es leckte ihr nur über die Wange, bevor es mich weiter anknurrte. „Sie ist so ein guter Wachhund. Und ein toller kleiner Freund. Ich werde sie vermissen, das muss ich schon zugeben. Aber wenigstens kann ich meine beiden Mädels immer besuchen kommen, stimmt's?"

„Stimmt." Ich versuchte mir das haarige Ding in meinem Haus vorzustellen. Wahrscheinlich würde es den Platz unter dem Sofa zu seiner neuen Heimat erklären und jeden in die Knöchel beißen, der vorbeiging. Oder es würde wie ein Attentäter unter meinem Bett warten, bis ich ahnungslos hereinkam.

Und natürlich konnte es mir das Gesicht abnagen, wenn ich schlief und mich nicht verteidigen konnte.

„Wer ist eigentlich auf die Idee gekommen?", fragte ich.

„Dein Vater. Er hat mich vor ein paar Tagen angerufen und gebeten, einen kleinen Hund für dich zu besorgen. Ich sollte die Rasse und alles aussuchen."

Dad hatte vorgeschlagen, dass sie mir einen Hund schenken sollten? Das musste heißen, dass Vampire nicht allen Hunden Angst machten. Nur diesem. Entweder das, oder ich hatte etwas an mir, das dieser Hund nicht leiden konnte.

„Halt ihr mal die Hand hin, damit sie sich an deinen Geruch gewöhnen kann", schlug Mom vor.

Alles in mir rief: Nie im Leben!

„Mach schon", sagte Mom.

Mit angehaltenem Atem streckte ich langsam eine Hand in ihre Richtung aus. Mom lächelte aufmunternd, aber der Hund bleckte die Zähne und funkelte mich warnend an. Als meine Hand sie fast erreichte, wollte sich der Hund aus Moms Armen stürzen und mich beißen. Nur meinen Vampirreflexen hatte ich es zu verdanken, dass ich danach noch alle Finger besaß.

Ach du Scheiße.

Mom runzelte die Stirn und tippte dem Hund mit einem Finger auf die Nase, was wohl eine Bestrafung sein sollte. „Lucy, nein! Du musst lieb zu deiner neuen Mami sein, damit sie dich mag."

„Sag mal, Mom, ich habe gerade überlegt ... Ich habe mit den Hausaufgaben und den Charmers und dem Tai-Chi so viel zu tun, dass ich im Moment eigentlich keine Zeit für ein Haustier habe. Sie ist ja süß und so ..." Der Höllenhund knurrte noch lauter. „Aber sie wäre die meiste Zeit allein. Könntest du sie nicht für mich behalten, bis ich nicht mehr so viel um die Ohren habe?"

„Oh, wie eine Oma, die auf ihr Enkelkind aufpasst?" Mom betrachtete das Fellbündel und säuselte: „Willst du bei deiner Oma bleiben? Ja?" Als ihr der Hund ein paarmal über die Nase leckte, kam es mir fast hoch. „Ja, das würdest du, oder? Oohh, Lucy liebt ihre Omama!" Strahlend blickte sie auf. „Das ist eine tolle Idee! Sie kann mir Gesellschaft leisten, und wenn du so weit bist, rufst du mich einfach an, und wir kommen wie der Blitz angesaust."

Genau. Das konnte aber dauern. „Danke, Mom." Ich wollte mich vorbeugen und sie drücken, hatte aber nicht an den Höllenhund gedacht. Zur Erinnerung schnappte das Vieh nach mir, und ich zuckte zurück.

Mom brachte den Hund wieder in ihr Schlafzimmer, damit wir uns in Ruhe unterhalten konnten, aber er kläffte hinter der geschlossenen Tür weiter. Wir unterhielten uns eine Stunde lang. Mom erzählte Klatsch von ihrer Arbeit, und ich berichtete die mageren Neuigkeiten, die ich über Anne und Ron wusste. Bei ihren Anrufen hatte Mom ihre Trennung aus der Ferne wie eine Seifenoper verfolgt.

„Dieser Ron Abernathy – bist du gut mit ihm befreundet?", fragte sie betont beiläufig.

Ich deutete ihren Ton falsch und lachte: „Jedenfalls werde ich nichts mit Annes Ex anfangen. Wir sind Freunde und lernen zusammen Chemie und Englisch, aber mehr nicht."

„Aha. Also seid ihr ziemlich gut befreundet."

Ich zuckte mit den Schultern. „Meistens reden wir über Hausaufgaben, die Experimente in Chemie und Anne. Ich glaube, er ist immer noch in sie verliebt. Und sie hängt ganz sicher noch an ihm, aber das würde sie ums Verrecken nicht zugeben. Ich hoffe, dass sie sich doch noch versöhnen."

„Auf jeden Fall ist er eine gute Wahl für dich." Sie klang sehr zufrieden. „Ich bin froh, dass du dich mit ihm angefreundet hast."

Wie auch immer. Ich würde trotzdem nichts mit ihm anfangen, auch wenn Mom mich wenig subtil in die Richtung schubsen wollte.

Als es spät wurde, verabschiedete ich mich widerwillig von Mom. Ich umarmte sie, dankte ihr, dass sie sich um mein „Geschenk" kümmern wollte, bedankte mich insgeheim dafür, dass sie mir vertraut hatte, und kehrte ins Haus zurück. Gowin war schon gegangen. Dad war allein in der Küche und hängte die Dekoration ab.

Als ich ihm helfen wollte, winkte er ab. „Du hast morgen Schule. Ruh dich lieber aus."

„Es ist noch nicht spät. Und dass ich dir nach meiner Überraschungsparty beim Aufräumen helfe, ist doch wohl das Mindeste. Übrigens danke für die Party."

Er nickte lächelnd. „Es war schön, bei deiner Geburtstagsfeier endlich eine Rolle zu spielen. Wie hat dir dein Überraschungsgeschenk gefallen?"

Weil ich wusste, dass er die Wahrheit hören wollte und nicht beleidigt sein würde, zögerte ich nicht mit der Antwort. „Mein Gott. Dad, dieses Vieh kommt direkt aus der Hölle. Es hasst mich!" Eilig fügte ich hinzu: „Aber sag das nicht Mom, ja? Sie glaubt, ich würde ihr den Hund lassen, weil ich für ein Haustier keine Zeit habe."

Einer seiner Mundwinkel zuckte. „So etwas hatte ich schon geahnt."

„Echt? Warum?"

„Du bist zur Hälfte Vampirin. Tiere reagieren in der Regel nicht gut auf uns. Sie spüren das Raubtier in uns."

„Und trotzdem hast du vorgeschlagen, dass Mom einen Hund für mich aussucht." Dann las ich die Wahrheit in seinen Gedanken. „Er sollte gar nicht für mich sein, oder?"

Dad zuckte mit den Schultern. „Deine Mutter hat sich schon immer einen kleinen Hund gewünscht. Aber aus lauter Stolz hat sie nie einen gekauft. Sie dachte, das wäre ein zu großer Luxus. Wenn sie in letzter Zeit angerufen hat, hat sie einsam geklungen, und unterwegs kann sie etwas Schutz gebrauchen. Ein kleiner Hund erschien mir die perfekte Lösung. Also habe ich einfach … eine Situation geschaffen, in der sie sich endlich einen Hund zum halben Preis besorgen konnte."

„Warum hast du ihr nicht einfach einen gekauft und es ihr ehrlich gesagt?"

„So ein Geschenk hätte sie nie von mir angenommen. Ich durfte den Hund nicht mal ganz bezahlen, da er ein Geschenk für dich sein sollte."

„Ja, sie hat gesagt, dass ihr zusammengelegt habt." Ich lehnte mich gegen die Arbeitsplatte, verschränkte die Arme und musterte ihn. „Du liebst sie immer noch, oder?"

Er sah mich nicht an. Stattdessen starrte er auf das Krepppapier, das er durch die antike Hängelampe über dem Esstisch geschlungen hatte. „Liebe vergeht nicht, nur weil der andere nicht mehr mit dir zusammen sein möchte."

Eine Woge von Sehnsucht packte mich. Sie war so heftig, dass ich nicht wusste, ob ich den Liebeskummer meines Vaters oder den eigenen spürte.

Ich schluckte schwer und sagte: „Weißt du was? Ich bin doch müde. Ich gehe ins Bett."

„Gute Nacht, Savannah. Und alles Liebe zum Geburtstag."

Auf dem Weg nach draußen fiel mir Gowins Geschenk auf. Es lag noch verpackt auf der Arbeitsplatte. Nach kurzem Zögern schnappte ich mir das Technikspielzeug und nahm es mit nach oben. Wenigstens ein Geburtstagsgeschenk, das mich nicht fressen wollte.

Als ich in dieser Nacht anfing zu träumen, fand ich mich in Tristans Garten wieder.

Ich sah mich um. Irgendwo musste er doch sein. Der Traum fühlte sich so echt an, so deutlich und lebendig, dass er eine Traumverbindung sein musste. Ich konnte Tristans Nähe regelrecht auf der Haut spüren.

Obwohl ich merkte, dass Tristan mich beobachtete, war er nirgends zu sehen. Ich setzte mich ins Gras, zog die Knie unter meinem langen Nachthemd an und lehnte eine Wange dagegen. Ich schloss die Augen und fragte mich, wann er wohl die Geduld verlieren und sich zeigen würde.

Als mir ein köstlicher Duft in die Nase stieg, riss mein Traum-Ich erschrocken die Augen auf. Das Blut eines Nachfahren?

Nein. Links neben mir auf dem perfekt manikürten Rasen stand auf einer silbernen Platte ein Geburtstagskuchen, rund und mehrere Etagen hoch. Ich wusste genau, was es für ein Kuchen sein würde.

Mit einer Fingerspitze grub ich ein kleines Stückchen aus der obersten Schicht. Roter Samtkuchen mit Vanillecreme. Meine Lieblingssorte. Das wusste Tristan noch.

Aber etwas anderes hatte er offenbar vergessen – ich war jetzt eine Vampirin. Ich konnte das nicht mehr essen, ohne es danach auszuspucken.

Es sei denn ... Mein echter Geburtstagskuchen hatte scheußlich gerochen ...

Zögernd probierte ich einen Bissen und stöhnte. Genau so sollte roter Samtkuchen schmecken.

Ich stellte mir eine Gabel vor, und sofort erschien eine auf dem Rand der Kuchenplatte. „Danke, Tristan", flüsterte ich dem Traumbäcker zu. Dann machte ich mich über den Kuchen her.

In der Mittagspause am Donnerstag benahm Anne sich seltsam. Ich schob es auf ihren Streit mit Ron gestern Abend bei meiner Geburtstagsfeier. Obwohl ich zu gern ihre Gedanken gelesen hätte, um sicher zu sein, widerstand ich der Versuchung. Als sie mich am Ende der Pause aus der Cafeteria begleitete, wurde meine Geduld belohnt. Zumindest teilweise.

Auf der Verbindungsbrücke hielt sie mich am Ellbogen zurück. „Hör mal, ich muss dir was sagen. Das heißt, ich würde es gerne, aber ich kann nicht. Es geht um ein Geheimnis von jemand anderem, und ich habe versprochen, nichts zu verraten."

Ein schmerzhaftes Prickeln überzog meinen Hals und meine Arme, und ich konnte Anne kaum noch hören. Tristan musste in der Nähe sein.

Ich drehte mich halb um und sah, wie Dylan, keine zehn Meter entfernt, die Rampe heraufkam, die vom Gehweg vor der Cafeteria auf die Verbindungsbrücke führte. Na großartig.

Instinktiv zog ich die Schultern hoch. Ich zwang mich, sie wieder nach unten zu drücken, reckte das Kinn und bemühte mich, ruhig zu bleiben.

Er baute sich dicht vor mir auf, und weil er so groß war, musste ich den Kopf in den Nacken legen, um ihn anzusehen. Bei Tristan gefiel mir der Größenunterschied, bei ihm fühlte ich mich beschützt und behütet. Dylan wirkte dadurch nur bedrohlich. Er wusste, dass es mich nervös machte, wenn er mir so nahe kam, und genau das gefiel ihm.

„Ich muss mich wohl bei dir bedanken", sagte ich gelassen, auch

wenn es mich Mühe kostete.
Er grinste. „Ach ja? Wofür denn?"
„Bei meinem Auto ist die Elektrik durchgeschmort."
„Oh, wie schade. Brauchst du jemanden, der dich zur Schule fährt? Ich könnte morgens einen Schlenker an deiner Gruft vorbei machen."
„Nicht nötig. Mein Dad kauft mir als Ersatz ein nagelneues Auto", gab ich bissig zurück. „Also besten Dank. Ohne deine ... Hilfe gestern würde ich immer noch diese alte Karre fahren, statt bald einen schicken Neuwagen mit allen Extras zu bekommen."
Mein Grinsen wurde breiter, während das von Dylan verblasste.
Er beugte sich zu mir. „Wenn du hierbleibst, muss nicht nur deine Elektrik dran glauben."
Gähnend musterte ich meine Fingernägel. „Lass dir mal was Neues einfallen. Deine alte Nummer ist so was von langweilig."
Kurz riss er die Augen auf, dann kniff er sie zusammen. „Ich wiederhole mich, weil du nicht zuhörst. Wieso kapierst du es nicht? Hier will dich keiner haben. Verschwinde aus Jacksonville."
Speichel landete tröpfchenweise auf meiner Wange, und fast wäre ich zurückgewichen. Aber ich hatte es satt, wegzulaufen und mich zu verstecken, und ich hatte monatelang für diesen Moment trainiert. Also wischte ich mir seelenruhig die Wange ab und reckte das Kinn. Mal sehen, ob er sich traute, mir in die Augen zu sehen.
„Diese Stadt ist meine Heimat, Williams. Es gefällt mir hier. Ich gehe nicht weg." *Und was willst du dagegen machen?*
Er starrte auf meinen Mund, und die Finsternis in ihm wurde noch tiefer. Aber darunter spürte ich die Angst, die ihn antrieb. Er fürchtete sich. Vor mir? Ich bohrte mich tiefer in seine Gedanken. Nein, vor seinem Dad. Er hatte Angst vor dem, was sein Dad mit ihm anstellen würde, wenn er mich nicht genug unter Druck setzte.
Allerdings wollte sein Dad nicht, dass ich die Stadt verließ. Das war Dylans Ziel, und die Gründe dafür waren so verworren, dass ich sie nicht erkennen konnte. Sein Vater wollte ... etwas anderes. Etwas Größeres. Etwas so Komplexes, dass ich es mir aus den kurzen Bildern und Gesprächsfetzen, die durch Dylans Verstand wirbelten, nicht zusammenreimen konnte.

„Was will er wirklich?", murmelte ich. Als ich mich vorbeugte, hörte ich, wie Dylans Herz schneller schlug. „Sag's mir, Dylan. Was will dein Dad wirklich?"

Angst packte ihn. „Kannst du jetzt die Gedanken von Nachfahren lesen? Was hast du gehört?"

Bevor ich reagieren konnte, packte Dylan mich an der Kehle und zog mich hoch, bis ich nur noch auf Zehenspitzen stand und nach Luft rang. Er drängte mich bis zur Metallbrüstung der Brücke zurück.

„Raus aus meinem Kopf!", schrie er mich mit wildem Blick an. „Hast du gehört? Verschwinde aus meinem Kopf!"

Dabei konnte ich ihn kaum hören. Daduch, dass er mich berührte, dröhnten seine Gedanken durch meinen Kopf.

In seiner Erinnerung schrie Dylan. Sein ganzer Körper brannte, während sein Vater vor ihm stand und ihn anschrie.

Warum hast du nicht gemacht, was ich gesagt habe?

Ich habe es versucht!, rief Dylan. *Aber sie sind zu schlau. Savannah lässt nicht mehr zu, dass er die Regeln bricht.*

Dann überleg dir was anderes, Sohn, sonst werde ich ...

Neben mir stieß Anne einen leisen Fluch aus. Dann sauste eine kleine braune Faust an mir vorbei. Mit einem lauten Klatschen traf sie Dylans Nase. Und dann knirschte es.

In seinen Augen blitzte es überrascht auf. Erst dann schien er die Schmerzen zu spüren und ließ mich los. Dylan ließ seine Bücher fallen, krümmte sich stöhnend zusammen und hielt sich beide Hände vor die Nase.

Aber er war nicht der Einzige, der Schmerzen hatte.

Anne hatte sich weggedreht und drückte stöhnend ihr rechtes Handgelenk an sich.

„Anne!" Ich wollte ihre Hand berühren, um zu sehen, wie schlimm es war.

„Au! Hör auf!", rief sie. „Scheiße, ich glaube, ich habe mir das Handgelenk gebrochen."

Hinter uns bewegte sich etwas, und ich sah mich um. Dylan hatte sich aufgerichtet. Er hatte beide Hände flach gegen seine Nase gedrückt und zog sie mit einem Ruck zur Seite. Als er seine Nase richtete, knirschte es noch einmal. Mir drehte sich fast der Magen um.

Dann prickelten schmerzhafte Stiche über meinen Hals und meine Arme.

Das Blut, das Dylan aus der Nase sickerte, stockte, floss zurück und verschwand.

Als die Stiche nachließen, grinste Dylan höhnisch. „Na also. Schon wieder so gut wie neu."

Anne konnte vor Schmerzen nicht gerade stehen. Über die Schulter warf sie ihm einen finsteren Blick zu.

Er lachte. „Ich glaube, du hast dir die Hand gebrochen, Albright. Mal sehen, wie du es schaffst, damit die Volleyballsaison zu beenden."

Dylan lachte immer noch, als er seine Bücher aufhob und über die Verbindungsbrücke zum Hauptgebäude schlenderte.

Sobald er nicht mehr zu sehen war, sackte Anne in sich zusammen, wiegte sich auf dem Betonboden vor und zurück und fluchte. „Sav, mein Handgelenk – ich glaube, es ist wirklich gebrochen!" Angstvoll und von Schmerzen gebeutelt, blickte sie zu mir auf. „Was soll ich denn jetzt machen?"

Ich sah mir den Schaden gründlich an. Wenn Annes Handgelenk nicht erstaunlich flexibel war und der Daumen immer fast den Unterarm berühren konnte, war das Handgelenk ganz sicher gebrochen.

„Du musst zur Schulschwester", sagte ich, nahm sie bei den Schultern und wollte ihr aufhelfen.

„Nein! Dann kann ich morgen nicht bei dem Turnier mitspielen."

Sie würde noch viel mehr Spiele verpassen. Das restliche Jahr war für sie gelaufen.

„Kannst du es nicht in Ordnung bringen?", flehte sie. Damit hatte ich nicht gerechnet.

„Wie denn?"

„Du weißt schon, durch Magie." Den letzten Teil zischte sie, als hätte sie Angst, jemand könnte es hören, obwohl außer uns niemand auf der Brücke war.

Ich sah auf die Uhr, und mein Herz raste noch schneller. In ein paar Minuten würde es klingeln, und die Leute würden aus der Cafeteria strömen. Darunter auch eine ganze Reihe Nachfahren. Schon jetzt kamen Schüler einzeln oder zu zweit aus den Ausgängen, aber die meisten liefen unter der Brücke durch.

Oh Mann. War ich schon so weit? Konnte ich das überhaupt in Ordnung bringen? Was, wenn ich es noch schlimmer machte?

„Bitte", wimmerte sie.

Anne wimmerte nie. Sie stöhnte oder bettelte auch nie.

Sie hatte sich wegen mir das Handgelenk gebrochen und die restliche Volleyballsaison aufs Spiel gesetzt. Da musste ich es wenigstens versuchen.

„Schwör mir, dass du zur Schwester gehst, wenn es nicht funktioniert", verlangte ich.

Sie nickte. „Ich schwöre."

„Streck die Hände aus."

Als sie gehorchte, legte ich sanft die Handflächen auf ihre Gelenke und prägte mir ein, wie sich ihr gesundes Handgelenk anfühlte und wie es aussah, damit ich ein Ziel vor Augen hatte. Carrie, die unbedingt Ärztin werden wollte und schon dafür lernte, hätte das viel besser gekonnt.

Wenn ich es vermasselte oder die Knochen falsch zusammenfügte …

Nein. Ich würde meiner besten Freundin kein steifes Handgelenk bescheren. Anne zählte auf mich, und ich würde es schaffen. Außerdem hatte Nanna gesagt, dass Magie aus meinem Willen und meinen Absichten bestand. Und das hier wollte ich unbedingt richtig machen.

Ich schloss die Augen, konzentrierte mich auf ihr gebrochenes Handgelenk und stellte mir vor, wie sich die Knochen so anordneten wie auf der gesunden Seite. Fast hätte sie geschrien, aber sie presste die Lippen zusammen und wimmerte nur.

„Tut mir leid, bin gleich fertig", murmelte ich.

Nachdem sich die Knochen gerichtet hatten, befahl ich ihnen, sich zu verbinden, und konzentrierte meinen ganzen Willen und meine Entschlossenheit darauf. Ich stellte mir vor, wie meine Energie aus meiner linken Hand in ihr gebrochenes Gelenk floss.

„Es wird warm", flüsterte sie. „Und es pocht nicht mehr. Ich glaube, es funktioniert!"

Ich nickte, ohne die Augen zu öffnen, und ließ weiter meine Energie in die gebrochenen Knochen strömen.

Dann klingelte es, und die Türen der Cafeteria flogen auf. Wir mussten aufhören.

„Wie fühlt es sich an?", fragte ich.

„Besser. Es tut noch weh, aber nicht mehr so stark."

„Versuch es nicht zu belasten", riet ich.

„Wie lange?"

„Keine Ahnung, ich bin keine Ärztin!", grummelte ich und hob ihre Bücher auf. „Anne, willst du ganz sicher nicht zur Schulschwester gehen? Ich finde, du solltest es lieber mal nachsehen lassen. Was ist, wenn ich es falsch gerichtet habe oder …"

Sie ließ die rechte Hand langsam kreisen und sah mich an. „Ich glaube, es ist in Ordnung."

Seufzend schüttelte ich den Kopf. „Wenn es wieder wehtut oder sich komisch anfühlt oder …"

„Ja, Dr. Sav, dann lasse ich einen Profi nachsehen", sagte sie mit Grabesstimme und verkniff sich ein Grinsen. Sie wollte mir ihre Bücher abnehmen.

„Mit der anderen Hand!", schimpfte ich.

Aber wenn Anne schon wieder Witze machte, ging es ihr wohl wirklich besser.

„Jawohl!" Sie salutierte mit der Rechten, dann ließ sie die Hand sinken. Sie grinste von einem Ohr bis zum anderen. „Und danke, Sav. Du hast gerade meine Volleyballkarriere gerettet."

„Quatsch. Danke für diesen großartigen rechten Haken."

„Ich fasse es nicht, dass er dich so gewürgt hat", sagte sie leise, während wir über die Brücke gingen. „Vielleicht sollte ich ihn anonym beim Direktor melden. Allerdings sitzt sein Vater im Schulausschuss, und wenn Sav ihn nicht anzeigt …"

Zähneknirschend starrte ich vor mich hin. „Im Moment würde ich nichts lieber tun, als Dylan anzuzeigen. Aber dann würde Tristan davon hören und etwas Dummes tun, und genau das will Dylans Vater. Wir dürfen ihnen nicht in die Hände spielen. Also keine anonymen Hinweise, in Ordnung?"

Und ich ließ mich nicht davon erweichen, dass sein Vater ihn mit Magie quälte. Wirklich nicht. Auch wenn sein Vater ein Tyrann war. Das gab Dylan noch lange nicht das Recht, ein Mädchen anzurühren und gar fast zu erwürgen.

Aber ich ließ mich auch nicht von meiner Wut zu dem strategischen Fehler hinreißen, zu dem sie mich bringen wollten.

Anne blieb neben mir stehen. „Wie bitte? Ich habe gar nichts gesagt."

Ich blieb ebenfalls stehen. „Doch, hast du. Du wolltest ihn anonym melden und …"

„Nein. Ich habe das gedacht, aber nicht laut gesagt." Sie kniff die Augen zusammen. „Du kannst jetzt auch Gedanken lesen! Deshalb ist er so ausgerastet."

Ich lächelte verlegen. „Äh … Überraschung."

Grummelnd ging sie weiter. „Hättest du nicht gerade mein Handgelenk in Ordnung gebracht, würde ich dir … Wie lange kannst du das schon?"

Ich zuckte mit den Schultern. „Ein paar Monate, glaube ich."

Sie brummelte. „Und da sagst du einfach ‚Überraschung'. Weißt du was? Daran werde ich heute Abend denken. Übrigens will dich Ron nach dem Training nach Hause fahren. Das hat er gestern Abend bei der Party schon mit deinen Eltern ausgemacht. Er will dir etwas unter vier Augen erzählen."

„Ach, echt?" Ich tat so, als wäre ich überrascht, während ich ihr die schwere Tür am hinteren Eingang aufhielt und ihr auf den Hauptflur folgte. „Was denn?"

„Das wirst du schon sehen." Sie grinste schadenfroh und winkte mir mit der rechten Hand zu. „Bis später."

Das wurde aber auch Zeit. Ich war schon gespannt.

24. KAPITEL

Als das Nachmittagstraining der Charmers zu Ende war, versank schon die Sonne hinter den Kiefern, die in ganz Jacksonville wuchsen. Während es langsam dämmerte, lief ich den Hügel hinunter auf das Tor der Spielfeldumzäunung zu. Da entdeckte ich einen vertrauten schwarzen Mustang am Straßenrand.

Ich legte den Kopf schief und spähte durch das offene Beifahrerfenster.

„Hey!", begrüßte mich Ron. Sein Lächeln wirkte etwas verkniffen und erreichte seine Augen nicht. „Anne hat gesagt, dass sie mit dir in der Mittagspause geredet hat. Können wir fahren?"

Also los.

Kurz darauf hatte ich es mir auf dem Beifahrersitz gemütlich gemacht, und wir fuhren den Hügel hinauf und vom Schulgelände.

„Anne hat gesagt, dass du mir was erzählen willst."

„Stimmt. Na ja, und dir was zeigen."

An der Straße, die zu mir nach Hause geführt hätte, bogen wir nicht ab, sondern fuhren weiter stadtauswärts. „Wo willst du hin?"

„Irgendwohin, wo wir allein sind."

Meine Fantasie wollte sich gerade eine Horrorfilmszene ausmalen. Aber das neben mir war Ron, und sowohl Anne als auch meine und seine Eltern wussten von unserem kleinen Ausflug. Also machte ich mich locker und lehnte mich zurück.

„Fahren wir nach Palestine?" Er war gerade auf den Highway 79 abgebogen, der zur Nachbarstadt führte. Rons Familie war aus Palestine hergezogen, als wir in der neunten Klasse waren.

Hinter uns verblassten die Lichter der Stadt. Die Sonne ging unter, und wir wurden von dunkler Kälte umhüllt.

„Nein, so weit nicht. Vielleicht noch anderthalb Kilometer." Rons Gesicht leuchtete im Licht der Armaturen grün, als er mir ein Lächeln zuwarf. „Ich bringe dich zu der Stelle, an der ich gern allein bin, um … nachzudenken."

Er sah aus wie immer, hatte das gleiche schiefe, freundliche Lächeln aufgesetzt und wirkte nervös, aber vor allem hoffnungsvoll.

Nichts deutete darauf hin, dass er mich umbringen und in irgendeinen Graben schmeißen wollte.
Außerdem war ich zur Hälfte Vampirin und zur Hälfte Hexe. Ich konnte schon auf mich aufpassen.
Ich wollte irgendetwas sagen, um die Situation normaler zu machen. „Wie heißt diese Band?" Ich deutete auf das Radio, das leise lief.
„Gefällt sie dir? Sie heißt Flogging Molly."
„Klingt irisch."
Er nickte. „Ja, die sind geil. Hier, hör dir das mal an. Das ist mein Lieblingssong." Er drehte die Lautstärke hoch und sprang zum nächsten Titel vor.
Ich nahm die Plastikhülle, die zwischen unseren Sitzen klemmte, und las auf der Rückseite die Titel durch. Im Moment lief *If I Ever Leave This World Alive.*
Weil wir gleich sterben? meldete sich meine blöde Fantasie, bevor ich ihr sagte, dass sie die Klappe halten sollte. Statt mir vom Titel Angst einjagen zu lassen, hörte ich einfach auf die Musik und nickte im Takt mit.
Kurz darauf bremste Ron ab und bog in eine asphaltierte Straße ein, die bald in einen Feldweg überging.
Die Scheinwerfer glitten über einen grünen Ford F150, der weiter vorne neben dem Weg parkte.
„Das sieht doch aus wie ...", setzte ich an.
„Ja, das ist Annes Auto. Was macht sie bitte schön hier?" Er klang nicht gerade begeistert.
„Habt ihr euch nicht verabredet?"
Er schüttelte den Kopf und parkte ein paar Meter hinter ihr. Aber er ließ die Scheinwerfer brennen.
Anne stieg mit finsterer Miene auf der Fahrerseite aus. Sie ging zum Heck und ließ die Klappe so laut herunterknallen, dass ich zusammenzuckte.
Auch Ron und ich stiegen aus. Er wirkte genauso verwirrt wie ich.
„Anne, was hast du ...", fragte er.
„Natürlich Wildschweine jagen", unterbrach sie ihn. „Habe mei-

nen Bogen und alles dabei. Onkel Danny konnte heute nicht mitkommen, also wollte ich allein für ein paar Stunden losziehen."

Ron starrte sie an. „Allein? Du wolltest allein jagen gehen? Bist du verrückt? Du könntest dabei draufgehen!"

Sie zog die Augenbrauen hoch und blinzelte ihn mit Unschuldsmiene an. „Ja, klar. Warum denn nicht? Du machst das doch auch ständig. Außerdem nimmt der Wildschweinbestand hier überhand, das weiß doch jeder. Morgen ist Halloween. Wenn wir nicht vorher so viele Wildschweine wie möglich erlegen, sind die ganzen verkleideten Kinder in Gefahr."

„Nein." Er ging einen Schritt auf sie zu. „Auf keinen Fall. Ich lasse nicht zu, dass du hier allein …"

Sie verzog die Lippen zu einem finsteren Grinsen. „Ach, bitte. Vergiss es, du Höhlenmensch. Das war nur ein Witz, so blöd wäre ich nicht. Ich bin nur hergekommen, weil du gesagt hast, dass du mit Savannah hier reden wolltest."

Als er überrascht reagierte, lachte sie trocken auf. „Hast du wirklich geglaubt, du könntest bei meiner besten Freundin so eine Bombe platzen lassen, ohne dass ich für sie da bin? Wohl kaum." Sie sprang auf die Heckklappe und klopfte mit der Hand neben sich. „Setz dich, Sav. Mach es dir zur Märchenstunde lieber bequem. Ron redet gern viel."

Ich hatte keine Ahnung, was hier los war. Und ich war nicht sicher, ob ich ihre Gedanken lesen wollte, um es besser zu verstehen. Obwohl wir im Freien waren, stand zwischen ihnen geradezu die dicke Luft.

Um das letzte bisschen Frieden zu wahren, setzte ich mich neben sie und wartete auf Ron.

Er seufzte, rieb sich mit einer Hand über den Nacken und starrte im Scheinwerferlicht seines Autos auf den Boden. Kurz zögerte er, dann fing er an. „Also, Savannah, erinnerst du dich noch an dieses Buch aus der Bücherei, über das wir uns unterhalten haben? Das über die Mythen und Legenden von Osttexas?"

Ich nickte.

„Und weißt du noch, was ich dir über die schwarzen Panther erzählt habe, die mit den irischen Siedlern hergekommen sind?"

„Klar", sagte ich. „In der alten Heimat haben sie ihren Besitzern geholfen, ihre Burgen zu verteidigen, und in Amerika waren es die Häuser, bis die Menschen sie freigelassen haben."

Er verzog das Gesicht. „Na ja, erstens waren die Siedler nicht ihre Besitzer. Zweitens waren diese schwarzen ‚Katzen' die Hüter. Sie haben sich mit den irischen Siedlern verbündet, bis sie nicht mehr gebraucht wurden. Und drittens waren diese Siedler nicht einfach irgendwelche irischen Einwanderer. Sie waren der Clann."

Warum musste alles mit dem Clann zu tun haben? „Deshalb dachtest du, ich wüsste schon von den Hütern. Weil meine Familie früher zum Clann gehört hat."

Er nickte. „Aber einen wichtigen Teil der Geschichte konnte ich noch nicht erzählen, weil du noch nichts von den Hütern gehört hattest. Außerdem wusste ich nicht, ob meine Eltern mir erlauben würden, darüber zu reden. Der Clann hat die Hüter geschaffen."

„Heißt das, sie haben die Katzen gezüchtet?"

Anne kicherte. Als Ron sie böse ansah, hob sie abwehrend die Hände. Er wandte sich wieder mir zu. „Nein, sie haben sie nicht gezüchtet. Sie haben sie mit einem der größten Gruppenzauber geschaffen, die der Clann wahrscheinlich je gewirkt hat. Sie haben ein paar ausgesuchte menschliche Familien mit diesem Zauber belegt. Manche würden sagen, mit diesem Fluch. Im Gegenzug haben diese Familien versprochen, dem Clann zu helfen, wenn er sie brauchte."

Wow. Kein Wunder, dass manche Leute von einem Fluch sprachen. Ich konnte mir nicht mal vorstellen, wie schrecklich es sein musste, wenn man von einem Haufen Hexen in eine Katze verwandelt wurde.

„Okay, also laufen hier Menschen rum, die sauer sind, weil der Clann sie in riesige Katzen verwandelt und dann alleingelassen hat", fasste ich zusammen. „Und ... was, soll ich sie zurückverwandeln? Ich weiß ja nicht, was Anne dir erzählt hat, aber so gut bin ich echt noch nicht. Ich lerne erst seit ein paar Monaten zaubern. Sie hatte Glück, dass ich ihr Handgelenk überhaupt hinbekommen habe."

Ron stutzte, dann sprang er vor und packte Annes Hände.

„He!", rief sie. „Was soll denn das? Finger weg!"

Obwohl sie sich wehrte, drehte er ihr die Hände um und fuhr mit den Fingern über ihre Handgelenke. „Was ist passiert?" Er musterte ihr Gesicht; weil sie auf der Heckklappe saß, waren sie auf gleicher Augenhöhe. „Warum hast du mir nicht erzählt, dass du dich verletzt hast?"

„Ich habe nichts gesagt, weil es dich erstens nichts mehr angeht und ich zweitens nichts mehr habe. Sav hat mich mit ihrer Zauberei geheilt." Sie riss sich los und funkelte mich böse an. „Was ich übrigens nicht weitergetratscht habe, besten Dank auch!"

Er runzelte die Stirn und sah mich an, um Antworten zu bekommen. „Savannah?"

Sie kniff die Augen zusammen. Eine Warnung, dass ich ja nichts verraten solle. Aber ich hatte ihr nichts versprechen müssen. Und als alte Romantikerin war ich einfach gerührt davon, wie besorgt und verwirrt ihr Exfreund wirkte.

„Wir ... äh, hatten in der Mittagspause einen kleinen Zusammenstoß mit Dylan Williams", erklärte ich.

„Sav, ich meine das ernst: Das geht ihn nichts an", zischte sie.

„Doch, geht es", widersprach Ron. „Was hat er gemacht?"

„Er wollte Sav was tun, also habe ich ihm was getan", sagte Anne. „Das war's."

Er ignorierte sie und sah stattdessen nur mich an. Er wollte mehr hören. Und ich gab nach. „Na ja, im Grunde stimmt das. Er hat gemerkt, dass ich seine Gedanken lesen konnte, und ist ausgeflippt. Als er mir an die Kehle gegangen ist, hat Anne ihm was auf die Nase gegeben und sich das Handgelenk verletzt."

„Und es hätte funktioniert, wenn der Arsch sich die Nase danach nicht einfach gerichtet hätte", grummelte sie. „Aber dann hat Sav auch mein Handgelenk geheilt, also sind wir eigentlich quitt. Jetzt kennst du die ganze Geschichte. Zufrieden?"

Erst mahlte er nur mit den Kiefern, dann ging er einen Schritt zurück und verschränkte die Arme. Ich hatte gedacht, er würde mir tausend Fragen über das Zaubern stellen. Stattdessen strahlte er nur Dankbarkeit aus. „Dann muss ich mich wohl bei dir bedanken, Savannah."

Ich zuckte mit den Schultern. „Halb so wild. Sie hat sich ja nur verletzt, weil sie mich beschützen wollte."

Warum hatte es ihn nicht neugierig gemacht, dass ich Anne heilen konnte?

Ein Blick in seine Gedanken gab mir die Antwort. „Deine Mom hat dir von mir erzählt, oder?"

Er nickte. „Auch warum der Clann deine Familie rausgeworfen hat und du noch nie von den Hütern gehört hast."

Also wusste er, dass ich zur Hälfte Vampirin und zur Hälfte Hexe war. Trotzdem schien er keine Angst zu haben. „Seit wann weißt du es schon?"

„Seit dem Tag, an dem ich dir von den Panthern in Osttexas erzählt hatte."

Ich dachte an die Wochen und Monate zurück, die seitdem vergangen waren. Er hatte erraten, dass ich Tristans Gedanken lesen konnte, und war deswegen nicht ausgeflippt. Als Dylan Blut an mein Schließfach geschmiert hatte, hatte er mir sofort geholfen.

Und nicht mal, wenn er allein mit mir in der Bücherei gesessen hatte, hatte er Angst gehabt. Bei diesem Gedanken bekam ich einen Kloß im Hals.

„Danke, dass du so locker reagiert hast", sagte ich.

Ron tat das lächelnd ab. „Kein Problem."

Jetzt wussten also zwei normale Menschen über mich Bescheid und hatten kein Problem mit mir.

Ich holte tief Luft. „Aber das erklärt noch nicht, warum wir heute hier sind. Ich meine, die Hüter tun mir leid. Glaub mal, ich habe mit dem Clann auch genug Mist erlebt. Aber was soll ich da machen? Selbst wenn wir eins von diesen armen Wesen fangen könnten, könnte ich es nicht in einen Menschen zurückverwandeln. Schon gar nicht, wenn für den ersten Zauber eine ganze Gruppe Nachfahren nötig war. So stark bin ich nicht, und ich wüsste gar nicht, wie ich es anstellen sollte."

Anne grinste schief. „Ach, wir müssen die Hüter gar nicht jagen. Sie sind viel leichter zu finden, als du glaubst. Ich wette sogar, wir könnten hier sitzen bleiben, und Ron würde im Handumdrehen einen für uns finden, oder, Ron?" Sie sah ihn mit großen Augen an und lächelte irgendwie abgedreht.

Als Antwort schnitt er eine Grimasse. „Klar. Bin gleich wieder da." Damit verschwand er im Wald.

Holla. War er lebensmüde? „Hast du nicht gesagt, dass der Wald vor Wildschweinen nur so wimmelt? Es ist doch viel zu gefährlich für ihn …"

„Ihm passiert nichts. Vertrau mir. Die Wildschweine haben mehr Angst vor ihm als umgekehrt. Warte nur ab."

Rons Schritte waren verklungen.

„Wieso glaubst du, du müsstest für mich da sein, wenn er mir diese Geschichte über die Hüter erzählt?", fragte ich. „Oder war das nur eine Ausrede, um einen gewissen großen, blonden, gut aussehenden Jungen zu sehen?" Grinsend stieß ich sie mit der Schulter an.

„Ach bitte. Ehrlich gesagt wollte ich nur Zeit sparen, damit du mich nachher nicht anrufen oder mir simsen musst, weil du sauer bist, dass ich es dir nicht selbst erzählt habe."

„Wieso sollte ich denn wegen der Hüter auf dich sauer werden?"

„Weil es ein Geheimnis ist, das ich nicht verraten durfte. Nicht mal dir." In ihrer Stimme klang Schmerz mit, und sie strahlte eine tiefe Sehnsucht aus. Ihre Gefühle trafen mich wie ein Schlag. Meine Brust war wie zugeschnürt.

Wieso setzte sie nicht Himmel und Hölle in Bewegung, um diesen Schmerz zu lindern und Ron zurückzubekommen?

„Habt ihr euch wegen dieser Hütergeschichte getrennt?" Hatte Ron sich vielleicht so in die fixe Idee hineingesteigert, den Fluch zu brechen, dass Anne es leid war und Schluss machte?

Nein, das konnte nicht der Grund sein. Anne war genauso besessen davon, ihren Flatteraufschlag beim Volleyball zu perfektionieren und die beste Zuspielerin der Juniorauswahlmannschaft zu sein.

Deshalb war ich überrascht, als sie nickte und so schwer schluckte, dass ich es hören konnte.

War das wirklich der Grund? Sie hatte sich wegen der Hütergeschichte von Ron getrennt?

Ich hätte gern etwas gesagt, um sie zu trösten. „Ach weißt du, niemand ist vollkommen. Jeder hat seine Macken. Hast du mal überlegt, mit ihm zusammen nach den Hütern zu suchen? Man weiß ja nie. Vielleicht könntet ihr das zu eurem Hobby machen."

Sie presste die Lippen zusammen und schüttelte den Kopf. „Wie gesagt, man muss sie nicht suchen. Und ich nehme an, so was macht man nicht als Hobby."

Schon gut. Ich wollte nur helfen.

Ich schwieg verärgert und lauschte auf die Geräusche aus dem nächtlichen Wald. Weit entfernt schrie eine Eule, um uns herum raschelte eine leichte Brise durch die Bäume. Der kühle Wind brachte die vertrauten Gerüche von Kiefernnadeln und Erde mit sich und auch neue Gerüche von den wilden Tieren, die in den Wäldern lebten.

Als Erstes hörte ich das Atmen. Es war laut und schwer, fast wie eine Warnung. Ich erstarrte.

„Anne, hast du das auch gehört?"

Sie sah mich an. „Was denn?"

„Atmen. Ziemlich laut, als würde etwas Großes kommen ..."

Und dann sah ich es. Sein schwarzes Fell schimmerte am Rand des Scheinwerferkegels. Es kam auf leisen Pfoten, die fast so groß wie meine Hände waren, aus dem Wald. Als es näher schlich, beobachtete es uns aus gelben Augen mit schmalen senkrechten Pupillen.

Verdammte Scheiße.

Das letzte Mal hatte mein Herz so gerast, als ich gesehen hatte, wie Nanna im Zirkel des Clanns in der Luft schwebte.

Dieser Abend musste besser ausgehen. Ich würde alles tun, um dafür zu sorgen. Dad hatte gesagt, Vampire seien unsterblich, solange uns niemand einen Pflock durchs Herz jagte, uns köpfte oder in Brand steckte. Wenn ich meinen Hals vor diesem Ding schützte, dürfte mir nichts passieren. Anne war dagegen allzu menschlich. Ich musste sie in Sicherheit bringen.

Die Fahrerkabine. Bestimmt konnte das Tier nicht durch die Fenster oder die Windschutzscheibe kommen.

Ich traute mich nicht, eine schnelle Bewegung zu machen. Langsam streckte ich eine Hand aus, berührte Anne an der Schulter und hoffte, sie würde ruhig bleiben. „Anne? Du darfst jetzt nicht ausflippen, okay? Also hör gut zu. Ich schwöre auf Nannas Grab, dass da drüben ein riesiges Tier ist."

Sie sah in die richtige Richtung. „Mhm, sehe ich."

„Also gut. Wir machen jetzt Folgendes: Zieh ganz vorsichtig die Füße hoch. Wenn du super langsam und leise bist, greift es vielleicht nicht an. Rutsch zum Schiebefenster an der Fahrerkabine und versuch es zu öffnen."

„Es ist schon offen. Falls ich schnell an Pfeil und Bogen muss."

Wollte sie etwa das Tier erschießen? „Vergiss das erst mal. Ich will nicht, dass du die Heldin spielst. Kletter in die Fahrerkabine, damit es dich nicht erwischen kann."

Mit einem matten Lächeln wandte sie sich zu mir um. „Ach ja? Und was ist mit dir?"

Ich ließ das riesige Vieh nicht aus den Augen. Es war auf der anderen Straßenseite, ein paar Meter von uns entfernt, stehen geblieben. Keine Ahnung, wie weit es springen konnte, vielleicht bis zu uns auf die Ladefläche. „Mir passiert nichts, keine Sorge. Ich bin eine Vampirin, schon vergessen? Solange es mir nicht den Kopf abreißt …"

„Ach, sei nicht albern. Ich hole einfach Pfeil und Bogen und kümmere mich darum." Anne sprang auf. Sie bewegte sich viel zu schnell.

Ich zischte: „Langsam, habe ich gesagt! Und du holst nicht deinen Bogen. Kletter einfach in die Kabine und …" Hinter mir rauschte es. Also hatte jemand das Glasfenster zur Seite geschoben. Ich riskierte einen kurzen Blick. Sie hatte einen Arm bis zur Schulter nach innen gestreckt, aber der Rest war noch ungeschützt auf der Ladefläche. „Was ist los? Steckst du fest?"

„Nein, alles in Ordnung", antwortete sie in normaler Lautstärke.

„Sei leise!" Mein Gott, wollte sie das Biest etwa provozieren?

Als sie aufstand, hätte ich sie am liebsten erwürgt. Sie hielt ihren Compound-Bogen mit einigen Pfeilen in der Hand und trug einen seltsamen Plastikhaken am rechten Handgelenk. „Verdammt, Anne, ich habe Nein gesagt! Geh einfach ins Auto, wo du sicher bist."

Noch während ich sprach, legte sie einen Pfeil an und hakte das Ding um ihr Handgelenk an die Sehne.

„Anne, nicht!" Was, wenn sie danebenschoss? Vielleicht würde das Tier weglaufen. Oder es würde sich erst recht auf uns stürzen.

„Mach dir nicht solche Sorgen." Sie zog den Pfeil mit einer der drei Sehnen bis zum Kinn zurück und drückte lächelnd ihre Nasenspitze dagegen. „Ich habe alles im Griff. Fertig? Auf drei. Eins, zwei ..."

Ihr rechter Zeigefinger glitt vor und drückte auf den Auslöser an dem Hakenteil. Der Pfeil löste sich. Er ging weit daneben und verfehlte das Monster um mindestens dreißig Zentimeter.

Das Tier hob eine Tatze und fing den Pfeil so leicht auf wie eine Katze, die einen Vogel aus der Luft schnappte.

Mir fiel die Kinnlade herunter. Ein normaler Panther hätte das nie geschafft. Das musste ein Hüter sein. Jetzt hatten wir wirklich ein Problem.

Anne kicherte. „Gut gefangen! Aber wehe, du machst mit deinen Zähnen oder Klauen Macken rein. Lass den Pfeil einfach auf dem Boden liegen, ich hole ihn mir gleich."

Ich hörte eine Männerstimme lachen, nicht nur in der Nähe, sondern ganz nah, als würde ich sie über einen Kopfhörer hören. Oder in meinem Kopf.

Und sie klang vertraut. „Ron?", rief ich leise. Ich blickte mich um und vertraute darauf, dass Anne den Panther im Auge behielt. Wenn ich Ron so lachen hörte, musste er in der Nähe sein.

Ja? Das war ganz sicher Rons Stimme. War er auf einen Baum geklettert?

„Wo bist du? Komm nicht her. Hier ist eine ..."

Eine riesige schwarze Katze, die euch anstarrt? Ja, ich weiß. Er klang, als wollte er mich auslachen.

Waren denn alle verrückt geworden?

„Ja, schon, aber diese Katze ist nicht normal. Wo bist du? Schaffst du es sicher in dein Auto? Wenn nicht, bleib, wo du bist, und wir holen dich mit Annes Wagen."

Anne lachte. „Genau, Ron. Wir kommen und retten dich." Ihr Lachen wurde noch lauter.

Ich sah sie böse an. „Was ist denn mit dir los? Siehst du nicht dieses riesige schwarze Tier da drüben, das uns gleich die Kehle aufreißt?"

„Mehr als ein Knutschfleck am Hals ist da nicht drin. Er tut uns nichts." Sie reckte das Kinn und rief: „Hast du jetzt genug mit ihr gespielt, Ron?"

Der Panther kam näher. Und näher. Jetzt stand er neben dem Pick-up. Ich warf alle Vorsicht über Bord und sprang schützend vor Anne.

Wow, bist du schnell!, sagte Ron.

Als der Panther auf die Heckklappe sprang, ging der ganze Wagen hinten in die Knie. Ich hatte die Zähne zusammengebissen, aber durch meine Nase entwich ein Schrei. Der Panther war mindestens einen Meter achtzig lang.

„Steig in das verdammte Auto!", schrie ich Anne an und stellte mich zwischen sie und die Riesenkatze. Ich hatte keine Ahnung, wie ich mich gegen sie wehren sollte. Ich konnte nur hoffen, dass ich mit meiner Vampirstärke gegen ihre Größe und Masse ankommen konnte. Steckte in diesem pelzigen Körper noch genug menschlicher Verstand, um mit dem Panther zu reden? Wenn ich mich dafür entschuldigte, dass Anne auf ihn geschossen hatte ...

„Alter, pass auf mein Auto auf", ranzte Anne den Panther über meine Schulter hinweg an.

Er setzte sich hin und senkte den Kopf, als würde er niesen.

Jetzt hör aber auf, sagte Ron. *Kutschiert hier hinten tote Wildschweine durch die Gegend und sagt mir, ich soll aufpassen?*

Zum ersten Mal, seit der Panther aufgetaucht war, schob ich meine Sorge um Anne beiseite und achtete wirklich auf Rons Stimme.

„Ron?", fragte ich.

Ja.

Der Panther legte den Kopf schief. Sein Schwanz wischte träge über die Heckklappe.

„Wo bist du? Wink mal oder so was, damit ich dich sehen kann."

Der Panther hob langsam eine Pfote.

Im Leben nicht ... Mein Verstand stellte sich quer.

„Ja, du warst witzig", meinte Anne etwas gelangweilt. „Wenn du so aussiehst, klatsche ich dich trotzdem nicht ab."

„Das ... Die Hüter sind ...", stotterte ich.

„Gestaltwandler", beendete Anne den Satz. Sie spielte an ihrem Bogen herum.

Klar. Natürlich waren sie das. Warum sollte es in einer Welt mit Hexen und Vampiren nicht auch Gestaltwandler geben, die sich in Katzen verwandeln konnten?

„Das ist also ein Hüter", sagte ich.

„Ja."

Einer von ihnen, fügte Ron hinzu.

„Gibt es noch mehr?"

Ja, klar. Sogar zu viele. Deswegen musste meine Familie aus Palestine wegziehen. So langsam überschwemmen die Hüter hier die Wälder. Wir müssen uns auf ein größeres Gebiet verteilen, bevor wir noch mehr Aufmerksamkeit auf uns ziehen. Hier wurden wir schon so oft gesehen, dass sie sogar das Maskottchen ihrer Highschool nach uns benannt haben!

Stirnrunzelnd sah ich den Panther an. Nein, ich sah *Ron* an. „Wieso kann ich deine Stimme in meinem Kopf hören?"

Das gehört zum Zauber des Clanns, erklärte er. *So können wir mit Nachfahren oder in dem Fall mit einer halben Nachfahrin reden, wenn wir uns verwandelt haben. In Kriegszeiten dürfte das sehr praktisch sein. Nicht dass die Nachfahren uns in den letzten hundert Jahren in irgendwas eingebunden hätten. Übrigens funktioniert es in beide Richtungen. Ich kann deine Gedanken jetzt auch hören.*

Ach ja?, stellte ich ihn auf die Probe.

Ja, antwortete er, und in seiner Stimme lag ein Lächeln.

Cool.

„Okay, es wird langweilig", unterbrach Anne. „Können wir jetzt nach Hause fahren?"

Meinetwegen, sagte Ron und sprang elegant von der Heckklappe.

„Sav fährt mit mir", rief Anne seiner pelzigen Rückseite hinterher. Sie verstaute ihren Bogen und die Handgelenkschlaufe auf dem Rücksitz des Trucks. Dann sprang sie über die Seitenwand auf den Boden.

Stumm stieg ich auf der Beifahrerseite ein. Diese Neuigkeiten über die Hüter musste ich erst mal verdauen. Was der Clann mit diesen Familien gemacht hatte, beruhte auf wirklich mächtiger alter Magie. Er hatte ihre Gene so verhext, dass der Zauber noch Jahrhunderte später bei ihren Nachkommen wirkte. Das nannte ich mal eine grundlegende Veränderung. Ich konnte mir sogar vorstellen, warum der Clann es getan hatte. In einer Schlacht waren die Hüter bestimmt großartige Verbündete. Aber warum hatten die Nachfahren das Bündnis aufgekündigt?

Aus Größenwahn, überlegte ich schließlich. Der Clann war übermütig und arrogant geworden und hatte geglaubt, seine Magie sei in der modernen Welt mehr als genug.

Was für eine Schande. Jetzt waren die Hüter mit diesem Zauber geschlagen, ob sie gebraucht wurden oder nicht.

„Und, was denkst du?", platzte Anne heraus, als sie die Stille nicht mehr ertrug.

„Hm, ich denke ... ‚Wow' wäre wohl das richtige Wort."

„Ich weiß. Das ist wirklich nicht leicht zu verdauen. Ich wollte Ron noch ausreden, dass er dir davon erzählt. Aber er war überzeugt davon, dass du dich dadurch weniger einsam fühlen würdest." Sie verdrehte die Augen.

„Ich bin froh, dass er es mir gesagt hat. Er hat recht. Irgendwie geht es mir wirklich besser." Ich warf ihr einen Blick zu. „Also hast du deshalb mit ihm Schluss gemacht, oder?"

Sie nickte verkniffen. „Jetzt habe ich mich langsam an die Vorstellung gewöhnt. Vor allem, seit ich über dich Bescheid weiß. Aber als er es mir gesagt hat ..." Sie schüttelte den Kopf und starrte auf die Straße. Auf ihrem Gesicht schimmerten die Lichter von Jacksonville. „Das war einfach viel zu viel auf einmal. Wer lässt denn so eine Bombe platzen, wenn er gerade mal ein paar Monate mit einem Mädchen zusammen ist?"

„Wart ihr nicht acht Monate oder so zusammen?"

„Die Betonung liegt auf *Monate*. Er hätte mir gar nichts von den Hütern erzählen und es mir schon gar nicht zeigen dürfen! Darüber darf niemand etwas wissen, der nicht zum Clann oder zu den Hütern gehört. Und er hat letztes Jahr einfach alles ausgeplaudert. Ist doch kein Wunder, dass ich ausgeflippt bin." Als wir die Stadtgrenze überqueren und der Kiefernwald von Häusern abgelöst wurde, lag ein wilder Blick in ihren Augen.

„Also hast du dich von ihm getrennt."

„Was hätte ich denn sonst machen sollen?"

„Du hast ihn abgeschossen, weil er anders ist."

„Nein, natürlich nicht! So bin ich nicht, das weißt du doch. Es ging mir gar nicht darum, dass er ein Gestaltwandler ist. Sondern darum, dass er mir einfach dieses riesige Familiengeheimnis aufgeladen hat! Was hätte er denn gemacht, wenn ich ihn heimlich mit dem Handy aufgenommen hätte, wenn er sich verwandelt und das Video bei Youtube hochgeladen hätte?"

„Ach Anne. Das würdest du doch nie machen."

„Aber das weiß er doch nicht! Ganz zu schweigen davon, dass er mein erster Freund und ich gerade mal sechzehn war, als er mir das gezeigt hat. Das ist in einer ersten Beziehung einfach ein paar Nummern zu groß. Was weiß ich, vielleicht wollte er mir eine Woche später einen Antrag machen!"

„Also hast du mit ihm Schluss gemacht. Weil er dir sein tiefstes, dunkles Geheimnis anvertraut hat."

Als wir vor einer Ampel halten und warten mussten, schwiegen wir. Und als wir weiterfuhren, schwiegen wir immer noch.

„Da wundere ich mich ja fast, dass du noch mit mir befreundet bist, nachdem ich dir meine Familiengeheimnisse verraten habe."

„Das ist etwas anderes, und das weißt du auch. Wir sind ja nicht zusammen. Und wir sind schon seit Jahren befreundet. Ron ist nur irgendein Typ, mit dem ich seit ein paar Monaten zusammen war."

Sie redete solchen Mist. „Du legst dir da was zurecht."

„Was?"

„Du hast schon richtig gehört. Du suchst nach Ausreden. Dabei weißt du genau, dass es falsch war, dich von ihm zu trennen. Aber du kannst es nicht zugeben, weil du dann auch zugeben würdest, dass du was falsch gemacht hast."

„Es war nicht falsch! Ron hat mich zu früh zu stark unter Druck gesetzt. Wie sollte ich denn darauf reagieren? Und übrigens hatte mir meine beste Freundin da noch nicht erzählt, dass es auch Vampire und Hexen gibt. Bis deine kleine Bombe geplatzt ist, konnte ich mich schon seit ein paar Monaten an den Gedanken gewöhnen, dass es solchen abgedrehten Scheiß gibt."

Damit konnte sie mich nicht beleidigen. Ich hatte sie mit der Wahrheit konfrontiert, und sie schlug um sich wie ein Tier, das man in die Enge getrieben hatte.

Aber sie musste endlich aufwachen und die Augen öffnen, egal, ob sie dafür bereit war oder nicht. Dass ich Nanna und Tristan verloren hatte, hatte mir gezeigt, dass das Leben unglaublich kurz sein und die Liebe auf einen Schlag enden konnte. Das musste auch sie begreifen.

„Du hast Angst."

„Wie bitte?"

„Du hast Panik bekommen. Du hast gemerkt, dass du Ron liebst. Damit wärst du noch klargekommen. Aber dann hat er dir das erzählt und damit gezeigt, wie sehr er dich auch liebt. Also bist du weggelaufen."

„Ich habe keine Angst", fauchte sie. Bei der nächsten Kreuzung ignorierte sie die gelbe Ampel und bretterte weiter, ohne zu bremsen. „Ich jage ständig Wildschweine. Manche Viecher wiegen über zweihundertfünfzig Kilo! Verängstigte kleine Mädchen machen keine Jagd auf Tiere, die fünfmal so schwer sind wie sie."

„Na und? Dann hast du eben keine Angst vor der Jagd. Aber ganz sicher hast du Angst vor der Liebe. Und fahr ja nicht bei Rot!"

Sie trat auf die Bremse, dass die Reifen quietschten, und kam nur Zentimeter vor dem Fußgängerübergang zum Stehen.

„Das ist doch albern! Ich liebe meine Eltern, meine Tanten und Onkel, sogar meine nervigen Cousins …"

„Das ist nicht das Gleiche, und das weißt du auch."

Während wir auf Grün warteten, machte sich Schweigen breit. Als die Ampel umschaltete, bog Anne links ab, ohne zu blinken, und ich schickte ein Stoßgebet zum Himmel, damit uns keine Autos entgegenkamen.

Vor der Tomato Bowl trat sie noch mal aufs Gas, und wir rasten so schnell über die Bahngleise, dass wir leicht von unseren Sitzen abhoben. In der Kurve vor meiner Straße musste sie endlich bremsen. Mit quietschenden Reifen hielt sie vor meinem Haus an. Zuerst wurden wir nach vorn, dann zurückgeschleudert. Als sie den Wagen auf Parken stellte und den Motor ausmachte, seufzte ich erleichtert.

Das Schweigen wuchs weiter. Außer dem Ticken des auskühlenden Motors war kein Geräusch zu hören. Ich hätte aussteigen können, damit sie vor unserem Gespräch davonlaufen konnte. Aber das tat ich nicht. Dieses Mal nicht. Sie musste begreifen, was sie sich und Ron antat.

„Ich habe ja nicht als Einzige Angst", sagte sie leise. „Was ist mit dir und Tristan?"

„Was soll mit ihm sein?"

„Du hast so viele Gründe, warum du nicht mit ihm zusammen sein kannst. Aber sei mal ehrlich. Wenn du es wolltest, würdest du es irgendwie schaffen und auf die Konsequenzen pfeifen. Genau wie am Anfang, als du dich auf ihn eingelassen hast."

„Das war letztes Jahr eine dumme Entscheidung. Ich hatte keine Ahnung, dass meine Großmutter dafür bezahlen würde. Und nachdem ich gesehen habe, wie die Konsequenzen aussehen …"

„Das ist Schwachsinn, das weißt du genau. Du hast schon Stunden vorher beschlossen, dich von ihm zu trennen. Weißt du noch? Beim Frühlingsball hast du mir alles erzählt. Du hast gesagt, du hättest schon in Frankreich dem Vampirrat versprochen, Schluss zu machen."

„Weil ich erfahren habe, dass ich ihn mit meinen Küssen umbringe!" Okay, jetzt ging sie wirklich zu weit. Ich wollte mich zu ihr umdrehen, aber der Gurt hinderte mich daran. Knurrend kämpfte ich mit dem Schloss, bis es sich endlich öffnete. „Soll ich auch darauf pfeifen, dass ich ihn aus Versehen umbringen könnte? Soll es egal sein, dass er sein Leben riskiert, solange ich glücklich bin?"

Sie zögerte, und ich hörte sie denken: *Na ja, nein, aber …* „Bestimmt gibt es irgendeine Lösung. Kannst du ihn nicht verwandeln?"

Sie klang genau wie Tristan. Diese alte Diskussion musste ich wirklich nicht auch noch mit meiner sogenannten besten Freundin durchkauen. „Das kann ich nicht. Ich bin ja nicht mal eine richtige

Vampirin. Und selbst wenn meine Vampirgene stark genug wären, um ihn zu verändern, würde er dabei sterben. Bis jetzt ist noch jeder Nachfahre gestorben, bei dem es versucht wurde."

Sie wandte den Blick ab. „Klingt für mich nach einer Ausrede."

„Nein, für mich klingt es danach, dass du immer noch wegläufst! Wieso solltest du dir auch eingestehen, dass du etwas falsch gemacht hast, wenn du den Spieß einfach umdrehen kannst? So fühlt sich halt deine beste Freundin mies, weil sie nicht haben kann, was sie will." Ich stieß die Tür auf und stieg aus. „Wenn ich mit Tristan zusammen sein könnte, ohne sein Leben aufs Spiel zu setzen, wäre ich es auch, das kannst du mir glauben. Aber es geht nicht. Ich kann nichts daran ändern, was ich bin. Aber du bist nur unglücklich, weil du dich wie ein feiger Schwachkopf aufführst!"

Ihr fiel die Kinnlade runter. „Ich bin kein feiger Schwachkopf!"

„Stimmt. Bist du nicht. Deshalb habe ich ja gesagt, dass du dich so *aufführst*. Und nachdem du das weißt und ich das weiß und Ron es garantiert auch weiß: Kannst du uns nicht einen Riesengefallen tun und aufhören, dich so bescheuert zu benehmen? Ruf ihn an. Sag ihm, dass es ein Fehler war und es dir leidtut. Ich schwöre dir, wenn er dich nicht sofort zurücknimmt und dir verzeiht, werde ich ... ich ..." Ich war so wütend, dass mir nicht mal ein gutes Versprechen einfiel. „ ... gehe ich mit dir Wildschweine jagen!" So!

Ich knallte die Tür zu, dass der Wagen schaukelte, aber zum Glück drückte ich keine Beule ins Blech. Dann raste ich blitzschnell über den Rasen bis zur Veranda. Ich konnte nicht anders. Als ich im Haus war, schaffte ich es nur mit Mühe, die Tür nicht so zuzuknallen, dass der Buntglaseinsatz zerbrach.

Draußen ließ Anne das Auto an, drehte das Radio auf volle Lautstärke und raste mit heulendem Motor los.

„Hattest du mit dem jungen Abernathy einen interessanten Ausflug in den Wald?", begrüßte mich Dad. Er saß im Wohnzimmer auf dem Sofa und las Zeitung.

„Kann man so sagen", antwortete ich schroff. „Sehr erhellend."

Blöde Menschen! Für Anne war die Liebe zum Greifen nah, vielleicht sogar die große, wahre Liebe, die ich nie haben konnte, und sie warf sie einfach weg! Sie hatte keine Ahnung, was ich geben würde, um Tristan zurückzubekommen.

„Ich gehe ins Bett", sagte ich, bevor ich die Treppe rauf und in mein Zimmer raste.

Ich schaltete das Lautsprecherdock neben meinem Bett ein, streifte meine Schuhe ab und stellte *What Doesn't Kill You* von Kelly Clarkson an. Erst hörte ich nur auf den Text und klopfte mit dem Fuß auf den Holzboden. Dann nickte ich im Takt mit. Und plötzlich drehte ich mich zur Musik und schlug Löcher in die Luft. Ein gutes Gefühl. So gut, dass ich Anne nicht anrief, um ihr noch mal die Meinung zu geigen.

Etwas Feuchtes rann an meiner Nase entlang. Das war keine Träne. Vampire weinten nicht. Ich wischte es fort, ohne die Augen zu öffnen.

Aber dann lief mir noch eine Träne über die Wange und noch eine, und meine Lunge und meine Kehle brannten, als wäre ich noch ein Mensch und hätte versucht, länger als dreißig Sekunden am Stück zu laufen.

Und einen Text mitzusingen, in dem es darum ging, stark zu sein, kam mir selbst wie eine Lüge vor.

Ich ließ mich auf die Bettkante sacken und stützte den Kopf in die Hände. Es war echt bescheuert von mir, mich in das Liebesleben meiner besten Freundin einzumischen. Wie wollte ich jemandem bei seinen Problemen helfen, wenn ich nicht mal die eigenen lösen konnte?

25. KAPITEL

Tristan

Der Samtkuchen war mehr als ein Geburtstagsgeschenk: Er war auch ein Friedensangebot. Ich wollte mich nicht mehr mit Savannah streiten, auch wenn ich noch verletzt und enttäuscht war, weil sie nicht für uns kämpfte. Sie hatte einen Neuanfang gemacht. Jetzt hatte sie Ron. Ich musste auch lernen, loszulassen.

Beim Heimspiel am Freitagabend lieferten uns die Indians ein gutes Spiel. Aber nicht mal die Anstrengung auf dem Spielfeld brachte mich runter. Ich fühlte mich ... daneben. Unausgeglichen. Ruhelos.

Und dass sich Bethany nach dem Spiel auf dem Rasen vor der Tomato Bowl mit jedem unterhalten musste, den sie sah, fand ich auch nicht gerade beruhigend.

Jemand schlug mir auf den Rücken, sodass ich stolperte. „Junge, du hast heute großartig gespielt!"

Dad und Mom. Ich rang mir ein Lächeln für sie ab. „Danke."

Schweigen umhüllte unsere kleine Gruppe, während sich alle auf dem Rasen und auf der Straße weiter unten laut unterhielten und lachten.

„Schön, dich mal wiederzusehen", begrüßte Mom Bethany. Sie lächelte mir vieldeutig zu und nickte, bevor sie Dad ansah. „Wisst ihr was? Ich hätte Lust auf ein bisschen Eis. Was meinst du, Schatz? Hast du nach den vier Hotdogs noch Platz?"

Dad strich sich grinsend über den Bart und tat so, als müsste er nachdenken. „Hmm, ein bisschen Platz hätte ich schon noch." Er tätschelte sich den Bauch. „Es käme wohl darauf an, was für Eis du meinst. Reden wir hier von einem Coke Float? Oder von einem Brownie-Eisbecher?" Beim zweiten Vorschlag ließ er seine buschigen Augenbrauen tanzen.

Mom lachte und hob eine zarte Hand, um sich die hochgesteckten Haare glatt zu streichen, obwohl sie perfekt saßen. „Oh, natürlich von einem Brownie-Eisbecher."

Grinsend meinte Dad zu mir: „Komm nicht zu früh nach Hause, Junge. Oder lade dein Mädchen doch auch auf einen Eisbecher ein." Er beugte sich vor und flüsterte laut: „Frauen mögen Schokolade. Vergiss das nicht. Damit kannst du dir das Leben viel leichter machen."

Bethany kicherte, als meine Eltern Arm in Arm die Betontreppe hinuntergingen und alle paar Schritte stehen blieben, um jemanden zu begrüßen.

„Deine Eltern sind echt süß."

Ich wandte den Blick ab. „Ja. Ganz hinreißend."

Ihr Lächeln geriet aus der Form. „Stimmt was nicht?"

„Nein. Alles ist perfekt." Fanden meine Eltern.

Eine Brise kam auf und brachte den ersten Hauch von Herbst mit sich. Ich legte den Kopf in den Nacken und starrte in den Himmel. Ich suchte die Sternbilder, aber die Flutlichter des Stadions waren so hell, dass sie alles überstrahlten.

Mir war von dem Spiel noch ganz heiß, und ich hatte mich zu warm angezogen. So viele Schichten übereinander, und meine Baseballjacke war so eng, dass ich kaum Luft bekam. Als ich die Metallknöpfe öffnete, strich mir der Wind wie eine vertraute Hand über die brennende Haut. Schon besser. Seufzend dachte ich an einen anderen frischen Oktoberabend unter den Sternen zurück. Und an die kühlen Hände eines gewissen Mädchens, die sich beim Tanzen gegen meinen Nacken drückten ...

„Tristan? Hallo, Erde an meinen kleinen Bruder." Eine zierliche Hand fuchtelte vor meinem Gesicht herum, und ich blinzelte. Vor mir stand Emily.

„Hallo, Schwesterherz! Was machst du denn hier?" Ich beugte mich zu ihr runter und nahm sie kurz in den Arm.

„Was denn? Darf ich nicht nach Hause kommen und mir ansehen, wie sich mein kleiner Bruder auf dem Schlachtfeld schlägt?"

Ich lächelte. „Das College ist wohl nicht ganz so, wie du erwartet hattest, was?"

„Doch, natürlich. Ich habe dich nur lange nicht mehr spielen sehen."

Hm, hm. Und warum wirkte ihr Lächeln eine Spur zu fröhlich?

Sie seufzte: „Na schön, du hast mich durchschaut. Ich wollte auch mein altes Cheerleader-Team besuchen und sehen, wie sich meine Nachfolgerin macht."

„Und, wie macht sie sich?", fragte Bethany.

Emily schnitt eine Grimasse. „Na ja, du kennst doch Sally Parker."

Darüber musste Bethany lachen. „Wer nicht." Sie sah sich kurz um. „Oh, da ist ja Jill! Sie hat noch ein paar Schuhe von mir." Sie beugte sich vor und flüsterte: „Mit Schuhen muss man bei ihr wirklich aufpassen! Sie hat sich vor über einem Monat meine Lieblingsturnschuhe ausgeliehen und behauptet ständig, sie wolle sie mir zurückgeben, aber sie habe sie im Auto ‚vergessen'." Sie malte mit den Fingern Anführungszeichen in die Luft. „Bin sofort wieder da!"

Sobald sie außer Hörweite war, war Emilys fröhliches Lächeln wie weggewischt. „Tristan, vielleicht gibt es ein kleines Problem. Gerade habe ich Sallys Gedanken gelesen, weil ich wissen wollte, wie sie wirklich mit dem Team zurechtkommt. Sie hat zufällig mitbekommen, dass die Faulkner-Zwillinge heute Abend Savannahs Halloweenparty sprengen wollen."

Ich sah in die Richtung, die ich den ganzen Abend über vermieden hatte, und betrachtete das Haus hinter den Bahngleisen. Anders als bei meinem letzten Besuch war das viktorianische Haus hell erleuchtet, und in der Auffahrt und auf der Straße vor dem Haus reihten sich Autos aneinander. Anscheinend lief die Party schon.

Ich suchte den Rasen vor dem Stadion mit meinen Blicken ab.

„Ich habe mich bereits umgesehen", sagte Emily. „Die Zwillinge sind nicht hier. Glaubst du, sie haben schon …"

Ich nickte. „Wir sollten mal rübergehen und uns umsehen. Nur zur Sicherheit."

Sie hielt mich zurück. „Okay. Aber versprich mir, dass du keine Dummheiten machst, wenn du sie siehst."

Mit „sie" meinte Emily Savannah.

Ich sah sie finster an. „Ist schon gut, Em."

Wir liefen den Hügel hinunter zur Straße und schlängelten uns zwischen den Autos hindurch. Aus den offenen Fenstern brüllten und grölten die Footballfans.

Auf dem letzten Stück über die Gleise bewegten wir uns unter den hellen Laternen wie im Scheinwerferlicht, aber das ließ sich nicht ändern. Zum Glück waren die Zwillinge abgelenkt. Sie drängten sich hinter einem Baum am Straßenrand zusammen und fummelten kichernd an etwas herum.

„Dylan wird begeistert sein!", sagte Vanessa, und Hope fing wieder an zu kichern.

Als sie es hochwarfen, erkannte ich, was sie da hatten.

„Hey!", rief Emily mit bester Cheerleader-Stimme.

Ich hatte keine Zeit, etwas zu sagen. Blitzschnell sprang ich über den Gehweg auf den Rasen und fing das Geschoss durch Magie im Flug ab.

„Was macht ihr denn da?", brüllte Emily die Mädchen aus vollem Hals an.

Die Zwillinge kreischten vor Angst und rannten auf die hell erleuchtete Tomato Bowl zu.

Emilys Brüllen lockte die Partygäste auf die Veranda vor dem Haus. Vielleicht war es auch das Kreischen der Zwillinge. Jedenfalls wollten sie sehen, was da vor sich ging. Ich ließ das Geschoss schnell auf den Rasen fallen, ging hinüber und hob es auf. Im Licht, das durch die vorderen Fenster fiel, sah ich mir den Ziegelstein genauer an. Die Zwillinge hatten ein blau-goldenes Stoffband über den Stein gezogen und einen Papierfetzen daruntergeklemmt.

„Ein Haarband? Wie dekorativ", murmelte Emily, während ich den Zettel auseinanderfaltete und las.

Verschwindet aus der Stadt, Ihr Monster!

„Und dazu so geistreich." Ich zeigte Emily den Zettel.

Ein paar Gäste kamen auf den Rasen und fragten, was los sei.

„Das waren nur ein paar Spinner, die eine schöne Party verderben wollten", erklärte ich lächelnd. Ich zeigte ihnen den Ziegelstein, aber nicht den Zettel.

Jemand schnalzte entrüstet mit der Zunge. Dann rief ein Mann: „Gut, dass ihr dazwischengegangen seid! Kommt rein und trinkt was. Ist natürlich alles ohne Alkohol."

Andere Gäste stimmten mit ein.

„Oh, eigentlich müssen wir jetzt nach Hause fahren", lehnte Emily ab, ganz erwachsen und höflich.

„Ach Em, ein paar Minuten können wir doch noch bleiben, oder?" Ich wäre ja verrückt gewesen, wenn ich diese Gelegenheit nicht genutzt hätte. So konnte ich sehen, was sich in Savs Haus verändert hatte, nachdem es schon die halbe Stadt besichtigen durfte. „Wir wollen doch nicht unhöflich sein, hm?"

Emily funkelte mich wütend an. Dann wandte sie sich mit einem breiten Lächeln der Menge zu. „Na ja, ein *paar* Minuten könnten wir schon bleiben."

Und damit gingen wir alle ins Haus.

Emily mischte sich wie immer sofort unters Volk und unterhielt sich, während ich allein herumwanderte und das Haus bewunderte.

Mr Colbert hatte viel Arbeit in die Renovierung gesteckt. Als ich das letzte Mal hier gewesen war, hatten die Zimmer dunkel und richtig düster gewirkt, die Blümchentapete hatte sich von den Wänden geschält, und die Holzböden waren schwarz vor Dreck. Jetzt erstrahlten die Zimmer im Licht von Wandlampen und kleineren Kronleuchtern in den beiden vorderen Zimmern. Über der Freitreppe lenkte ein wuchtiger Kronleuchter den Blick zwei Stockwerke nach oben bis zum Buntglaseinsatz in der Decke. Die alten Tapeten hatte Mr Colbert durch frische Farbe ersetzt, das Holz der Vertäfelungen, Verzierungen und Böden war nun viel heller und glänzte. Das Haus war auch nett eingerichtet, nicht so überfüllt oder durcheinander, dass man keinen Schritt tun konnte, ohne etwas umzuwerfen. Es bot jede Menge Platz für die ungefähr hundert Besucher, die sich das alte Haus ansehen wollten. Und wahrscheinlich auch seinen neuen Besitzer.

Mr Colbert hatte viele kluge Entscheidungen getroffen, nicht nur bei der Renovierung selbst, sondern auch damit, dass er mit der Eröffnung bis Halloween gewartet hatte. Man konnte davon halten, was man wollte, aber in Jacksonville nahmen die Leute ihre Häuser sehr wichtig. Wenn sie nun gesehen hatten, was Mr Colbert aus diesem Haus gemacht hatte, würden sie nicht mehr so einfach gemeine Geschichten über ihn und seine Tochter erfinden. Immerhin

wäre das Schmuckstück ohne ihn abgerissen worden!
Plötzlich wurde mir klar, dass dieses Haus nicht nur Mr Colberts jüngstes Renovierungsprojekt war. Es war auch Savannahs Zuhause. Ein feiner Unterschied, über den ich bei meinem letzten Besuch hier nicht groß nachgedacht hatte.
Ich stellte mir Savannah in einem der Zimmer links und rechts der Eingangshalle vor oder wie sie morgens auf dem Weg zur Schule mit wippendem Pferdeschwanz die Treppe herunterlief. Mir schnürte sich der Hals zu, und ich konnte nicht mehr richtig durchatmen.
Die Treppe führte zu einer Galerie, die sich durch den ersten Stock zog. Den vielen Türen nach zu schließen, gab es oben eine ganze Reihe von Schlafzimmern und Bädern. Eines der Zimmer gehörte Savannah. Dort lebte und las und schlaf sie jede Nacht, und wahrscheinlich tanzte sie dort auch. Früher hatte sie gern getanzt, aber nicht vor Publikum. Ich hatte ihr oft dabei zugesehen. Solange sie mich nicht entdeckte, nach dem Unterricht im Tanzraum der Charmers, und manchmal sogar in unseren gemeinsamen Träumen, wenn sie dachte, sie sei noch allein.
Ich spürte es sofort, als sie nach Hause kam. Ich suchte mir einen Platz unter der Galerie, wo ich allein neben der Treppe stehen und sehen konnte, wie Savannah das Haus betrat. Mein Gott, sie war wunderschön, sogar mit einem einfachen Pferdeschwanz und dem blau-goldenen Trainingsanzug der Charmers.
Sie zog ihr Haarband heraus und ließ sich das Haar offen auf die Schultern fallen.
Als Ron hinter ihr reinkam, wurde es noch lauter. Er zupfte an ihren Haaren, und sie drehte sich lächelnd um und sagte etwas zu ihm, das in der hämmernden Musik unterging. Im nächsten Moment gesellten sich Anne, Carrie und Michelle zu ihnen, gefolgt von ein paar Kindern auf Süßigkeitenjagd. Savannah nahm eine große orangefarbene Plastikschale von einem Beistelltisch und hielt sie den Kindern hin, damit sie sich eine Handvoll Süßigkeiten nehmen konnten. Danach stellte sie die Schale wieder weg, sprach kurz mit ihren Freundinnen und ihrem Freund, und die Gruppe löste sich auf.

Als Savannah allein war und gerade ihre Tasche neben dem Tischchen abstellen wollte, erstarrte sie und riss die Augen auf.
Diese Reaktion hatte ich schon unzählige Male bei ihr gesehen. Sie hatte gemerkt, dass ich irgendwo in der Nähe war.
Zuerst suchte sie mit ihrem Blick das überfüllte Zimmer links ab, danach den Raum zu ihrer Rechten, der genauso voll war. Sie streifte sich stirnrunzelnd die Turnschuhe von den Füßen, hob sie auf und lief die Treppe hinauf und nach rechts. Sie öffnete die letzte Tür, huschte hindurch und schloss sie wieder.
Ich sollte gehen. Wahrscheinlich versteckte sie sich, weil sie wusste, dass ich hier war. Außerdem würde Emily mich bald suchen.
Einen langen Moment blieb ich einfach stehen, hin und her gerissen zwischen dem, was ich sollte, und dem, was ich wollte.
Am Ende trugen mich meine Füße die Treppe hinauf und bis vor ihre Tür.
Als ich klopfte, zögerte sie lange, bevor sie rief: „Ja?"
Ich öffnete die Tür und betrat ihr Zimmer.
Savannah saß an einem Schminktisch und kämmte sich gerade das Haar. Sie hielt mitten in der Bewegung inne. „Tristan. Was machst du denn hier?"
„Tut mir leid. Ich dachte, das wäre das Badezimmer." Ich bemühte mich nicht mal, überzeugend zu klingen.
„Wieso bist du bei mir zu Hause? Bist du verrückt?", fragte sie. „Heute ist ein Mitglied des Vampirrates hier. Wenn er dich sieht ..."
Ich vergrub die Hände in meinen Hosentaschen. „Kommt er oft rauf, um sich dein Zimmer anzusehen?"
Sie schnitt eine Grimasse. „Nein."
„Woher soll er dann wissen, dass ich hier oben bei dir bin?" Als sie zu einer Antwort ansetzte, unterbrach ich sie. „Und komm mir jetzt nicht mit eurem Vampirgehör. Bei dem Lärm unten kann er uns unmöglich hören."
Sie seufzte.
Ich schlenderte durch ihr Zimmer und betrachtete ihr Regal mit den gläsernen Ballerinas und den Bildern von ihren Freundinnen und den Charmers. Von mir war natürlich kein Bild dabei. Dann entdeckte ich die Schneekugel, die ich ihr letztes Jahr zu Weihnach-

ten geschenkt hatte. Ich wandte ihr den Rücken zu, damit sie nicht sah, dass ich lächelte.

Doch, sie dachte noch an mich.

Ich musterte den Boden. „Schönes Parkett. Kann man gut darauf tanzen?"

„Ich tanze nicht mehr."

„Seit wann?"

Sie zuckte mit den Schultern und band sich die Haare zu einem Dutt hoch. Über einem Body und einer Strumpfhose in Pink trug sie ein glitzerndes blaues Tutu.

Das widersprach sich aber. „Du tanzt nicht mehr und gehst dieses Jahr trotzdem als Ballerina?"

„Nein. Als Elfe. Ich brauche nur noch die hier." Sie nahm ein Paar durchsichtiger glitzernder Flügel von ihrem Bett, die mir noch gar nicht aufgefallen waren. Dann schlang sie sich die Bänder kreuzförmig über die Brust und nach unten. Doch die Bänder waren nicht lang genug, um sie wieder nach vorn zu ziehen und zu verknoten. Wahrscheinlich hatte sie gedacht, Anne würde ihr helfen. Oder vielleicht Ron.

„Warte." Ich ging zu ihr, zog die Satinbänder zwischen ihren zitternden Fingerspitzen hervor und band sie ihr auf dem Rücken zusammen. Ich hätte gern ihre Haut berührt, aber ich tat es nicht. Es war sowieso schon ein Wunder, dass sie mich nicht aus ihrem Zimmer geworfen hatte.

„Danke", sagte sie leise. Sie setzte sich auf das Bett, um ihre Ballettschuhe anzuziehen, und blickte zu mir hoch. „Wieso bist du hier überhaupt reingeschneit? Wolltest du mal sehen, wie die Vampire in der Nachbarschaft heutzutage leben?"

Ich sah sie nur stumm an, um ihr zu zeigen, dass mir diese Vampirwitze nicht gefielen. Sie sollte doch wissen, dass ich so nie über sie denken würde.

Sie senkte den Kopf und wand sich die Schuhbänder um die Waden.

„Ich habe ein paar interessante Sachen über dich und deinen neuen Freund gehört." Mist. Ich hatte ihn gar nicht erwähnen wollen.

„Über wen?"

„Ron Abernathy."

Sie verzog das Gesicht und stand auf, um sich in dem hohen Spiegel zu betrachten, der neben ihrer offenen Schranktür an der Wand hing. „Ich bin nicht mit ihm zusammen. Er ist Annes Exfreund."

„Aber du triffst dich doch mit ihm. Weiß Anne über euch beide Bescheid?"

Sie seufzte. „Ich weiß nicht, was genau du gehört hast, aber es stimmt nicht. Ron und ich lernen nur zusammen. Ich würde nie was mit dem Exfreund meiner besten Freundin anfangen." Sie zog eine Augenbraue hoch und sah mich an, als müsste ich das doch wohl wissen.

Nur wusste ich es nicht. In letzter Zeit hatte ich das Gefühl, dass ich sie überhaupt nicht kannte. Und das brachte mich beinahe um. „Wenn du nicht willst, dass die Leute auf falsche Ideen über euch kommen, solltest du dich nicht ständig zu ihm in die Bücherei schleichen."

Sie stemmte die Hände in die Hüften und funkelte mich an. „Ich schleiche nirgendwohin. Anne hat mir sogar erlaubt, dass ich ihm in Englisch helfe, wenn er mir in Chemie hilft. Außerdem geht dich das gar nichts mehr an. Wieso bist du heute überhaupt hier? Solltest du nicht bei deiner Freundin sein?"

„Bei wem?"

Sie sah mich an, als wäre ich verrückt. „Bei Bethany Brookes. Du weißt schon, bei dem Mädchen, mit dem du dich seit Monaten triffst. Wo ist sie überhaupt? Du hast sie doch wohl nicht bei dem Punsch stehen lassen, um hier raufzuschleichen und mir einen Vortrag zu halten."

Verdammt. Bethany. Sie war immer noch bei der Tomato Bowl. Ich hatte ganz vergessen, sie nach Hause zu fahren. Ich warf einen Blick auf meine Uhr. „Bestimmt ist sie mit einer von den Charmers oder ihren Eltern gefahren." Hoffentlich. „Außerdem sind wir nicht zusammen. Sie ist nur eine gute Freundin."

„Das solltest du ihr mal lieber sagen. Sie glaubt nämlich, ihr wärt zusammen, seit wir Schluss gemacht haben."

„Seit du mich abgeschossen hast, meinst du." Zwei Mal.

„Ich habe dich nicht abgeschossen. Ich habe dich gerettet."
Ich atmete ganz langsam aus. „Das ist Schwachsinn, Sav, und das weißt du auch. Du hast mich nicht gerettet. Du hast Angst bekommen. Und ich war nie mit Bethany zusammen."
Sie stutzte, setzte an, etwas zu sagen, schloss wieder den Mund und legte den Kopf schief. „Du warst nie mit Bethany zusammen."
„Nein."
„Und diese ganzen Bilder in deinem Kopf, wie ihr unter der Tribüne am Sportplatz, vor der Turnhalle und überhaupt an jeder Ecke der Schule rumknutscht?"
Ich grinste. „Was soll ich sagen? Ich habe eine lebhafte Fantasie."
Sie starrte mich an. Dann schüttelte sie den Kopf und wurde rot. Sie wusste, dass sie gerade eifersüchtig geklungen hatte.
Ob sie eine Ahnung hatte, wie süß sie aussah, wenn sie eifersüchtig war?
Ich ging zu ihr. Als ich dicht vor ihr stand, riss sie die Augen auf. Sie sah sich um wie ein Vögelchen, das davonfliegen wollte.
Sie verschwand und tauchte vor ihrer Zimmertür wieder auf, wo sie ihre Turnschuhe aufhob. Dann verschwand sie wieder, stand plötzlich vor ihrem Kleiderschrank und warf die Schuhe hinein. Sie knallte die Falttür zu, aber statt sie zu schließen, riss sie die obere Führung aus der Schiene. Selbst auf Zehenspitzen war sie zu klein, um das Plastikrädchen wieder in die Schiene zu drücken.
Behutsam, damit sie nicht erschrak, stellte ich mich hinter sie und griff über ihren Kopf hinweg nach der Tür.
„Glaubst du wirklich, ich könnte, nachdem ich dich verloren habe, so schnell was Neues anfangen?", fragte ich.
Einen langen Moment huschte ihr Blick umher, bis sie sich schließlich traute, mich anzusehen. „Ich habe Bethanys Gedanken gehört. Wenn du wirklich nicht mit ihr zusammen bist, hast du zwei Mädchen angelogen. Sie glaubt nämlich wirklich, ihr wärt ein Paar."
„Ich habe sie nicht angelogen. Vielleicht hat sie die Situation einfach falsch gedeutet. Genau wie ich bei dir."
Sie runzelte die Stirn. „Wovon redest du da? Ich habe dich nie angelogen."

„Du hast mir oft gesagt, du würdest mich lieben."

Ihr stockte der Atem. Ihre Antwort war nur ein Flüstern. „Das war nicht gelogen."

„Wieso? Wieso hast du dann Schluss gemacht? Wieso hast du alles weggeworfen? Wieso hast du mir nicht geholfen, gegen sie zu kämpfen?" Ohne es zu wollen, fauchte ich. All die Wut, die sich monatelang in mir angestaut hatte, brach aus mir hervor. Am liebsten hätte ich Sav gepackt und durchgeschüttelt, aber ich ballte nur die Fäuste.

„Ich habe das Richtige gemacht", erwiderte sie gereizt. „Ich habe dem Rat und dem Clann ein Versprechen gegeben, und ich habe es gehalten. Ich habe getan, was ich tun musste, damit du in Sicherheit bist. Und irgendwann wirst du es mir danken."

„Erwartest du ernsthaft, dass ich dir dankbar bin, nachdem du mir das Herz herausgerissen hast und darauf herumgetrampelt bist?"

„Ja, allerdings! Wenn du irgendwann nicht mehr so dumm und dickköpfig bist."

„Dumm und dick..."

Sie hob eine Hand. Wir standen uns so nah gegenüber, dass es für sie einfacher gewesen wäre, wenn sie mir die Hand auf die Brust gelegt hätte. Aber sie achtete darauf, mich nicht zu berühren. „Ich will mich nicht mehr mit dir streiten, Tristan. Was vorbei ist, ist vorbei."

„Ich habe auch keine große Lust, mich ständig mit dir zu streiten!"

„Dann lass es doch!"

„Du hast angefangen."

„Wer ist denn in das Zimmer gestürmt und hat mir ein Gespräch aufgedrückt?"

Da hatte sie recht. „Wie soll ich dich sonst dazu kriegen, dass du mit mir redest? Nach Englisch verschwindest du immer so schnell, dass ich keine zwei Worte herausbekomme."

„Ach, bitte. Du kannst mich anderthalb Stunden lang ohne Pause zuquatschen, bevor ich gehe. Für mich besteht der Unterricht nur noch aus deinen endlosen Monologen."

„Glaub mal, ich würde viel lieber deine Gedanken hören." Was würde ich nicht dafür geben, ihre Fähigkeiten zu besitzen und zur Abwechslung ihre Gedanken ungefiltert zu hören!

Sie holte scharf Luft, und ich konnte ihren grünen Augen dabei zusehen, wie sie sich silberweiß färbten. „Tristan, geh zurück."

„Oder was? Beißt du mich sonst?"

Ich konnte einfach nicht länger widerstehen. Sanft strich ich ihr mit einer Fingerspitze über die Wange. Ihre unglaublich glatte, makellose Haut war kalt, aber die Fingerspitze, mit der ich sie berührt hatte, fühlte sich wärmer an als vorher. Gerade so, als hätte die Berührung eine Art chemische Reaktion ausgelöst.

Ihr Kinn zitterte. „Bitte. Lass das."

Ich wollte sie in die Arme nehmen und ein letztes Mal küssen. Aber das würde nicht reichen. Ein Kuss würde nur zu weiteren Küssen führen, und wir waren nicht draußen, wo ich der Erde Energie entziehen konnte. Sobald sie spürte, dass ich schwächer würde, wäre alles vorbei. Sie würde sich wieder Vorwürfe für etwas machen, das sie nicht aufhalten oder ändern konnte, und die Mauer zwischen uns noch höher ziehen.

Seufzend ging ich zur Tür. Dabei hasste ich jeden Zentimeter, der uns trennte.

Jemand klopfte an der Tür. Savannah schreckte auf.

Anne steckte den Kopf zur Tür herein. „Oh, tut mir leid." Sie wollte sofort wieder verschwinden.

„Ich wollte gerade gehen", sagte ich schnell und wartete darauf, dass Savannah etwas sagte. Dass sie mich bat, nicht zu gehen. Dass sie zugab, sie hätte sich geirrt und nie Schluss machen dürfen.

Aber sie sagte überhaupt nichts.

Anne sah uns fragend an.

„Viel Spaß auf der Party", wünschte ich Savannah, bevor ich ging.

Mit schweren Schritten stapfte ich die Treppe hinunter. Jedes Mal, wenn ich dieses Haus betrat, verließ ich es mit einer Niederlage.

Ich konnte tun und sagen, was ich wollte, ich konnte sie furchtbar eifersüchtig machen oder mit ihr streiten, aber umstimmen konnte ich Savannah nicht. Inzwischen erschien es mir wie ein Wunder, dass ich sie überhaupt mal dazu hatte überreden können, uns eine Chance zu geben. Weil sie mich liebte, konnte ich sie nicht dazu bringen, mein Leben aufs Spiel zu setzen.

Ihr starker Wille war fast schon bewundernswert, auch wenn er uns beide unglücklich machte.

Als ich den Eingangsbereich erreichte, kam Emily aus dem Wohnzimmer. Zuerst sah sie mich nicht, weil sie über etwas lachte, das ihr der Typ neben ihr erzählt hatte. Typisch Emily, dass sie den einzigen Verbindungsstudenten auf der Party auftat und mit ihm flirtete.

Irgendwann blickte sie auf und sah mich. „Tristan, da bist du ja! Wir haben dich schon überall gesucht."

Aber sicher.

Ich bemerkte ein Glitzern auf der Galerie. Gerade kam Savannah mit Anne aus ihrem Zimmer. Sie blieb stehen und erwiderte meinen Blick.

Emily folgte meiner Blickrichtung. „Oha. Wir gehen jetzt lieber."

„Ruf mich an", rief der Typ Emily nach.

„Das war die beste Party, auf die ich mich je geschmuggelt habe!", schwärmte Emily auf dem Weg zu ihrem Auto.

Tja. Nur schade, dass wir nicht länger bleiben konnten.

Zu Hause hatte ich in meinem Zimmer die Schuhe ausgezogen und wollte gerade ins Bett fallen, als es im Zimmer gegenüber rumpelte.

Ich sah nach und erwischte meine Schwester dabei, wie sie ihre Tür schloss, nachdem sie einen Blick zum Zimmer unserer Eltern geworfen hatte.

Emily heckte doch irgendwas aus.

Ich schoss aus meinem Zimmer und fing sie vor der Treppe ab.

„He, Schwesterherz. Ich dachte, du wärst längst unterwegs zu deinem Wohnheim."

„Pst", zischte sie und sah wieder zu der geschlossenen Schlafzimmertür.

Böse, böse Schwester.

„Schleichst du dich raus?", fragte ich grinsend.

„Ich schleiche mich nicht raus", flüsterte sie. „Ich will jemanden besuchen. Mom weiß Bescheid."

Lügnerin. „Einen Er oder eine Sie?"
Sie setzte eine Unschuldsmiene auf. „Warum fragst du?"
„Ach, keine Ahnung. Vielleicht weil du einen kurzen Rock trägst und dich neu geschminkt und parfümiert hast? Sicher, dass du nicht eher zu einer Halloweenparty gehst?"
Nach einem winzigen Zögern verdrehte sie die Augen, legte warnend einen Finger an die Lippen und winkte, damit ich ihr nach unten in die Küche folgte.
Sie lehnte sie gegen die Kochinsel, verschränkte die Arme und sah mich böse an. „Na schön, du hast mich erwischt. Zufrieden? Ich gehe wirklich zu einer Party. Aber sag Mom und Dad nichts davon, sonst bringen sie mich um, okay?"
Stille machte sich breit, während ich so tat, als würde ich überlegen. Ich ging an ihr vorbei zum Kühlschrank und stöberte in den Plastikdosen nach etwas Essbarem.
Schließlich seufzte ich laut: „Okay. Aber dafür habe ich bei dir was gut. Wieso gehst du eigentlich heimlich? Du bist doch jetzt auf dem College. Da kannst du doch auf Partys gehen. Warum sagst du nicht einfach die Wahrheit?"
„Mom hat sich komisch benommen, als wir nach Hause gekommen sind. Sie hat erzählt, Tante Cynthia hätte sie angerufen, als sie mit Dad ein Eis gegessen hat. Tante Cynthia glaubt, dass sie und Onkel James einen Stalker haben. Sie haben das Gefühl, als würde jemand sie überall beobachten. Und jetzt wollten sie wissen, ob es anderen Nachfahren auch so geht. Also lässt Mom wieder die Glucke raushängen. Sie wollte, dass ich heute hier schlafe, damit ich nicht im Dunkeln über den Campus gehen muss."
Tante Cynthia war Moms Schwester. Jedes Jahr besuchten wir Onkel James, Tante Cynthia und ihre beiden Töchter Kristie und Katie in New York, meistens zu Silvester.
Ich entdeckte eine durchsichtige Plastikdose mit Garneleneintopf im Kühlschrank. Mom hatte wieder ein Rezept von Paula Deen ausprobiert. Ich stellte die Dose in die Mikrowelle und schaltete auf Erwärmen. „Hm. Normalerweise ist Tante Cynthia nicht besonders ängstlich. Hat Mom noch mehr erzählt?"
„Nein." Emily öffnete die Mikrowelle, zog den roten Deckel der

Plastikdose an einer Ecke hoch und schaltete die Mikrowelle wieder ein. „Außerdem bin ich längst wieder hier, wenn sie aufwachen. Also warte nicht auf mich, okay?"

„Viel Spaß. Ruf mich an, wenn du sicher nach Hause kommen willst."

„Danke, kleiner Bruder. Aber ich trinke heute nicht. Am Ende darf wahrscheinlich ich alle nach Hause fahren." Zwei Sekunden bevor die Mikrowelle fertig war und laut Ping machen konnte, öffnete sie die Tür. Wie üblich sorgte sie dafür, dass unsere Eltern uns hier unten nicht hörten und nachsehen kamen.

„Lass das Verdeck unten. Dann können sie aus dem Auto kotzen statt auf den Boden." Ich nahm einen Löffel und rührte mein dampfendes Essen um.

„Eklig. Aber eine gute Idee." Sie zog angewidert die Nase kraus, dann grinste sie und verschwand mit einem Winken in der Garage. Einen Moment später fuhr das Garagentor quietschend hoch. Bestimmt fluchte Emily jetzt, weil sie auf ihrer Flucht so einen Lärm veranstaltete.

Ich schnappte mir eine Limodose und das Essen, verbrannte mir an der heißen Unterseite die Finger und lief nach oben in mein Zimmer, um mir beim Essen eine alte Folge *South Park* anzusehen.

Aber etwas stimmte nicht, und ausnahmsweise war es nicht nur meine Beziehung zu Savannah.

Das Gespräch mit Emily war irgendwie ... seltsam gewesen. Als ich sie erwischt hatte, hatte ihr Lächeln etwas zu verlegen gewirkt. Und sie war der Frage ausgewichen, ob sie einen Freund oder eine Freundin besuchen wollte. Dann dieses Zögern und wie sie mich angefunkelt hatte, bevor sie mit dem Geständnis herausgerückt war. Und wie schön sie mich mit dem Familienklatsch abgelenkt hatte.

Sie hatte gelogen.

Ich irrte mich ganz bestimmt nicht. Dazu hatte ich schon zu oft gesehen, wie sie unsere Eltern angelogen hatte. Aber wieso sollte sie mich anlügen? Das hatte sie noch nie gemacht, wenigstens nicht, soweit ich wusste.

Morgen beim Frühstück würde ich versuchen, mehr aus ihr herauszukitzeln.

Als ich am nächsten Morgen nach unten kam, war Emily schon zum College gefahren. Sie hatte Mom erzählt, sie müsse noch Hausarbeiten schreiben und jede Menge lernen.

Ja, klar. Sie wusste, dass ich sie durchschaut hatte, und versteckte sich am College.

Am Wochenende versuchte ich ein paarmal, sie anzurufen, aber offenbar ging sie bei misstrauischen Brüdern nicht an ihr Handy.

Garantiert heckte sie irgendwas aus. Nur was?

Savannah

Nachdem Tristan mein Zimmer verlassen hatte, ging ich nach unten und drehte meine Pflichtrunde durch die Menge. Ich lächelte und tat so, als würde ich mich auf Dads Party großartig amüsieren. Aber als die ersten Gäste gingen, holte ich mir einen mit Blut gemischten Saft aus dem Kühlschrank und verzog mich in mein Zimmer.

Zum ersten Mal war ich froh darüber, dass ich mich in den Bluterinnerungen verlieren konnte.

Am nächsten Tag ließ Dad mich ausschlafen. Er wollte lieber Sonntag mit mir ein neues Auto aussuchen. Nachdem ich mich durch eine halbe Stunde Tai-Chi und eine Dusche gequält hatte, lieh mir Dad sein Auto. Ich musste zur Partyscheune am Stadtrand fahren und mit den anderen Charmers alles für unseren jährlichen Maskenball heute Abend vorbereiten. Weil ich mich sowieso nur dreckig machen würde und es niemanden interessierte, wie ich rumlief, würde ich dieses Jahr ganz furchterregend als ich selbst gehen und meinen Trainingsanzug der Charmers anziehen. Mich in mein Feenkostüm von gestern Abend zu quetschen und mir wieder die Haare hochzubinden stellte ich mir nicht besonders lustig vor.

In der riesigen Scheune stürzte ich mich in die Arbeit. Ich wischte Spinnweben von den Wellblechwänden, fegte den Betonboden und dachte ganz bewusst nicht daran, wie mich ein gewisser Junge in glänzender Plastikrüstung einmal aufgefangen hatte, als ich von der wackligen Leiter gefallen war. Wir dekorierten stundenlang, stellten Klapptische auf und verteilten auf ihnen die mitgebrachten Desserts, die als Preise für den Kostümwettbewerb und die Reise nach Jerusalem gedacht waren. Eine weitere Stunde ging dafür drauf, die Snacks, Süßigkeiten und Limos auszuladen, die ich heute Abend an unserem Stand verkaufen sollte.

Und dann war es auch schon so weit: Wir mussten die Tür öffnen und die Gäste hereinlassen.

Als Tristan und Bethany kamen, rührte ich so konzentriert in der Käsesoße, dass ich nicht hinsehen musste. Ich wollte gar nicht wissen, wie perfekt ihre Kostüme zueinanderpassten oder wie glücklich Bethany an seinem Arm strahlte.

Später trudelten Carrie, Michelle und Anne ein und kamen zum Imbissstand, um Hallo zu sagen. Sie waren vollkommen unterschiedlich verkleidet. Anscheinend war es also Carrie und Anne gelungen, Michelle die Gruppenkostümierung auszureden.

„Geht doch schon rein, ich komme gleich nach", schlug Anne den Mädels vor. Als die beiden Richtung Tanzfläche abzogen, drehte Anne sich zu mir um. „Hör mal, wegen unserem Streit neulich – gestern Abend konnte ich mich nicht entschuldigen, mit deinem Clann-Besuch und allem, aber ich wollte sagen, dass es mir leidtut. Vielleicht hast du recht und ich bin wegen Ron wirklich zu sehr ausgerastet."

„Hast du ihn schon angerufen?", fragte ich.

Sie ließ den Blick über die Snacks wandern, als wollte sie etwas kaufen. Aber ich kannte sie zu gut, um ihr das abzunehmen. Sie wollte mir nur nicht in die Augen sehen.

„Anne", seufzte ich.

„Ich überlege noch, was ich sagen will, okay?"

Da war heute aber jemand schnippisch. Weil sie wusste, dass ich recht hatte. „Na gut. Aber wenn du anrufst und er dich sofort zurücknimmt, denk daran: Ich hab's dir gleich gesagt."

Sie schnaubte: „Wenn du an das denkst, was du versprochen hast, falls er es nicht tut."

Eine Wildschweinjagd. „Das passiert nie im Leben. Jetzt mach schon und ruf ihn an."

Sie trommelte mit den Fingern auf den Tresen. „Ach, das kann ich mir doch sparen, wenn er heute Abend herkommt. Dann kann ich einfach mit ihm reden."

„Wenn du feiges Huhn nicht wieder kneifst", murmelte ich.

„Ich bin kein feiges Huhn", grummelte Anne.

Die Tür öffnete sich für den nächsten Gast. Es war Ron.

„Ich gehe mal lieber zu den Mädels." Anne drehte sich in die andere Richtung und tat, als hätte sie ihn nicht gesehen.

Als sie zur Tanzfläche stürmte, gackerte ich ihr wie ein Huhn hinterher, aber sie sah sich nicht um.

Ron kam herübergeschlendert. Er hatte sich als riesiger schwarzer Kater verkleidet und ließ seinen falschen Schwanz wie einen Propeller rotieren. Ich war wohl nicht die Einzige, die heute Abend als sie selbst ging. „Welche Laus ist der denn über die Leber gelaufen?"

Ich unterdrückte ein Lachen. „Ach, das erzählt sie dir gleich schon selbst."

„Hm, vielleicht sollte ich sie mir mal schnappen und Hallo sagen."

„Großartige Idee! Sag mir nachher, wie es gelaufen ist, und viel Glück."

Er winkte mir mit einer Tatze zu und ging zu der Tür, die zum Hauptraum führte.

Wenig später nahm ich wie am Fließband Bestellungen auf und bediente die Kunden. Die Arbeit war eine gute Ablenkung. Ich musste aufpassen und alles erledigen und brauchte ein paar wunderbare Stunden lang nicht an meine Probleme zu denken.

Bis Bethany zum Imbissstand kam, um die nächste Schicht zu übernehmen.

Hinter der offenen Durchreiche war wenig Platz, und durch den Klapptisch mit Essen, die aufgestapelten Limodosen und die Kühlboxen voller Getränke wurde es noch enger. Aus irgendeinem Grund wich sie meinem Blick aus, aber das war mir nur recht. Ich wusste auch nicht, was ich zu ihr sagen sollte.

Wusste sie wirklich nicht, dass sie für Tristan nur eine gute Freundin war?

Ich hätte sie gern gewarnt. Aber was hätte das gebracht? Jeder wusste, dass sie verrückt nach ihm war. Es würde ihr so oder so das Herz brechen, und vielleicht würde sie mir gar nicht glauben oder es von mir nicht hören wollen.

Also hielt ich mich raus. Tristan musste das in Ordnung bringen, nicht ich.

Trotzdem tat Bethany mir leid. Welches Mädchen konnte schon seinem Lächeln widerstehen, seinem Lachen oder seiner sanften Berührung, wenn er einem den Vortritt ließ? Oder der Art, wie er leicht den Kopf neigte, wenn man mit ihm sprach …

Als der Ball fast vorüber war, sagte ich ihr, ich wolle schon mal im Tanzsaal mit dem Aufräumen anfangen. Sie nickte, ohne zu antworten, während sie ein riesiges Glas Pickles zuschraubte.

Im weitläufigen Tanzsaal war es schummrig, das einzige Licht kam von den flackernden bunten Spots auf der Bühne. In einer Ecke mühte sich eine Nebelmaschine ab, den Boden mit wabernden Schwaden zu bedecken. Als ich an den Tänzern vorbeilief, strichen sie mir um die Knöchel. Schon von Weitem konnte ich sehen, dass der Tisch mit den Desserts wie ein Schlachtfeld aussah, er war von leeren Limodosen und Pappschalen regelrecht übersät. Wenn ich den ersten Schwung jetzt schon wegräumte, kamen wir alle nach dem Ball schneller nach Hause.

Bevor ich den Tisch erreichte, entdeckten mich meine Freundinnen und hielten mich an den Armen fest.

„Ein Tanz!" Carrie brüllte so laut, dass sie die ohrenbetäubende Musik und die laute Menge übertönte. „Das bringt dich schon nicht um!"

Sie zogen mich mitten auf die Tanzfläche. Gerade war ein Lied zu Ende, und ich fragte mich, wo Ron abgeblieben war. Dann setzte ein schneller Countrysong ein, Annes Lieblingslied, und wir strahlten uns an. Der Text war mitreißend. Der Sänger erzählte davon, wie sein Leben immer schlimmer wurde und er die Hölle durchmachte. Am Ende sangen wir vier aus voller Kehle mit und wackelten im Takt mit dem Hintern.

Drei kurze Minuten lang vergaß ich alles – den Stress, die Traurigkeit, die Einsamkeit und die ständige Sehnsucht nach Tristan. Ich schob alles von mir und tat so, als wäre ich ein normales Mädchen, das in einer Scheune irgendwo in der Pampa mit seinen besten Freundinnen herumhüpfte und lauthals sang.

Mann, fühlte sich das gut an.

Viel zu bald kündigte der DJ das letzte Lied für heute Abend an, einen langsamen Song voller Liebeskummer und Sehnsucht. Mein Stichwort, mich schleunigst aus dem Staub zu machen.

Als ich zum Desserttisch an der Wand ging, um weiterzuarbeiten, war ich froh, dass ich mich wieder mit etwas ablenken konnte. Aber dann sah ich aus dem Augenwinkel, wie Ron zu Anne ging und sie um diesen Tanz bat. Als sie einwilligte, ließ ich meine Arbeit liegen und beobachtete die beiden. Sie sahen wirklich unglaublich süß zusammen aus. Es war wie in einem Liebesfilm. Nur ergreifender, weil sie meine Freunde waren und ich mir von Herzen wünschte, dass sie zusammen glücklich wurden.

Dann sah ich Tristan mit Bethany tanzen. Sie hatte eine Wange an seine Brust geschmiegt, sein Kinn ruhte auf ihrem Kopf.

Genau so hatte er mich auch gehalten.

Als hätte er meinen Blick gespürt, kniff Tristan unter den Discolichtern die Augen zusammen und sah mich an. Ich stand wie angewurzelt im Dunkeln, aber unsere Blicke trafen sich.

Tristan

Der Kragen meines Prinzenkostüms zog sich wie eine Schlinge um meinen Hals zu, und meine Handschuhe waren viel zu klein und so warm, dass meine Hände schwitzten.

Ich zog sie hinter Bethanys Rücken aus und stopfte sie in meine Hosentasche, dann öffnete ich mir mit einer Hand den Kragen. Aber ich hatte immer noch das Gefühl, ich würde ersticken.

Ich konnte das nicht mehr.

Savannahs vorwurfsvoller Blick war wie ein Schlag ins Gesicht, der mich wachgerüttelt hatte.

Und Bethany hatte die Arme so fest um mich geschlungen, dass sie mir die Luft aus den Lungen presste.

Was machte ich hier eigentlich?

Die ganzen Monate über war es offensichtlich gewesen. Und ich hatte wegen meines Liebeskummers so neben mir gestanden, dass ich nicht gemerkt hatte, wie ich selbst jemandem das Herz brach.

Bethany war Hals über Kopf in mich verknallt.

Für mich war es nicht mehr als Freundschaft, und ich dachte, Bethany hätte das verstanden. Auch wenn ich sonst keine fremden Gedanken las, hätte ich diese Regel gleich am Anfang brechen und sichergehen sollen, dass sie es genauso sah wie ich.

Emily und Savannah hatten recht: Sie hatten versucht, mich zu warnen, und ich Idiot hatte nicht auf sie gehört.

Bethany war ein tolles Mädchen und eine gute Freundin. Aber ich könnte für sie nie das empfinden, was ich immer noch für Savannah empfand, auch wenn wir gegen den Clann und den Rat nicht ankamen.

Wir konnten nicht zusammen sein, weil Savannah die einzig Richtige für mich war. Schon immer, und das würde sie auch immer sein.

Ich sah sie an, und Bethany erwiderte meinen Blick mit Tränen in den Augen.

Sie wusste es. Irgendwie hatte sie es heute verstanden. Schon den ganzen Abend über war sie still und ernst gewesen, ganz anders als sonst.

Ich musste das in Ordnung bringen. „Gehen wir doch irgendwohin und reden."

Sie riss die Augen auf und schüttelte heftig den Kopf. „Nein. Bleiben wir einfach hier und tanzen weiter. Alles ist gut …"

„Nein, ist es nicht." Ich blieb stehen und legte ihr die Hände auf die Schultern, die ihr blassblaues Cinderellakleid frei ließ. „Ich glaube, du hast das mit uns falsch verstanden. Es ist meine Schuld. Ich kann seit Monaten nicht mehr richtig denken. Ich dachte, du weißt, dass wir nur Freunde sind. Aber das hätte ich sagen müssen, als du mich zum ersten Mal im Krankenhaus besucht hast." Ich holte tief Luft. „Ich kann dir nicht geben, was du brauchst, Bethany. Es gibt jemanden, über den ich immer noch nicht hinweg bin."

„Du meinst Savannah."

Nach kurzem Zögern nickte ich. Es tat mir schrecklich leid, wie sehr es sie verletzte. Ich wünschte, ich hätte ihr von Anfang an die Wahrheit gesagt und ihr das hier erspart.

Eine Träne rann ihr über die Wange. Sie wischte sie mit zittrigen Fingern weg. „Du liebst sie immer noch. Deswegen siehst du sie ständig an. Ich habe gehört, dass du gestern Abend bei ihr zu Hause warst und mit deiner Schwester zusammen verhindert hast, dass ihr jemand ein Fenster einwirft. Dahin bist du verschwunden, oder?"

„Ja, aber ich bin nicht hingegangen, um sie zu sehen." Wenigstens nicht am Anfang.

„Habe ich etwas falsch gemacht? Habe ich zu viel geredet oder nicht genug oder ..."

Mein Magen verkrampfte sich. „Nein. Du hast nichts falsch gemacht."

„Aber ich bin nicht die Richtige. Ich bin nicht Savannah."

Ich nickte. Mein Gott, das hier hatte ich wirklich verbockt. „Es tut mir leid ..."

Sie wich zurück, ihr Kinn zitterte. Sie wandte den Blick ab und blinzelte ein paarmal, bevor sie den Kopf schüttelte. „Ich muss gehen."

„Bethany ..." Was konnte ich sagen, um es wieder in Ordnung bringen?

Offenbar nichts, was sie hören wollte. Sie raffte ihr langes Kleid zusammen und drängte sich durch die Menge am Rand der Tanzfläche, um zum Ausgang und zu ihren Freundinnen zu fliehen.

26. KAPITEL

Der Montag nach dem Maskenball zog sich für mich endlos dahin, und genau das hatten die Charmers beabsichtigt. Sie waren sauer auf mich, standen auf Bethanys Seite und hielten mich für den größten Arsch der Welt. Ich versuchte gar nicht erst, mich zu verteidigen, wenn sie auf dem Flur und in der Cafeteria in Grüppchen tuschelten und mir böse Blicke zuwarfen. Denn wahrscheinlich hatten sie recht. Also zog ich einfach den Kopf ein, setzte mich in der Pause draußen unter den Baum, unter dem ich mich immer geerdet hatte, und wartete darauf, dass der Sturm vorüberzog.

Nach dem Unterricht freute ich mich richtig auf zu Hause. Ich wollte nur noch etwas essen, ein paar Hausaufgaben machen und ins Bett fallen.

Ich parkte in unserer großen Vierergarage, stieg aus und ging im Halbdunkeln zur Tür, die in die Küche führte.

Auf halbem Weg hörte ich plötzlich schreckliche Schreie.

Ich rannte die letzten Schritte und riss die Tür auf. Ich dachte, jemand würde auf dem Boden liegen und verbluten.

Stattdessen stand Dad in der Küche, drückte mit einem Arm Mom an sich und tippte mit der freien Hand wild auf seinem Handy herum. Was zum …

Als ich hereinkam, sah er auf, und in seinen Augen blitzte ein Funken Erleichterung auf. „Tristan, du bist zu Hause. Gut. Ruf bitte deine Schwester für mich an."

„Was ist …", wollte ich fragen.

„Sie sind tot!", schrie Mom. Ihre knochigen Fingern krallten sich in Dads kräftige Arme. „Cynthia, James, die Mädchen. Dieser blutrünstige untote Abschaum hat sie abgeschlachtet wie die Tiere. Ich bringe sie um. Ich bringe sie alle um!"

Dad brummte beruhigend, drückte sie an sich und rieb ihr mit seiner großen Hand über den Rücken. Über ihren Kopf hinweg sah er mich durchdringend an.

„Die Polizei hat deine Tante Cynthia, deinen Onkel James und deine Cousinen zu Hause tot aufgefunden. Anscheinend wurden sie ermordet …"

„Von Vampiren", zischte Mom. Spucke sprühte von ihren Lippen, ihre Augen waren weit aufgerissen und wanderten wild hin und her. So hatte ich sie noch nie erlebt. Sie wirkte völlig außer sich. Und gefährlich.

Langsam begriff ich, was sie gesagt hatten. Ich musste mich am Türrahmen festhalten.

Meine Tante, mein Onkel und meine Cousinen waren alle tot. Vielleicht von Vampiren ermordet.

Wir hatten sie nur ein paar Tage im Jahr gesehen, meistens hatten wir mit ihnen in New York Silvester gefeiert, allzu nah standen wir ihnen also nicht. Trotzdem gehörten sie zur Familie …

Ich dachte daran, wie ich Katie und Kristie an Silvester vor zwei Jahren das letzte Mal gesehen hatte, ständig fröhlich und kichernd, mit Sommersprossen und wippenden blonden Locken.

Dieses Jahr wären sie zehn geworden.

„Seid ihr sicher, dass es …"

Dad nickte. „Als deine Mutter Tante Cynthia den ganzen Tag nicht erreichen konnte, hat sie andere Nachfahren aus New York gebeten, in ihrer Wohnung nachzusehen. Die haben sie gefunden und die Polizei gerufen …"

Wieder schrie Mom auf.

„Komm, Schatz, wir gehen erst mal nach oben", schlug Dad vor und versuchte Mom Richtung Flur zu schieben.

„Ich will nach New York", schluchzte sie. „Ich muss sie sehen."

Dad und ich tauschten einen Blick. Es wäre keine gute Idee, wenn Mom in diesem Zustand fahren würde. Sie konnte fast genauso gut zaubern wie Dad, in manchen Bereichen war sie vielleicht sogar besser als er. Das machte sie zu einer geladenen Waffe, die jederzeit losgehen konnte. Normalerweise hielt sie ihre Fähigkeiten unter Kontrolle, weil sie meinte, dass der Anstand das gebot, und weil sie die Geheimnisse des Clanns schützen wollte.

Aber jetzt hatte ein Vampir ihre einzige Schwester mit ihrer gesamten Familie ermordet. Nichts würde sie davon abhalten, in New York sämtliche Geschütze aufzufahren.

Dad würde diese Woche alle Hände voll damit zu tun haben,

Mom einigermaßen zu beruhigen, damit sie nicht ausflippte.

„Ich rufe Emily an und sage ihr Bescheid", versprach ich Dad, als er Mom nach oben führte.

Emily meldete sich beim zweiten Klingeln. „Was gibt's?"

„Ähm, ich habe schlechte Neuigkeiten. Tante Cynthia und Onkel James und die Mädchen …" Mir schnürte sich die Kehle zu. Ich musste mich räuspern, bevor ich weitersprechen konnte. „Sie … sie sind tot, Em."

„Was? Was ist passiert?", keuchte sie.

„Sie glauben, dass es Vampire waren." Wenn ich das nur sagte, wurde mir schlecht. Ich stützte mich mit einer Hand am kalten Granit der Kücheninsel ab und ließ den Kopf hängen.

„Mein Gott", flüsterte Emily. „Sind sie sicher?"

„Dad meint, ziemlich sicher. Ein Nachfahre hat sie gefunden."

„Könnte es nicht sein, das es jemand nur so aussehen lässt?" Im Hintergrund dröhnten Hupen. Wahrscheinlich raste Emily noch wahnsinniger als sonst durch Tyler.

„Kann sein. Kommst du nach Hause?"

„Ja. Ich brauche nicht lange."

„Ist gut." Ich zögerte. „Hör mal, fahr vorsichtig, ja? Ich glaube, Mom würde es nicht verkraften, wenn du jetzt einen Unfall baust."

„Ja, ja. Ich bin in einer halben Stunde da." Schniefend beendete sie das Gespräch.

Ich ließ mich auf einen Küchenhocker sacken und stützte den Kopf in die Hände.

Das konnte doch nicht wahr sein. Soweit ich wusste, war es Jahrzehnte her, dass ein Clann-Mitglied von einem Vampir getötet worden war. Wie konnte ein Vampir eine ganze Familie von Nachfahren einfach umbringen? Besonders meine Tante und meinen Onkel. Tante Cynthia und Onkel James waren fast genauso mächtig gewesen wie meine Eltern.

Dreiunddreißig Minuten später kam Emilys Auto röhrend die Auffahrt herauf und fuhr in die Garage. Um so schnell hier zu sein, musste sie jedes Tempolimit ignoriert haben. Sekunden später stürzte sie in die Küche, umarmte mich kurz und heftig und rannte die Treppe hinauf.

„Emily", jammerte Mom, als meine Schwester die Schlafzimmertür öffnete. „Sie sind tot!"

Emily murmelte etwas. Mom schluchzte, und jemand schloss die Tür.

Kurz darauf kam Dad nach unten. Er ließ sich auf den Hocker neben mir fallen. Die Metallbeine protestierten quietschend.

„Tja, wir fliegen wohl doch nach New York." Er seufzte. „Ich habe keine Chance. In ihrem Zustand lässt sie sich nicht davon abbringen."

„Gib ihr wenigstens ein paar Tabletten oder so was", schlug ich vor, und es war mein Ernst. „Wer weiß, was sonst passiert."

„Das stimmt. Ich nehme Schlaftabletten mit. Bis wir wiederkommen, bleibt Emily hier ..."

„Komm schon, Dad. Ich bin siebzehn. Ich brauche doch keinen Babysitter."

„Keine Widerrede, Tristan. Sonst lassen dich deine Mom und ich nicht hier. Deiner Mom wäre es sowieso lieber, wenn du und Emily mitkommen würdet. Aber ehrlich gesagt glaube ich, dass ihr nicht mit nach New York kommen solltet. Wenn da ein durchgedrehter Vampir herumläuft, ist es gut, wenn ihr nicht in der Nähe seid. Außerdem wird ein erwachsener Nachfahre hier wohnen, während wir weg sind."

„Ist das dein Ernst? Ich bin inzwischen weiter als die meisten von ihnen!" Wir wussten beide, dass das nicht übertrieben war. Dad hatte mich unterrichtet, damit ich später als fünfte Generation der Colemans den Clann anführen könnte. In den letzten Jahren hatten wir jede Woche geübt, und er hatte mir fast alles beigebracht, was er über Magie wusste. Sogar er hatte beim Training manchmal Schwierigkeiten, meine Zauber abzuwehren.

„Junge, hast du eine Ahnung, wie ernst das ist? Wenn wir diese Sache nicht sofort in den Griff bekommen, könnte der ganze Friedensvertrag platzen. Einer oder mehrere Vampire haben gerade die Verwandten des Clann-Führers ermordet und damit den Vertrag gebrochen. Wir müssen herausfinden, was dahintersteckt, bevor die Nachfahren allein entscheiden und einen neuen Krieg anzetteln."

Einen Krieg? Es war Jahrzehnte her, dass wir gegen die Vampire gekämpft hatten. Das konnte doch nicht sein Ernst sein.

Ich musterte sein Gesicht, das kalte Funkeln in seinen Augen und den erbitterten Zug um seinen Mund. Doch, es war sein Ernst.

„Kann es nicht sein, dass ein einzelner Vampir einfach die Kontrolle verloren hat?"

Dad schüttelte den Kopf. „Das würde ich gerne glauben. Aber du weißt ja selbst, wie groß New York ist. Es wäre doch sehr unwahrscheinlich, dass ein Vampir in einer so großen Stadt die Kontrolle verliert und ausgerechnet die Familie deiner Mutter angreift. Außerdem ist es zu glatt gelaufen. Sie wurden zu Hause getötet, ohne Zeugen und ohne Spuren eines Einbruchs."

Er rieb sich mit den Händen übers Gesicht. Seine Handflächen schabten über den Bart. „Deine Mutter ist davon überzeugt, dass es eine Botschaft sein sollte. Fast schon eine Kriegserklärung."

„Was glaubst du?"

„Ich glaube, dass es geplant war. Mehr weiß ich noch nicht. Wir müssen mehr erfahren. Wir müssen herausfinden, ob es nur ein willkürlicher Überfall war oder ein Mord, den der Rat in Auftrag gegeben hat. Und wir müssen uns beeilen, bevor der ganze Clann hysterisch wird."

Er starrte ins Leere. „Ich habe mein ganzes Leben mit dem Rat an diesem Friedensvertrag gearbeitet, und mein Vater sein halbes Leben vor mir. Ich werde jetzt nicht überstürzt eine Entscheidung treffen und diese ganze Arbeit zunichtemachen, ohne dass ich genau weiß, was passiert ist und ob man die Katastrophe noch aufhalten kann."

„Kannst du mit dem Rat sprechen?"

„Ich werde versuchen, ihn zu erreichen. Aber das wird nicht einfach sein, solange deine Mom in der Nähe ist. Das Einzige, was sie hören will, ist eine vollständige Kriegserklärung an alle Vampire, und zwar sofort."

Ich atmete langsam und tief aus und fuhr mir mit einer Hand durch die Haare. Das war ja Irrsinn. „Du musst sie beruhigen, Dad. Und alle anderen auch."

„Ich weiß. Unser Handyanbieter wird uns diesen Monat sehr

mögen." Er deutete ein Lächeln an. „Und währenddessen muss ich sicher sein können, dass dir und deiner Schwester hier nichts passiert. Also, hilfst du deinem alten Vater und erträgst ein paar Tage lang einen oder zwei Babysitter, bis ich zurückkomme?"

„Ja. Okay, Dad." Wenn er sich dadurch besser auf seine Aufgabe in New York konzentrieren konnte, würde ich das wohl überstehen. Ich wünschte nur, er würde es sich noch anders überlegen und mich nach New York mitnehmen, damit ich helfen konnte.

Emily kam herunter und setzte sich zu uns an die Kücheninsel. Obwohl sie von der Sonne gebräunt war, wirkte ihre Haut blass und fleckig. „Mom hat gesagt, du sollst die Flüge buchen. Sie packt schon."

Dad nickte. „Ich nehme für alle Fälle das Buch mit den Clann-Adressen mit." Er ging durch den Flur zu seinem Büro.

„Denk an das Ladekabel für dein Handy", rief Emily ihm nach.

„Stimmt. Danke, Em!", antwortete er.

Kurz darauf hörten wir, wie er jemandem am Telefon erzählte, dass er den ersten Flug nach New York nehmen würde.

Emily und ich saßen schweigend in der Küche und starrten uns an. Wir mussten nichts sagen. Sie war genauso fassungslos wie ich.

Als sie die Stille nicht mehr ertrug, seufzte sie: „Ich sehe mal lieber nach Mom und passe auf, dass sie Klamotten packt und keine Waffen."

Statt wie sonst leichtfüßig und elegant zu laufen, trampelte sie die Treppe hinauf.

Weil ich nicht wusste, was ich sonst tun sollte, ging ich nach oben, legte mich auf mein Bett und starrte die Decke an. Meine Tür blieb, wie alle anderen, offen stehen. Deshalb wehten die Gedanken meiner Eltern durch das Haus wie Musik aus einem Radio, das im Nebenzimmer lief. Wenn sie ihren geistigen Schutzwall so wegbrechen ließen, mussten sie wirklich völlig durch den Wind sein. Normalerweise versuchten sie Emily und mich stärker zu schützen.

Nur Emilys Gedanken konnte ich nicht hören. Sie hatte wohl gelernt, sich in allen Situationen abzuschotten. Wahrscheinlich sollten unsere Eltern nicht mitbekommen, was ihre perfekte Prinzessin im Laufe der Jahre wirklich angestellt hatte.

Es hätte mich nicht gewundert, wenn sie ihren Schutzwall sogar im Schlaf halten konnte.

Moms Gedanken waren noch ungeschützter als Dads und deutlich lauter. In ihrem Kopf herrschte ein schmerzhaftes Chaos. Sie überlegte, wie schnell sie es mit Dad nach New York schaffen würde, wie sie den Mörder finden konnte, und dachte zugleich an ihre Kindheit mit Tante Cynthia zurück.

Und zu meiner Überraschung an ein altes Farmhaus irgendwo im Nirgendwo, vor dem sie eine Heidenangst hatte.

Später stürmte Mom wie ein kleiner Tornado in mein Zimmer, ganz in Schwarz und das pechschwarze Haar wieder streng zu einem Knoten im Nacken aufgesteckt.

Auch das Armband in ihrer Hand war schwarz, aus Leder und an den Rändern mit einem keltischen Muster verziert. In der Mitte war ein runder keltischer Knoten eingeprägt.

„Gib mir deine Hand", befahl sie. Ihre Augen und Wangen waren getrocknet, die Lippen zu einem dünnen Strich zusammengepresst.

Ich setzte mich auf und streckte meinen linken Arm aus.

Sie legte mir das Armband um und drückte die Knöpfe zu.

„Was ist das?" Ich verdrehte es, bis ich den keltischen Knoten sehen konnte. Auf den zweiten Blick sah er eher wie eine Art Wappen aus.

Das Wappen des Clanns. Ich erkannte es wieder, weil das gleiche Muster in die Rückseite des Steinthrons geschnitzt war, auf dem Dad bei den Clann-Versammlungen im Wald saß.

„Ein Talisman gegen Vampire", erklärte sie.

27. KAPITEL

Ich wollte die Verschlüsse öffnen und es abnehmen. Es kam überhaupt nicht infrage, dass ich dieses Ding trug!
Blitzschnell hielt sie meine Hand fest. „Tristan, du behältst das um. Zwing mich nicht dazu, es mit einem Schließzauber zu belegen. Ich würde es tun, damit du in Sicherheit bist."

Sie starrte mich durchdringend an, und ihre Finger gruben sich in meinen Handrücken. Sie sah aus, als wäre sie kurz davor, durchzudrehen.

„Okay, Mom. Wenn es dich beruhigt, trage ich es. Aber dafür musst du mir etwas versprechen: Mach in New York nichts Verrücktes."

Ihre Miene verfinsterte sich. „Also bitte, Tristan. Sei nicht albern. Glaubst du, dein Vater hätte sich so lange als Clann-Führer gehalten, wenn seine Frau dumm wäre?"

Auch wieder wahr. „Pass auf dich auf."

Das vertrieb ihren finsteren Blick. „Du auch, Schatz." Sie drückte mir mit kalten Lippen einen Kuss auf die Wange und ging auf klappernden Absätzen hinaus. Ein paar Minuten später machten sich Dad und Mom auf den Weg. Unter das Klackern ihrer Schuhe mischte sich das Rattern der Koffer. Bis schließlich die Küchentür alle Geräusche dämmte.

Irgendwann kam Emily herein und setzte sich auf meine Bettkante. Sie sah mitgenommen aus. „Es will mir einfach nicht in den Kopf, dass so etwas passiert."

„Geht mir auch so. Es kommt mir vor wie ein Albtraum." Ich zögerte. „Dad hat gesagt, dass Mom glaubt, es würde wieder Krieg mit den Vampiren geben. Spinnt sie oder ..."

„Keine Ahnung. Hoffen wir, dass sie nur überreagiert. Ich habe gehört, dass es richtig übel wurde, bevor sie den Friedensvertrag unterzeichnet haben. Auf jeden Fall werden sich alle Schutzamulette zulegen, zumindest für eine Weile." Sie starrte auf die offene Tür. Anscheinend merkte sie gar nicht, dass sie mit ihrer linken Hand an meiner Satinbettdecke zupfte und sie zwischen Daumen und Zeigefinger rieb.

Ihr fiel auf, dass ich auf ihre Hand starrte. „Was ist los?"

Ich deutete mit dem Kopf darauf. „Ich hab dich das nicht mehr machen sehen, seit wir klein waren."

Sie lächelte schief, ließ die Decke los und faltete die Hände im Schoß. „Ich habe mir auch schon lange nicht mehr solche Sorgen gemacht."

Mir verging das Lächeln. Also sah es wirklich schlimm aus. „Hat Mom dir mal was von einem alten Farmhaus erzählt?" Als sie mich ratlos ansah, fügte ich hinzu: „Ich habe es vorhin in Moms Gedanken gesehen. Sie hatte panische Angst davor."

„Ich kann mich nicht daran erinnern, dass sie mal was davon erzählt hätte. Aber du hättest wirklich nicht ihre Gedanken belauschen sollen."

„Ich konnte nicht anders. Sie hat regelrecht geschrien. Und du weißt doch, wie laut sie werden kann, wenn sie aufgeregt ist."

Emily seufzte. „Ja, da hast du wohl recht. Ich konnte sie heute auch nicht ganz blocken."

„Ach, aber besser als ich, was?"

Sie lächelte matt und zuckte mit den Schultern. „Sei nicht sauer auf mich, weil ich mehr Talent habe."

Bevor ich meine großartige Retourkutsche anbringen konnte, klingelte es an der Tür.

Emily stand auf. „Das ist bestimmt Mrs Faulkner; sie will die Woche über bei uns bleiben. Das hat Dad dir schon gesagt, oder?"

„Er hat erzählt, dass jemand kommen soll, aber nicht, wer. Warum hat er denn ausgerechnet sie gefragt?" Von außen wirkte Mrs Faulkner wie eine perfekte Vorzeigefrau, aber hinter der Fassade verbarg sich eine richtige Märchenhexe. Die Zickenzwillinge hatten diese engstirnige Scheinheiligkeit von ihr übernommen.

„Hat er gar nicht. Das war Moms Idee. Sie hat Mrs Faulkner angerufen und gefragt, ob sie zu uns kommen kann."

Es klingelte wieder. Dieses Mal höre es gar nicht mehr auf. Anschienend hielt Mrs Faulkner den Knopf die ganze Zeit gedrückt.

„Mach lieber auf, bevor sie die Klingel schrottet", grummelte ich und drehte mich weg.

„Kommst du nicht runter, um sie zu begrüßen?"

„Auf keinen Fall. Lass dir eine Ausrede einfallen."

Sobald Emily draußen war, riss ich den Talisman ab, schlich mich nach unten und bis zum Zirkel. Die Lichtung war durch Magie abgeschottet. So würde Mrs Faulkner nicht mitbekommen, wenn ich so spät noch etwas zauberte. Wenn Dad recht hatte, würden die Clann-Leute morgen auf dem Kriegspfad sein.

Ich brauchte wieder ein paar Schutzzauber für Savannah.

Am nächsten Morgen wollte ich mir eine Schale Müsli aus der Küche holen. Ich dachte, die Frauen würden erst aufwachen, wenn ich längst aus dem Haus wäre, aber da hatte ich mich gründlich geirrt.

Offenbar war Mrs Faulkner eine Frühaufsteherin. Es hatte noch nicht mal gedämmert, aber sie wartete schon, mit einer Tasse Kaffee in der Hand, an der Kücheninsel auf mich, als wäre es ihr Haus.

Ich schwenkte ab und wollte in die Garage gehen. Ich hatte wirklich keine Lust, mit der erwachsenen Version der Zickenzwillinge zu frühstücken.

„Wo willst du denn hin?"

Oh Mann, sie hatte sogar die gleiche hohe, zuckersüße Stimme wie ihre Töchter. Schlimmer als Fingernägel auf einer Kreidetafel.

„Zum Footballtraining. Wir fangen morgens früh an", antwortete ich, ohne sie anzusehen. Ich hatte schon eine Hand auf dem Türknauf zur Freiheit.

„Nicht ohne den Talisman, den dir deine Mutter gegeben hat. Sie hat mich gewarnt, dass du versuchen würdest, dich ohne das Armband rauszuschleichen."

Zähneknirschend wandte ich mich zu ihr um. „Ich brauch das Ding nicht."

Sie lächelte übertrieben freundlich. Mit ihrer sonnenverbrannten, ledrigen Haut erinnerte sie mich an einen Alligator. „Das sieht sie anders."

„Sie ist aber nicht hier."

„Nein, aber ich." Ohne mich aus den Augen zu lassen, nippte sie an ihrem Kaffee.

Ich überlegte ernsthaft, Magie gegen sie einzusetzen. Aber dann würden bei meiner Mutter womöglich alle Sicherungen durchknallen.

Ich seufzte tief, holte das Armband von oben und trampelte wieder nach unten.

„Leg es bitte an", sagte sie.

Ich starrte auf die Tür. Die Freiheit war so nah. Ich wollte aus dem eigenen Zuhause fliehen. „Sie wissen schon, dass ich der nächste Anführer des Clanns werde, oder?"

„Tja, aber bis es so weit ist, hast du noch zu gehorchen. Und deine Mutter hat dir befohlen, den Talisman zu tragen."

Mühsam hielt ich meinen Energielevel unter Kontrolle, legte mir die lederne Fessel um und drückte die Knöpfe zu. „Zufrieden? Kann ich jetzt gehen?"

„Fahr vorsichtig. Wir wollen doch nicht, dass du wieder einen Unfall baust, solange ich auf dich aufpassen soll."

Was sollte das heißen? Dachte sie, sie könnte mich dazu bringen, dass ich mich von einer Klippe stürzte?

Stinksauer fuhr ich los. Ich hoffte wirklich, *sie* würde eine Klippe finden und runterspringen, bevor ich heute Abend aus der Schule kam.

Unterwegs hielt ich an und verbrannte das Armband am Straßenrand. Dann fuhr ich weiter zur Schule.

Ich hatte Savannah eine SMS geschrieben und sie gebeten, erst mal zu Hause zu bleiben, bis sich die Lage beruhigt hatte, aber sie hatte nicht reagiert. Auch als ich versuchte, sie anzurufen, meldete sie sich nicht. Hoffentlich würde ihr der Vampirrat befehlen, abzutauchen, nachdem er mit Dad geredet hatte. Aber falls nicht oder falls sie heute trotzdem in die Schule kommen sollte, würde auch ich da sein. Mit ein paar ziemlich genialen Zaubern im Gepäck.

Nach dem Footballtraining in der ersten Stunde rannte ich als Erster ins Duschhaus, damit ich das Hauptgebäude vor Savannah erreichte. Als ich den Hauptflur durch die Hintertür betrat, nahm ich das verzauberte Kaugummi aus dem Mund und klebte es über dem Türrahmen fest. Danach ging ich nicht direkt zu dem Raum, in dem wir in der zweiten Stunde Englisch hatten, sondern lief durch den Flur zur Vordertür und klatschte ein zweites Kaugummi an die Wand.

Auf dem Weg zum Unterricht überlegte ich, dass ich die Cafeteriatüren in der Pause präparieren konnte. Die Türen vom Sport- und Kunstgebäude würde ich mir nach dem Unterricht vornehmen, wenn niemand mehr in der Schule war.

Savannah

„Du gehst nicht", sagte Dad Dienstagmorgen. „Ich verbiete es. Höchstwahrscheinlich tragen alle extrem starke Schutzzauber bei sich."

„Dad, ich muss gehen", sagte ich möglichst ruhig. Ich stand in der Diele, eine Hand am Tragegurt meiner Sporttasche, in der anderen den Schlüssel zu meinem nagelneuen Auto, das erst seit gestern vor der Tür stand. „Du verstehst das nicht. Ich habe mich nie körperlich gewehrt, aber ich bin auch noch nie vor einem Nachfahren weggelaufen. Wenn ich nicht zur Schule gehe, und zwar nicht nur diese Woche, sondern heute, glauben sie, sie hätten gewonnen. Dann werden sie nur noch schlimmer. Sie werden glauben, sie könnten mich ganz aus der Schule vertreiben. Und wo soll das enden? Als Nächstes kann ich nicht mal einkaufen gehen, weil vielleicht irgendein Nachfahre mit einem Schutzzauber in dem Laden ist. Und dann jagen sie mich ganz aus der Stadt oder bringen es so weit, dass ich das Haus nicht mehr verlassen kann."

Dads Schweigen bewies mir, dass ich nicht unrecht hatte.

„Ich muss das einfach machen."

„Es gefällt mir nicht."

„Glaubst du, mir etwa? Ich habe nicht gesagt, dass ich gehen will. Aber ich muss, sonst hören sie nie auf. Ich muss beweisen, dass ich stark genug bin und mich unter sie traue, bis Tristans Dad nach Hause kommt und sie zurückpfeift."

Dad seufzte, aber er machte mir Platz. „Ruf mich an, wenn ich dich abholen soll."

„Ist gut. Danke, Dad." Natürlich hatte ich nicht vor, ihn anzurufen. Nicht heute. Ich würde den Clann nicht die Oberhand gewinnen lassen. Nicht jetzt, wo ich auch zaubern konnte und dazu noch ein schickes neues Auto hatte.

Sonntagmorgen hatten wir ein neues Auto ausgesucht. Na ja, für mich war es neu. Mom war von der silbernen Corvette Stingray, Baujahr 1971, nicht begeistert gewesen, als ich ihr über Skype davon erzählt hatte. Ihr gefiel nicht, wie schnell der Wagen fuhr und dass die Karosserie aus Fiberglas statt aus Stahl bestand. Aber als ich beim Autohändler diese schimmernden geschwungenen Formen entdeckt hatte, wollte ich dieses Auto unbedingt haben. Dabei waren mir Autos normalerweise vollkommen egal.

Um Mom zu beruhigen, hatte Dad einen Überrollkäfig einbauen lassen und der Werkstatt eine irrsinnige Summe gezahlt, damit das Auto heute Morgen fertig vor der Tür stand. Außerdem hatte er eine neue Stereoanlage einbauen lassen, an die ich gar nicht gedacht hatte. Jetzt konnte ich meinen MP3-Player anschließen und unterwegs meine Lieblingsmusik hören.

Heute Morgen zum ersten Mal mit meinem neuen Auto zur Schule zu fahren gab mir einen echten Kick. Ich musste mich richtig zusammenreißen, um nicht das Gaspedal voll durchzutreten und den Motor röhren zu lassen. Ich hielt mich nur deshalb an das vorgeschriebene Schneckentempo, weil ich zwar ganz zuversichtlich getan hatte, mich aber wirklich nicht auf die Schule freute. Dad hatte ganz sicher recht: Die Clann-Kids würden heute die Pest sein.

Als ich vor der JHS auf meinem üblichen Platz parkte, musste ich mich regelrecht zwingen, auszusteigen und mich von meinem Auto zu trennen. Das würde ein langer Tag werden.

Wenigstens konnte ich mich darauf freuen, mit meinem schicken neuen Schlitten nach Hause zu fahren.

Falls ich den Tag überlebte.

28. KAPITEL

Tristan

Savannah kam doch in die Schule. Ich war so sauer, dass es mir schwerfiel, meine Gedanken vor ihr zu verbergen. Offenbar wollte sie einfach nicht sehen, in welcher Gefahr sie sich befand. Und wenn ich jetzt etwas sagte, würde sie nur noch dickköpfiger reagieren. Also lehnte ich mich zurück und versuchte gar nicht zu denken, während es in meinem Magen grollte. Jetzt konnten wir nur beten, dass die Zauber, die ich vorhin verteilt hatte, auch wirklich wirkten.

Den ersten Test mussten meine Schutzzauber am Ende der Englischstunde bestehen. Kurz vor dem Klingeln bekamen Savannah und ich eine Gänsehaut. Schmerzhafte Stiche überzogen meine Arme. Irgendwo in der Schule zauberte jemand.

Savannah atmete scharf durch die Nase ein und sah mich fragend an.

Ich bin's dieses Mal nicht, erklärte ich stumm.

Eine zweite schmerzhafte Welle traf mich kurz, aber heftig. Was zum Teufel war da draußen los?

Ihr Blick huschte zu den kleinen Fenstern gegenüber. Sie saßen so hoch in der Wand, dass man nur den Himmel sehen konnte. Savannah runzelte besorgt die Stirn und packte schnell ihre Sachen zusammen.

Als es klingelte, sprang sie wie immer als Erste auf. Ich schob gemütlich meine Zettel in mein Heft und trödelte absichtlich. Ich wollte ihr heute mit etwas Abstand folgen und aufpassen, dass sie auf dem Hauptflur nicht von einem Talisman verletzt wurde.

Aber so weit kam sie gar nicht.

Die Zickenzwillinge warteten in der Nische, von der die benachbarten Englischräume abgingen. Sie nutzten den Engpass, um alle vorbeizulassen, bis auf Savannah.

„Du", zischte Vanessa, sobald sie Savannah sah.

Sie hob beide Hände und streckte die Handflächen nach vorn. Es sah aus, als wären sie mit roter Farbe bemalt. „Du warst diejenige, die das gemacht hat!"

„Sie soll das wegmachen", jammerte ihre Schwester hinter ihr und rieb sich hektisch die roten Hände.

Ein kurzer Blick in ihre Gedanken zeigte mir, dass die Zwillinge sich eine neue Boshaftigkeit ausgedacht hatten. In der zweiten Stunde hatten sie sich zur Toilette abgemeldet, sich mit Dylan auf dem Parkplatz getroffen und versucht, mit Magie Farbe auf Savs Auto zu schmieren. Daher waren wahrscheinlich die beiden Energiespitzen gekommen, die Sav und ich gerade gespürt hatten. Aber irgendwie war ihr Zauber nach hinten losgegangen, und jetzt klebte die rote Farbe an ihren Händen.

Dass Vanessa glaubte, Savannah habe ihr Auto geschützt, war nur der übliche Verfolgungswahn des Clanns. Was ich nicht begriff, war, warum die Zwillinge nicht wenigstens schlau genug waren, den eigenen Zauber rückgängig zu machen, damit sich die Farbe abwaschen ließ.

„Was ist los?", fragte Savannah leise. „Habt ihr euch bekleckert?" Ihre Mundwinkel zuckten.

„Du M..." Vanessa blieb das Wort im Hals stecken. Sie kam einen Schritt näher und holte mit der rechten Hand aus, als wollte sie Savannah eine knallen.

Wieder überliefen mich schmerzhafte Nadelstiche.

Wollten die Zwillinge etwa Magie einsetzen? Hier, bei Sav und vor allen Leuten? Sie waren wohl verrückt geworden.

„Hey!" Ich sprang auf und vergaß vollkommen, dass ich dabei meine Schreibsachen und Bücher vom Tisch fegte.

Savannah sah kurz zu mir herüber, und die Schmerzen verschwanden.

„Bis später, Mädels", sagte sie zu den Zwillingen und schlenderte den Hauptflur hinunter.

„Was sollte das denn werden?", wollte ich wissen. Ich wünschte, die Zwillinge wären keine Mädchen gewesen. Dann hätte ich sie nach draußen schleifen und gegen die Wand knallen können.

„Wir waren das nicht!", stotterte Vanessa, die Augen weit aufgerissen. Die beiden Mädchen waren unter ihrer aufgesprühten Bräune blass geworden. „Ich schwöre es dir, Tristan. Das war sie!

Sie hat gelernt, zu zaubern."

Eine Antwort darauf sparte ich mir.

Ich ging auf den Flur und sah mich um. Da war sie. Savannah lehnte, ein ganzes Stück entfernt, an einem Schließfach.

Plötzlich bemerkte ich dicht neben ihr eine blonde Strubbelfrisur, die ich nur zu gut kannte. Im überfüllten Flur tat sich eine Lücke auf, und ich konnte sehen, dass Dylan vor Savannah stand und sich mit beiden Händen links und rechts neben ihrem Kopf abstützte.

An beiden Handgelenken trug er Lederarmbänder. Talismane gegen Vampire. Daher die schmerzhaften Stiche gerade. Er wollte sie entweder ohnmächtig werden lassen oder umbringen. Aber die Schutzzauber, die ich vor der zweiten Stunde angebracht hatte, blockierten seinen Angriff.

„Es ist Dylan", erklärte ich den Zwillingen, die sich hinter mir duckten, ohne ihn aus den Augen zu lassen. „Was ihr spürt, kommt von ihm."

Zähneknirschend lief ich den Flur hinunter, stieß Leute beiseite und überlegte, wo ich Dylan zuerst treffen wollte. Gott sei Dank hatte ich vorhin die Schutzzauber verteilt. Sonst läge Savannah jetzt ohnmächtig oder sogar tot auf dem Boden. Dylans Talismane waren nur Zentimeter von Savannahs Gesicht entfernt.

Er sah stirnrunzelnd auf seine Armbänder. Wahrscheinlich fragte er sich, warum sie Savannah nichts ausmachten.

Im nächsten Moment knallte er mit dem Rücken gegen das Schließfach, wo Savannah gerade noch gestanden hatte. Aber nicht wegen mir. Ich wollte mich an die Clann-Regeln halten, keine Magie benutzen und ihn einfach umhauen, aber ich war noch zehn Meter entfernt.

Wieder trafen mich schmerzhafte Stiche.

Irgendwie hatten die beiden die Plätze getauscht, jedenfalls hielt jetzt Savannah Dylan fest. Dabei berührte sie ihn nicht. Ihre Hände hingen herab, die Handflächen nach vorn, die Finger gespreizt.

Als würde sie ihn tatsächlich durch Magie gegen die Schließfächer drücken.

Niemals. Das ging gar nicht. Andererseits ... Ich konnte den Beweis direkt vor mir sehen und spüren. Savannah hatte zaubern gelernt. Und so, wie Dylan sich wehrte, ohne dass er sich losreißen konnte, war sie keine Anfängerin mehr. Sie musste seit Monaten geübt haben. Aber wie? Und wer war so verrückt, ihr das beizubringen?

Als Savannah sich leicht vorbeugte und den Kopf schräg legte, erinnerte sie mich an eine neugierige Löwin, die mit ihrer Beute spielte. Sie leckte sich lächelnd über die Lippen und sah ihm unverwandt in die Augen.

„Dylan, Dylan, Dylan. Du wolltest mein nagelneues Auto einschmoren, oder? Meinen Pick-up hast du ja schon zerlegt. Was willst du damit erreichen? Soll ich etwa wie eine Fledermaus durch die Gegend flattern?" Sie grinste, ohne mich zu beachten. Dabei musste sie mich spüren, genau so wie ich immer ihre Nähe spürte.

Einen Schritt vor ihnen blieb ich stehen. Inzwischen taten die Nadelstiche richtig weh. Mein Gott, sie war mächtig, schon jetzt fast halb so mächtig wie Emily. Ich widerstand dem Drang, mir über die Haut zu reiben, und konzentrierte mich ganz auf sie.

Zum ersten Mal sah sie nicht mehr wie meine Savannah aus. Sie sah nicht so aus, als würde sie überhaupt zu irgendjemandem gehören. Sie wirkte wie ein völlig fremdes Wesen. Ihre Augen schimmerten hellsilber, fast weiß. Ihre unglaublich glatte, makellose Haut hob sich schroff und unnatürlich von ihren blutroten Haaren ab.

Sie wurde richtig zur Vampirin.

Ihr Blick glitt zu seinem Hals hinab, und sie sagte etwas zu ihm, das ich nicht hören konnte. Dylan riss die Augen auf.

Vor lauter Angst und Entsetzen ließ Dylan seinen geistigen Schutzwall fallen, und ich konnte seine Gedanken hören.

Mein Gott, sie tut es wirklich, dachte er. Sie will mich hier vor allen Leuten umbringen. Sieh sie dir nur an! Ihr ist völlig egal, wer es mitbekommt.

Ich sah mich um, weil ich Angst hatte, dass wir bald Zuschauer anziehen könnten. Zum Glück interessierte niemanden, was Dylan mit seiner neuesten Eroberung vor den Schließfächern trieb. Alle waren zu beschäftigt damit, zum nächsten Klassenzimmer oder in die Mittagspause zu gehen, bevor es wieder klingelte.

„Vielleicht sollte ich dir doch geben, was du willst." Sie beugte sich noch etwas weiter vor und sah ihm wieder in die Augen. „Das willst du doch, oder? Dass ich die Kontrolle verliere und dich beiße? Dabei verstehe ich nur nicht, ob dich dein Daddy darauf angesetzt hat oder ob du ganz allein auf diese Idee gekommen bist."

Als Dylan ihren Atem auf seiner Wange spürte, ging er stöhnend in die Knie.

„Na, na, na, wir sind noch nicht fertig." Als sie noch mehr Energie freisetzte, damit Dylan stehen blieb, wurden auch die Stiche auf meiner Haut schmerzhafter. „Wo war ich gerade? Ach ja, wir haben darüber geredet, wie sehr du dir wünschst, dass ich dich beiße."

Ja, mach schon, dachte Dylan. Ich war baff. Schlag deine Zähne in mich.

Wow. Er war ja ganz versessen darauf, dass sie die Kontrolle verlor.

„Aber du hast meine Frage noch nicht beantwortet", wandte sie ein. „Soll ich dich beißen, weil dein Vater dann leichter Clann-Führer wird und aufhört, dich mit Magie zu bestrafen? Oder stehst du auf Vampire?"

„Ich habe keine Ahnung, was du da redest, du Freak", stieß Dylan zwischen zusammengebissenen Zähnen hervor.

Aber in seinen Gedanken konnte er die Wahrheit nicht verbergen.

Beides. Ich will wissen, wie es sich anfühlt, und Dad wird dann aufhören.

Plötzlich sah ich seine Erinnerungen. Tausendfach zuckte durch seinen Kopf, wie er sich vor Schmerzen wand, während sein Vater ihn immer wieder mit Energiestößen traktierte, weil Magie, im Gegensatz zu Fäusten, keine Spuren hinterließ.

Mir drehte sich der Magen um. Oh Mann. „Dylan, warum hast du nie was gesagt?"

Erst jetzt bemerkte Dylan mich. Er verdrehte die Augen in meine Richtung, weil Savannah nicht zuließ, dass er seinen Kopf bewegte.

„Tristan! Alter, sie zaubert!"

Es klingelte zum zweiten Mal, und der Flur leerte sich. Ich sah mich um. Sogar die Zickenzwillinge hatten sich verzogen, wahrscheinlich aus Angst, dass Savannah sich die beiden vorknöpfen würde, wenn sie mit Dylan fertig war. Außer uns dreien war niemand hier. Wir mussten dieses Chaos irgendwie umdeuten, sonst würde der kleine Clann-Spion loslaufen und einen Lynchmob für Savannah organisieren.

Es war riskant, aber ich machte in der plötzlichen Stille einen Schritt auf sie zu und legte Sav eine Hand auf die Schulter.

„Das bildest du dir ein, Dylan. Savannah würde nie einen neuen Krieg riskieren, schon gar nicht in so einer angespannten Lage. Sie kennt die Regeln. Da würde sie doch nicht zaubern lernen."

„Aber sie zaubert doch gerade!", wiederholte er mit schmerzverzerrtem Gesicht.

„Tristan, er will, dass ich ihn beiße", murmelte sie. „Ist es wirklich verboten, wenn er darum bettelt?"

Ich drückte ihre Schulter. *Nicht, Sav. Ich weiß, dass du mich hören kannst. Vertrau mir jetzt, bitte. Du hast ihm eine Scheißangst eingejagt. Das reicht für heute. Noch mehr Energie, und die erwachsenen Nachfahren kommen angerannt. Vielleicht sind sie schon unterwegs.*

Sie sah mich finster an. Noch zögerte sie, aber wenigstens hörte sie mir zu.

Vertraust du mir? Darf ich uns aus diesem Schlamassel hier rausholen?, fragte ich sie stumm.

Enttäuscht verzog sie den Mund. Aber sie seufzte und nickte knapp.

Während sie ihre Energie zurücknahm, fuhr ich meine hoch und hielt Dylan jetzt selbst fest.

„Spinn doch nicht rum, Dylan", sagte ich laut. „Ich benutze hier Magie, sonst niemand. Und bevor du zu den Ältesten rennst, um dich zu beschweren, denk daran, wer damit angefangen hat. Sie haben allen befohlen, Sav in Ruhe zu lassen. Was glaubst du wohl, wie sie reagieren, wenn sie hören, dass du dich mit einer Vampirin angelegt und den Friedensvertrag gefährdet hast?"

Als er widersprechen wollte, beugte ich mich vor und sprach ihm ins Ohr: „Vor allem habe ich dir gesagt, dass du sie in Ruhe lassen sollst. Was sollte ich denn machen, wenn du nicht hörst? Sei froh, dass ich nicht mehr mache."

Sie hat nicht ... Er kniff die Augen zusammen und sah Savannah an, dann wieder mich. *Das ist ein Trick! Das haben sie extra eingefädelt, um mich in die Irre zu führen. Sie hat nur so getan, als würde sie Magie einsetzen. Und ihr Auto – Tristan hat es mit einem Schutzzauber belegt, oder? Bestimmt hat sie ihm letzte Woche was über ihr Auto vorgeheult, und er musste sie natürlich sofort wieder retten.*

„Lass mich los." Er funkelte mich böse an. Nachdem er die Lüge geschluckt hatte, schlug die Angst in seiner Stimme in Wut um.

„Lässt du sie in Ruhe und benimmst dich endlich?", fragte ich.

Er zögerte.

Als ich mein Energielevel noch eine Stufe höher schraubte, trat ihm Schweiß auf die Stirn und die Oberlippe. Savannah zuckte zusammen.

Tut mir leid, entschuldigte ich mich bei ihr. *Halt durch, gleich ist es vorbei.*

„Von mir aus", nuschelte Dylan.

„Was hast du gesagt?" Ich tat so, als hätte ich ihn nicht verstanden.

„Okay, ich lasse sie in Ruhe." Er sah zur Seite. Eine Schweißperle lief ihm neben den Augen herab.

Ich zog den Kopf zurück. Dann überlegte ich es mir anders und riss ihm ein Armband ab. Ich verbrannte den Talisman vor seinen Augen, bis es als winziges Aschegestöber auf den polierten Vinylboden rieselte.

„Ein Talisman reicht", erklärte ich ihm. „Zwei sind ein Angriff. Wenn ich dich noch mal mit einem zweiten Talisman erwische, verbrenne ich ihn direkt an deinem Arm."

Als ich zurückwich, schlich Dylan zur Cafeteria. Ich rührte mich erst, als er durch die Hintertür verschwunden war.

Mit einem lauten Seufzer lehnte sich Savannah gegen die Schließfächer. Langsam sackten ihr die Beine weg.

„He, ich hab dich, Rocky." Ich schlang einen Arm um ihre Taille und hielt sie fest.

Sie lächelte mich matt an. „Danke. Ich hatte keine Ahnung, wie anstrengend so was ist. Hat mir niemand gesagt."

„Man braucht Energie, um Energie einzusetzen." Ich legte mir ihren Arm um die Schultern, damit sie sich festhalten konnte. „Du brauchst Nachschub. Hast du Bl…"

„Ich habe eine Notfallration. Aber wenn ich sie nehme, muss ich nach Hause gehen. Da gibt es … Komplikationen. Aber ich könnte Energie tanken. Hilfst du mir nach draußen?"

„Du könntest mich auch küssen."

„Fang nicht damit an, Tristan." Sie wollte sich losmachen.

„Schon gut, schon gut. War nur ein Scherz." Mehr oder weniger.

Wir gingen durch den Haupteingang und bogen nach links in einen kleinen Hof ab. An seinem Ende setzten wir uns auf eine blaue Metallbank, Savannah wählte das Ende neben dem Rasen. Sie zog ihre Schuhe aus und stellte die Beine so zur Seite, dass sie die nackten Füße auf das Gras stellen konnte. Dann schloss sie die Augen und seufzte.

Nadelstiche überzogen meine Haut, aber ich achtete nicht darauf. Ich war zu fasziniert von den Gefühlen, die sich auf Savannahs Gesicht widerspiegelten.

Nach einem Moment öffnete sie die Augen, sah die Gänsehaut auf meinen Händen und lächelte. „Jetzt muss ich mich wohl entschuldigen und sagen, dass es gleich vorbei ist, was?"

„Mach dir keine Sorgen. Es tut nicht wirklich weh. Es ist nur … komisch." Als sie mich fragend ansah, erklärte ich: „Dass du das machst, meine ich."

Ich beugte mich vor und stützte die Ellbogen auf die Knie." Für eine Anfängerin machst du schnell Fortschritte. Hilft dir jemand, oder…"

„Eigentlich nicht."

Ich runzelte die Stirn. „Es ist gefährlich, ohne Lehrer zu arbeiten, Sav."

Lachend stimmte sie mir zu. „Kann man wohl sagen. Als ich das erste Mal Energie aufnehmen wollte, bin ich ohnmächtig geworden. Ich habe mich aus Versehen weiter geerdet."

Ich stutzte. „In diesem Sommer?"

Sie nickte. „An dem Tag, an dem du mir eine SMS geschickt hast."
Das hatte ich also gefühlt. „Hast du dich im Schlaf erholt?"
„Nein. Nanna ist gekommen und hat mir gesagt, was ich machen muss."

Sie hatte mit ihrer toten Großmutter gesprochen. Dafür musste sie schon weit weggedriftet sein. Vor Angst und Wut sprang ich auf. Ich baute mich vor ihr auf, damit ich ihr Gesicht richtig sehen konnte.

„Bist du verrückt? Du wärst fast gestorben, oder?"

„Irgendwas musste ich unternehmen. Dylan hatte Anne bedroht. Was hättest du denn gemacht?"

„Du hättest mich um Hilfe bitten sollen."

Sie seufzte. „Ich bin es leid, ständig jemanden um Hilfe zu bitten. Ich musste erwachsen werden und meine Probleme endlich mal selbst lösen."

Sie schlang die Arme um sich und wandte den Blick ab.

Wie konnte eine Halbvampirin, die angeblich eine Gefahr für mich und jeden anderen Nachfahren war, so zerbrechlich wirken?

Mein Magen verkrampfte sich. Ich hätte sie gern in den Arm genommen und ihr gesagt, dass sie nicht allein war, dass ich für sie da war. Aber das wollte sie nicht hören.

Wir blieben noch sitzen. Die hitzige Atmosphäre zwischen uns kühlte sich schnell ab, bis es unbehaglich wurde.

„Die Nummer gerade war riskant", sagte ich.

Sie zog ihre Schuhe wieder an, stand auf und ging auf den Haupteingang zu. „Du kannst es einfach nicht lassen, mich ständig herumzukommandieren, was?"

Ich folgte ihr auf den Hauptflur. „Sav, das ist mein Ernst. Seit Nachfahren gestorben sind, ist die Lage noch angespannter geworden. Wenn du Dylan zu viel Angst einjagst, könnte alles Mögliche passieren."

„Was du nicht sagst!" Ihre Wangen röteten sich.

Mir fielen Dylans abgedrehte Gedanken über sie ein, und ich musste wegsehen. Unglaublich, dass er so durch den Wind war.

„Wusstest du das mit seinem Dad? Dass er Dylan mit Magie quält?"

343

Ich schüttelte den Kopf. „Das hat er mir nie gesagt, ehrlich." Ich wünschte nur, er hätte es. Der Clann hätte das beenden können. Entweder hätte er Mr Williams gezwungen, damit aufzuhören, oder er hätte Dylan weggeholt.

„Er tut mir leid. Er hat es nur wegen seinem Dad auf uns abgesehen. Sie wollen dich dazu bringen, die Regeln zu brechen, damit dein Vater sich entscheiden muss, ob er dich beschützt oder die Clann-Regeln durchsetzt. Sie glauben, dass er dich dem Clann vorziehen würde und sie darauf drängen könnten, einen anderen Anführer zu wählen."

Ich schüttelte den Kopf. „Was sein Vater macht, ist falsch. Aber das entschuldigt Dylan noch lange nicht. Er trifft immer noch eigene Entscheidungen. Und er muss nicht bei den politischen Spielchen seines Vaters mitmischen."

Als wir den Haupteingang erreichten, hielt ich ihr die schwere Metalltür auf und ließ sie vorgehen.

Sie tauchte stirnrunzelnd unter meinem Arm hindurch nach draußen. „Ach, soll er seinen Eltern einfach nicht gehorchen und sich ständig bestrafen lassen?"

„Nein, natürlich nicht. Er muss seinem Vater einfach die Stirn bieten oder zu Hause ausziehen."

„Und wenn er das nicht kann? Was, wenn sein Dad zu stark ist und er nirgendwohin gehen kann? Nicht jeder hat Geld und Macht bis zum Anschlag." Sie verschränkte die Arme und ging schneller.

Ich konnte problemlos mithalten. Die Spitze über das Geld überhörte ich einfach. „Dylan ist ein Nachfahre. Der ganze Clann würde ihm helfen. Er muss nur fragen."

Mal davon abgesehen, dass er es mir hätte erzählen können, statt mir in den Rücken zu fallen.

Als stummen Widerspruch schüttelte sie den Kopf.

„Was denn, glaubst du, der Clann würde ihm nicht helfen? Komm schon, Sav, sie sind vielleicht nicht perfekt, aber so schlimm sind sie auch wieder nicht."

Mit einem Schulterzucken bog sie auf die Rampe ab, die zum Fußweg vor der Cafeteria führte. „Sie hatten kein Problem damit, meine Großmutter zu entführen und zu foltern."

„Das war ein Fehler. Meine Eltern waren verzweifelt, außer sich. Sie konnten nicht klar denken. Sonst hätte mein Vater das nie zugelassen."

Sie kniff die Lippen zusammen und lief stumm die Rampe hinunter.

Obwohl ich heute nichts essen wollte, damit ich mich nicht mit den wütenden Charmers und Nachfahren herumschlagen musste, folgte ich Savannah. Ich wollte so lange wie möglich mit ihr reden, auch wenn wir schon schönere Gespräche geführt hatten. Wenn ein Streit mit ihr alles war, was ich bekommen konnte, würde ich ihn nehmen.

Als wir auf den nächsten Eingang zuliefen, konnte ich mir nicht verkneifen zu sagen: „Wo wir schon von Fehlern reden – willst du was dazu sagen, dass du Dylan fast gebissen hättest?"

Sie verdrehte die Augen. „Ich wollte ihn nur erschrecken. Ich hätte ihn doch nicht gebissen. So was mache ich nicht."

„Nie?"

„Nie."

„Du hast noch nie jemanden gebissen."

„Nein!"

Vor den Türen blieben wir stehen. „Aber da drin sehe ich dich auch nie etwas essen." Ich deutete mit einem Daumen auf die Cafeteria.

„Mein Dad besorgt mir einmal die Woche gespendetes Blut. Ich komme nur jeden zweiten Tag her, um meine Freundinnen zu sehen, weil wir keine Fächer mehr zusammen haben."

„Gespendetes Blut? Das klingt ja gar nicht so schlimm." Vielleicht hatte man es als Vampir heutzutage viel leichter, als ihr Dad es dargestellt hatte. Sie könnten sogar schon eigene Blutbanken mit Lieferservice haben. Wahrscheinlich konnte man Blut genauso leicht bestellen wie Pizza.

Sie schnaubte. „Es ist trotzdem schlimm, Tristan. Blut von anderen Leuten zu trinken macht schon Probleme."

„Ach ja? Was denn für welche? Musst du dich entscheiden, welcher Bluttyp dir am besten schmeckt?"

„Nein, aber ich nehme jedes Mal auch die Erinnerungen von diesem Menschen auf. Schöne, schlechte, verrückte, langweilige, alles trifft mich wie eine Flut, und ich kann stundenlang nichts dagegen tun. So etwas wünsche ich niemandem. Nicht mal Dylan."

„Oder mir?"

„Dir schon gar nicht", flüsterte sie.

„Solltest du diese Entscheidung nicht mir überlassen?"

Sie reckte das Kinn vor. „Nein. Selbst wenn eine Verwandlung bei dir wie durch ein Wunder funktionieren würde, könntest du die Konsequenzen gar nicht abschätzen, bevor es zu spät ist. Später kannst du es bedauern, so viel du willst, aber du kannst es nicht mehr rückgängig machen."

„Ich würde es nie bedauern, die Ewigkeit mit dir zu verbringen."

Sie schluckte schwer und wandte den Blick ab. Nach langem Schweigen sah sie mir endlich in die Augen, wechselte aber das Thema. „Ich habe das mit dir und Bethany gehört. Tut mir leid, dass es nicht funktioniert hat."

„Ich dachte, du wolltest nicht, dass ich ihr weiter was vormache."

„Ich wollte, dass du mit ihr glücklich wirst. Und wenn das nicht ging, dass du ehrlich zu ihr bist."

Ich starrte sie an und prägte mir ihr Gesicht ein. Jede Kontur, die feinen Locken an ihren Schläfen, ihre Haut, die wie eine Perle schimmerte. „Du hattest recht: Ich habe ihr etwas vorgemacht. Aber ich schwöre dir, dass es mir nicht klar war. Als ich es endlich begriffen habe, habe ich ihr die Wahrheit gesagt."

Sie zog einen Mundwinkel herab. „Danach zu urteilen, wie die Charmers reagieren, ist es bei ihr nicht besonders gut angekommen."

„Nein, kann man nicht sagen." Verlegen lächelte ich sie an. Ich war froh über ihr Mitgefühl, auch wenn ich es nicht verdient hatte.

Als sie die Tür öffnete, hielt ich den Rahmen fest, um ihr noch einmal nah zu sein.

„Hey, Sav."

Sie blieb stehen und drehte sich um. Sie war so nah, dass ich sie hätte küssen können.

„Pass auf dich auf, ja?" Ich hätte so gern ihre Wange berührt.

„Egal, was ich ihnen erzähle, Dylan und die Zwillinge sind jetzt bestimmt misstrauisch. Vielleicht provozieren sie dich wieder, damit sie den Erwachsenen beweisen können, dass du dich nicht an die Regeln hältst. Du darfst nicht noch mal die Kontrolle verlieren. Dafür bist du zu stark. Du bist stärker als sie."

Ein leises Lächeln umspielte ihre Lippen, als sie mir in die Augen sah. „Danke, Tristan."

Dann ging sie hinein und ließ die Tür zwischen uns zufallen.

Ich holte tief Luft und zog einen neuen verzauberten Kaugummi aus der Tasche.

29. KAPITEL

Diese Woche zog sich ganz schön hin. Mom und Dad brüllten mich abwechselnd über das Telefon an und drohten mir, weil ich den Talisman verbrannt hatte. Aber ich weigerte mich standhaft, einen Schutzzauber zu tragen und damit womöglich Savannah zu verletzen. Ich sagte ihnen, dass es mir egal war, ob sie mir wieder Hausarrest verpassten, nach Hause flogen und mir befohlen, einen Talisman zu tragen, oder Emily und Mrs Faulkner auftrugen, tagelang an meine Zimmertür zu hämmern und mich anzuschreien. Ich würde es nicht tun, und damit hatte es sich.

Mom rastete fast völlig aus. Dad versprach, dass wir uns unterhalten würden, wenn sie nächste Woche nach Hause kämen. Das war vorerst sein letztes Wort.

Die restliche Woche war ich damit beschäftigt, in jeder freien Minute weitere Abwehrzauber gegen die Vampirtalismane anzufertigen. Dylan und die Zickenzwillinge trugen, wie alle anderen Nachfahren an der Schule, nur einen Talisman, aber zusammen brauchten sie meine Abwehrzauber an einem Tag auf. Obwohl ich mich mit Energie auflud, war ich abgelenkt und lieferte am Freitag beim Auswärtsspiel eine miese Leistung ab. Am Ende schickte mich Coach Parker wütend für den Großteil des Spiels auf die Bank.

Am Wochenende tankte ich neue Energie und machte mir Sorgen um Savannah. Würde sie auf meine Warnung hören und vorsichtig sein? Oder lernte sie immer noch ohne einen Lehrer zaubern? Wie oft übte sie? Zu Hause konnte sie nicht üben, wenn ihr Dad nichts mitbekommen sollte; der Vampirrat würde auf keinen Fall wissentlich erlauben, dass sie ihre Fähigkeiten entwickelte. War sie draußen in der Kälte?

Wenn ich sie nicht anrufen wollte, um zu verlangen, dass sie mich bei ihrem Training zusehen ließ, konnte ich nicht viel tun, um für ihre Sicherheit zu sorgen. Und das bereitete mir einige schlaflose Nächte.

Weil sie am Montag in der Schule war, konnte ich mich wenigstens da entspannen. Nachmittags fuhr ich nach dem Footballtraining nach Hause. Dort stand zu meiner Überraschung Dads Auto in der Garage. Meine Eltern waren am Abend zuvor spät nach Hause gekommen. Mom hatte am Morgen ausgeschlafen, und Dad war schon vor dem Frühstück zur Arbeit gefahren. Es war erst halb sechs, und ich hatte erst in ein paar Stunden mit ihm gerechnet, weil ich dachte, er hätte jede Menge zu tun.

Ich lief leise durch den Flur zum Wohnzimmer in der Hoffnung, dass er müde und weggetreten auf dem Sofa liegen würde.

Auf halbem Weg kam ich an der offenen Tür zu seinem Arbeitszimmer vorbei. Er saß an seinem Schreibtisch und telefonierte.

Klasse. Vielleicht musste er viel arbeiten und vergaß das „Gespräch", das er mir versprochen hatte.

Ich drehte um, aber nicht schnell genug. Mit einem knackigen Fingerschnippen befahl er mich in sein Arbeitszimmer. Vorsichtig ließ ich mich in den knarrenden Ledersessel vor ihm sinken. Das hier würde kein Spaß werden. Mein linkes Knie wippte auf und ab. Während ich auf meine Hände starrte, hörte ich tatsächlich mit, was er sagte.

„Nein, das werdet ihr nicht tun, und zwar aus folgendem Grund: Wir wissen nicht sicher, dass sie von Vampiren getötet wurden. Doch, das ist mein Ernst! Zwei Wunden am Hals sind kein eindeutiger Beweis für einen Mord durch Vampire." Er hörte zu. „Ja, das stimmt, in den Körpern war kein Blut mehr. Aber es kann genauso gut sein, dass ihnen das Blut woanders entfernt wurde und man sie an diesem Ort platziert hat, wo sie schnell gefunden werden. Denk mal darüber nach. Absolut jeder könnte dahinterstecken. Und wenn wir voreilige Schlüsse ziehen, spielen wir ihnen womöglich noch in die Hände. Deswegen möchte ich, dass alle vorerst ruhig bleiben, sich zurückhalten, einen Talisman tragen und die Untersuchungen mir und dem Vampirrat überlassen. Wir finden heraus, wer für die Morde verantwortlich ist, das garantiere ich. Und sie werden dafür bezahlen." Wieder eine Pause. „Ja, der Vampirrat. Nein, ich habe doch schon gesagt, dass der Rat diesen Überfall nicht genehmigt hat." Eine letzte Pause. „Pass du auch auf dich auf und melde dich regelmäßig bei anderen Nachfahren, mindestens einmal am Tag. In Ordnung? Ja, du auch."

Er legte auf, fuhr sich mit einer Hand durch die grauen Haare und seufzte. „Und so sieht, kurz gesagt, das Leben eines Clann-Führers aus. Mit einem Anruf nach dem anderen versuchst du den Schaden einzudämmen."

„Wir sollten uns eine Website basteln, damit wir die Neuigkeiten an alle Nachfahren auf einmal schicken können."

Dad grinste. „Weißt du was? Das ist gar keine schlechte Idee. Es könnte nicht schaden, das besser zu organisieren."

Die Anspannung in meinen Schultern ließ nach. Vielleicht wollte er mich doch nicht bestrafen. Mein Blick fiel auf seinen Schreibtisch. Er sah aus, als wäre ein Papiermonster darauf explodiert. Ich musste lachen. „Stimmt, schließlich wird in diesem Haus offensichtlich viel Wert auf gute Organisation gelegt."

Er kicherte.

„Aber mal ernsthaft, Dad, wie machst du das? Wie schaffst du es, den gleichen Text hundertmal aufzusagen, ohne wahnsinnig zu werden?"

„Das muss jeder anständige Anführer können. Du brauchst Geduld."

„Sogar mit den vorurteilsbeladenen Idioten?"

„Sogar mit ihnen. Wir führen den Clann nur, bis wir sterben oder abgesetzt werden."

„Ich habe gehört, dass du gesagt hast, alle sollten Talismane tragen. Genau darüber wollte ich mit dir reden."

„Mhm. Darüber wollte ich auch mit dir reden."

Oha. Jetzt ging's los. „Tut mir leid, dass ich den Talisman nicht tragen wollte."

Schweigen. Er zog die Augenbrauen hoch, lehnte sich zurück und verschränkte die massigen Hände über seinem Bauch. „Aber?"

„Aber ich konnte nicht. Nicht mit einer Halbvampirin an der Schule, die nicht gegen die Talismane immun ist. Sie hat sich nicht ausgesucht, was sie ist, genauso wenig wie ich. Warum sollte sie für etwas büßen, das so weit weg passiert?"

Dad zog die Mundwinkel herab und rieb sich über das bärtige Kinn. „Weißt du, das hat deine Mom wirklich verletzt. Sie hat den

Talisman selbst angefertigt."

„Ja. Ich weiß, dass sie wütend war. Trotzdem war es nicht richtig. Und es ist ja nicht so, dass ich mich nicht anders schützen könnte."

Er nickte bedächtig. „Das habe ich deiner Mutter auch gesagt, als sie geweint hat und fast krank vor Sorge wurde, weil ihr armer kleiner Junge völlig schutzlos ist."

Über diesen plumpen Versuch, mir ein schlechtes Gewissen zu machen, hätte ich fast die Augen verdreht.

Er seufzte. „Sie ist wütend, aber sie fängt sich schon wieder. Ist sonst noch etwas passiert, als wir weg waren?"

Die Frage überraschte mich. Er klang, als wollte er eine Art Bericht hören. „Hm, eigentlich nicht. Na ja, es gab ein kleines Problem mit Dylan. Er ist mit zwei Talismanen in die Schule gekommen. Aber ich habe mit ihm darüber geredet."

„Ach ja? So wie wir jetzt?" Er beugte sich grinsend vor.

„Ich … äh, es kann sein, dass ich einen seiner Talismane verbrannt habe." Als Dad die Augen aufriss, fügte ich hinzu: „Aber ich habe ihm das Armband vorher abgerissen. Und ich habe aufgepasst, dass es niemand sieht."

„Also sollte ich damit rechnen, dass Dylans Vater jeden Moment anruft und sich beschwert?"

„Könnte passieren." Ehrlich gesagt wunderte es mich, dass Mr Williams nicht längst angerufen hatte. „Aber vielleicht hat er seinem Dad gar nichts davon erzählt. Wir hatten davor einen kleinen Streit, weil Dylan vor ein paar Wochen Savannahs Pick-up zerlegt hat. Und heute hat er die Faulkner-Zwillinge dazu angestiftet, ihr neues Auto zu demolieren."

Dad fluchte leise. „In Ordnung, ich kümmere mich darum."

Zögernd sprach ich weiter. „Wenn du mit Mr Williams redest, frag ihn doch, warum er Dylan mit Magie bestraft. Er zwingt seinen Sohn dazu, mich zu provozieren, damit ich die Regeln breche und du eine Dummheit machst. Sie wollen dich als schwach hinstellen. Als würdest du deine Familie über die Clann-Gesetze stellen, damit sie nach einem neuen Anführer schreien können. Und wenn Dylan es nicht schafft, mich oder Sav wütend zu machen …"

Dad kniff die Augen grimmig zusammen. „Das kann doch nicht

wahr sein. Benutzt er wirklich Magie, um seinen Sohn zu bestrafen?"

Ich nickte. „Das hinterlässt keine Spuren, also gibt es auch keine Beweise dafür."

Wieder fluchte Dad. „Ich werde mit den Ältesten darüber reden. Wir lassen uns etwas einfallen, um das zu unterbinden. Es würde Mr Williams nur recht geschehen, wenn sein Plan nach hinten losginge und wir ihn aus dem Clann verbannten."

Plötzlich wurde mir leichter zumute. Anscheinend hatte ich doch befürchtet, dass der Clann Dylan nicht richtig helfen würde.

„Danke, Dad", sagte ich und wollte aufstehen.

„He, erzähl mal, wie das Spiel gelaufen ist. Es tut deiner Mom und mir leid, dass wir nicht zusehen konnten."

Okay, Dad vielleicht. Aber wir wussten beide, was Mom von Sportarten hielt, bei denen die Gefahr bestand, dass Nachfahren ihre Fähigkeiten verrieten. „Ihr habt nicht viel verpasst. Ich war richtig mies. Bei allem, was im Moment so los ist ..."

„Fällt es dir schwer, dich auf das Spiel zu konzentrieren?"

Ich nickte.

„Tja, hoffentlich finden wir bald Antworten, mit denen wir alle zufriedenstellen können, sodass sich die Wogen glätten."

„Glaubst du wirklich, was du am Telefon gesagt hast? Dass die Morde vielleicht einen Angriff durch Vampire vortäuschen sollen?"

Dad hob kurz die breiten Schultern. „Es ist immer möglich, dass jemand die alten Ängste ausnutzen will. Soweit wir wissen, könnte auch ein Nachfahre dahinterstecken. Ich war mit deiner Mutter in der Leichenhalle. Ich habe die Leichen gesehen und ..." Er schluckte schwer und räusperte sich, bevor er weitersprach. „Sagen wir einfach, ich habe das Gefühl, dass die Situation nicht so offensichtlich ist, wie deine Mutter es gerne hätte."

„Ich verstehe ja, dass Vampire für uns gefährlich sind. Aber was soll dieser ganze Hass? Die Menschen hassen doch auch Löwen und Tiger nicht, weil sie sich wie Löwen und Tiger benehmen. Außerdem sind wir für die Vampire genauso gefährlich wie sie für uns."

Dad stützte einen Ellbogen auf den Schreibtisch und rieb sich träge über den Nacken. Schließlich sagte er: „Verrat deiner Mutter nicht, dass ich dir das gesagt habe, aber … sie hat bei dem letzten Krieg gegen die Vampire beide Großelternpaare verloren. Ihre Eltern stammten aus armen Familien, die benachbarte Farmen besaßen. Als ihre Eltern schon verheiratet waren, ging es den beiden Familien finanziell so schlecht, dass sie zusammengezogen sind, um wenigstens eine Farm zu retten. Eines Abends sind ihre Eltern mit ihr und ihrer Schwester in die Stadt gefahren. Als sie nach Hause kamen, waren alle anderen tot. Eine ganze Gruppe von Vampiren muss über das Haus hergefallen sein. Sie sagt, dass sie dieses Bild immer noch vor Augen hat." Seufzend fuhr sich Dad mit einer Hand über die Augen, unten denen tiefe Ringe lagen. „Es muss ein schrecklicher Anblick gewesen sein, besonders für ein kleines Kind. Sie hat immer noch manchmal Albträume davon."

Das Farmhaus aus Moms Gedanken letzte Woche, vor dem sie solche Angst hatte …

Ich stellte mir vor, ich würde nach Hause kommen und meine Familie ermordet vorfinden und wie wütend ich danach wäre. „Oh Mann."

Er nickte. „Und sie lebt nicht als Einzige mit solchen Erinnerungen. Die meisten von uns haben mindestens einen oder zwei Angehörige verloren. Das hat viele Narben hinterlassen. Vielleicht verstehst du jetzt, warum ein paar Worte nicht reichen, um die Leute dazu zu bringen, dass sie sich beruhigen und die Vergangenheit vergessen."

Nach langem Schweigen stand ich auf und wollte zur Tür gehen.

„Ach, übrigens", hielt Dad mich zurück. „Deine Mom ist nach Tyler gefahren, um deine Schwester abzuholen."

„Warum?" Konnte Emily nicht selbst fahren? War etwa ihr Auto kaputt?

„Emily hat sich eine böse Grippe eingefangen. Sie muss sich ständig übergeben. Also trink diese Woche reichlich Orangensaft und geh nicht in ihr Zimmer."

„Ist gut. Danke für die Warnung." Ich ging nach oben, um auf meinem Bett Musik zu hören und ein bisschen zu chillen. Aber meine Gedanken fanden keine Ruhe.

Der Anführer des Clanns zu sein hatte ich mir ganz anders vorgestellt. Ich hatte immer geglaubt, Dad könne alles bestimmen. Er müsse nur einen Befehl geben, und der Clann müsse gehorchen. Aber bei ihm klang es so, als wäre er in ein ganz normales Amt gewählt worden und müsse die Leute davon überzeugen, das Richtige zu tun.

Das war ganz sicher keine Aufgabe, die ich in nächster Zeit übernehmen wollte.

Er sollte sich wirklich überlegen, diese Rolle Emily zu übertragen. Sie hatte schon immer andere von ihrer Sichtweise überzeugen können. Das hatte sie so gut drauf, dass man nach einer halben Stunde dachte, man sei selbst auf die Idee gekommen. Und zwar ohne Zauber.

Vielleicht konnte ich mit ihm reden, damit er darüber nachdachte.

Als ich Lärm auf der Treppe hörte, streckte ich den Kopf durch die Tür. Mom und Emily hatten es gerade in den ersten Stock geschafft.

„Hey, Em. Tut mir leid, dass du so krank bist. Brauchst du Hilfe?"

„Nein, danke", grummelte sie, schlurfte in ihr Zimmer und ließ sich auf ihr Bett fallen.

„Sie wird schon wieder." Mom folgte ihr, in der Hand ein Glas mit einer trüben grünbraunen Flüssigkeit. Bestimmt war das ein scheußliches Gebräu aus Kräutern und Zaubern. „Sie muss nur das hier trinken und lange genug bei sich behalten, damit es wirken kann."

Emily krächzte: „Mom, so krank bin ich nicht. Ehrlich."

Ja, genau. Sie wollte nur nicht dieses fiese Zeug trinken, das Mom uns beim ersten Anflug einer Erkältung einflößte.

„Also bitte, du übergibst dich schon seit Stunden", widersprach Mom. „Jetzt sei still und lass deine Mutter mal machen."

Als ich die Tür schloss, war ich froh, dass ich nicht in Emilys Haut steckte. Ich wusste nicht, was schlimmer war – allein mit Grippe in seinem Wohnheimzimmer zu liegen oder Moms Kräutertrank schlucken zu müssen. Einen Vorteil hatte es immerhin: In den nächsten Tagen hatte Mom wahrscheinlich so viel mit Emily zu tun, dass sie die einzelnen Zweige des Clanns nicht weiter gegen Vampire aufstacheln konnte. Damit hatte Dad die Chance, alle zu beruhigen.

Ich stellte mir vor, wie Mom am Telefon hing und mit den Nachfahren sprach, und zuckte zusammen. Das würde echt übel enden. Nach ein paar Stunden hätte sie den Dritten Weltkrieg angezettelt. Und der schlauen Emily traute ich glatt zu, dass sie die Grippe nur vorspielte, damit Mom beschäftigt war und Dad nicht zu Maßnahmen gegen die Vampire antreiben konnte.

Abends ging ich zu Emilys Zimmer, um nach ihr zu sehen.

Den Geräuschen nach zu urteilen, kotzte sie sich nebenan im Badezimmer die Seele aus dem Leib.

Ich öffnete ihre Tür einen Spaltbreit und rief: „Em, geht es …"

„Verschwinde", stöhnte sie.

Ich zog die Tür vorsichtig zu und wich zurück. Eigentlich hätte ich wissen müssen, dass sie so üble Laune hatte, wenn sie krank war.

Sie würde sich niemals einfach so geschlagen geben.

30. KAPITEL

Die restliche Woche verlief relativ friedlich, zumindest in der Schule. Anscheinend hatten entweder Dad oder Savannah Dylan und den Zwillingen richtig Angst gemacht, denn sie ließen Savannah in Ruhe.

Dafür war es zu Hause alles andere als ruhig. Moms Kräutertrank wirkte nicht. Außerdem stritten sich Emily und Mom täglich darüber, ob Emily ins Krankenhaus gehen sollte oder wenigstens zu Dr Faulkner, damit er sie sich mal ansah. Sie konnte kaum etwas bei sich behalten. Emily hasste Nadeln. Deshalb wunderte es mich nicht, dass sie nicht zum Arzt gehen wollte. Irgendwann würde sie trotzdem nachgeben; außer Dad konnte niemand lange gegen meine Mom standhalten. Emily hatte ihren Stolz. Wahrscheinlich wollte sie längst zum Arzt gehen und weigerte sich nur, um Mom zu zeigen, dass sie jetzt selbst über sich bestimmte.

Es war nicht das erste Mal, dass Emily und Mom aneinanderrasselten, und es würde nicht das letzte Mal sein. Das Sicherste für Dad, mich und alle unbeteiligten Zuschauer war, sich vom Schlachtfeld fernzuhalten, bis entweder eine Siegerin feststand oder sie einen Waffenstillstand beschlossen.

Aber als ich Freitagnachmittag nach Hause kam und hörte, wie sie in ihrem Zimmer weinte, hielt ich es nicht mehr aus.

Ich klopfte bei ihr an. Schniefend fragte sie: „Was willst du, Tristan?"

Ich öffnete die Tür ein kleines Stück. „Woher wusstest du, dass ich es bin?"

„Weil Mom einfach reinplatzt und Dad sich nicht aufs Minenfeld traut."

Jetzt öffnete ich die Tür weiter. „Wie geht es dir? Kann ich dir irgendwas besorgen? Die letzte *Cosmo*, eine Augenmaske, Nasenspray?" Sie sah wirklich schlimm aus. Ihr Gesicht war so stark geschwollen, dass ihre Augen kaum zu sehen waren. Ihre Nase war knallrot, als hätte sie sich so oft geschnäuzt, dass sie sich die oberste Hautschicht abgerubbelt hatte.

Seufzend verdrehte sie die Augen. „Ich weiß, dass ich beschissen aussehe."

„Ich will mich ja nicht auf Moms Seite schlagen, aber vielleicht solltest du wirklich zum Arzt gehen." Moms Kräutertrank war zwar scheußlich, aber er hatte uns jedes Mal nach ein, zwei Tagen geheilt.

„Ich weiß. Ich hätte schon gestern gehen sollen." Sie starrte aus dem Fenster in der Wand gegenüber. „Ich will einfach nicht Moms selbstzufriedenen Blick sehen, wenn ich nachgebe."

Ich verkniff mir ein Lächeln. „Also leidest du lieber. Das ist ja sehr erwachsen."

Sie warf ein Kissen nach mir, aber so weit daneben, dass es nur die Wand traf.

Auf ihrem Nachttisch piepste ihr Handy. Sie griff danach und las reglos die SMS.

„Machen sich deine Freunde vom College Sorgen um dich?" Als sie verwirrt aufsah, deutete ich mit einem Nicken auf ihr Handy.

„Ach so. Ja. Ich habe auf Facebook gepostet, dass ich krank bin, damit sie nicht glauben, ich wäre schon tot. Jetzt schreiben sie mir was dazu."

„Na, Kopf hoch, Schwesterchen. Normalerweise ist eine Grippe nach ein paar Tagen ausgestanden. Bald müsste es dir wieder besser gehen."

Ihr traten Tränen in die Augen. „Stimmt. Ich weiß." Sie wollte ein Papiertuch nehmen, aber die Schachtel stand zu weit weg. Ich hielt sie ihr hin. Ihr „Danke" drang gedämpft durch das zerknüllte Kleenex.

Ich setzte mich auf ihre Bettkante, um mit ihr zu reden, und wollte ihr Handy zur Seite legen.

Sofort riss sie es mir aus der Hand und stopfte es unter ihre Decke.

„Ein bisschen paranoid, was?", meinte ich. „Ich wollte es gar nicht lesen."

„Nein, ich weiß." Sie sah mich nicht mal an. „Ich habe nur ... ein paar Freunde, die Mom nicht gefallen würden, und je weniger du über sie weißt, desto weniger kann Mom aus deinen Gedanken lesen."

„Was für Freunde meinst du?" Ich hatte gehört, dass manche

357

Collegestudenten mit Drogen und so was anfingen, wenn sie nicht zu Hause waren, aber Emily war nicht der Typ dafür. Ihr Verstand war ihr zu wichtig, als dass sie einen Hirnschaden riskieren würde.

„Ach, du weißt schon. Rocker. Computernerds. Videospielfreaks. Leute, die für sie nicht ‚cool' genug sind."

Mom war es wahnsinnig wichtig, dass unsere Familie ein gutes Image hatte. Manchmal hatte ich das Gefühl, dass sie als Mädchen eine Außenseiterin gewesen war und jetzt durch ihre Kinder leben wollte.

„Hast du immer noch Fieber?" Ich fühlte ihr die Stirn, wie Mom es bei mir gemacht hatte, wenn ich mir mal ein Virus eingefangen hatte. „Ja, du fühlst dich warm an. Ich hol dir ein paar Medikamente."

Als ich aufstand, winkte sie ab. „Spar dir die Mühe. Davon wird mir nur schlecht. Es kommt sofort wieder hoch."

„Wie oft musst du denn spucken?"

Sie legte den Kopf auf ihr Kissen und schloss die Augen. „Ich habe aufgehört zu zählen. Fast durchgehend tags und nachts, ich schlafe immer nur kurz ein. Ich habe mich so oft übergeben, dass mich meine Bauchmuskeln fast umbringen. Dabei hätte ich vorher geschworen, dass ich schon genug trainiere."

Langsam kam ich mir nutzlos vor. Ich holte ihr ein Glas frisches Wasser aus dem Bad. „Wir wäre es mit diesem Grippemittel zum Trinken? Ich glaube, das hat sich Dad letztes Mal besorgt, als er krank war und Mom nichts mitbekommen sollte." Nicht mal Dad konnte ihren Kräutertrank ausstehen.

Sie verzog das Gesicht. „Wir können es versuchen. Aber wahrscheinlich spucke ich das auch wieder aus."

Ich lief nach unten in die Küche und fand das Mittel hinter Dads geheimem Junkfood-Vorrat. Er hatte die Sachen in der Klappe über dem Kühlschrank versteckt, an die Mom nicht herankam, weil sie zu klein war. Ich machte eine Tasse Wasser in der Mikrowelle heiß, rührte das Mittel laut Anleitung ein und brachte es Emily nach oben.

„Am Kühlschrank klebt ein Zettel von Mom. Anscheinend will

sie ein paar neue Kräuter an dir ausprobieren. Sie hat geschrieben, dass sie zum Einkaufen in die Stadt gefahren ist."

„Toll." Mit finsterer Miene tippte sie auf ihrem Handy herum. So kannte ich sie gar nicht.

„Du bist ja abhängig von dem Ding", zog ich sie auf.

Als Antwort grummelte sie nur. Als ich die dampfende Tasse auf ihren Nachttisch stellte, sah sie mich kaum an.

„Kann ich meiner Grippeprinzessin noch etwas holen?", fragte ich.

„Nein. Danke, Tristan." In jeder anderen Woche hätte ihr Lächeln normal gewirkt. Heute sah es so aus, als müsste sie sich dazu zwingen. „Vielleicht gehe ich nachher mal raus an die frische Luft."

„Dann zieh dich warm an und geh nicht zu weit", warnte ich. „Draußen hat es höchstens zehn Grad."

Wenn Mom erst zu Hause war, würde sie Emily sowieso nicht aus dem Haus lassen.

„Bist du nachher noch zu Hause?", fragte sie, während ihre Daumen über die Handytastatur flogen.

„Keine Ahnung. Wieso?"

Sie zuckte schwach mit einer Schulter. „Heute ist Freitag. Ich mache mir nur Sorgen, dass du gar kein Leben mehr hast, seit du abgeschossen worden bist. Zwei Mal."

Autsch. „Weißt du was? Die Grippe bringt deine Gemeinheit richtig schön zur Geltung."

Sie seufzte. „Tut mir leid. Ich wollte nur sagen, dass du mal rausgehen und was unternehmen solltest. Das Leben besteht nicht nur aus Football und Savannah."

Jetzt musste ich grummeln. „Mach dir um mich keine Sorgen. Ruh dich lieber aus."

Später kam Mom nach Hause und sah nach Emily. Ihre Stimmen schallten über den Flur.

„Ach, Emily", seufzte Mom. „Ich komme gerade aus dem Laden. Warum hast du nicht vorher gesagt, dass du Sprite und Cracker brauchst?"

„Weil ich es vorher noch nicht wusste", erklärte Emily. „Ich habe es gerade auf Facebook gelesen, da hat es jemand empfohlen. Es soll bei Magengeschichten helfen. Na ja, bei einer Lebensmittelvergiftung wahrscheinlich nicht. Aber es soll den Magen beruhigen, bis das Virus ausgestanden ist."

Mom stand im Türrahmen von Emilys Zimmer. „Ich verstehe einfach nicht, warum die Heiltrunke dieses Mal nicht wirken."

„Ach, ich fühlte mich schon gar nicht mehr so krank. Es geht mir schon viel besser. Nur mein Magen macht noch Probleme."

Anscheinend wirkte das Grippemittel. Dad würde sich freuen, dass sein Medikament besser funktionierte als Moms Kräuter und Magie.

„Hm. Vielleicht hast du doch Dads nervösen Magen geerbt", überlegte Mom. „In letzter Zeit isst er Magentabletten, als wären sie Bonbons." Sie seufzte und fuhr sich mit einer Hand über die Stirn. „Na gut, ich fahre noch mal los und hole dir Sprite und Cracker."

„Von Saltines, steht da", erklärte Emily.

„Okay. Cracker von Saltines. Verstanden. Ich glaube, ich rufe unterwegs euren Vater an und frage, ob er auch etwas braucht."

„Danke, Mom."

Meine Zimmertür ging auf, und Mom streckte den Kopf herein. „Ich fahre einkaufen. Willst du mitkommen?"

„Klar." Was hatte ich sonst schon zu tun? Jedenfalls wartete keine heiße Verabredung auf mich. Oder sonst irgendwas, nachdem die Footballsaison vorbei war. Man konnte ja nicht ewig Sport machen oder Musik hören.

Ich zog meine Stiefel an, verabschiedete mich kurz von Emily und lief nach unten durch die Küche und in die Garage.

Aber als ich die Beifahrertür von Moms Auto öffnete, ging mir auf, dass ich auf keinen Fall am Freitagabend mit meiner Mutter in einen Supermarkt gehen konnte. Man konnte sich für eine Weile nicht verabreden, klar. Aber das hier wäre gesellschaftlicher Selbstmord gewesen.

„Ach, ich glaube, ich bleibe doch lieber hier", sagte ich durch die offene Tür zu Mom. „Du weißt schon, falls Emily was braucht. So krank sollte sie nicht allein bleiben."

Mom runzelte kurz die Stirn, dann zuckten ihre Mundwinkel. „Ach ja, genau. Freitagabend. Nein, da soll dich natürlich niemand mit deiner Mutter beim Einkaufen sehen."

Ich lächelte verlegen und schlug die Tür zu, damit sie losfahren konnte. Was könnte man heute Abend unternehmen? Ich überlegte.

Mein Auto. Das konnte wirklich etwas Zuwendung vertragen. Normalerweise machte ich es alle paar Wochen sauber, aber in letzter Zeit war ich nicht dazu gekommen. Das konnte ich doch jetzt machen.

Als ich vornübergebeugt das staubige Armaturenbrett abwischte, fiel mir eine Bewegung vor der Garage auf. Da war Emily. Anscheinend ging es ihr gut genug, um ein bisschen frische Luft zu schnappen, das hatte sie vorhin ja schon überlegt.

Sie trug Socken, Hausschuhe, ihren langen Wollmantel und einen Schal. Als ich sah, dass sie warm genug angezogen war, wollte ich mich gerade abwenden.

Aber da kam ein Typ zu Fuß um das Haus herum. Er trug eine Stoffhose, Halbschuhe, einen langen Wollmantel und einen Schal mit Schottenmuster und sah aus, als wäre er in Emilys Alter. Irgendwoher kannte ich ihn, aber er war nicht auf unsere Schule gegangen. Einer von Emilys Freunden, der ein College in Jacksonville besuchte? Es gab hier zwei Colleges für die ersten beiden Studienjahre und eine theologische Hochschule. Vielleicht studierte er hier oder zusammen mit Emily in Tyler.

Auf jeden Fall schien Emily ihn zu kennen. Sie umarmte ihn, bevor die beiden sich unterhielten. Sie hatte die Hände in den Manteltaschen vergraben und lächelte manchmal. Bei einem Fremden hätte sie nicht so entspannt gewirkt.

Dad kam in seinem Auto nach Hause und parkte neben der Garage, wahrscheinlich, damit Mom den letzten freien Platz nehmen und ihre Einkäufe direkt ausladen konnte. Ich dachte, er würde ins Haus gehen, aber er unterhielt sich mit Emily und dem Fremden. Nach ein paar Minuten schlenderten alle nach hinten in den Garten.

Hm. Vielleicht war der Typ ja ein Geschäftspartner von Dad.

Zum Glück hatte mich niemand in meinem Auto entdeckt. So

blieb es mir erspart, rauszugehen und Small Talk zu machen. Ich konnte einfach unauffällig in mein Zimmer verschwinden.

Mein Plan ging auf. Zwei Stunden lang hing ich friedlich vor dem Fernseher ab, erst dann kam Emily endlich nach oben. Zwei Minuten später ruinierte sie mit ihrem Schnarchen die friedliche Stille im ersten Stock. Anscheinend hatte die frische Luft sie vollkommen erschöpft. Irgendwann musste ich mal ihr Schnarchen aufnehmen. Damit könnte ich sie wunderbar erpressen. Grinsend stellte ich den Fernseher lauter, um das Sägewerk gegenüber zu übertönen.

Eine halbe Stunde später kam Mom nach Hause. Weil mir langweilig war, ging ich nach unten. Ich wollte sehen, ob sie noch etwas anderes als Medikamente und die Sachen für Emily geholt hatte. Manchmal hatte ich Glück und Dad hatte sie gebeten, Junkfood mitzubringen. Er war der Einzige, für den sie solches Zeug kaufte, aber wenigstens hatte er Mitleid mit seinen Kindern und teilte mit uns.

„Oh, gut", sagte Mom mit Plastiktüten in beiden Händen. „Du kannst mir beim Auspacken helfen."

„Wolltest du nicht nur Sprite und Cracker holen?"

„In diesem Haushalt? Unmöglich!"

Ich holte die letzten sechs Tüten aus dem Kofferraum, schlug den Deckel mit einem Ellbogen zu und schleppte den Einkauf in die Küche.

„Dein Vater", grummelte sie, als sie die Einkäufe wegräumte. „Er hat mir eine ellenlange Liste für Junkfood mitgegeben. Sieh dir das mal an! Muffins, Haferkekse, Cremeplätzchen. Wenn er so weitermacht, bekommt er einen Herzinfarkt, bevor er sechzig ist!"

„Quatsch. Dad stirbt nie. Er wird der erste Nachfahre, der ewig lebt." Grinsend reichte ich ihr noch mehr Schachteln an, damit sie sie einräumen konnte. „Aber wenn du dir Sorgen machst, kannst du ihn ja wieder auf Diät setzen."

„Ha! Als würde das funktionieren. Du weißt doch, wie dickköpfig er ist. Er würde nur Essen ins Haus schmuggeln und in seinem Schreibtisch im Arbeitszimmer verstecken. Er glaubt ja tatsächlich, das würde ich nicht merken!" Sie warf einen Blick auf ihre Uhr und runzelte die Stirn. „Es ist schon spät. Ich fange lieber mit dem

Abendessen an. Frag mal deinen Vater, was er zu den Koteletts haben möchte."

„Okay." Ich ging zu Dads Arbeitszimmer und klopfte an die geschlossene Tür. Keine Antwort. Sicherheitshalber öffnete ich die Tür und sah nach. Kein Licht, und als ich das Licht eingeschaltet hatte, auch kein Dad.

Ich ging durch den Flur ins Wohnzimmer. Alles war still, der Fernseher war ausgeschaltet, das Licht brannte nicht. Ich schaltete eine Lampe ein, um zu sehen, ob Dad vielleicht auf dem Sofa eingeschlafen war. Am Wochenende passierte ihm das manchmal.

Dad war nirgends zu sehen.

Vielleicht war er nach oben gegangen, um sich umzuziehen. Ich lief die Treppe hinauf, klopfte an die Schlafzimmertür und sah im Zimmer nach. Auch hier war Dad nicht.

Ich ging nach unten in die Küche. „Ich kann ihn nicht finden. War er noch draußen, als du nach Hause gekommen bist?"

„Nein. Wir haben nicht mal zehn Grad. Warum sollte er draußen sein?"

Ich zuckte mit den Schultern. „Vorhin habe ich ihn mit Emily und irgendeinem Typen gesehen. Ich dachte, es wäre vielleicht ein Geschäftspartner von Dad. Emily kannte ihn anscheinend."

„Vor ein paar Minuten war jedenfalls niemand draußen. Nur sein Auto."

Ich öffnete die Tür zur Garage und sah durch die Fenster hinaus. Im Licht der Garage war Dads Auto immer noch zu erkennen. „Sein Auto steht noch da. Ob er mit diesem Typen weggegangen ist?"

„Ohne mir Bescheid zu sagen, dass er nicht pünktlich zum Abendessen kommt? Das würde er nicht machen." Seufzend nahm Mom das schnurlose Telefon von der Wand und wählte. Nach einem Moment verfinsterte sich ihre Miene. „Samuel Coleman, ich hoffe für dich, dass dein Handy tot ist. Denn wenn du mich nicht anrufst oder sofort nach Hause kommst, bist du tot! Wo bist du?" Sie drückte das Gespräch weg, überlegte kurz und schnipste mit den Fingern. Es klang, als hätte sie einen Ast zerbrochen. „Hol eine Taschenlampe und deine Jacke und sieh mal auf der Lichtung nach.

Er ist bestimmt da draußen."

Ich warf einen Blick auf die Uhr. „Bisschen spät zum Zaubern, oder?" Ich zog meine Jacke und ein Paar Stiefel von Dad an, die er in der Garage gelassen hatte.

„Ach, du kennst doch deinen Vater. Er übt da draußen gerne seine Reden für die Vorstandssitzungen. Angeblich hilft ihm der Kieferndruft beim Denken. Vielleicht hat er die Zeit vergessen."

Und auf der Lichtung hatte man keinen Handyempfang. „Ist gut. Bin gleich wieder da."

„Beeil dich. Und denk an die Taschenlampe. Warte! Du brauchst einen Vampirtalisman."

Seufzend nahm sie ihren ab.

„Mom, mir passiert schon nichts." Bis auf den Garten hinter dem Haus, den man in zehn Sekunden durchquert hatte, war das ganze Grundstück vor Vampiren geschützt.

„Leg ihn an. Dein Vater ist da draußen mit den ganzen Schutzzaubern auf der Lichtung in Sicherheit, aber du wärst unterwegs ungeschützt. Ich weiß: Du glaubst, du wärst genauso stark wie dein Vater. Aber du lernst noch. Also nimm den Talisman, diskutier nicht und geh bitte deinen Vater suchen." Das Ende kam in einem atemlosen Rutsch und klang ziemlich schroff.

Ich nahm das blöde Armband und legte es mir an. Dann ging ich durch die Garage nach draußen und lief durch den Garten. Am Waldrand wurde ich langsamer und schaltete die Taschenlampe ein. Meistens sickerte genug Mondlicht durch die Äste der Kiefern, dass man den Weg erkennen konnte. Aber heute Nacht war der Mond nicht zu sehen.

Deshalb wäre ich fast auf seine Hand getreten.

31. KAPITEL

Er lag quer auf dem Weg, direkt am Rand der Lichtung. Ich hätte mir noch vorstellen können, dass er auf einem Stein saß, aber nie, dass er flach auf dem Rücken liegen würde. Nicht mal auf der Lichtung.

„Dad!" Ich hockte mich neben ihn und schüttelte ihn an der Schulter. Sein Kopf sackte zu meiner Seite, die Augen weit aufgerissen und matt, kein Schimmer, kein Anflug von dem Funkeln, das sonst in seinem Blick lag.

„Dad?" Ich hielt den Atem an und legte eine Hand auf seine Brust.

Nichts. Kein Heben und Senken, wenn er atmete. Kein Herzschlag. Und er war kalt.

Noch wollte ich es nicht glauben. Ich tastete seinen Hals ab. Kein Puls.

„Dad!" Ich drückte beide Hände auf seine Brust und versetzte ihm einen Energiestoß, wie es Dr. Faulkner im Frühjahr bei Savannahs Großmutter getan hatte. Aber es ließ sein Herz nicht wieder schlagen. Ich versuchte es noch einmal. Ich wollte, dass er blinzelte, atmete, keuchte, irgendwas. Aber im Innersten wusste ich, dass ich zu spät kam. Trotzdem musste ich es versuchen.

Ich konnte nicht mehr zählen, wie ich oft ich versucht hatte, sein Herz wieder zum Schlagen zu bringen, als ich schließlich aufgab. Er war tot.

Ich sah die Wunden an seinem Hals. Und wusste, was passiert war. Aber auch das wollte ich nicht glauben.

Mein Dad, der vierte Coleman, der den Clann angeführt hatte, wäre nie von einem Vampir besiegt worden. Völlig unmöglich. Vor allem nicht hier auf der Lichtung, umgeben von einigen der stärksten Schutzzauber der Welt. Die Magie an diesem Ort sollte Hunderte Nachfahren zugleich schützen. Kein Vampir hätte die Lichtung betreten können, ohne dass ein Nachfahre es ihm erlaubt hätte, so wie ich bei Savs Dad, als wir aus Frankreich zurückgekommen waren. Und selbst wenn die Schutzzauber versagt hätten: Dad wäre zu stark und zu erfahren gewesen. Er hätte sich gewehrt, und Emily und ich hätten die Energie gespürt und ihm helfen können.

Es musste eine Falle gewesen sein.

Ich starrte ihn an, sah seine Augen, den gebrochenen Blick, und konnte immer noch nicht glauben, dass er tot war. Meine Augen brannten, die Brust hatte sich so zusammengeschnürt, dass ich kaum atmen konnte. Er hätte doch ewig leben sollen, oder wenigstens, bis er achtzig oder neunzig war. Ich hätte noch jahrzehntelang von ihm lernen sollen. Er war unbesiegbar, der mächtigste und begabteste Zauberer des ganzen Clanns.

Obwohl ich wusste, dass er tot war und ich ihn nicht retten konnte, wollte ich ihn nicht hier liegen lassen. Aber ich musste. Ich hatte kein Handy mitgenommen, und Dads war nirgendwo zu sehen. Ich musste zum Haus gehen und es Mom sagen.

Mom.

Ich dachte daran, wie sie auf den Tod ihrer Schwester reagiert hatte. Dad zu verlieren würde sie schlichtweg nicht verkraften. Ich wusste ja selbst nicht, wie ich es verkraften würde, wenn der Schock nachließ. Bis jetzt war es für mich noch nicht real. Ich wollte nicht, dass es real war.

Ich folgte dem Weg zum Haus und lief über den Rasen. Viel zu schnell hatte ich die kleine Treppe vor der Küche erreicht und betrat das Haus.

„He, hast du ..." Mom stand vor dem Herd und drehte sich zu mir um, in einer Hand einen Pfannenschieber, in der anderen ein Glas Rotwein.

Sie sah mich an und las die Gedanken, die ich vor lauter Panik nicht verbergen konnte.

Dann schüttelte sie den Kopf. „Nein. Er ist zu stark."

„Mom", sagte ich mit erstickter Stimme, mehr brachte ich nicht heraus. Ich ging langsam zu ihr.

„Nein", flüsterte sie. Sie ließ das Weinglas fallen. Es zerschellte auf dem Boden und überzog uns, die Fliesen und die Schränke mit roten Spritzern wie nach einem blutigen Angriff.

Ich wollte sie in die Arme nehmen und versuchen, sie zu trösten. Ich wusste, dass ich stark sein und sie stützen musste, so wie Dad letzte Woche bei der Beerdigung ihrer Schwester. Aber sie drängte sich an mir vorbei und lief aus der Tür, ohne ihren Mantel oder auch nur eine Taschenlampe mitzunehmen.

Ich musste rennen, um sie einzuholen. Nicht mal als sie den dunklen Wald erreichte, wurde sie langsamer. Auf halbem Weg zur Lichtung stolperte sie über einen Ast. Wenn ich sie nicht am Ellbogen festgehalten hätte, wäre sie gefallen. Ohne etwas zu sagen, riss sie sich los und rannte weiter.

Ich leuchtete gerade noch rechtzeitig mit der Taschenlampe, bevor sie über ihn stolperte.

Im ersten Moment stand sie nur da. Dann schrie sie gellend auf. Wenn es die irischen Todesfeen aus den alten Geschichten wirklich gegeben hatte, hatten sie so geklungen. Sie fiel neben ihm auf die Knie, und ich musste an den furchtbaren Tag denken, an dem Savannahs Großmutter in ihren Armen gestorben war. Wieder war ich völlig hilflos. Und wieder konnte ich nichts sagen, um es uns irgendwie leichter zu machen.

Ich ging zu meiner Mutter und wollte sie umarmen, aber sie stieß mich weg.

„Er ist nicht tot", knurrte sie. Sie klang nicht mehr wie die Mutter, die ich kannte, sondern wie ein wildes Tier. Sie hatte mir oft Angst gemacht, vor allem, wenn ich etwas angestellt hatte. Aber so unmenschlich hatte sie noch nie geklungen.

Sie probierte einen Zauber nach dem anderen an Dad aus, und die Lichtung und der Wald wurden von ihrer Magie und ihrem Willen erfüllt.

„Mom, er ist tot."

„Nein, ist er nicht! Ich brauche nur den richtigen Zauber. Dein Vater ist zu stark, um zu sterben. Er ist noch nicht fort. Wenn ich den richtigen Zauber finde, kann ich ihn zurückholen."

Aber niemand kannte mehr die alten Clann-Zauber, die bis in die Zellen des Körpers wirkten, und wir wussten nicht mehr, wie man Tote zum Leben erweckte. Niemand konnte Dad zurückholen.

Hätten wir doch nur schon vor ein paar Stunden nach ihm gesehen ...

Wäre ich doch nur rausgegangen und hätte mit ihm und Emily

und dem Fremden gesprochen ...

Emily. Sie wusste es noch nicht.

„Mom, wir müssen es Emily sagen."

„Wir sagen ihr gar nichts. Er ist nicht tot."

Ich berührte sie an der Schulter, damit sie zu sich kam. Zischend schlug sie meine Hand weg. „Lass uns allein!" Sie beugte sich über Dads Leiche und flüsterte: „Komm zurück zu mir, Samuel. Ich bin jetzt hier. Ich verlasse dich nicht. Ich weiß, dass du mich noch hören kannst. Komm jetzt zurück zu mir."

Ich konnte sie nicht hierlassen. Vielleicht war Dads Mörder, wer oder was es auch war, noch in der Nähe. Aber ich wusste auch, dass ich Emily holen musste. Schon jetzt würde sie uns nicht verzeihen, dass wir sie nicht früher geholt hatten. Genau wie Mom würde sie glauben, sie hätte ihn irgendwie retten können.

Und der Clann. Ich musste die Ältesten anrufen und ihnen sagen, dass wir keinen Anführer hatten, weil Dad gestorben war ...

Mein Dad war tot ... Ich überlegte, Mom zurück zum Haus zu tragen. Zierlich genug war sie. Aber sie würde sich wehren.

Sie drückte immer wieder mit den Handballen auf seine Brust. Ich konnte das nicht mit ansehen. Was sie mit Dad machte, war sinnlos. Niemals würde sie ihn so zurückholen. Jeder andere konnte sehen, dass er tot war.

„Mom, es ist zu spät", versuchte ich es noch einmal.

Sie schubste mich mit beiden Händen weg, und ich musste mich an einem Baum festhalten, um nicht zu fallen. Sie war wie besessen. Man konnte sie nicht zur Vernunft bringen oder beruhigen. Und sie ließ sich nicht von hier wegbringen, wenigstens nicht von mir. Nicht ohne Gewalt.

Das konnte ich ihr nicht auch noch antun. Auch wenn sie im Moment außer sich war, konnte ich mir meine Mutter nicht wie ein Höhlenmensch über die Schulter werfen.

Ich musste zum Haus laufen, Dr. Faulkner anrufen und Emily dazu bringen, mit in den Wald zu kommen, und das alles so schnell wie möglich.

Ich nahm Moms Talisman ab und legte ihn ihr um ein Handgelenk. Helfen würde er wahrscheinlich nicht. Wenn Dad wirklich von einem Vampir ermordet worden war, war es trotz der Schutzzauber auf der Lichtung passiert. Trotzdem musste ich versuchen, sie zu schützen, so gut es ging. Ich ließ auch die Taschenlampe bei ihr und legte sie eingeschaltet so auf den Boden, dass sie zum Haus zeigte. Vielleicht half sie Mom. Außerdem würden die anderen Nachfahren sie so leichter finden.

Dann rannte ich zurück, so schnell ich konnte, schneller als bei jedem Footballspiel, bis ich vor Dads Schreibtisch stand. Ich durchsuchte die Schubladen nach seinem Notizbuch aus schwarzem Leder, das die Namen, Adressen und Telefonnummern aller Nachfahren enthielt.

Dr. Faulkner meldete sich schnell. Nachdem ich ihm von Dad erzählt hatte, schwieg er einen Moment. Schließlich sagte er: „Ich bin schon unterwegs. Hast du sonst noch jemanden angerufen?"

„Nein. Ich muss wieder auf die Lichtung. Mom wollte ... Dad nicht alleinlassen."

„Gut. Ich rufe gleich alle anderen an. Kümmere du dich nur um deine Mutter und deine Schwester, bis wir kommen."

Ich legte das Telefon weg, rannte aus dem Arbeitszimmer zum Fuß der Treppe und brüllte nach Emily.

Keine Antwort. Wahrscheinlich schnarchte sie so laut, dass sie mich nicht hörte. Sie hatte schon immer einen tiefen Schlaf gehabt.

Sollte ich nach oben laufen und es ihr sagen?

Nein, ich musste Mom beschützen.

Aber dann wäre Emily allein im Haus. Was, wenn Dads Mörder herkam und sich Emily schnappte?

Fluchend lief ich nach oben, nahm immer zwei Stufen auf einmal, stürzte in Emilys Zimmer und rüttelte sie wach.

„Was ...", grummelte sie schläfrig. Sie stützte sich auf einen Ellbogen und rieb sich die Augen.

„Emily, wach auf. Es geht um Dad."

Sie runzelte die Stirn und blinzelte. „Was? Was ist los? Ist er zu Hause? Sag Mom, dass ich echt keinen Hunger habe, ja?"

Was redete sie da? Sie wusste doch, dass er zu Hause war. Ich hatte gesehen, wie sie vor dem Haus mit ihm gesprochen hatte.

Sie war wohl noch im Halbschlaf. „Emily, du musst aufwachen.

Steh auf und zieh dich an. Der Clann ist auf dem Weg, aber ich muss wieder auf die Lichtung, um Mom zu beschützen, bis die anderen kommen. Und du musst mitkommen. Sonst kann ich euch nicht beide beschützen."

Sie kämpfte sich hoch und zog sich einen Morgenmantel aus Fleece über. „Tristan, ich schwöre dir, wenn du mich verarschen willst, werde ich ..."

„Sag's nicht", unterbrach ich sie. „Es ist ernst. Dad ist draußen auf der Lichtung. Er ... er ist ..." Ich holte tief Luft und schob meine Gefühle für den Moment beiseite. „Er ist tot, Em. Er ist wirklich tot."

Sie riss die Augen auf, rannte nach unten und in die Küche. Als sie in der Garage ihre Gummistiefel anzog, hielt ich sie fest. Sie sah nicht mal nach Spinnen, obwohl sie Schuhe sonst ewig ausklopfte, bevor sie ihre nackten Füße hineinsteckte.

Dann liefen wir los, so schnell es ihre übergroßen Schuhe erlaubten.

Als sie Mom neben Dads Leiche sah, keuchte sie auf und fiel neben unseren Eltern auf die Knie. Und endlich erlaubte Mom jemandem, sie in den Arm zu nehmen. Sie vergrub das Gesicht an Emilys Schulter.

Dr. Faulkner fand uns zuerst, dicht gefolgt von Officer Talbot. Sie untersuchten Dad, stellten fest, dass er wahrscheinlich schon seit Stunden tot war, und blieben bei uns, bis ein Krankenwagen ihn abholte. Erst jetzt schaffte Emily, was uns anderen nicht gelungen war. Sie holte Mom von seiner Seite weg, führte sie zurück zum Haus und brachte sie ins Bett, nachdem sie ihr eine Schlaftablette gegeben hatte. Wahrscheinlich wäre die Tablette gar nicht nötig gewesen. Nachdem Mom versucht hatte, Dad zurückzuholen, war sie völlig erschöpft.

Während sich Emily um Mom kümmerte, sprach ich in der Küche mit Officer Talbot und Dr. Faulkner. Ihr Tonfall war ruhig, aber sie stellten mir immer wieder die gleichen Fragen.

Und ich gab ihnen immer wieder die gleichen Antworten.

„Ich weiß nicht, wer dieser Mann war. Er war ordentlich angezogen: Stoffhose, glänzende Halbschuhe, langer schwarzer Wollmantel. Sein Auto habe ich nicht gesehen – er hat wohl vorne geparkt und ist zu Fuß nach hinten gekommen. Ich glaube, Emily kennt ihn. Sie hat ihn zur Begrüßung umarmt. Fragen Sie Emily nach ihm. Ich habe nicht gehört, was sie gesagt haben. Ich weiß nicht, was er wollte. Er war gegen fünf hier."

Irgendwann kam Emily herunter, und Officer Talbot ging mit ihr in den Eingangsbereich. Aber ich konnte hören, was sie antwortete.

„Ich sage Ihnen doch, hier war niemand. Ich habe Dad nicht zu Hause gesehen", beharrte sie. „Ich war krank und habe den ganzen Tag in meinem Zimmer geschlafen. Fragen Sie meine Mutter, sie kann es Ihnen bestätigen."

Ich wusste ja, dass Emily gut lügen konnte, aber damit setzte sie neue Maßstäbe. Als ich ihr eine Weile zugehört hatte, hätte ich sie erwürgen können.

„Hör auf mit dem Mist, Emily." Ich schob mich an Dr. Faulkner vorbei und ging zu ihr. „Sag ihnen einfach die Wahrheit. Hier geht es um unseren Vater. Du und dieser Typ habt Dad als Letztes lebend gesehen. Also sag ihnen, wie es war!"

Ihr kamen die Tränen, und sie verzog das Gesicht. „Aber ich sage doch die Wahrheit! Ich weiß noch, dass Mom einkaufen gefahren ist und du mitfahren wolltest. Danach bin ich eingeschlafen, und plötzlich rüttelst du mich wach und sagst mir, dass Dad ..."

„Willst du damit sagen, du weißt nicht mehr, dass du Mantel, Schal und Hausschuhe angezogen hast, um dich draußen fast zwei Stunden lang mit Dad und einem Fremden zu unterhalten?"

„Nein."

„Nein, du weißt es nicht mehr, oder nein, du hast das nicht gemacht?" Ich versuchte ihre Gedanken zu lesen, aber sie waren wie immer völlig abgeschottet.

Hatte sie vielleicht schlafgewandelt? Soweit ich wusste, hatte sie das noch nie gemacht. Aber sie wirkte ziemlich fertig. Vielleicht hatten das Grippemittel oder Moms Kräutertrank oder beides zusammen Emily durcheinandergebracht.

„Ist deine Schwester Schlafwandlerin?", fragte Officer Talbot.

Gleichzeitig leuchtete Dr. Faulkner mit einer kleinen Lampe, die er aus der Tasche gezogen hatte, in Emilys Augen. „Emily, hast du öfter Aussetzer oder hörst von anderen, dass du etwas gemacht hast, woran du dich nicht erinnern kannst?"

„Nein." Die Tränen strömten ihr über die Wangen. „Und ich würde mich doch wohl daran erinnern, wenn jemand meinem Dad etwas getan hat."

„Pass auf, ich sage nur, was ich gesehen habe und was ich weiß", erklärte ich. „Vielleicht hat jemand oder etwas deine Erinnerung durcheinandergebracht. Aber ich war hellwach. Ich bin nicht krank und habe auch keine Medikamente genommen oder etwas getrunken, und ich weiß, was ich gesehen habe. Er war ziemlich jung, Anfang zwanzig vielleicht, hatte dunkelblondes Haar, hinten und an den Seiten kurz und oben etwas länger. Er war ungefähr so groß wie du, vielleicht ein Stückchen größer."

Emily runzelte die Stirn. Sie wusste etwas.

„Kennst du jemanden, der so aussieht?", fragte ich sie.

Sie schüttelte den Kopf. „Nein." Aber in ihrer Stimme schwang ein gewisser Unterton mit, ein Hauch Unsicherheit, der nur jemandem aus ihrer Familie auffallen konnte. Ich versuchte noch einmal, ihre Gedanken zu lesen, kam aber nicht in ihren Kopf.

„Und du hast gesagt, dass du dir sein Nummernschild nicht gemerkt hast, richtig?", wandte sich Officer Talbot an mich.

„Nein, ich habe gesagt, dass ich sein Auto überhaupt nicht gesehen habe."

„Hast du ihn kommen hören?"

„Nein. Ich habe nur gesehen, wie er um das Haus herum zum Garten gegangen ist."

Officer Talbot und Dr. Faulkner sahen sich an.

„Was ist?", fragte ich.

„Wenn er ein Vampir war, hätte er von überallher kommen können", erklärte Officer Talbot.

Aber das konnte nicht stimmen. „Ohne die Erlaubnis eines Nachfahren könnte ein Vampir doch nicht einfach die Lichtung betreten, oder?"

„Vielleicht wurde dein Vater außerhalb der Lichtung angegriffen und konnte in den schützenden Zirkel kriechen, bevor er gestorben ist", überlegte der Polizist.

„Ich weiß nicht." Ich schüttelte den Kopf. „Irgendwas stimmt da nicht. Dad hätte sich gewehrt, egal, ob ihn ein Mensch oder ein Vampir angegriffen hätte. Bei einem Menschen hätte er seine Gedanken lesen und ihn vorher aufhalten können. Und einen Vampir hätte er nicht so nah an sich herangelassen."

„Nicht einmal, wenn er den Vampir kannte und ihm vertraute?" Mir gefiel nicht, wie Officer Talbot bei dieser Frage die Augen zusammenkniff. Er hatte schon jemanden im Sinn.

„Wer sollte das sein?"

„Oh, ich weiß nicht – vielleicht unsere Vampire hier aus der Stadt?"

32. KAPITEL

Savannah und ihr Vater? Sie hätten meinem Dad nie etwas getan und auch niemandem dabei geholfen." Ich wusste nicht, was Dad passiert war, aber darin war ich mir sicher.

„Trotzdem sollten wir ihnen einen Besuch abstatten und fragen, wo sie heute Abend waren", erklärte Officer Talbot und legte eine Hand auf die Pistole, die er an seinem Gürtel trug.

„Sie hat nichts damit zu tun", knurrte ich. „Sie war nicht hier. Lesen Sie meine Gedanken, dann können Sie es selbst sehen." Ich öffnete meine Gedanken, damit sie sehen konnten, dass ich die Wahrheit sagte.

„Woher willst du wissen, ob sie hier war?", fragte der Polizist.

„Weil ich sie gespürt hätte", blaffte ich. Langsam verlor ich wirklich die Geduld. Wenn dieser engstirnige Idiot nicht seine Vorurteile beiseiteschieben konnte, würde er die echten Hinweise übersehen, und der wahre Mörder würde ungestraft davonkommen.

„Wie spürst du sie?", wollte Dr. Faulkner wissen.

„Es fühlt sich an wie ein Schlag in den Magen oder vor die Brust."

„Passiert das nur, wenn du die siehst?" Talbot wieder.

„Nein. Wenn sie mir näher als hundert Meter kommt, spüre ich es."

„Interessant", murmelte Dr. Faulkner. „Könnte ein verstärkter Schutzmechanismus sein."

„Oder was anderes." Officer Talbot verzog die Lippen zu einem trägen Grinsen.

„He, im Gegensatz zu anderen Leuten lasse ich mich nicht von meinen Gefühlen beeinflussen", sagte ich. „Ich sage die Wahrheit, ob sie Ihnen gefällt oder nicht. Ich hätte es gemerkt, wenn Savannah in der Nähe gewesen wäre. Und ihr Vater hätte meinem nie etwas getan. Er hat früher zum Rat gehört. Der Friedensvertrag ist ihm viel zu wichtig, um einen neuen Krieg zu riskieren."

„Er ist immer noch ein Vampir", widersprach Officer Talbot gehässig. „Wenn ein älterer Vampir es ihm befohlen hätte, hätte er gehorchen müssen."

Das war lächerlich. Ich nahm das Telefon, das in der Küche hing, und wählte Savannahs Nummer, die ich auswendig kannte. Hoffentlich hatte sie, seit wir Schluss gemacht hatten, keine neue bekommen.

Beim vierten Klingeln meldete sie sich zögerlich. „Hallo?"

„Sav ...", setzte ich an.

Officer Talbot nahm mir das Telefon aus der Hand. „Wo waren Sie und Ihr Vater heute zwischen 17 und 19 Uhr?"

„Wer ist da?" Jetzt klang ihre Stimme schon fester.

„Beantworten Sie bitte einfach die Frage", verlangte Officer Talbot.

„Wir waren zu Hause. Warum? Wer ist da?"

Der Polizist beendete das Gespräch. „Ich finde, wir sollten sie trotzdem zu einem Verhör holen."

„Hören Sie, entweder vergeuden Sie Ihre Zeit und erklären das morgen meiner Mutter, oder Sie versuchen herauszufinden, wer das wirklich getan hat. Dem Alter nach war der Typ vielleicht ein Student, Sie könnten bei den beiden Colleges und der theologischen Hochschule anfangen ..."

„Und was sollen wir ihnen sagen, junger Mann?", unterbrach mich Dr. Faulkner. „Wir haben keine Anhaltspunkte. Keinen Namen, keine Fahrzeugbeschreibung, kein Nummernschild. Er könnte von überall her sein. Und wenn wir einen Phantomzeichner rufen würden, würden die Öffentlichkeit und die landesweite Presse Wind davon bekommen. Es wird so schon schwer werden, einen Skandal zu vermeiden, weil dein Vater sehr bekannt und ein angesehener Geschäftsmann war. Ganz zu schweigen davon, dass deine Eltern viel Wohltätigkeitsarbeit geleistet haben."

„Aber ..."

„Lass uns ein Stück gehen." Dr. Faulkner ging zur Haustür. Ich folgte ihm, obwohl es ungewohnt war. Wir benutzten immer nur die Tür von der Garage zur Küche.

Draußen wandte er sich zu mir um. „Ich weiß, dass du den Mörder deines Vaters finden willst. Glaub mir, das wollen wir alle. Und der Clann wird noch lauter nach Rache schreien, wenn er hört, dass sein Anführer ermordet wurde. Aber wenn die Presse mitbekommt, dass er von jemandem getötet wurde, der sich auch nur als Vampir ausgegeben hat, sucht sich jeder Nachfahre den nächsten Vampir, um ihn zu pfählen oder zu verbrennen. Dein Vater war sehr beliebt, und wir werden ihn schmerzlich vermissen. Aber du musst das den Clann diskret regeln lassen, sonst ist der Friedensvertrag, für den dein Vater und dein Großvater ihr Leben lang gearbeitet haben, auf einen Schlag vernichtet."

„Was soll ich denn Ihrer Meinung nach machen?" Er glaubte doch wohl nicht im Ernst, ich würde wie ein dummes Kleinkind rumsitzen und darauf warten, dass die Erwachsenen sich um alles kümmerten.

„Ich will nur sagen, dass wir so vorgehen sollten, dass wir kein Aufsehen erregen. Wir fassen den Mörder, verlass dich darauf! Das müssen wir, sonst hören sie nie auf, und keiner von uns ist mehr sicher. Aber wir sollten das zwischen uns und den Vampiren ausmachen und die Medien und alle anderen heraushalten."

„Was ist mit Savannah und ihrem Vater? Talbot hat gesagt, dass er sie verhören will. Und Sie wissen, dass der Vampirrat darauf empfindlich reagieren würde."

„Überlass ihn nur mir. Ich setze ihn schnell auf die richtige Spur."

Ich seufzte. Ich war müde, und plötzlich fühlte ich mich viel älter als siebzehn. „Was machen wir mit Dad?" Meine Stimme klang heiser, ich musste mich räuspern. „Ich glaube, Mom schafft es nicht, so schnell schon wieder eine Beerdigung zu organisieren. Und ich habe keine Ahnung, was er sich ..." Meine Zunge stolperte über die Worte. Ich musste noch mal ansetzen. „Was er sich gewünscht hätte."

Dr. Faulkner legte mir eine Hand auf die Schulter. „Mach dir keine Gedanken darüber. Der Clann kümmert sich traditionell um alles. Die Beerdigung kann am Samstag stattfinden. Abends muss dann die Wahl folgen, solange noch alle in der Stadt sind ..."

„Wahl? Welche Wahl?"

Er blinzelte mich durch seine Brillengläser an wie eine benommene Eule im Scheinwerferlicht. „Die Wahl zum neuen Clann-Führer, natürlich. Nach diesen Morden kann es sich der Clann nicht leisten, länger als eine Woche ohne Anführer zu bleiben. Wenn wir länger warten, bricht völliges Chaos aus."

Das waren zu viele Überraschungen für einen Abend. „Ich wusste gar nicht, dass der Anführer gewählt wird." Die Colemans hatten den Clann seit vier Generationen angeführt. Schon als ich geboren wurde, war mein Dad Clann-Führer, deshalb hatte ich nie einen Wechsel mitbekommen.

„Normalerweise ist das nur eine Formalität, weil jeder erwartet, dass der nächste Coleman die Rolle übernimmt. Aber dieses Mal sieht die Lage ganz anders aus. Dein Vater ist so plötzlich gestorben, du bist nicht volljährig ..."

„Muss der Anführer achtzehn sein?"

„Ja, um das Amt offiziell zu übernehmen."

„Gibt es eine Regel, die eine weibliche Anführerin verbietet?" Emily war schon alt genug.

„Nein, offiziell nicht. Aber in der Geschichte des Clanns hat es noch nie eine Anführerin gegeben."

„Warum nicht?" Aus lauter Verzweiflung sprach ich die Frage sofort aus, als sie mir durch den Kopf schoss. „Emily ist alt genug. Und sie wäre dafür geeignet."

Dr. Faulkner zögerte, räusperte sich und zögerte immer noch. „Der Clann stützt sich auf uralte Traditionen ..."

„Die man dringend überarbeiten sollte."

Er musterte mich lange. „Junge, ehrlich gesagt wäre es selbst unter idealen Bedingungen schwer, deine Schwester als Anführerin des Clanns durchzusetzen. Aber sie erinnert sich nicht mehr, sie lässt niemanden ihre Gedanken lesen, und man weiß nicht, wo sie war, als euer Vater gestorben ist. In dieser Situation würde niemand für sie stimmen. Es tut mir leid, aber das ist die traurige Wahrheit."

„Weil sie vielleicht etwas über Dads Tod weiß."

„Oder Schlimmeres."

Ich starrte ihn an. Das konnte ich mir nicht einmal vorstellen. „Sie ist meine Schwester. Sie hat unseren Vater geliebt. Sie hätte nie ..."

„Ich habe nicht behauptet, sie hätte es getan. Ich kenne das Mädchen seit seiner Geburt. Um Himmels willen, ich bin ihr Taufpate. Ich weiß, dass sie nichts damit zu tun hat. Aber nicht jeder kennt sie so gut wie ich, und wir müssen bedenken, wie andere die Situation sehen würden. Tatsache ist, dass du sie und einen Fremden kurz vor seinem Tod mit deinem Vater gesehen hast und dass jeder deine Erinnerungen sehen und das bestätigen kann. Emily behauptet, sie könne sich nicht erinnern, trotzdem kann oder will sie niemanden ihre Gedanken lesen lassen. Also weiß man nicht, ob sie die Wahrheit sagt."

„Sie kann nicht? Wie meinen Sie das?"

„Na ja, es gab Fälle, in denen sich Nachfahren so darauf trainiert hatten, ihre Gedanken abzuschirmen, dass sie nicht mehr wussten, wie sie die Barrieren auflösen konnten."

Vielleicht war das der Grund. „Ich kann mich gar nicht daran erinnern, dass sie ihre Gedanken irgendwann nicht abgeschirmt hat, sogar vor mir", gab ich zu.

„Also gut, nehmen wir an, sie sagt die Wahrheit und erinnert sich nicht. Dann arbeitet ihr Verstand nicht zuverlässig. Und so jemanden will niemand als Anführer haben."

Ich seufzte. „Sie könnte ihre Erinnerungen zurückbekommen."

„Sicher könnte sie das. Aber bis dahin ist Emily keine geeignete Kandidatin. Normalerweise würde der Clann darüber hinwegsehen, dass du erst in ein paar Monaten volljährig wirst, und bis dahin deine Mutter als vorübergehende Anführerin akzeptieren. Aber dieses Mal haben wir ein weiteres Problem – einen Herausforderer. Jim Williams."

Dylans Vater. Natürlich.

Wenn Dylans Vater den Clann übernahm, würden wir nicht nur in kürzester Zeit wieder Krieg gegen die Vampire führen; Mr Williams würde erst Ruhe geben, wenn jeder einzelne Vampir gepfählt oder verbrannt war.

„Dad hat immer so getan, als wäre es eine abgemachte Sache, dass ich der nächste Anführer werde", murmelte ich. Der Schock und die Wut ließen langsam nach, und ich hatte Mühe, mich auf den Beinen zu halten. Ich hatte keine Lust, mich jetzt mit diesem politischen Mist zu befassen. Ich wollte einfach nur noch ins Bett fallen.

„Hätte er wenigstens ein Jahr länger gelebt, wäre es das wahrscheinlich auch gewesen."

Aber das hatte er nicht. Und jetzt drohte alles kaputtzugehen, woran Großvater und Dad geglaubt und wofür sie so hart gearbeitet hatten.

„Glauben Sie wirklich, dass ein Vampir meinen Dad getötet hat?" Dr. Faulkner überlegte. „Na ja, man kann einen Vampirbiss durchaus nachahmen, mit falschen Zähnen oder sogar mit diesen Plastikgebissen, die man zu Halloween überall kaufen kann. Und es könnte sein, dass ihm das Blut woanders abgenommen wurde und man ihn danach zur Lichtung gebracht hat. Ich müsste ein paar Tests durchführen, um sicherzugehen, die Wunde auf Speichel testen und geheime DNA-Tests durchführen, wenn ich etwas finde. Natürlich könnte ich das nicht auf dem normalen Weg machen, und deshalb würde es länger brauchen, bis wir Ergebnisse hätten."

„Ich wäre Ihnen dankbar, wenn Sie das machen könnten." Vielleicht würde ein DNA-Test beweisen, dass der Biss doch nicht von einem Vampir stammte. Oder man könnte darüber wenigstens Dads Mörder mit dem Mörder vergleichen, der die Familie meiner Tante umgebracht hatte.

„Glauben Sie, dass der Vampirrat eine genetische Datenbank über alle bekannten Vampire führt?", fragte ich.

„Das bezweifle ich doch sehr. Die Sicherheitsrisiken wären bei einer solchen Datenbank enorm. Aber es kann nicht schaden, den Rat zu befragen. Weißt du, es war deinem Dad sehr ernst, als er allen gesagt hat, dass er die Morde zusammen mit dem Vampirrat aufklären will. Nach seinem Tod und der Reaktion des Clanns, die sicher nicht ausbleibt, ist es umso wichtiger, dass wir den Kontakt zum Rat halten. Wenn du dich selbst mit dem Rat in Verbindung setzen könntest, würde der Friedensvertrag vielleicht so lange aufrechterhalten, bis wir den Mörder haben. Und außerdem würde es deine Glaubwürdigkeit als möglicher Clann-Führer untermauern."

Ich wollte ihm schon die Wahrheit sagen, dass ich nämlich nie der Anführer des Clanns hatte werden wollen. Dass es der Traum meiner Eltern war, ein Traum, der nie wahr werden sollte, weil mein Dad ewig leben würde. Und dass ich wahrscheinlich jämmerlich versagen würde, wenn ich einen Haufen Leute auf der ganzen Welt anführen sollte, von denen ich die meisten nicht mal kannte.

Aber dann dachte ich daran, was passieren würde, wenn ich nicht in Dads Fußstapfen trat. Daran, wie enttäuscht Dad und Großvater gewesen wären, von Mom ganz zu schweigen. Und daran, was aus dem Clann werden würde, wenn Vampirhasser wie die Williams das Sagen hatten.

Und was das für Savannah bedeuten würde.

Ich holte tief Luft. „Sie haben recht. Ich werde versuchen, den Rat zu erreichen. Savannahs Vater hat früher dazugehört. Ich rede mit ihm und sehe mal, ob er einen Kontakt herstellen kann."

Dr. Faulkner sah mich mit einem seltsamen Ausdruck im Gesicht an. Nach einer ganzen Weile sagte er: „Dein Vater wäre heute Abend unglaublich stolz auf dich."

Mir schnürte es die Luft ab, dass ich kaum noch atmen konnte. „Danke."

„Ruh dich aus, wenn du kannst. Morgen können wir unsere Verbündeten zusammenrufen und auf eine Wahl drängen. Je eher dich alle als natürlichen Nachfolger und als beste Wahl ansehen, desto schwerer wird es Williams fallen, Unterstützung zu finden."

Ich verstand, was er meinte. Es erinnerte mich an etwas, das wir mal in Geschichte gelernt hatten. Wenn ein König gestorben war, hatten die Leute gerufen: „Der König ist tot. Lang lebe der König!" Früher hatte ich nicht gewusst, was das heißen sollte. Aber langsam begriff ich es.

Richtig wurde es dadurch noch lange nicht. Bei Politik wurde mir einfach übel. Dinge wie Schmerz und Verlust spielten keine Rolle, auch nicht Schock, Angst und Zweifel oder die Zeit, die man zum Trauern gebraucht hätte.

Konnte ich überhaupt ein guter Anführer werden? Ich hatte gedacht, ich könnte noch jahrzehntelang von Dad lernen. Hatte er mir in der kurzen Zeit genug beigebracht, damit ich seinen Traum erhalten konnte?

Ich verabschiedete mich von Dr. Faulkner und schleppte mich ins Haus. Officer Talbot war schon gegangen, Emily war in ihrem Zimmer, und Mom stöhnte im Schlaf.

Ich schloss die Haustür ab, schaltete die Alarmanlage ein und ging nach oben, wo ich mir die Schuhe auszog. Emilys Schluchzen drang durch ihre geschlossene Zimmertür.

Ein Teil von mir wollte anklopfen, sie in den Arm nehmen und ihr nah sein, wie wir es in Krisen immer gewesen waren. Auch wenn wir völlig unterschiedliche Meinungen hatten, hatten wir immer zusammengehalten. Ich hatte mich immer darauf verlassen können, dass Emily einen Plan aushecke, wenn ich noch keinen hatte.

Aber heute Abend hatte sie wegen Dads Tod gelogen oder mindestens etwas verborgen, und deshalb konnte ich nicht zu ihr gehen. Es gab zu viele unbeantwortete Fragen, sie hatte zu viele Geheimnisse. Schon der kleinste Hinweis konnte uns zu dem Mörder führen. Solange sie nicht ehrlich war und mir nicht sagte, was sie wusste, konnte ich ihr einfach nicht mehr so vertrauen wie früher.

Also schloss ich meine Tür und legte mich im Dunkeln aufs Bett. Und versuchte das Bild, wie mich Dads leere Augen angestarrt hatten, aus dem Kopf zu kriegen. Irgendwann schlief ich vor Erschöpfung ein.

33. KAPITEL

Ich hatte immer geglaubt, meine Mom habe mein Zimmer so verzaubert, dass ich mich nicht im Traum mit Savannah treffen konnte. Aber wie sich zeigte, hatte Dad die Zauber geschaffen und immer wieder erneuert, nachdem Mom ihn darum gebeten hatte. Mit seinem Tod war auch der letzte Funken Magie aus dem Zauber verschwunden, der schon vorher schwach geworden war.

Das wurde mir klar, als mein Unterbewusstsein in dieser Nacht versuchte, Savannah zu erreichen. Unsere Gedanken verbanden sich so einfach, als hätten die Träume nie aufgehört.

„Tristan!" Sie lief durch den dämmrigen Garten auf mich zu. „Was ist passiert?"

Ich saß hinter unserem Haus auf dem Rasen und konnte und wollte nicht aufstehen. Erst als sie direkt vor mir stand, sagte ich es ihr. „Mein Vater ist gestorben."

Sie atmete tief durch die Nase ein. Dann ließ sie sich neben mir auf die Knie fallen. „Mein Gott, Tristan. Es tut mir so leid. Was ist passiert?"

„Jemand hat ihn auf der Lichtung getötet." Auf der Lichtung, auf der schon so viel passiert war. Auf der Savannah und ich in der vierten Klasse in unseren Träumen miteinander gespielt und uns letztes Jahr geküsst und getanzt und stundenlang geredet hatten. Und auf der ihre Großmutter gestorben war.

Eine echte Erinnerung, die sogar die Traumversion eines Ortes vergiften konnte, das wurde mir schmerzlich bewusst. Ich würde den Wald nie wieder betreten oder auch nur ansehen können, ohne Dads leblosen, kalten Körper vor Augen zu haben.

„Er ist allein gestorben, Sav. In der Kälte. Im Dunkeln. Er hatte keine Taschenlampe. Und anscheinend hat er sich nicht mal gewehrt. Warum hätte er sich nicht wehren sollen?" Ich schrie, während ich mit den Händen Klumpen von Erde und Gras aus dem Rasen riss. Ich musste mich beherrschen. Vor Savannah wollte ich nicht ausrasten.

„Schscht", machte sie und nahm mich in die Arme.

Erst rührte ich mich nicht. Ich hatte Angst, alles wäre vorbei, wenn ich sie umarmte. Aber dann drehte ich mich zu ihr und klammerte mich an sie, und erst in diesem Moment wurde es mir wirklich bewusst.

Ich würde meinen Vater nie wieder sehen, nie wieder mit ihm reden oder ihn fragen können, was ich tun oder wie ich den Clann führen sollte. Er würde mir nichts mehr beibringen über Magie oder Football oder wie ich am besten mit meiner neurotischen, herrischen Mutter umgehen konnte.

„Er ist tot, Sav. Er hat uns verlassen." Ich vergrub das Gesicht an ihrem Hals und schlang die Arme um ihre Taille, froh darüber, dass sie so stark war und ich keine Angst haben musste, ich könnte sie zerbrechen. Wut und Schmerz stiegen in mir auf, sie wollten mich von innen heraus ertränken, aber Savannah war mein Anker. Sie rettete mich, sie gab mir Halt. Ihre Hände strichen mir sanft über den Rücken und holten mich langsam aus der Finsternis.

Sie wusste, wie ich mich jetzt fühlte. Nach dem Tod ihrer Großmutter hatte sie das Gleiche durchgemacht.

Damals hatte ich es nicht gewusst, konnte es nicht nachfühlen. Diesen Schmerz und dieses Gefühl von Verlust musste man selbst erleben, um es zu verstehen.

„Ich weiß", murmelte sie. „Es fühlt sich an, als hätte dir jemand das Innerste herausgerissen."

Ich nickte, weil ich nicht mal wusste, ob ich sprechen konnte. Ich hatte keine Kontrolle über mich, hatte ihr sogar mit kindischen Tränen das Shirt nass geweint. Dabei war sie der letzte Mensch, der mich so sehen sollte.

Ich wischte mir mit den Ärmeln das Gesicht ab, lehnte mich zurück und sah ihr in die Augen. Ob sie mich für schwach hielt? Aber ich sah nur … Liebe. Sie sprach aus Savannahs Blick, warmherzig, ohne zu urteilen, und sie sagte mir, dass wir immer noch die Gleichen waren. Ob Vampirin oder Hexe, ob für alle anderen recht oder unrecht – wenn ich Savannah ansah, sah ich hinter ihrem Äußeren den einzigen Menschen auf der Welt, durch den ich mehr wurde, der so vollkommen zu mir passte, dass es mir den Atem verschlug. Sie machte mich nicht vollkommen oder füllte irgendeine Leere. Wir waren auch keine Puzzlestücke, die zueinanderpassten, es war viel größer und wichtiger. Ich konnte es nicht richtig beschreiben, aber wenn wir zusammen waren, erschien mir alles richtig, und wenn wir getrennt waren, war alles falsch.

„Ich weiß nicht, wer ich ohne dich bin", sagte ich leise und nahm ihr Gesicht zwischen die Hände. Sie musste bleiben und mir zuhören, sie durfte nicht wieder weglaufen wie sonst in letzter Zeit. „Ich weiß nicht, wer ich bin, wenn du nicht bei mir bist. Ohne dich ist einfach alles falsch."

Tränen schimmerten in ihren Augen und rannen über ihre Wangen. „Ich weiß."

Ich holte tief Luft und hoffte, sie würde mir richtig zuhören und mir glauben. „Die nächste Zeit wird richtig schlimm."

Sie nickte.

„Nein, wirklich, Sav. Dieses Mal musst du mir richtig zuhören, okay? Nachdem Dad tot ist, hat der Clann bis Samstag keinen Anführer. Es gibt niemanden, der die Nachfahren davon abhalten kann, zu tun, was sie wollen. Deshalb musst du Jacksonville für eine Weile verlassen."

Den letzten Teil ignorierte sie, und ich bekam Panik, dass sie mich nicht ernst nehmen könnte. „Was passiert Samstag?"

„Nach Dads Begräbnis wählt der Clann einen neuen Anführer."

„Und das wirst du sein." Ich konnte ihr richtiggehend dabei zusehen, wie sie sich von mir entfernte. Die wachsende Kluft zwischen uns lag in ihrem Blick.

„Nicht unbedingt. Dylans Vater will den Posten."

Sie riss die Augen auf. „Dann sorg lieber dafür, dass du gewählt wirst. Wenn nicht …"

„Ja. Er würde uns in einen neuen Krieg treiben."

Sie schluckte schwer, und obwohl sie meine Hände, mit denen ich immer noch ihr Gesicht umfasste, nicht abschüttelte, senkte sie den Blick.

„Also sollte ich dir wohl für Samstag viel Glück wünschen."

„Sav, ich will nicht Clann-Führer werden. Aber es muss sein."

„Ich weiß."

„Was hast du dann? Was geht in deinem Kopf vor sich?"

Einen qualvollen Moment lang biss sie sich auf die Unterlippe.

Dann rang sie sich ein Lächeln ab. Ihre Augen erreichte es nicht. „Du wirst bestimmt gewählt. Die Williams sind so scheußlich und unsympathisch, dass niemand sie wählen wird. Und wenn du erst Clann-Führer bist, sind mein Vater und ich in Sicherheit, oder?"

„Ja. Wenn ich Anführer werde, wird alles besser. Ich sorge dafür, dass der Friedensvertrag bestehen bleibt. Und vielleicht kann ich den Nachfahren mit der Zeit sogar beibringen, Vampire nicht mehr zu hassen. Na ja, vielleicht. Bei manchen sitzen die Probleme sehr tief. Aber wir arbeiten daran. Irgendwann ändern sie ihre Meinung."

„Das wäre schön."

Aber sie sagte mir immer noch nicht, was los war.

„Was hast du?" Ich seufzte. „Auch wenn deine Vampirseite stärker wird – du kannst immer noch nicht besser lügen als früher."

Sie schüttelte den Kopf und sah weg, rupfte mit ihren blassen Fingern Grashalme auseinander. „Ich freue mich für dich, Tristan. Wirklich. Du wirst das tun, was sich deine Eltern immer für dich gewünscht haben. Wofür du schon geboren wurdest. Nur das ist wichtig. Also belassen wir es dabei, okay?" Sie beugte sich vor, legte mir eine Hand ans Gesicht und drückte mir einen sanften, bedächtigen Kuss auf die Wange. Es fühlte sich an wie ein Abschiedskuss. „Du wirst ein großartiger Clann-Anführer werden. Dein Vater wäre wirklich stolz auf dich. Und ich bin es auch. Du musst das tun. Die Nachfahren brauchen einen Anführer mit einem guten Herz."

Als sie wieder wegsehen wollte, hielt ich ihr Kinn fest. „Warum klingt es dann so, als würdest du mich bitten, es nicht zu tun?"

„Das tue ich nicht. Du solltest das machen."

„Lügnerin."

Sie zog die Füße unter sich, als wollte sie aufstehen. Aber sie hatte vergessen, dass sie in unseren gemeinsamen Träumen nicht stärker war als ich. Ich beugte mich schnell vor, bis sie halb unter mir auf dem Rücken im Gras lag.

„Hör auf, wegzulaufen", knurrte ich. Sanft fuhr ich mit den Lippen über ihren Hals, um sie zu testen. Wenn sie angespannt reagiert hätte, wenn sie mir irgendwie gezeigt hätte, dass sie mir nicht so nah sein wollte, wäre ich zurückgewichen. Aber sie ließ die Hände nach oben gleiten und umarmte mich.

Ich stützte mich auf die Ellbogen, ihren Kopf zwischen meinen Armen, unsere Gesichter nur ein paar Zentimeter voneinander entfernt. Sie musste doch wissen, dass sie jetzt nichts mehr vor mir verbergen konnte.

„Sag mir, dass du das, was zwischen uns war, nicht vermisst", flüsterte ich, die Lippen an ihrem Haar. Ob sie immer noch lügen würde?

„Ich vermisse es."

„Sag mir, dass du nicht jeden Tag an uns denkst und es dir nicht leidtut, dass du mit mir Schluss gemacht hast."

Ihr Haar ergoss sich auf den Rasen. Es war einfach zu verlockend. Ich vergrub meine Nase darin und atmete den warmen Lavendelduft ein, den ich in jeder wachen Sekunde vermisste.

Als ich so tief Luft holte, dehnte sich meine Brust und drückte sich gegen sie, und ein Schauer überlief sie.

„Ich denke an uns. Und ich wünschte, ich hätte nicht mit dir Schluss machen müssen."

„Sag mir, dass du mich nicht liebst." Ich sah ihr direkt in die Augen, enttäuscht, verletzt, so voller Sehnsucht, dass sie mir schmerzhaft in der Lunge und der Kehle brannte. „Ich habe es versucht, Savannah. Ich habe wirklich versucht, dich nicht mehr zu lieben. Ich bin sogar so weit gegangen, dass ich andere verletzt habe. Aber ich schaffe es nicht. Wenn du es kannst, wenn du einen Zauber gefunden hast, der mir die Gefühle für dich nimmt, sag ihn mir."

Sie schloss die Augen, schlug sich die Hände vors Gesicht und schluchzte. Ihre Schultern bebten. „Ich kann es nicht! Ich wünschte, ich könnte es. Ich wünsche mir jeden Tag, ich würde eine Möglichkeit finden, dich nicht zu lieben. Aber ich tue es noch. Ich …"

Mehr musste ich nicht hören. Ich presste meine Lippen auf ihre, während ich gleichzeitig die Handflächen auf den Boden drückte und Energie aufnahm.

Dann fiel es mir wieder ein: Ich war heute Nacht in meinem Zimmer eingeschlafen. Unter mir war keine Erde, aus der ich Energie ziehen konnte.

Also küsste ich sie stattdessen auf die Wangen, die Nase, die tränennassen Lider, auf die Kehle, auf das Schlüsselbein.

„Alles wird gut", versprach ich ihr immer wieder zwischen den Küssen. „Bald führe ich den Clann an, und niemand kann uns mehr sagen, dass wir nicht zusammen sein dürfen."

Ihre Hände, die von meinem Haar zu meinen Schultern geglitten waren, stockten.

Ich war so gefangen, dass es eine kurze Weile dauerte, bis ich merkte, wie angespannt sie plötzlich war.

„Sav?" Ich hob den Kopf und sah sie an.

Ich konnte ihren Gesichtsausdruck nicht deuten. „Schläfst du heute Nacht draußen?"

„Nein, ich bin in meinem Zimmer."

Sie drehte den Kopf zur Seite, bis sie meine rechte Hand auf ihrer Schulter sehen konnte. Meine Hand zitterte.

Plötzlich schob sie sich unter mir hervor. Bevor ich sie aufhalten konnte, wich sie zurück.

„Ach komm schon, Sav!" Ich kniete mich wieder hin. „Du machst mich noch wahnsinnig."

„Du verstehst es einfach nicht! Zwischen uns hat sich nichts geändert. Ich bin immer noch eine Vampirin, auch wenn ich jetzt zaubern kann. Ich nehme dir immer noch deine Energie, wenn wir uns küssen, deine richtige Lebensenergie, sogar in unseren Träumen. Ich habe immer noch keine Ahnung, wie ich das abstellen soll. Und dass du Clann-Führer wirst? Auch das ändert nichts. Dadurch können wir erst recht nicht zusammen sein." Hektisch rappelte sie sich auf.

Ich stand ebenfalls auf. „Na schön. Ich werde nicht Clann-Führer."

Sie verdrehte die Augen. „Sei nicht albern. Du hast schon alle Gründe aufgezählt, warum du es werden musst. Du musst, Tristan. Es geht hier nicht mehr um dich und mich oder darum, was wir wollen. Diese Sache ist viel, viel wichtiger."

Ich ging zu ihr. „Wir können es schaffen. Wir gehören zusammen."

Sie holte tief Luft. Dann blickte sie mich an, damit ich die Tränen in ihren Augen sah. „Wie? Sollen wir in einem Zelt mit einem Loch im Boden leben, damit du jedes Mal Energie aufnehmen kannst, wenn wir uns küssen?"

„Ich finde eine Möglichkeit, mich in einen Vampir zu verwandeln. Dann wären wir gleich. Zwei Vampire können sich nichts tun."

Sie knirschte mit den Zähnen. „Und der Clann wählt Dylans Dad zu seinem Anführer. Wie würde unser Leben wohl aussehen, wenn so viele Nachfahren, Vampire und unschuldige Menschen in einem sinnlosen Krieg sterben?"

Als ich widersprechen wollte, brachte sie mich auf die einzige Art zum Schweigen, die ihr blieb.

„Leb wohl, Tristan. Und viel Glück am Samstag."

Dann küsste sie mich und entzog mir Energie, obwohl wir so weit voneinander entfernt waren. Bis ich die Traumverbindung nicht mehr halten konnte.

Ich wachte in meinem Zimmer auf. Fluchend drehte ich mich herum und schlug auf die Matratze unter mir ein.

34. KAPITEL

Savannah

Sobald ich am nächsten Morgen den Traum mit Tristan beendet hatte, lief ich nach unten. Dad saß im Wohnzimmer und las Zeitung. Ich erzählte ihm, was mit Tristans Vater passiert war.

Er sprang auf, erstarrte plötzlich und verlor alles Menschliche, was er an sich hatte. Schließlich fing er wieder an zu atmen und blinzelte. „Das sind ... beunruhigende Neuigkeiten."

„Hat der Rat schon etwas über die Clann-Morde in New York herausbekommen?" Unruhig machte ich mich auf die Suche nach etwas, worauf ich mich konzentrieren konnte. Ich sah mich nach dem Taschenbuch um, das ich gestern weggelegt hatte.

„Er hat Gowin darauf angesetzt."

Das erklärte, warum ich ihn in letzter Zeit kaum gesehen hatte.

„Ich glaube nicht, dass sie neue Spuren haben", fuhr Dad fort. „Allerdings habe ich länger nicht mit ihm gesprochen, ich bin also nicht sicher. Er war mit der Untersuchung und den Berichten an den Rat beschäftigt. Und ich muss jetzt den Rat anrufen, um ihm mitzuteilen, was mit dem Clann-Führer geschehen ist."

„Ähm, wenn du mit dem Rat telefonierst: Könntest du gleich fragen, ob er mit Tristan in Kontakt bleiben will, falls er zum neuen Anführer gewählt wird?" Ich kniete mich hin und spähte unter das Sofa. Kein Taschenbuch. „Es wäre nicht schlecht, wenn sie eine Art Freundschaft aufbauen würden. Oder hat der Rat einen offiziellen Botschafter oder so was, der ihn bei Gesprächen mit dem Clann vertreten könnte?"

Als ich aufstand, sah ich, dass Dad die Stirn in Falten gelegt hatte. „Nein, so etwas haben wir nicht. Es herrscht erst seit ein paar Jahrzehnten Frieden."

Das war ja wohl ein Witz, oder? Ich stemmte eine Hand in die Hüfte. „Ich weiß ja, dass du ein paar Hundert Jahre alt bist. Für dich sind ein paar Jahrzehnte wahrscheinlich nicht viel. Aber für einen Nachfahren kann das mehr als ein halbes Leben sein. Ihr braucht echt einen offiziellen Vertreter, der sich regelmäßig mit den Clann-Ältesten trifft, damit das Verhältnis zwischen den beiden Gruppen stimmt."

Er runzelte immer noch die Stirn. „Wir sind immer davon ausgegangen, dass ein Vampir, der sich mit dem Clann-Führer in Verbindung setzen will, sofort verbrannt oder gepfählt wird."

Wie melodramatisch. „Ich glaube, es ist schon vor ein paar Hundert Jahren aus der Mode gekommen, den Boten zu töten."

„Du würdest dich wundern."

„Na ja, ich meine ja nur, dass Tristan in einer Woche der neue Clann-Führer werden könnte und es vielleicht klug wäre, wenn der Rat ihm offiziell die Hand reichen würde. Sein Dad wurde gerade ermordet, und es sieht so aus, als hätte es ein Vampir getan. Dazu kommt noch die Kleinigkeit, dass der Rat Tristan im Frühjahr entführt hat. Bei Tristan und seiner Familie hat er nicht gerade einen guten ersten Eindruck hinterlassen."

Dads Zeitungsseiten verteilten sich über das ganze Sofa. Ich hatte keinen Platz, um mich zu setzen. Also fing ich an, die Zeitung zusammenzulegen.

Nach einem Moment hörte ich Dad sagen: „Vielleicht wärst du die ideale Botschafterin."

Ich fuhr entsetzt herum. „Ich? Auf keinen Fall. Lass mich da raus. Ich hasse diesen Politikmist …"

„Obwohl ich es nicht ausgesprochen habe, war das tatsächlich mein Gedanke." Dads Miene verfinsterte sich.

Oh Mist. Ich hatte seine Gedanken gelesen. Das war nicht gut. Jetzt wusste er es, und der Vampirrat würde es auch bald wissen …

Damit war der letzte Funken Hoffnung auf ein normales Leben verpufft.

„Vergiss es, Dad. Mir ist egal, was der Rat sagt oder verlangt." Ich fuchtelte mit einer Handvoll zusammengeknüllter Zeitung herum. „Ich werde den Clann nicht für euch ausspionieren. Und ich werde auch keine Botschafterin. Ich meine, mal ernsthaft! Ich bin erst siebzehn und habe null Ahnung von politischen Spielchen, und davon abgesehen will ich mein eigenes Leben führen. Ein normales Leben oder wenigstens ein so normales wie möglich. Den Friedensbotschafter zu spielen passt da nicht rein." Als ich sah, wie ich den ersten Zeitungsbogen zugerichtet hatte, gab ich den Plan auf, den Rest zu falten. Stattdessen warf ich den ganzen Wust auf den Tisch, um unter den Sofakissen nach meinem Buch zu fahnden.

„Denke zumindest darüber nach." Dad stand immer noch neben mir und sah auf mich hinunter. „Du kannst offenbar die Gedanken von Vampiren und vermutlich auch von Nachfahren lesen. Damit hast du die einzigartige Möglichkeit, die Wahrheit von den Lügen zu unterscheiden, mit denen beide Seiten möglicherweise arbeiten würden. Und du hast bereits eine ... Verbindung zu dem Nachfahren, der, wie du schon sagst, mit einiger Wahrscheinlichkeit der nächste Clann-Führer wird. Die ... Freundschaft besteht schon."

„Deine ... Pausen zeigen doch schon, dass es keine gute Idee ist." Aha! Da lag es ja, unter dem Sofatisch, bedeckt von ein paar Zeitungsseiten. Ich schnappte mir das Taschenbuch und begann die Stelle zu suchen, an der ich gestern Abend aufgehört hatte.

„Vielleicht sogar eine sehr gute. Er hört auf dich, schätzt deine Meinung."

„Ich nutze meine Vergangenheit mit Tristan nicht aus, um die Ziele des Rates durchzudrücken."

„Du siehst das von der falschen Warte aus. Ich gebe nur zu bedenken, dass Tristan keinen fremden und wie du sagen würdest ‚uralten' Vampir kennenlernen muss, wenn er eine Vampirin in seinem Alter kennt. Eine Vampirin, der er vertraut und mit der er vernünftig diskutieren kann. Und die außerdem zufällig die Tochter eines früheren Ratsmitglieds ist, das ..."

„Das eindeutig wieder in den Rat will", grummelte ich.

„... das immer noch regelmäßig mit dem Rat in Verbindung steht und Tristans Bedenken oder Bitten einfach weitergeben könnte", beendet er den Satz mit wütendem Blick.

Es war so ätzend, dass er recht hatte. Aber er hatte recht. Trotzdem hatte ich das Gefühl, diese Lösung würde nur Ärger geben. Bis mir das perfekte Gegenargument einfiel.

„Der Rat würde sich niemals darauf einlassen. Weißt du nicht mehr? Ich musste versprechen, mich von Tristan fernzuhalten."

Er zog eine dichte schwarze Augenbraue hoch. „Wenn es ihm

hilft, kann der Rat durchaus seine Meinung ändern."

Trotzdem. Der Rat würde mich nie als Botschafterin aussuchen. Nicht solange Tristan meine Verbindung zum Clann war und die Gefahr bestand, dass meine Gefühle für ihn über meinen Verstand siegten, ich die Kontrolle verlor und ihn tötete. Dad wollte nur mit Würde verlieren. Ich blätterte weiter in dem Taschenbuch, bis ich die richtige Stelle gefunden hatte.

„Außerdem gehst du diese Woche nicht in die Schule", befahl er. Er tigerte vom Wohnzimmer in die Küche, die Diele, ins Wohnzimmer und zurück. *Wo ist dieses verdammte Handy? Und warum müssen die Hersteller sie immer kleiner machen?*

Er hatte es mal wieder geschafft, sein Handy irgendwo im Haus zu verlieren. Waren das jetzt siebzehnmal? Oder zwanzig?

„Na gut, soll ich es anrufen?"

„Was anrufen?"

„Dein Handy. Du suchst doch danach, oder?"

Er richtete sich auf, streckte die Brust raus und sah mich finster an. „Hör bitte auf, meine Gedanken zu lesen. Das ist unhöflich. Und ich bin ein Vampir. Ich verliere keine Sachen."

„Ich kann nichts gegen das Gedankenlesen machen, genauso wenig, wie du verhindern kannst, dass du mich in meinem Zimmer telefonieren hörst. Ich habe keinen Schalter, um es auszustellen. Und sogar Vampire können winzige Handys verlieren, die ihnen aus der Hosentasche fallen, wenn sie sich mit ihrer Zeitung hinsetzen." Auf gut Glück kramte ich links von mir zwischen den Kissen und der Rückenlehne des Sofas. Im nächsten Moment hielt ich sein Handy hoch.

„Hm." Er nahm es, klappte es auf und stutzte. „Um noch einmal darauf zurückzukommen, dass du diese Woche nicht in die Schule gehst …"

„Rufst du die Schule an, oder soll ich das machen?"

Er musterte mich aus schmalen Augen. „Willst du gar nicht darüber diskutieren?"

„Nein. Wieso sollte ich diese Woche auch nur in die Nähe der Schule kommen? Hast du eine Ahnung, wie übel die Nachfahren drauf sein werden, nachdem ihr Anführer ermordet wurde? Es ist sowieso schon anstrengend genug, sich ständig mit ihnen herumzuschlagen."

Und Tristan würde diese Woche auch nicht in der Schule sein. Er würde alles für die Beerdigung seines Vaters vorbereiten. Und für mich als Freund noch unerreichbarer werden.

Mich durchzuckte die Erinnerung daran, wie er letzte Nacht zusammengebrochen war. So hatte ich ihn noch nie gesehen. Erst hatte ich gar nicht gemerkt, dass er in meinen Armen weinte. Er war so still gewesen. Erst als er sich von mir gelöst hatte und ich spürte, dass meine Schulter feucht war, war mir klar geworden, dass es von seinen Tränen war.

Er war immer so ... stark gewesen. So zuversichtlich und selbstsicher und jedem Problem gewachsen.

Wenn ich daran dachte, wie sehr er mir vertrauen musste, um sich in meiner Gegenwart so fallen zu lassen, kamen mir fast die Tränen.

„Ich freue mich, dass du meiner Meinung bist", sagte Dad. Er kam zu mir und drehte stirnrunzelnd das Buch in meiner Hand herum, damit er den Titel lesen konnte. *„Die Kunst des Krieges* bringt dich zum Weinen?"

Seufzend rieb ich mir mit einem Handrücken über die Wangen. „Ich bin nicht deiner Meinung. Es ist einfach vernünftig. Sun Tsu sagt, dass man sich überlegen soll, welche Kämpfe man führt, und das tue ich. Und mach dir keine Sorgen wegen der Tränen. Ich musste nur gerade an etwas Trauriges denken."

„Dieses ständige Weinen hat auch zu den unseligen Angewohnheiten deiner Mutter gehört, aber sie war nie so einsichtig." Er sah mich scharf an, als würde er erwarten, dass ich mich bei der ersten Gelegenheit rausschlich.

Ich hätte gern seine Gedanken gelesen, um zu sehen, ob ich recht hatte, aber ich hielt mich zurück. „Mom ist keine Vampirin."

„Hm. Richtig, man darf die positive Wirkung meiner Gene nicht vergessen. Will ich wissen, warum du Sun Tsu liest?"

„Für die Schule", log ich, ohne ihn anzusehen. Eigentlich las ich das Buch, weil ich mir ein paar Tipps dafür erhoffte, wie ich am besten mit den Nachfahren fertig wurde. Jetzt, wo Tristan vielleicht Clann-Führer wurde, wollte ich es lesen, falls er ein paar Ratschläge brauchte. Aber das musste Dad nicht wissen.

Vielleicht konnten Vampire deshalb so gut lügen. Sie waren so oft dazu gezwungen, dass es ihnen in Fleisch und Blut übergegangen war.

„Hm." Er tippte so schnell eine Nummer in sein Handy, dass nicht mal ich sehen konnte, welche es war. Dann meldete er sich in einer anderen Sprache, die mir fast nach Französisch klang, und redete superschnell. Einen Moment später ging er aus dem Zimmer, während er auf Englisch mit Caravass über Tristans Vater und die Wahl sprach.

Ich blieb allein im Wohnzimmer und versuchte zu lesen. Aber meine Gedanken schweiften ständig ab. Ich war zu unruhig. Mein Körper wollte nicht still sitzen. Ich musste mich irgendwie bewegen. Ob Tai-Chi helfen würde? Seufzend warf ich das Buch auf den Sofatisch und ging wieder in mein Zimmer.

Ich schaltete das Lautsprecherdock ein, scrollte an den ganzen Titeln vorbei, die sonst ständig liefen, und fand einen, den ich schon länger nicht gehört hatte.

Im nächsten Moment wummerte Florence and the Machine aus dem Lautsprecher. Sogar der Text – man solle nichts bereuen – riss mich mit.

Ich hatte das Gefühl, dass ich schon so lange so vieles bereute – dass ich die Regeln gebrochen hatte und schuld an Nannas Tod war, dass ich eine Vampirin war und bei jedem Kuss Tristans Leben riskiert hatte, dass ich Geheimnisse haben musste, sogar dass ich geboren war und meinen Eltern so viel genommen hatte.

Wie war das noch – nachher wusste man alles besser? Jetzt war es einfach, zurückzusehen und mir die Schuld an meinen Entscheidungen zu geben. Aber jedes Mal, wenn ich mich hatte entscheiden müssen, hatte ich gedacht, ich würde das Richtige tun.

Sag mir, dass du nicht jeden Tag an uns denkst und es dir nicht leidtut, dass du mit mir Schluss gemacht hast.

Ich hatte Tristan letzte Nacht die Wahrheit gesagt. Ich wünschte wirklich, wir könnten noch zusammen sein. Aber ich bereute nicht, dass ich getan hatte, was ich hatte tun müssen, um ihn zu schützen. Und ich würde es auch nie bereuen.

Das war die einzige Entscheidung, die mir bis jetzt nicht leidtat. Und deshalb hatte ich auch nicht geweint, als ich heute Morgen aufgewacht war. Nachdem ich ihn gesehen hatte, mit ihm gesprochen, ihn in den Armen gehalten und geküsst hatte, hatte es wehgetan, das alles mit dem Ende des Traums zu verlieren. Trotzdem konnte ich heute gestärkt in den Tag gehen, weil ich in meinem Innersten wusste, dass ich recht hatte. Es war für so viele Leute wichtig, dass er der neue Anführer des Clanns wurde. Es war sein Schicksal, und unsere Beziehung hätte das gefährdet. Nur er konnte den Nachfahren beibringen, sich von ihren Ängsten zu lösen.

Ich dachte an die Zickenzwillinge und an Dylan, denen man jahrelang beigebracht hatte, vor mir und allen Vampiren Angst zu haben. Ich hatte nie verstanden, warum sie ihre Angst nicht überwinden konnten.

Aber wenn es so einfach gewesen wäre, negative Gefühle loszulassen, wäre ich wohl längst mein Schuldbewusstsein und meine Reue losgeworden.

Vielleicht musste man es wirklich wollen. Und man musste verzeihen, in meinem Fall nicht anderen, sondern mir selbst. Ich musste lernen, mir zu verzeihen, dass ich nicht perfekt war, dass ich manchmal sogar versagte, wenn ich mich mit aller Macht anstrengte. Dass ich nicht die Zukunft vorhersehen und nicht bei allem, was ich tat, die Konsequenzen absehen konnte.

Ich ließ den Song als Endlosschleife laufen, stellte mich vor meinen Schminktisch und wippte automatisch mit dem Fuß im Takt. Ich beugte mich vor und betrachtete mich im Spiegel. Äußerlich wirkte ich perfekt, die Vampirgene ließen mich makellos aussehen. Aber innerlich war ich alles andere als makellos.

„Ich vergebe dir", flüsterte ich. Ich musste lächeln, weil ich mir albern vorkam.

Ich vergebe dir, wiederholte ich stumm.

Das Lächeln verblasste. Plötzlich war das nicht mehr so einfach.

Ich versuchte es noch einmal: Ich vergebe dir, Savannah Colbert. Ich vergebe dir, dass du nicht perfekt bist. Dass du nur eine halbe Vampirin und eine halbe Hexe bist und als beides eine Versagerin.

Und dafür, dass du einmal die Woche Menschenblut trinken musst.

Ich zögerte, bevor ich mich an den schwersten Teil wagte, aber ich wollte das zu Ende bringen. Ich starrte meinem Spiegelbild in die Augen und dachte: Ich vergebe dir, dass du dich in Tristan verliebt hast und mit ihm zusammen warst, obwohl es verboten war. Und vor allem vergebe ich dir, dass du schuld am Tod deiner Großmutter bist und deiner Mom die Mutter genommen hast.

Jetzt kamen die Tränen, sie strömten mir über die Wangen. Aber dieses Mal war es in Ordnung, und ich fluchte nicht, weil ich so schwach war und weinte. Weil ich mir auch das vergab.

Ich bin nicht perfekt. Und das muss ich auch nicht sein. Ich kann alles auf mich zukommen lassen, und solange ich mein Bestes gebe, ist es nicht so schlimm, wenn ich es trotzdem vermassle.

Ich schloss die Augen, atmete tief ein und stieß die Luft langsam aus. Ich fühlte mich ... leichter. Besser. Als wäre mir vielleicht, nur vielleicht ein wenig die Last von den Schultern genommen.

Ich gab nach, wiegte mich im Takt und ließ die Musik über mich und durch mich hindurchströmen.

Und zum ersten Mal seit Monaten tanzte ich.

35. KAPITEL

Tristan

Diese Woche war echt die Hölle gewesen. Am Wochenende hatte Mom sich mit Tabletten ruhiggestellt, aber Montag war sie wieder voll da, und zwar richtig. Jedes Mal, wenn ich auf dem Weg zur Küche an der offenen Tür zu Dads Arbeitszimmer vorbeikam, saß sie hinter seinem Schreibtisch, telefonierte mit den Nachfahren und ruinierte Dads und Großvaters harte Arbeit für den Friedensvertrag.

Sie sah das natürlich ganz anders.

„Hör zu, Beth, du verstehst das nicht." Ihre schroffe Stimme hallte durch den Flur bis zur Küche, wo ich im Kühlschrank nach etwas Essbarem suchte. „Man kann den Vampiren nicht vertrauen, das weiß Tristan besser als jeder andere. Er ist alles andere als ein Vampirfreund! Er ist auf diese kleine Vampirin mit ihrem unschuldigen Getue hereingefallen, und als Dank haben sie und ihr Vater ihn betäubt zum Vampirrat geschleppt wie eine Trophäe. Dort haben sie ihn gefoltert und verhört, um alles über uns herauszufinden. Aber Tristan ist ein Coleman, und die Colemans haben den Clann nicht umsonst seit vier Generationen angeführt. Er ist stark, genau wie sein Vater. Er hat allem standgehalten, was sie mit ihm angestellt haben. Mein Sohn war im Krieg. Er war so weit hinter feindlichen Linien, wie man es sich nur vorstellen kann, und er hat überlebt. Schon deshalb hat er es verdient, unser nächster Anführer zu werden!"

Nach einer langen Pause antwortete sie: „Also kann ich mich darauf verlassen, dass deine Familie Samstag für Tristan stimmt? Wunderbar! Ich freue mich schon darauf, dich und John wiederzusehen."

Ich ging durch den Flur und blieb in der Tür stehen. Sie legte gerade das Telefon weg und schrieb etwas in das Adressbuch des Clanns.

Sie blickte auf und lächelte verkniffen. „Ich habe noch eine Familie, die für dich stimmt. Junge, ich glaube wirklich fast, wir haben alles in trockenen Tüchern."

Ja, aber zu welchem Preis? „Der Friedensvertrag war Dad sehr wichtig, das weißt du doch. Großvater und Dad haben ihr ganzes Leben darangegeben, Frieden zu schließen und ihn zu erhalten."

Sie kniff die Augen zusammen. „Tja, dein Großvater hat sich etwas vorgemacht, und dein Vater hatte ein behütetes Leben. Sam hatte keine Ahnung, wie Vampire wirklich sind, er wollte die Wahrheit nicht sehen. Ich habe versucht, es ihm zu sagen. Jetzt siehst du, was ihm sein naiver Optimismus eingebracht hat. Aber keine Angst, Tristan. Ich sorge dafür, dass sein Tod gerächt wird. Der erste Schritt ist, dich zum Clann-Führer zu machen. Und danach wird jeder einzelne Vampir bezahlen."

Ich wollte schon sagen, dass ich Vampire nie so hassen würde wie sie. Aber ich machte den Mund wieder zu und ging. Jetzt mit ihr zu streiten wäre sinnlos gewesen. Sie hatte gerade ihre große Liebe verloren. Es war zu früh, um vernünftig mit ihr zu reden. Und wer wusste es schon: Wenn ich gesehen hätte, was sie gesehen hatte, wenn die Vampire mir meine ganze Familie genommen hätten, wäre ich vielleicht auch von Wut zerfressen.

Ich konnte nur hoffen, dass ich den Schaden, den sie in dieser Woche anrichtete, wiedergutmachen konnte. Falls ich überhaupt die Mehrheit bekam.

Emily sah ich in der ganzen Woche kaum. Meistens blieb sie in ihrem Zimmer. Und wenn sie mal rauskam, hatten wir uns nichts zu sagen. Ich hätte ihr ihren „Gedächtnisverlust" gern verziehen, aber das konnte ich nicht. Noch nicht. An jedem Tag, an dem sie sich nicht erinnerte oder nicht die Wahrheit sagte, wurden die Spuren weiter verwischt.

Das Begräbnis am Samstagmorgen war ein totales Theater. Ich hatte mich darauf eingestellt, dass viele Besucher kommen würden. Hunderte Nachfahren aus der ganzen Welt wollten herfliegen, um ihrem Anführer die letzte Ehre zu erweisen. Aber mit den ganzen normalen Menschen und den Medien hatte ich nicht gerechnet. Unter die Mitarbeiter aus Dads Fabrik, Lokalpolitiker und Leute von der Lokalpresse mischten sich prominente Geschäftsleute und Journalisten von überregionalen Medien.

Ich hatte nicht geahnt, dass Dad außerhalb des Clanns so bekannt und beliebt gewesen war. Als ich das sah, vermisste ich ihn noch mehr.

Ich musste eine Rede halten, an der ich tagelang gearbeitet hatte. Später konnte ich mich nicht mal mehr daran erinnern. Ich erinnerte mich nur an den Anblick von Dads Sarg, der schon geschlossen war, damit niemand die angebliche Bisswunde an seinem Hals sah.

Nach dem Begräbnis lud Mom nur den Clann in den Country-Club ein, wo die Nachfahren der Reihe nach aufstanden und etwas über Dad sagten. Auch davon wusste ich nachher nicht mehr viel. Ich machte mir zu große Sorgen.

Jetzt war es real. Jetzt hatte ich gesehen, wie mein Vater begraben worden war, und dadurch wurde auch die bevorstehende Wahl real. Und mit ihr die möglichen Konsequenzen.

Savannah hatte recht. Ich musste der nächste Clann-Führer werden. Für sie, für ihren Dad, für die Sicherheit der Männer, Frauen und Kinder, die heute in diesem Saal versammelt waren.

Wenn die Familie Williams den Clann übernahm, wäre niemand mehr sicher. Ein neuer Krieg wäre nicht nach einer einzigen durchorganisierten Schlacht beendet. Er würde lange dauern und überall stattfinden – an öffentlichen und privaten Orten, er würde in die Häuser und Arbeitsstätten der Nachfahren vordringen. Sie würden mit allen Mitteln kämpfen und niemanden verschonen, nicht einmal die Kinder. Und das würde nicht nur für den Clann und die Vampire schlimm. Auch normale Menschen würden zwischen die Fronten geraten.

Diese Woche hatte ich meine Hausaufgaben gemacht. Dr. Faulkner hatte mir am Telefon Einzelheiten über die Geschichte erzählt, die der Clann mit den Vampiren hatte. Der letzte Krieg war über mehrere Jahrhunderte hinweg immer wieder aufgeflackert. Von Historikern wurden die Kämpfe als Kriege, Epidemien oder Gewalttaten der Mafia missverstanden. Auf beiden Seiten waren Tausende gestorben, auch normale Menschen, die für sie und für uns gekämpft hatten.

Wir durften keinen neuen Krieg zulassen. Ich durfte es nicht.

Nicht, wenn ich ihn irgendwie verhindern konnte. Savannah hatte recht. Ich durfte nicht vor meiner Verantwortung davonlaufen. Wenn ich egoistisch war, wenn ich mich vom Clann abwandte, würden sie und ich nirgendwo auf der Welt mehr sicher sein.

Ich *musste* der nächste Anführer des Clanns werden.

Vielleicht konnte ich die Nachfahren umstimmen. Ich musste mir viel Zeit nehmen, mich bemühen, an ihre Vernunft appellieren. Ich wollte ihnen zeigen, dass wir mit den Vampiren leben konnten. Nicht nur mit einem wackligen Friedensvertrag, sondern mit mehr Verständnis auf beiden Seiten. Wir mussten nicht für immer in Angst leben, so wie jetzt.

Dad hatte recht. Die Clann-Morde waren geplant, auf jeden Fall steckte mehr dahinter als ein einzelner, durchgeknallter Vampir. Dass der Clann-Führer und seine Verwandten das Ziel waren, konnte kein Zufall sein. Offensichtlich gab es diese Verbindung, weil politische Motive dahintersteckten.

Jemand wollte einen Krieg. Aber wer? Wer würde am meisten davon profitieren?

Das herauszufinden würde mein erstes und wichtigstes Ziel als Clann-Führer sein.

Savannahs Vater hatte für mich den Kontakt zu Caravass, dem Vorsitzenden des Vampirrates, hergestellt. In den letzten Tagen hatten wir mehrmals miteinander gesprochen. Keiner von uns hatte etwas Neues herausgefunden, aber wir glaubten, dass jemand versuchte, beide Seiten durch ihre Ängste und ihr Misstrauen gegeneinander auszuspielen. Ich war mir noch nicht sicher, ob ich Caravass wirklich vertrauen konnte, aber mein Instinkt sagte Ja, und Dad hatte immer gesagt, ich solle darauf hören. Die Zukunft würde es zeigen. Fürs Erste sagte mir mein Bauch, dass ich Caravass als Verbündeten brauchte, und ich hoffte, dass wir gemeinsam das Morden beenden konnten.

Ich musste nur heute Abend die Mehrheit bekommen. Deshalb hielt ich Mom auch nicht zurück, als sie die Gäste im ganzen Saal bearbeitete wie eine First Lady, die vor der Präsidentschaftswahl noch ein paar letzte Stimmen ergattern wollte. Ihre Methoden waren mies und würde mich später mehr Arbeit kosten, aber wenn sie mich zum Clann-Führer machten, dann bitte.

Langsam verstand ich, warum Politiker etwas Skrupelloses an sich hatten. Offenbar musste man eine Menge Kompromisse eingehen und taktieren, wenn man Gutes bewirken wollte.

Ich hoffte nur, dass ich in einem Jahr noch in den Spiegel sehen konnte.

Ich konnte kaum verbergen, wie angespannt ich war, als sich die Versammlung auflöste und alle zum Zirkel gingen, um abzustimmen.

Ganz im Gegensatz zu Mr Williams. Er stand auf der anderen Seite des steinernen Throns, der meiner Familie gehört hatte, seit mein Ururgroßvater darauf gesessen hatte, und hätte nervös wirken sollen. Stattdessen war Mr Williams der Inbegriff von Gelassenheit, Ruhe und Zuversicht. Während ich mir in meinem Anzug vorkam wie ein Kind in einem Kostüm, sah er aus, als könnte er der nächste Präsident der Vereinigten Staaten werden, und Clann-Führer natürlich sowieso.

Zum ersten Mal in meinem Leben hasste ich es, so jung zu sein. Wäre ich ein paar Jahre älter gewesen, hätte er nicht so selbstgefällig dagestanden.

Ein Steinkelch wurde herumgereicht. Man durfte erst mit achtzehn wählen. Ein echter Pluspunkt für mich, weil Dylan und die Zickenzwillinge nicht abstimmen durften. Jugendliche durften allerdings zusehen, während die Kinder der Nachfahren ausgeschlossen waren, damit die Versammlung möglichst geordnet und formell ablief. Die Abstimmung selbst funktionierte über Magie. Mom hatte es mir heute Nachmittag erklärt. Alle Nachfahren mussten ihre Wahl durch Energie markieren, damit man die Stimmen zurückverfolgen konnte und niemand mehrere Stimmen abgab.

Am Ende stellte Dr. Faulkner den Kelch auf den Steinthron.

Er berührte den Rand ein-, zwei-, drei-, viermal, einmal für jede Himmelsrichtung. Dann wandte er sich an die versammelten Nachfahren.

„Und so lautet das Ergebnis!"

Savannah

Hinter mir lag die längste Woche meines Lebens, heute auch noch gekrönt vom längsten Tag. Ich war total unruhig. Ich hatte stundenlang getanzt, aber außer dass mir warm war und sich meine Muskeln gelockert hatten, hatte es mir nicht viel gebracht. Aus lauter Verzweiflung hatte ich mich sogar im Wald hinter dem Haus geerdet. Aber dadurch hatte ich nur Panik bekommen, ich könne nicht genug Energie haben, falls die Wahl schiefging. Wenn Mr Williams Clann-Führer wurde, würde er vielleicht als Erstes versuchen, Dad und mich zu schnappen. Am Ende nahm ich noch mehr Energie auf, bis ich mich fühlte, als wäre ich kurz davor, zu explodieren.

Dad zuzuhören half auch nicht gerade. Er hatte den ganzen Tag auf Französisch telefoniert. Das Problem war, dass er auch auf Französisch dachte. Und weil ich in der Schule Spanisch statt Französisch genommen hatte, hatte ich keine Ahnung, was er vorhatte.

Als um sechs Uhr mein Handy ging, wäre ich fast an die Decke gesprungen. War er das? Hatten sie schon abgestimmt, und Tristan wollte mir jetzt Bescheid sagen?

„He, wie geht es dir?", erkundigte sich Anne.

Ich stieß den Atem aus. „Ach, ganz gut, glaube ich. Ein bisschen nervös. Mir ist schlecht. Ich kann nicht still sitzen." Ich hatte Anne vor ein paar Tagen von der Wahl erzählt.

„Willst du rauskommen und ein bisschen Zeit totschlagen? Ich bin in deiner Auffahrt."

„Warum klopfst du nicht einfach?"

„Weil dein Dad auch zu Hause ist und Gedanken lesen kann. Und ich schätze mal, dass ich nichts über ihn, den Clann, die Hüter und die Wahl heute wissen soll, aber ich kann heute auch an nichts anderes denken!"

Okay. „Warte, ich komme runter."

Ich lief nach unten und sagte Dad, ich wolle mich vor dem Haus mit Anne unterhalten. Er winkte und nickte, bevor er weiter auf Französisch diskutierte.

Anne hatte die Heckklappe ihres Pick-ups heruntergeklappt; sie saß am einen Ende, am anderen saß Ron.

„Probleme mit dem Auto?", witzelte ich.

„Nee", meinte er grinsend. „Wir mussten Annes Auto nehmen, weil wir gerade Wildschweine jagen waren."

„Ohne mich?" Ich sah Anne vielsagend an. Hatte sie also endlich auf mich gehört, ihn angerufen und sich entschuldigt? Hatte ich also recht behalten?

Anne räusperte sich und errötete unter ihrer Sonnenbräune. „Man soll ja immer zu zweit jagen, und ich dachte, du hättest dafür im Moment keinen Kopf. Aber glaube nicht, dass du dich drücken kannst; du hast mir versprochen, mit mir jagen zu gehen. Ein Mal habe ich bei dir gut."

Oh. Er hatte sie nicht sofort zurückgenommen.

Ich las ihre Gedanken. *Ja, ich habe mich endlich getraut, ihn anzurufen und mich zu entschuldigen. Aber er meinte, wir sollten uns am nächsten Tag treffen und erst mal beim Mittagessen darüber reden. Genau gesagt, hat er meine Entschuldigung erst einen Tag später angenommen.*

„Ah", sagte ich. „Dann muss ich wohl wirklich mal mitgehen."

Sie grinste. „Allerdings." *Und übrigens danke, dass du mir geholfen hast, nicht mehr so bescheuert zu sein.*

Ich erwiderte ihr Grinsen. „Immer wieder gerne." Ich seufzte. Wie schön, dass überhaupt jemand ein Happy End bekam. Plötzlich stieg mir ein stechender Geruch in die Nase, und ich verzog das Gesicht. „Ihr hattet wohl Erfolg bei der Jagd, was?" Ich drückte mir einen Handrücken gegen die Nase und versuchte den Geruch nicht einzuatmen.

„Oh ja, tut mir leid", sagte Ron. „Stimmt, wir haben eins erwischt und zum Metzger gebracht, damit er es verarbeitet. Die Metzger arbeiten ehrenamtlich und geben das Fleisch an Suppenküchen weiter. Das Blöde ist nur, dass Anne nicht mehr jagen sollte, ohne ihren Eltern Bescheid zu sagen, und heute sind wir eher spontan losgezogen. Deshalb haben wir gehofft …"

„Dass ich von dir einen Gartenschlauch und etwas Wasser pumpen kann", beendete Anne den Satz und lächelte erwartungsvoll.

„Äh. Von mir aus. Macht ruhig. Ich hole schon mal Bleiche." Ich lief ums Haus herum und betrat die Küche durch die Hintertür.

Ich dachte, ich hätte unter der Spüle eine Flasche Bleiche gesehen.

Plötzlich tauchte Dad in der Küche auf, zum ersten Mal seit Tagen ohne das Telefon am Ohr. „Savannah, wir haben ein Problem."

Na toll. Was denn jetzt?

Ich seufzte. „Was ist denn?" Hatte er etwa Annes Gedanken gelesen?

„Ich habe gerade mit dem Rat telefoniert. Die Mitglieder kommen her."

„Hierher, nach Jacksonville, zum Hauptsitz des Clanns?", fragte ich erschrocken.

Er nickte. „Sie sind schon in der Nähe von Rusk gelandet und mit Autos unterwegs."

„Warum?" Oh Scheiße. Verdammter Dreck! Hatten sie irgendwie herausgefunden, dass ich jetzt zaubern konnte?

„Sie haben von der Wahl zum neuen Clann-Führer gehört. Nur hat ihnen jemand eingeredet, die Wahl sei nur ein Vorwand. Sie glauben, der Clann würde sich in Wirklichkeit treffen, um eine Strategie für einen neuen Krieg auszuarbeiten."

Mir fiel die Kinnlade herunter. „Das kann doch nicht wahr sein."

„Leider doch. Ich habe den ganzen Tag versucht, sie davon zu überzeugen, dass ihre Informationen nicht stimmen, aber die Ratsmitglieder glauben mir nicht."

Also war der Rat auf dem Weg zum Zirkel des Clanns. Und dort war Tristan …

36. KAPITEL

Ich jagte vampirschnell aus der Tür, ums Haus herum und zu Annes Auto. „Tut mir leid, Leute, ich muss weg. Tristan ist auf der Lichtung in Schwierigkeiten."
Dann rannte ich los, bevor Dad, Ron oder Anne mich aufhalten konnten.

Nur Minuten später hatte ich das Grundstück der Colemans erreicht. Mein Gesicht und meine Hände waren vom kalten Wind unterwegs taub geworden. Als ich vorsichtig über den Holzzaun kletterte, der das Gelände umgab, prickelte meine Haut. Entweder benutzten sie bei der Wahl Magie, oder ich kam zu spät, und die Schlacht begann gerade.

Im Garten hinter Tristans Haus war alles ruhig, aber davor und in der kreisförmigen Auffahrt standen unzählige Autos. Als ich den Waldrand erreichte, schlich ich langsam weiter. Ich achtete bei jedem Schritt darauf, auf weiches Moos zu treten, damit ich mich nicht durch knackende Kiefernzapfen oder Zweige verriet.

Kurz vor der Lichtung konnte ich sehen, dass noch nicht gekämpft wurde. Viele Nachfahren drängten sich im Zirkel und starrten auf den leeren Steinthron in der Mitte.

Eine vertraute Stimme rief: „Und unser neuer Clann-Führer heißt ... Tristan Coleman!"

Ich erstarrte. Es verschlug mir den Atem. Er hatte doch noch gewonnen.

Jetzt musste ich ihm helfen, damit der Krieg nicht hier und heute ausbrach.

Ich beobachtete, wie Tristan angespannt in die Runde lächelte und sich auf den steinernen Thron setzte, auf dem ich schon seinen Vater gesehen hatte.

„Gut gemacht, Süßer", flüsterte ich. Eine Träne rann mir über die Wange. Vor Stolz, redete ich mir ein, als ich sie wegwischte.

Dann hörte ich neben dem Jubel der Nachfahren, wie am Rand der Lichtung Zweige knackten.

Gowin näherte sich dem Zirkel mit mindestens zwanzig weiteren Vampiren hinter und neben ihm. Ich erkannte keinen seiner

Begleiter. Hatte der Rat ihn mit einer kleinen Armee hergeschickt, statt selbst zu kommen?

Und vor allem: Warum konnten Gowin und die anderen Vampire so nah an den Zirkel herankommen?

Ich konnte die Schutzzauber gegen Vampire überwinden, weil in mir Clann-Blut floss. Aber Gowin und seine Vampirkumpane sollten das eigentlich nicht können. Nicht ohne einen Nachfahren auf der Lichtung, der es ihnen bewusst erlaubte.

Vielleicht war es überflüssig, dass ich Panik bekam. Wenn die Ratsmitglieder persönlich kommen wollten, würde sie es auch tun. Also bildete Gowin entweder die Vorhut, um das Gelände für den Rat zu sichern, oder …

Moment mal. Gowin sollte doch die Clann-Morde untersuchen. Hatten die Nachfahren ihn eingeladen, damit er den Mörder vor dem ganzen Clann nannte?

In der Hoffnung auf gute Neuigkeiten konzentrierte ich mich auf ihn und versuchte seine Gedanken zu lesen.

Er spreizte die Hände neben sich, die Handflächen nach vorn, und dachte: Abwehrzauber ausschalten.

Die vertrauten schmerzhaften Stiche überzogen meinen Hals und meine Arme, und ich schnappte, wie alle Nachfahren, entsetzt nach Luft.

Mein Gott. Gowin hatte gerade die Abwehrzauber ausgeschaltet. Aber wie? Er war kein Nachfahre. Er dürfte gar nicht zaubern können.

Während sich die Nachfahren untereinander ansahen, weil sie dachten, einer von ihnen habe Magie benutzt, konzentrierte ich mich stärker auf Gowin und blendete alle anderen Gedanken aus. Und als ich es geschafft hatte und sein Verstand wie ein offenes Buch für mich war, wünschte ich mir fast, ich hätte versagt.

Gowin war der Mörder.

Er tötete Nachfahren, weil er mit ihrem mächtigen Blut vorübergehend auch ihre Fähigkeiten übernahm. Er wollte zu einem Mischling werden wie ich. Aber warum? Die Wirkung des Clann-Bluts hielt nicht an. Selbst wenn er jeden lebenden Nachfahren aussaugte, würde er irgendwann ohne Clann-Blut dastehen. Und wenn der Rat seinen Plan nicht genehmigt hatte, würde er Gowin dafür töten.

Ich grub mich tiefer in seine Erinnerungen, die sich wie Filmszenen vor mir abspulten. Ich sah die Nachfahren, denen er ihr Blut genommen hatte, den Kühlraum voller Ampullen mit Clann-Blut. Sein „Arsenal", wie er es nannte. Ich sah auch die Regale mit den Unterlagen, die er Rons Mutter und der Gesellschaft für Familienforschung gestohlen hatte. Er hatte es nur so aussehen lassen wie sinnlosen Vandalismus. Mit den Stammbäumen konnte er weitere Nachfahren in ganz Amerika finden und töten.

Daneben füllten zahlreiche Zauberbücher des Clanns die Regale. Gowin hatte sie seinen Opfern gestohlen und sie gelesen, um zaubern zu lernen. In den letzten Tagen hatte er einen Zauber nach dem anderen geübt. Am liebsten arbeitete er mit Feuer, weil es ihn nicht verbrannte, egal, wie nah es ihm kam. Wenn der Kampf erst ausgebrochen war, wollte er Caravass mit einem Feuerzauber töten und es dem Clann in die Schuhe schieben, damit er den Rat ohne großen Widerstand übernehmen konnte.

Und das war noch nicht alles. Instinktiv wusste ich, dass noch ein wichtiger Teil fehlte. Aber ich wusste auch so genug, um den Clann zu warnen, bevor der Rat auftauchte und die Lage außer Kontrolle geriet.

Doch plötzlich näherte sich rechts von Gowin eine zweite, größere Gruppe von Vampiren der Lichtung, angeführt von Caravass. Sie bewegten sich geordneter, fast wie Soldaten, und hatten viele bullige Vampire dabei, die fast aus ihren Anzügen platzten.

Es war zu spät. Ich konnte niemanden mehr warnen.

Aber ich konnte ihnen die Wahrheit sagen und hoffentlich zeigen, wer das eigentliche Problem war.

Ich rannte vor den Vampiren auf die Lichtung. Die Nachfahren drehten sich um und sahen die Vampire hinter mir. Viele hoben die Hände, um mir Zauber entgegenzuschleudern.

„Nein, nicht!", schrie Tristan und riss die Hände hoch. Ich spürte, wie seine Magie eine Mauer zwischen mir und den Nachfahren hochzog, bevor die anderen ihre Zauber abfeuerten. Feuerbälle zerschellten als Funkenregen an dem unsichtbaren Kraftfeld.

Als ihr neuer Anführer es befahl, hielten die Nachfahren ihre Zauber zurück.

„Hören Sie bitte zu", rief ich. „Ich weiß, was Sie glauben und welche Lügen man Ihnen erzählt hat. Aber an den Morden sind nicht alle Vampire schuld und auch nicht der Rat. Sondern nur er." Ich zeigte auf den Schuldigen. „Das ist Gowin. Er gehört zum Rat, aber er hat ohne die Zustimmung des Rates gehandelt. Er hat die Morde nicht untersucht – er hat sie begangen, weil er durch das Clann-Blut zaubern kann. Und er will die Magie nicht nur gegen den Clann einsetzen, sondern auch gegen seine eigenen Leute."

„Sie lügt", widersprach Gowin gelassen. „Der Hexenjunge hat sie auf die Seite des Clanns gezogen. Warum sollte ich gegen meine eigene Art kämpfen? Ich bin seit Jahrhunderten Vampir und Ratsmitglied."

„Weil du eine Armee von Supervampiren erschaffen willst." Während ich es aussprach, las ich es in seinen Gedanken.

„Natürlich würde eine Verbündete des Clanns Lügen über einen Vampir verbreiten." Gowin blieb immer noch ruhig, er lächelte sogar. „Ich bin hier, um meinen Rat zu unterstützen. Im Gegensatz zu dir. Auf wessen Seite stehst du eigentlich, Savannah?"

„Auf beiden", antwortete ich. „Es gibt keinen Grund, zu kämpfen, es sei denn, du willst wirklich …"

Gowin war so schnell, dass ich die Bewegung nicht mal sah. Gerade stand er noch mehrere Meter entfernt bei den anderen Vampiren, und eine Sekunde später war er hinter mir, eine Hand an meiner Kehle, den anderen Arm um meine Taille geschlungen.

„Lass sie los, Gowin!", schrie Dad, der gerade den Rand der Lichtung erreichte.

„Aber sie hat sich gegen uns gestellt, Michael." Gowin klang wie die Ruhe selbst. „Sie hat mir unglaubliche Dinge vorgeworfen, die jeglicher Grundlage entbehren."

Dad sah mich an und zog die Augenbrauen zusammen.

„Dad, ich habe seine Gedanken gelesen, und ich schwöre dir, dass er die Nachfahren umgebracht hat." Auch wenn es mir nicht leichtfiel: Ich musste mich zusammenreißen. Wenn ich jetzt die Kontrolle verlor, würde ich wie ein aufgeregtes kleines Mädchen wirken, vor allem für Vampire, die mehrere Hundert Jahre alt waren. „Er benutzt das Clann-Blut, damit er für eine Weile zaubern kann. So konnte er durch die Abwehrzauber bis zu dieser Lichtung kommen und sie für alle anderen Vampire außer Kraft setzen."

„Oder du hast die Schutzzauber ausgeschaltet", widersprach Gowin. „Sieh dich lieber vor, Kind. Der Rat weiß, dass wir dich nicht zwingen können, uns die Wahrheit zu sagen, und niemand hier kann deine Gedanken lesen." Er legte den Kopf schief und lächelte. „Und genau darauf verlässt du dich, nicht wahr? Du weißt, dass du über jeden hier wilde Lügen verbreiten kannst, und niemand kann in deinen Gedanken die Wahrheit sehen."

Mein Herz raste panisch. Er hatte recht! Mein Wort stand gegen seines und gegen seine kleine Armee. Es sei denn …

„Ich kann beweisen, dass ich die Wahrheit sage." Ich streckte dem Rat einen Arm entgegen. „Trinkt mein Blut. Die Bluterinnerungen beweisen, dass ich nicht lüge."

Als Gowin hinter mir erstarrte, lächelte ich. *Ich habe deinen Plan durchkreuzt. Was willst du jetzt machen?*

Dad wandte sich an den Rat. „Nun? Meine Tochter bietet freiwillig ihr Blut an, um ihre Behauptungen zu untermauern. Einer von euch wird das Angebot doch sicher annehmen, um zu beweisen oder zu widerlegen, was sie gegen ein Ratsmitglied vorgebracht hat."

„Gowin, bitte, tu das nicht", rief Emily. Sie schob sich durch die Menge, auf ihren Wangen schimmerten Tränen. Sie sah schrecklich aus, mit dunklen Ringen unter den Augen, blass und ausgezehrt.

Aber Gowin sah sie anders. Er sah in ihr, was sie ihm ermöglicht hatte: den ersten Schluck Blut, der ihm erlaubt hatte, sich an seine ersten Clann-Opfer heranzuschleichen. Und das Kind, das sie in sich trug. Sein Kind, den ersten echten Vampir für eine übermächtige Armee, die er aufbauen wollte. Nein, nicht aufbauen – züchten.

Das war das fehlende Puzzlestück. Er teilte das Blut der Nachfahren nicht mit anderen Vampiren, und sein Ziel waren nicht die magischen Fähigkeiten. Sie waren nur ein Mittel zum Zweck. Er wollte die Magie des Clanns gegen die Nachfahren einsetzen und alle Frauen zwingen, seine Kinder auszutragen. Kinder, die Mischlinge wären wie ich, aber ihm in alle Ewigkeit gehorchen sollten. Und sie sollten sich vermehren und immer weitere Mischlinge für seine Armee produzieren, bis er die Welt beherrschte. „Oh mein Gott", flüsterte ich. Mein Dad und meine Mom hatten ihn auf die Idee gebracht. Eigentlich hatte er geplant, dass ich mich in ihn verliebte und seine erste Brutmaschine würde, aber weil ich noch Tristan nachtrauerte und gegen seinen Charme immun war, hatte er sich eine andere ausgesucht. Eine junge Nachfahrin, die sich von seinen Schmeicheleien hatte einwickeln lassen. Und die ihm das erste Clann-Blut gab, durch das er andere Nachfahren angreifen und ihnen ihr Blut stehlen konnte.

Und Emily hatte sich Hals über Kopf in ihn verliebt.

Gowin brummte überrascht: „Also stimmt es. Du kannst wirklich bei jedem Gedanken lesen. Wenn das so ist …"

Schließ dich mir an oder stirb, beendete er den Satz stumm.

Verdammt. Er konnte auch meine Gedanken lesen.

„Das ist doch wohl nicht dein Ernst", zischte ich. Er packte mich fester an der Kehle. Ich konnte kaum noch atmen. „Hältst du dich für Darth Vader oder was?"

„Tja, Caravass, ich habe es versucht", wandte sich Gowin an seinen Schöpfer. „Aber sie hat sich endgültig für den Clann entschieden. Sie stellt sich gegen die Vampire."

„Nicht gegen alle Vampire. Nur gegen dich, Gowin", ächzte ich. „Warum sagst du nicht allen die Wahrheit? Dann werden wir ja sehen, wer wo steht."

Die Antwort las ich in seinen Gedanken. Er hatte schon versucht, Caravass von seinem Plan zu überzeugen, aber der Anführer der Vampire wollte seine Art nicht verwässern. Deshalb plante Gowin, seinen Schöpfer heute Nacht zu töten und die Macht im Rat an sich zu reißen.

„Lass sie los, Gowin!", brüllte Tristan.

Gowin wandte sich mit mir zu Tristan um, der auf der kleinen Anhöhe vor dem Thron stand und die Hände gehoben hatte.

„Pass auf, oder sie stirbt!" Gowins Finger krümmten sich zu

Klauen, als wollte er mir die Kehle herausreißen.

Tristan ließ die Hände sinken. Er hatte Angst, und gleichzeitig war er wahnsinnig wütend.

Mir ging es genauso. Ich hätte Gowin den Kopf abreißen können. Wenn ich mich doch nur befreien könnte ...

„Gowin, diesen Kampf kannst du nicht gewinnen", rief mein Dad.

„Michael, du bist ein Idiot." Gowin drehte sich so, dass er Tristan und Dad im Blick behalten konnte. „Das warst du schon immer. Heute werden diese dummen, arroganten Nachfahren für jeden Vampir bezahlen, den sie getötet haben. Wirst du auf der Seite der Sieger stehen?"

„Hier gibt es keine Seiten", widersprach Dad. „Nur Nachfahren und Vampire, die jetzt die Wahrheit hören wollen."

Moment mal. Nanna hatte gesagt, ich müsse mich nur auf etwas konzentrieren und meinen ganzen Willen darauf richten.

Meine Willenskraft war heute am Anschlag. Und von Gowin hatte ich etwas Neues über Magie und Vampire gelernt.

Ich schloss die Augen und stellte mir vor, ich wäre eine lebende Fackel. Flammen würden mich von Kopf bis Fuß umhüllen, ohne mich zu berühren. Genau der Zauber, den Gowin in den gestohlenen Büchern gelesen hatte und mit dem er Caravass töten wollte.

Tristan

Als das Feuer Savannah umhüllte, schrie ich auf. Ich dachte, jemand hätte sie mit einem Zauber getroffen. Dann sah ich durch die Flammen, wie sie lächelte.

Gut gemacht! dachte ich. Als Gowin sie sofort losließ, lächelte ich stolz.

„Sie benutzt Magie!", schrie Gowin. „Welchen Beweis braucht der Rat noch? Sie kämpft für den Clann!"

Offenbar glaubte der Vampirrat ihm, denn plötzlich brach Chaos aus. Schreie erfüllten die Lichtung, als sich Mr Colbert auf Gowin stürzte und Gowins Vampire und der Rat den Clann von zwei Seiten angriffen.

Ich rannte über das Schlachtfeld und wich den Zaubern aus, die kreuz und quer flogen, bis ich Sav erreichte. Sie hockte auf dem Boden; die Flammen waren schon erloschen.

„Ist bei dir alles in Ordnung?", rief ich, um das Schreien und Brüllen der wütenden Vampire und Nachfahren zu übertönen. Ich berührte ihre Schultern und Arme und nahm ihr Gesicht zwischen die Hände, um zu sehen, ob sie sich verbrannt hatte.

„Alles in Ordnung! Ich lade nur meine Energie auf", schrie sie zurück, beide Hände fest auf den Boden gedrückt.

Mit ausgestreckten Händen und gebleckten Fangzähnen stürzte ein Vampir auf uns zu. Ich wollte die Hände hochreißen und ihm einen Feuerball entgegenschleudern. Aber bevor ich dazu kam, ragte plötzlich ein Pfeil aus seiner Brust, und er fiel zuckend zu Boden. Was zum ...

Ich sah mich um, woher der Pfeil gekommen war. Eine wild gewordene Anne kämpfte Rücken an Schwanz mit einem riesigen Panther gegen die Vampire.

„Savannah!", brüllte ich und deutete auf die beiden.

Savannah drehte sich um und schnappte nach Luft, aber das Geräusch ging in den Schreien und dem lauten Knistern der Zauber unter. „Sind sie wahnsinnig geworden?"

Auf jeden Fall sahen sie so aus. Zähne und Klauen eines Panthers und Pfeil und Bogen waren zwar cool, aber damit kam man nicht gegen eine Armee von Vampiren oder Magie an.

Und wo hatte Anne in Osttexas bloß einen so großen, abgerichteten Panther aufgetrieben?

Gebückt lief ich zu dem seltsamen Gespann. Ich hielt Savannahs Hand fest, damit man uns nicht trennen konnte.

„Was machst du denn hier?", rief ich Anne zu, als wir sie erreichten.

„Savannah hatte mir eine Jagd versprochen!" Grinsend schoss Anne noch einen Pfeil ab. Ich folgte ihm mit dem Blick. Der Pfeil erwischte einen von Gowins Vampiren im Rücken. Kurz schrie er, dann zerplatzte der Vampir zu einer Aschewolke, die zu Boden rieselte. Noch konnte Anne das Überraschungsmoment ausnutzen, aber wenn die Vampire sie erst bemerkten, war sie erledigt. „Ein Glück, dass mir die Karbonpfeile ausgegangen sind und ich heute Holzpfeile nehmen musste, was?"

„Ihr müsst hier weg", rief Savannah. „Das ist nicht euer Kampf!"

Habe ich ihr auch schon gesagt, dachte Ron. *Aber sie ist so verdammt stur!*

Als sich ein Vampir auf uns werfen wollte, sprang der Panther hoch und packte ihn mit Zähnen und Pfoten am Hals.

Ich sah Savannah an. „Ich glaube ... Habe ich gerade Ron gehört?"

„Ja, der Panther ist Ron", schrie sie mir ins Ohr, damit ich sie hören konnte. „Er ist ein Hüter. Das sind Gestaltwandler, die der Clann vor ein paar Hundert Jahren als Verbündete geschaffen hat. Er ..."

Anne richtete sich auf, damit sie über uns hinwegschießen konnte. „Weniger reden, mehr kämpfen!"

„Ist 'ne lange Geschichte", kürzte Savannah ab. „Erzähle ich dir später. Du musst nur wissen, dass Nachfahren und Hüter gegenseitig ihre Gedanken lesen können, okay?"

„Albright!", brüllte Dylan, nur wenige Meter von uns entfernt. Er riss die Hände hoch.

Anne fiel wie ein Stein zu Boden und griff sich an den Hals, als würde sie ersticken. Im nächsten Moment verdrehte sie die Augen. Durch ihre Adern wand sich schwarzes Blut von den Wangen und dem Hals Richtung Herz. Was hatte Dylan ihr angetan?

Ich warf mich herum und wollte einen Zauber auf ihn abfeuern, aber ein Vampir hatte ihn schon gefunden. Gut. Hoffentlich machte der Blutsauger ihn fertig.

Als ich mich wieder umdrehte, hockte Ron, immer noch als Panther, neben Anne und heulte. Savannah drückte beide Hände auf den Hals ihrer bewusstlosen Freundin.

„Tristan, ich kann es nicht aufhalten!", rief Savannah. „Es muss Gift oder so was sein."

„Gebt uns Deckung", bat ich sie und Ron, warf mich neben Anne auf die Knie und machte mich an die Arbeit.

Der Zauber war genauso hinterhältig wie der, der ihn benutzte. Er brannte wie Feuer durch Annes Adern. Nur mit Mühe schaffte ich es, ihn von ihrem Herzen fernzuhalten, das wohl das Ziel war. Während Savannah und Ron uns vor weiteren Zaubern und Vampiren schützten, verstrichen zu viele kostbare Sekunden.

Endlich spürte ich, wie der Zauber nachließ. Ich hatte das Gift in Annes Lungen getrieben und von dort weiter aus ihrem Körper. Als es ganz aus ihr gewichen war, konnte sie wieder atmen. Sie war noch bewusstlos, aber sie würde überleben.

„Ron", rief ich. Der Panther schleuderte den Vampir zur Seite, den er gerade in Fetzen riss, und sprang zu uns herüber. „Du musste sie in Sicherheit bringen. Sie wird wieder gesund, aber sie braucht jetzt Ruhe."

Der Panther senkte kurz den massigen Schädel und verschwand hinter ein paar Bäumen. Wenige Sekunden später kam er als Mensch zurück, noch barfuß, aber in Jeans und einem offenen Flanellhemd. „Danke, Mann. Ich bin dir echt was schuldig."

Er nahm Anne auf die Arme und drückte ihren schlaffen Körper an sich.

„Savannah, wir müssen ihm Deckung geben, damit er Anne wegbringen kann", rief ich neben ihr. Savannah wehrte die Feuerbälle ab, die aus allen Richtungen kamen.

Sie nickte, und wir teilten uns auf, damit wir uns und unsere Freunde schützen konnten. Ron lief mit Anne auf den Armen zum Haus, wo hoffentlich sein Auto stand.

Als sie außer Sichtweite waren, rief Savannah: „Wir müssen zu Caravass. Er ist der Älteste. Er kann den anderen Vampiren befehlen, aufzuhören."

„Okay." Gebückt liefen wir zum Rand der Lichtung los. Ich hatte ihr eine Hand auf den Rücken gelegt, und während wir uns einen Weg durch die kämpfenden Nachfahren bahnten, wehrte ich Zauber ab.

Auch Caravass und die anderen Ratsmitglieder kämpften, aber sie schienen sich eher zu verteidigen. Sie wichen Zaubern aus und schlugen angreifende Nachfahren nur bewusstlos, während Gowins kleine Armee den Gegnern das Genick brach und die Schlag-

adern aufschlitzte, wo sie nur konnte.
„Da drüben!", rief ich und wollte Savannah Richtung Rat schieben.
„Nicht so schnell", sagte Gowin mir ins Ohr. Dann explodierte meine Brust vor Schmerzen.

37. KAPITEL

Savannah

Meine Brust explodierte vor Schmerzen, und Tristans Hand rutschte von meinem Rücken. Gebückt drehte ich mich um. Ich dachte, er würde einen Angreifer abwehren, der mich mit einem Zauber getroffen hatte.

Aber dieser Angreifer hatte ihn komplett überrumpelt. Und die Schmerzen, die ich spürte, kamen nicht von mir.

Tristan stand aufrecht da, den Rücken durchgedrückt, das Gesicht schmerzverzerrt. Er stand unter Schock.

Dann sah ich Gowin hinter Tristan und etwas, das aus seiner Brust ragte. Es sah aus wie Fingerspitzen. Als hätte Gowin seine ganze Hand durch Tristan gerammt.

Großer Gott, bitte nicht, dachte ich.

Mit einem Schlag war meine ganze Welt vernichtet.

Ich muss wohl geschrien haben. Gowin ließ Tristan achtlos fallen wie ein Stück Müll und ging weiter. Wahrscheinlich wollte er Caravass angreifen.

Aber mir war egal, wohin er wollte, wie der Kampf lief, wer gewann und wer verlor. Als ich Tristan auffing, gab es für mich nicht einmal mehr Dad und Ron und Anne.

Er wollte etwas sagen und verdrehte die Augen, um mich anzusehen. Aber alles, was er herausbrachte, war ein ersticktes Keuchen.

„Bitte nicht!", schrie ich. Auf Knien drückte ich ihn an mich, genauso wie ich damals auf genau dieser Lichtung Nanna in den Armen gehalten hatte.

Wieder würde mir der Zirkel jemanden nehmen, den ich liebte.

Nein. Tristan durfte nicht sterben. Ich wusste nicht, wie ich ohne ihn auf dieser Welt leben sollte. Er musste es schaffen.

Ich drückte eine Hand auf seine Brust, aber ich konnte die Blutung nicht stoppen. Mit jedem schwachen Herzschlag strömte mehr Blut hervor. Ich spürte, wie der Rhythmus langsamer wurde.

„Mein Gott. Sag mir, wie ich dich retten kann", flüsterte ich ihm ins Ohr. Ich drückte meine kalte Wange gegen sein Gesicht, aus dem schon die Wärme wich.

Nanna hatte gesagt, dass ich keine Worte brauchte. Also schloss ich die Augen und konzentrierte mich auf sein Herz. Ich befahl ihm, zu heilen. Ich ließ meine Energie in ihn strömen, erst ein wenig, dann, als ich verzweifelter wurde, immer mehr. Wenn er nur überlebte, war mir egal, ob ich ihm den letzten Funken Energie in mir geben musste. „Komm schon, Tristan! Du hast mir immer gesagt, dass ich kämpfen soll. Jetzt bist du dran. Kämpfe!"

Ich konzentrierte mich ganz auf seine Heilung und die Magie und auf das, was ich so sehr brauchte. Erst als Dad eine Hand auf meine legte, bemerkte ich ihn.

„Er stirbt, Savannah!", rief Dad. „Verwandle ihn!"

Die Zeit stockte, bis Tristans Herzschläge Sekunden zu dauern schienen.

„Das kann ich nicht." Ich wollte schreien, aber ich brachte nur ein Flüstern heraus.

„Doch, das kannst du. Tu es jetzt! Er ist zu stark verletzt und verliert zu viel Blut. Verwandle ihn, bevor sein Herz stehen bleibt und es zu spät ist!"

Ich schüttelte den Kopf. „Ich weiß nicht, wie. Du …"

„Ich kann es nicht, sein Körper würde reines Vampirblut abstoßen. Du musst ihm dein Blut geben. Das ist seine einzige Chance."

„Aber dann stirbt er!"

„Er stirbt jetzt schon. Noch ein paar Sekunden, dann versagt sein Herz. Verwandle ihn jetzt oder lass ihn gehen." Dad drückte meine Schulter. „Er wollte es so. Er liebt dich. Liebst du ihn?"

Meine Kehle war wie zugeschnürt. Ich konnte nur nicken.

Tristan packte meine Hand. Er riss die Augen auf und sah mich flehend an.

Ich betete, dass ich das Richtige tat. Mit den Zähnen riss ich mir das Handgelenk auf und drückte es Tristan gegen den Mund.

Ich beugte mich vor und flüsterte: „Es tut mir leid. Ich weiß, dass ich egoistisch bin. Aber ich kann dich nicht gehen lassen. Noch nicht."

Dann brach ich meinen Schwur und tat, was ich nie hatte tun wollen: Ich schlug meine Fangzähne in Tristans Hals und trank.

Tristan

Zuerst wusste ich nicht, wo oder wer ich war. Als ich die Augen aufschlug, sah ich nur einen roten Schleier, der mir auch nichts verriet.

Aber dieser Geruch, der Duft nach warmem Lavendel, der meine Nase und Lungen füllte – ihn kannte ich. Er war mein Zuhause, meine Liebe. Alles, was ich brauchte, um glücklich zu sein.

Ich hob eine Hand und berührte den sanften roten Schleier auf meinem Gesicht. Ihn kannte ich auch. Er bestand aus weichem, lockigem Haar, lang und dick. Ich hatte oft die Hände in ihm vergraben, immer voller Freude.

Der Schleier löste sich von meinem Gesicht und meinen Händen. „Tristan?", flüsterte eine leise, heisere Mädchenstimme. Sie war mir vertraut, und auch sie bedeutete Liebe.

Schließlich sah ich ein Gesicht. Sofort wusste ich, wer sie war. „Savannah." Das Mädchen, das ich liebte und für das ich sterben würde.

Vielleicht war ich sogar gestorben. Ich erinnerte mich an Schmerzen, in denen ich fast ertrunken wäre. Von meiner Brust aus hatten sie sich in meinem ganzen Körper ausgebreitet. Dann hatten sie sich zurückgezogen und waren ganz verklungen. Ihnen war eine Woge aus Erinnerungen gefolgt, in denen Savannah als kleines Mädchen mit einem Jungen in einem Baumhaus spielte. Mit mir. Ich war dieser Junge, ihr bester Freund. Die Erinnerungen veränderten sich, wir waren plötzlich älter … Ich sah den Tag, an dem ich sie vor einem Backsteinbau vor jemandem rettete, der Greg hieß. Den Abend, an dem wir im Mondlicht getanzt hatten, unter unseren Füßen raschelndes Laub, ich in einer Ritterrüstung aus Plastik, Savannah in einem weißen Kleid mit kleinen weißen Flügeln auf dem Rücken.

„Bist du ein Engel?", murmelte ich. Ich musste mich erst erinnern, wie man sprach, und versuchte ihr Gesicht zu berühren.

Sie sah zu jemandem auf, und ein Mann, dessen Stimme mir längst nicht so vertraut war, sagte: „Er wird einige Zeit brauchen, um sich zu erinnern. Ein paar Tage oder sogar Wochen."

Danach hörte ich nicht mehr zu. Das alles war egal. Wichtig war nur, dass das Mädchen vor mir Savannah war und ich Tristan. Und dass ich sie liebte.

Dann roch ich etwas anderes. Es duftete gut und warm. Der Geruch ließ mir das Wasser im Mund zusammenlaufen, und mein Magen verkrampfte sich vor Hunger.

Savannah

„Tristan", schrie Nancy Coleman. Sie rannte zu uns und ließ sich weinend neben ihm auf die Knie fallen. „Mein süßer Schatz, ist alles in Ordnung? Wie fühlst du dich? Was ist passiert?"

„Mrs Coleman, er ...", setzte ich an.

„Sprich mich nicht an, Vampirin", zischte sie grob in meine Richtung. Dann ignorierte sie mich wieder. „Tristan! Sag etwas, damit ich weiß, dass es dir gut geht."

Sie nahm eine seiner Hände und riss die dunklen Augen auf. Langsam glitt ihr Blick an seinem Arm hinauf zu seinem blassen Gesicht, das im Licht der verstreuten Feuer auf der Lichtung schimmerte. Schließlich sah sie seine grünlich-silbernen Augen.

„Oh. Mein. Gott", stöhnte sie. Sie zog die Hände zurück. „Du bist ..."

„Er lebt", unterbrach ich sie. „Sonst wäre er gestorben."

Keuchend ließ sie die Hände sinken. „Was hast du nur getan?"

„Er lag im Sterben. Es war die einzige Möglichkeit, ihn zu retten."

Sie sah wieder auf Tristan hinab. Sekunden verstrichen, in denen verschiedene Gefühle sie erfassten. Ganz offensichtlich wusste sie nicht, ob sie froh sein sollte, dass er noch lebte, oder entsetzt, dass er zu dem Feind geworden war, den sie mehr als alles andere fürchtete.

„Dafür sollte ich dich umbringen", fauchte sie mich an. „Das ist alles deine Schuld! Ohne dich ..."

„Ohne Savannah wäre Ihr Sohn jetzt tot", sagte Dad.

„Schluss jetzt!", rief Caravass. „Vampire, hierher zu mir."

Als die Vampire zu ihrem Anführer gingen, endete der Kampf.

Manche liefen sogar rückwärts. Selbst mein Vater musste dem Ruf folgen und ging zu den anderen. Diese absolute Kontrolle war erschreckend und eine Erleichterung zugleich. Zum Glück verhinderten unsere Clann-Gene, dass der Befehl auch bei Tristan und mir wirkte.

Aber wo war Gowin?

Ich suchte die Lichtung ab und entdeckte Emily, die dicht vor Caravass vor einem Häufchen Asche kniete und schluchzte. Ein kurzer Blick in ihre Gedanken verriet mir, was geschehen war.

Als Emily gesehen hatte, wie ihr Freund ihren Bruder töten wollte, hatte sie sich entschieden. Spontan, ohne nachzudenken, hatte sie einen Feuerball auf Gowin geschleudert, der gerade Caravass angreifen wollte. Sie hatte den Anführer des Vampirrates gerettet und den Mörder ihres Vaters getötet. Und den Vater ihres ungeborenen Kindes.

Leider musste ich Tristan deshalb allein festhalten, als er sich aufsetzte und tief einatmete.

„Sieh ihn dir nur an. Er wittert wie ein Tier." Nancy Coleman kämpfte sich hektisch auf die Beine und wich zurück. „Er riecht das Blut. Der Blutdurst hat ihn schon gepackt!" Ihr wirrer Blick richtete sich wieder auf mich. „Du hast mir meinen Sohn genommen."

Es war so still geworden, dass die überlebenden Nachfahren sie hörten und merkten, dass Tristan sich verwandelt hatte. Ihr Gemurmel schwoll zu Schreien an, als ihre Wut ein neues Ziel fand: mich.

„Sie hat unseren Anführer verwandelt."

„Tristan ist jetzt ein Vampir. Er ist auf ihrer Seite!"

„Dafür, dass sie uns unseren Anführer genommen haben, sollten wir sie alle umbringen!"

Mit dem Geschrei wuchs auch meine Angst. Hatten wir Gowin etwa nur überlebt, damit der Clann uns töten konnte?

Dad neigte sich zu Caravass und flüsterte ihm etwas zu. Als der oberste Vampir nickte, kam Dad behutsam und langsam wie ein Mensch zu uns.

„Savannah, wir müssen Tristan wegbringen."

„Aber ... seine Familie." Ich sah zu Emily hinüber, die erst jetzt mitbekam, wie wütend der Clann auf uns wurde. Als sie aufstand und Tristan sah, wurde sie blass. Wahrscheinlich konnte sie uns auch nicht helfen.

„Tristan, kannst du aufstehen?", flüsterte ich.

Mit Dads und meiner Hilfe konnte Tristan sich hochwuchten. Er schnupperte immer noch.

Woher kommt dieser Geruch?, hörte ich ihn denken. *Das riecht ... gut.*

Mein Gott, seine Mutter hatte recht. Er verspürte wirklich schon Blutdurst.

Was ist Blutdurst?, dachte er, und ich erschrak.

Er konnte meine Gedanken hören.

Ja, du hörst meine doch auch, oder? Er wandte sich zu mir um und sah mich verwirrt an. Meine Hand hielt er immer noch fest gepackt.

Ich schluckte schwer und nickte. *Stimmt. Hör mal zu, Tristan, das ist echt wichtig: Achte gar nicht auf diesen Geruch, okay?*

Aber es riecht so gut. Ich bekomme sogar Bauchschmerzen.

Emily kam zögerlich näher. „Tristan? Dir fehlt ja gar nichts!" Sie wollte ihn umarmen.

Dad stellte sich zwischen die beiden, während Tristan den Kopf schief legte und seine Schwester aus seinen silbernen Augen musterte. Er schien sie nicht zu erkennen.

„Das würde ich nicht tun", warnte Dad leise. „Gowin hätte ihn fast getötet. Savannah musste ihn verwandeln, sonst wäre er gestorben. Und er muss so schon gegen seine Begierde ankämpfen."

Sie öffnete den Mund, schloss ihn wieder und erstarrte. Dann schlang sie die Arme um sich, zog die Augenbrauen zusammen und wandte sich zu den brüllenden Nachfahren um.

Mom, du musst sie beruhigen, dachte Emily. Mrs Coleman hatte sich schon weit von ihren Kindern entfernt. Jetzt straffte sie die Schultern und drehte sich um. *Lass nicht zu, dass die Lage noch weiter außer Kontrolle gerät. Ich weiß, dass du es jetzt noch nicht so sehen kannst, aber dein Sohn lebt. Lass ihn jetzt gehen, damit er irgendwann zu uns zurückkommen kann.*

Mrs Coleman biss die Zähne zusammen, und mein Herz hämmerte wie wild. Schließlich nickte sie und wandte sich an den Clann. „Nachfahren! Ich weiß, dass euch der Verlust unseres neuen Anführers schwer trifft. Aber er ..." *Ist. War. Ist. War.* Ihr Verstand konnte sich nicht entscheiden. Sie zwang sich zu sagen: „... ist immer noch mein Sohn, auch wenn die Clann-Gesetze verbieten, dass er unser Anführer ist."

„In diesem Fall akzeptiere ich das Amt des Clann-Führers", sagte Mr Williams und trat vor.

Dr. Faulkner löste sich ebenfalls aus der Menge. „Aber nicht nach den Gesetzen des Clanns. Nicht, solange ein Elternteil des früheren Clann-Führers noch lebt und bereit ist, das Amt anstelle des Sohnes anzunehmen." Er klang, als hätte er jedes einzelne Clann-Gesetz auswendig gelernt.

Schweigend warteten alle auf Mrs Colemans Reaktion. Schließlich sagte sie: „Als Tristans überlebendes Elternteil akzeptiere ich und übernehme ab sofort das Amt der Clann-Führerin."

Mr Williams lief dunkelrot an. Aber er sagte nichts. Seine Gedanken verrieten, dass er von diesem Gesetz gewusst hatte. Er hatte nur gehofft, dass es niemand mehr kennen würde. Wenn er Clann-Führer werden wollte, musste er sich etwas anderes überlegen.

Es dauerte eine Weile, bis alle Nachfahren begriffen, dass sie schon wieder ein neues Oberhaupt hatten. Die ganze Zeit über hielt Tristan meine Hand fest und drückte zu, bis es fast schmerzte.

Er las meine Gedanken und zwang sich, seinen Griff zu lockern. *Es tut mir leid. Dieser Geruch tut mir weh. Ich kann ihn nicht mehr ignorieren. Ich muss ..."*

„Tristan, nicht!" Vor lauter Panik schrie ich die Warnung, statt sie nur zu denken.

Tristan ließ meine Hand los und stürzte vor. Dad packte ihn sofort an den Schultern und hielt ihn fest.

Emily keuchte entsetzt auf. „Oh Gott, nein. Tristan."

„Savannah, wir müssen gehen", sagte Dad und zog Tristan rückwärts mit sich.

Tristan hatte die Augen zusammengekniffen und bleckte knurrend seine Fangzähne.

Und ich stand wie angewurzelt da. Es war das erste Mal, dass ich sah, wie ein Vampir die Kontrolle über seinen Blutdurst verlor. Mrs Coleman starrte uns mit weit aufgerissenen Augen an. Sie holte tief Luft, und ich hörte sie denken: *Ich muss das tun, für meinen Sohn und für den Clann.* Damit alle es hörten, sagte sie laut: „Tristan Coleman, ich verbanne dich aus dem Clann. Geh jetzt und komm nie wieder."

Wie bei einer Zeremonie wandten sich alle Nachfahren bis auf Emily und Mrs Coleman von uns ab.

„Leb wohl, mein Sohn", formte Mrs Coleman stumm mit den Lippen, während ihr Tränen über die Wangen strömten.

„Komm schon." Emily zog mich am Ellbogen mit durch den Wald, während Dad vor uns Tristan weiterschob.

Je weiter wir uns vom Zirkel und dem vielen Clann-Blut auf dem Boden entfernten, desto weniger wehrte sich Tristan. Irgendwann konnte er wieder zusammenhängend denken. *Warum tut es so weh?*

Ich weiß, Schatz, dachte ich. *Aber wenn du mit meinem Dad weitergehst, hört es auf.*

Dieser Mann ist dein Dad?

Ja. Vertrau ihm. Er beschützt uns und besorgt dir etwas zu ... essen, damit dir der Magen nicht mehr wehtut.

Okay. Ich vertraue dir, also vertraue ich ihm auch. Aber selbst, als wir den Garten hinter seinem Haus erreichten, zuckte Tristans Blick noch wild hin und her.

„Wir sehen uns zu Hause", sagte Dad. Sein Tonfall ließ keinen Widerspruch zu. Plötzlich verschwanden sie. Dad zeigte Tristan im Schutz der Bäume zum ersten Mal, wie sich Vampire bewegen konnten.

„Mein Gott", flüsterte ich, als ich Tristans Gedanken nicht mehr hören konnte. „Was habe ich nur getan?"

– ENDE –

Lesen Sie auch:

Rebecca Hamilton

Forever – Das ewige Mädchen

Ab November 2013 im Buchhandel

Band-Nr. 65083
12,99 € (D)
ISBN: 978-3-86278-839-2

1. KAPITEL

Ein beharrliches statisches Rauschen hatte sich in meinem Kopf wie ein Hausbesetzer eingenistet, den ich nicht rausklagen konnte. Ich *dachte*, indem ich das Rauschen loswerde, hab ich eine Chance zu überleben und nicht wahnsinnig zu werden. So als würde ich nur Stille brauchen, um mich wohl und behaglich zu fühlen – selbst wenn diese Stille bloß in mir selbst herrschte.

Das war ein Irrtum.

Meine Entscheidung, mich von dem ständigen weißen Rauschen zu befreien, fiel in dem Moment, als Mrs Franklin mich im Diner ansah, als hätte irgendein Dämon von mir Besitz ergriffen. Eigentlich schaute sie mich immer so an, und das nicht nur, weil ich manchmal wie weggetreten war und es nicht mal schaffte, die Bestellung über ein paar einfache Pancakes aufzunehmen.

Ich ging über den schwarz-weiß gefliesten Boden zur Jukebox, weil ich hoffte, „Wish You Were Here" von Pink Floyd könnte den Wespenschwarm in meinem Geist übertönen.

„Sophia!" Mrs Franklins schrille Stimme schnitt durch meine Gedanken.

Ich hielt mich verkrampft an der Jukebox fest und drehte nur den Kopf in ihre Richtung. „Ja?"

Sie strich ein paar unsichtbare Falten in ihrem knöchellangen Kleid mit Paisley-Muster glatt. „Die Rechnung, bitte. Ich möchte gern gehen, bevor meine Ohren mit irgendwelcher weltlichen Musik traktiert werden."

Ich kehrte zur Kasse zurück, druckte den Beleg aus und begab mich an ihren Tisch. „Kann ich sonst noch etwas für Sie tun, Mrs Franklin?"

„Ich hatte gehofft, du würdest noch einmal über mein Angebot für dein Haus nachdenken."

Das hatte ich natürlich nicht gemacht. Warum sollte ich mein Erbe verkaufen, wenn nicht mal genug Geld dabei heraussprang, um diese elende Stadt zu verlassen? „Ich bin nicht interes…"

Als sie mich am Arm packte, musste ich mich zwingen, meinen

wütenden Blick von ihren weiß hervortretenden Knöcheln ab- und ihrem finster dreinschauenden Gesicht zuzuwenden. Ich überlegte, ob ich mich einfach von ihr losreißen sollte, aber wenn sie mir hier eine Szene machte, würde ich den Kürzeren ziehen. Schließlich war der Kunde König und hatte immer recht.

Mrs Franklin beugte vor und erklärte mit gesenkter Stimme: „Entweder, du verschwindest aus dem Haus, oder wir holen dich da raus."

Na toll. Warum konnte sie *den* Spruch nicht auf einen der tausend Zettel schreiben, mit denen sie ständig mein Grundstück zupflasterte? Während ich sie weiter wütend anstarrte, überlegte ich, was ich darauf erwidern sollte. Aber das war gar nicht nötig. Sie sah mich einfach nur lange warnend an, dann ließ sie meinen Arm los, schnappte sich ihre Handtasche und hetzte an mir vorbei zur Kasse am anderen Ende des Diners.

Ich blies mir eine verirrte Haarsträhne aus dem Gesicht und schaute durchs Fenster hinaus zum Horizont, wo die Rocky Mountains in den Himmel ragten. Belle Meadow war nur eine halbe Autostunde von Denver entfernt, hinkte der Zivilisation der restlichen Welt aber um Jahrzehnte hinterher. Diese Stadt war wie eine Falle, aus der es kein Entrinnen gab, eine große Ansammlung von Verrückten und Spinnern, mich eingeschlossen. Wenn Colorado das Herz des Südwestens der USA war, dann musste Belle Meadow so was wie eine verstopfte Arterie sein.

Auf dem Weg zur Küche winkte mich einer der beiden Jungs zu sich an Tisch vier und bestellte einen Milchshake. Ich versuchte mich auf diese Bestellung zu konzentrieren, als ich den Mixer einschaltete, hatte jedoch keine Ahnung, wo das Rauschen in meinem Kopf endete und die Geräuschkulisse der realen Welt begann. Ein Bienenschwarm, ein laufender Mixer, das warnende Zischen einer Klapperschlange – das alles war ein einziger fauchender Fluch.

„Ich hab gehört, sie ist 'ne Hexe", flüsterte der ältere Junge laut genug, dass ich es mitbekam.

Sein Freund grinste. „Sie ist noch blonder als deine Schwester ... und bestimmt doppelt so blöd."

Ja, natürlich. Sophia Parsons, die Idiotin vom Dienst. Blasser

Teint, blonde Haare, braune Augen. So uninteressant wie eine Schüssel Grießbrei. Und trotzdem war ich in der Gerüchteküche der Stadt so was wie die wichtigste Zutat geworden.

Wie gern hätte ich dem Burschen den Milchshake auf seine fettigen Haare gekippt. Stattdessen hielt ich mich an die eine Wicca-Redewendung, die mir schon so lange Zeit half: *Wenn es niemandem schadet, tu, was du willst.*

Glaubten die ernsthaft, ich verlasse die Stadt, nur weil sie ein paar blöde Bemerkungen machten? Okay, es war ja nicht so, als wollte ich unbedingt bleiben. Ich saß hier nur fest, weil meine Mutter ein Aneurysma bekommen würde, wenn ich von hier wegzog, und Dad wäre am Boden zerstört.

Mal ganz davon abgesehen, dass ich mir die hohen Lebenshaltungskosten in der Großstadt gar nicht leisten konnte. Seit ich die Colorado State University abgeschlossen hatte, suchte ich nach einem Job – bis jetzt ohne Ergebnis. Wie es aussah, wollte niemand eine Zweiundzwanzigjährige als Geschichtslehrerin einstellen, die das College gerade erst hinter sich gebracht hatte.

Der Junge mit dem fettigen Haar deutete auf die Eingangstür. „Lass uns von hier verschwinden, die macht mir echt Angst."

Auch wenn sie sich gleich darauf verzogen, hielt sich der Nachgeschmack ihrer Vorurteile noch lange in meinem Mund. Hätte Mutter bei einem ihrer unangekündigten Besuche in meinem Zimmer nicht den Altar gesehen, hätte sie Mrs Franklin nie von meinem Wicca-Glauben erzählen können. Und dann hätte diese Stadt vermutlich nie damit begonnen, sich für mein Privatleben zu interessieren.

Das Läuten der Eingangstür holte mich in die Realität des Diners zurück: der Gestank von angebranntem Bratfett und Kaffee in der Luft, dazu meine Pflicht, jeden zu bedienen, der sich hierher verirrte. Wie es der Zufall wollte, war dieser Jeder ausgerechnet Sheriff Locumb. Mit zielstrebigen Schritten betrat er den Diner, ließ seinen prüfenden Blick durch das Lokal schweifen und kam schließlich auf mich zu.

„Hallo, Sheriff." Ich drehte einen auf dem Kopf stehenden Kaffeebecher um und begann einzuschenken. „Wie immer? Oder darf's noch was anderes sein?"

Sein Schnauzbart zuckte, der Sheriff wischte sich ein paar Krümel von der beigen Polizeiuniform, wo sein Bauch gegen den Stoff drückte. Dann sah er mich an. „Miss Sophia Parsons?"

Ich hörte auf, Kaffee in den Becher zu gießen. *Hä? Ich bringe Ihnen jeden Tag Ihren Kaffee. Wer soll ich denn sonst sein?* „Ja?"

Jack stellte sich zu mir, er wischte sich die Hände an einem Spültuch ab. „Hallo, Sheriff. Was gibt's denn?"

Locumb räusperte sich. „Ich ... ähm, ich bedaure, aber ich muss Miss Parsons bitten, mich zu begleiten."

Jack und ich sahen uns an, dann drehten wir uns wieder zum Sheriff um.

„Soll das ein Witz sein?", fragte ich.

Ich hielt es für keinen Witz. Sheriff Locumb war nicht der Typ, der Witze machte. Alle im Diner hatten sich inzwischen zu uns umgedreht, und dann versank auch noch die Jukebox in Schweigen.

Nachdem Jack sich vorgebeugt hatte, fragte er mit gesenkter Stimme: „Um was geht's denn, Jerry?"

Locumb verzog den Mund. „Darüber kann ich nicht reden, Jack. Wir müssen Sophia nur ein paar Fragen stellen."

Mein Herz begann schneller zu schlagen. Sheriff Locumb konnte ein netter Kerl sein ... solange er hier im Diner saß. Aber ich hatte keine Lust, diejenige zu sein, die seine Fragen beantworten sollte. Nicht noch mal. Nie wieder!

Jack machte nichts weiter, als mit den Schultern zu zucken. Ich versuchte nach außen hin die Ruhe selbst zu sein, nahm meine Schürze ab, faltete sie zusammen und legte sie auf die Theke. „Okay", sagte ich. „Ich muss nur noch meine Sachen holen."

Nachdem ich Jack versprochen hatte, die Arbeitszeit am Wochenende wieder reinzuholen, ging ich zu meinem Jeep und wartete, dass Sheriff Locumb in seinen Streifenwagen einstieg.

Während der ganzen Fahrt saß ich in kalten Schweiß gebadet am Steuer und versuchte, nicht am ganzen Leib zu zittern. Keine Handschellen, und er hatte mir auch nicht meine Rechte vorgelesen. Wenigstens war ich diesmal nicht verhaftet worden. Er gestattete mir sogar, ihm zur Wache nachzufahren.

Die Sache mit Mr Petrenko war längst Geschichte, oder? Ich hatte nur seine Leiche gefunden, aber ihn nicht umgebracht. Auch wenn das vielleicht nicht jeder glaubte.

Sheriff Locumb und ich saßen in einem kleinen Raum mit Tisch, zwei Stühlen und einer billigen Lampe in der Deckenverkleidung. Ich wischte die Handflächen an meiner Hose ab, aber gleich darauf waren sie wieder schweißnass.

Auf seinem Handy rief er ein Foto auf und zeigte es mir. „Kommt Ihnen das bekannt vor?"

Vielleicht hätte er es vorher im Format dreißig mal vierzig ausdrucken sollen. Was stellte das Bild dar? Holz? Eine rötlich-orangefarbene Acht und ein Kreuz? Ich schüttelte den Kopf. „*Sollte* mir das bekannt vorkommen?"

„Jemand hat das auf den stillgelegten Getreidesilo gesprüht", sagte er mit kühler Stimme. „Warum erzählen Sie mir nicht, was Sie darüber wissen?"

„Was ich über Sprühfarbe weiß?"

„Hören Sie." Er schaute mir in die Augen. „Mrs Franklin sagt, dass eine der Frauen in ihrer Gemeinde … nun, deren Tochter ist erkrankt, und sie glauben, Sie haben damit etwas zu tun."

„Mrs Franklin glaubt, ich habe mit allem etwas zu tun."

„Und?", fragte er.

„Und was? Ich habe niemanden mit irgendwas angesteckt."

Er stieß ungehalten den Atem aus. „Ich sage nicht, dass Sie jemanden angesteckt haben, Sophia. Aber Mrs Franklin und die anderen glauben, dass Sie das Kind verhext haben, indem Sie dieses satanische Symbol aufgesprüht haben."

„Ich habe Ärger, weil Sie glauben, ich hätte jemanden *verhext*? Sie machen tatsächlich Witze."

Belle Meadow war zwar eine Kleinstadt, aber es war hier bestimmt nicht so langweilig, dass ich für *so etwas* beim Sheriff antanzen musste.

„Sie sind hier, weil Mrs Franklin meint, Sie könnten den stillgelegten Getreidesilo besprüht haben, weil Sie jemanden ‚verflucht' haben könnten."

„Und?", fragte ich.
„Haben Sie's getan?"
„Ich bin eine Wicca."
Er sah mich ratlos an. „Was hat das mit dem Fall zu tun?"
„Eine Wicca *glaubt* nicht an den Satan."
„Hören Sie, Lady. Mir ist gleich, was Sie glauben. Sagen Sie mir einfach, wo Sie gewesen sind, als sich dieser Fall von Vandalismus abgespielt hat."
„Wann war denn das?"
„Am 10. Mai."
„Drei Autostunden von hier entfernt, bei meiner Abschlussprüfung an der Colorado State." Das hätte er auch innerhalb weniger Minuten selbst recherchieren können, ohne mich auf die Wache zu zitieren. Abgesehen davon, woher wusste Mrs Franklin eigentlich das genaue Datum? Fuhr sie jeden Tag mit Kalender und Tagebuch bewaffnet durch die Stadt, um nach Symbolen von Teufelsanbetern Ausschau zu halten?

Sheriff Locumb lehnte sich nach hinten und klatschte die Hände auf die Knie, dann stand er auf. „Es wird Ihnen sicher nichts ausmachen, wenn ich mir das vom College bestätigen lasse, nicht wahr?"

Ich deutete auf die Bürotür. „Nur zu."

Einige Zeit später kam der Sheriff mit einer Tasse Kaffee und einer Entschuldigung zu mir zurück. Den Kaffee trank ich nicht, aber ich fragte ihn nach dem kranken Kind. Er sagte, es ging nur um einen Fall von Windpocken. Also keine dämonische Seuche oder irgendwas in der Art.

Nachdem alle Fragen geklärt waren, verließ ich die Wache und ging zu meinem Jeep. Ich stieg ein und hielt das Lenkrad fest umklammert. Es fiel mir in dem Moment verdammt schwer, Mrs Franklins Auslegung des Begriffs „Christlichkeit" zu respektieren, aber die meisten anderen Christen, die ich kannte, hätten damit auch ihre Schwierigkeiten gehabt.

Ich atmete dreimal tief durch und drängte das Zischen so weit in meinen Hinterkopf, wie es nur ging. Ich würde jetzt nicht zum Diner zurückfahren. Irgendjemand würde meine Entspannungsübungen zunichtemachen, indem er nach einer zweiten Tasse Kaffee fragte oder sich beschwerte, weil das Jalapeño-Brot zu scharf war oder das Ingwerhühnchen nicht genug nach Hühnchen schmeckte.

Auf der Heimfahrt konzentrierte ich mich auf die Straße, auf die Briefkästen am Fahrbahnrand, auf die Art, wie die Äste der Bäume hoch über der Straße ineinandergriffen. Ich vertiefte mich sogar in das grelle Licht der Ampeln und zählte die Sekunden, bis sie auf Grün umsprangen. Alles nur, um mich von dem Lärm in meinem Kopf abzulenken.

Die Reifen meines Jeeps rollten über den Asphalt, aber diese leisen Geräusche halfen mir ganz und gar nicht. Je ruhiger die Welt um mich herum wurde, umso lauter nahm ich dieses Summen in meinem Gehirn wahr. Ich konnte das einfach nicht länger aushalten.

An der letzten Kreuzung vor meinem Viertel hatte ich das Gefühl, dass ich aus dem Inneren meines Kopfes angeschrien wurde. Ich schlug mit der flachen Hand aufs Lenkrad und kniff die Lippen zusammen.

Jetzt reichte es mir. Ich setzte den Blinker in die andere Richtung und bog auf den Highway ein, bevor mich der Mut verlassen konnte. Die Zeit war gekommen, um alle Vorsicht von mir zu werfen und Kurs auf Sparrow's Grotto zu nehmen. Kurs auf etwas, das das Rauschen vielleicht für immer verstummen lassen konnte.

2. KAPITEL

Die vierzigminütige Fahrt nach Cripple Creek, der Heimat von Sparrow's Grotto, war das wenige Geld wert, das ich im Diner verdient hatte. In Belle Meadow hätte sich ein Wicca-Fachgeschäft nicht lange halten können, aber zum Glück war das moderne Amerika in den umliegenden Städten schon vor einer Weile angekommen.

Ich löste den Sicherheitsgurt und holte die Liste aus dem Handschuhfach, bevor ich ausstieg. Ein Klumpen Kaugummi blockierte den Einwurfschlitz am Parkautomaten, aber ich hatte nicht vor, mir deswegen woanders einen Platz zu suchen. Mit dem Wagenschlüssel pulte ich den Kaugummi heraus und drückte meinen Vierteldollar an der klebrigen Masse vorbei in den Schlitz.

Hätte dir so passen können, du verklebter Automat!

Ich stand da und betrachtete das Geschäft, das ich mit sechzehn zum ersten Mal betreten hatte – den einen Ort, an dem ich immer eine Antwort fand.

Die Ärzte hatten mir mit dem Rauschen nicht helfen können. Tinnitus, hieß es von denen, als wäre das Geräusch in meinen Ohren, aber nicht in meinem Kopf.

Von wegen Tinnitus!

Trotzdem hatte ich mich erst mal von ihnen untersuchen lassen, weil ich mich der Magie immer erst zuwandte, wenn es nicht mehr anders ging. Nach dem heutigen Tag war ich allerdings überzeugt, dass es wirklich nicht anders ging. Außerdem war es ja vielleicht für die Menschen um mich herum auch ganz gut, wenn ich von diesem Rauschen und Zischen geheilt wurde. Vielleicht würde dann aus mir noch eine richtig gute Kellnerin werden.

Ich verdrängte all diese Gedanken und betrat das Sparrow's Grotto, wo kleine Kojotenfiguren die Regale füllten, wo die Luft nach Patschuli und Sandelholz roch, während sanfte keltische Musik meine Nerven beruhigte.

An der Wand gegenüber der Kasse stand ein vollgestopftes Bücherregal. In den Gängen gab es eine enorme Auswahl an Kräutern, Ölen, Kerzen, Kreide und Salzen, dazu kleine Teller und Schälchen und anderes Zubehör für die diversen Rituale. Athamen, Bolinen und andere scharfe oder spitze Objekte wurden im hinteren Teil des Ladens unter Verschluss gehalten.

Paloma, die Eigentümerin des Ladens und meine langjährige Mentorin, kam durch den Perlenvorhang geschossen. Mit ausgebreiteten Armen wirbelte sie das auf dem Vorhang aufgemalte Bild von Bambussprossen durcheinander. Ihr langes Haar, das so braun war wie eine Kokosnussschale, hatte sich in ihren großen goldenen Ohrringen verfangen.

„Oh, Sophia!", begrüßte sie mich. „Ich hab dich ja schon viel zu lange nicht mehr gesehen!"

„Das kannst du laut sagen. Wie geht's dir?"

Nachdem wir ein bisschen geplaudert hatten, warf sie einen Blick auf meine Liste und war nur einen Moment lang abgelenkt, als sie sich eine Haarsträhne aus der sonnengegerbten Stirn strich. „Was für ein Ritual planst du denn?"

„Etwas für positive Energie." Die Bitte um positive Energie war keine so große Forderung wie ein Ritual, mit dem man Stille erlangen wollte. Und das war mir auch lieber, weil es mir noch nie richtig vorgekommen war, beim Einsatz von Magie irgendwelche überzogenen Forderungen zu stellen.

„Ah." Sie tippte sich mit einem Finger gegen die Lippen. „Mal sehen, was ich tun kann."

Schon verschwand sie durch den Perlenvorhang in den Nebenraum, und ich bewunderte die Antiquitäten auf einem Regal neben der Theke, während ich wartete. Ein Glücksbringer in der Form einer kleinen Geige brachte mich zum Lächeln.

„Komm, ich spiel dir was auf meiner kleinen Geige vor", hatte Dad immer zu mir gesagt, wenn ich mies drauf gewesen war. Er war zwar nicht der Knuddeltyp, aber er war immer warmherziger gewesen als Mutter. Ich legte den Anhänger auf den Tresen neben der Kasse. Das war die perfekte Ergänzung für das Armkettchen, das mir Großvater Dunne kurz vor seinem Tod geschenkt hatte. Er war sogar noch so aufmerksam gewesen, ein paar Kettenglieder herauszunehmen, damit es mir nicht über die Hand rutschen konnte.

Mit vier pflaumenfarbenen Kräuterbeuteln, die jeder mit einer dünnen schwarzen Schnur verschlossen waren, kehrte Paloma zurück. „Ich hoffe, es macht dir nichts aus, aber ich hab kein Ackerkraut mehr. Du bekommst stattdessen Augentrost."

„Ich dachte, mit Ackerkraut lässt sich negative Energie am besten vertreiben."

„Ja, aber Augentrost wirkt ausgleichend. Meine Mutter hat ihn in Belém für ein ganz ähnliches Ritual verwendet, als ich noch klein war. In Brasilien haben wir damals Augentrost bei uns im Garten angepflanzt. Der süßliche Aprikosenduft ist einfach wunderbar."

Ich biss mir auf die Lippe. Augentrost gehörte nicht zu meinem Plan, und ich war nicht so weit gefahren, um nur mit einem Duftspender heimzukehren. Geistige Klarheit mochte hilfreich sein; allerdings war es grundsätzlich nicht ratsam, ein Ritual zu überstürzen, und dazu gehörte auch, dass man nicht in letzter Minute irgendwelche Details veränderte. Eine andere Zutat konnte das ganze Ritual verändern, und ich hatte keine Zeit, mit meiner Recherche noch mal von vorn anzufangen.

Aber ich musste diesen Lärm loswerden, und das am liebsten schon vorgestern.

„Habe ich dich je falsch beraten?", hakte sie nach.

Damit hatte sie allerdings recht. Paloma wusste mehr, als in jedem Wicca-Lexikon stand.

„Da wäre noch was", redete sie weiter und holte ein großformatiges Buch unter der Theke hervor. „Ich habe ein Geschenk für dich."

Das Buch war so unerwartet schwer, dass es meine Arme ein Stück weit nach unten drückte. Der Ledereinband zeigte ein labyrinthartiges Gewirr aus mit Blättern übersäten Spiralen und Lorbeerzweigen. Auf dem handgeschriebenen Titelblatt war zu lesen: *Ratsaufzeichnungen, Band XXVI, Hexen von Salem.*

„Bist du dir sicher?", fragte ich. Geschenke lösten bei mir immer das Gefühl aus, dass ich mich auf irgendeine nette Weise erkenntlich zeigen sollte. Dabei war mir leider nie klar, was das sein konnte. „Das sieht ... kostbar aus. So als ob es in ein Museum gehören würde."

„Du meinst, es sieht alt aus? Ja, deshalb schenk ich's dir."

„Du schenkst es mir, weil es alt ist?"

Mit der Hand machte sie eine ungeduldige Geste. „Du weißt schon, was ich meine. Du studierst doch diese alten Texte, nicht wahr?"

„Paläografie", sagte ich und staunte, dass sie sich noch an mein Spezialgebiet aus Collegezeiten erinnerte. Das ganze Buch war handgeschrieben, und ich wusste schon jetzt, dass ich viel Spaß damit haben würde, die Texte zu analysieren.

„Ich kann nichts damit anfangen", fuhr sie fort. „Wenn ich es dem Falschen schenke, endet es nachher bei einem alten Mann mit zu vielen Katzen und zu vielen alten Zeitungen als Stütze unter dem zu kurzen Tischbein. Oder bei dieser Frau, die immer hergekommen ist und Bücher gekauft hat, um sie anschließend zu verbrennen."

„Redest von meiner Mom?", fragte ich, was nur zum Teil als Scherz gemeint war.

„Ich rede wieder ohne Punkt und Komma, wie?" Sie seufzte kurz auf, dann zeigte sie auf das Buch. „Betrachte es einfach als ein verfrühtes Geburtstagsgeschenk."

Verfrüht war noch untertrieben. Anfang September war ziemlich weit vom 23. Dezember entfernt. „Danke, das ist wirklich nett von dir." Aus meiner Hosentasche kramte ich ein paar zerknüllte Geldscheine und einen ganzen Berg Fusseln hervor.

Paloma tippte auf ihrer Kasse herum. „Du kriegst auch einen Rabatt, weil mir Ackerkraut ausgegangen ist", erklärte sie. „Wie wär's noch mit einer Tasse Tee, bevor du dich wieder auf den Weg machst?"

Wir unterhielten uns im Hinterzimmer, wo das leichte Aroma des grünen Tees vom Geruch heißer Keramik überdeckt wurde. Mit einem Lächeln betrachtete ich das wild zusammengewürfelte Geschirr, das sich in Palomas blassblauen offenen Regalen stapelte, und die Ansammlung aus von ihren Besitzern verstoßenen Möbelstücken, die alle nur denkbaren Stilrichtungen umfassten. Zum ersten Mal an diesem Tag konnte ich mich fast völlig entspannen. Aber eben nur fast, denn da war nach wie vor das Fauchen und Zischen in meinem Kopf, das meine Gedanken übertönen wollte.

Paloma wollte mehr über mein Ritual erfahren. Doch jedes Mal, wenn ich dazu ansetzte, ihr die Wahrheit zu sagen, kam mir irgendeine andere Antwort über die Lippen. Ich konnte mich einfach nicht dazu durchringen, ihr von meinem Fluch zu erzählen. So nannte ich das Rauschen, weil es einfach zu schrecklich war, um es irgendwie anders zu nennen.

Als wir einander auf den aktuellsten Stand unserer Lebenssituation gebracht hatten, brachte sie mich zur Tür und verdonnerte mich dazu, sie auf jeden Fall anzurufen, wenn ich noch irgendetwas anderes brauchte. „Egal, was es ist, ruf mich an", beharrte sie, ehe sie die Tür hinter mir schloss.

Ich hatte noch nicht mal die halbe Strecke bis zu meinem Wagen zurückgelegt, als ich mir bereits sagte, dass ich ihren besorgten Tonfall bloß falsch gedeutet hatte.

Der pechschwarze Schatten der Eiche in meinem Vorgarten verdunkelte die angenehm düsteren Fenster meines im Kolonialstil erbauten Hauses vor den neugierigen Blicken der Nachbarn, doch etwas befand sich zwischen mir und meinem Zufluchtsort. Ein Zettel, der an meiner Haustür hing.

Verschwinde von hier.
Das hier ist Gottes Land und Gottes Haus.

Weitere fröhliche Botschaften aus Mrs Franklins Gute-Laune-Fabrik. Die Gemeinde hatte wohl keine Lust mehr, sich zum Fasten und Schwitzen in ihrem Keller zu treffen, und da auf meinem Grundstück früher einmal eine Kirche gestanden hatte, meinten sie wohl, sie hätten Anspruch auf mein Haus. Sie hatten mir die Hälfte von dem geboten, was Haus und Land wert waren, und gemeint, die restliche Bezahlung wäre dann das gute Gefühl, etwas Richtiges für den Herrn getan zu haben. Aber sie hatten mir schon Mutter weggenommen, und ich hatte nicht vor, mich um noch weiter berauben zu lassen.

Ich hatte darüber nachgedacht, zur Polizei zu gehen und sie anzuzeigen. Ich wäre mir jedoch idiotisch vorgekommen, wenn ich mich über etwas so Banales beschwert hätte – vor allem jetzt, da sie von dem mysteriösen satanischen Schmierer bedroht wurden.

Hastig zerknüllte ich den Zettel, warf ihn in die Tonne neben der vorderen Treppe und ging nach drinnen. Im Schlafzimmer ganz am Ende des Flurs hatte Großvater Dunne bis zu seinem Tod geschlafen. Er hatte mir das Haus mitsamt dem verschnörkelten Mobiliar vermacht. Ich war noch zu jung gewesen, als Großmutter Dunne gestorben war, daher konnte ich mich gar nicht an sie erinnern. Großvater Dunnes Tod dagegen hatte einen wichtigen Einschnitt in meinem Leben dargestellt, da es der erste Verlust gewesen war, den ich bewusst miterlebt hatte.

Sein Haus fühlte sich leer an, seit er nicht mehr hier war. Seit er mir keine Geschichten mehr über den Krieg erzählte, seit er nicht mehr tastend umherlief, um nach seiner Brille zu suchen, die jedes Mal in seiner Hemdtasche gesteckt hatte.

So wie das Haus aussah, spiegelte es nicht meine Persönlichkeit wider. Ich hätte ganz sicher nicht in allen Schlafzimmern meerschaumgrünen Teppichboden verlegt. Aber ich war ja auch nur ein Platzhalter, ich besetzte einen frei gewordenen Raum und behielt im Haus die gleiche peinlich genaue Ordnung bei, die Grandpa Dunne hier hatte walten lassen – die Schränke und die Schubladen ausgenommen. Die gehörten nun mir, und sie kamen mir sehr gelegen, weil ich die reizende Angewohnheit hatte, meine gesammelte Unordnung so zu verstauen, dass sie niemand sah.

Meine Daunendecke rief mich zu sich, damit ich mich schlafen legte, und auch der kleine Reisewecker forderte mich dazu auf. Aber erst musste ich noch etwas erledigen. Ich stellte meine Einkäufe aus Palomas Laden auf die Kommode und legte das alte Buch in eine Schublade. Mir war noch nicht so ganz klar, wann ich Zeit haben würde, mich in ein so voluminöses Werk zu vertiefen. Aus der Schublade darunter förderte ich mein Buch der Schatten und eine Altarkerze zutage, dann hob ich den Riegel der Flügelfenster, um sie wie Fensterläden nach außen zu öffnen.

Ein steinerner Altar schloss bündig an meine Fensterbank an, und ich kniete mich hin, um eine Kerze auf die oberste Spitze des Altarpentagramms zu stellen. Das war nicht das, was sich Mrs Franklin und Konsorten vorstellten, wenn sie sich die Rituale ausmalten, die ich hier ihrer Meinung nach abhielt. Nach ihrem Verhalten zu urteilen, musste man glauben, dass ich nackt vor der örtlichen Grundschule herumtanzte oder meine Abende damit verbrachte, irgendwelche Tiere zu opfern. Vermutlich Ziegen.

Das traf die Wahrheit nicht einmal im Entferntesten. Ich praktizierte im Haus, ich war komplett angezogen, und das offene Fenster sollte nur meine Verbindung zur Natur herstellen. Und Tieropfer kamen für mich überhaupt nicht infrage. Ich hatte ja nicht mal die Waschbärfamilie ausquartiert, die den letzten Winter auf meinem Dachspeicher verbracht hatte.

Nachdem ich mir noch einmal das Ritual durchgelesen hatte, das ich in meinem Buch der Schatten notiert hatte, platzierte ich je ein Schälchen mit den Kräutern aus Palomas Laden auf den vier verbliebenen Spitzen des Pentagramms und begann die Wicca-Regel zu singen.

„Sei ehrlich in der Liebe, das muss sein, denn es soll nicht die falsche Liebe sein. Mit diesen Worten soll sich die Regel erfüllen: Solange niemandem geschadet wird, kannst du tun, was du willst."

Dann zündete ich die Altarkerze an. Ihre Flamme tauchte das Pentagramm in ein fahles Licht. Draußen bahnte sich das Mondlicht seinen Weg durch die Baumkronen hindurch und warf ein wildes Muster aus Schatten auf das regennasse Gras.

Ich verteilte Kreidestaub auf Grandpas meerschaumgrünem Teppichboden, um einen stofflichen Kreis um mich herumzuziehen, dann rief ich die Wächter herbei, damit sie mein Ritual behüteten, und zog auch meinen Kreis auf der spirituellen Ebene.

Diese Nacht war einfach perfekt – ein zunehmender Mond, dazu Regenschauer.

Komme, was wolle.

Ich nahm das Schälchen mit Salbei vom Pentagramm und blies ihn über den Tisch, um Weisheit zu beschwören. Der Salbei rieselte wie Schneeflocken auf den Boden vor meinem Fenster. Den Inhalt des nächsten Schälchens kippte ich vor meinem Fenster aus und lauschte, wie die wolkige Flüssigkeit ins Gebüsch tropfte. In der frühherbstlichen Wärme würde sie sich schnell verflüchtigen und die Wahrheit hervorbringen.

Wo blieb die Ausgeglichenheit, die Paloma mir versprochen

hatte? Bislang hatte sich das weiße Rauschen in meinem Kopf nur noch verstärkt. Eine kühle Brise wehte ins Zimmer, und ich hielt meine Haare hoch, damit die Luft an Nacken und Schultern gelangen konnten und mir beim Entspannen halfen.

Mit den Fingerspitzen zerrieb ich Ringelblumenblätter, bis sie meine Haut verfärbten und einen fast chemischen Geruch verbreiteten. Dabei stellte ich mir ein Feuer vor, das alle negative Energie verbrannte. Ich lehnte mich aus dem Fenster und warf die übrigen Ringelblumenblätter in die Luft, sodass sie umherwirbelten und schließlich herabregneten – auf meine Haare, auf den Altar und in den Vorgarten.

Ich atmete tief ein und lauschte der Brise, wie sie über mir durch die Baumkronen rauschte, und den Grillen, die unter mir zirpten. Es war so, als könnte ich den Klang der Nacht hören – das Geräusch des Mondes selbst, der hoch über mir am Himmel hing, und das Geräusch der Schatten unter den Büschen.

Der rechte Rand meines Gesichtsfelds wurde dunkler. Eine Laterne auf der gegenüberliegenden Straßenseite war ausgegangen. Ein Mann stand neben dem Laternenmast und sah zu mir. Der überlappende Lichtschein der Lampen links und rechts reichte gerade aus, den matten Glanz schwarzer Schuhe mit roten Außensohlen und den ausgefransten Saum einer Jeans zu erkennen. Alles andere wurde von der Dunkelheit verschluckt, womit von ihm nicht mehr blieb als eine schwarze Silhouette vor den preisgekrönten Hortensien der Familie Jackson.

Mein Herz hüpfte nervös auf und ab, und ich kniff die Augen zusammen, um den Fremden wortlos zu warnen, er solle sich ja nicht von der Stelle rühren. Doch er zog sich in den Schatten zurück und ging weg. Als er nicht bei der nächsten Straßenlaterne auftauchte, suchte ich wieder die Dunkelheit ab. Er konnte sich nicht in Luft aufgelöst haben.

Vergiss ihn, sagte ich mir. Ich musste meine Gedanken darauf konzentrieren, positive Energie herbeizuholen. Sich während eines Rituals ablenken zu lassen war eine gefährliche Sache.

Ich zog mich ins Zimmer zurück. Das Licht, das durchs Fenster fiel, beschien die Regentropfen, die an den Grashalmen hafteten. Ich verstreute das Myrrheharz und sah, wie es zu Boden sank, damit es die Bitte um Informationen überbringen konnte. Als der erste Krümel den Grund berührte, kippten die Schälchen mit den verschiedenen Gaben plötzlich um und schlugen gegen den Altar. Die verbliebenen Kräuter wehten wie von einem Sturm davongetragen durch mein Zimmer, die Altarkerze wurde ausgeblasen. Hastig versuchte ich die Schälchen zu fassen zu bekommen, da ich keine Ahnung hatte, was eigentlich los war. Die Flasche mit flüssigem Augentrost fiel um, ihr Inhalt verfärbte den Altar in einen dunkleren Grauton. Myrrheharz stach mir in die Augen. Ich blinzelte ein paarmal, aber durch die körnige Substanz konnte ich alles nur noch verschwommen sehen.

Was zum Teufel ...

Heftige Windstöße drängten mit einer unnatürlichen Intensität durch das Fenster ins Haus. Die Lampen flackerten, und mitten in diesem Chaos sah ich abermals jemanden auf der Straße stehen. Ein Mädchen ...

Nein, vier Mädchen.

So plötzlich, wie sie aufgetaucht waren, verschwanden sie dann auch wieder.

Vielleicht war es nur eine seltsame Spiegelung in den dunklen Fenstern des Nachbarhauses gewesen, doch das hielt den heulenden, pfeifenden Wind nicht davon ab, um mich herumzuwirbeln, auf meine Sinne einzustürmen und Panik in mir aufsteigen zu lassen.

Zwar kehrte gleich darauf Ruhe in meinem Schlafzimmer ein, aber mein Herz wollte sich noch lange nicht beruhigen. Gegen die Kommode gelehnt, betrachtete ich das Chaos, das im Zimmer angerichtet worden war.

Ein Schwarm Stimmen jagte von irgendwoher in meinen Geist. Ich wirbelte herum und sah aus dem Fenster, aber die Straße war menschenleer.

Das Surren und Rappeln war aus meinem Kopf verschwunden. Stattdessen zog das unheimliche weiße Rauschen nur noch stoßweise vorbei, immer wieder unterbrochen von Stimmen. Es war, als würde ich bei einem Radio von Sender zu Sender schalten, ohne jemals länger als ein oder zwei Sekunden auf einer Frequenz zu bleiben.

Ich schüttelte den Kopf, um ihn wieder klarzukriegen, dabei konzentrierte ich mich auf die frühherbstliche raschelnde Brise und den kühlen Duft von Erde und Blättern. Das Chaos konnte ich morgen früh immer noch beseitigen.

Nachdem ich meinen Kreis geschlossen hatte, legte ich mich ins Bett und lauschte darauf, wie die Geräusche des Abends weiter von allen Seiten zu mir vordrangen. Zu laut eingestellte Fernseher, schreiende Babys. Ich lag wach, bis das alles verstummte und es nur das Geräusch der Vorhänge gab, die vom leichten Wind bewegt an der Schlafzimmerwand entlangstrichen.

Das ... und der Lärm meines Fluchs, der mit statischem Krachen an meinen Sinnen zerrte. Gerade als ich einzudösen begann, hörte ich jemanden reden. Augenblicklich saß ich aufrecht im Bett. Stimmen drangen durch das Fenster ins Zimmer, aber es fühlte sich an, als würden sie in meinem Verstand widerhallen, um mein Gehirn mit seltsamen Schwingungen und sich überlappendem Geflüster zu überschwemmen.

Ich zog den Vorhang zur Seite. Vier Gestalten in braunen Mänteln und mit hochgeschlagenen Kapuzen schlenderten die Straße entlang. Das wenige Licht ließ von ihren Gesichtszügen kaum etwas erkennen, nur ihre Augen strahlten in rauchigem Purpur und beängstigendem Grün.

Das Gesicht einer der Gestalten veränderte sich für einen Moment in etwas Wolfartiges, aber dann hatte es sich auch schon wieder zurückverwandelt. Mein Herz raste, die Luft in meinem Zimmer wurde immer dichter, bis sie sich in meinen Lungen wie eine feste, harte Masse anfühlte. Die Gestalten gingen weiter die Straße entlang, ihre Formation erinnerte an einen Chor, aber ihr Rhythmus war nicht im Einklang miteinander.

Sie waren auf und ab wippende Konturen in der Ferne, von denen ich nur die Rückseite ihrer Kapuzen erkennen konnte. Als sie an der nächsten Ecke in die Hauptstraße einbogen, verschwand allmählich auch ihr unverständliches Gemurmel aus meinem Kopf.

Was war das gewesen?

Je länger ich auf die verwaiste Straße schaute, umso mehr begann ich an dem zu zweifeln, was ich da gesehen hatte.

Was, wenn mein Problem gar nicht darin bestand, dass ich im Begriff war, den Verstand zu verlieren – sondern wenn ich ihn längst verloren hatte?

Lesen Sie auch von Melissa Darnell:

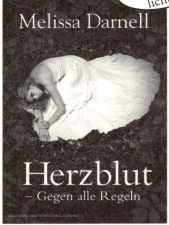

Band-Nr. 65073
12,99 € (D)
ISBN: 978-3-86278-513-1
eBook: 978-3-86278-583-4
400 Seiten

Melissa Darnell
Herzblut: Gegen alle Regeln

Wenn zwei Herzen in deiner Brust schlagen und du für deinen Freund zur größten Gefahr werden kannst – was würdest du tun?

Als Kinder waren sie wie Seelenverwandte. Doch auf der Jacksonville High leben sie wie in zwei Welten. Denn Tristan gehört zur elitären Clann-Clique. Und es vergeht kein Schultag, an dem Savannah den Hass der anderen Clanns nicht zu spüren bekommt. Dennoch fühlt sie immer noch die besondere Verbindung zu Tristan. Als plötzlich dunkle Kräfte in Savannah erwachen, offenbart ihr Vater ihr ein erschütterndes Blutsgeheimnis. Jetzt weiß sie, warum die Clanns sie ablehnen und warum sie Tristan nicht lieben darf: Sie alle haben eine magische Gabe, aber Savannah ist anders – und kann für Tristan zur tödlichen Gefahr werden! Und trotzdem siegt Savannahs Sehnsucht, als Tristan sich heimlich mit ihr treffen will ...

„Wirklich, ich liebe, wie Magie und Vampire hier auf neue, kreative Weise vereint werden."
Endlessly Bookish

Was bleibt von deiner Seele übrig, wenn der dunkle Kuss endet?

Deutsche Erstveröffentlichung

Michelle Rowen
dark kiss

Band-Nr. 65077
12,99 € (D)
ISBN: 978-3-86278-731-9
eBook: 978-3-86278-778-4
384 Seiten

Gefährliches? Oh nein, nicht mein Ding. Übervorsichtig, unauffällig – das bin ich, Samantha. Zumindest war ich das. Bis ich durch einen leidenschaftlichen Kuss eine „Gray" wurde. Seitdem hat sich etwas geändert. In mir tobt ein Hunger, der nichts mit Essen zu tun hat. Und nur wenn ich anderen ihre Seele raube, kann ich ihn stillen. All dies weiß ich von Bishop. Zuerst hielt ich ihn für einen verwirrten Straßenjungen, aber er ist ein Engel, in einer gefährlichen Mission zur Erde gesandt. Denn das Böse, das mich zur „Gray" gemacht hat, muss bekämpft werden. Ich kann nur hoffen, dass Bishop mich und meine Seele retten kann. Dafür werde ich alles tun.

„Engelhaft bezaubernd, dämonisch gut!"
Booklist

Sie ist eine Banshee, eine Todesfee. Ihr Schrei kann den Tod besiegen.

Deutsche Erstveröffentlichung

Rachel Vincent
Soul Screamers 4: Schütze meine Seele

Kaylee liebt Nash immer noch, obwohl sie ihm nicht mehr vertraut. Und ausgerechnet jetzt taucht Nashs Exfreundin auf, die ihn um jeden Preis zurückhaben will. Ein Albtraum beginnt – im wahrsten Sinne des Wortes. Denn Sabine ist eine Mara. Sie liest die Ängste der Menschen und verwandelt sie in Albträume, von deren Energien sie zehrt. Plötzlich sterben Lehrer im Schlaf, Chaos bricht in der Highschool aus. Ist das Sabines Werk? Kaylee hat keine Zweifel und will eingreifen. Doch Nash kann nicht glauben, dass seine Ex eine Mörderin sein soll …

Band-Nr. 65075
9,99 € (D)
ISBN: 978-3-86278-713-5
eBook: 978-3-86278-768-5
400 Seiten

„Ein absolutes Muss für jede Buch-Wunschliste!"
Tez Say